인간의 굴레에서 1

Of Human Bondage

OF HUMAN BONDAGE

by W. Somerset Maugham

세계문학전집 11

인간의 굴레에서 1

Of Human Bondage

서머싯 몸

송무 옮김

민음사

일러두기

1 본문의 각주는 모두 옮긴이주이다.

차례

책머리에

그렇지 않아도 긴 소설인데 거기에 서문까지 붙여 더 길게 늘어뜨리게 되어 부끄럽다. 작가 자신은 아마도 자기 작품에 대해 말하기에 가장 부적합한 사람일 것이다. 이와 관련하여 프랑스의 저명 소설가인 로제 마르탱 뒤 가르[1]가 마르셀 프루스트[2]에 대한 교훈적인 이야기를 하나 들려준 바 있다. 프루스트는 프랑스의 한 잡지에 자신의 위대한 소설을 논하는 무

---

1) Roger Martin du Gard(1881~1958). 대하소설 『티보 가(家)의 사람들(Les Thibault)』로 널리 알려진 프랑스 소설가. 1937년에 노벨문학상을 수상했다.

2) Marcel Proust(1871~1922). 프랑스 소설가. 20세기의 가장 중요한 작품 가운데 하나인 『잃어버린 시간을 찾아서(À la recherche du temps perdu)』를 남겼다.

게 있는 논문 한 편이 실리기를 원했다. 그런데 자기 소설에 대해서는 자기가 누구보다 잘 쓰리라 생각하고 자신이 직접 책상머리에 앉아 한 편의 논문을 썼던 것이다. 그런 다음 역시 문필가인 젊은 친구 하나에게 자기가 쓴 글을 그 젊은이가 쓴 것처럼 이름을 붙여 잡지 편집자에게 보내 달라고 부탁했다. 이 젊은이는 부탁대로 했는데 며칠 뒤에 편집자로부터 연락이 왔다. 내용인즉 '당신의 글을 실을 수 없습니다. 그 작품에 대해 그처럼 피상적이고 둔감한 비평을 실었다가는 마르셀 프루스트 씨가 저를 결코 용서하지 않을 것입니다.'라는 것이었다. 작가들은 보통 자신의 작품에 민감하여 호의적이지 않은 비평에 대해서는 화를 내는 경향이 있지만, 그렇다고 스스로 만족하는 경우도 드물다. 그들은 많은 시간과 노고를 들인 자신의 작품이 원래 생각했던 것과 얼마나 동떨어져 있는지 잘 알고 있다. 따라서 그 점을 생각하면서, 더러 만족스럽게 여겨지는 대목들이 있다 하더라도 기쁘게 생각하기보다는 본래의 생각을 완전히 표현해 내지 못한 점을 훨씬 더 괴롭게 느끼는 법이다. 완벽함을 지향했으나 거기에 도달하지 못했음을 참담하게 인식하고 있는 것이다.

따라서 나는 여기에서 내 작품 자체에 대해서는 말하지 않겠다. 대신 이 글을 읽는 독자들에게 이제 여느 소설보다 꽤 긴 생명을 누리고 있는 이 소설이 어떻게 씌어졌는가를 이야기하는 것으로 만족하겠다. 이런 이야기가 재미없다면 용서를 빌겠다. 내가 소설을 처음 썼던 것은 스물세 살 되던 해 성 토머스 병원에서 오 년 동안의 공부를 마치고 면허를 딴 뒤, 글을 써서 돈을 벌어 보겠다고 세비야로 갔을 때였다. 그때 썼던 작품의 원고가 아직도 있지만 나는 타이핑한 것을 교정한 뒤로 다시는 들여다보지 않았다. 보나마나 설익은 글일 것이다. 나는 그 원고를 내 첫 작품을 출판해 주었던 피셔 언윈에게 보냈다.(아직 의학도였던 시절 나는 『램버스의 라이자』라는 소설을 써서 상당한 성공을 거둔 적이 있다.) 하지만 그는 내가 요구한 백 파운드를 주지 못하겠다고 했다. 그 뒤로 나는 원고를 여러 출판사에 보내 보았지만 다들 어떤 값에도 사지 않으려 했다. 당시에 나는 무척 낙담했지만 지금 생각하면 다행이었다고 여겨진다. 어디에선가 내 작품을 받아 주었더라면(그때의 제목은 『스티븐 케리의 예술가적 기질』이었다.) 내가 너무 젊어 적절히 다룰 줄 몰랐던 주제 하나를 잃고 말았을 것이다. 그때 나는 내가 기술한 사건들과 충분한 거리를 두고 있지 않았기 때문에 그것들을 잘 이용할 수 없었다. 나중에 경험이 쌓인 덕분에 최종적으로 쓴 책은 내용이 풍부해졌지만 당시에는 경험이 많지 못했다. 모르는 것을 쓰기보다 아는 것을 쓰는 게 더 쉽다는 사실도 깨닫지 못했다. 예를 들면, 첫 원고에서는 주인공을 하이델베르크로 보내 독일어를 배우게 하지 않고(그곳은 내가 실제로 체류했던 곳이다.), 루앙으로 보내 프랑스어를 배우게 했던 것이다.(루앙은 몇 번밖에 가 보지 않았기 때문에 조금밖에 모른다.)

그렇게 퇴짜를 맞고 나는 원고를 치워 버렸다. 나는 다른 소설을 써서 출판했고 희곡들도 썼다. 그러는 사이 나는 극작가로서 상당한 성공을 거두었고 남은 생을 드라마에 바치기로 결심했다. 하지만 나는 그 결심을 헛된 것으로 만들어 버린 내 안의 어떤 힘을 간과하고 있었다. 나는 행복했고, 수입이 좋았으며, 바빴다. 내 머릿속은 쓰고 싶은 희곡의 소재로 꽉 차 있었다. 그런데 성공이 내가 원했던 모든 것을 다 가져다주지 못했는지, 아니면 자연스러운 반발 본능 때문이었는지, 나는 당시에 가장 인기 있는 극작가로 확고하게 자리를 잡자마자 다시 한번 과거의 삶에 대한 무수한 기억들에 강박적으로 사로잡히기 시작했다. 그 기억들은 어디든지 나를 쫓아다녔다. 잠을 잘 때나, 길을 걸을 때나, 리허설을 할 때나, 파티장에서나 얼마나 끈질기게 나를 쫓아다니는지 이윽고 그것들이 엄청난 짐으로 여겨져 마침내 나는 그것들로부터 해방되는 길은 한 가지밖에 없다고 결론지었다. 죄다 종이 위에 적는 것이었다. 한편으로는 몇 해 동안 쫓기듯이 드라마만을 써 왔기 때문에 나는 소설의 폭넓은 자유가 그리웠다. 나는 내 마음속의 책이 긴 작품이 되리라는 것을 알고 있었고, 글을 쓰는 동안 방해받고 싶지 않았기 때문에 매니저들이 계약을 하자고 열심히 제안했지만 다 뿌리치고 일시적으로 무대를 떠났다. 서른일곱 살 때였다.

글 쓰는 일을 직업으로 삼은 뒤 나는 오랫동안 글 쓰는 법을 익히는 데 많은 시간을 들였고, 문체를 향상시키기 위해 아주 고된 수련을 했다. 하지만 내가 쓴 극이 공연되기 시작하면서부터 나는 그 노력을 그만두었다. 다시 쓰기 시작했을 때는 다른 목표를 가지고 있었다. 이제 주옥같은 표현과 화려한 문체를 가진 산문을 겨냥하지 않았다. 전에는 그런 문체를 가져 보려고 애쓰면서 공연히 많은 노력을 낭비했다. 이제는 반대로 명료하고 단순한 문체를 추구했다. 나는 일정한 테두리 안에서 이야기하고 싶은 것이 수두룩했기 때문에 말을 낭비할 여유가 없다고 느꼈고, 그래서 의미를 뚜렷이 해 주는 데 필요한 말만 쓰자는 생각으로 시작했다. 장식적인 문체에 대한 여유가 없었다. 극작 경험을 통해 나는 간결성의 가치를 배웠다. 나는 두 해 동안 쉬지 않고 작업했다. 책의 제목을 어떻게 붙여야 할지도 몰랐다. 이것저것 한참 생각해 보고 난 뒤에야 '이사야서'에 나오는 '재 속에서 나온 미인'에 대한 이야기를 생각해 냈는데 적절하다고 여겨졌다. 하지만 그즈음에 이 제목을 누군가가 이미 사용했다는 것을 알고 다른 제목을 찾지 않으면 안 되었다. 결국 스피노자의 『에티카(윤리학)』 제4부의 제목을 따라 내 소설의 제목을 『인간의 굴레에서』라 붙이게 되었다. 처음에 생각했던 제목을 붙일 수 없었던 것도 지금 생각해 보면 또 하나의 행운이었던 것 같다.

『인간의 굴레에서』는 자서전은 아니고 자서전적인 소설이다. 사실과 허구가 구별할 수 없이 뒤섞여 있다. 이 이야기 속의 정서는 물론 나 자신의 것이지만 모든 사건들이 실제 일어난 대로 기술된 것은 아니다. 개중의 어떤 것들은 나의 삶이 아니라 나의 친한 사람들의 생활에서 따와 주인공에게 옮겨 놓은 것이다. 이 책은 내가 바라던 것을 이루어 주었다. 이 책이 세상에 나왔을 때(그때 세계는 한창 무서운 전쟁[3] 중이어

---

3) 이 책은 제1차 세계대전이 한창이던 1915년에 출판되었다.

서 온통 전쟁의 고통과 공포에 마음을 쓰고 있었기 때문에 내가 그린 허구적 인물의 모험에 관심을 둘 여유가 없었다.) 나는 그동안 나를 괴롭혀 왔던 고통과 불행한 기억으로부터 해방되었음을 알 수 있었다. 이 작품은 아주 호의적인 평을 받았다. 시오도어 드라이저[4]는 《뉴 리퍼블릭》 지에 긴 비평을 썼는데, 그가 쓴 모든 글의 특징이 되는 지성과 공감을 가지고 내 작품을 다루어 주었다. 하지만 대부분의 소설들이 그렇듯이 내 소설도 세상에 나온 지 몇 달 뒤에는 사람들로부터 영원히 잊혀 버릴 것만 같았다. 그런데 어떤 계기로 그렇게 되었는지는 알 수 없으나 이 소설은 몇 년 뒤 미국의 많은 저명 작가들의 주목을 끌게 되었다. 그리고 그들이 신문과 잡지에 계속 내 작품을 언급함으로써 점차 일반 대중에게 알려지게 되었다. 이 소설이 다시 새로운 생명을 누리게 된 것은 이 작가들 덕분이라고 할 수 있다. 이 소설이 해가 갈수록 성공을 거두게 된 것에 대해서는 이들에게 감사드리지 않을 수 없다.

---

4) Theodore Dreiser(1871~1945). 미국의 자연주의 작가. 대표작으로 『시스터 캐리(Sister Carrie)』, 『아메리카의 비극(An American Tragedy)』 등이 있다.

인간의 굴레에서 1

1

희끄무레하게 날이 밝았다. 구름이 나직이 깔리고 쌀쌀한 기운이 도는 것이 아무래도 눈이 내릴 것 같았다. 유모는 아이가 자고 있는 방으로 들어가 커튼을 열어젖혔다. 그러고는 주랑 현관이 딸리고 회 벽토를 바른 건너편 집을 버릇처럼 무심하게 힐끔 건너다보고는 아이의 침대 곁으로 갔다.

"필립, 일어나." 유모는 아이를 깨웠다.

그녀는 이불을 걷어 내린 다음 아이를 일으켜 안고 아래층으로 내려갔다. 아이는 아직 잠이 덜 깨어 있었다.

"엄마가 찾으신다." 유모가 아이에게 말했다.

그녀는 아래층에 있는 방의 문을 열고 들어가 한 여인이 누워 있는 침대로 아이를 데려갔다. 여인은 아이의 어머니였다. 그녀는 두 팔을 벌렸다. 아이는 어머니 옆구리로 파고들었다.

왜 깨웠느냐고 묻지 않았다. 여인은 아이의 눈에 입을 맞추고, 작고 가냘픈 손을 흰 플란넬 잠옷 위로 뻗어 아이의 따뜻한 몸뚱이를 쓰다듬었다. 그러고는 아이를 꼭 껴안았다.

"졸리니, 얘야?"

여인의 목소리는 너무 힘이 없어 아주 먼 데서 들려오는 것 같았다. 아이는 대답 대신 그저 싱긋 웃음을 지어 보였다. 큼직하고 따뜻한 침대 속에서 포근한 팔에 안겨 있으니 기분이 퍽 좋은 모양이었다. 아이는 몸을 더욱 웅크리고 어머니 품에 바짝 파고들었다. 그러고는 잠결 속에서 어머니에게 입맞추었다. 아이는 곧 눈을 감고 깊이 잠들어 버렸다. 의사가 침대 곁으로 다가왔다.

"아직 데려가지 마세요." 어머니가 신음하듯 말했다.

의사는 무거운 표정으로 묵묵히 여인을 내려다보았다. 여인은 아이를 오래 붙들고 있을 수 없다는 것을 깨닫고 다시 한 번 아이에게 입을 맞추었다. 그녀는 아이의 몸을 어루만지면서 발목께까지 더듬어 갔다. 그런 다음 아이의 오른발을 거머쥐고 자그마한 발가락들을 하나하나 만져 보았다. 이번에는 천천히 손을 왼발로 옮겨 갔다. 그녀는 흑 하고 흐느꼈다.

"아니, 왜?" 의사가 물었다. "피곤하신가 보군요."

여인은 말을 못 하고 머리를 가로저었다. 눈물이 볼을 타고 흘러내렸다. 의사가 몸을 구부렸다.

"아이를 이리 주십시오."

여인은 너무 힘이 없어 의사의 뜻에 저항할 수 없었다. 그녀는 아이를 단념하고 말았다. 의사는 아이를 유모에게 건네주었다.

"아이 방에 다시 데려다 눕히는 게 좋겠소."

"그러죠, 선생님."

어린애는 잠이 든 채 어머니 곁을 떠났다. 아이의 어머니가 서럽게 흐느껴 울었다.

"불쌍한 아이, 저 애는 이제 어떻게 되죠?"

산모 간호사가 여인을 달래려고 애썼다. 이윽고 여인은 탈진한 듯 울음을 그쳤다. 의사는 방 건너편의 테이블 쪽으로 걸어갔다. 테이블 위에는 사산한 아이의 시신이 수건으로 덮여 있었다. 의사는 수건을 들추어 보았다. 의사의 모습은 칸막이에 가려 침상에서는 보이지 않았지만 여인은 그가 무엇을 하고 있는지 알 수 있었다.

"딸이었어요, 아들이었어요?" 나지막한 목소리로 그녀는 간호사에게 물었다.

"이번에도 아드님이셨어요."

여인은 아무 말도 하지 않았다. 곧 유모가 돌아와 침대로 다가왔다.

"필립 도련님[1]이 깨질 않네요." 그녀가 말했다.

잠시 침묵이 흘렀다. 의사는 다시 한번 환자의 맥을 짚었다.

"지금으로선 제가 할 수 있는 일이 아무것도 없는 것 같군요. 아침 식사 후에 다시 오겠습니다." 그가 말했다.

---

1) 아직 성인에 이르지 못한 소년에 사용했던 'Master'라는 경칭을 '도련님'이라고 번역.

"문 밖까지 모셔다 드릴게요, 선생님." 유모가 말했다.

그들은 말없이 층계를 내려갔다. 현관에서 의사는 걸음을 멈췄다.

"케리 부인 시아주버니 되는 분에겐 연락했지요?"

"네, 선생님."

"몇 시에 도착합니까?"

"글쎄요. 전보를 기다리고 있는 중인데요."

"아이는 어떻게 하실 셈인가? 다른 곳으로 보내는 게 좋을 듯하오만."

"미스 왓킨[2]이 데려가시겠다고 하던데요, 선생님."

"그 사람이 누구죠?"

"아이의 대모예요. 그런데 선생님, 케리 부인은 괜찮을까요?"

의사는 고개를 가로저었다.

2

일주일 뒤였다. 필립은 온슬로 가든스 거리에 있는 미스 왓킨의 집 응접실 마루에 앉아 있었다. 외동아들이라 혼자 노는 데 익숙했다. 방에는 커다란 가구들이 꽉 차 있었다. 소파마

---

2) 영어의 '미스(Miss)'는 주로 결혼하지 않은 젊은 여성을 부르는 말이지만, 결혼 전 이름을 사용하는 여성의 성 앞에 붙이기도 하고, 나이와 관계없이 비혼 여성의 성 앞에 붙이기도 하는 경칭이다. 미스 왓킨은 여기에서 젊은 여성이 아니다.

다 큼직한 쿠션이 세 개씩 놓여 있고, 안락의자들에도 쿠션이 하나씩 놓여 있었다. 필립은 이 쿠션들을 죄다 모으고, 가벼워서 옮기기 쉬운 도금한 파티용 의자들까지 이용해 정성 들여 동굴 모양을 만들어 놓았다. 그 안에 들어가 커튼 뒤에 숨어 있는 아메리카 인디언들에게 들키지 않도록 몸을 숨길 작정이었다. 그는 마룻바닥에 귀를 갖다 대고 초원을 달리는 들소 떼의 발굽 소리를 들었다. 얼마 뒤, 누군가가 문을 여는 소리가 들렸다. 그는 들키지 않으려고 숨을 죽였다. 하지만 누군가가 의자를 와락 잡아 빼는 바람에 쿠션들이 와르르 쏟아지고 말았다.

"이 못된 녀석, 왓킨 아주머니가 정말 화내시겠다."

"안녕, 에마!"

유모는 몸을 수그려 아이에게 입을 맞추고는 쿠션들을 흔들어 펴서 다시 제자리에 갖다 놓았다.

"나, 이제 집에 갈 수 있는 거야?" 아이가 물었다.

"그래, 내가 널 데리러 왔다."

"새 옷을 입었네."

그해가 1885년이었는지라, 에마는 허리받이를 댄 치마를 입고 있었다. 웃옷은 검은 벨벳 옷인데 소매가 꼭 조이고 어깨선이 비스듬했으며, 치마에는 세 개의 커다란 주름 장식이 달려 있었다. 그녀는 벨벳 끈이 달린 검은 보닛을 쓰고 있었다. 그녀는 망설였다. 기다리던 질문이 나오지 않았기 때문에 준비해 둔 대답을 할 수 없었다.

"엄마가 어떠시냐고 묻지 않을 거니?" 더 기다리지 못하고 물었다.

"참, 깜빡했네, 엄마는 어떠세요?"

이 물음에 대한 대답은 준비되어 있었다.

"엄마는 편안하게 잘 계시단다."

"잘됐네요."

"엄마는 이제 안 계셔. 넌 이제 엄마를 영영 만나지 못한다."

필립은 무슨 뜻인지 알 수 없었다.

"왜요?"

"천국에 계시거든."

그녀가 울기 시작했고 필립도 영문을 모른 채 덩달아 울었다. 에마는 키가 크고 뼈대가 굵은 여자로 머리는 금발이었고 이목구비가 큼직큼직했다. 데번셔[3] 출신이었는데 런던에서 여러 해 일을 했지만 그 걸쭉한 사투리는 아직도 그대로였다. 눈물이 감정을 북받치게 하는지 그녀는 아이를 가슴에 꼭 껴안았다. 세상에 하나뿐인 진정한 헌신적 사랑, 그 사랑을 빼앗겨 버린 이 아이가 측은하게만 느껴졌다. 이 아이를 낯선 사람들에게 맡겨야 한다고 생각하니 가슴이 아팠다. 이윽고 그녀는 정신을 가다듬었다.

"윌리엄 큰아버지가 기다리고 계셔. 가서 왓킨 아주머니에게 인사 드리고 집에 가자."

"싫어요. 인사 안 할래요." 아이는 본능적으로 눈물을 감추려고 하면서 말했다.

---

3) 잉글랜드 남서부의 주.

"알았다. 그럼 얼른 뛰어 올라가서 모자를 가져와라."

모자를 가지고 아래층으로 내려와 보니, 에마가 현관에서 기다리고 있었다. 응접실 뒤쪽 서재에서 두런거리는 말소리가 들렸다. 그는 걸음을 멈췄다. 미스 왓킨과 그의 언니 되는 사람이 친구들과 이야기를 나누고 있었다. 그에게 문득—그때 그는 아홉 살이었다.—이런 생각이 들었다. 방에 들어가면 사람들이 나를 가엾게 생각해 줄지도 몰라.

"왓킨 아주머니에게 인사 드리고 올까?"

"그러는 게 좋겠다." 에마가 말했다.

"들어가서 인사 드리겠다고 말해 줘요."

그는 이 기회를 최대한 이용하고 싶었다. 에마는 문을 두드리고 방 안으로 들어갔다. 에마의 말소리가 들려왔다.

"필립 도련님이 작별 인사를 하겠답니다."

말소리가 뚝 그쳤다. 필립은 절름거리며 방 안으로 들어갔다. 헨리에타 왓킨은 얼굴이 붉고 머리를 염색한 뚱뚱한 여자였다. 그 무렵에는 머리를 염색하면 사람들 사이에 말들이 많았다. 필립도 대모가 머리를 염색했을 때 집안에서 이러쿵저러쿵 말들이 많았던 걸 기억한다. 그녀는 언니와 살고 있었는데 언니는 늙어 가는 것을 별 불만 없이 받아들이는 편이었다. 필립이 잘 모르는 부인 두 사람이 거기에 있었다. 그들은 필립을 유심히 바라보았다.

"불쌍한 것 같으니." 미스 왓킨은 두 팔을 벌리고 필립을 맞았다.

그녀는 울기 시작했다. 이제야 필립은 그녀가 왜 점심을 먹으러 나오지 않았는지, 왜 검은 옷을 입고 있는지 알 것 같았다. 그녀는 말을 잇지 못했다.

"집에 가야 해요." 마침내 필립이 말했다.

그는 미스 왓킨의 팔에서 빠져나왔다. 그녀는 한 번 더 입을 맞추었다. 필립은 미스 왓킨의 언니 되는 사람에게도 가서 작별인사를 했다. 모르는 부인 가운데 한 사람이 자기도 입을 맞추어도 좋으냐고 물었다. 필립은 의젓하게 그래도 좋다고 했다. 그는 울고 있었지만, 자기 때문에 사람들이 뭔가 슬퍼하고 있는 것이 묘하게 기분 좋았다. 관심을 끌고 있다는 느낌이 싫지 않아 그 자리에 좀 더 있고 싶은 생각도 들었다. 하지만 다들 자기가 가는 걸 기다리는 것 같아 에마가 기다리고 있다고 말했다. 그는 방에서 나왔다. 에마는 지하실에 있는 친구를 보러 가고 없어 그는 층계참에서 그녀가 오기를 기다렸다. 헨리에타 왓킨의 말소리가 들려왔다.

"저 아이 어머니와 아주 친한 친구였어요. 죽었다니 믿을 수가 없네요."

"헨리에타, 내가 뭐라든. 장례식에 가지 말라고 했지." 그녀의 언니가 말했다. "네가 속상해할 줄 알았다."

그러자 손님 가운데 한 사람이 말했다.

"가엾기도 하지. 천애 고아가 되었으니 이제 어떡허나. 다리를 절던데."

"네, 발이 굽었어요. 곤봉발[4]이래요. 그것 때문에 제 어미

---

4) 필립은 기형 발을 가지고 태어났다. 곤봉발(club-foot)의 의학적 명칭은

가 무척 가슴 아파했죠."

그때 에마가 돌아왔다. 에마는 마차를 불러 잡고 마부에게 행선지를 말해 주었다.

3

케리 부인이 세상을 떠난 집—켄싱턴[5]의 노팅힐 게이트와 하이 스트리트 사이의 음울한 고급 주택가에 있었다.—에 돌아와, 에마는 필립을 데리고 응접실로 갔다. 필립의 백부는 조화를 보내 준 사람들에게 감사 편지를 쓰고 있었다. 장례가 끝난 뒤에 배달된 조화 하나가 마분지 상자 안에 담긴 채 응접실 테이블 위에 놓여 있었다.

"필립 도련님이 오셨습니다." 에마가 말했다.

케리 씨는 천천히 일어나 아이와 악수를 나누었다. 그러나 다음 순간 생각을 고친 듯, 몸을 굽혀 아이의 이마에 입을 맞추었다. 그는 보통보다 키가 조금 작은 남자로 뚱뚱한 편이었고, 대머리를 감추려는 듯 머리를 길게 길러 뒤로 빗어 넘기고 있었다. 말끔하게 면도를 한 모습이었다. 생김새가 번듯하여 젊었을 적에는 미남 소리를 들었을 법했다. 시곗줄에 금십자가가 매달려 있었다.

'선천성 만곡족(彎曲足)'이다.

5) 이전의 런던 서부의 자치구. 현재는 켄싱턴앤드첼시(Kensington and Chelsea)의 일부.

"얘야, 넌 이제 나랑 같이 살게 되었다. 괜찮겠니?" 케리 씨가 물었다.

두 해 전 수두에 걸렸을 때 필립은 백부의 사제관에 내려가 지낸 적이 있었다. 그런데 다락방과 널찍한 뜰만 기억날 뿐 큰아버지 큰어머니는 별로 기억이 나지 않았다.

"네."

"이제 이 큰아버지와 루이자 아주머니를 친아버지 어머니처럼 생각해야 한다."

아이의 입이 약간 떨렸고, 얼굴이 붉어졌으나 대답은 없었다.

"네 어머니가 나더러 널 맡아 달라 하셨다."

케리 씨는 말을 제대로 전달하기가 쉽지 않다고 느꼈다. 제수씨가 죽어 가고 있다는 기별을 받고 당장 런던으로 올라오기는 했지만, 오는 길 내내 생각했던 것은 동생의 아내가 죽어 그 아들을 떠맡게 되면 생활이 얼마나 번거로워질까 하는 것뿐이었다. 오십을 훨씬 넘긴 나이인데 결혼한 지 삼십 년이 되어도 아내에게는 어린애가 없었다. 떠맡게 될 아이가 소란스럽고 버릇없는 아이일지도 모를 일이라 앞날에 대한 짐작이 즐거울 턱이 없다. 그는 동생의 아내를 별로 좋아하지 않았다.

"너를 내일 블랙스터블로 데려가겠다." 그가 말했다.

"에마도 같이 가나요?"

아이는 에마의 손을 잡았다. 유모도 아이의 손을 꼭 쥐었다.

"에마는 고향 집으로 돌아가야 할 것 같다."

"에마랑 같이 가고 싶어요."

필립은 울기 시작했다. 유모도 울음을 참지 못했다. 케리 씨는 난감한 표정으로 두 사람을 바라보았다.

"잠깐 자리 좀 비켜 주겠소? 필립 도련님하고만 있게."

"그러죠."

필립은 그녀에게서 떨어지지 않으려 했으나 유모는 가만히 그를 떼어 놓았다. 케리 씨는 아이를 무릎에 앉힌 다음 어깨에 팔을 두르고 말했다.

"울면 안 된다. 넌 이제 다 커서 유모가 필요 없다. 네 학교 문제를 생각해 볼 작정이다."

"에마랑 같이 가고 싶어요." 아이가 우겼다.

"돈이 많이 들어서 안 된다, 얘야. 네 아버지가 남겨 놓은 게 별로 많지가 않아. 나도 어떻게 된 셈인지 모르겠다. 한 푼이라도 허투루 쓸 수가 없다."

케리 씨는 바로 어제 가족 변호사를 만났다. 필립의 아버지는 유능한 외과 의사였고, 병원에서 맡은 직책으로 미루어 생활은 안정적이라 여겨졌었다. 그래서 그가 돌연 패혈증으로 죽었을 때 아내에게 남긴 재산이 고작 생명 보험과 브루턴 스트리트의 저택에서 받을 수 있는 집세뿐이었던 것은 뜻밖이었다. 이게 바로 반년 전의 일이었다. 케리 부인은 그때 이미 몸이 허약한 상태였는데 아이를 가진 것을 알고는 너무 당황한 나머지 세를 들겠다는 사람이 나서자 더 알아보지도 않고 덜컥 집을 내주고 말았던 것이다. 그런 다음 가구와 세간은 다 창고에 넣어 두고, 사제(司祭)[6]의 생각에는 터무니없는 임대

6) 케리 씨는 블랙스터블 지역의 교무를 관할하는 영국 교회의 'vicar'이

료를 주고 가구 딸린 집을 일 년 동안 빌렸다. 애를 낳을 때까지는 아무 불편도 겪고 싶지 않았던 것이다. 이 여자는 돈 관리하는 일에 전혀 경험이 없었다. 형편이 달라졌음에도 씀씀이를 조절할 줄 몰랐다. 얼마 되지 않은 것마저 이렇게 저렇게 다 써 버려서, 이제 장례 비용을 제하고 나니 겨우 이천 파운드[7] 정도밖에 남지 않았다. 그것으로 아이가 자립할 때까지 돌봐 주어야 한다. 이런 사정을 필립에게 다 설명해 줄 수는 없는 노릇인데 애는 여전히 훌쩍훌쩍 울고 있다.

"에마한테 가 봐라." 이 아이는 유모가 달래는 게 역시 낫겠다 싶었다.

필립은 말없이 백부의 무릎을 빠져나갔다. 케리 씨는 그를 불러 세웠다.

"내일 떠나야 하니 그리 알아라. 토요일에는 내가 설교 준비를 해야 하니까. 에마더러 오늘 안으로 네 물건을 챙기라고 해라. 장난감은 다 가져가도 좋아. 혹시 네 아버지 어머니가

다. 'vicar'란 주교의 일을 대리하는 사제라는 뜻이다. 개신교에서는 모든 성직자를 '목사(pastor)'라고 부르나 영국 교회에서는 직위에 따라 '주교', '사제', '부제'라는 명칭을 사용한다. 사제에 대한 호칭도 가톨릭에서처럼 '신부님(Father)'이다. 우리나라의 영한사전은 'vicar'를 대개 '교구 목사'라고 번역해 놓고 있지만 이는 잘못된 것이다. 케리 씨의 직책은 블랙스터블 교무구의 '관할사제'이다.

7) 파운드는 영국에서 가장 높은 화폐 단위이다. 이 소설의 배경이 되는 시대에 일 파운드라면 하루 열두 시간 노동을 하는 노동자가 닷새를 일해야 벌 수 있는 금액이었다고 한다. 따라서 '이천 파운드'라면 굉장한 재산은 아니지만 잘만 투자하면 평생 굶지 않고 살 만한 액수는 되었다.

쓰시던 물건 가운데 기념으로 갖고 싶은 게 있으면 한 가지씩 가져가도 좋다. 딴건 다 팔겠다."

아이는 조용히 방을 나갔다. 케리 씨는 일 처리에 익숙지 못했다. 언짢은 기분으로 그는 다시 편지를 쓰기 시작했다. 책상 한쪽에 청구서 뭉텅이가 놓여 있었는데 그것들 때문에 울화가 치밀었다. 그 가운데 하나는 참으로 어처구니없는 것이었다. 케리 부인이 숨을 거두자 에마가 고인이 누워 있는 방을 장식한다고 꽃집에다 흰 꽃을 터무니없이 잔뜩 주문했던 것이다. 순전히 돈 낭비였다. 에마는 제멋대로 지나친 결정을 한 것이다. 재정적으로 어려운 문제가 없다고 하더라도 이런 여자는 해고시키고 말 것이다.

그러나 에마에게 간 필립은 그녀의 품에 얼굴을 파묻고 가슴이 찢어져라 울었다. 에마도 아이가 친자식 같은 기분이 드는지—하기야 태어난 지 한 달 만에 맡았으니까—부드러운 말로 달랬다. 언젠가 꼭 만나러 가겠고, 절대 잊지 않겠노라고 했다. 아이가 가서 살게 될 시골과 데번셔에 있는 자기 집 이야기도 했다. 자기 아버지는 엑서터로 통하는 국도 통행료 징수원으로 일하고 있으며, 외양간에는 돼지들이 있고, 암소가 한 마리 있으며, 이 암소가 바로 얼마 전에 새끼를 낳았다는 것 등을 이야기하자 어느새 필립은 울던 것을 잊고 내일 당장 떠날 시골 여행 생각에 마음이 들뜨기 시작하는 것이었다. 이윽고 에마는 필립을 내려놓았다. 할 일이 많았다. 필립은 에마를 도와 제 옷가지를 침대 위에 꺼내 놓았다. 에마는 필립을 아이 방에 보내 장난감들을 챙기게 했다. 얼마 되지 않아 아이는 모든 것을 잊고 신나게 놀고 있었다.

마침내 혼자 놀기에 싫증이 난 아이가 다시 침실로 돌아왔다. 에마가 그의 물건들을 커다란 함석 궤짝에 집어넣고 있었다. 아버지 어머니가 쓰시던 물건 가운데 기념으로 간직하고 싶은 것이 있으면 가지고 가도 된다던 큰아버지 말이 생각났다. 에마에게 그 얘기를 하고, 무얼 가져갔으면 좋겠느냐고 물었다.

"거실로 가서 마음에 드는 게 있나 봐라."

"거긴 큰아버지가 계셔요."

"괜찮다. 이제는 다 네 물건이니까."

필립은 천천히 아래층으로 내려갔다. 문이 열려 있었다. 케리 씨는 어딘가로 나가고 보이지 않았다. 필립은 천천히 방을 돌며 살펴보았다. 이곳에 온 지 얼마 되지 않아 관심을 끄는 것이 별로 없었다. 그곳은 남의 방 같았고, 그래서 마음을 끄는 것이 하나도 없었다. 하지만 어느 것이 어머니 물건이고 어느 것이 집주인의 물건인지는 알 수 있었다. 그는 조그만 시계 하나를 골랐다. 언젠가 어머니가 맘에 든다고 하던 시계였다. 시계를 껴안고 어쩐지 서글픈 기분이 되어 다시 위층으로 올라갔다. 어머니의 침실 문 밖에서 걸음을 멈추고 귀를 기울였다. 그 방에 들어가선 안 된다고 한 사람은 없었지만 왠지 들어가면 안 될 것 같은 기분이 들었다. 어쩐지 겁이 나고 가슴이 불안하게 두근거렸다. 그러나 동시에 무언가가 방문 손잡이를 돌리도록 충동질했다. 마치 안에 있는 사람에게 들리지 않게 하려는 듯, 그는 조심스럽게 손잡이를 돌려 방문을 가만히 밀어젖혔다. 잠시 문지방에 서서 그는 마음을 가다듬었다. 이제 무서움은 가셨지만 방은 낯설게 느껴졌다. 등 뒤로 문을 닫았다. 블라인드가 내려져 있어 방 안은 일월 오후의 차가운 햇빛 속에서 어두컴컴했다. 화장대 위에는 케리 부인의 솔빗과 손거울이 놓여 있었다. 조그만 쟁반에 머리핀들이 들어 있고, 벽난로 위에는 자신의 사진과 아버지 사진이 세워져 있었다. 전에도 어머니가 안 계실 때 가끔 이 방에 들어와 보긴 했지만 이번에는 어쩐지 달라 보였다. 의자들 모양도 야릇해 보였다. 침대에 이부자리가 잘 정돈되어 있는 게 오늘 밤에도 거기서 잘 사람이 있는 것 같았다. 베갯머리에 있는 상자 속에는 잠옷도 들어 있었다.

필립은 옷들이 가득 들어 있는 커다란 옷장을 열어 보았다. 그러고는 그 안으로 들어가 옷들을 두 팔로 한 아름 껴안고 얼굴을 파묻었다. 옷에서 어머니가 사용하던 향수 냄새가 났다. 이번에는 서랍을 열어 보았다. 어머니의 물건이 가득 차 있었다. 그것들을 한동안 들여다보았다. 속옷 사이에는 라벤더 향주머니가 들어 있었다. 냄새가 상큼하고 기분 좋았다. 이제 방은 낯설게 느껴지지 않았다. 어머니는 방금 산책을 나간 것만 같았다. 얼마 있으면 돌아와서 이 층으로 올라와 나와 함께 간식[8]을 먹을 거야. 그렇게 생각하자 엄마가 그의 입술에

---

8) 빅토리아 시대의 영국인들은 오후에 차를 곁들인 가벼운 간식을 먹었다.(차를 곁들이기 때문에 이 간식을 보통 'tea'라고 부른다.) 이 간식은 계층마다 먹는 방식이나 음식이 약간씩 다르다. 상류 계층은 오후 세 시경에 샌드위치와 케이크를 간단히 먹는다. 그런 다음, 여덟 시경에 저녁 식사

입을 맞춰 주는 것만 같았다.

엄마를 다시 볼 수 없다는 것은 거짓말이었다. 거짓말이야, 그럴 리가 없어. 그는 침대에 기어 올라가 베개를 베고 누웠다. 그렇게 그는 꼼짝 않고 누워 있었다.

4

필립은 눈물을 흘리며 에마와 헤어졌지만 블랙스터블[9] 여행은 재미있었다. 목적지에 도착할 즈음에는 다 잊어버리고 기운이 났다. 블랙스터블은 런던에서 육십 마일 떨어진 곳에 있었다. 짐은 짐꾼에게 맡기고, 케리 씨는 필립과 사제관을 향해 걸었다. 오 분이 채 걸리지 않는 거리였다. 사제관에 다 왔

(supper)를 더 한다. 정찬(dinner)은 주로 낮에 하는데 저녁에 정찬을 하는 경우도 있다. 필립의 가족과 같은 중류 계층은 간식을 꽤 푸짐하게 먹는다. 어린 사람들에게는 이것이 보통 하루의 마지막 식사가 되지만 어른들은 저녁에 가벼운 식사를 더 하기도 한다. 노동 계층은 주로 버터 바른 빵, 치즈, 그리고 약간의 고기를 맥주 한 잔 정도에 곁들여 먹는데 그들에게는 이것으로 하루 식사가 끝이다. 따라서 이들에게는 이 'tea'가 간식이라기보다는 저녁 식사가 된다. 요즘에는 영국의 대부분의 지방에서 저녁 식사를 'tea'라고 부르는 경향이 있고 일부 지방에서는 'dinner' 혹은 'supper'라고 한다.

9) '블랙스터블(Blackstable)'은 작가가 어린 시절 숙부의 보살핌을 받으며 자랐던 '위츠터블(Whitstable)'의 지명을 앞 글자만 바꾼 것이다. '희다'는 뜻의 Whit-을 '검다'는 뜻의 Black-으로 바꾸었다. 위츠터블은 잉글랜드 남동쪽에 위치한 켄트 주 북쪽 해안에 위치한 작은 타운이다. 남쪽으로 8킬로미터 떨어진 곳에 캔터베리가 있다.

을 때, 필립은 문득 전에 보았던 대문 생각이 났다. 가로대가 다섯 개인 붉은 대문이었다. 돌쩌귀가 잘 움직여 문이 앞뒤로 열렸다. 안 된다고는 했지만 문 위에 올라타 그네를 탈 수도 있었다. 두 사람은 뜰을 지나 현관으로 갔다. 현관문은 손님을 맞이할 때나 일요일, 그리고 특별한 경우, 가령 사제가 런던에 다녀오거나 할 때에만 사용했다. 가족이 드나들 때는 옆문을 이용했다. 정원사나 거지 부랑아들이 쓰는 뒷문도 있었다. 사제관은 노란 벽돌로 지은 빨간 지붕의 꽤 큰 집으로, 이십오 년 전쯤에 교회 양식으로 지은 것이었다. 입구는 교회의 현관 같았고 응접실 창은 고딕식이었다.

케리 부인은 두 사람이 몇 시 기차로 올지 알고 있었기 때문에 응접실에서 문 소리에 귀를 기울이며 기다리고 있었다. 기척이 있자 그녀는 문간으로 나갔다.

"루이자 큰어머니다." 케리 씨가 아내를 보고 말했다. "얼른 뛰어가서 인사 드려라."

필립은 다리를 절면서 뒤뚱뒤뚱 뛰어가다 말고 섰다. 케리 부인은 남편과 같은 나이인데 쭈글쭈글해진 조그만 여자였다. 얼굴에 유난히 깊이 패인 주름들이 가득하고, 눈은 엷은 푸른색이었다. 희끗희끗한 머리를 젊었을 적에 했던 그대로 동글동글 말아 올리고 있었다. 까만 옷을 입고 있었고, 장식이라고는 십자가를 매단 금줄뿐이었다. 수줍어하는 태도에 목소리는 부드러웠다.

"아니, 당신 걸어왔어요?" 그녀는 남편에게 키스하면서 나무라듯 말했다.

"미처 그걸 생각 못 했군." 사제는 힐끔 조카를 보며 대답했다.

"걸어오느라 힘들지 않았니, 얘야?" 그녀는 필립에게 물었다.

"아뇨. 전 늘 걸어다니는걸요."

필립은 어른들이 주고받는 말에 약간 놀랐다. 루이자 백모의 재촉에 두 사람은 현관으로 들어섰다. 현관 바닥에는 빨간 타일과 노란 타일이 깔려 있었고, 타일에는 그리스 십자가와 하느님의 어린 양[10] 그림이 번갈아 그려져 있었다. 어마어마해 보이는 계단이 현관 앞에서부터 위층으로 죽 뻗어 있었다. 계단은 반질반질한 소나무 재목으로 만들었는데 특이한 냄새가 났다. 교회의 좌석을 새로 갈 때 다행히도 목재가 남아 그것으로 만든 것이었다. 난간에는 네 복음서의 저자들을 상징하는 그림들이 새겨져 있었다.

"난로에 불을 피워 뒀어요. 오는 길에 추우셨을 거 같아서." 케리 부인이 말했다.

거실에 놓은 커다란 검은 난로를 말하는 것이었는데 날씨가 아주 나쁘거나 사제가 감기에 걸렸을 때만 불을 피웠다. 케리 부인이 감기에 걸렸을 때는 피우지 않았다. 석탄이 비쌌기 때문이다. 게다가 하녀인 메리 앤은 온 집 안에 불을 피우는 것을 좋아하지 않았다. 사방에 불을 피우려면 하녀를 하나 더 둘 수밖에 없었다. 불을 하나만 피울 수밖에 없었으므로 케

---

10) '그리스 십자가'는 네 가지의 길이가 똑같은 십자가를 말하고, '하느님의 어린 양'은 그리스도를 형상화한 그림을 말한다.

리 부부는 겨울을 식당방에서 났는데 여름에도 그 습관을 버릴 수 없었다. 응접실은 일요일 오후 케리 씨가 낮잠을 잘 때만 이용했다. 하지만 토요일에는 설교문을 쓰기 위해 그는 서재에 불을 피웠다.

루이자 백모는 필립을 데리고 위층으로 올라가, 마차 대는 곳이 내다보이는 조그만 침실을 보여 주었다. 창문 바로 앞에 커다란 나무가 서 있었다. 이제야 생각이 났다. 가지가 아주 낮게 드리워져 있어 아주 높은 데까지 올라가 볼 수 있었다.

"넌 어린애니까 작은 방을 주마. 혼자 자도 무섭지 않겠지?"

"네, 안 무서워요."

전에 아이가 이곳에 왔을 때는 유모가 따라왔기 때문에 케리 부인이 직접 아이를 돌볼 일이 별로 없었다. 그녀는 미심쩍은 마음으로 아이를 바라보았다.

"혼자서 세수할 수 있니? 아니면 내가 시켜 줄까?"

"혼자 할 수 있어요." 아이는 자신 있게 대답했다.

"좋아, 나중에 간식 먹으러 올 때 잘 씻었나 보자꾸나." 케리 부인이 말했다.

그녀는 어린애에 대해서는 아무것도 몰랐다. 필립이 블랙스터블에 내려오기로 결정됐을 때 케리 부인은 이 애를 어떻게 대해야 할지 걱정이었다. 하여간 뒷바라지를 열심히 하리라 생각했다. 하지만 막상 아이가 와서 보니 아이가 자기를 어려워하기도 했지만 자기도 아이 대하기가 여간 어색한 게 아니었다. 아이가 소란스럽거나 거칠지 않기를 바랐다. 남편이 거칠고 소란스러운 애들이라면 질색을 했기 때문이다. 부인은 필립에게 이제 그만 가 보겠다 하고 나갔다가 금세 다시 돌아와 문을 두드렸다. 그녀는 문 밖에서 필립에게 물을 혼자 따를 수 있겠느냐고 물었다. 그런 다음 아래층으로 내려가서 간식 시간을 알리는 종을 울렸다.

응접실은 널찍하고 좌우의 비례도 적절했는데 양쪽에 창문이 나 있었고 창문에는 붉은 능직 커튼이 육중하게 드리워져 있었다. 한가운데에 커다란 테이블이 놓여 있고, 한쪽에는 거울이 달린 커다란 마호가니 장식장이 놓여 있었다. 한구석에 오르간이 있었다. 벽난로 양편에 무늬 가죽을 댄 의자들이 있었는데 둘 다 등받이 덮개가 씌워져 있다. 그중 하나, 팔걸이가 있는 의자는 '남편'이라 불렸고, 팔걸이 없는 다른 하나는 '부인'이라 불렸다. 케리 부인은 팔걸이 있는 의자에는 앉지 않았다. 너무 푹신한 의자는 싫다고 했다. 늘 할 일이 많은 사람이 팔걸이 의자에 앉으면 일어나기가 쉽지 않다는 것이었다.

필립이 들어갔을 때 케리 씨는 불을 쑤시고 있었다. 그는 조카에게 부젓가락이 두 개 있다는 것을 손가락으로 가리켜 보여 주었다. 하나는 크고 반질반질 윤이 났는데 사용하지 않는 것으로, '관할사제'라고 불렀다. 훨씬 작은 또 하나의 부젓가락은 불붙은 장작을 무수히 쑤셔 댄 것으로 보였는데, 그것은 '보좌사제'라고 불렀다.

"오늘은 무슨 음식이오?" 케리 씨가 물었다.

"메리 앤더러 계란을 하나 삶으랬어요. 먼 길 다녀오느라 시장하실 것 같아서."

케리 부인은 남편이 런던에서 블랙스터블까지 오느라고 아주 힘들었으리라 생각했다. 그녀는 여행을 거의 하지 않았다. 일 년 생활비를 삼백 파운드밖에 쓸 수 없었기 때문이다. 남편이 휴가를 얻어 어딘가에 가게 될 때는 두 사람이 쓸 돈이 없어 남편 혼자서만 갔다. 사제는 교회 의회에 참석하는 것을 좋아해서 어떻게든 일 년에 한 번씩은 런던에 올라갔다. 한번은 파리에 전람회 구경을 간 적도 있고, 스위스에도 두어 번 갔다. 메리 앤이 달걀을 가져와서 그들은 자리에 앉았다. 필립이 앉기에는 의자가 너무 낮았다. 케리 씨 부부는 잠시 어찌해야 할지 몰랐다.

"책을 몇 권 놓아 줄게요." 메리 앤이 말했다.

그녀는 오르간 위에 있던 커다란 성경책과 사제가 기도할 때마다 읽는 기도서를 가져다가 필립의 의자 위에 놓아 주었다.

"아니, 여보, 어떻게 성경책에 앉아요." 케리 부인이 깜짝 놀라 말했다. "서재에서 딴 책을 가져다주시지 않겠어요?"

케리 씨는 이 문제를 잠시 생각해 보았다.

"메리, 기도서를 위에다 놓도록 하지. 이번만 괜찮은 걸로 하고. 공도문(公禱文)[11]이야 우리 같은 인간이 쓴 것이니까. 하느님께서 쓰셨다고 할 수 없지."

"그렇겠군요, 여보." 루이자 백모가 말했다.

필립은 책 위에 걸터앉았다. 사제는 기도를 마친 다음, 달걀의 윗부분을 잘랐다.

"자, 먹고 싶거든 이걸 좀 먹어 보아라." 사제는 달걀 윗부분

---

11) 영국 교회에서 사용하는 공동 기도서.

을 필립에게 건네며 말했다.

필립은 제 몫의 달걀도 하나 주었으면 싶었다. 하지만 자기 몫은 없었기 때문에 그거나마 받아 먹었다.

"나 없는 동안 달걀을 얼마나 낳았소?" 사제가 물었다.

"말도 말아요. 하루에 고작 한두 개밖엔 못 낳았어요."

"윗부분 맛이 어떠니, 필립?" 필립의 백부가 물었다.

"맛있어요. 고맙습니다."

"일요일 오후에 또 주겠다."

케리 씨는 일요일 간식 시간마다 늘 삶은 달걀 하나씩을 먹었다. 저녁 예배를 위한 힘을 얻기 위해서였다.

5

필립은 자기가 함께 살아가야 할 사람들에 대해 차츰 알게 되었다. 주고받는 말 토막들—어떤 것은 그가 들어서는 안 되는 것이기도 했는데—을 통해 그는 자신에 대해서, 그리고 죽은 양친에 대해서 많은 것을 알게 되었다. 필립의 아버지는 블랙스터블 관할사제보다 나이가 훨씬 아래였다. 성 누가 병원에서 우수한 경력을 쌓은 뒤 그는 정식 병원 의사가 되었고, 곧 상당한 돈을 벌기 시작했다. 그는 번 돈을 아낌없이 쓰는 사람이었다. 교회를 개축하면서 사제가 아우에게 기부를 부탁하자 아우가 대뜸 이백 파운드나 기부를 해서 그는 깜짝 놀랐다. 검소한 성격에 절약이 몸에 밴 케리 씨는 돈을 받으면서 착잡한 심정이었다. 교회를 위해서는 기뻤지만 거금을 낼 수 있는 동생이 부럽기도 하고, 여봐란듯 선심을 쓰는 태도에 은근히 약이 오르기도 했다. 그런 다음 헨리 케리는 자기 환자였던 여자와 결혼을 했다. 여자는 예뻤지만 돈은 한 푼도 없었고, 가까운 친척 하나 없는 고아였으나 집안은 좋았다. 결혼식장은 멋쟁이 친구들로 벅적댔다. 사제도 런던에 갈 기회가 있으면 그녀를 찾아보곤 했지만 늘 서먹서먹했다. 공연히 주눅이 들었고 그녀의 미모에 은근히 화가 치밀었다. 일 많은 외과의사의 아내로서는 걸맞지 않게 그녀는 늘 옷치장이 화려했다. 집 안에 멋진 가구를 들여놓고, 겨울에도 꽃에 파묻혀 살았는데 사제가 보기에는 한심스럽기 짝이 없는 사치였다. 사제는 그녀로부터 파티 가는 이야기를 많이 들었다. 사제가 집에 돌아와 아내에게 한 말이지만, 대접을 받으면 무어든 답례를 해야 할 텐데 그게 어디 보통 지출이겠는가. 식탁에 나온 포도를 본 적도 있는데 일 파운드에 줄잡아 팔 실링[12]은 주었을 것이다. 점심 때 대접받은 아스파라거스는 사제관 밭에서 나는 것보다 두 달은 일렀다. 이제 와서 보면 예측이 다 들어맞은 셈이었다. 사제는 경고를 무시하고 개심하지 않은 도시가 불과 유황으로 깡그리 불타는 것을 바라보며 느꼈을 예언자의 만족을 느꼈다. 필립은 불쌍하게도 무일푼이나 다름없었다. 이제 와서 제 어머니의 멋쟁이 친구들이 다 무슨 소용이

---

12) '실링'은 20분의 1파운드에 해당하는 화폐 단위이다. 1실링은 12펜스(페니)에 해당한다.

있단 말인가? 아이 아버지의 사치는 범죄적일 정도였다는 소리도 들렸다. 하늘의 뜻이 아이 어머니를 데려가는 게 낫다고 판단했다면 그것은 오히려 자비가 아니고 무엇이랴. 돈에 대한 그녀의 생각은 어린애보다 나을 게 없었다.

필립이 블랙스터블에 온 지 일주일쯤 되었을까, 백부를 몹시 언짢게 한 일이 일어났다. 어느 날 아침, 그는 아침 식탁에서 조그만 소포 꾸러미 하나를 보았다. 런던의 죽은 케리 부인 집에서 전교(轉交)되어 온 것이었다. 주소는 케리 부인 앞으로 되어 있었다. 사제가 소포를 뜯어 보니 케리 부인의 사진이 여남은 장 들어 있었다. 얼굴과 어깨까지만 찍은 상반신 사진들로, 머리 단장을 평소보다 수수하게 하고 머리카락을 이마에 내려뜨린 모습이 여느 때와는 다른 인상을 주었다. 얼굴은 야위고 초췌했으나 병이 아름다운 용모를 해치지는 못한 듯 커다랗고 검은 눈에는 필립이 이전에 보지 못했던 알 수 없는 슬픔이 어려 있었다. 죽은 여자를 본 순간 사제는 움찔 놀랐지만 곧 당혹감이 뒤따랐다. 사진은 최근에 찍은 것 같은데 도대체 이걸 누가 주문했단 말인가.

"필립, 이 사진 어떻게 된 건지 아니?" 사제가 물었다.

"엄마가 사진을 찍었다고 하신 말이 생각나요. 왓킨 아주머니께서 엄마를 야단치셨어요. 엄마 말씀이 이랬어요. 저 애가 큰 다음에 나를 기억할 수 있도록 뭔가 남기고 싶다고요."

케리 씨는 흘끗 필립을 바라보았다. 아이의 목소리는 맑고 높았다. 아이는 말은 기억하나 그 뜻은 모르고 있었다.

"한 장만 골라 가지렴. 네 방에 놓아두어라. 나머지는 내가 딴 데 간수하겠다." 케리 씨가 말했다.

사진 한 장을 미스 왓킨에게 보냈더니 사진을 찍은 경위를 설명하는 편지가 왔다.

어느 날, 자리에 누워 있던 케리 부인은 그날따라 약간 기분이 좋았다. 아침에 다녀간 의사의 표정이 밝았던 것 같다. 아이는 에마가 데리고 나가 없고 하녀들은 지하실에 내려가 있었다. 부인은 갑자기 이 세상에 혼자뿐인 듯한 뼈저린 외로움을 느꼈다. 보름만 있으면 출산인데, 어쩌면 그 일을 감당해 낼 수 없을지도 모른다는 생각이 들자 갑자기 두려움이 엄습했다. 아이는 겨우 아홉 살. 그 아이가 어떻게 자기를 기억할 수 있겠는가. 아이가 어른이 되고 나면 자기를 까맣게 잊어버리고 말 것이라고 생각하니 부인은 견딜 수가 없었다. 그녀는 아이를 끔찍하게 사랑했다. 아이가 몸이 약한 데다 불구이기도 해서 그랬고, 내 자식이라는 정 때문에도 그랬다. 그녀는 결혼 때 사진을 찍어 본 뒤로는 한 번도 찍어 본 적이 없었다. 결혼도 벌써 십 년 전 일이다. 마지막 모습이나마 자식에게 남겨 두고 싶었다. 사진이라도 남아 있으면 설마 제 어미를 깡그리 잊어버리기야 하겠는가? 하지만 하녀를 불러 일어나고 싶다고 하면 말릴 것이 뻔하다. 의사를 불러올지도 모른다. 이제는 다투거나 입씨름할 기력도 없다. 그녀는 침대를 빠져나와 옷을 주워 입기 시작했다. 너무 오랫동안 누워 있었던 탓에 다리가 후들거리고 발바닥이 저려 걸음을 옮기기가 어려웠다. 하지만 단념하지 않았다. 그녀는 혼자 머리를 매만진 적이 없었다. 팔을 들어 올려 머리를 빗으려 하자 현기증이 났다. 아무리 해도 하녀가 하던 대로는 되지 않았다. 그녀의 머리카락은 아름다웠다. 가늘면서도 풍성한, 짙은 금빛 머리카락이었다. 눈썹은 곧고 짙었다. 스커트는 까만 것을 입었지만, 웃옷은 제일 맘에 드는 이브닝 드레스로 입었다. 그 무렵 유행하던 흰 다마스크직이었다. 거울을 들여다보았다. 안색은 창백했지만 살결은 투명했다. 하기야 얼굴에 핏기가 있어 본 적이 없었지만 그 때문에 아름다운 입술이 더 붉어 보였다. 서러운 울음이 북받쳐 올랐다. 하지만 자신을 안쓰러워하고 있을 때가 아니었다. 이미 지칠 대로 지쳐 있었다. 그녀는 남편이 작년 크리스마스 때 선물로 주었던 털옷을 걸쳐 입고—그것을 받고 얼마나 자랑스럽고, 얼마나 기뻤던가.—두근대는 가슴으로 살그머니 아래층으로 내려갔다. 무사히 집을 빠져나와 마차를 몰아 사진관으로 갔다. 여남은 장을 찍을 수 있도록 값을 치렀다. 사진을 찍는 도중, 물 한 컵을 얻어 마시지 않으면 안 되었다. 사진관의 조수는 그녀의 병색을 보고 다음에 오시는 게 어떻겠느냐고 했지만 그녀는 마저 다 찍겠다고 우겼다. 마침내 사진을 다 찍고 나서 그녀는 다시 켄싱턴의 그 음침하고 비좁은 집으로 돌아왔다. 이 집은 정말이지 끔찍하게 싫었다. 죽음을 맞기에는 끔찍한 집이었다.

돌아오니 현관문이 열려 있었다. 마차가 집 앞에 서자 하녀와 에마가 그녀를 맞으러 계단을 뛰어 내려왔다. 부인이 없어진 걸 알고 다들 기겁을 했던 참이었다. 처음에는 미스 왓킨의 집에 가지 않았나 하고 주방 하녀를 그 집에 보냈다. 미스 왓킨이 하녀를 따라와 응접실에서 안절부절못하며 기다리고 있었다. 부인이 왔단 소리를 듣고, 그녀는 한편으로 걱정하고 한편으로 나무라면서 아래층으로 내려왔다. 역시 케리 부인의 몸으로 외출은 무리였다. 이제 됐구나 생각하고 긴장을 풀어 버리는 순간 그녀는 쓰러지고 말았다. 에마의 품에 쓰러진 그녀는 안겨서 이 층으로 옮겨졌다. 지켜보는 사람들에게는 믿을 수 없이 긴 시간이었지만 그녀는 깨어나지 못했다. 의사를 급히 부르러 보냈건만 아직 소식이 없었다. 이튿날 부인이 얼마간 정신을 차리고 나서야 미스 왓킨은 전후 사정을 얼마나마 들을 수 있었다. 필립이 제 어머니의 침실 바닥에서 놀고 있었지만 두 사람은 아이에게 별 신경을 쓰지 않았다. 아이는 그때 두 사람이 주고받는 이야기를 어렴풋하게만 알아들었을 따름인데 왜 그 이야기가 잊히지 않고 있는지 알 수 없었다.

"저 아이가 큰 다음에 나를 기억하도록 뭘 좀 남기고 싶었어요."

"그렇다 해도 왜 여남은 장씩이나 찍었는지 알 수가 없구나. 두 장이면 되었을 텐데." 사제가 말했다.

6

사제관의 하루하루는 비슷비슷했다.

아침 식사가 끝나면 메리 앤은 곧 《더 타임스》 지[13]를 가져

13) 런던의 일간 신문 The Times. 세계의 다른 도시에서 발간하는 신문들

왔다. 케리 씨는 이 신문을 이웃 사람 둘과 공동 구독하고 있었다. 그가 먼저 열 시부터 한 시까지 보고 나면 정원사가 라임스[14]에 사는 엘리스 씨에게 신문을 넘겨주었고, 엘리스 씨는 그것을 일곱 시까지 볼 수 있었다. 다음 차례는 매너 하우스[15]에 사는 미스 브룩스, 그녀는 맨 나중에 보는 대신 신문을 자기가 가져도 되었다. 여름에 잼을 만들 때면 케리 부인은 잼 단지를 덮을 신문지를 미스 브룩스로부터 가끔 얻어 쓰기도 했다. 사제가 자리를 잡고 신문을 읽기 시작할 때쯤이면 아내는 보닛을 쓰고 장을 보러 나갔다. 필립은 그녀를 따라 나갔다. 블랙스터블은 어촌이었다. 큰 거리라고는 하나뿐이었는데, 그 거리에 상점들이며 은행, 병원, 두엇 되는 석탄선 선주들의 집이 있었다. 조그만 항구를 빙 둘러 몇 갈래 지저분한 거리들이 나 있고 어부와 빈민들이 그 거리에서 살았다. 하지만 이들은 예배당에[16] 다니기 때문에 케리 부인에겐 관심 밖이었다. 그녀는 길을 가다 비국교파[17] 목사들을 만나게 되면 이들과 맞닥뜨리지 않으려고 얼른 길 반대편으로 건너가 버리곤

은 흔히 자기 도시 이름을 앞에 붙이지만(가령 The New York Times처럼) 런던의 이 신문만은 도시명을 붙이지 않는다.

14) 라임스(The Limes) 회사에서 지은 주거용 건물 이름.

15) 중상류 계급의 지주들이 살았던 중세식 시골 저택.

16) 여기서는 비국교파의 교회를 말한다.

17) '영국 교회'는 로마 가톨릭으로부터 분리된 개신교의 하나이지만 내용면에서는 일반 개신교들에 비해 가톨릭에 가깝다. 국교인 '영국 교회'의 교의를 받아들이지 않고 가톨릭으로부터 좀 더 철저한 분리를 추구하는 개신교 교파들이 많이 있는데 이들을 통틀어 '비국교파(issenters)'라고 한다.

했지만, 그럴 여유가 없을 때는 땅바닥만 보고 갔다. 중심가에 비국교파 예배당이 세 개나 된다는 사실은 관할사제로서 용납하기 힘든 수치였다. 예배당을 아예 짓지 못하도록 법이 나서서 금해야 한다는 생각을 사제는 떨쳐 버릴 수 없었다. 블랙스터블에서 장을 보는 건 쉬운 일이 아니었다. 본당(本堂)이 시내에서 이 마일이나 떨어져 있는 탓도 있지만 비국교파가 워낙 많았기 때문이다. 물건을 사려면 국교파 교회에 나가는 사람의 가게에서만 사야 했다. 케리 부인은 사제관에서 어느 가게를 단골로 삼느냐 하는 문제가 장사하는 사람의 신앙에 얼마나 큰 영향을 미칠 수 있는가를 너무 잘 알고 있었다. 정육점을 하며 교회에 나오는 사람이 둘 있었는데 그들은 사제가 정육점 두 군데를 동시에 단골로 할 수 없다는 것을 이해하지 못했다. 공평하게 한 집에 육 개월씩 거래하겠다는 관할사제의 방편도 맘에 들지 않았다. 사제관에 고기를 대지 않는 정육점 사람은 교회에 나가지 않겠다고 끊임없이 위협했다. 사제도 가끔은 위협을 하지 않을 수 없었다. 교회에 나오지 않는 것은 큰 잘못이라는 것, 그러나 계속 잘못을 깨닫지 못하고 정말 비국교파 예배당에 나간다면, 제아무리 고기가 좋다 하더라도 당신네 가게와는 영영 거래를 끊을 수밖에 없다는 식으로 말이다. 케리 부인은 가끔 은행에 들러 지점장인 조사이아 그레이브스에게 사제의 전갈을 전하기도 했다. 그는 성가대장 겸 회계 겸 교회위원이었다. 그는 키가 크고 마른 사람으로 얼굴이 창백하고 코가 길었다. 머리가 허옇게 센 탓에 필립에게는 아주 늙은 사람으로 보였다. 그는 교무구[18]의 회계 업무를 맡고 있었고, 성가대와 학교들의 위안행사 같은 것을 계획했다. 본당에 파이프 오르간은 없었지만, 그가 이끄는 성가대는 켄트 지방에서는 최고라는 정평이 (적어도 블랙스터블에서는) 나 있었다. 주교가 견진성사를 위해 방문하거나, 추수감사절에 지역 주임사제가 설교하러 온다든지 하는 행사가 있을 때면 그가 이를 위한 준비를 담당했다. 이런 일들을 할 때 그는 관할사제로부터 형식적인 자문 이상은 받지 않고 자기가 다 알아서 해치워 버렸다. 관할사제로서는 성가신 일을 덜어 고맙긴 했지만 이 교회위원이 일을 처리하는 방식이 아주 못마땅했다. 그레이브스는 자기가 자기 교무구에서 첫째 가는 중요 인사라고 굳게 믿고 있는 것 같았다. 케리 사제가 늘 아내에게 하는 말이 있었다. 조사이아 그레이브스란 친구, 조심하지 않으면 언젠가 한 바탕 호되게 나무라 줄 것이라는 것이었다. 하지만 사제 부인은 참으라고 했다. 다 선의에서 하는 일이 아니겠느냐, 신사는 못 된다고 하더라도 그게 어디 그 사람 잘못이랄 수 있느냐고 했다. 사제는 기독교적 미덕을 실천하는 데서 위안을 찾고 꾹 참기로 했다. 하지만 뒤에서 이 교회위원을 비스마르크[19]라고 부름으로써 분을 풀었다.

---

18) 영국 교회의 행정구역은 관구(管區, see), 교구(教區, diocese), 교무구(教務區, parish)로 나뉘어 있다. 가장 작은 단위가 교무구이며, 이 교무구를 관할하는 사제가 'vicar'이다. 우리나라 가톨릭에서는 교무구라는 말 대신 본당(本堂)이라는 말을 쓴다.

19) 19세기 독일 정치가 비스마르크를 빗댄 말로, 독재적이고 융통성이 없는 사람을 가리킨다.

한번은 두 사람이 심하게 다툰 적이 있었다. 케리 부인은 그때의 조마조마했던 심정을 생각하면 지금도 가슴이 떨렸다. 보수당 출마자가 블랙스터블에서 연설을 하겠다고 했다. 조사이아 그레이브스는 선교당에서 집회를 할 수 있도록 해 놓고 케리 씨를 찾아가 인사말을 한마디 부탁한다고 했다. 그 출마자가 조사이아 그레이브스에게 사회를 맡아 달라고 부탁했던 모양이었다. 케리 씨로서는 이것만은 참을 수 없었다. 성직자를 예우해야 한다는 것이 그의 확고한 믿음이었다. 관할사제가 참석하는 자리에서 교회위원이 사회를 본다는 것은 말도 안 되었다. 사제는 조사이아 그레이브스에게 관할사제를 나타내는 '파슨(parson)'이 본래 무슨 뜻인가를 생각해 보라, '퍼슨(person)', 곧 교무구를 대표하는 사람이란 뜻이 아니냐고 했다. 조사이아 그레이브스는 자기는 누구보다 교회의 위엄을 인정하는 사람이지만 이번 일은 정치적인 일이라고 했다. 그러고는 주께서는 카이사르의 것은 카이사르에게 돌려주라고 하시지 않았느냐고 응수했다. 그 말에 케리 씨는 마귀도 자기 편리할 대로 성서를 인용할 수 있는 법[20]이라 대답하고, 선교당에 대한 전권은 자기에게 있으니 자기에게 사회를 맡기지 않는다면 선교당을 정치적 목적에 사용하는 것을 거절하겠노라고 했다. 조사이아 그레이브스는 좋을 대로 해라, 자신은 감리교 예배당도 못지않게 적합한 장소라고 생각한다고 했다. 그

---

20) 마태복음 4장 5~6절 참조. 사탄은 두 번째로 그리스도를 유혹하기 위해 '시편' 91장 11~12절을 인용한다.

러자 케리 씨는 당신이 만약 이교 사원이나 다름없는 곳에 발을 들여놓는다면 기독교 교회위원의 자격이 없다고 했다. 이 말에 조사이아 그레이브스는 모든 직책을 사임하고 그날 저녁 당장 자신의 수단과 소백의[21]를 교회로 돌려보냈다. 같이 살면서 집안 살림을 돌보던 그의 누이 미스 그레이브스도 출산모 클럽의 총무직을 그만두었다. 이 클럽은 가난한 산모들에게 속옷이며 배내옷, 땔감용 석탄, 오 실링씩의 보조금을 대주는 자선 모임이었다. 케리 씨는 마침내 내 집이 주인을 찾았노라고 큰소리쳤다. 하지만 얼마 안 되어 관할사제는 내용을 하나도 모르는 온갖 잡무를 처리하지 않으면 안 된다는 사실을 깨달았다. 조사이아 그레이브스도 처음엔 분통을 터뜨렸지만 자신의 제일 중요한 관심사를 잃어버리고 말았다는 사실을 발견했다. 케리 부인과 미스 그레이브스는 이 다툼으로 마음이 몹시 괴로웠다. 두 사람은 신중하게 편지를 주고받은 다음, 만나서 일을 바로잡기로 작정했다. 그래서 한 사람은 남편을, 한 사람은 오라비를 아침부터 밤까지 달랬다. 남자들이 내심 바라고 있던 바를 실행하도록 이들이 계속 설득한 덕분에 애타는 삼 주가 지난 다음 마침내 화해가 이루어졌다. 화해는 기실 두 사람 모두에게 이로웠지만, 두 사람 모두 구세주에 대한 공통된 사랑 때문에 화해가 이루어졌다고 했다. 집회는 선교당에서 열렸고, 사회는 의사에게 맡겨졌다. 케리 씨와 조사

---

21) 수단은 성직자가 제의 밑에 받쳐 입거나 평상시에 입는 의복이고, 소백의는 영국 교회에서 예배 때 입는 예복을 말한다.

이아 그레이브스는 둘 다 연설을 했다.

케리 부인은 이 은행가와 용무를 마치고 나면 으레 이 층으로 올라가 그의 누이와 잠시 잡담을 나누었다. 두 여자가 교무구의 일이며 보좌사제에 관련된 일, 또는 윌슨 부인이 새로 산 보닛 등에 대해 이야기를 나누는 동안—윌슨 씨는 블랙스터블에서 가장 부자로, 한 해 수입이 줄잡아 오백 파운드는 된다는 소문이 있었는데 자기 집 요리사와 결혼을 했다.—필립은 손님 맞는 방으로만 쓰이는 을씨년스러운 응접실에 얌전하게 앉아 어항 속의 금붕어들이 쉴 새 없이 움직이는 것을 우두커니 지켜보고 있었다. 아침에 잠깐 환기시킬 때를 빼고는 창문을 열어 놓는 법이 없어서 방 안에서는 퀴퀴한 냄새가 났고 필립에게는 그 냄새가 은행 사업과 묘한 관계가 있는 것처럼 여겨졌다.

이윽고 식료품을 사러 가야 한다는 생각이 나서 케리 부인은 필립과 함께 일을 보러 갔다. 장보기를 마치면 그들은 가끔 샛길을 따라 걸어 내려갔는데, 샛길에는 주로 작은 목조 건물들이 늘어서 있고, 거기에 어부들이 살고 있었다. (어부들이 여기저기 문간에 앉아 그물을 손보고 있었고, 문에는 햇볕에 말리기 위해 내놓은 그물들이 걸려 있었다.) 샛길을 가다 보면 작은 해안이 나왔는데, 길 양쪽에 창고들이 들어서 있었지만 바다가 보였다. 케리 부인은 잠시 멈추어 서서 바다를 바라보았다. 바다는 누런색이었다. (그녀는 바다를 바라보며 무슨 생각을 했던 것일까?) 그동안 필립은 물수제비를 뜨는 데 좋을 만한 납작한 조약돌들을 주웠다. 그런 다음 두 사람은 천천히 온 길을 되돌아갔다. 그들은 정확한 시간을 알기 위해 우체국을 들여다보았고, 창가에 앉아 바느질을 하고 있는 의사 부인 위그램 부인에게 목례를 건네고 집으로 돌아왔다.

정찬은 한 시에 있었다. 월요일, 화요일, 수요일에는 굽기도 하고, 잘게 썰기도 하고, 다지기도 한 쇠고기 요리가 상에 올랐고, 목요일, 금요일, 토요일에는 양고기가 상에 올랐다. 일요일에는 닭을 한 마리 잡아 요리한 것을 먹었다. 오후에 필립은 공부를 했다. 백부로부터 라틴어와 수학을 배웠는데 백부는 두 가지를 다 모르면서도 가르쳤다. 백모로부터는 프랑스어와 피아노를 배웠다. 백모는 프랑스어를 몰랐지만 피아노는 삼십 년 동안 불러 온 옛 노래들을 죄다 반주할 수 있을 만큼 잘 쳤다. 윌리엄 백부가 늘 하는 말에 따르면 그가 보좌사제였을 때 백모는 노래를 열두 곡이나 외우고 있어서 청하기만 하면 당장 그 자리에서 어느 거든 부를 수 있었다고 한다. 사제관에서 다과회가 있을 때면 백모는 아직도 가끔 노래를 불렀다. 케리 씨 부부가 다과회에 청하는 사람들은 극소수였다. 늘 보좌사제, 조사이아 그레이브스 남매, 위그램 의사 부부가 고작이었다. 차를 마시고 나면 미스 그레이브스는 멘델스존의 「무언가(無言歌)」 가운데 한두 곡을 연주했고 케리 부인은 「제비가 고향을 찾을 때」나 「뛰어라, 뛰어라, 우리 망아지」를 불렀다.

하지만 케리 부부는 다과회를 자주 갖지는 않았다. 준비를 하자면 힘들었고 손님들이 가고 나면 지칠 대로 지쳤기 때문이다. 그래서 식구들끼리만 간식을 먹는 것을 더 좋아했다. 간식을 끝내면 주사위 놀이를 했다. 남편이 지기 싫어하는 성미리 케리 부인은 늘 져 주었다. 여덟 시에는 식어 버린 음식으로 저녁을 먹었다. 간식 시간 뒤에는 메리 앤이 음식 만드는 것을 싫어했기 때문에 저녁 식사는 늘 볼품없었다. 케리 부인이 상 치우는 것을 거들었다. 케리 부인이 먹는 것은 버터 바른 빵이 고작이고 후식으로 과일 조림을 조금 먹었지만, 사제는 늘 차가운 고기 한 덩어리를 먹었다. 저녁을 먹고 나면 케리 부인이 곧 저녁 기도 종을 쳤고, 그러면 필립은 잠자리에 들었다. 필립은 메리 앤이 옷을 벗겨 주는 것에 반발했는데 마침내 얼마 뒤에는 혼자서 옷을 입고 벗을 수 있는 권리를 획득했다. 아홉 시에 메리 앤이 달걀과 음식 그릇을 가지고 들어왔다. 케리 부인은 달걀 하나하나에 날짜를 적고 공책에 달걀 개수를 적어 놓았다. 그러고 나서는 식기 광주리를 안고 위층으로 올라갔다. 케리 씨는 서재에 있는 낡아 빠진 책 가운데 한 권을 오랜 시간에 걸쳐 읽고 있었다. 하지만 시계가 열 시를 치면 자리에서 일어나 램프를 끄고 아내를 따라 잠자리에 들었다.

필립이 사제관에서 살게 되었을 때 어려운 문제가 하나 생겼다. 목욕을 어떤 날 저녁에 하느냐 하는 문제였다. 부엌 솥이 고장 나 물을 넉넉하게 데우기가 수월하지 않았다. 두 사람이 한날 목욕을 할 수는 없었다. 블랙스터블에서 욕실을 가진 사람이라고는 윌슨 씨뿐이었는데 사람들은 그가 잘사는 것을 과시하려고 욕실을 들였다고 했다. 메리 앤은 한 주를 깨끗한 몸으로 시작하고 싶어해서 월요일 밤에 부엌에서 목욕을 했다. 윌리엄 백부는 토요일에는 목욕을 할 수 없었다. 할 일이 많은 일요일을 앞두고 목욕을 하면 약간의 피로감을 느꼈기 때문이다. 그래서 금요일에 목욕을 했다. 케리 부인은 같은 이유로 목요일에 목욕을 했다. 그렇게 되면 필립은 자연히 토요일에 해야 옳을 것 같았다. 하지만 메리 앤은 토요일 밤까지 불을 땔 수는 없다고 했다. 일요일에 음식 만들어야 할 게 한두 가지가 아니고 반죽 과자도 만들어야 할 뿐 아니라, 그것 말고도 해야 할 일이 한두 가지가 아니라서 토요일 밤에 아이 목욕까지 시켜 줄 엄두가 나지 않는다는 것이었다. 애가 혼자서 목욕을 할 수 없다는 것은 분명했다. 케리 부인으로서는 사내 아이를 목욕시키기가 주저되었다. 사제는 말할 것도 없이 설교 준비를 해야 했다. 그러나 사제는 한사코 필립이 주님의 날에 몸을 깨끗하고 단정하게 갖추어야 한다고 했다. 메리 앤은 그런 일까지 자기가 해야 한다면 차라리 그만두겠노라고 했는데—십팔 년을 일해 왔는데 지금보다 일을 더 할 수는 없다, 그 점을 고려해 주어야 하지 않느냐고 했다.—필립은 필립대로 누가 자기를 씻겨 주는 것을 바라지 않으며 자기 혼자서도 잘 씻을 수 있다고 우겼다. 그걸로 일단락이 되었다. 마침내 메리 앤이 말하길, 필립은 보나마나 몸을 제대로 씻을 수 없다, 그런데 자기는 아이의 더러운 꼴을 두고 볼 수 없기 때문에—아이가 주님 앞에 나서야 하기 때문이 아니라, 자기는 제대로 씻지 않은 아이를 곁에 두고 참을 수 없기 때문에—비록 토요일 밤이긴 하지만 뼈가 빠지는 한이 있더라도 자기가 목욕을 시키겠다는 것이었다.

7

일요일은 하루 종일 일이 많았다. 케리 씨는 입버릇처럼 자기 교무구에서 일주일에 이레를 일하는 사람은 자기뿐이라고 했다.

집안 사람들 모두가 여느 때보다 반 시간 빨리 일어났다. 메리 앤이 여덟 시에 정확히 문을 두드리면 케리 씨는, 신부는 쉬는 날에도 늦잠을 못 자는군, 하고 푸념했다. 이날은 케리 부인의 옷 치장도 시간이 더 걸렸다. 아홉 시에 남편보다 조금 일찍 숨을 헐떡이면서 식당으로 내려왔다. 케리 씨의 구두는 벽난로 앞에 놓아 따뜻하게 해 두었다. 식사 기도가 보통 때보다 더 길고, 아침 식탁도 여느 때보다 더 푸짐하다. 아침 식사가 끝나면 사제는 성찬례용 빵을 가늘게 썰었다. 필립에게도 특별히 빵의 딱딱한 가장자리를 잘라 내는 일이 맡겨졌다. 사제의 말에 따라 필립은 서재로 가서 대리석으로 만든 문진(文鎭)을 가져왔다. 케리 씨는 문진으로 성찬례용 빵을 눌러 두었다가 빵이 얄팍해지면 네모난 모양으로 조그맣게 잘랐다. 성찬례용 빵의 양은 그날의 날씨에 따라 조정됐다. 날씨가 나쁘면 교회에 나오는 사람들이 많지 않고, 화창한 날에는 많이 나오긴 하지만 성찬례 때까지 남아 있는 사람이 드물었다. 신도가 제일 많은 날은 날씨가 맑아 사람들이 교회까지 즐겁게 걸어 나오고 싶은 날이면서도, 서둘러 돌아가고 싶을 만큼 화창하지는 않은 날이었다.

그 일이 끝나면 케리 부인이 식기실에 있는 찬장에서 성반

(聖盤)을 꺼내 왔다. 사제는 그것을 영양 가죽으로 반질반질하게 닦았다. 열 시에 전세 마차가 왔고, 케리 씨는 목이 긴 구두를 신었다. 케리 부인은 보닛을 쓰느라고 몇 분이 더 걸렸는데 그동안 헐렁한 외투를 걸친 사제는 막 투기장에 나서려는 초기 기독교 순교자에게나 어울릴 얼굴 표정을 짓고 현관에 서서 기다렸다. 결혼 생활이 삼십 년이나 되었는데도 아내가 일요일 아침에 시간을 맞추지 못하다니 예삿일이 아니었다. 마침내 검은 비단옷 차림으로 부인이 나왔다. 사제는 성직자의 아내가 어느 때든 색깔 있는 옷을 입는 것을 싫어했거니와 일요일에는 말할 것도 없이 검정색을 입어야 한다는 생각이 확고했다. 어쩌다가 부인이 미스 그레이브스와 죽이 맞아 보닛에 흰 깃털이나 분홍 장미를 꽂아 보려고 하면 사제는 당장 떼라고 했다. 탕녀[22] 같은 차림을 한 여자와는 교회에 갈 수 없다는 것이었다. 아무래도 여자인지라 케리 부인은 한숨이 나오지만, 관할사제의 아내이고 보니 말을 듣지 않으면 안 된다. 다들 마차에 올라타려는 순간 사제는 아침에 아무도 달걀을 챙기지 않은 것이 생각났다. 목소리를 보호하기 위해 사제가 꼭 달걀을 먹는다는 것을 다들 알고 있다. 집안에 여자가 둘이나 되는데 신경 써 주는 사람이 이처럼 없단 말인가. 케리 부인은 메리 앤을 나무라고, 메리 앤은 사람이 어떻게 온갖 것에 다 신경 쓸 수 있느냐고 대꾸한다. 그녀는 얼른 달

22) 사제는 여기에서 성서의 요한계시록 17장 4절에 나오는 탕녀의 옷차림을 언급하고 있다. 탕녀가 자주색과 진홍색 옷을 입은 것으로 묘사되어 있다.

려가서 달걀을 하나 가져온다. 케리 부인이 달걀을 포도주 잔에 넣어 휘저어 주면 사제는 단숨에 꿀꺽 삼켜 버린다. 성반을 마차에 싣고 나면 일행은 교회를 향해 출발한다.

마차는 '붉은 사자'라는 가게에서 세낸 것인데 그 때문인지 코를 자극하는 묵은 짚 냄새가 났다. 그래도 사제가 감기에 걸리면 안 되니까 양쪽 창문을 다 닫고 달릴 수밖에 없었다. 교회 관리인이 성반을 받기 위해 현관에서 기다리고 있었다. 사제가 제의실(祭衣室)로 가는 동안 케리 부인과 필립은 사제 가족석에 가서 앉았다. 케리 부인은 늘 육 펜스를 헌금했기 때문에 육 펜스짜리 동전을 앞에다 꺼내 놓았고 필립에게도 헌금용으로 삼 펜스짜리를 주었다. 신도들이 들어차자 예배가 시작되었다.

사제가 설교를 하는 동안 필립은 점점 지루해졌다. 하지만 몸을 들썩이면 케리 부인이 그의 팔에 살그머니 손을 얹고 나무라듯 쳐다보았다. 필립이 다시 흥미를 느끼게 되는 것은 마지막 찬송가가 울려 나오면서 그레이브스 씨가 헌금 쟁반을 들고 돌아다닐 때였다.

신자들이 다 가고 나자 케리 부인은 남자들이 나오기를 기다리면서 미스 그레이브스의 자리에 가서 몇 마디 이야기를 나누었고, 필립은 제의실로 갔다. 백부와 보좌사제와 그레이브스 씨는 아직 소백의를 입고 있었다. 케리 씨는 필립에게 남은 성찬례용 빵을 주면서 먹어도 좋다고 했다. 버리는 게 왠지 불경스러운 기분이 들어 늘 자기가 먹어 치우는 버릇이 있었는데 필립이 먹성이 좋아서 자기가 굳이 그 일을 하지 않아도 되었다. 그런 다음 그들은 헌금을 세었다. 대개는 일 페니, 육 페니, 삼 페니짜리 동전들이었다. 그 가운데에 일 실링짜리 백동전 두 개는 늘 들어 있었다. 하나는 사제가, 하나는 그레이브스 씨가 넣은 것이었다. 이따금 이 실링짜리 은화가 들어 있을 때도 있었다. 그런 때면 그레이브스 씨는 사제에게 그걸 누가 넣었겠느냐고 물었다. 블랙스터블에는 늘 타지방 사람이 있다. 케리 씨도 누구일까 궁금해한다. 이런 경우, 미스 그레이브스는 은화를 넣은 그 대담성을 따져 본 뒤에 케리 부인에게 그 사람은 런던에서 온 사람이며 기혼자이고, 어린애를 가진 사람일 거라고 자신의 짐작을 말해 준다. 집으로 돌아오는 길에 케리 부인은 사제에게 이 정보를 전달하고, 사제는 이 사람을 심방하여 보좌사제 양성회에 기부를 부탁하리라 마음먹는다. 케리 씨는 필립이 얌전하게 굴었느냐고 묻는다. 케리 부인은 위그램 부인이 새 외투를 입고 왔다느니, 콕스 씨는 나오지 않았다느니, 미스 필립스가 약혼한 것 같다는 말을 누가 하더라느니 하는 말들을 한다. 마차가 사제관에 닿으면 일행은 다들, 이제 점심이나 푸짐하게 먹어야지 하는 생각들을 한다.

식사를 끝내면 케리 부인은 쉬러 방으로 들어가고 케리 씨는 응접실의 소파에 누워 눈을 붙인다.

다섯 시에는 간식을 먹었다. 사제는 저녁 기도 때 기운이 나도록 달걀 한 개를 먹었다. 케리 부인은 메리 앤이 저녁 기도에 나갈 수 있도록 집에 남았지만 혼자서 예배문과 찬송가를 다 읽었다. 케리 씨는 저녁에는 걸어서 교회에 갔다. 필립도 절룩거리며 그를 따라갔다. 어둠 속에서 시골길을 걷노라니 야릇한 느낌이 들었다. 불을 밝힌 교회가 먼 곳에서 보이다가 거리가 점점 가까워질수록 정겹게 느껴졌다. 처음에는 백부가 서먹서먹하게 느껴졌으나 차츰 익숙해졌다. 그래서 이제는 슬쩍 백부의 손을 쥐기도 했는데 그러면 든든한 기분이 들어 걷기도 더 수월했다.

교회에서 돌아와 저녁을 먹었다. 케리 씨의 슬리퍼가 벽난로 앞의 발판에 놓인 채 기다리고 있었고, 그 옆에는 필립의 슬리퍼도 놓여 있었다. 한 짝은 어린애용이었고, 한 짝은 모양도 보기 싫고 이상했다. 잠자리에 들 시간이 되자 필립은 너무나 피곤하여 메리 앤이 옷을 갈아입혀도 막지 않았다. 그녀는 필립에게 입을 맞추고 이불을 덮어 주었다. 이제 필립은 그녀가 좋아지기 시작했다.

8

외아들이었던 필립은 여태껏 늘 외로운 생활을 해 왔다. 따라서 사제관의 생활이 외롭다고는 하나 어머니가 살아 있을 때보다 더 외로운 것은 아니었다. 필립은 메리 앤과 친해졌다. 그녀는 나이 서른다섯의 자그맣고 통통한 여자였다. 어부의 딸로 열여덟에 사제관에 왔다. 이 집이 첫 집이었지만 떠날 생각도 없었다. 하지만 이따금 결혼 의사를 비쳐 소심한 주인 내외에게 겁을 주기도 했다. 양친이 하버 스트리트 근처의 조그만 집에 살고 있어서, 그녀는 저녁에 외출이라도 나가는 날은 꼭 부모를 보러 갔다. 그녀가 들려주는 바다 이야기는 필립의 상상력을 자극했다. 그리하여 항구를 에워싼 골목길들은 어린이다운 공상으로 채색되어 낭만이 가득한 거리로 변했다. 어느 날 저녁 필립은 백부와 백모에게 메리의 집에 따라가도 되느냐고 물었다. 백모는 무슨 병에라도 걸릴지 모르니 안 된다고 했고, 백부는 잘못된 사람들을 사귀면 선량한 행실을 버릴 수 있다[23]고 했다. 사제는 어부들이 성질이 거칠고 투박하며, 비국교파의 예배당에 나간다고 싫어했다. 하지만 필립에게는 식당보다는 부엌이 더 편했다. 그래서 틈만 나면 장난감을 가지고 부엌에 가서 놀았다. 백모도 그걸 탓하지는 않았다. 그녀는 물건을 어질러 놓는 것을 싫어했는데 사내아이들이 어차피 깔끔하지 못하다면 식당보다는 차라리 부엌을 난장판으로 만들어 놓는 편이 낫다고 생각했던 듯하다. 필립이 가만 있지 못하고 꼼지락거리기라도 하면 백부도 덩달아 마음이 불안해지는 듯 필립을 어서 학교에 보내야겠다고 말하곤 했다. 케리 부인은 필립이 학교에 가기에는 너무 어리다고 생각했다. 어쩐지 어미 없는 이 아이에게 정이 갔다. 그래서 아이의 관심을 사 보려고 하건만 방법이 어색하기만 하다. 아이는 아이대로 수줍어해서 백모의 애정 표현을 무뚝뚝하게 받아들이기 때문에 그녀는 마음이 아팠다. 부엌에서 깔깔거리며 웃어 대는 소리가 들리다가도 그녀가 들어가면 웃음이 뚝 그쳤다. 메리 앤이 무슨 일로 웃었는가를 얘기하면 필립은 얼굴이 벌개졌다.

---

23) 고린도 전서 15장 33절 참조. "나쁜 사람을 사귀면 품행이 나빠집니다."

케리 부인은 얘기의 내용이 조금도 우습지 않지만 억지로 웃음을 지어 보이곤 했다.

"여보, 저 애는 우리보다 메리 앤하고 같이 있는 게 좋은가 봐요." 그녀가 다시 앉아 바느질을 시작하며 남편에게 말했다.

"아주 버릇없이 자랐어. 잘 가르쳐 사람을 만들어야 해."

필립이 그곳에 온 지 두번째 일요일이 되는 날, 좋지 않은 일이 일어났다. 케리 씨가 여느 때처럼 점심을 먹고 잠깐 눈을 붙이려 응접실로 물러나 있던 참이었다. 그는 울화가 치밀어 잠이 오지 않았다. 그날 아침 제대(祭臺)에 촛대를 장식했더니 조사이아 그레이브스 씨가 맹렬하게 반대했던 것이다. 문제의 촛대는 사제가 터캔베리[24]에서 산 중고 촛대였다. 그가 보기에는 훌륭한 촛대였다. 그러나 조사이아 그레이브스는 가톨릭에서 쓰는 물건이라고 했다. 이런 종류의 모욕을 받으면 사제는 늘 분통이 터졌다. 에드워드 매닝[25]의 국교 탈퇴로 끝난 그 종교 운동이 한창일 때 그는 옥스퍼드를 다니고 있었다. 그는 로마 교회에 일말의 공감을 느끼고 있었다. 그래서 그는 할 수만 있다면 블랙스터블의 저(低)교회파[26] 구역보다는 예배

---

24) 지어낸 지명. 실제로는 캔터베리를 가리킨다. '캔터베리'의 앞 두 글자를 바꾸어 '터캔베리'라는 지명을 만들었다.

25) Henry Edward Manning(1808~1892). 영국 교회에서 로마 가톨릭으로 개종한 신학자. 나중에 웨스트민스터 대주교가 된다.

26) 종교적 의례보다는 신앙과 성경 연구를 중시함으로써 로마 가톨릭과의 분리를 강조하는 영국 교회의 한 분파. 또 한 분파인 고(高)교회파(High Church)는 의례를 중시한다는 점에서 로마 가톨릭과 매우 유사하다. 고교회파에서는 예배 중 촛불을 켜고 향(香)을 피운다.

를 좀 더 화려하게 올리고 싶었던 것이다. 실상 속으로는 성체 행렬도 하고 촛불도 밝히고 싶은 마음이 간절했다. 향을 피우는 것까지는 생각지 않았다. 그는 프로테스탄트라는 말이 싫었고 가톨릭 교도임을 자처했다. 그가 입버릇처럼 하는 말에 따르면, 가톨릭 교도에게는 수식어가 하나 필요한데 수식어를 붙여 말하면 로마 가톨릭 교도라는 것이었다. 하지만 영국 교회는 가장 훌륭하고, 가장 완전하고, 가장 고상한 의미에서의 가톨릭이라는 것이었다. 그는 깨끗이 면도한 자신의 얼굴이 사제다워 보인다 생각하고 기분이 좋았다. 젊었을 적에는 그런 인상에 금욕적 분위기까지 풍겼다. 곧잘 이런 이야기도 했다. 언젠가 휴일을 맞아 불로뉴에 갔는데—형편상 아내는 동행하지 못했지만—어느 교회에 앉아 있노라니 그곳의 본당 신부가 다가오더니 설교를 좀 해 주지 않겠느냐고 부탁을 하더라는 것이었다. 그는 보좌사제가 결혼을 하면 해고해 버렸는데 그것은 성직록을 받지 않는 성직자는 독신이어야 한다는 확고한 신조 때문이었다. 그러면서도 어느 해 선거에서 자유당원들이 그의 정원 울타리에 파란색으로 커다랗게 '로마로 통하는 길'이라고 써 놓자 노발대발하여 블랙스터블의 자유당 지도자들을 고발하겠노라고 을러댔다. 사제는 조사이아 그레이브스가 뭐라고 하든 제대에서 절대 촛대를 치우지 않겠노라고 다짐하면서 신경질적으로 한두 번 비스마르크 같은 놈, 하고 내뱉었다.

그때 난데없이 시끄러운 소리가 들려왔다. 그는 얼굴을 덮었던 손수건을 치우고 누워 있던 소파에서 일어나 식당으로 들어갔다. 필립이 사방에 집짓기용 나무 토막을 늘어놓은 채 식탁 위에 앉아 있었다. 커다란 성을 한 채 지어 놓았던 모양인데 기초에 무슨 문제가 있었던지 그 구조물이 방금 와르르 무너져 버렸던 것이다.

"그 나무 토막들 가지고 무얼 하고 있는 거지? 일요일에 놀이를 해선 안 된다는 걸 알고 있지 않니?"

필립은 놀란 눈으로 잠시 그를 빤히 바라보더니 곧 버릇처럼 얼굴이 빨개졌다.

"집에서는 항상 놀았는걸요." 그가 대꾸했다.

"네 엄마가 그런 못된 짓을 하도록 내버려 두셨을 리 없다."

필립은 그것이 못된 짓인 줄을 모르고 있었다. 그러나 못된 짓이라면 어머니가 그런 일을 하게 했다고 오해받긴 싫었다. 고개를 떨군 채 그는 대답을 못 했다.

"일요일에 놀이를 하면 아주 나쁜 일이라는 것을 모르느냐? 왜 우리가 일요일을 쉬는 날이라고 하지? 오늘 밤에 교회에 나갈 텐데, 낮에 이렇게 하느님의 법을 어기고서 어떻게 하느님을 만날 테냐?"

케리 씨는 나무 토막들을 당장 치우라고 말하고 필립이 치우는 동안 내내 지켜보았다.

"너 아주 말썽꾸러기로구나. 하늘에 계신 네 어머니가 너 때문에 얼마나 슬퍼하실지 생각해 봐."

필립은 울음이 나오려고 했지만, 남에게 눈물을 보이기 싫다는 본능적인 느낌 때문에 터지려는 울음을 이를 앙다물고 참았다. 케리 씨는 다시 안락의자로 돌아가 책장을 넘기기 시작했다. 필립은 창가에 섰다. 사제관은 터캔베리 국도에서 조금 떨어진 곳에 자리 잡고 있었는데 식당에서 보면 반원형의 풀밭이 보였고 그 너머로 지평선까지 푸른 들이 펼쳐져 있었다. 그곳에서 양 떼가 풀을 뜯고 있었다. 하늘은 쓸쓸해 보였고 잿빛이었다. 필립은 한없이 슬펐다.

얼마 안 있어 메리 앤이 차를 내놓으려고 들어왔다. 루이자 백모도 계단을 내려왔다.

"한잠 잤어요, 여보?" 그녀가 물었다.

"못 잤소. 필립이 하도 소란을 피워 도대체 눈을 붙일 수가 있어야지."

그 말은 솔직한 말이 아니었다. 기실 그가 잠을 이루지 못했던 것은 이런저런 생각이 많았기 때문이었다. 시무룩하게 말을 듣고 있던 필립은 이런 생각이 들었다. 시끄럽게 한 건 딱 한 번뿐이 아닌가. 그 전이나 후에는 왜 잠을 잘 수 없었단 말인가. 케리 부인이 영문을 묻자 사제는 일어난 일을 이야기했다.

"그러고도 잘못했단 말을 않는구려."라고 사제는 말을 마쳤다.

"아니, 애야, 속으론 잘못했다고 생각하는 거지?" 케리 부인은 아이가 제 백부에게 필요 이상으로 못된 아이로 비칠까 염려하여 말했다.

필립은 대답하지 않았다. 잠자코 버터 바른 빵을 우물거릴 뿐이었다. 자기도 모를 자기 안의 어떤 힘이 반성의 말을 막고 있었다. 두 귀가 화끈거리면서 울음이 삐져나오려고 했지만 입에서는 아무 말도 떨어지지 않았다.

"토라지긴, 한다니까 더 하는구나." 케리 씨가 말했다.

먹는 일을 마칠 때까지 입을 여는 사람이 없었다. 케리 부인은 이따금 필립을 훔쳐보았지만 사제는 애써 무시했다. 필립은 백부가 교회 갈 준비를 하러 위층으로 올라가는 것을 보고 현관으로 가서 모자와 웃옷을 가져왔으나 사제가 내려와서 그를 보고 말했다.

"오늘 밤엔 교회에 나가지 말거라. 보아하니 넌 하느님의 집에 들어갈 마음가짐이 제대로 되어 있는 것 같지 않다."

필립은 아무런 대꾸도 하지 않았다. 지독한 굴욕을 당한 느낌이었다. 볼이 빨갛게 달아올랐다. 백부가 커다란 모자를 쓰고 헐렁한 외투를 입는 것을 묵묵히 서서 지켜보았다. 케리 부인은 여느 때처럼 문간으로 나가 남편을 배웅했다. 그러고는 필립에게 돌아섰다.

"괜찮다, 얘야. 다음 일요일엔 말썽을 부리지 않으면 되는 거니까. 그럼 큰아버지께서 저녁 예배에 널 데리고 가실 거다."

그녀는 필립의 모자와 웃옷을 벗기고는 식당으로 데리고 들어갔다.

"같이 기도문을 읽지 않으련, 필립? 그런 다음 오르간을 치면서 찬송가를 부르자꾸나. 어때 좋지?"

필립은 단호하게 고개를 저었다. 케리 부인은 깜짝 놀랐다. 저녁 기도문을 같이 읽지 않으려 한다면, 이 아이를 그동안 어떻게 한단 말인가.

"그러면 큰아버지 돌아오실 때까지 무얼 하고 싶니?" 그녀는 난감하여 물었다.

필립이 이윽고 입을 열었다.

"혼자 있고 싶어요."

"얘야, 왜 그렇게 매정한 말을 하니? 네 큰아버지나 큰어머니는 다 네가 잘되기만을 바란다는 것을 모르니? 넌 내가 싫으냐?"

"싫어요. 죽어 버렸으면 좋겠어요."

케리 부인은 숨이 콱 막혔다. 그 무지막지한 말에 기가 차지 않을 수 없었다. 아무 말도 나오지 않았다. 그녀는 남편의 의자에 털썩 주저앉았다. 친구도 없는 이 불구의 아이를 사랑해 주고 싶고, 아이도 자기를 사랑해 주기를 간절히 바라고 있는 자신의 마음을 생각하노라니(그녀는 애를 낳지 못했다. 하지만 그것이 정녕 하느님의 뜻이라 할지라도 때로 어린애들을 보면 견딜 수 없이 마음이 아팠다.) 눈물이 솟구쳐 올라 한 방울 한 방울 천천히 볼을 타고 흘러내렸다. 필립은 놀라 바라보았다. 손수건을 꺼내 든 그녀는 이제 울음을 억누르지 않았다. 필립은 백모가 자기가 한 말 때문에 울고 있다는 걸 깨닫고 미안한 마음이 들었다. 그는 말없이 다가가서 입을 맞추었다. 스스로 그녀에게 입을 맞추어 보는 것은 처음이었다. 그러자 이 가련한 여인, 검은 비단옷 차림의 자그마한 여인, 주름이 잡히고 창백한 얼굴빛에 머리를 우습게도 용수철처럼 동글동글하게 말아 올린 이 여인은 아이를 무릎으로 당겨 두 팔로 끌어안고서 가슴이 터져라고 흐느껴 울었다. 그러나 그 눈물은 얼마간 행복한 눈물이기도 했다. 이제 그들 사이에 남남의 느낌이 사라졌음을 느낄 수 있었기 때문이다. 지금까지 아이로 인해 받은 괴로움 때문에 그녀는 이제 새로운 애정으로 아이를 사랑할 수 있게 되었다.

9

다음 일요일, 사제가 낮잠을 자러 응접실로 들어갈 준비를 하고—그의 모든 일상의 행동은 마치 의례처럼 이루어졌다.—케리 부인이 막 이 층으로 올라가려는 참인데 필립이 물었다.

"놀지 못하면 전 뭘 해요?"

"하루쯤 좀 가만히 앉아 있을 수 없겠니?"

"간식 때까지 어떻게 가만히 앉아 있을 수 있어요?"

케리 씨는 창밖을 내다보았으나 날씨가 쌀쌀해서 필립더러 차마 뜰에 나가 보라고 할 수 없었다.

"할 수 있는 일을 말해 주지. 오늘의 본기도(本祈禱)를 암송하면 된다."

그는 기도할 때 사용하는 기도서를 오르간에서 가져다가 책장을 넘겨 한 곳을 찾았다.

"이 기도문은 길지 않은 것이다. 내가 간식 먹으러 올 때까지 틀리지 않고 외우면 내 계란 꼭대기를 먹게 해 주마."

케리 부인은 필립의 의자를 식당 테이블에 끌어다 놓고—필립을 위해 새로 사 온 높은 의자였다.—그의 앞에 기도서를 갖다 놓아 주었다.

"일이 없는 사람에게는 마귀가 일을 물어다 준다." 케리 씨가 말했다.

간식을 먹으러 돌아왔을 때 불꽃이 잘 일어나 있도록 그는 난로에 석탄을 더 집어넣은 다음 응접실로 갔다. 칼라를 느슨하게 풀고 쿠션을 바로 놓은 다음, 소파에 편안히 드러누웠다. 케리 부인은 아무래도 응접실이 좀 쌀쌀하다고 생각해 홀에서 담요를 가져다 남편의 다리를 덮고 발을 감싸 주었다. 햇빛에 눈이 부시지 않도록 블라인드를 내렸다. 남편이 이미 눈을 감은 것을 보고 그녀는 발끝 걸음으로 조용히 방을 나갔다. 오늘은 마음 쓰일 일이 없었는지 사제는 이내 잠이 들고 말았다. 가볍게 코 고는 소리가 들렸다.

공현절(公顯節)[27]이 지나고 육 주일째 되는 일요일이었다. 이날의 본기도문은 이렇게 시작했다. '하느님 아버지, 은혜로운 아드님을 보내시어 악마의 소행을 쳐부수게 하시고 우리로 하여금 하느님의 아들이자, 영생의 상속자로 만들게 하시니.' 필립은 기도문을 다 읽어 보았다. 무슨 뜻인지 알 수 없었다. 소리를 내어 읽어 보았지만 모르는 말이 많았고 문장의 구조도 이상했다. 두 줄 이상을 머리에 넣을 수 없었다. 게다가 생각이 자꾸만 흐트러졌다. 사제관의 담벼락으로 뻗어 올라간 과일 나무들이 있었다. 긴 가지 하나가 간간이 창유리에 부딪

27) 이방인 동방박사들이 신성(神性)을 가지고 태어난 예수를 찾아 경배한 때를 기념하는 축일로, 성탄일로부터 12일째 되는 1월 6일을 말한다. '공현(公顯)'이란 '나타내 보여 줌'이라는 뜻이다.

혔다. 정원 저쪽 풀밭에서는 양들이 무심하게 풀을 뜯고 있었다. 아무래도 머릿속에 뭔가가 꼬여 있는 것 같았다. 문득 간식 때까지 기도문을 다 외우지 못하면 어떡하나 하는 생각이 들어 겁이 났다. 그는 입안으로 중얼중얼 빠르게 읽어 나갔다. 뜻을 알 것도 없이 그냥 앵무새처럼 외워 댔다.

케리 부인은 그날 오후 잠이 오지 않았다. 네 시쯤에는 말짱하게 깨어 버렸기 때문에 아래층으로 내려왔다. 필립이 제 백부 앞에서 기도문을 외울 때 틀리지 않도록 외우는 것을 들어 줄 생각이었다. 잘 외우면 백부도 좋아하리라. 그리고 아이의 마음이 삐뚤어지기만 한 것이 아니라는 것을 알게 될 것이다. 그런데 식당으로 막 들어서려는 순간 무슨 소리가 들려 그녀는 걸음을 우뚝 멈추었다. 가슴이 철렁 내려앉았다. 그녀는 돌아서서 조용히 현관을 빠져나왔다. 집을 돌아 식당 창문 앞에 가서 조심스레 안을 들여다보았다. 필립은 그녀가 앉혀 주었던 그 의자에 그대로 앉아 있었지만 식탁에 엎드려 얼굴을 파묻은 채 격심하게 흐느끼고 있었다. 두 어깨가 심하게 들썩이고 있었다. 케리 부인은 너무 놀랐다. 이 아이에 대해 늘 감탄했던 것은 아주 침착하다는 점이었다. 우는 것을 한 번도 본 적이 없었다. 그런데 이제 보니 그 침착성이란 감정을 드러내 보이는 것을 본능적으로 수치스러워하는 마음에 지나지 않았던 것이 아닌가. 그래서 숨어서 울고 있었던 것이다.

남편은 자고 있을 때 깨우면 싫어하는 사람이라는 것을 생각할 새도 없이 그녀는 응접실로 뛰어 들어갔다.

"여보, 여보, 애가 울어요. 죽어라 울고 있어요."

케리 씨가 일어나 다리에 두른 담요를 치웠다.

"왜 운단 말이오."

"모르겠어요. 여보, 아이를 가슴 아프게 하지 맙시다. 다 우리 잘못이 아닐까요? 애들을 키워 봤으면 어떻게 해야 하는지 알 수 있었을 텐데."

케리 씨는 난처한 표정으로 아내를 바라보았다. 정말이지 난감하기 짝이 없었다.

"기도문 외우라 했대서 울 리는 없겠지. 열 줄도 안 되는 걸 가지고."

"애에게 그림책 같은 걸 좀 가져다줘 볼까요, 여보? 성지(聖地) 그림책이 있는데. 거기에 무슨 나쁜 게 있을 리 없잖아요."

"그러구려. 괜찮겠지."

케리 부인은 서재로 갔다. 케리 씨의 유일한 열정은 책 모으는 데 있었다. 터캔베리에 갈 때면 어김없이 헌책방에서 한두 시간씩은 보냈다. 곰팡내 나는 책 너더댓 권씩은 꼭 사 들고 돌아왔다. 책 읽는 습관을 잃은 지가 벌써 오래되어 사 온 책을 읽는 법은 없었지만 책장을 넘긴다든가, 삽화가 들어 있는 책은 삽화를 본다든가, 떨어진 책장을 붙인다든가 하기를 좋아했다. 그는 비가 오는 날을 좋아했는데, 그런 날이면 양심의 가책을 받지 않고 집에 눌러앉아 달걀 흰자며 아교풀 단지 같은 것을 내놓고 러시아 가죽 표지의 너덜너덜한 사절판 책을 수선하며 오후를 보낼 수 있기 때문이었다. 그에게는 강판화(鋼板畫)가 들어 있는 옛 사람들의 여행 이야기 책들이 많았다. 케리 부인은 팔레스타인 그림들이 들어 있는 책 두 권을 금방 찾았다. 필립이 마음을 가다듬을 수 있는 여유를 주기 위해 문 앞에서 흠흠 하고 기침 소리를 냈다. 울고 있을 때 들이닥치면 부끄러워할 것이라는 생각이 들었던 것이다. 일부러 문의 손잡이를 잡고 소리를 냈다. 들어가자 필립은 울었던 티를 내지 않으려고 두 손으로 눈을 가린 채 기도서를 뚫어지게 들여다보고 있었다.

"기도문은 다 외웠니?" 그녀가 물었다.

필립은 곧바로 대답을 하지 않았다. 소리를 내면 울었다는 걸 들키게 될까 봐 그러는 듯싶었다. 그녀는 당황스러웠다.

"외우지 못하겠어요." 마침내 아이가 떨리는 목소리로 입을 열었다.

"아, 그래, 괜찮다. 외울 필요 없어. 그림책을 가져왔으니 구경해라. 자, 이리 와. 무릎에 앉으렴. 우리 같이 보자."

필립은 살그머니 의자에서 내려와 절룩거리며 그녀에게 왔다. 눈물 자국을 보이지 않으려고 눈을 내리깔았다. 그녀는 아이를 감싸 안았다.

"봐라. 여기서 예수님이 나셨다."

그녀는 평평한 지붕, 둥근 지붕, 뾰족한 지붕 등, 갖가지 지붕 모양을 가진 집들로 가득 찬 동방의 거리 그림을 보여 주었다. 그림의 앞쪽에는 야자수들이 서 있고 야자수 그늘에는 아라비아인 두 사람과 낙타 몇 마리가 쉬고 있었다. 필립은 손으로 그림을 쓰다듬었다. 마치 동방의 집들과 유목민의 헐렁한 옷의 감촉을 직접 느껴 보고 싶다는 듯이.

"읽어 주셔요. 뭐라고 쓰여 있는지." 그가 말했다.

케리 부인은 그림 맞은편 쪽에 있는 글을 억양 없는 목소리로 읽어 주었다. 1830년대의 어떤 동방 여행자가 쓴 낭만적인 여행담이었는데, 어딘가 허세를 부리는 투가 있었으나 바이런과 샤토브리앙의 뒤를 잇는 세대에게 동방 세계가 가져다주었던 정서가 향기롭게 배어 있었다. 얼마쯤 되었을까, 필립이 읽는 것을 막았다.

"딴 그림 보고 싶어요."

메리 앤이 들어와 케리 부인이 식탁보 까는 것을 도우려고 일어서자 필립은 책을 받아 들고 그림들을 빠르게 넘겨 보았다. 간식 시간이 되었으니 책을 놓으라고 하기가 어려웠다. 아이는 기도문을 외우려고 몸부림쳤던 일을 어느 사이 잊어버렸다. 눈물을 흘렸던 일도 까맣게 잊고 있었다. 이튿날은 비가 왔다. 아이는 또 그림책을 보여 달라고 했다. 케리 부인은 기쁜 마음으로 책을 갖다주었다. 남편과 아이의 장래를 이야기하면서 그녀는 두 사람 모두 아이가 성직자가 되기를 바라고 있다는 사실을 알았다. 그렇다면 예수님이 성지로 만드신 곳들의 그림을 담은 책을 아이가 그처럼 열심히 보려는 것은 좋은 징조였다. 아이의 마음이 자연스럽게 성스러운 것에 쏠리는 것처럼 보였다. 그러나 하루 이틀 뒤에는 다른 책들을 보여 달라고 했다. 케리 씨는 아이를 서재로 데리고 가서 그림이 든 책들을 꽂아 놓은 선반을 보여 주고 그에게 로마 이야기가 나오는 책을 골라 주었다. 필립은 냉큼 책을 받았다. 그림 보는 것이 새로운 즐거움이 된 듯했다. 그러고는 그림의 내용을 알기 위해 판화의 앞뒤쪽에 실린 글을 읽기 시작하더니 장난감들에는 이내 관심을 잃어버렸다.

곁에 아무도 없을 때는 이제 혼자 가서 책을 꺼내 왔다. 첫 감동을 준 그림이 동방의 거리였기 때문인지 제일 재미있어하는 것은 레반트 지방[28]이었다. 이슬람 사원이나 화려한 궁전 그림들을 보노라면 필립은 가슴이 뛰었다. 무엇보다 상상력을 자극한 것은 콘스탄티노플에 관한 책에서 본 '천주랑전(千柱廊殿)'이라는 그림이었다. 천주랑전이란 비잔티움의 하수도였는데, 사람들이 거기에 상상을 덧칠해 어마어마하게 큰 것으로 만들어 놓고 있었다. 그가 읽은 전설에 따르면, 입구에 조그만 배 한 척이 늘 기다리고 있다가 어리숙한 사람들을 유혹했는데 일단 그 어둠 속으로 들어간 사람은 다시는 영영 볼 수 없었다는 것이었다. 필립은 그 조그만 배가 기둥이 늘어선 좁은 물길의 미로를 한없이 노 저어 갔을 뿐인지, 아니면 마침내 어떤 신비로운 저택에라도 이르게 되었는지 궁금했다.

어느 날, 그는 행운을 만났다. 레인[29]이 번역한 『아라비안 나이트』를 발견한 것이다. 처음에는 삽화에 사로잡혔다가 다음엔 마법이 등장하는 이야기들을 읽기 시작했고, 그다음에는 다른 이야기들도 마저 읽었다. 재미있는 부분은 읽고 또 읽었다. 딴 생각은 아무것도 나지 않았다. 주변의 생활을 깡그리 잊고 말았다. 사람들이 두세 차례 불러야 점심을 먹으러 갔다.

---

28) 동부 지중해 연안의 여러 나라, 곧 시리아, 레바논, 이스라엘 등을 가리킨다.

29) 에드워드 윌리엄 레인(Edward William Lane, 1801~1876). 영국의 동양학자, 번역가, 사전 편찬자.

필립은 자기도 모르는 사이에 세상에서 가장 즐거운 독서 습관을 형성하게 되었던 것이다. 스스로는 깨닫지 못했지만, 그럼으로써 필립은 인생의 괴로움에서 벗어날 수 있는 피난처를 마련하고 있었다. 하지만 한편으로는 비현실의 세계를 만들어 냄으로써 나날의 현실 세계를 쓰라린 실망의 근원으로 만들고 있다는 사실은 모르고 있었다. 이윽고 그는 다른 것들도 읽기 시작했다. 그는 머리가 조숙했다. 백부와 백모는 아이가 책에 빠져 귀찮게 하지도 않았고 소란도 피우지 않았기 때문에 그의 일로 신경을 쓰지 않기로 했다. 책이 너무 많아서 케리 씨는 무슨 책이 있는지 다 알지 못했고, 별로 읽지도 않았기 때문에 값이 싸서 틈틈이 사 두었던 잡서들에 대해서는 대부분 잊어버리고 있었다. 설교집, 여행기, 성자전, 교부들의 전기, 교회사들 사이에 옛 소설들이 아무렇게나 섞여 있었다. 필립은 마침내 소설들을 발견했다. 제목을 보고 소설책을 골랐다. 맨 처음 읽은 것이 『랭커셔의 마녀들』[30]이었고 그다음 읽은 것이 『경이의 크라이턴』[31]이었다. 그것 말고도 많이 읽었다. 책 첫머리에 고독한 두 나그네가 험한 골짜기 끝을 따라 말을 달리는 장면이 나오면 일단 재미있는 책이라는 것을 필립은 알게 되었다.

여름이 왔다. 한때 뱃사람이었던 정원사는 필립을 위해 해

---

30) 영국의 소설가이자 저널리스트인 윌리엄 해리슨 에인스워스(1805~1882)가 쓴 소설.

31) 스코틀랜드 소설가이자 극작가인 제임스 매슈 배리(1860~1937)가 쓴 희곡.

머을 만들어 수양버들 나뭇가지에 매달아 주었다. 여기에 몇 시간이고 누워, 사제관을 찾는 누구에게도 들키지 않고 그는 열심히 읽고 또 읽었다. 시간이 흘러 칠월이 되었다. 팔월이 왔다. 일요일이 되면 교회는 다른 지방에서 온 사람들로 바글거렸다. 헌금의 양이 이 파운드가 넘는 날도 있었다. 사제도 케리 부인도 이 기간 동안은 집 밖으로 나서지 않았다. 낯선 사람들을 대하기가 싫었기 때문이다. 런던에서 온 사람들에게는 혐오의 눈길을 보냈다. 건너편 집에는 사내아이를 둘 둔 남자가 육 주일 계약으로 들어와 살고 있었다. 그 남자는 사람을 보내 필립더러 자기 애들에게 놀러 오고 싶은지 물어 왔다. 케리 부인은 정중한 거절의 뜻을 보냈다. 런던에서 온 아이들과 어울리다가 행실이 나빠질까 봐 두려웠던 것이다. 필립은 성직자가 될 사람이다. 오염으로부터 보호해야 했다. 그녀는 필립에게서 어린 사무엘[32]의 모습을 보고 싶었다.

10

케리 부부는 필립을 터캔베리에 있는 킹스 스쿨[33]에 보내

---

32) 성경의 '사무엘 상' 1장 28절 참조. "그래서 저는 이 아이를 야훼께 바치기로 하였습니다. 이 아이의 한평생을 야훼께 맡기고 싶습니다."

33) 캔터베리에 실제로 존재하는 학교. 15장에 다시 자세한 설명이 나온다. 작가도 어린 시절 이 학교에 다녔다. 이 학교는 캔터베리 대성당 바로 뒤편에 있다.

기로 했다. 부근의 성직자들도 아이들을 그곳에 보낸다. 전통이 오래된 이 학교는 대성당과 깊은 관련을 맺고 있었다. 교장이 대성당의 명예 참사원이고, 이전의 교장 한 사람은 총감사제였다. 이 학교에서는 학생들에게 성직자가 되도록 권장했다. 하느님을 섬기면서 살아갈 신앙심 깊은 청년을 길러 내는 것이 교육의 역점이었다. 부속 예비 학교도 있었는데 필립은 이 부속 학교에 가기로 되어 있었다. 구월도 다 지난 어느 목요일 오후, 케리 씨는 필립을 데리고 터캔베리로 갔다. 필립은 하루 내내 마음이 안정되지 않았고 겁이 나기까지 했다. 그는 학교생활에 대해 아는 것이 거의 없었다. 《소년신문》[34]에서 읽은 이야기들뿐이었다. 그것 말고는 『에릭의 체험기』[35]를 읽은 것이 전부였다.

터캔베리에 도착하여 기차에서 내리자 필립은 걱정이 되어 견딜 수가 없었다. 마차를 타고 시내로 들어가는 동안에도 해쓱한 얼굴로 말없이 앉아 있었다. 학교 앞의 높은 벽돌담은 감옥 같은 인상을 주었다. 담벼락에 조그만 문이 하나 나 있었다. 종을 울리니 문이 열렸다. 촌스럽고 구질구질한 남자 하나가 나와 필립의 철제 트렁크와 사물(私物) 상자를 받아 들었다. 두 사람은 응접실로 안내되어 들어갔다. 응접실에는 커다랗고 보기 흉한 가구들이 가득 차 있었고 의자들이 사방 벽을 따라 단정하게 놓여 있었다. 그들은 교장을 기다렸다.

---

34) 1839년 런던에서 처음 출판된 주간 학생 잡지.

35) 캔터베리의 사제 프레드릭 윌리엄 파라(1831~1905)가 사립학교 생활에 대해 쓴 이상주의적이고 교훈적인 인기 소설.

"교장 선생님은 어떤 분이셔요?" 얼마 후에 필립이 물었다.

"만나 보면 알 거다."

다시 침묵이 흘렀다. 케리 씨는 왜 교장이 안 나오나 생각했다. 이윽고 필립이 어렵게 말을 꺼냈다.

"제 발이 불편하다고 말씀드려 주세요."

케리 씨가 무어라고 대꾸하기도 전에 불쑥 문이 열리면서 왓슨 선생이 성큼성큼 들어섰다. 필립에게는 거인 같아 보였다. 키가 육 피트가 넘어 보였고, 우람한 몸집에 손은 엄청나게 컸으며 더부룩한 붉은 턱수염을 기르고 있었다. 그는 우렁우렁한 소리로 쾌활하게 말했다. 하지만 너무 괄괄하여 필립은 무서웠다. 교장은 케리 씨와 악수를 나눈 다음, 필립의 작은 손을 덥석 거머쥐었다.

"어이, 어린 친구, 학교에 다니게 되어 좋나?" 교장이 소리쳤다.

필립은 얼굴이 빨개진 채 할 말을 찾지 못했다.

"몇 살이지?"

"아홉 살요."

"아홉 살입니다, 라고 해야지." 백부가 말했다.

"배울 게 많을 게다." 교장은 우렁우렁한 목소리로 쾌활하게 말했다.

아이를 안심시키려는 듯 그는 투박한 손가락으로 필립을 간질였다. 필립은 쑥스럽고 어색해서 몸을 비틀었다.

"당분간은 소기숙사에 넣기로 했습니다." 그러더니 이번에는 필립에게 말했다. "괜찮겠지, 애야? 여덟 명밖에 안 된다. 그리 서먹서먹하지는 않을 게다."

그때 문이 열리고 미세스 왓슨이 들어왔다. 검은 머리 한가운데를 곱게 가른 가무잡잡한 여자였다. 입술이 이상스러울 만큼 두꺼웠고 코는 둥글고 작았으며 눈은 크고 검었다. 알 수 없는 차가움이 외모에 배어 있었다. 말이 거의 없었고 웃음은 더욱 없었다. 왓슨 교장은 케리 씨를 소개한 다음, 필립을 그녀 쪽으로 다정하게 밀었다.

"새로 온 학생이오, 헬렌. 이름은 케리이고."

여인은 아무 말 없이 필립과 악수를 나눈 다음, 또한 말없이 자리에 앉았다. 그러는 사이 교장은 케리 씨에게 필립이 공부를 얼마나 했고, 무슨 책을 읽었는지를 물었다. 블랙스터블 관할사제는 왓슨 선생의 소란스러운 친절에 얼떨떨한 기색이었다. 얼마 안 있어 그는 자리에서 일어났다.

"그럼 저는 이만 가 보겠습니다. 애를 잘 부탁합니다."

"염려 마십시오. 아주 잘 지낼 겁니다. 금방 익숙해질 거예요. 그렇지, 어린 친구?"

필립의 대답을 듣지도 않고 이 커다란 사나이는 한바탕 요란한 너털웃음을 터뜨렸다. 케리 씨는 필립의 이마에 입을 맞추어 주고 가 버렸다.

"이리 와요, 어린 친구. 교실을 구경시켜 주지." 왓슨 선생이 큰 소리로 말했다.

교장은 큰 걸음으로 성큼성큼 응접실을 나갔다. 필립은 절름거리며 허겁지겁 그를 따라갔다. 필립이 따라 들어간 곳은 장식이라고는 하나도 없는 길쭉한 방이었다. 테이블 두 개가 방 한끝에서 다른 한끝까지 길게 놓여 있고, 테이블 양쪽에는 등널 없는 긴 의자들이 놓여 있었다.

"아직 애들이 없구나. 운동장을 보여 주겠다. 그다음에는 너 혼자 다 알아서 하는 거다." 왓슨 선생이 말했다.

왓슨 선생이 앞장서 갔다. 필립은 삼면이 높은 벽돌담으로 둘러싸인 넓은 운동장으로 나왔다. 담이 없는 곳에는 철책이 둘러져 있고, 그 사이로 널찍한 풀밭이 보였으며 풀밭 너머로 킹스 스쿨의 건물 몇 채가 보였다. 조그만 사내애 하나가 툭툭 돌을 차면서 쓸쓸하게 거닐고 있었다.

"어이, 베닝. 언제 왔니?" 왓슨 선생이 소리 질렀다.

작은 사내아이는 다가와 손을 내밀었다.

"새로 온 아이다. 너보다 나이도 많고 키도 크니 골리면 안 된다."

교장은 우렁우렁한 목소리로 겁을 주면서 다정하게 눈을 부라리며 두 아이를 바라본 다음 한바탕 너털웃음을 터뜨리고는 가 버렸다.

"이름이 뭐니?"

"케리야."

"아버지는 뭐 하시는데?"

"돌아가셨어."

"그래? 그런데 네 엄마는 청소 잘 하시니?"

"어머니도 돌아가셨어."

그렇게 대답하면서 필립은 상대방이 난처해하지 않을까 생각했지만 베닝은 그 정도로 짓궂은 농지거리를 그만둘 아이는 아니었다.

"그럼, 그전엔 청소 잘 하셨니?"

"그래." 필립은 화가 나서 대꾸했다.

"그럼 청소부였구나."

"아냐."

"그럼 청소도 안 하셨단 말이지?"

작은 애는 제 말장난이 성공을 거두자 기뻐서 소리를 질렀다. 그러다 문득 필립의 발을 보았다.

"너 발이 왜 그러니?"

필립은 본능적으로 발을 보이지 않으려고 뒤로 빼어 성한 발 뒤로 숨겼다.

"응, 발을 절어."

"어쩌다 그렇게 됐니?"

"본래 그랬어."

"좀 보자."

"안 돼."

"그럼 마라."

그러면서 아이는 필립의 정강이를 호되게 걷어찼다. 전혀 뜻밖의 일이라 필립은 피할 수가 없었다. 너무 아파 신음이 나왔지만 아픔보다 더 컸던 것은 놀라움이었다. 베닝이 왜 자기를 찬단 말인가. 얼떨떨한 나머지 얼굴을 한 대 쥐어박아 줄 생각도 나지 않았다. 게다가 상대는 키도 작았다. 《소년신문》에는 자기보다 작은 사람을 때리는 것은 비겁한 일이라고 쓰여 있었다. 필립이 정강이를 만지고 있자니 또 한 아이가 나타났고 그를 골탕 먹였던 애는 그 아이 쪽으로 갔다. 잠시 후 필립은 두 아이가 자기 이야기를 하고 있다는 것을 알아차렸다. 그의 발을 보고 있는 것 같았다. 화가 치밀어 오르고 불안스러웠다.

다른 애들이 또 왔다. 이번에는 여남은 명이 떼 지어 몰려왔고, 그러고도 몇 명이 더 왔다. 이들은 방학 중에 무슨 일을 했으며, 어디를 갔고, 크리켓을 얼마나 재미있게 했는지를 소란스럽게 이야기하기 시작했다. 몇 아이들이 또 새로 나타났다. 어느덧 필립도 이들과 말을 주고받고 있었다. 어색하고 신경이 곤두섰다. 짐짓 명랑해 보려고 했지만 무슨 말을 해야 할지 생각이 나지 않았다. 필립은 여러 가지 질문을 받았고 기꺼이 그 질문들에 대답했다. 한 아이가 그더러 크리켓을 할 줄 아느냐고 물었다.

"아니. 다리가 불편해서." 하고 필립은 대답했다.

아이는 흘깃 아래를 내려다보고는 얼굴을 붉혔다. 부적당한 질문을 했다고 생각하는 모양이었다. 수줍어서 사과도 하지 못하고 필립을 어색하게 바라볼 뿐이었다.

11

이튿날 아침, 필립은 종소리에 놀라 잠이 깨어 사방을 둘러보았다. 그때 누군가가 커다랗게 소리 질렀다. 그제서야 필립은 그곳이 어디인가를 알아차릴 수 있었다.

"싱어, 일어났니?"

반질반질한 송판으로 칸막이를 한 방이었는데, 방 앞에는 초록색 커튼이 드리워져 있었다. 환기에 관심이 없던 무렵이라 아침에 기숙사 전체를 통풍시킬 때를 빼놓고는 창문은 늘 닫혀 있었다.

필립은 자리에서 일어나 기도를 하려고 무릎을 꿇었다. 아침 날씨가 쌀쌀하여 몸이 약간 떨렸다. 하지만 백부는 옷을 다 입고 기도할 때보다 잠옷 차림으로 기도할 때 하느님이 기도를 더 잘 들어주신다고 가르쳐 주었다. 놀라울 것은 없었다. 필립은 자신이 하느님의 창조물이며, 하느님은 당신께 예배하는 자의 불편함을 알아주신다는 것을 깨닫기 시작하고 있었기 때문이다. 기도를 끝내고 세수를 했다. 오십 명의 기숙사생을 위해 두 개의 욕실이 있었다. 한 학생이 일주일에 한 번씩 목욕을 했다. 간단하게 씻는 일은 세면대의 조그만 대야를 이용했다. 세면대를 포함하여 침대와 의자 한 개가 칸막이방의 가구였다. 학생들은 옷을 입으며 즐겁게 재잘댔다. 필립은 귀를 바짝 세웠다. 또 한 차례 종이 울리자 애들은 아래층으로 뛰어 내려갔다. 다들 교실에 놓인 두 개의 긴 테이블 양쪽으로 등널 없는 높은 의자 위에 앉았다. 왓슨 선생이 들어오고 뒤이어 부인과 하인들이 들어와 자리에 앉았다. 왓슨 선생이 기도문을 열정적으로 읽었다. 그는 우렁찬 목소리로 기원의 말을 우뢰처럼 쏟아 냈다. 기원의 말들은 마치 학생 하나하나를 겨냥한 위협 같았다. 기도를 듣는 필립의 마음은 불안하기만 했다. 기도를 마친 다음 왓슨 선생은 성경의 한 장을 읽었고, 그런 다음 하인들이 떼 지어 방을 나갔다. 얼마 안 있어 그 구질구질해 뵈는 청년이 커다란 차 단지 둘을 들여놓은 다음, 다시 나가 버터 바른 빵이 담긴 어마어마하게 큰 접시들을 가지고 들어왔다.

필립은 입맛이 까다로운 편이었다. 값싼 버터를 두껍게 바른 빵을 보니 속이 메스꺼워졌다. 다른 아이들이 버터를 죄다 걷어 내는 것을 보고 그도 그대로 따라서 했다. 사물 상자 안에 고기 병조림 따위를 넣어 오지 않은 아이가 없었다. 개중에는 달걀이라든가 베이컨 같은 '특식'을 받는 아이들도 있었는데 교장은 그것으로 이익을 챙기고 있었다. 왓슨 선생은 케리 씨에게도 필립에게 특식을 주도록 할 거냐고 이미 물어보았는데 그때 케리 씨는 특식을 주면 버릇이 나빠질 거라고 대답했다. 왓슨 선생도 그렇구 말구요 하면서 맞장구를 쳤다. 자라나는 아이들에게는 버터 바른 빵보다 좋은 게 없다는 것이었다. 다만 학부형 가운데 자식을 너무 응석받이로 키우는 사람들이 있어서 이들이 한사코 특식을 먹여야 한다고 주장한다는 것이었다.

필립은 '특식'을 먹는 아이들에게 뭔가 대우가 다르다는 것을 알아차리고 루이자 백모에게 편지를 쓸 때 자기도 특식을 부탁해야겠노라고 마음먹었다.

아침 식사가 끝나자 학생들은 어슬렁어슬렁 운동장으로 나갔다. 운동장에는 기숙사에 들지 않고 통학하는 학생들이 모여들고 있었다. 이들은 대개 그 지역 성직자, 연대 본부의 장교, 혹은 구시내의 공장주, 실업가의 아들들이었다. 얼마 안 있어 종이 울리자 아이들은 우르르 교실로 들어갔다. 길쭉하고 커다란 교실이 하나, 그보다 작은 교실이 하나 있었다. 큰 교실에서는 양쪽에서 평교사 두 사람이 일, 이학년들을 가르쳤고, 이 교실과 연결된 작은 교실에서는 왓슨 선생이 삼학년을 가르쳤다. 이 학교는 상급 학교에 딸린 예비 학교였기 때문에 졸업식 날이나 성적표 같은 데에서 사용하는 이 세 학급의 공식 명칭은 상급반, 중급반, 초급반이었다. 필립은 초급반에 배치되었다. 담당 교사는 얼굴이 붉고 목소리가 유쾌한 라이스라는 사람이었다. 재미있게 가르쳤기 때문에 아이들은 시간 가는 줄을 몰랐다. 필립은 깜짝 놀랐다. 어느새 열한 시 십오 분 전이 되어 있었던 것이다. 십 분간 쉬는 시간이 있어 아이들은 다들 밖으로 나갔다.

학생들이 왁자지껄하게 운동장으로 쏟아져 나왔다. 신입생은 가운데로 모이고 나머지는 양쪽 담벼락 쪽으로 모였다. '돼지 잡기' 놀이를 시작할 참이었다. 상급생이 한쪽 담에서 다른 쪽 담을 향해 뛰어가면 신입생이 붙잡는 놀이였다. 뛰어가는 사람을 붙잡아 '하나, 둘, 셋, 내게 돼지 한 마리'라는 이상한 말을 외우면 그는 포로가 되고, 포로는 이제 잡는 쪽이 되어 아직 잡히지 않은 아이들을 잡아야 했다. 필립은 뛰어 지나가는 한 학생을 붙잡으려 해 보았으나 절룩거리는 걸음 때문에 붙잡을 수 없었다. 뛰어다니는 아이들이 옳다꾸나 하고 필립이 맡은 쪽을 가로질러 달려갔다. 한 아이가 기발한 생각을 해냈다는 듯 필립의 뒤뚱거리는 모양을 흉내 내기 시작했다. 아이들이 와 웃어 댔다. 그러더니 모두가 그 아이를 따라

하는 것이었나. 필립을 에워싸고 아이들은 흉측한 모습으로 절룩절룩 뛰어다니면서 괴성을 지르기도 하고 깔깔대고 웃어 대기도 했다. 아이들은 이 새 놀이가 얼마나 재미있는지 넋이 나가고 숨이 막힐 지경이었다. 한 아이가 필립의 다리를 걸었다. 넘어질 때면 언제나 그러는 것처럼 필립은 쿵 하고 쓰러져 무릎을 찢기고 말았다. 겨우 몸을 일으키자 아이들이 더 크게 웃어 댔다. 한 아이가 뒤에서 그를 밀어뜨렸다. 또다시 넘어지려는 걸 다행히 어떤 아이 하나가 붙잡아 주었다. 아이들은 필립의 불구를 놀리는 게 재미있어 애초의 놀이 따윈 까맣게 잊고 있었다. 이번에는 다른 아이가 괴이하고도 요란한 절름발이 걸음 모양을 지어냈다. 그 모양이 얼마나 우스꽝스럽게 보이는지 땅바닥을 떼굴떼굴 구르며 웃어 대는 애들도 있었다. 필립은 완전히 질리고 말았다. 다들 왜 자기를 보고 웃어 대는지 이해할 수 없었다. 가슴이 벌떡거려 숨이 막힐 지경이었다. 이처럼 놀란 것은 처음이었다. 애들이 주위를 맴돌면서 깔깔거리며 흉내 내는 동안 필립은 아무 말도 못 하고 멍청하게 서 있을 뿐이었다. 아이들이 자기를 잡아 보라고 소리 질렀다. 하지만 필립은 움직이지 않았다. 더 이상 달리는 모습을 보이고 싶지 않았다. 그는 이를 악물고 울음을 참았다.

그때 종이 울렸다. 아이들이 다시 우르르 교실로 들어갔다. 필립의 무릎에서는 피가 흘렀다. 온통 흙투성이가 되어 버렸고 옷은 형편없이 구겨져 있었다. 라이스 선생은 떠들어 대는 학생들을 좀처럼 조용히 시킬 수가 없었다. 신기한 경험을 한 학생들은 아직도 흥분해 있었다. 필립은 한두 아이들이 자기

발을 훔쳐보고 있다는 것을 알았다. 그는 의자 밑으로 발을 집어넣었다.

오후에는 모두 축구를 하러 밖으로 나갔다. 왓슨 선생은 점심을 마치고 밖으로 나가려는 필립을 불러 세웠다.

"케리, 넌 축구를 하기 힘들 것 같다만."

필립은 무안하여 얼굴을 붉혔다.

"네, 선생님."

"그럼 말이다. 저쪽 풀밭에 가 보는 게 어떠냐. 거기까진 갈 수 있겠지?"

필립으로서는 그 풀밭이 어디 있는지 몰랐지만 아무튼 대답은 했다.

"네, 선생님."

아이들은 라이스 선생을 따라 밖으로 나갔다. 라이스 선생은 필립을 힐끗 쳐다보더니 아직 옷을 갈아입지 않은 것을 보고 왜 안 나갈 거냐, 하고 물었다.

"교장 선생님께서 나가지 않아도 된다고 하셨어요."

"왜 그러셨지?"

아이들이 둘러서서 흥미로운 듯 바라보고 있었다. 부끄러운 생각이 들어 필립은 대답을 하지 못하고 고개를 떨구었다. 다른 애들이 대신 대답했다.

"얘는 곤봉발이에요, 선생님."

"아, 알겠다."

라이스 선생은 아주 젊은 사람이었다. 학위를 받은 지 일 년밖에 되지 않았다. 그는 갑자기 난처한 기분이 되었다. 본능적으로 아이에게 사과하고 싶었지만 그러기도 어색했다. 그래서인지 무뚝뚝하게 큰 소리가 나왔다.

"너희들 지금 뭘 기다리고 있는 거냐. 자 가자, 가."

아이들 중에 일부는 벌써 나갔고 남은 아이들도 삼삼오오 자리를 떴다.

"케리, 날 따라와라. 길을 모르지?" 선생이 말했다.

필립은 선생의 다정한 말에 그만 울음이 북받쳐 올랐다.

"빨리는 잘 못 갑니다. 선생님."

"그럼 내가 천천히 가겠다." 선생이 싱긋 웃으며 말했다.

필립은 다정한 말을 건네준 이 붉은 얼굴의 평범한 젊은이에게 마음이 끌렸다. 갑자기 마음이 가벼워진 듯한 기분이었다.

하지만 밤에 잠자리에 들려고 옷을 벗고 있는 참인데 싱어라고 불렸던 아이가 방에서 나와 필립의 방으로 고개를 디밀었다.

"이봐, 네 발 좀 보자."

"싫어."

필립은 거절하고 냉큼 침대로 뛰어들었다.

"그러지 마. 얘 메이슨, 이리 와 봐." 싱어가 말했다.

옆방의 아이가 근처에서 엿보고 있다가 그 말을 듣고 슬쩍 들어왔다. 두 아이는 필립에게 다가와 이부자리를 벗겨 내려고 했다. 필립은 꽉 쥐고 놓지 않았다.

"너희들 왜 날 못살게 구는 거야!" 필립이 소리쳤다.

싱어가 옷솔을 집어 들고 솔의 등으로 담요를 움켜쥐고 있는 필립의 손을 내리쳤다. 필립이 고함을 질렀다.

"왜 조용히 보여 주지 않고선."

"싫어."

필립은 주먹을 불끈 쥐고 괴롭히는 아이를 마구 때렸다. 하지만 형세가 불리하여 상대방에게 팔을 붙들리고 말았다. 상대편 아이가 필립의 팔을 비틀기 시작했다.

"놓아 줘. 놓으란 말야. 팔 부러져!" 필립이 소리 질렀다.

"그럼 잠자코 발을 내놓아 봐."

필립은 흑 울음을 터뜨렸다. 아이는 또 한 번 팔을 비틀었다. 아픔을 참을 수 없었다.

"알았어. 보여 줄게."

필립은 발을 꺼내 놓았다. 싱어는 여전히 팔목을 붙든 채 필립의 뒤틀린 발을 신기한 듯 내려다보았다.

"흉측하잖니?" 메이슨이 말했다.

또 한 아이가 들어와서 구경했다.

"우웩!" 그 아이는 역겹다는 듯 소리를 질렀다.

"어이구, 징그러워. 딱딱하니?" 싱어가 얼굴을 찌푸리며 말했다.

무슨 살아 있는 짐승이라도 되는 듯 싱어는 필립의 발을 집게손가락 끝으로 조심스레 만져 보았다. 갑자기 왓슨 선생의 육중한 발소리가 층계에서 들려왔다. 아이들은 얼른 필립의 담요를 덮어 주고 다들 토끼처럼 제 방으로 뛰어 들어갔다. 왓슨 선생이 기숙사 안으로 들어왔다. 그가 발끝으로 서면 초록색 휘장을 걸친 가늠대 너머로 안을 들여다볼 수 있었다. 선생은 칸막이 방을 두세 군데 들여다보았다. 아이들은 이미 무사히 침대 속으로 들어간 뒤였다. 선생은 불을 끄고 나갔다.

싱어가 필립을 불렀으나 필립은 대답하지 않았다. 그는 울음소리가 들리지 않도록 베개를 깨물고 있었다. 그가 지금 울고 있는 것은 팔이 아파서도 아니었고, 아이들이 발을 보고 말아 굴욕스러웠기 때문만도 아니었다. 아픔을 견디지 못하고 스스로 발을 보여 주고 만 제 자신에 대해 분통이 터졌기 때문이었다.

필립은 자신의 삶이 아무래도 비참하다고 여겨졌다. 어린 마음에도 이러한 불행이 영원히 계속될 것만 같은 생각이 들었다. 문득 에마가 그를 침대에서 안아다가 어머니 곁에 데려다주었던 그 추운 아침이 생각났다. 그 뒤로는 한 번도 생각해 본 적이 없지만 지금 새삼스레 자기가 어머니의 따뜻한 품안에 있는 것만 같았다. 어머니가 자기를 꼭 껴안고 있었다. 문득 이 모든 게 꿈이 아닌가 하는 생각이 들었다. 어머니의 죽음, 사제관에서의 생활, 이틀 동안의 이 끔찍한 학교 생활이 실은 꿈이 아닐까, 아침에 눈을 뜨면 다시 집이 아닐까 하는. 그런 생각을 하다 보니 어느 사이 눈물이 말라 있었다. 이처럼 불행하다면 이건 꿈일 거야. 어머니는 살아 계셔, 에마도 곧 올라와서 잠자러 가겠지. 그는 잠이 들었다.

그러나 이튿날 아침 그를 깨운 것은 땡그렁거리는 종소리였고 맨 먼저 눈에 띈 것은 칸막이 방의 녹색 커튼이었다.

12

시간이 지나면서 필립의 불구도 관심을 끌지 않게 되었다. 누구는 머리가 붉고 누구는 굉장히 뚱뚱하다는 것이나 마찬가지로 그의 불구도 이제 당연한 것으로 여겨지게 되었다. 하지만 그러는 사이 필립은 무섭게 예민해져 있었다. 뛰지 않아도 되는 한, 그는 절대로 뛰지 않았다. 뛰면 절룩거리는 게 한층 눈에 띈다는 걸 알고 있었기 때문이다. 걸을 때도 독특한 걸음걸이로 걸었다. 되도록 시선을 끌지 않게끔 절름거리는 발을 온전한 발 뒤로 숨긴 채 가만히 서 있는 편을 택했다. 누가 발에 대해 말할까 늘 신경을 썼다. 남들이 노는 데 낄 수가 없었기 때문에 다른 아이들의 생활은 여전히 낯선 것으로 남아 있었다. 남들이 하는 일에는 국외자로서 관심을 가질 수 밖에 없었다. 남들과 자기 사이에 어떤 벽이 있다고 느꼈다. 때로 아이들은 그가 축구를 하지 못하는 것은 제 결함 때문이라고 생각하는 것 같았는데 필립은 아이들을 이해시킬 수 없었다. 대부분의 시간에 그는 외톨이였다. 전에는 말이 많은 편이었으나 점차 말수가 줄어들었다. 필립은 자기가 남들과는 다르다고 생각하기 시작했다.

기숙사에서 덩치가 제일 큰 싱어는 필립을 싫어했다. 나이에 비해 덩치가 작은 필립은 모진 대우를 견뎌 내야 했다. 학기 중간쯤 되었을까, '펜촉 따먹기'라는 놀이가 온 학교를 휩쓸었다. 두 사람이 테이블이나 긴 의자 위에서 철펜을 가지고 하는 놀이였다. 펜촉 끝을 손톱으로 튀겨 상대방의 펜촉 위에 얹어야 하는데, 상대방도 재주껏 피해서 자기 펜촉 끝을 이쪽 펜촉 위에 얹으려고 한다. 자기 펜촉을 상대방 펜촉 위에 얹게 되면 엄지손가락 밑의 불룩한 살에 입김을 불어 쉰 다음 포개진 두 개의 펜촉을 힘껏 눌러 들어 올리는데 이때 두 개의 펜촉이 떨어지지 않고 따라 올라오면 두 개의 펜촉을 다 갖게 된다. 이슥고 어디를 가나 이 놀이를 하는 애들밖에 보이지 않게 되었다. 솜씨가 좋은 아이들은 펜촉을 많이 땄다. 얼마 안 가 왓슨 선생은 이것을 일종의 노름이라 단정 지어 놀이를 금하고 아이들이 가지고 있던 펜촉들을 죄다 압수했다. 솜씨가 뛰어났던 필립은 자기가 딴 것들을 다 내놓으려니 마음이 아팠다. 여전히 이 놀이를 하고 싶어 손가락이 근질거렸다. 며칠 후 축구장에 가는 길에 가게에 들러 그는 제이(J) 펜촉[36]을 일 페니어치나 샀다. 그것들을 주머니에 넣고 다니면서 만져 보는 것을 낙으로 삼았다. 얼마 안 있어 싱어가 그것을 알게 되었다. 싱어도 펜촉을 압수당했으나 점보라고 불리는 무적에 가까운 아주 커다란 펜촉을 하나 숨겨 두고 있었기 때문에 필립의 제이 펜촉을 빼앗고 싶어 안달이 났다. 필립은 제 조그만 펜촉을 가지고는 불리하다는 것을 알고 있었지만 원래가 모험심이 강해서 한번 붙어 보고 싶었다. 어차피 싱어의 도전을 거절하지 못하리라는 것도 알고 있었다. 한 주일이나 게임을 못한 뒤였기 때문에 짜릿한 흥분을 느끼며 그는 게임 자리에 앉았다. 순식간에 조그만 펜촉 두 개를 잃고 말았다. 싱어는 신

---

36) 펜촉의 한 종류.

이 나 어쩔 줄을 몰랐다. 하지만 세 번째 게임에서는 어쩌다 점보가 뒤집히고 말았기 때문에 필립은 마침내 제이 펜촉을 점보 위에 얹어 놓을 수 있었다. 그는 승리의 환호성을 올렸다. 그때 왓슨 선생이 들어왔다.

"무엇들 하는 게냐?"

그는 싱어와 필립을 번갈아 보았으나 둘 다 아무 대답도 하지 못했다.

"내가 그 어리석은 놀이 금지한 것, 모르느냐?"

필립은 가슴이 무섭게 뛰었다. 이제 무슨 일이 닥칠지 알고 있었기 때문에 겁이 나서 견딜 수 없었다. 하지만 겁이 나는 가운데에도 어떤 희열이 느껴졌다. 여태껏 한 번도 회초리를 맞아 본 적이 없었다. 아프긴 하겠지만 맞고 나서는 자랑거리가 된다.

"내 서재로 오너라."

교장이 돌아서자 둘은 나란히 뒤를 따랐다. 싱어가 필립에게 속삭였다.

"우린 죽었다."

왓슨 선생은 싱어를 가리키며 말했다.

"엎드려라."

필립은 하얗게 질린 채 싱어가 회초리를 맞을 때마다 몸을 움찔거리는 것을 보았다. 세 번째 매에는 신음 소리가 터져 나왔다. 교장은 세 차례를 더 때렸다.

"됐다. 일어서라."

싱어는 일어섰다. 뺨에 눈물이 흘러내리고 있었다. 필립이 앞으로 나섰다. 왓슨 선생은 잠시 그를 바라보았다.

"넌 때리지 않겠다. 신입생이니까. 또 불구자라 때릴 수 없다. 둘 다 가 봐라. 다시는 못된 짓 하지 마라."

교실로 돌아오자 일어난 일을 어떻게인지 귀신같이 알고 있던 일단의 아이들이 두 사람을 기다리고 있었다. 그들은 당장 싱어에게 질문을 퍼부어 댔다. 싱어는 아파서 얼굴이 벌개진 채, 그리고 아직도 눈물 자국을 볼에 남긴 채 아이들을 바라보았다. 그는 뒤에 서 있는 필립을 고개로 가리켰다.

"얘는 병신이라고 맞지 않았어." 그는 화를 내며 말했다.

필립은 잠자코 서서 얼굴을 붉혔다. 다른 애들이 경멸의 눈으로 보는 것 같았다.

"몇 대나 맞았니?" 한 애가 싱어에게 물었다.

싱어는 대답하지 않았다. 아팠기 때문에 화가 나 있었다.

"이제 다신 나더러 펜촉 따먹기 하자고 하지마. 넌 좋겠다. 걱정할 거 없으니." 그가 필립에게 말했다.

"내가 언제 하자고 했어?"

"뭐라구?"

그는 순식간에 발을 내밀어 필립을 걸어 넘어뜨렸다. 필립은 언제나 불안정하게 서 있었기 때문에 땅바닥에 쿵 하고 넘어졌다.

"병신." 싱어가 말했다.

그 학기 내내 그는 필립을 잔인하게 괴롭혔다. 필립은 그를 피하려고 애썼지만 학교가 좁아 피할 도리가 없었다. 친근하게 대해 보려고도 했다. 한껏 굽히고 들어가서 칼을 하나 사

주기까지 했지만 싱어는 칼을 받고도 마음을 풀지 않았다. 한 두 번은 견딜 수가 없어 그 덩치 큰 녀석에게 덤벼들어 치고 박고 해 보기도 했지만 상대가 워낙 셌기 때문에 도저히 당할 수가 없었다. 곤욕을 좀 더 당하고는 용서를 빌 수밖에 없었다. 필립의 마음을 쓰라리게 한 것은 바로 그것이었다. 고통을 참지 못하고 억지로 사과를 해야 하는 굴욕을 견딜 수 없었다. 게다가 그의 비참한 고통은 끝이 없는 것 같아 보였다. 싱어는 열한 살밖에 되지 않았다. 상급 학교에 진학하려면 열세 살이 되어야 했다. 필립은 피할 수 없는 고문자와 이 년을 더 함께 살아야 한다는 사실을 깨달았다. 그는 공부할 때와 잠자리에 들 때만 행복했다. 그런데 그 기이한 느낌, 불행에 가득 찬 이 삶이 한낱 꿈이리라는 느낌, 아침에 잠을 깨면 다시 런던의 작은 침대에 누워 있으리라는 느낌이 자꾸만 들곤 했다.

13

두 해가 지나 필립은 열두 살이 다 되어 갔다. 삼학년 학생 가운데에서 그가 상위 이, 삼등 안에 들어 있었는데 크리스마스가 지나고 몇 학생이 상급 학교에 진학하게 되면 수석이 될 가능성이 있었다. 벌써 상도 많이 받았다. 상이라야 지질도 형편없고 내용도 쓸데없는 책들이었지만 학교 문장(紋章)이 찍혀 있고 장정도 으리으리했다. 성적이 우수한 덕분에 학대받는 일을 면할 수 있어서 이제 괴롭지는 않았다. 불구라고 해서 학우들이 성공을 시기하지도 않았다.

"그애야 상 받는 건 따 놓은 당상 아닌가. 공부밖에 할 일이 없거든." 그들은 말했다.

왓슨 선생에게 가졌던 무서움증은 이제 가시고 없었다. 우렁우렁한 목소리에 어지간히 익숙해졌고, 선생의 육중한 손이 어깨 위에 놓일 때도 필립은 어렴풋이 애무의 의도를 분간할 수 있게 되었다. 그는 기억력이 뛰어났는데 학업 성취에는 지적 능력보다 기억력이 더 쓸모가 있었다. 왓슨 선생은 그가 장학금을 받아 예비 학교를 마치기를 기대하고 있었다. 그 점은 그도 알고 있었다.

하지만 자의식은 아주 강해졌다. 갓난아이는 자기 몸이 자신의 일부임을 알지 못한다. 주변의 사물과 구별하지 못하는 것이다. 제 발가락을 가지고 놀면서도 그것이 옆에 있는 딸랑이가 아니고 제 몸의 일부임을 느끼지 못한다. 그러다 점차 고통을 통해서 제 육체의 실재를 이해하게 된다. 사람이 자신을 의식하게 되는 과정에도 같은 체험이 필요하다. 하지만 제 육체를 독립적이고 완전한 유기체라고 의식하게 되는 과정은 모든 사람에게 같다고 하더라도 모든 사람이 다 똑같이 자신을 완전하고 독립적인 개성으로서 의식하는 것은 아니다. 타인과 분리되어 있다는 느낌은 대체로 사춘기에 오지만 그렇다고 자기와 남들의 차이를 분명히 의식할 정도까지 발달한다고는 할 수 없다. 인생의 행운아는 오히려 벌통 속의 벌처럼 자신을 거의 의식하지 못하는 사람이라고 할 수 있다. 그런 사람들이야말로 행복하게 살 가능성이 가장 높다. 모두가 같은 활동을 한다는 점에서, 다 같은 즐거움을 누린다는 점에서 그들은 행복하다. 성령강림절 다음 월요일에 햄스테드 히스 공원에서 춤추는 사람들, 축구 시합을 구경하며 소리 지르는 사람들, 팰맬 가의 클럽 창문에서 왕의 행렬을 구경하며 환호하는 사람들이 바로 그러한 사람들이다. 사람이 사회적 동물이라 불리는 건 바로 그런 사람들 때문이다.

필립은 제 기형의 발이 불러일으키는 조롱을 통해 순진한 유년을 거쳐 쓰라린 자의식을 가진 청년으로 성장하게 되었다. 그의 상황은 퍽 특이하여 일반적인 경우에는 잘 들어맞는 기성의 규준도 그의 상황에는 잘 들어맞지 않았다. 따라서 혼자 힘으로 생각하지 않을 수 없었다. 그동안 책을 많이 읽어 마음속에는 갖가지 생각이 가득 차 있었는데 반쯤밖에 이해하고 있지 못했기 때문에 오히려 상상력을 더 많이 발동시켰다. 고통스럽게만 느껴지는 수줍은 성격 밑 저 안에서 무엇인가가 자라고 있었다. 어렴풋이나마 필립은 그것이 자신의 개성임을 깨달았다. 하지만 그것 때문에 놀랄 때도 많았다. 어떤 일을 이유도 모르고 하고 나서 나중에 그 일을 생각하게 되면 도대체 왜 그 일을 했는지 도무지 이해가 안 되었던 것이다.

필립과 친해지게 된 루어드라는 아이가 있었다. 어느 날 교실에서 둘이 놀고 있는데 루어드가 필립의 까만 펜대로 장난을 치기 시작했다.

"그러지 마. 그러다 부러뜨린다." 필립이 말했다.

"안 부러뜨려."

그러나 그 말이 끝나기도 전에 펜대는 두 동강 나고 말았다. 루어드는 당황하여 필립을 쳐다보며 말했다.

"얘, 이거 정말 미안하다."

볼을 따라 눈물이 떨어졌지만 필립은 아무 말도 하지 않았다.

"아니. 왜 그래? 똑같은 걸로 하나 사다 줄게." 루어드가 놀라 말했다.

"펜대가 아까워 그러는 게 아니고, 어머니가 돌아가시기 전에 주신 거라 그래." 필립은 떨리는 목소리로 말했다.

"얘, 정말 미안하다, 케리."

"괜찮아. 네 잘못이 아냐."

필립은 두 동강난 펜대를 집어 들고 바라보았다. 울음을 참으려고 애썼다. 서러움을 견딜 수 없었다. 하지만 무슨 까닭일까. 사실 그 펜대는 지난 방학 때 블랙스터블에서 일 실링 이 펜스를 주고 산 것이 아닌가. 무엇 때문에 그처럼 슬픈 이야기를 지어냈는지 알 수 없었지만 그 거짓 이야기가 정말인 것처럼 하염없이 슬프기만 했다. 사제관의 경건한 분위기와 학교의 종교적인 공기가 필립의 의식을 예민하게 만들었던 것일까. 필립은 유혹자 사탄이 기회만 있으면 불멸의 영혼을 빼앗으려고 늘 지켜보고 있다는 사람들의 생각을 자기도 모르게 받아들이고 있었다. 다른 애들보다 더 정직하다고 할 수는 없었지만 거짓말을 할 때마다 필립은 후회 때문에 가슴이 미어졌다. 이번 일을 두고도 마음이 몹시 괴로웠다. 그래서 루어드에게 가서 죄다 꾸며 낸 이야기였음을 털어놓으리라 결심했다. 세상에서 굴욕보다 두려운 것이 없었지만 영광스러운 하느님 앞에 굴욕을 당하는 것은 고통스러운 가운데도 희열을 느낄 수 있는 것이라 생각하면서 필립은 이삼 일 동안이나 기쁨에 젖어 있었다. 하지만 더 나아가지는 못했다. 신 앞에만 회개하는 편한 방법으로 양심을 달래고 말았던 것이다. 그러나 스스로 지어낸 이야기에 자기가 왜 그토록 진심으로 빠지고 말았는지 알다가도 모를 일이었다. 얼룩진 볼을 타고 흘러내린 눈물은 진짜 눈물이었다. 그때 어떤 연상 작용에서인지 에마가 어머니의 죽음을 알려 주던 장면이 떠올랐고, 당시에 우느라고 제대로 말을 할 수는 없었지만 왓킨 아주머니 자매에게 그의 슬픔을 내보이고 동정을 사기 위해 작별 인사를 하러 들어가겠다고 했던 일이 떠올랐다.

14

그 무렵 광신적인 종교적 열기가 학교를 휩쓸고 지나갔다. 우선 욕설이 사라졌다. 어린아이들이 내뱉는 별것 아닌 욕도 아주 나쁜 것으로 간주되었다. 큰 아이들은 마치 중세의 귀족처럼 무력을 사용해서라도 자기보다 약한 아이들을 덕행의 길로 이끌어 가려고 했다.

늘 새로운 것을 갈구하는 마음을 가지고 있던 필립도 신앙심이 매우 깊어졌다. 어디선가 성서 연맹에 가입할 수 있다는 말을 듣고 그는 런던에 가입 규정을 묻는 편지를 썼다. 답장이 와서 보니 이름, 나이, 학교를 적어 입회원서를 제출하고 일 년 동안 매일 밤 성경의 정해진 부분을 읽겠다는 맹세에 서명을 하여 보내야 하며, 회비를 반 크라운[37] 내라고 했다. 설명에 따르면, 회비의 목적은 연맹 회원이 되려는 신청자의 성실성을 입증하는 것이 그 하나이고, 연맹의 사무 경비를 충당하려는 것이 또 하나였다. 서류와 돈을 제대로 갖추어 보내자 일 페니짜리 달력 하나와 인쇄된 종이 한 장이 달랑 왔다. 달력에는 매일 읽어야 할 성구가 적혀 있었고, 종이에는 한 면에 선한 목자와 어린 양의 그림이, 다른 면에는 빨간 테를 두른 상자 안에 성구를 읽기 전에 외워야 할 짧은 기도문이 인쇄되어 있었다.

밤마다 필립은 되도록 빨리 옷을 벗었다. 가스등이 꺼지기 전에 주어진 일과대로 성경을 읽어야 했기 때문이다. 그는 성경을 열심히 읽었다. 늘 그랬지만 성경에 나오는 잔학 행위, 기만, 배은, 부정, 교활에 관한 이야기들을 그는 아무런 비판 없이 읽었다. 실제로 자기 주변에서 일어난다면 공포감을 불러일으켰을 그런 행위들도 책으로 읽는 동안에는 별다른 비판적 감정을 일으키지 않고 마음속을 지나갔다. 이것들은 모두 하느님으로부터 직접 영감을 받아 이루어진 행위들이었기 때문이다. 연맹의 방법은 구약과 신약을 번갈아 읽게 하는 것이었다. 어느 날 밤 필립은 예수 그리스도의 다음과 같은 말을 만났다.

37) 2실링 반의 가치를 갖는 은화.

너희가 믿음이 약한 탓이다. 나는 분명히 말한다. 너희에게 겨자씨 한 알만 한 믿음이라도 있다면 이 산더러 '여기서 저리로 옮겨져라.' 해도 그대로 될 것이다. 너희가 못 할 일은 하나도 없을 것이다.[38]

이때는 이 말에 별다른 인상을 받지 못했는데 이삼 일 뒤 일요일에 주재 참사원이 우연히도 이 구절을 설교 주제로 택했다. 하지만 필립으로서는 이 설교를 듣고 싶어도 들을 수가 없었다. 킹스 스쿨 학생들은 모두 성가대에 들어 있고 설교대는 수랑(袖廊)[39] 한쪽 구석에 있었기 때문에 학생들은 설교자의 등밖에 볼 수 없었다. 거리도 상당히 떨어져 있어 설교가 성가대 쪽까지 들리게 하려면 설교자는 목청도 좋고 발성법에 대해서도 알아야 했다. 따라서 오랜 관습에 따라 터캔베리의 참사원들은 다른 어떤 자질보다 대성당에 필요한 것을 얼마나 알고 있는가의 여부로 선발되었다. 하여간 설교의 출전이 되었던 구절이, 읽은 지 얼마 안 되었기 때문인지는 몰라도, 필립의 귀에 뚜렷이 들려왔다. 그러자 그 구절이 갑자기 자기를 두고 하는 말처럼 느껴졌다. 설교 시간 내내 필립은 그 구절에 대해 생각했다. 그리고 그날 밤 침대에 들어가자 곧장 성경을 뒤져 그 구절을 다시 찾아보았다. 인쇄된 것은 무엇이나 무조건 믿는 편이었지만 성경에는 분명한 표면의 뜻 말고

38) 마태복음 17장 20절.

39) 십자형 교회의 양측 날개 부분.

도 다른 뜻을 아울러 함축하는 불가해한 어법이 많다는 것을 그는 이미 알고 있었다. 학교에는 물어볼 사람이 아무도 없었기 때문에 필립은 자신의 의문을 크리스마스 방학 때까지 가슴 속에 묻어 두었다가 어느 날 기회를 만들어 백부에게 물어보기로 했다. 저녁 식사 뒤 기도를 막 끝낸 참이었다. 케리 부인은 메리 앤이 여느 때처럼 가지고 들어온 달걀을 헤아리면서 하나하나 날짜를 적고 있었다. 필립은 테이블 옆에 서서 무심하게 성경책을 뒤적이는 척했다.

"저 말예요, 큰아버지. 여기 이 구절 말이에요. 이 말이 정말인가요?"

필립은 우연히 보게 되었다는 듯 그 구절을 손가락으로 가리켰다.

케리 씨는 안경 너머로 올려다보았다. 그는 난롯불 앞에서 《더 블랙스터블 타임즈》를 펴 들고 있었다. 저녁 때 인쇄 잉크가 채 마르기도 전에 신문이 배달되었기 때문에 읽기 전에 십 분간은 늘 불에 말리는 게 일이었다.

"어떤 구절인데?"

"저, 여기, 믿으면 산이라도 움직인다는 구절 말이에요."

"성경에 그렇게 쓰여 있으면 그렇다는 것이다, 필립." 케리 부인이 그릇 광주리를 들어 올리며 부드럽게 말했다.

필립은 대답을 기다리며 백부를 보았다.

"그건 믿음의 문제다."

"산을 움직일 수 있다고 정말로 믿으면 움직일 수 있다는 말인가요?"

"하느님의 은총으로 그럴 수 있다는 거다." 사제가 말했다.

"자, 이제, 큰아버지에게 인사 드려라, 필립. 설마 오늘 밤에 산을 움직이고 싶은 건 아니겠지?" 루이자 백모가 말했다.

필립은 백부가 입을 맞출 수 있도록 이마를 내민 다음 케리 부인보다 앞장서 이 층으로 올라갔다. 알고 싶은 것을 알아낸 셈이었다. 그의 작은 방은 얼음장 같아서 잠옷만 입고 있을 때는 몸이 부들부들 떨렸다. 그러나 기도는 불편한 상태에서 하는 것이 하느님을 더 기쁘게 하는 것이라고 늘 생각하고 있었다. 차디찬 손발, 그것은 신에 대한 일종의 제물이었다. 그래서 오늘 밤 그는 털썩 무릎을 꿇고 두 손에 얼굴을 묻은 채 자신의 곤봉발을 온전하게 만들어 달라고 하느님께 진심으로 기도했다. 산을 움직이는 것에 비하면 이것은 아무것도 아니었다. 하느님이 하시려고만 하면 얼마든지 할 수 있는 일이란 걸 그는 알았다. 그 점은 추호도 의심하지 않았다. 이튿날 아침, 같은 부탁을 드리는 기도를 마친 뒤 기적이 일어날 날짜를 정했다.

"자비로우신 하느님, 그렇게 하실 뜻이 있으시다면, 제발 개학하기 전날 밤까지 제 발을 온전하게 고쳐 주시옵소서."

기도를 공식처럼 만들어 놓고 보니 기뻤다. 나중에 식당에서 사제가 기도를 마친 뒤 잠시 쉬는 동안 자리에서 일어서기 전에도 그는 이 기도를 되풀이했다. 저녁에 또 한 번 같은 기도를 했고, 잠자리에 들기 전에도 잠옷 바람으로 떨면서 다시 한 번 했다. 기도의 결과를 그는 철석같이 믿었다. 개학이 열심히 기다려지는 건 이번이 처음이었다. 계단을 한 번에 세 칸씩 뛰어 내려가면 백부가 얼마나 놀랄까 생각하니 절로 웃음이 나왔다. 아침을 먹고 나면 당장 루이자 백모와 함께 새 구두를 사러 나가야 하리라. 학교에 가면 모두들 깜짝 놀랄 것이다.

"야, 케리, 네 발 어떻게 된 거니?"

"응, 이제 나았어." 이까짓 게 무슨 이변이냐는 듯 그는 가볍게 대답해 넘길 것이다.

이제 축구도 할 수 있을 것이다. 필립은 누구보다도 빨리 이리 뛰고 저리 뛰는 자신의 모습을 상상하고 가슴이 뛰었다. 부활절 학기가 끝나면 운동회가 있는데 이제 경주에 나갈 수 있으리라. 장애물을 뛰어넘는 모습을 그려 보았다. 남들과 달리 보이지 않으리라는 것, 다리 불구라는 것을 모르는 신입생들의 호기심 어린 눈길을 받지 않아도 된다는 것, 여름철에 해수욕을 할 때 물속에 뛰어들어 발을 감추기 전까지 옷을 벗는 동안 한없이 조심하지 않아도 된다는 것, 정말이지 얼마나 신나는 일인가.

그는 정성을 다해 기도했다. 의심이라고는 눈곱만치도 하지 않았다. 그는 하느님의 말씀을 철석같이 믿었다. 드디어 개학을 하루 앞둔 날 밤, 필립은 흥분으로 떨면서 잠자리에 들었다. 밖에는 눈이 쌓여 있었고, 루이자 백모도 오늘 밤만은 침실에 불을 지피는 호사를 부렸건만 필립의 작은 방은 너무 추워 손이 곱을 지경이었고, 그래서 칼라를 풀기도 어려웠다. 이가 덜덜 떨렸다. 그런데 이때 떠오른 생각은 하느님의 주의를 끌려면 뭔가 특별한 일을 해야 한다는 것이었다. 그는 침대 앞에 깔린 융단 깔개를 젖히고 맨바닥에 무릎을 꿇을 수 있도록 했다. 부드러운 잠옷을 걸친 채로는 하느님 마음에 들지 않을지도 모른다는 생각이 들었다. 그래서 잠옷마저 벗고 그는 벌거벗은 채 기도를 드렸다. 이불 속에 들어갔을 때는 너무 추워 한참이나 잠을 이룰 수 없었으나 일단 잠이 들자 아주 곤한 잠 속에 빠져들었고, 그래서 이튿날 아침, 메리 앤이 더운 물을 가지고 와서 흔들어 깨웠을 때에야 그는 겨우 눈을 뜰 수 있었다. 그녀가 말을 걸면서 커튼을 젖혔지만 필립은 대답하지 않았다. 퍼뜩, 오늘 아침은 기적이 일어나는 아침이란 생각이 났기 때문이다. 기쁨과 감사의 마음이 벅차올랐다. 얼핏 자기도 모르게 손을 뻗어 온전해진 다리를 한번 만져 보고 싶은 생각이 들었다. 하지만 그건 하느님의 선의를 의심하는 것이 아닐까. 다리가 다 나았다는 것은 뻔한 일이니까. 이윽고 그는 마음을 먹고 오른발 발끝을 방바닥에 슬쩍 내려놓았다. 그러고는 손으로 발을 만져 보았다.

메리 앤이 기도하러 막 식당에 들어가려는데 필립이 다리를 절며 계단을 내려왔다. 그는 들어와 아침 식탁 앞에 앉았다.

"필립이 오늘 아침엔 아주 조용하구나." 잠시 후에 루이자 백모가 말했다.

"내일 개학하면 학교에 가서 먹을 맛있는 아침밥을 생각하고 있는 거겠지." 사제가 말했다.

필립은 이 말에 대꾸를 했는데, 이번에도 어김없이 엉뚱한 말로 백부를 짜증 나게 했다. 평소에도 백부는 그런 식의 엉뚱한 말은 나쁜 버릇이라고 했다.

"가령, 누가 하느님께 뭔가 이루어지도록 기도를 드렸는데 말이에요." 하고 필립이 말했다. "기도한 대로 이루어지리라고 진심으로 믿었다고 해 봐요. 산이라도 움직인다고 믿는 것처럼 말예요. 그런데 믿었는데도 믿은 대로 되지 않는다면 어떻게 된 거죠?"

"참 이상한 애로구나." 루이자 백모가 말했다. "이삼 주일 전에도 산을 움직일 수 있느냐고 묻더니만."

"믿음이 부족했던 것이겠지." 백부가 대답했다.

필립은 그렇겠구나 하고 생각했다. 하느님이 다리를 고쳐 주지 않았다면 그것은 자기가 진심으로 믿지 않았기 때문일 것이다. 하지만 내가 믿었던 것보다 어떻게 더 잘 믿을 수 있단 말인가. 하느님께 충분한 시간 여유를 드리지 않았던 게 아닐까. 기도 드린 기간이 고작 십구 일밖에 되지 않는다. 하루 이틀 뒤에 그는 다시 기도를 시작했다. 그리고 이번에는 날짜를 부활절로 잡았다. 이날은 당신의 아들께서 영광스럽게 부활한 날이다. 하느님께서도 기분 좋은 날일 테니 마음이 더 자비로워지실지 모른다. 하지만 이번에는 소원을 확실히 이룰 수 있도록 다른 방법도 동원했다. 초승달이나 얼룩말을 보면 소원을 빌었고, 유성을 찾아 하늘을 지켜보기도 했다. 외박 허가를 받아 사제관에 가면 늘 닭을 잡아 주었는데 그때마다 루이자 백모와 행운의 뼈[40]를 마주 당기며 다리를 낫게 해 달라고 빌었다. 자기도 모르는 새에 그는 이스라엘의 신보

---

40) '행운의 뼈(lucky bone)'는 닭의 목과 가슴 사이에 있는 V 모양의 뼈로, 이 뼈를 두 사람이 마주 당겨서 긴 쪽을 얻게 되는 사람은 소원이 성취된다는 미신이 있다. '위시본(wishbone)'이라고도 한다.

다 더 오래된 민족의 신들에게 기원하고 있었던 것이다. 생각이 나기만 하면 그는 하루에도 몇 번씩, 늘 같은 말로 전능하신 하느님께 기도의 포격을 퍼부었다. 아무래도 같은 말로 기도하는 것이 중요할 것 같았다. 하지만 그러는 사이 슬며시 드는 생각은, 이번에도 역시 믿음이 부족한 건 아닐까 하는 것이었다. 자꾸만 비집고 드는 의심을 막을 도리가 없었다. 마침내 그는 자신의 경험이 자신의 것만이 아니라 일반적인 원칙이라고 생각하게 되었다.

"완전한 믿음을 가진 사람은 없을지도 모른다."는 것이 그의 결론이었다.

완전한 믿음이란, 전에 유모가 얘기해 주었던 소금 이야기와 비슷한 게 아닌가. 새의 꼬리에 소금을 얹을 수만 있다면 무슨 새든지 잡을 수 있다고 했다. 한번은 소금 봉지를 가지고 켄싱턴 가든즈 공원에 간 적이 있었다. 하지만 새의 꼬리에 소금을 얹을 수 있을 만큼 새에 가까이 간다는 것은 불가능한 일이었다. 부활절이 오기 전에 그는 노력을 포기하고 말았다. 자기를 속인 백부에게 은근히 화가 치밀었다. 산을 움직일 수도 있다는 성경 구절도 결국 하나의 비유에 지나지 않았다. 백부는 결국 자기를 놀려 먹었던 것이 아닌가.

15

열세 살이 되어 필립은 터캔베리의 킹스 스쿨에 들어갔다.

오랜 전통을 자랑하는 학교였다. 유래를 거슬러 올라가자면 노르만 정복[41] 이전에 세워진 수도원 학교에 이르렀다. 아우구스티누스파 수사(修士)들이 학문의 기초를 가르쳤던 곳이었다. 비슷한 종류의 다른 교육 기관들처럼 이 학교도 수도원이 해체되면서 헨리 8세의 관리들에 의해 개편되었는데 이때 '킹스 스쿨(왕의 학교)'이라는 이름을 가지게 되었다. 그 뒤로는 온건한 길을 걸어 켄트 지방의 젠트리와 전문 직업 종사자들의 자제에게 요구되는 교육을 제공했다. 훌륭한 졸업생도 많이 배출했다. 셰익스피어에 버금가는 천재 시인 한 사람으로 시작해 그 인생관이 필립 세대에 깊은 영향을 끼친 한 산문 작가까지,[42] 이 학교의 문을 나와 명성을 얻은 문인들이 한둘 있었다. 저명 법률가도 한둘—하기야 흔해 빠진 것이 저명 법률가이긴 하지만—뛰어난 군인도 한둘 배출했다. 그러나 수도회와 분리되고 난 삼 세기 동안은 특히 성직자들, 곧 주교, 주임사제, 참사원, 그리고 무엇보다 시골 성직자를 길러 냈다. 재학생들 가운데에는 자기 부친이나 조부, 증조부가 대대로 이 학교를 나와 모두 터캔베리 교구 소속 교무구의 사제를 지냈다는 학생들이 있었다. 이런 학생들은 학교에 들어

41) 1066년 노르망디의 윌리엄 공이 브리튼을 정복한 사건을 말한다. 원어인 'Norman Conquest'의 뜻을 정확히 옮기자면 '노르망디인의 정복'이지만 우리나라에서는 '노르만 정복'이라 옮기고 있다.

42) 작가가 특히 이곳에서 언급하고 있는 시인과 산문 작가는 크리스토퍼 말로(Christopher Marlowe, 1565~1593)와 월터 페이터(Walter Pater, 1839~1894)이다. 몸도 이 학교를 나왔다.

올 때부터 이미 성직자가 될 작정을 하고 있었다. 하지만 성직 계통에도 변화의 조짐이 보였다. 몇몇 학생들이 집에서 부모에게 들은 말을 들려주었다. 성직이 예전 같지 않다는 것이었다. 돈 문제에서 그렇다는 것이 아니라 성직자 계층이 전 같지 않다는 것이다. 상인 집안 출신의 보좌사제를 알고 있다는 애들도 몇 있었다. 그 애들은 젠트리 계급 출신이 아닌 사람 밑에서 보좌사제 노릇을 하느니 차라리 식민지로 나가겠다고 했다.(식민지는 그때까지만 해도 영국에서 별 볼일 없는 사람들이 가졌던 마지막 희망이 있는 곳이었다.) 블랙스터블 교무구에서도 마찬가지였지만 킹스 스쿨에서도 상인이라 하면 땅을 소유할 행운을 갖지 못했거나—땅 가진 사람 가운데에서도 젠트리 계급 농장 경영자와 토지 소유자가 구분되었다.—젠트리 계급이 가질 수 있는 네 직종[43] 가운데 하나를 갖지 못한 사람을 말했다. 이 학교에 다니는 통학생들 가운데에는 지방 젠트리와 연대 본부에 근무하는 군인들의 자식들이 백오십 명가량 되었는데, 이들 사이에서도 상업에 종사하는 집안의 학생들은 신분상의 열등감을 느끼게 마련이었다.

선생들은 《더 타임스》나 《가디언》 지에서 때로 접하게 되는 현대식 교육 사상을 참을 수 없었다. 그래서 킹스 스쿨만

---

43) '젠트리(gentry)' 계급은 귀족에 속하지는 않지만 노동하지 않고도 먹고 살 수 있는 중상류 지주 계급을 말한다. 이 계급 출신을 '젠틀맨'이라고 하며 우리나라에서는 흔히 '신사'라고 번역한다. '젠틀맨'은 전통적으로 그들의 신분에 어울린다고 생각되는 네 가지 직업, 곧 농업 경영자, 군인 장교, 법률가, 성직자 가운데 하나를 택했다.

은 오랜 전통에 충실해 주기를 진심으로 바랐다. 여기에서는 고전어를 아주 철저하게 가르쳤다. 얼마나 철저하게 가르쳤는지 이 학교 졸업생 하나는 나중에 나이가 들어 호메로스나 베르길리우스[44]를 생각할 때마다 넌덜머리가 난다고 할 정도였다. 휴게실에서 저녁 식사를 할 때 대담한 선생 한둘은 수학이 점차 중요한 학문이 되어 간다고 말하기도 했다. 하지만 수학보다는 역시 고전이 더 고상한 학문이라는 분위기가 지배적이었다. 이 학교에서는 독일어도, 수학도 가르치지 않았다. 프랑스어는 학급 담임 선생만이 가르칠 뿐이었다. 원어민보다는 그들이 교실의 질서를 더 잘 유지했고, 문법도 프랑스 사람 못지않게 알고 있었다. 따라서 불로뉴에 가서 레스토랑 웨이터가 영어를 몰라 커피를 주문할 수 없다 하더라도 그런 일은 별로 중요하지 않게 생각하는 모양이었다. 지리 시간에는 주로 지도 그리기를 했다. 산이 많은 나라를 그릴 경우에는 다들 재미있어했다. 안데스 산맥이나 아페닌 산맥을 그릴 때는 시간을 아주 많이 들였다. 선생들은 다 옥스퍼드나 케임브리지 졸업생들인데 모두 독신 성직자들이었다. 결혼을 희망할 경우에는 참사회가 지정해 주는 수당이 더 작은 성직을 받아들이지 않으면 안 되었다. 하지만 기병 연대가 있는 덕분에 교회 기풍뿐 아니라 군대의 기풍마저 띠고 있던 터캔베리의 세련된 사교계를 버리고 시골 사제관의 단조로운 생활을 찾아

44) 호메로스(Homeros)는 서사시 『일리아드(Iliad)』, 『오디세이(Odyssey)』를 지은 기원전 10세기경의 그리스 시인. 베르길리우스(Vergilius, BC 70~BC 19)는 『아이네이스(The Aeneid)』를 지은 로마의 시인.

떠나는 사람은 여러 해 동안 아무도 없었다. 그래서 선생들은 이제 다 중년의 나이가 되어 있었다.

교장의 경우는 결혼을 하지 않으면 안 되었다. 그리고 나이가 들어 곤란하다고 여겨질 때까지는 학교 운영을 맡았다. 퇴임 때에는 평교사들이 꿈도 못 꾸는 후한 성직록과 명예 참사원직을 얻는다.

하지만 필립이 입학하기 한 해 전에 이곳에도 커다란 변화가 일어났다. 사반세기 동안 교장을 지낸 플레밍 박사가 마침내 귀를 먹어 더 이상은 하느님의 영광을 선양하는 사업을 하기 힘들게 되었다는 것은 얼마 전부터 다 알려진 일이었다. 마침 교외에 일 년에 육백 파운드의 성직록이 나오는 자리가 하나 생기자 참사회는 그에게 이 자리를 제안했다. 참사회는 그런 식으로 넌지시 그가 물러날 때임을 알렸다. 수입이 그만하면 편안하게 병구완도 할 수 있었다. 승진을 바라고 있던 두세 명의 보좌사제가 아내에게 불평을 털어놓았다. 젊고 팔팔한 사람이 필요한 교무구를 교무구 일이라고는 아무것도 모르고 게다가 챙길 것은 이미 다 챙긴 늙은이에게 맡긴다는 것은 말도 안 되는 소리라는 것이었다. 하지만 성직록을 받지 않는 성직자들의 불평이 대성당 참사회의 귀에까지 들어갈 리 없었다. 주민들로 말하자면 이 문제에 대해 별 할 말이 없었기 때문에 이들에게 의견을 묻는 사람도 없었다. 그 마을에는 감리교파 예배당도 있었고 침례교파 예배당도 있었다.

플레밍 박사 일이 그런 식으로 처리되고 나자 후임자를 찾는 일이 필요했다. 후임자를 평교사들 가운데에서 발탁하는 것은 학교 전통에 어긋났다. 휴게실 분위기는 한결같이 예비 학교의 왓슨 교장이 선임되었으면 하는 것이었다. 이제 킹스 스쿨의 교사라고도 할 수 없었을뿐더러 다들 이십 년 가까이 알아 온 사이이고, 골치 아픈 사람이 될 걱정도 없었다. 그런데 참사회는 뜻밖의 결정을 내렸다. 퍼킨스라는 사람을 선임한 것이다. 처음에는 퍼킨스가 누군지 아무도 몰랐고 이름이 주는 느낌도 좋지 않았다. 충격이 채 가시기도 전에 퍼킨스가 다름 아닌 포목상 퍼킨스의 아들이라는 것이 밝혀졌다. 플레밍 박사는 저녁 식사 직전에 선생들에게 그것을 알렸다. 태도를 보아 그도 놀랐다는 것을 알 수 있었다. 식탁에 앉아 있던 사람들은 다들 묵묵히 식사를 했고, 하인들이 나가기 전까지는 아무도 그 문제에 대해 말을 꺼내지 않았다. 하인들이 나가자 여기저기서 입을 열기 시작했다. 이 자리에 있던 사람들이 누구였던가는 중요하지 않지만 하여간 학생들 사이에서는 대대로 '한숨', '타르', '눈껌벅이', '물총', '손버릇'과 같은 이름으로 알려져 온 선생들이었다.

톰 퍼킨스라면 다들 알고 있었다. 무엇보다 젠트리 계급이 아니었다. 선생들은 그를 아주 잘 기억했다. 작고 가무잡잡한 아이로 검은 머리칼이 늘 지저분했고 눈이 컸다. 영낙없이 집시 같았다. 통학생으로 입학했는데 학교 기금 장학금 가운데 제일 좋은 것을 받았기 때문에 학비를 전혀 내지 않았다. 하기야 똑똑한 학생이었다. 종업식 때마다 상을 잔뜩 받았다. 학교의 자랑거리라고도 할 수 있었다. 지금 생각하면 입맛 쓴 일이지만 그 아이가 더 큰 사립 학교 장학금을 받아 달아나 버리지나 않을까 걱정할 정도였다. 플레밍 박사가 포목상을 하는 부친을 찾아가—성 캐서린 스트리트에 있던 '퍼킨스와 쿠퍼 포목점'을 다들 기억한다.—톰이 옥스퍼드에 진학할 때까지는 학교를 옮기지 말아 달라고 부탁하기도 했다. 아들의 학교가 가게의 최고 고객이었기 때문에 퍼킨스 씨는 두말없이 염려 말라고 했다. 톰 퍼킨스는 계속해서 공부를 잘했다. 플레밍 박사 말로는 고전어에서는 지금까지 가르쳐 본 학생들 가운데 톰이 최고의 학생이었다. 졸업 때는 학교에서 주는 최고의 장학금을 받았다. 모들린 대학에서 장학금을 또 하나 받게 되면서 톰은 대학에서도 눈부신 경력을 쌓기 시작했다. 해마다 그가 이룬 탁월한 성과들이 교지에 실렸고, 두 과목 동시 수석을 했을 때는 플레밍 박사가 교지 첫머리에 직접 찬사의 말을 쓰기도 했다. 선생들이 톰의 성공을 더 반가워했던 것은 퍼킨스와 쿠퍼 상회가 그 무렵 어려움에 처해 있었기 때문이다. 쿠퍼 씨가 술에 빠져서 이 포목상은 톰 퍼킨스가 학위를 받기 직전에 파산하고 말았다.

과정을 착실히 밟은 톰 퍼킨스는 서품을 받았고, 곧 자격에 걸맞은 어엿한 직업을 얻었다. 처음에는 웰링턴에서, 다음에는 럭비 스쿨에서 교사보로 일했다.

톰이 다른 학교에서 성공하는 것이야 반가운 일이었지만 같은 학교에서 그의 아랫사람으로 일한다는 것은 못 할 짓이었다. '타르' 선생은 그가 학생 때 벌 숙제를 내 준 게 한두 번이 아니었고, '물총' 선생은 뺨을 때린 적도 많았다. 참사회가 어떻게 이런 실수를 했는지 알다가도 모를 일이었다. 파산한 포목상의 자식이라는 것만 해도 부끄러운 일이 아닐 수 없고, 게다가 쿠퍼는 알코올 중독자가 아닌가. 참사원장이 그를 열렬히 지지했다는 소문이 있었는데 그렇다면 만찬 모임에 그를 초대할지도 몰랐다. 하지만 톰 퍼킨스가 동석한다면 그 아기자기한 구내 만찬 모임이 과연 여전히 즐거울 수 있을까? 연대 본부에서는 어떻게 생각할까? 톰은 장교와 젠트리 계급 출신들이 자기를 동류로 받아 주리라고는 꿈도 꾸지 못할 것이다. 그렇다면 이건 학교에 엄청난 피해가 아닐까. 학부모들이 불만을 품고 아이들을 대거 자퇴시켜 버릴지도 모른다. 그렇다고 해서 놀랄 사람이 있겠는가. 그뿐인가, 경어를 써서 '미스터 퍼킨스'라고 불러야 하다니, 얼마나 굴욕스러운 일인가. 항의의 표시로 집단 사표를 내는 게 어떻겠는가 생각해 보았지만 냉큼 수리되고 말면 그것도 곤란한 일이었다. 선생들은 이러지도 저러지도 못했다.

"변화를 각오해야지. 딴 도리 있나." 지난 이십오 년간 더할 나위 없이 무능력해서 줄곧 오학년만을 맡아 온 '한숨' 선생이 말했다.

톰 퍼킨스를 봤을 때도 마음이 여전히 불안했다. 플레밍 박사는 선생들에게 점심 먹을 때 그와 인사하도록 했다. 그는 이제 서른둘의 키가 크고 깡마른 사내가 되어 있었지만 어렸을 때처럼 거칠고 단정하지 못한 모습은 여전했다. 볼품없고 추레한 옷을 너저분하게 걸치고 있었다. 검은 머리를 여전히 길게 길렀다. 그동안 빗질하는 법도 배우지 못했던가. 몸을 움직일 때마다 머리칼이 이마 위로 흘러내렸는데 그럴 때마다 재빠르게 쓸어 올렸다. 검은 콧수염을 기르고 있었고 턱수염이 거의 광대뼈 있는 데까지 얼굴을 덮고 있었다. 그는 바로 한두 주일 전에 헤어진 사람처럼 선생들에게 허물없이 이야기를 건넸다. 다시 만난 것이 반가운 모양이었다. 자신의 지위가 달라졌다는 것을 전혀 의식하지 못하는 듯했고, 퍼킨스 선생이라는 경칭으로 불리는 것도 전혀 어색하지 않은 모양이었다.

그가 가겠다고 일어서자 선생 가운데 하나가 인사치레로 기차 출발 때까지는 시간이 아직 넉넉하다고 말했다.

"한 바퀴 둘러보고 가게나 들러 볼까 합니다." 그는 유쾌하게 대답했다.

갑자기 난처해하는 분위기가 역력했다. 선생들은 이자가 참 눈치도 없다고 생각했다. 더욱 고약한 것은 플레밍 박사가 귀를 먹어 말을 알아듣지 못한 것이었다. 그의 아내가 귀에 대고 소리쳤다.

"한 바퀴 둘러보고 부친의 가게에 가 보고 싶답니다."

다들 창피스러워 어쩔 줄 모르는데 톰 퍼킨스만은 태연했다. 그는 플레밍 박사의 부인을 돌아보고 물었다.

"지금은 누구 소유죠? 아시나요?"

그녀는 대답할 말을 찾지 못했다. 분통이 터졌다.

"아직도 포목점을 해요. 그로브라는 사람이. 우린 이제 거기 안 가요." 씁쓸한 어조로 그녀가 말했다.

"가게를 둘러보도록 할지 모르겠군요."

"누구라고 말하면 허락하겠지요."

모두가 마음속에 두고 있던 문제를 처음으로 휴게실에서

끄집어내었던 것은 그날 저녁 식사가 끝날 무렵이었다. 그때 이렇게 물은 건 '한숨' 씨였다.

"그래 여러분, 우리 새 교장을 어떻게 생각하십니까?"

다들 점심 때의 대화를 떠올렸다. 그건 대화도 아니었다. 독백이나 다름없었다. 퍼킨스는 쉴 새 없이 떠들었다. 말이 아주 빨랐다. 흐르는 물처럼 말을 내쏟았고, 목소리는 깊고 우렁찼다. 잠깐씩 기묘한 소리를 내며 웃기도 했는데 그때마다 흰 이가 드러났다. 이야기를 따라가기가 아주 힘이 들었다. 이 주제에서 저 주제로 정신없이 건너뛰어 도무지 갈피를 잡을 수 없었다. 교육학에 대해서 이야기했는데 그것이야 할 만한 이야기였다. 하지만 독일의 근대 이론에 대해 잔뜩 늘어놓았을 때는 처음 들어 보는 이야기라 듣고 있기가 불안스럽기만 했다. 고전에 대해서도 이야기했다. 그리스에도 직접 갔다 왔다고 했다. 고고학에 대해서도 한참 이야기를 늘어놓았다. 어느 해 겨울을 온통 발굴로 보낸 적이 있다고도 했다. 그런데 그것이 도대체 학생들을 가르쳐 시험에 합격시켜야 할 선생에게 무슨 도움이 된단 말인가. 그는 정치에 대해서도 이야기했다. 비콘스필드 경과 알키비아데스[45]를 비교했는데 선생들에게는 마냥 이상하게만 들렸다. 글래드스턴 씨[46]와 아일랜드 자치 문

45) 비콘스필드 경(Lord Beaconsfield)은 영국의 정치가, 소설가, 수상이었던 벤저민 디즈레일리(Benjamin Disraeli, 1804~1901)를 말한다. 알키비아데스는 아테네의 정치가이자 군인(BC 450?~BC 404).

46) William Ewart Gladstone(1809~1898). 영국의 정치가. 수상직을 네 차례나 역임했다.

제도 거론했다. 알고 보니 그는 자유당 지지자였다. 가슴이 철렁 내려앉았다. 독일 철학과 프랑스 소설에 대해서도 이야기했다. 관심이 그처럼 다양하다면 깊이 있는 인간은 될 수 없다고 선생들은 생각했다.

전체적인 인상을 요약하여, 결론적으로 문제가 있다는 모두의 느낌을 한마디로 표현해 준 사람은 '눈꺼벅이' 선생이었다. '눈꺼벅이' 선생은 상급 삼학년 선생으로 무릎이 허약하고 눈자위가 축 늘어진 사람이었다. 체력은 약한데 키가 커서 움직임이 굼뜨고 힘이 없었다. 인상부터가 무기력했는데 별명이 딱 어울렸다.

"열성분자예요." '눈꺼벅이' 선생이 한마디로 말했다.

열성분자란 본데없이 자랐다는 것을 뜻했다. 열성분자란 젠트리 계급이 아니란 것을 뜻했다. 열성분자라 하면 또한 나팔소리와 북소리를 요란하게 내는 구세군을 연상하게 했다. 열성이란 변화를 의미했다. 안락했던 과거의 습관들을 머지않아 버려야 한다고 생각하니 오싹 무서워졌다. 앞날을 생각해 볼 엄두가 안 났다.

"전보다 더 집시 같아." 잠시 후 누군가가 말했다.

"참사원장이나 참사회는 이 친구가 급진파라는 걸 알고나 뽑았는지 모르겠어." 다른 사람이 내뱉듯이 말했다.

대화는 거기에서 그쳤다. 마음이 너무 심란해서 말이 안 나왔다.

일주일 뒤, 졸업식 날이 되어 '타르'와 '한숨'이 참사회 건물을 향해 걸어가고 있었다. 독설가인 '타르'가 동료에게 말했다.

"그래, 우리 여기서 졸업식을 참 많이 치르지 않았나. 또 볼 수 있을까?"

'한숨' 선생은 어느 때보다 마음이 울적했다.

"뭐든 괜찮은 일거리만 찾을 수 있다면 언제 그만두어도 상관없겠는데."

16

한 해가 지났다. 필립이 입학했을 때 나이 든 선생들은 다 제자리를 지키고 있었다. 하지만 완강한 저항에도 불구하고 이미 많은 변화가 일어나 있었다. 그야 저항을 만만하게 볼 수는 없었다. 다들 겉으로만 새 교장의 생각을 따르는 척했을 뿐 불만은 안에다 감추어 두었기 때문이다. 저학년생의 프랑스어는 여전히 학급 담임들이 가르치긴 했지만 선생이 하나 새로 들어왔다. 하이델베르크 대학에서 문헌학 박사 학위를 받고 프랑스의 고등학교에서 삼 년을 가르친 경력이 있는 사람이었다. 이 사람이 상급 학년의 프랑스어를 가르쳤고 그리스어 대신 독일어를 배우고 싶어하는 학생들에게는 독일어를 가르쳤다. 수학을 지금까지보다 더 체계적으로 가르치기 위해 교사 한 사람이 더 채용되었다. 두 사람 다 성직자가 아니었다. 이러한 변화는 혁명이나 다름없었다. 이들이 새로 왔을 때 고참 선생들은 도저히 이들을 신뢰할 수 없었다. 실험실이 만들어지고 군사학이 개설되었다. 다들 학교의 성격 자체가 변질되고 있다고 말했다. 퍼킨스 교장의 너저분한 머리에서 또 무슨 계획이 튀어나올지 아무도 몰랐다. 사립 학교가 흔히 그렇듯이 학교도 규모가 작았다. 기숙학생들이 이백 명을 넘지 못했다. 학교 건물도 대성당에 막혀 공간을 넓히기가 어려웠다. 몇몇 선생들이 기거하는 집 한 채를 빼놓고는, 나머지 공간은 대성당의 성직자들이 다 차지하고 있어 더 이상 건물이 들어설 자리가 없었다. 하지만 퍼킨스 씨는 학교 공간을 현재보다 두 배로 늘릴 수 있는 묘안을 짜내어 두고 있었다. 그는 런던에서 학생들을 끌어들이고 싶었다. 런던 아이들이 켄트 주 아이들과 접촉하면 그들에게도 유익하고, 시골 아이들도 도시 아이들과 어울리면 야물어지리라고 생각했다.

"그건 우리 학교 전통에 어긋납니다." 퍼킨스 교장이 계획을 들려주자 '한숨' 선생이 말했다. "우리는 일부러 런던 아이들에게 물들지 않도록 애써 왔지 않소?"

"아니, 무슨 당치 않은 말씀입니까?" 퍼킨스 교장이 소리쳤다.

지금까지 교사의 말에 당치도 않다고 한 사람은 아무도 없었다. 불쾌감을 느낀 '한숨' 선생은 뼈 있는 대꾸를 궁리했다. 가령 포목상 얘기를 슬쩍 흘릴 수도 있을 것이라고 생각했다. 하지만 퍼킨스 교장은 자기대로 흥분하여 말했다.

"구내에 있는 저 교사 사택 말입니다. 선생님께서 결혼만 하시면 제가 참사회에 말해서 한두 층 더 올리라고 하겠습니다. 기숙사도 짓고 학습실도 짓겠어요. 사모님께서도 도울 겁니다."

나이 지긋한 성직자는 기가 막혔다. 결혼이라니, 무슨 해괴

한 소린가. 나이 쉰다섯인데, 쉰다섯에 결혼을 하다니. 이 나이에 어떻게 집안 살림을 시작한단 말인가. 결혼은 안 될 말이다. 결혼을 하겠느냐, 시골로 가겠느냐, 두 가지 가운데 하나를 선택하라면 그야 기꺼이 그만두고 말 것이다. 이제 바라는 것은 그저 아무 일 없이 조용하게 사는 것뿐.

"결혼 생각은 없어요."

퍼킨스 교장은 검고 쾌활한 눈으로 그를 바라보았다. 그 눈이 한순간 반짝였지만 가련한 '한숨' 선생은 그걸 보지 못했다.

"거참 안됐군요. 절 위해서라도 결혼을 좀 해 주실 수 없겠습니까? 그럼 참사원장이나 참사회를 설득하는 데 한결 도움이 될 텐데요. 선생님께서 쓰시는 집을 개축하자고 제안할 때 말입니다."

퍼킨스 교장의 개혁 가운데 제일 못마땅하게 여겨졌던 것은 자기가 남의 학급을 대신 가르쳐 보겠다고 나서는 일이었다. 부탁하는 형식을 취하긴 했지만 아무튼 거절하기가 곤란한 부탁이었다. '타르' 선생, 그러니까 터너 선생이 말했듯이, 그건 당사자에게는 굴욕스러운 일이었다. 아침 기도가 끝나고 나면 교장은 예고도 없이 선생 가운데 한 사람에게 대뜸 이런 식으로 말하는 것이었다.

"오늘 열한 시 시간에 육학년을 한번 맡아 주시겠습니까? 저하고 한번 바꾸어 가르쳐 볼까요?"

이런 일이 다른 학교에서는 예사인지 몰랐지만 터캔베리에서는 확실히 없던 일이었다. 결과는 묘했다. 첫 희생자가 된 터너 씨는 자기 반 학생들에게 오늘 라틴어 시간은 교장 선생님이 담당할 것이라는 소식을 알리고는, 너희들도 교장 선생님에게 질문을 하고 싶겠지, 너무 바보 같아 보이고 싶진 않을 테니까 말야, 하면서 역사 시간의 마지막 십오 분을 할애해서 그날 배우기로 되어 있던 리비우스[47]의 구절들을 해석해 주었다. 그런데 이게 웬일인가, 다시 제 반으로 돌아와서 퍼킨스 교장이 매겨 놓은 성적표를 보니 제일 잘하는 두 학생이 제일 낮은 점수를 받고, 그동안 한 번도 두각을 나타내지 못했던 아이들이 만점을 받은 것이 아닌가. 반에서 제일 똑똑한 엘드리지에게 어떻게 된 영문이냐고 물어보니 볼멘 대답이 나왔다.

"교장 선생님께서는 해석은 하나도 안 해주시고요. 저에게 고든 장군에 대해서 물으셨어요."

터너 선생은 놀라 학생을 바라보았다. 학생들은 아무래도 자기들이 골탕을 먹었다고 생각하는 것 같았다. 터너 선생은 학생들의 말없는 불만에 공감하지 않을 수 없었다. 고든 장군[48]이 리비우스와 무슨 관계가 있는지 그 역시 알 수 없었다. 나중에 그는 용기를 내어 물어보았다.

"교장 선생께서 엘드리지에게 고든 장군에 관한 질문을 해 애가 아주 당황했던 모양이더군요." 그는 빙긋 웃음을 지어보

---

47) 드루수스 마르쿠스(Drusus Marcus Livius). 로마의 호민관. 농지법의 개혁을 시도했다.

48) 찰스 조지 고든(Charles George Gordon, 1833~1885). 영국의 군인으로 1860년 '애로호(號)' 사건 때 베이징을 공격하여 용맹을 떨쳤고, 뒤에 이집트와 수단의 총독을 지냈다. 수단의 마디교 반란을 진압하다 전사하여 영국인들로부터 영웅으로 추앙받았다.

이며 교장에게 물었다.

퍼킨스 교장은 하하 웃었다.

"아이들이 가이우스 그라쿠스[49]의 농지법까지 배웠더군요. 그래, 아일랜드 농업 문제에 대해서는 얼마나 알고 있는지 궁금했어요. 그런데 아일랜드에 대해서는 고작 더블린이 리피 강가에 있다는 것 정도밖에 모르더라구요. 그래서 고든 장군에 대해서 들은 게 있나 궁금했습니다."

그제서야 새 교장이 일반 상식 심취자라는 끔찍한 사실이 드러났다. 교장은 주입식 공부에 대한 시험이 무슨 쓸모가 있느냐고 생각하고 있었다. 그가 원하는 것은 상식이었다.

'한숨' 선생은 날이 갈수록 걱정이 늘었다. 교장이 결혼식 날짜를 잡으라고 할지도 모른다는 생각을 좀처럼 머리에서 떨쳐 버릴 수가 없었다. 그는 고전 문학에 대한 교장의 태도가 싫었다. 교장이 훌륭한 학자라는 것은 의심할 바 없었다. 지금 하고 있는 일도 올바른 학문 전통을 이어받은 작업이었다. 라틴 문학에 등장하는 나무들에 대한 연구 논문을 쓰고 있었는데 대수롭지 않은 소일거리나 되는 것처럼 가볍게 이야기했다. 심심풀이일 뿐 중대사라고는 할 수 없는 당구 이야기를 하듯 했던 것이다. 중급 삼학년 담당 '물총' 선생도 하루하루 성질이 고약해져 갔다.

필립이 입학하여 처음 배치된 반은 바로 '물총' 선생의 반이었다. 고든 신부는 원래부터 학교 선생에 맞지 않는 사람이

49) Gaius Gracchus. 로마의 호민관. 개혁적인 농지법을 시도했다.

었다. 참을성이 없고 화를 잘 냈다. 상대가 아이들뿐이고 나무라는 사람도 없었기 때문에 이미 오래전부터 자제력이라는 것을 상실하고 있었다. 그의 수업은 화를 내는 데서 시작해서 분통을 터뜨리는 것으로 끝났다. 그는 중키에 뚱뚱한 사내였다. 짧게 자른 엷은 갈색 머리는 희끗희끗해져 가는 중이었고 뻣뻣하고 짤막한 콧수염을 기르고 있었다. 푸른색 눈은 작고 흐리멍덩했다. 커다란 얼굴은 보통 때는 불그레한데 화를 낼 때마다 짙은 자줏빛으로 변했다. 손톱을 물어뜯는 버릇이 있어 살점까지 파먹을 정도였다. 학생이 부들부들 떨면서 해석을 하는 동안, 그는 책상에 앉아 노여움에 후들후들 떨면서 손톱을 씹어 대곤 했던 것이다. 부풀려진 소문이겠지만 그가 폭력을 쓴다는 말도 있었다. 이 년 전에 학부형 하나가 고소를 하겠다고 하자 학교에 한바탕 소동이 났다. 책으로 월터스라는 아이의 뺨을 때렸는데 얼마나 세게 때렸는지 귀에 이상이 생겨 아이가 학교를 그만두지 않을 수 없게 되었다. 학생의 아버지가 터캔베리에 살고 있었는데 이 문제로 온 시가 발칵 뒤집혔고 지방 신문까지 이 일을 보도하고 나섰다. 하지만 월터스 씨는 기껏해야 양조업자에 지나지 않았다. 그래서 사람들의 감정은 두 갈래로 나뉘었다. 다른 학생들은 뻔한 이유로 선생이 못마땅했으면서도 선생 편을 들었다. 그리고 학내 문제를 바깥까지 끌고 갔다고 해서 아직 학교를 다니고 있던 월터스의 동생을 응징 삼아 사사건건 괴롭혔다. 고든 선생은 시골로 쫓겨 가는 것을 가까스로 면한 다음 다시는 애들을 때리지 않았다. 이 일로 선생들은 회초리로 학생들의 손을 때릴 수 있는 권리를 빼앗기고 말았다. '물총' 선생도 이제 화가 났다는 표시로 회초리로 책상을 두들길 수 없게 되었다. 고작해야 학생의 어깨를 붙들고 흔들어 댈 뿐이었다. 하지만 말 안 듣는 말썽꾸러기 아이를 십 분에서 반 시간 동안 한 팔을 들어 올린 채 서 있게 하는 것은 여전했다. 말 폭력도 여전했다.

필립처럼 수줍은 학생에게 이보다 더 부적절한 선생은 없었을 것이다. 이 학교에 왔을 때 처음 왓슨 선생의 학교에 갔을 때보다는 두려움이 적었다. 우선 예비 학교에 같이 다녔던 아이들이 많았다. 나이도 더 들었다. 학생 수가 많으면 자신의 불구도 그만큼 관심을 덜 끌게 되리라는 생각도 본능적으로 들었다. 하지만 고든 선생은 첫날부터 공포감을 심어 주었다. 선생도 자기를 무서워하는 아이들을 얼른 알아보고 그런 아이들을 더 싫어하는 것 같았다. 공부를 즐거워했던 필립도 이제는 잔뜩 겁을 집어먹은 채 수업 시간이 끝나기만을 기다리게 되었다. 선불리 틀린 대답을 했다가 무슨 욕설을 얻어먹을지 몰라 이제는 그저 멍청하게 입 다물고 앉아 있곤 했다. 일어서서 해석을 할 차례가 가까워지면 긴장이 되어 속이 메슥거리고 얼굴이 해쓱해졌다. 행복한 시간은 퍼킨스 교장 선생이 수업을 맡을 때뿐이었다. 필립은 교장을 사로잡고 있던 일반 지식에 대한 열광을 충족시켜 줄 수 있었다. 그는 제 나이 수준을 넘어서는 온갖 이상한 책들을 많이 읽고 있었다. 교장은 돌아가면서 질문을 하다가 종종 필립 앞에 멈춰 서서 미소를 지으며(그 미소에 필립은 감격할 지경이었다.) 이렇게 말하는 것이었다.

“자, 케리, 네가 말해 보렴.”

퍼킨스 교장의 수업 시간에 필립이 좋은 점수를 받자 고든 선생은 더 화가 났다. 어느 날 필립이 번역할 차례가 되었다. 선생은 자리에 앉아 필립을 노려보면서 엄지손가락을 사납게 물어뜯고 있었다. 보통 화가 난 상태가 아니었다. 필립이 기어드는 목소리로 해석하기 시작했다.

“우물거리지 마라!” 선생이 소리 질렀다.

필립은 목이 메는 것 같았다.

“어서 해 봐, 어서, 어서!”

재촉하는 고함 소리가 점점 거세졌다. 하지만 고함 소리는 오히려 알고 있던 것마저 머릿속에서 다 몰아내고 말았다. 필립은 책 위의 활자만 멍하니 바라보고 있었다. 고든 선생의 숨소리가 거칠어지기 시작했다.

“모르면 모른다고 할 것이지, 그게 뭐냐. 아는 거냐 모르는 거냐. 지난번에 죄다 해석해 주었는데 들었나 안 들었나? 왜 대답이 없지? 대답해 봐. 이 멍청아, 대답해!”

선생은 자기 몸이 필립에게 쓰러지려는 것을 버티기나 하듯이 필립이 앉은 의자의 팔걸이를 꽉 움켜쥐었다. 전에는 학생들의 멱살을 움켜쥐고 숨을 못 쉬게 만들어 놓기도 했다. 이마에 핏줄이 돋고 표정이 무섭게 험악해졌다. 미친 사람 같았다.

필립은 어제만 해도 정확히 알고 있었지만 지금은 아무것도 생각이 나지 않았다.

“모르겠습니다.” 그는 간신히 말했다.

"모르긴 왜 몰라. 한 자 한 자씩 해 봐. 정말 모르는지 어디 보자."

필립은 파랗게 질려 몸을 떨면서 머리를 책 위로 숙이고 아무 말 없이 서 있었다. 선생의 숨소리가 바로 코앞에서 들렸다.

"교장 선생은 네가 똑똑하다고 하더라만 뭘 보고 그러는지 모르겠다. 일반 상식인가?" 그는 격렬하게 웃어 댔다. "너 같은 녀석을 왜 이 반에 넣었는지 모르겠다. 이 멍청이를."

그는 멍청하다는 말이 마음에 들었는지 큰 소리로 그 말을 되풀이했다.

"이 멍청이, 멍청아, 절름발이 멍청아!"

그렇게 말하고 나니 속이 시원한 모양이었다. 선생은 필립의 얼굴이 확 붉어지는 것을 보았다. 그는 필립더러 징계 명부를 가져오라고 했다. 필립은 카이사르에 관한 책을 내려놓고 말없이 교실을 나갔다. 징계 명부란 잘못을 저지른 학생들의 이름을 적어 넣는 기분 나쁜 장부였다. 이 장부에 이름이 세 번 오르면 매를 맞아야 했다. 필립은 교장의 관사로 가서 서재를 두드렸다. 퍼킨스 교장이 테이블 앞에 앉아 있었다.

"징계 명부를 가지러 왔는데요."

"저기 있다." 교장은 고갯짓으로 책이 있는 데를 가리키며 말했다. "무슨 짓을 저지른 거냐?"

"글쎄요."

퍼킨스 교장은 그를 힐끗 바라보더니 잠자코 하던 일을 계속했다. 필립은 장부를 가지고 나갔다. 몇 분 뒤 수업이 끝났을 때 필립은 장부를 다시 가져왔다.

"좀 보자꾸나." 교장이 말했다. "음, 고든 선생님이 네 잘못을 '매우 불손함'이라고 적어 놓았구나. 무슨 일이었지?"

"글쎄요. 고든 선생님께서 절 절름발이 멍청이라고 부르시던데요."

퍼킨스 교장은 다시 그를 쳐다보았다. 아이의 대답에는 빈정거림이 있는 것도 같았다. 하지만 충격을 받은 흔적이 아직 역력했다. 얼굴은 하얗게 질려 있고 눈에는 두려움과 슬픔이 어려 있었다. 퍼킨스 교장은 일어나 책을 내려놓았다. 그러고는 몇 장의 사진을 꺼냈다.

"내 친구가 보내 준 건데 오늘 아침에 받은 아테네 사진이야. 이거 봐라. 그게 아크로폴리스[50]다." 교장은 지나가는 투로 말했다.

교장은 필립에게 사진을 설명해 주었다. 설명에 따라 유적은 더 생생한 느낌을 주었다. 교장은 디오니소스 극장을 보여 주고 거기에 사람들이 어떤 순서로 자리에 앉았으며 그 너머로 어떻게 푸른 에게해가 보이는지 설명해 주었다. 그러더니 불쑥 이렇게 말했다.

"나도 고든 선생님 반이었는데 그때 그 양반은 날 집시 심부름꾼이라 부르곤 했지."

사진에 정신이 팔려 있던 필립이 그 말의 뜻을 미처 헤아리기도 전에 퍼킨스 교장은 살라미스[51]의 사진을 보여 주고

---

50) Acropolis. 신전(神殿)들이 세워져 있는 아테네 중심지의 언덕.

51) 기원전 480년에 그리스 해군이 페르시아 해군을 격파한 그리스 남동쪽의 섬.

있었다. 그러고는 손가락으로 — 손톱에는 때가 끼어 있었다. — 그리스 함대가 어디에 진을 치고 페르시아 함대는 어디에 진을 치고 있었던가를 가리켜 보여 주었다.

17

다음 두 해는 단조롭긴 했지만 맘은 편했다. 몸집이 비슷한 딴 애들보다 괴롭힘을 더 받지도 않았다. 불구라 놀이에 끼지 못했기 때문에 다들 자기를 하찮게 여겼지만 필립으로서는 그게 고마웠다. 관심 갖는 사람이 없어 몹시 외로웠다. 삼학년 상급반 때는 '눈껌벅이' 선생 밑에서 두 학기를 보냈다. 눈꺼풀이 축 늘어진 '눈껌벅이' 선생은 지쳐 빠진 태도로 세상만사가 늘 따분하다는 표정이었다. 할 일은 하지만, 하면서도 늘 건성이었다. 상냥하고 다정했지만 우둔한 사람이었다. 그에게는 굳은 신조가 하나 있었는데, 학생들이란 모름지기 정직해야 한다는 것이었다. 학생들을 정직하게 만들자면 무엇보다 꿈에라도 거짓말을 할 수 있다는 생각이 들게 해선 안 되었다. 그는 "많은 것을 구하라. 그러면 많은 것을 얻으리라."[52]라는 말을 곧잘 인용했다. 삼학년 상급반 생활은 수월했다. 자기 차례가 되면 어느 부분을 해석해야 할지 정확하게 알 수 있었다. 게다

52) 누가복음 11장 9절의 말을 변형하여 인용한 것. "구하여라, 받을 것이다. 찾아라, 얻을 것이다. 문을 두드려라, 열릴 것이다."

가 손에서 손으로 돌아다니는 쪽지 덕분에 단 이 분이면 뭐든 알 수 있었다. 질문이 돌고 있는 사이에 무릎 위에 라틴어 문법책을 펴 놓고 볼 수도 있었다. 연습 문제를 여남은 개나 풀면서 어처구니없는 실수가 똑같이 되풀이되어도 '눈껌벅이' 선생은 이상한 점을 전혀 눈치채지 못했다. 선생은 시험을 별로 신용하지 않았다. 학생들은 수업 시간에도 신통치 않았지만 시험도 잘 못 치른다는 것을 알았기 때문이다. 실망스럽긴 하지만 대수로운 일은 아니라고 선생은 생각했다. 그러면서 때가 되면 학생들은 별로 배운 것 없이 진실을 왜곡할 줄 아는 뻔뻔스러운 장난기만 익혀 그럭저럭 진급을 했다. 하기야 그것이 뒷날에는 라틴어를 척척 읽어 내는 재주보다 더 도움이 될지도 모를 일이지만.

다음에는 '타르' 선생 밑에 들어가게 되었다. '타르' 선생의 이름은 터너였는데 나이 많은 선생들 가운데에서는 제일 활달했다. 배가 엄청나게 나온 땅딸막한 사람인데 검은 턱수염이 희끗희끗해지는 중이었고 살갗은 가무잡잡했다. 사제복을 입었을 때는 아닌 게 아니라 타르 통을 연상시켰다. 선생의 별명을 입에 올리다 들킨 학생에게는 예외 없이 벌칙으로 같은 문장 오백 줄을 쓰게 했다.[53] 그러면서도 교내 만찬회 같은 데서는 농담으로 자기 별명 이야기를 꺼내기도 했다. 그는 선생들 가운데에서 제일 세속적이었다. 누구보다 외식이 잦았고,

53) 교사는 일종의 벌로 학생에게 같은 문장(가령 '다음부터는 절대 그런 짓을 하지 않겠습니다.'라는 문장)을 수백 번 되풀이해서 쓰게 할 수 있다.

사귀는 사람들이 성직자만도 아니었다. 학생들은 선생을 낙천가로 보았다. 휴가 때가 되면 그는 사제복을 벗어 버렸다. 화려한 트위드 천의 옷을 차려입고 스위스를 돌아다니기도 했다. 포도주를 곁들인 우아한 저녁 식사를 좋아했다. 한번은 카페 로열에서 가까운 관계임이 분명한 어느 여자와 앉아 있는 것이 사람들 눈에 띈 적이 있는데 그 뒤부터 학생들은 선생을 방탕한 사람이라고 간주해 버렸다. 그 세세한 정황을 보면 인간 원죄를 믿지 않으려야 믿지 않을 수 없었다.

터너 선생은 애들이 삼학년 상급이 되긴 했지만 제대로 된 학생을 만들려면 한 학기는 더 걸리겠다고 생각했다. 이따금 다른 선생의 반에서는 수업을 어떻게 하고 있는지 다 안다는 듯한 암시를 주곤 했다. 그렇다고 그것을 가지고 문제 삼지는 않았다. 그가 보기에 학생들이란 어쩔 수 없는 말썽꾸러기들이었다. 거짓말이 들통나리라는 것이 확실해야 정직해진다. 정직성이라는 것도 자기들끼리의 문제이지 선생과의 관계에서는 개의치 않는다. 또한 거짓말을 해 봐야 소득이 없다는 것을 알 때만 말썽을 피우지 않는다고 생각했다. 터너 선생은 제 학급이 자랑스러웠다. 쉰다섯의 나이가 되었는데도 처음 학교에 부임했을 때처럼 제 학급이 다른 학급보다 시험 성적을 잘 받도록 열성을 보였다. 뚱뚱한 사람들 성격대로 금방 흥분하고 금방 풀어졌다. 학생들도 자기 선생이 노상 욕설을 퍼부어 대기는 하지만 속마음은 따뜻하다는 것을 곧 알게 되었다. 터너 선생은 미련한 학생에겐 참지 못했지만 고집이 세도 영리해 뵈는 학생들은 열심히 돌봐 주었다. 그런 학생들을 곧잘 간식 시간에 부르곤 했다. 당시에는 뚱뚱하면 식욕이 왕성하고, 식욕이 왕성하면 촌충이 있다는 것이 통설이어서 학생들은 터너 선생과 함께 케이크와 머핀이 먹고 싶어 가는 것은 절대 아니라고 하면서도 선생의 초대를 아주 기꺼이 받아들였다.

필립은 이제 한결 편해졌다. 공간이 넉넉지 않아 상급반 학생에게만 자습실이 배당되었기 때문이다. 여태까지는 큰 방에서 함께 지내면서 식사도 다 함께 하고 하급생들하고도 되는 대로 섞여 예습을 했다. 필립은 그게 어쩐지 싫던 참이었다. 남들과 같이 있으면 불안할 때가 많고 혼자 있고 싶은 마음이 간절해졌다. 그럴 때면 교외로 혼자 산책을 나갔다. 푸른 들판 사이를 작은 시냇물이 흐르고 있었다. 강둑에는 가지를 친 나무들이 양쪽에 늘어서 있었는데 이 둑을 따라 거니노라면 어쩐지 기분이 좋았다. 피곤해지면 풀밭에 엎드려 피라미와 올챙이 떼가 재빠르게 헤엄치는 것을 지켜보았다. 구내를 어슬렁거리며 거니는 것도 즐거웠다. 중앙의 풀밭에서는 여름철에 네트 연습을 하는 사람이 많았지만 보통 때는 조용했다. 이따금 학생들이 팔짱을 끼고 거닐거나, 공붓벌레 아이가 멍한 표정으로 무언가를 외워 대며 천천히 걸음을 옮길 뿐이었다. 느릅나무 숲에는 당까마귀 떼가 살고 있어 사방에 온통 우울한 새 울음이 가득했다. 한쪽 편에는 대성당이 서 있는데 건물 가운데로 뾰족탑이 높이 솟아 있었다. 필립은 아름다움이라는 것에 대해서는 아직 몰랐다. 하지만 대성당 건물을 바라볼 때면 가슴을 설레게 하는 어떤 알 수 없는 기쁨을 느꼈다. 자습실을 배당받았을 때(빈민가가 내다보이는 네모진 작은 방으로

네 명이 같이 사용했다.) 필립은 대성당 풍경을 찍은 사진을 한 장 사다가 책상 앞에 붙여 놓았다. 그러는 사이 사학년 교실 창문으로 내다보이는 풍경에 새로운 관심을 갖게 되었다. 창문 밖으로 손질이 잘된 오래된 잔디밭과 잎이 무성한 멋진 나무들이 보였다. 그걸 내다보고 있노라면 아픔인지 기쁨인지 분간할 수 없는 야릇한 느낌이 그를 사로잡았다. 심미적 감정에 눈을 뜨기 시작했던 것이다. 변화는 그것뿐만이 아니었다. 목소리가 변했다. 속수무책이었다. 목구멍에서 기이한 소리가 흘러나오기 시작했다.

그 무렵 필립은 견진[54] 준비반에 나가기 시작했다. 이 수업은 간식 시간 직후에 교장의 서재에서 있었다. 필립의 신앙심은 그 사이 시간의 시험을 이겨 내지 못했다. 밤에 성경 읽는 일을 중단한 건 이미 오래전의 일이었다. 하지만 이제 퍼킨스 교장의 감화 덕분에 그리고 마음을 불안하게 한 신체상의 변화도 있고 해서, 옛 신앙심이 되살아났다. 그래서 그동안의 타락을 모질게 자책하고 있는 중이었다. 이글거리는 지옥불이 눈앞에 선했다. 불신자나 다름없을 때 죽기라도 한다면 지옥행은 뻔한 일이었다. 영겁의 고통을 그는 추호의 의심도 없이 믿고 있었다. 영원한 행복보다는 영겁의 고통을 더 믿는 편이었다. 그동안 거쳐 왔던 위험스러운 고비들을 생각하면서 그

54) 영국 교회와 가톨릭 교회에서 행하는 일곱 가지 성사(聖事) 가운데 하나. 세례성사를 받은 다음 보통 청소년기에 받는데, 성령의 은총이 더욱 강해지도록 한다는 뜻으로 주교가 신자의 이마에 성유(聖油)를 바른다. 신자는 성사를 받기 전에 견진 공부를 하고 시험을 치른다.

는 몸을 떨었다.

퍼킨스 교장은 필립이 견딜 수 없는 모욕을 받고 괴로워하고 있을 때 친절하게 말을 걸어 주었던 사람이었다. 그날 이래 필립은 교장을 충견처럼 따랐다. 어떻게 하면 교장 선생을 기쁘게 할 수 있을까 하고 그는 끊임없이 머리를 굴렸다. 아무리 하찮은 칭찬이라도 그것이 교장의 말이면 그 말을 가슴속에 소중하게 간직했다. 교장의 집에서 열리는 이 작고 조용한 모임에 나갈 때면 성심성의를 다할 각오가 되어 있었다. 퍼킨스 교장의 번쩍이는 눈에서 한 번도 눈길을 떼지 않았고, 상체를 내밀고 입을 반쯤 벌린 채 앉아 한 마디도 놓치지 않으려고 애썼다. 주변의 것들이 평범했기 때문에 여기서 다루는 문제들은 더욱 감동스러웠다. 때로 교장은 경이로운 이야기 주제에 스스로 감동하여 앞에 놓인 책을 밀어 놓고, 심장의 거센 고동을 가라앉히기라도 하려는 듯, 가슴 위에서 두 손을 맞잡고 신앙의 신비에 대해 말하곤 했다. 때로 알아듣기 힘든 대목도 있었지만 필립으로서는 굳이 알고 싶지도 않았다. 느낌만으로도 충분할 것 같았다. 그런 순간, 검은 머리칼을 휘날리는 창백한 얼굴의 교장 선생은 마치 왕들을 의연히 꾸짖던 이스라엘의 예언자처럼 보였다. 구주 예수를 생각할 때도 교장 선생처럼 눈이 검고 안색이 하얀 모습이 떠올랐다.

퍼킨스 교장은 이 교육을 아주 진지하게 진행했다. 이 시간에는 다른 선생들이 경박하게 여겼던 그 화려한 유머를 전혀 사용하지 않았다. 바쁜 일과 가운데 할 일은 다 하면서도 틈틈이 교장은 견진받을 아이들을 하나씩 불러 십오 분에서 이십 분가량 준비 교육을 시켰다. 이것이 인생의 진지한 첫걸음임을 느끼게 해 주고 싶은 모양이었다. 교장은 아이들의 영혼 깊은 곳까지 더듬어 들어가 보려고 했다. 자신의 열렬한 신앙심이 아이들의 마음에 깊이 스며들게 하고 싶었다. 교장이 보기에 필립은 비록 수줍어하는 성격이긴 했지만 잠재적으로 자기의 열정과 똑같은 열정을 가진 듯 보였다. 아이의 바탕이 본질적으로 종교적으로 보였다. 어느 날 그는 이야기 도중에 불쑥 딴 얘기를 꺼냈다.

"장차 무엇을 할 것인지 생각해 본 적이 있니?"

"백부님께서는 성직자가 되길 바라시는데요."

"그래 넌?"

필립은 시선을 피했다. 자격이 없을 것 같다는 말을 하기가 부끄러웠다.

"우리 인생처럼 복 받은 인생이 또 있을까 모르겠다. 이게 얼마나 굉장한 특권인지 내가 가르쳐 줄 수 있었으면 좋겠구나. 어떤 길을 가더라도 하느님을 섬길 수야 있지만 우리는 그분께 좀 더 가까이 있단다. 네 생각에 영향을 미치고 싶진 않다만, 혹 네가 이쪽으로 마음을 정한다면, 그래 당장 그렇게 정했으면 좋겠다만, 앞으로 영원히 기쁨과 평안 속에 살게 되리라는 것을 깨닫게 될 것이다."

필립은 대답하지 않았다. 교장은 상대방이 이미 말을 알아듣고 있다는 것을 눈빛으로 알 수 있었다.

"네가 지금처럼만 한다면 얼마 안 가 수석이 될 것이다. 졸업 때는 틀림없이 장학금을 받을 수 있을 것이고. 네 몫의 재산은 있어?"

"백부님 말씀으로는, 제가 스물한 살이 되면 매년 백 파운드씩 받게 된답니다."

"넌 부자로구나. 난 한 푼도 없었다."

교장은 잠시 머뭇거렸다. 그러더니 앞에 놓인 압지에 연필로 이리저리 줄을 그으면서 말을 이었다.

"너로선 직업 선택의 폭이 좁겠지. 우선 육체적인 활동은 못 할 것이고."

그의 발에 대한 말이 나오기만 하면 늘 그렇듯, 필립은 귀뿌리까지 빨개졌다. 퍼킨스 교장은 그를 엄숙하게 바라보았다.

"넌 네 불행에 대해 좀 과민한 것 같다. 오히려 하느님께 감사드려야 한다고 생각한 적은 없니?"

필립은 얼른 교장을 올려다보았다. 입을 꼭 다물었다. 지난 몇 달 동안 사람들 말을 곧이듣고 하느님이 나병 환자를 고치고 앞 못 보는 사람을 눈 뜨게 해 주셨던 것처럼 저도 고쳐 주십사 하고 얼마나 빌었던가.

"그것을 반항심으로 받아들이면 수치로만 여겨질 뿐이다. 하지만 그것을 하느님이 네게 짊어지게 한 십자가로 생각해 보아라. 네 어깨가 특별히 강하여 사랑의 표시로 십자가를 지게 하셨다고 생각해 보란 말이다. 그러면 그게 불행이 아니라 행복의 근원이 될 것이다."

하지만 교장은 상대방이 이 문제를 거론하기 싫어한다는 것을 눈치채고 그만 돌아가도록 했다.

필립은 교장의 말을 곰곰이 되씹어 보았다. 그리고 얼마 안

남은 견진례에 마음이 쏠리면서 그는 신비로운 희열에 사로잡혔다. 영혼이 육신의 질곡에서 풀려나는 느낌, 새로운 삶을 살고 있다는 느낌이 들었다. 마음의 열정을 송두리째 바쳐 완전한 상태에 이르고 싶었다. 온몸을 바쳐 하느님을 섬기고 싶었다. 성직자가 되겠다고 굳게 다짐했다. 드디어 영광스러운 그날이 되었을 때 필립의 영혼은 그동안의 모든 준비와, 읽었던 모든 책들과, 무엇보다도 압도적인 교장의 영향에 깊은 감동을 받아 밀어닥치는 두려움과 기쁨 때문에 자신을 억누르기 힘들었다. 한 가지 생각이 마음을 괴롭혔다. 혼자서 성단소(聖壇所)를 지나 걸어가야 한다는 것이었다. 전교생이 의례에 참석한다. 그뿐만 아니라 일반 시민들, 아들의 견진례를 보러 온 학부모들도 있다. 이들에게 절룩거리며 걷는 자신의 모습을 똑똑히 보여 줘야 한다는 것은 견딜 수 없이 두려운 일이었다. 그러나 막상 때가 되자 갑자기 굴욕을 즐겁게 받아들일 수 있겠다는 느낌이 들었다. 대성당의 드높은 천장 아래 하찮고 작은 존재가 되어 성단소를 향해 절룩절룩 걸어가면서 그는 뚜렷한 의식으로 사랑의 하느님께 자신의 불구를 제물로 바쳤다.

18

하지만 필립은 드높은 곳의 희박한 공기 속에서 오래 살 수 없었다. 처음 신앙의 열정에 사로잡혔을 때 일어났던 일, 그 일이 다시 일어났다. 신앙의 아름다움을 너무 사무치게 느꼈기 때문에, 그리고 자기 희생에 대한 열망이 마음속에서 보석과 같은 빛으로 타올랐기 때문에, 자신의 힘으로는 그 소망을 감당할 수 없을 것만 같았다. 격렬한 열정에 그는 지쳐 빠지고 말았다. 영혼이 돌연 기이한 메마름으로 가득 차 버렸다. 어디에나 존재할 것 같았던 신을 그는 차츰 잊어 가기 시작했다. 예배는 빠뜨리지 않았지만 점점 형식적이 되어 갔다. 처음에는 이 같은 타락을 자책하기도 하고, 지옥불의 공포를 떠올리면서 신앙의 열성을 되살려 보기도 했지만 열정은 시들고 점차 다른 관심사들이 생각을 어지럽혔다.

필립에겐 친구가 별로 없었다. 책 읽는 습관 때문에 홀로 될 수밖에 없었다. 독서를 안 하고는 배길 수 없게 되어 친구들과 한동안 어울리고 나면 곧 피곤해지고 조바심이 났다. 책들을 섭렵하여 아는 것이 늘수록 우쭐한 기분이 들었고, 정신은 늘 긴장 상태에 있었으며, 친구들의 어리석음에 대해서는 경멸감을 감출 수 없었다. 친구들은 그가 잘난 척하는 게 못마땅했다. 별것 아닌 것들만 잔뜩 알면서 뭘 잘난 척하느냐고 비꼬았다. 필립에게는 유머 감각이 발달하고 있었다. 자기에게는 상대방의 약점을 잡아 내어 신랄하게 꼬집어 주는 소질이 있는 것 같았다. 독설은 재미있었다. 하지만 그것이 상대방에게 얼마나 큰 상처를 주는지를 알아차리지 못했다. 그러면서도 그 때문에 상대방이 그를 미워하면 몹시 기분 나빠하는 것이었다. 처음 입학했을 때 당했던 굴욕 때문에 자연히 급우들을 멀리하게 되었고 그런 태도를 완전히 극복할 수 없었다. 그는 여전히 수줍음이 많고 말수가 적었다. 하지만 그는 늘 남들의 공감을 못 사는 일만 하면서도 어떤 아이들이 아주 쉽게 인기를 얻는 것을 보고 자기도 그처럼 인기를 얻을 수 있다면 얼마나 좋을까 하고 생각했다. 인기 있는 아이들에 대해서는 일정한 거리를 두면서도 부러움을 금치 못했다. 그런 애들에게는 더 빈정대기도 하고 사소한 농담으로 망신을 주기도 했지만 처지가 바뀔 수만 있다면 무슨 짓이라도 할 것만 같았다. 정말이지 사지만 멀쩡하다면 학교에서 제일 미련한 애하고도 기꺼이 처지를 바꿀 수 있을 것 같았다. 필립은 기이한 버릇에 빠졌다. 특별히 좋아하는 아이가 있으면 그 아이가 되어 보는 상상을 하는 것이었다. 말하자면 남의 육체에 자신의 영혼을 집어넣어 그의 목소리로 말하고 그의 웃음으로 웃는 것이었다. 그 친구가 하는 모든 짓을 상상 속에서 해 보았다. 어떤 때는 상상이 너무 생생해서 자기가 정말 딴사람이 된 것처럼 여겨지기도 했다. 그런 식으로 빈번하게 그는 환상의 행복을 즐겼다.

견진을 받고 크리스마스 기간이 시작될 무렵, 필립은 다른 자습실로 옮기게 되었다. 같은 방을 쓰는 친구들 가운데 로즈라는 아이가 있었다. 같은 반 학생이었는데 필립은 언제나 그를 선망의 눈으로 바라보았다. 잘생긴 아이는 아니었다. 손이 큼지막하고 뼈대가 굵어 나중에 거구가 될 것 같았지만, 전체적으로는 맵시 있는 몸매가 아니었다. 하지만 눈은 매력적이었고 웃을 때는(웃음을 그칠 줄 몰랐다.) 눈자위에 온통 귀여운 주름이 잡혔다. 영리한 편도 아니고 미련한 편도 아니었는데, 공부만은 잘했고 놀이는 더 잘했다. 선생과 학생들이 모두 그를 좋아했다. 그 역시 모든 사람을 좋아했다.

필립이 자습실에 배치되었을 때, 그 방의 친구들은 이미 세 학기나 같이 보낸 사이인데도 그를 냉랭하게 받아들였다. 필립이라고 이를 눈치채지 못할 리 없었다. 자신이 무슨 침입자나 되는 것 같아 마음이 불편했으나 감정을 숨기는 법 따위는 이미 터득한 뒤여서 결코 내색하지 않았다. 다른 애들도 결국 그가 얌전하고 조용한 사람이라는 것을 알게 되었다. 로즈에 대해선 그도 남들처럼 매력을 느끼지 않을 수 없었다. 그 때문에 필립은 훨씬 수줍어지고 무뚝뚝해졌다. 그 때문인지—필립은 그것이 결국 자기가 지닌 일종의 매력이라는 것을 알았고, 그래서 무의식적으로 그렇게 하고 있었지만—아니면 그저 순수한 친절이었는지는 몰라도 먼저 필립을 자기 편에 넣어 준 건 로즈였다. 어느 날 느닷없이 필립에게 자기랑 축구장에 같이 가지 않겠느냐고 물었던 것이다. 필립은 얼굴을 붉혔다.

"난 빨리 따라갈 수가 없는데."

"바보같이! 어서 와."

막 나서려는데 한 아이가 자습실에 머리를 디밀더니 로즈더러 자기랑 같이 가지 않겠느냐고 물었다.

"안 돼. 케리와 먼저 약속했어."

"난 괜찮아. 가 봐." 필립이 얼른 말했다.

"이 바보!"

로즈는 마음씨 좋은 눈으로 필립을 바라보고 웃었다. 필립은 야릇하게 가슴이 떨려 왔다.

얼마 안 있어 두 사람의 우정은 소년들의 우정답게 순식간에 깊어져 둘은 뗄 수 없는 관계가 되었다. 너무 빨리 가까워지는 것을 보고 모두가 놀랐다. 딴 애들이 로즈에게 필립의 어디가 좋으냐고 물었다.

"글쎄, 모르겠어. 아주 좋은 애야. 정말이야." 하고 그는 대답했다.

둘이서 팔짱을 끼고 예배실에 들어오거나 얘기를 주고받으며 구내를 거니는 모습은 곧 학생들에게 익숙해졌다. 하나가 있는 곳이면 으레 다른 하나가 눈에 띄었다. 그래서 로즈에게 볼일이 있는 아이들은 마치 소유권이라도 인정하듯 케리에게 말을 남기기도 했다. 필립은 이 새로운 상황을 선뜻 받아들이지 않으려고 애썼다. 자랑스러운 기쁨에 벅차오르면서도 그것에 완전히 빠지지는 않으려 했다. 그러나 이윽고 운명에 대한 불신감도 강렬한 행복감 앞에는 무력했다. 로즈야말로 여태껏 본 사람 가운데 가장 훌륭한 사람 같았다. 이제 책 같은 것은 중요하지 않았다. 마음을 사로잡는 무한히 중요한 것이 있는 한 책 따위에는 신경 쓸 수 없었다. 때로 로즈의 친구들이 간식을 먹으러 자습실에 모여들기도 했고, 별달리 할 일이 없을 때는 그냥 앉아 놀다 가곤 했는데—로즈는 여럿이 어울려 떠들썩하게 놀기를 좋아했다.—그들은 필립을 상당히 점잖은 친구라고 생각하게 되었다. 필립은 행복했다.

학기가 끝나는 날, 그와 로즈는 방학을 마치고 돌아오는 날 역에서 만날 수 있도록 서로 무슨 기차를 타고 올 것인지를 정했다. 학교로 돌아가기 전에 시내에서 함께 군것질을 하기로 했다. 필립은 울적한 마음으로 집으로 돌아갔다. 방학 내내 로즈만을 생각했다. 개학을 하면 로즈와 어떻게 지낼 것인가를 열심히 공상했다. 사제관의 생활은 지루했다. 방학이 끝나는 날, 백부는 농담조로 늘 하던 질문을 했다.

"그래, 개학을 하니 좋으냐?"

필립은 즐겁게 대답했다.

"그럼요."

역에서 혹 로즈를 못 만나게 될까 봐 평소에 타던 것보다 이른 시간의 기차를 탔다. 그러고는 플랫폼 근처에서 한 시간을 기다렸다. 로즈가 갈아탄다던 패버셤발 기차가 들어오자 설레는 마음으로 기차를 따라 뛰었다. 하지만 로즈는 보이지 않았다. 짐꾼에게 다음 기차가 언제 오는지 물어보고 또 기다렸다. 그러나 이번에도 실망하지 않을 수 없었다. 춥고 배가 고팠다. 하는 수 없이 샛길과 빈민가를 지나 지름길로 해서 학교로 돌아왔다. 그런데 와서 보니 로즈가 자습실에 와 있지 않은가. 난로에 발을 척 걸치고 앉아 여기저기 아무 데나 걸터앉은 예닐곱의 아이들을 상대로 정신없이 떠들고 있었다. 그는 필립의 손을 쥐고 아주 반갑게 흔들어 댔다. 필립은 풀이 죽었다. 로즈는 이제 보니 약속 같은 건 까맣게 잊어 먹고 있었던 것이다.

"애, 왜 이렇게 늦었니? 영영 안 오는 줄 알았다." 로즈가 말했다.

"너, 네 시 반쯤 역에 있었잖니? 오면서 봤어." 딴 애가 말했다.

필립은 얼굴을 붉혔다. 바보처럼 기다리고 있었다는 걸 로즈에게 알리고 싶지 않았다.

"아는 사람을 찾고 있었어. 배웅하라는 부탁을 받았거든." 얼결에 거짓말이 튀어나왔다.

하지만 실망스러운 마음 때문에 시무룩해지고 말았다. 입을 다물고 앉아서 누가 말을 걸어도 퉁명스럽게 대답할 뿐이었다. 로즈와 단둘이 남게 되면 한바탕 따질 작정이었다. 다들 가 버리자 필립이 드러누워 있는 안락의자로 로즈가 얼른 다가왔다.

"얘, 이번 학기에 같은 자습실을 쓰게 되어 정말 잘됐다. 기차지?"

로즈는 필립을 다시 만나 진심으로 반가운 것 같았다. 덕분에 필립의 불쾌감은 눈 녹듯 사라지고 말았다. 두 사람은 언제 헤어진 적이 있었느냐는 듯 온갖 재미있는 이야기를 열심히 주고받았다.

19

처음에는 로즈의 우정이 너무 고마워 상대방에게 아무런 요구도 하지 않았다. 모든 일을 있는 그대로 받아들였고 그것으로 즐거웠다. 하지만 얼마 안 가, 아무에게나 잘해 주는 로즈의 태도에 화가 나기 시작했다. 그는 로즈가 자기하고만 친하기를 바랐다. 전에는 호의로 여기던 것을 이제는 권리로서 주장했다. 로즈가 딴 애들과 어울리는 것을 질시의 눈으로 바라보았다. 당찮은 일이라는 것을 알고는 있었지만 어떤 때는 자기도 모르게 심한 말이 나왔다. 로즈가 딴 자습실에서 한 시간가량 노닥거리다 돌아오면 필립은 잔뜩 찌푸린 얼굴로 그를 맞았다. 온종일 토라져 있을 때도 있었다. 울적한 제 기분을 로즈가 알아주지 않거나 일부러 모르는 척할 때는 더욱 속이 상했다. 자기가 어리석다는 것을 늘 알고 있으면서도 일부러 싸움을 걸어 이삼 일간은 서로 말을 않고 지내는 때도 드물지 않았다. 하지만 필립은 오랫동안 화를 내고 있지 못해 자기가 옳다고 생각하는 경우에도 겸손하게 사과를 하곤 했다. 그런 다음 일주일가량은 서로 더할 나위 없이 친하게 지냈다. 하지만 절정의 시기는 지났다고 해야 할까. 필립은 로즈가 자기와 같이 다니긴 해도 이제는 그저 습관 때문에, 아니면 친구가 화를 낼까 봐 같이 다닌다는 것을 알 수 있었다. 두 사람은 원래처럼 서로 할 말이 없게 되었다. 로즈는 자주 따분해했다. 필립은 로즈가 자신의 다리 장애에 짜증을 내기 시작한다는 것을 느낄 수 있었다.

학기가 끝날 무렵, 두세 명의 아이가 성홍열에 걸렸다. 전염을 막기 위해 학생들을 다 집에 돌려보내야 한다고들 했다. 결국 환자들만 격리시키기로 했다. 그리고 더 이상 발병자가 없었기 때문에 전염병은 지나간 것으로 간주되었다. 병에 걸린 사람 가운데 필립도 끼어 있었다. 그는 부활절 방학 동안 병원에 입원해 있었다. 여름 학기가 시작되자 학교에서는 그를 집으로 돌려보내 맑은 공기를 쐬면서 요양을 하도록 했다. 병원에서는 이제 전염성이 없다고 했지만 사제는 필립을 꺼림칙하게 맞았다. 의사는 필립을 바닷가에서 요양시키라고 권했다. 그건 사정을 모르는 사려 깊지 못한 권고라고 일축하고 사제는 마지못해 조카를 집 안에 두는 데 동의했다. 오로지 필립을 달리 보낼 곳이 없었기 때문이었다.

필립은 학기 중간에 학교로 돌아갔다. 로즈와 싸웠던 일은 까맣게 잊었다. 그가 가장 친한 친구였다는 생각만 났다. 자신의 어리석음을 잘 알고 있었다. 좀 더 분별 있는 사람이 되어야겠다고 마음먹었다. 필립이 아파서 누워 있을 때 로즈는 두어 번 편지를 보냈는데, 편지마다 끝에는 '빨리 나아 돌아와라.'라고 썼다. 필립은 자기가 로즈를 보고 싶어하는 만큼 로즈도 자기가 돌아오기를 고대하고 있다고 믿었다.

가서 보니 육학년 학생 하나가 성홍열에 걸려 죽어 자습실 배치가 바뀌어 있었고, 로즈는 딴 방으로 가 있었다. 낙심천만이었다. 그래도 학교에 도착한 즉시 필립은 로즈의 방으로 뛰어 들어갔다. 책상에 앉아 헌터라는 애와 공부를 하고 있던 로즈는 필립이 들어가자 짜증이 난다는 듯 돌아보았다.

"누구야?" 하고 소리 지르더니 필립인 걸 알고 얼른 "아, 너구나." 하고 말했다.

필립은 멋쩍어서 멈칫했다.

"잠깐 들러서 잘 지내는가 보려고."

"공부하던 참이야."

헌터가 끼어들었다.

"언제 돌아왔니?"

"이제 막."

필립이 방해를 하고 있다는 듯, 두 사람은 앉아서 쳐다보았다. 빨리 가 주었으면 하는 눈치였다. 필립은 얼굴을 붉혔다.

"그럼 가 볼게. 공부 끝나면 내 방에 들르든지." 그는 로즈에게 말했다.

"알았어."

필립은 등 뒤로 문을 닫고 절룩거리면서 제 방으로 돌아왔다. 참담한 기분이었다. 로즈는 반가워하기는커녕 거의 화가 난 표정이 아니던가. 우리가 얼굴이나 아는 사이 이상으로 친한 적이 없었다는 말인가. 로즈가 언제 올지 몰라 필립은 자습실을 잠시도 떠나지 않고 기다렸지만 친구는 결국 나타나지 않았다. 이튿날 아침, 기도하러 나가다 보니 로즈와 헌터가 서로 팔짱을 끼고 활기찬 걸음으로 지나갔다. 직접 목격하지 못한 일은 다른 애들이 다 이야기해 주었다. 필립은 석 달이라는 세월이 학생의 삶에서는 결코 짧은 기간이 아니라는 것을 모르고 있었다. 그리고 그 기간을 그는 고독 속에서 보냈지만 로즈는 바깥세상에서 살고 있었다는 것을 몰랐다. 헌터가 그 빈자리에 들어갔던 것이다. 필립은 로즈가 은근히 그를 피하고 있다는 걸 알았다. 하지만 필립의 성격상 말로 확인하지 않고는 상황을 받아들일 수 없었다. 그는 로즈가 자습실에 혼자 있을 때를 기다려 그를 찾아갔다.

"들어가도 되겠니?"

로즈는 당황한 눈으로 바라보았다. 당황스럽게 만든 필립에게 화가 나는 모양이었다.

"들어와. 들어오고 싶으면."

"고맙구나." 필립은 비꼬아 말했다.

"무슨 일이야?"

"이봐. 내가 돌아온 뒤부터 왜 그렇게 형편없이 구니?"

"바보 같은 소리 마." 로즈가 말했다.

"헌터가 어디가 좋아?"

"그거야 내 문제지."

필립은 고개를 떨구었다. 속에 있는 말을 차마 꺼낼 수 없었다. 비굴하게 굴고 싶지는 않았다. 로즈가 일어서며 말했다.

"체육관에 가 봐야 돼."

로즈가 나가려고 하자 필립은 가까스로 입을 열었다.

"이봐, 로즈. 너 정말 형편없이 굴지 마."

"뭐야, 지랄하네."

필립을 혼자 둔 채 로즈는 문을 쾅 닫고 나가 버렸다. 필립은 분노로 몸이 후들후들 떨렸다. 제 방으로 돌아와 금방 주고받은 이야기를 되씹어 보았다. 로즈가 미웠다. 골탕을 먹여 주고 싶었다. 무슨 뼈아픈 말을 해 주면 좋을까 하고 이것저것 생각해 보았다. 끝장난 우정을 곰곰이 생각해 보면서 그는 딴 애들이 이 문제로 입방아를 찧고 있을 거라고 상상했다. 필립은 워낙 예민했기 때문에 남들이 전혀 신경을 쓰지 않을 때에도 그들이 자신을 비웃고 있고, 놀리고 있다고 생각했다. 그는 멋대로 딴 애들이 하는 말을 상상했다.

"올 것이 왔군. 글쎄, 오래갈 것 같지 않더라니까. 걔가 케리를 좋아하긴 했었나? 멍청한 녀석."

아무렇지도 않다는 표시로 필립은 일부러 그가 미워하고 경멸하던 샤프라는 아이와 급속하게 가까운 사이가 되었다. 샤프는 아주 버릇없어 뵈는 런던 아이로 몸집이 육중한 친구였다. 코밑에 수염이 나기 시작했고 눈썹이 미간에서 맞닿을 정도로 무성했다. 손이 부드러웠고 행동거지는 제 나이에 비해 지나치게 유순했다. 말투에는 어딘지 런던 사투리가 섞여 있는 것 같았다.[55] 동작이 굼떠 놀이에는 끼지 못하는 축이었다. 강제적인 것이라면 무슨 구실을 대서라도 피하고 마는 비상한 재주를 가지고 있었다. 학생들이나 선생들도 그를 까닭 없이 싫어하는 것 같았다. 필립이 이제 그와 사귀려는 것은 오만한 마음 때문이었다. 샤프는 두 학기가 지나면 일 년 기한으로 독일에 가게 된다. 그는 학교를 싫어했다. 그는 학교라는 것을 나이가 들어 세상에 나가기까지 참아야 하는 일종의 굴욕의 과정이라고 생각했다. 좋아하는 것은 런던뿐이었다. 그래서 방학이 끝나면 런던에서 한 일에 대해 이야기해 줄 것이 잔뜩 있었다. 그의 이야기를 통해서—그의 목소리는 낮고 부드러웠다.—학생들은 런던의 밤거리를 어렴풋이나마 짐작할 수 있었다. 그의 이야기를 듣고 있노라면 필립은 넋이 빠지기도 하고 혐오감이 느껴지기도 했다. 생생한 상상력의 도움을 받아 런던의 여러 풍경이 눈앞에 선하게 떠올랐다. 극장 일층 출입구 주변으로 몰려드는 인파, 얼근히 취한 남자들이 높

55) 영국의 표준어는 옥스브리지의 교육받은 계층의 말이다. 런던 사투리라는 것은 런던의 노동 계층 말을 가리킨다.

은 스툴에 앉아 여자 종업원과 얘기를 주고받는 술집과 싸구려 식당의 휘황한 불빛, 가로등 밑을 신비롭게 흘러가는 쾌락에 빠진 검은 사람들의 무리. 샤프는 홀리웰 가에서 산 싸구려 소설들을 필립에게 빌려주었고, 필립은 기숙사의 칸막이방 안에서 그 소설들을 놀라움과 두려움을 가지고 읽었다.

한번은 로즈가 화해를 시도했다. 그는 워낙 마음이 착해 적을 만들기 싫어했다.

"얘, 케리. 왜 그렇게 바보처럼 굴어? 내게 그렇게 쌀쌀맞게 대한다고 좋을 게 뭐 있니?"

"난 무슨 말 하고 있는지 모르겠는걸." 필립이 대꾸했다.

"그래, 우리가 왜 말을 않고 지내야 되는지 모르겠어."

"네가 따분한 녀석이니까." 필립이 말했다.

"네 멋대로 해라."

로즈는 어깨를 으쓱하고 가 버렸다. 무엇엔가 감동을 받으면 늘 그러하듯 필립은 얼굴이 창백해지고 가슴이 벌떡거렸다. 로즈가 가 버리자 갑자기 참담한 기분이 들었다. 왜 그런 식으로 응수했을까. 로즈와 친하게 지내려면 무슨 짓이라도 해야 할 판이 아니었던가. 그와 싸웠던 것은 잘못한 일이었다. 로즈에게 고통을 주었다는 것을 깨닫고 필립은 가슴이 아팠다. 하지만 이 순간 필립은 자신을 다스릴 수 있는 주인이 되지 못했다. 악마에게 휘어잡힌 듯 본심에 없는 가시 돋친 말을 하고 있었던 것이다. 속으로는 로즈와 악수를 하고 싶고, 이 어정쩡한 관계를 어서 빨리 청산하고 싶지 않았던가. 괴롭히고 싶은 마음이 너무 강렬했던 탓이었다. 자기가 참아야 했던 고통과 굴욕을 복수하고 싶었다. 그것은 자존심이었다. 하지만 어리석음이기도 했다. 자기야 쓰라린 고통을 당하겠지만 로즈는 아랑곳하지 않으리라는 것을 알았기 때문이다. 로즈에게 가서 이렇게 말해 볼까 하는 생각이 들었다.

'얘, 못되게 굴어 미안하다. 어쩔 수 없었어. 화해하자.'

하지만 그 말을 결코 할 수 없으리라는 것을 그는 알고 있었다. 로즈가 비웃을까 두려웠다. 자신에게 화가 나 있던 그는 잠시 후 샤프가 들어왔을 때 아무것도 아닌 일에 시비를 걸었다. 필립에게는 남의 아픈 데를 찾아내는 악마 같은 본능이 있어, 솔직하기 때문에 더욱 상처를 오래 가게 하는 말을 할 수 있었다. 하지만 샤프에게도 결정적인 말이 있었다.

"로즈가 금방 멜러에게 네 얘기를 하는 걸 들었어. 멜러가, 왜 걜 차 버리지 않았니, 그럼 버릇을 고칠 텐데, 하니까 로즈가 이렇게 말하더라. 그러고 싶지 않아. 절름발이 병신한테."

필립은 얼굴이 순식간에 새빨개졌다. 대꾸할 말이 나오지 않았다. 목에 무엇인가가 콱 막혀 말을 할 수가 없었던 것이다.

20

필립은 육학년[56]이 되었지만 학교 생활이 죽도록 싫었다.

---

56) 영국 사립학교의 최고 학년으로, 우리나라 고등학교 3학년 정도에 해당한다.

야심도 사라지고 성적에도 관심이 없어졌다. 아침에 눈을 뜨면 또 지겨운 하루가 시작되는구나 싶어 마음이 울적했다. 모든 일을 누가 하라고 해서 해야만 하는 것이 지겨웠고, 온갖 제한들이 지겨웠다. 그것들이 합당하지 않아서가 아니라 제한이기 때문에 싫었다. 자유가 그리웠다. 이미 다 알고 있는 것을 되풀이하는 공부, 자기는 단번에 이해해 버린 것을 머리 나쁜 사람들을 위해 끊임없이 반복해야 하는 공부에 신물이 났다.

퍼킨스 교장의 수업을 받을지 말지는 학생의 마음에 달려 있었다. 필립은 열성을 보이기도 했지만 멍청하게 시간을 보내기도 했다. 육학년 교실은 옛 수도원을 복원한 건물에 있어서 창문이 고딕식이었다. 필립은 따분함을 달래려고 이 창문의 그림을 자꾸 그려 보았다. 상상력을 동원하여 대성당의 중앙탑이나 구내로 통하는 문을 그려 볼 때도 있었다. 그는 그림에 소질이 있었다. 루이자 백모가 젊었을 때 수채화를 그렸는데 그녀가 지금도 가지고 있는 몇 권의 앨범에는 교회 건물, 낡은 다리, 그림처럼 아름다운 오두막들을 그린 스케치가 잔뜩 들어 있었다. 백모가 한번은 필립에게 크리스마스 선물로 물감을 사 준 적이 있었다. 필립은 백모의 그림을 흉내 내면서 그림을 그리기 시작했다. 뜻밖에도 그는 그림을 아주 잘 흉내 냈고, 그러다가 얼마 안 되어 자기 그림을 그리게 되었다. 백모도 그림 그리기를 권했다. 그림에 열중하면 장난을 안 칠 테니까 좋고, 혹시 나중에 이 아이의 그림을 자선 시장에 내놓아도 될지 모른다고 생각했다. 그 가운데 두세 점은 액자에 넣어 아이의 침실에 걸어 놓았다.

어느 날 아침 일과가 끝났을 때, 필립이 교실에서 어슬렁거리며 나오는데 퍼킨스 교장이 붙잡았다.

"네게 할 말이 있다. 케리."

필립은 무슨 말을 하려나 기다렸다. 퍼킨스 교장은 가느다란 손가락으로 턱수염을 만지작거리며 필립을 바라보았다. 어떻게 말을 꺼낼까 궁리하는 모양이었다.

"어떻게 된 것이냐, 케리?" 그가 불쑥 물었다.

필립은 얼굴을 붉히며 힐끗 그를 바라보았다. 하지만 이제 그도 교장을 잘 알게 되었는지라 아무 말 없이 다음 말을 기다렸다.

"요즈음 네가 좀 불만스럽다. 게을러지고 정신을 딴 데 두고 있어. 공부에 흥미가 없는 것 같고. 아주 산만해 보인다."

"죄송합니다, 선생님." 필립이 말했다.

"그 말밖에는 못 하겠느냐?"

필립은 시무룩하여 고개를 떨구었다. 지겨워 죽겠다는 말을 어떻게 할 수 있단 말인가.

"알겠지만 이번 학기 성적은 떨어질 거다. 나로서는 네게 별로 좋은 평가를 해 줄 수 없어."

성적 통지서를 집에서 어떻게 취급하는가를 알면 교장이 뭐라고 말할까 궁금했다. 아침 식사를 할 때 성적 통지서가 도착했는데, 케리 씨는 보는 둥 마는 둥 잠깐 들여다보고 필립에게 건네주었다.

"네 성적 통지서다. 뭐라고 쓰여 있는지 읽어 봐라." 백부는

힌 책 목록의 포장지를 손가락으로 뜯으며 말했다.

필립은 통지서를 읽어 보았다.

"잘했다고 했니?" 루이자 백모가 물었다.

"기대만큼은 아니에요." 필립은 웃으면서 성적 통지서를 그녀에게 건네주었다.

"나중에 안경을 끼고 읽어 보겠다."

하지만 아침이 끝난 뒤 메리 앤이 들어와 정육점 사람이 왔다고 알리자 백모는 까맣게 잊어 먹고 말았다.

퍼킨스 교장은 말을 이었다.

"네게 실망했다. 그리고 이해할 수가 없어. 내가 알기로 넌 마음만 먹으면 뭐든지 할 수 있는 아이인데 요즘엔 전혀 의욕이 없어 보인단 말이다. 다음 학기에 널 반장을 시킬까 했는데 아무래도 좀 더 기다려야 할 것 같다."

필립은 얼굴을 붉혔다. 인정받지 못한다는 것은 생각만 해도 싫었다. 입을 꾹 다물었다.

"그리고 또 있다. 이제부터 장학금 문제를 생각해 봐야 한다. 네가 다시 열심히 공부하지 않으면 아무것도 받지 못한다."

필립은 설교에 짜증이 났다. 교장에게도 화가 나고 자신에게도 화가 났다.

"전 옥스퍼드에 갈 생각이 없어요." 그가 말했다.

"무슨 말이냐. 성직자가 되려고 하지 않았나?"

"마음을 바꿨습니다."

"왜?"

필립은 대답하지 않았다. 퍼킨스 교장은 늘 하던 버릇대로,

페루지노[57]의 그림에 나오는 사람처럼 기묘한 자세를 취하고 손가락으로 턱수염을 쓸어내리며 생각에 잠겼다. 그러고는 이해해 보려고 애쓰는 듯이 필립을 바라보더니만 불쑥 가도 좋다고 말했다.

교장은 아무래도 불만스러웠던 모양이다. 일주일이 지난 어느 날 저녁, 필립이 무슨 서류를 가지고 그의 서재에 들어갈 일이 있었는데 이때 다시 이야기를 꺼냈던 것이다. 이번에는 다른 방법을 썼다. 교장으로서 학생에게 말을 하는 것이 아니라 인간 대 인간으로 말을 걸었다. 이번에는 필립이 공부를 안 한다든가, 경쟁이 치열하여 옥스퍼드에 진학하는 데 필요한 장학금을 따기가 어렵다든가 하는 문제는 일단 접어 두었다. 장래에 대한 생각이 왜 바뀌었는가 하는 것이 중요 문제였다. 퍼킨스 교장은 성직자에 대한 필립의 열망을 되살리려고 애썼다. 절묘한 솜씨로 그는 필립의 감정에 호소했다. 교장 자신이 진심 어린 마음으로 호소했기 때문에 이번에는 일이 쉬웠다. 자네의 변심에 내 마음은 몹시 괴롭다. 무엇이 되겠다는 것인지 모르지만 이것은 정말 인생의 참된 행복의 기회를 내동댕이치는 것이나 마찬가지라고 생각한다. 교장의 목소리에는 설득력이 있었다. 필립은 겉은 비록 태연하였지만—천성 때문이기도 하지만 몇 년간의 학교 생활에서 굳은 버릇 때문에 얼굴이 금세 달아오르는 것 말고는 좀처럼 속마음을 드러

57) 본명은 피에트로 디 크리스토포로 반누치(Pietro di Cristoforo Vannucci, 1450~1523). 이탈리아 화가.

내지 않았는데—그 자신 몹시 감정적인 성격이라 다른 사람의 감정에 쉽게 움직여 교장의 말에 큰 감동을 받고 말았다. 교장이 보여 주는 관심이 무척이나 고마웠다. 그리고 자신의 행동으로 인해 교장이 겪었을 슬픔을 생각하니 마음이 괴로웠다. 필립은 다른 모든 학생들에게도 관심을 가져야 할 교장이 특별히 자기에게 마음을 써 주고 있다는 것이 은근히 기분 좋았다. 하지만 한편으로는 그의 내부에 또 하나의 마음이 있어 옆구리에 끈덕지게 달라붙어 떠나지 않는 사람처럼 한사코 이렇게 외치는 것이었다.

'안 돼. 안 돼. 안 돼!'

결심이 무너져 내리는 것 같았다. 마음속에서 솟아오르는 약한 마음을 이겨 내기에는 무력하기 짝이 없었다. 그는 마치 물이 가득 찬 그릇에 빈 병을 거꾸로 집어넣었을 때 그 속으로 빨려 들어가는 물과도 같았다. 그는 이를 악물고 몇 번이나 중얼거렸다.

"안 돼. 안 돼. 안 돼!"

이윽고 퍼킨스 교장은 필립의 어깨에 손을 얹고 말했다.

"내 뜻을 따르라는 건 아니다. 결정해야 할 사람은 너니까. 하느님께 기도드려라. 도움을 주시고 인도해 주시도록."

교장의 집을 나오니 가랑비가 내리고 있었다. 필립은 구내로 통하는 아치 통로 밑으로 걸어 들어갔다. 사람은 하나도 눈에 띄지 않았다. 느릅나무 위의 당까마귀 떼도 조용했다. 느릿느릿 걸음을 옮겼다. 흥분했던 참이라 내리는 비가 고마웠다. 퍼킨스 교장이 한 말을 곱씹어 보았다. 강렬한 개성의 열기로부터 일단 벗어나니 마음이 차분해졌다. 굽히지 않은 게 다행이었다.

어둠 속에서 대성당의 거대한 모습이 희끄므레하게 보였다. 교회는 이제 싫었다. 길고 긴 예배에 억지로 참석해야 한다는 것은 얼마나 지겨운 일인가. 끝이 없어 보이는 성가, 그것이 계속되는 동안 지루하게 서 있어야 한다. 한없이 이어지는 단조로운 설교, 그것은 귀에 들어오지도 않는다. 움직이고 싶지만 꼼짝 않고 앉아 있어야 하기 때문에 온몸이 뒤틀린다. 블랙스터블에서 일요일마다 참석했던 두 번의 예배가 떠올랐다. 교회는 휑뎅그렁하고 추웠고, 사방에서 머릿기름과 풀 먹인 옷 냄새가 났다. 보좌사제가 한 번 설교하고, 백부가 한 번 설교했다. 나이가 들면서 필립은 백부가 어떤 사람인지 알게 되었다. 필립은 직선적이고 외골수였다. 그래서 한 인간으로서는 도저히 실천할 수 없는 것도 성직자의 입장에서는 열심히 설교할 수 있다는 사실을 이해하지 못했다. 그 기만에 치가 떨렸다. 백부는 허약하고 이기적인 사람이었다. 귀찮은 일에 말려들지 않는 것, 그것이 그의 유일한 바람이었다.

교장은 하느님을 섬기는 인생의 아름다움에 대해 이야기했었다. 필립은 자기 고향 이스트 앵글리아 지방에서 성직자가 어떻게 사는가를 알고 있었다. 블랙스터블에서 좀 떨어진 곳에 화이트스톤 교무구가 있는데 그곳 사제가 생각났다. 독신인 이 사람은 뭔가 일거리를 갖겠다고 최근에 농장을 시작했다. 지방신문은 이 사제와 관련하여 지방법원에 제소된 이런 저런 사건을 끊임없이 보도했다. 일꾼들에게 품삯을 주지 않는다는가, 상인들을 사기죄로 고소했다든가 하는 것들이었다. 암소를 굶겨 죽였다는 말도 있었다. 이 사제를 그냥 둘 수는 없다는 말들이 무성했다. 펀 교무구 사제는 또 어떤가. 이 사람은 턱수염을 기른 멋쟁이였다. 그런데 이 사람의 아내가 남편의 학대를 견디지 못하고 도망 나오고 말았다. 그 지역에는 그녀가 전한 사제의 부도덕한 행실에 관한 이야기가 쫙 퍼져 있었다. 해안의 조그만 마을, 설 교무구 사제로 말하자면 사제관의 코앞에 있는 술집에서 저녁마다 볼 수 있었다. 그 문제로 이곳 교회위원들이 케리 씨를 찾아와 조언을 청한 적도 있었다. 사실 이들 사제들에게는 소작농이나 어부들 말고는 이야기할 상대가 없었다. 긴긴 겨울밤이 되면 벌거벗은 나무 사이로 바람만이 을씨년스러운 휘파람 소리를 내며 지나가고, 어디를 둘러보아도 보이는 것이라고는 단조롭기 그지없는 황량한 밭들뿐이었다. 생활은 가난했다. 일거리가 없다는 것도 문제였다. 그러다 보니 성격 속에 숨어 있는 온갖 변덕이 멋대로 튀어나왔던 것이다. 그것을 억제할 만한 것은 아무것도 없었다. 그들은 점점 편협하고 괴팍해졌다. 필립도 이런 사정을 다 알고는 있었다. 하지만 젊은 사람의 고지식한 마음으로는 그러한 사정을 핑곗거리로 인정할 수는 없었다. 자기도 그런 생활을 해야 한다고 생각하면 몸서리가 쳐졌다. 그는 넓은 세상으로 나가고 싶었다.

21

퍼킨스 교장은 그의 말이 필립에게 아무런 소용이 없었다는 것을 곧 알게 되었다. 그래서 학기가 끝날 때까지 그를 거들떠보지도 않았다. 그가 작성한 통지표의 내용은 신랄했다. 통지표가 도착하여 루이자 백모가 내용이 어떠냐고 묻자, 필립은 쾌활하게 대답했다.

"엉망이에요."

"뭐라구? 내가 다시 좀 봐야겠구나." 사제가 말했다.

"큰아버지, 제가 지금 이대로 계속 학교에 다니는 게 좋을까요? 제 생각엔 독일에 가서 공부를 좀 하면 좋을 것 같습니다만."

"아니, 왜 그런 생각을 하니?" 루이자 백모가 놀라 물었다.

"좋은 생각 같지 않으세요?"

샤프는 이미 킹스 스쿨을 그만두고 하노버에 가서 필립에게 편지를 보내오고 있었다. 진짜 인생을 시작한 셈이었다. 샤프를 생각할 때마다 필립은 마음이 더 초조해졌다. 더 이상은 일 년도 견딜 수 없을 것 같았다.

"그러면 장학금을 받지 못할 것 아니냐."

"어차피 받긴 틀렸어요. 게다가 굳이 옥스퍼드에 갈 마음도 없구요."

"하지만 성직자가 되려면 말이다, 필립." 루이자 백모가 낙심하여 소리쳤다.

"그건 옛날에 포기했는걸요."

케리 부인은 놀란 눈으로 바라보았다. 하지만 자제력에 길들여진 그녀는 백부에게 차를 한 잔 따라 주었을 뿐 아무 대꾸도 하지 않았다. 아무도 입을 열지 않았다. 필립은 이윽고 백모의 볼을 타고 흘러내리는 눈물을 보았다. 백모의 가슴을 아프게 했다고 생각하니 갑자기 마음이 괴로웠다. 시내 옷가게에서 맞춰 입은 꼭 끼는 검은 옷, 주름진 얼굴에 창백하고 지친 눈, 젊은 시절 그대로 경박하게 돌돌 말아 올린 반백의 머리, 이런 것들 때문에 그녀는 우스꽝스러우면서도 야릇하게 비애가 깃든 여인으로 보였다. 필립은 처음으로 백모의 그런 모습을 보았다.

사제가 보좌사제를 만나려고 서재에 들어갔을 때, 필립은 백모의 허리에 팔을 두르고 위로하듯 말했다.

"언짢게 해드려 정말 죄송해요, 큰어머니. 하지만 성직자가 제 천직이 아니라면 서품을 받아 무슨 소용 있겠어요. 그렇잖아요?"

"난 실망이 크다, 필립. 나는 기대가 컸다. 네가 큰아버지의 보좌사제가 되리라고 생각했지. 그러고 나서 때가 오면—우리가 영원히 사는 건 아니잖니?—그이 자리를 물려받으리라고 생각했어."

필립은 몸이 부들부들 떨렸다. 순식간에 공포가 그를 사로잡았다. 덫에 걸린 비둘기 날갯짓처럼 심장이 요란하게 팔딱거렸다. 백모는 그의 어깨에 머리를 얹고 나직하게 울었다.

"큰어머니께서 큰아버지를 설득해 주세요. 터캔베리를 떠나는 걸 허락해 주시도록 말예요. 전 이제 진절머리가 나요."

하지만 백부는 이미 세워 둔 계획을 쉽게 바꾸려고 하지 않았다. 열여덟 살까지는 킹스 스쿨에 다니고, 다음에는 옥스퍼드에 간다, 그것이 그가 늘 생각해 두고 있던 필립의 진로였다. 아무튼 그 시기에 학교를 그만두겠다는 말은 들으려고도 하지 않았다. 학교에 미리 통지를 하지 않아 어차피 다음 학기 수업료는 내야 했기 때문이다.

"그럼 크리스마스 때 학교에 말해 주시겠어요?" 언성을 높여 가면서 오랫동안 주고받은 대화 끝에 필립이 물었다.

"퍼킨스 교장의 의견을 여쭤봐야겠다."

"제발, 제가 스물한 살이라면 좋겠어요. 누가 시키는 대로 하는 건 이제 진절머리가 나요."

"얘야, 큰아버지에게 그게 무슨 말버릇이냐." 케리 부인이 나직하게 꾸짖었다.

"퍼킨스 교장이 절 그만두게 할 것 같아요? 학생 하나에 수입이 얼마인데요."

"도대체 왜 옥스퍼드에 가고 싶지 않다는 게냐?"

"교회 사람이 되지 않을 거면, 가 봤자 무슨 소용이겠어요?"

"무슨 말이냐. 넌 이미 교회 사람이다." 사제가 말했다.

"아니 제가 성직자란 말인가요?" 필립이 참지 못하고 소리쳤다.

"넌 뭘 하고 싶니, 필립?" 케리 부인이 물었다.

"모르겠어요. 아직 결정한 건 없어요. 하지만 뭘 하든 외국어를 배워 두면 좋을 것 같아요. 독일에서 일 년쯤 보내면 이 지겨운 곳에 있는 것보다 훨씬 얻는 것이 많을 거예요."

옥스퍼드도 결국 지금 생활의 연장에 지나지 않을 거라는 말은 꺼내지 않았다. 자기 뜻대로 살고 싶은 것이 당장의 절실한 소망이었다. 게다가 옥스퍼드에 가면 동창도 얼마간 만나게 될 터인데 동창이라면 누구도 만나고 싶지 않았다. 아무래도 학교 생활은 실패였다. 새롭게 시작하고 싶었다.

독일에 가고 싶은 필립의 마음은 그 무렵 블랙스터블 사람들 사이에서 논의되던 어떤 생각들과도 부합하는 점이 있었다. 그곳 의사에게는 친구들이 가끔 놀러 와 바깥세상 소식을 들려주었다. 팔월에 바닷가를 찾는 휴양객들도 세상 보는 눈이 달랐다. 사제도 이미 여러 이야기를 듣고 있었다. 구식 교육이 이제 전처럼 쓸모 있다고 보지 않는 사람들이 있다는 것, 사제의 젊은 시절과 달리 근대 민족어가 고전어보다 중요해지고 있다는 것 등이었다. 사제의 마음도 반반이었다. 아우가 무슨 시험엔가 실패하여 독일로 갔던 전례가 있었다. 그런데 거기서 그만 장티푸스에 걸려 죽어 버렸기 때문에 그런 시도를 위험하다고 보지 않을 수 없었다. 마침내 많은 대화를 나눈 끝에 결정이 났다. 일단 터캔베리에 돌아가서 한 학기를 더 마친 뒤에 그만둔다는 것이었다. 필립으로서는 이 합의가 그다지 불만스럽지 않았다. 그런데 개학한 지 며칠 안 되어, 교장이 이렇게 말했다.

"백부께서 편지를 주셨다. 네가 독일로 가고 싶어한다는 것 같다고 하시면서 내 의견을 물으셨다."

필립은 깜짝 놀랐다. 백부가 약속을 저버린 것에 미친 듯이 화가 났다.

"그 문제는 일단락됐는데요."

"전혀 그렇지 않다. 난 너를 그만두게 하는 건 큰 잘못이라고 생각한다는 편지를 보냈다."

필립은 당장 책상에 앉아 백부에게 거칠게 따져 묻는 편지를 썼다. 표현을 절제하지 않았다. 너무 화가 나서 그날 밤 늦도록 잠이 오지 않았다. 이튿날 아침에도 일찍 잠이 깨어 사람들이 왜 자기를 그렇게 대하나 곰곰 생각해 보았다. 초조하게 답장을 기다렸다. 이삼 일 뒤 답장이 왔다. 루이자 백모가 보낸 온화하면서도 괴로운 심정이 배어 있는 답장이었다. 백부에게 그런 말을 하는 게 아니다, 백부는 지금 마음이 크게 상해 있다, 네 말은 매정하고 기독교인답지 않구나, 우리 두 사람은 너를 위해 최선을 다하고 있을 뿐이니 그 점은 너도 알아야 한다, 우리는 너보다 세상을 더 많이 살았으니 너에게 무엇이 좋은가를 더 잘 판단할 수 있을 게 아니겠니, 하는 것 등등이었다. 필립은 두 손을 움켜쥐었다. 한두 번 들은 소리가 아니었다. 왜 그 말이 옳다는 것인지 알 수 없었다. 상황을 자기만큼 알지도 못하면서 왜 나이가 많으면 응당 더 지혜롭다고 생각하는 것일까? 편지는 백부가 자퇴 예고를 취소했다는 말로 끝맺고 있었다.

필립은 오후 수업이 없는 다음 반휴일까지 기다리면서 분을 삭이지 못했다. 토요일 오후에는 대성당의 예배에 참석해야 하기 때문에 대신 화요일과 목요일이 반휴일이었다. 필립은 육학년생이 모두 나갈 때까지 기다렸다가 교장에게 말했다.

"교장 선생님, 오후에 집에 좀 다녀올 수 있을까요?"

"안 된다." 교장의 대답은 간단했다.

"중요한 일 때문에 백부님을 뵙고 싶습니다."

"안 된다고 하지 않았느냐."

필립은 더 이상 말하지 않고 방에서 나오고 말았다. 굴욕감—사정을 해야 하는 굴욕, 퉁명스러운 거절을 당해야 하는 굴욕—때문에 속이 못 견디게 끓어올랐다. 교장도 이제 싫었다. 더할 나위 없는 폭군적 행위를 하면서도 아무런 이유도 대지 않는 압제, 그 압제 아래에서 필립은 비참하게 몸부림쳤다. 얼마나 분노가 치미는지 앞뒤를 생각할 수 없었다. 그는 저녁을 먹은 뒤 잘 아는 뒷길로 해서 역으로 나가 막 출발하려는 블랙스터블행 기차를 집어탔다. 사제관에 들어서니 백부와 백모가 식당방에 앉아 있었다.

"아니 이것 봐, 어디에서 이렇게 나타나시나?" 사제가 말했다.

그를 보는 것이 달갑지 않음이 분명했다. 불안스러운 표정이었다.

"학교 그만두는 문제로 만나 뵈러 왔습니다. 도대체 어떻게 된 건지 알고 싶습니다. 저하고 약속은 약속대로 하시고, 일주일 뒤에는 전혀 엉뚱하게 나오시니 말예요."

필립은 자신의 대담성에 약간 놀랐지만 어떤 식으로 말해야 할지 미리 다 작정해 두고 있었다. 가슴이 격심하게 뛰었지만 하려던 말을 기어이 다 해 버리고 말았다.

"오늘 저녁에 여기 온 건, 허락을 받은 거냐?"

"아뇨. 교장 선생님에게 부탁했더니 안 된답니다. 학교에 알리고 싶으시면 알리세요. 혼쭐이 나겠지요."

뜨개질을 하고 있던 케리 부인의 두 손이 파르르 떨렸다. 이런 식의 소란을 별로 겪어 보지 않은 그녀는 가슴이 미칠 듯이 뛰었다.

"그야 그렇겠지." 케리 씨가 말했다.

"고자질하고 싶으면 하세요. 교장한테 이왕 편지도 쓰셨겠다, 어려울 게 뭐 있어요."

그런 말까지 한 것은 어리석은 일이었다. 사제는 바로 그런 빌미를 기다리고 있었다.

"그런 불손한 말을 듣고 그냥 앉아 있을 수 없다." 사제는 잔뜩 위엄을 갖추고 말했다.

그는 자리에서 벌떡 일어나더니 뚜벅뚜벅 걸어 나가 서재로 들어가 버리고 말았다. 문이 닫히고 열쇠 잠그는 소리가 들렸다.

"아, 정말, 빨리 스물한 살이 되었으면. 이렇게 매어 사는 건 정말 끔직해."

루이자 백모는 조용히 울기 시작했다.

"얘야, 큰아버지에게 그게 무슨 말버릇이냐. 가서 잘못했다고 빌어라."

"잘못한 게 전혀 없는걸요. 큰아버지는 치사하게 후견인 권리를 이용하고 계세요. 하지만 저를 계속해서 학교에 보내는 건 돈을 버리는 거라구요. 하기야 상관없겠죠. 큰아버지 돈도 아니니까. 세상 물정이라고는 하나도 모르는 양반에게 후견을 맡겨 이렇게 끔찍하게 됐어요."

"얘야."

홧김에 정신없이 지껄이던 필립은 백모의 이 소리에 말을 뚝 그쳤다. 가슴이 미어지는 듯한 목소리였다. 무슨 몹쓸 말을 뇌까리고 있었는지 필립은 깨닫지 못하고 있었다.

"얘야, 어쩌면 그렇게 매정할 수 있니? 다 너 잘되라고 이런다는 건 너도 알잖니? 우리가 경험이 없다는 건 안다. 친자식 기르는 것 같진 않겠지. 그래서 교장 선생님하고도 상의한 거지. 난 네게 친어미처럼 하려고 애썼다. 널 친자식처럼 사랑했다." 마지막에 가서는 목이 메었다.

그녀는 너무 작고 연약했다. 자식 없이 늙어 버린 그녀의 태도에는 어떤 비애 같은 것이 깃들어 있어 필립은 가슴이 뭉클했다. 갑자기 목이 콱 메면서 눈에는 홍건히 눈물이 고였다.

"죄송해요. 그렇게까지 하려던 건 아니었어요."

필립은 무릎을 꿇고 앉아 백모의 허리를 껴안고 눈물 젖은 야윈 볼에 입을 맞췄다. 그녀는 서럽게 흐느꼈다. 필립은 인생을 헛되이 보내 버린 백모에게 문득 연민이 느껴졌다. 백모는 여태껏 그처럼 심하게 감정을 드러낸 적이 없었다.

"그야 해 주고 싶은 건 많았어도 다 해 주지는 못했다. 하지만 얘야, 내가 어떻게 해야 되는 줄 알았어야지. 네게 엄마가 없는 것처럼 내게도 자식이 없어 정말 끔찍했다."

분노도 용건도 다 잊어버리고 필립은 서투른 말과 어색한 애정 표현으로 백모를 달래느라고 애썼다. 그때 시계가 울려 그는 황급히 집을 나섰다. 점호 시간 전에 터캔베리로 돌아가려면 막차를 놓치면 안 되었다. 객차의 구석 자리에 앉아 생각해 보니 한 일이 아무것도 없었다. 자신의 나약함에 화가 치밀어 올랐다. 백부의 오만한 자세와 백모의 눈물에 뜻을 굽히고 말다니 한심스럽기 그지없었다. 그런데 백부와 백모 사이에 어떤 얘기가 오갔는지 교장에게 편지 한 통이 왔다. 퍼킨스 교장은 편지를 읽으며 입맛이 쓴 듯 어깨를 으쓱 올렸다. 교장은 필립에게 편지를 보여 주었다. 내용은 이러했다.

교장 선생님,

제 피후견인 문제로 또다시 심려를 끼쳐드려 죄송합니다. 그동안 저희 내외도 아이 문제로 마음이 편안치 못했습니다. 아이가 학교를 그만두고 싶은 뜻이 간절해 보이는 데다 아이의 백모도 아이의 괴로움을 안타깝게 생각하고 있습니다. 친부모가 아닌 저희로선 어찌해야 좋을지 난감합니다. 아이 본인도 학업의 부진함을 느끼고 있는 듯하며, 그래서 계속하면 돈 낭비라 생각하고 있는 듯합니다. 교장 선생님께서 아이와 이야기를 나누어 주시면 대단히 감사하겠습니다. 그러고도 계속 뜻을 굽히지 않는다면, 애초에 생각했던 대로 크리스마스 방학 때 학교를 그만두게 하는 것이 낫지 않을까 싶습니다.

윌리엄 케리 드림.

필립은 편지를 돌려주었다. 짜릿한 승리의 쾌감을 느낄 수 있었다. 기어코 해내고야 말았다고 생각하니 흐뭇하기 짝이 없었다. 내 의지가 남들의 의지를 꺾고 말았다!

"내가 시간을 내어 네 백부께 편지를 쓴들 무슨 소용이냐. 네 편지를 받고 또 맘을 바꾸시면 말이다." 짜증스러운 어조로 교장이 말했다.

필립은 아무 말도 하지 않았다. 그지없이 태연한 얼굴이었다. 하지만 눈에 어리는 표정만은 막을 수 없었다. 교장은 곧 알아채고 가벼운 웃음을 터뜨렸다.

"네가 이긴 셈이구나."

필립도 솔직하게 웃음을 지었다. 기쁨을 숨길 수 없었던 것이다.

"정말 그렇게 그만두고 싶니?"

"네, 교장 선생님."

"여기 생활이 맘에 들지 않느냐?"

필립은 얼굴을 붉혔다. 누구든 그의 속마음을 캐려고 하면 본능적으로 싫었다.

"아니, 잘 모르겠습니다. 교장 선생님."

퍼킨스 교장은 천천히 턱수염을 쓰다듬으며 생각에 잠긴 채 필립을 바라보았다. 그러더니 혼잣말처럼 말했다.

"그야 학교란 보통 사람을 위해 만들어진 거지. 구멍들이 다 둥근데 마개 모양은 갖가지야. 하지만 모양이 어떻든 다 구멍 속에 집어넣어야 해. 보통 이상의 존재에게까지 신경 쓸 시간이 없지." 그러고는 갑자기 필립을 향해 말했다. "이봐, 내가 제안을 하나 하지. 이제 학기도 거의 끝나지 않았나. 한 한기 더 한다고 큰일 날 건 없을 테니 독일에 가고 싶다면 크리스마스 때보다는 부활절 이후에 가는 게 낫지 않을까. 한겨울보다 봄이 훨씬 좋을 거야. 한 학기를 더 지내고도 여전히 같은 생각이라면 나도 굳이 반대하지 않겠다. 어떠냐?"

"고맙습니다. 교장 선생님."

이제 석 달밖에 남지 않았다는 것만으로도 너무 기뻐 한 학기를 더 한다는 것쯤은 아무것도 아니었다. 부활절이 오기 전에 이곳에서 영영 벗어나게 된다고 생각하니 감옥 같았던 학교도 이제는 덜 괴로웠다. 마냥 마음이 설렜다. 그날 저녁 예배 때 그는 학년별로 줄을 맞추어 저마다 어김없이 정해진 자리에 서 있는 아이들을 둘러보았다. 이제 이들을 보는 것도 얼마 남지 않았구나, 생각하면서 기분이 좋아 그는 속으로 낄낄 웃었다. 이별이라 생각하니 친근한 느낌마저 들었다. 로즈에게 눈길이 멎었다. 로즈는 반장 역을 아주 성실하게 수행하고 있었다. 그에게는 남들의 모범이 되어야 한다는 생각이 강했다. 그날 저녁 강독은 로즈 차례였는데 그는 아주 잘 읽었다. 이제 그와 영영 만날 일이 없다고 생각하니 절로 웃음이 나왔다. 이제 여섯 달 후면 로즈가 훤칠하게 잘빠진 아이이든 아니든 나와는 상관없는 일이 될 것이다. 그가 반장이고 크리켓 팀 주장이라는 게 뭐가 중요하겠는가. 필립은 가운을 입은 선생들을 보았다. 고든 선생은 죽었지만――이 년 전에 뇌일혈로 죽었다.――나머지 선생들은 다 그 자리에 나와 있었다. 이제 보니 다들 가련한 사람들이었다. 터너 선생만 예외랄까, 그분에게는 남자다운 데가 있었다. 선생들이 얼마나 그를 꽁꽁 매어 두었던가를 생각하니 자기도 모르게 몸서리가 쳐졌다. 여섯 달만 있으면 이제 이들과도 작별이다. 칭찬을 해 주어도 기분 좋을 것 없고, 꾸중을 하더라도 코웃음이나 쳐 주면 된다.

필립은 감정을 드러내지 않는 법을 익히고 있었다. 수줍은 성격이 아직도 괴롭긴 했지만 기분이 유쾌할 때도 많았다. 그런 때면 겉으로는 비록 말없이 점잖게 절룩이면서 돌아다니긴 했지만 마음속으로는 커다랗게 소리를 질러 대고 싶었다. 발걸음도 한결 가벼워진 것만 같았다. 온갖 생각들이 머릿속에서 뛰놀고 별의별 공상이 끊임없이 줄달음치는 바람에 아무것도 붙잡을 수 없을 지경이었다. 하지만 수많은 생각이 오가는 것 자체로도 그는 희열에 가득 찼다. 이렇게 행복해지고 보니 공부가 절로 되었다. 오랫동안 팽개쳐 두었던 공부를 남은 기간 동안에 벌충해 보기로 했다. 머리가 잘 움직여 주었다. 지적 활동이 그지없이 즐겁기만 했다. 덕분에 학기말 시험을 잘 치렀다. 퍼킨스 교장이 딱 한마디 했다. 필립이 쓴 에세이에 대해 이야기하던 중이었는데 여느 때처럼 논평을 하고 나서 이렇게 말했다.

"그래, 바보 노릇은 이제 그만두기로 한 거지?"

교장이 흰 이를 드러내 보이며 싱긋 웃었다. 필립은 눈을 내리깔고 어색한 웃음을 지었다.

여름학기 말에 주는 여러 상을 자기들끼리 나눠 받으리라 생각하고 있던 예닐곱 명의 아이들은 그동안 필립을 심각한 경쟁 상대로 여기지 않다가 이제 다시 그를 불안한 마음으로 바라보기 시작했다. 그가 부활절에 그만두기 때문에 애들이 자기를 경쟁 상대로 삼을 필요가 없었지만 필립은 그 말을 아무에게도 하지 않고 다른 애들이 불안을 느끼도록 그냥 두었다. 방학 때 두세 번 프랑스에 갔다 온 로즈가 프랑스어 실력을 뽐낸다는 것을 필립은 알고 있었다. 영어 에세이에서도 주임사제상을 기대하고 있었다. 필립이 이 두 과목에서 자기를 앞지르자 로즈는 어쩔 줄 몰랐는데 필립은 그 모습을 흐뭇하게 바라보았다. 또 한 친구, 노턴은 학교에서 주는 장학금을 따지 않고서는 옥스퍼드에 갈 수 없는 처지였다. 그는 필립에게 장학금을 신청할 것인지 물었다.

"왜 나는 신청하면 안 되니?" 필립이 되물었다.

다른 사람의 미래가 자기 손에 달렸다고 생각하니 즐거웠다. 이런저런 상을 모조리 손안에 넣었다가 상 따위는 경멸한다는 듯 남에게 주어 버린다. 어쩐지 멋있어 보이지 않은가. 마침내 종업 날이 왔다. 작별 인사를 하기 위해 교장에게 갔다.

"설마 정말 그만두겠다고 말하려는 건 아니겠지?"

교장이 정말 놀라는 바람에 필립은 저도 모르게 침울해졌다.

"반대는 안 하겠다고 하지 않으셨습니까?"

"일시적 기분이겠거니 생각하고 기분을 맞춰 본 소리였다. 네 고집이 어지간하다는 걸 나도 안다. 하지만 대체 왜 학교를 그만두겠다는 거냐. 한 학기밖에 안 남았잖니. 모들린 대학[58] 장학금도 따 놓은 거나 마찬가지이고. 우리 학교에서 주는 상의 반은 네 것이 아니냐."

필립은 시무룩한 표정으로 교장을 바라보았다. 속았다는

58) 모들린 대학(Magdalen College)은 옥스퍼드 대학교(University of Oxford)를 구성하는 대학의 하나.

느낌이었다. 하지만 약속은 약속이니 교장은 지키지 않을 수 없으리라.

"옥스퍼드에 가면 아주 재미있어. 장차 무얼 할 것인지 당장 결정할 것도 없다. 넌 모르겠지만, 머리 좋은 사람에게는 옥스퍼드 생활이 얼마나 즐거운지 아니."

"독일에 갈 계획을 벌써 다 세워 두었습니다." 필립이 말했다.

"그래, 그게 바꿀 수 없는 계획이란 말이냐?" 교장은 늘 짓는 야릇한 웃음을 지으며 물었다. "네가 그만두면 정말 애석할 것 같다. 학교에서는 보통, 열심히 하는 바보가 성적이 더 좋지. 게으름 피우는 영리한 아이들보다 말야. 하지만 영리한 아이가 일단 공부를 시작하면 상대가 안 된다. 이번 학기에 네가 한 것처럼 한단 말야."

필립은 얼굴이 벌개졌다. 그는 칭찬에 익숙하지 않았다. 영리하다고 말해 준 사람은 여태 하나도 없었다. 교장은 필립의 어깨 위에 손을 얹었다.

"알겠니, 둔한 아이들 머리에 뭘 집어넣는다는 것은 따분한 일이야. 하지만 기다리고만 있는 게 아니라 자기 쪽에서 다가오는 아이들, 그러니까 이쪽에서 무슨 말을 꺼내기가 무섭게 금방 알아듣는 아이들을 가르치게 되면, 그때는 가르친다는 일이 그렇게 즐거울 수 없는 일이 되지."

필립의 감정은 교장의 친절한 말에 눈 녹듯 녹아 버렸다. 자기가 그만두고 그만두지 않고가 교장에게 정말 중요한 문제가 되리라고는 한 번도 생각해 본 적이 없었다. 가슴이 뭉클하면서 우쭐한 기분으로 가슴이 벅차올랐다. 학교를 우등으로 마친 다음 옥스퍼드에 진학하는 것도 나쁘지 않으리라. 눈앞에 퍼뜩 떠오르는 것들이 있었다. 친선 시합을 하러 모교에 온 졸업생들이 들려주거나 옥스퍼드 대학에서 온 편지들에 묘사된——누군가가 자습실에서 읽어 주곤 했는데——옥스퍼드의 생활이었다. 하지만 역시 창피한 일이었다. 지금 포기해 버리면 나 자신이 보기에도 얼마나 바보로 보일 것인가. 교장의 계략이 성공했다는 소식을 듣고 백부는 낄낄대고 웃을 것이다. 상이라는 것을 경멸한다고 하면서 손에 넣은 모든 상을 다 포기해 버리는 극적인 행동을 끝내 연출하지 못하고 그냥 평범하게 상을 받게 되고 마는 것이 아닌가. 체면을 살려 주는 정도에서 조금만 더 설득했더라면 필립은 아마 교장이 하자는 대로 다 하고 말았을 것이다. 하지만 그의 얼굴에는 이러한 감정의 갈등이 드러나지 않았다. 변화가 없고 그저 시무룩할 뿐이었다.

"아무래도 그만둬야겠습니다."

인격의 감화력으로 일을 처리하는 사람들이 흔히 그러하듯 퍼킨스 교장은 자신의 영향력이 얼른 나타나지 않자 약간 초조해졌다. 할 일이 산더미 같았다. 이 정신 나간 고집불통 아이에게 더 이상 시간을 허비할 수 없었다.

"좋다. 네가 정말 원하면 보내 주겠다고 약속했으니, 그 약속을 지키겠다. 독일은 언제 갈 참이냐?"

필립의 가슴은 격렬하게 뛰었다. 마침내 싸움에 승리했다. 하지만 승리의 느낌이 오지 않는다.

"오월 초순입니다."

"그럼, 돌아오서든 놀리 와야 한다."

교장은 손을 내밀었다. 한 번만 더 기회를 주었더라도 필립은 마음을 바꿨을지 모른다. 하지만 교장은 문제가 일단락되었다고 본 것 같았다. 필립은 교장의 사택을 걸어 나왔다. 이제 학창 생활은 끝났고, 자유의 몸이 되었다. 하지만 그 순간에 느낄 수 있으리라고 기대했던 격렬한 환희는 느낄 수 없었다. 구내를 천천히 걸었다. 그지없이 울적한 마음이 그를 휩쌌다. 공연히 바보 같은 짓을 저지르고 말았다는 후회가 되었다. 학교를 떠나고 싶지 않았다. 그렇다고 이제 와서 다시 교장을 찾아가 마음을 바꿨노라고 말할 수는 없는 노릇. 그것이야말로 용납할 수 없는 굴욕이었다. 과연 잘한 일일까 하는 생각이 들었다. 필립은 자신이 못마땅했고, 자신의 모든 상황이 마음에 들지 않았다. 풀이 죽은 채로 그는 혼자 물었다. 사람이란 고집대로 하고 나면 언제나 나중에 후회하게 되는 것일까.

22

필립의 백부는 오래전부터 베를린에 살고 있는 윌킨슨이라는 여자를 알고 있었다. 여자의 부친은 링컨셔 어느 마을 관할 사제였다. 케리 씨는 그녀의 아버지 밑에서 보좌사제직의 마지막 임기를 지냈다. 부친이 죽자 미스 윌킨슨은 먹고살기 위해 프랑스와 독일에서 가정교사 일자리를 전전했다. 케리 부인과는 계속 편지를 주고받았고, 휴가 때 두세 차례 블랙스터블 사제관에 놀러 온 적도 있었다. 사제관에 묵는 다른 손님들처럼 — 드물긴 했지만 — 그녀도 얼마간의 숙박비를 지불했다. 케리 부인은 필립의 뜻을 꺾으려 하기보다 들어주는 편이 오히려 편하리라는 것이 분명해지자 이 여자에게 조언을 청하는 편지를 썼다. 미스 윌킨슨은 독일어를 배우기에 좋은 곳으로 하이델베르크를, 편리한 하숙집으로는 에를린 부인 집을 추천했다. 일주일에 삼십 마르크[59]면 하숙이 가능하고, 남편은 지방 고등학교 교사이므로 선생 노릇도 할 수 있으리라는 것이었다.

오월 어느 날 아침, 필립은 하이델베르크에 도착했다. 짐은 손수레에 싣고 그는 짐꾼을 따라 정거장을 나섰다. 하늘은 푸르렀고 길가의 나무들은 잎들이 무성했다. 대기에서는 뭔가 신선한 기운을 느낄 수 있었다. 낯선 사람들 사이에서 새 인생을 출발해야 한다는 것이 두렵기도 했지만 한편으로는 벅차오르는 환희를 억누를 수 없었다. 마중 나오는 사람이 없어 약간 서글펐고, 짐꾼이 흰 칠을 한 커다란 집 앞에 그를 남겨두고 가 버리자 더럭 겁이 나기도 했다. 꾀죄죄한 청년 하나가 나와 그를 응접실로 데리고 갔다. 초록 벨벳 천을 덮은 응접가구들이 꽉 차 있고 가운데에는 둥근 테이블이 놓여 있는 방이었다. 테이블 위에는 주름 잡힌 종이로 단단히 묶은 꽃다발이 물병에 꽂혀 있고 테이블 주변에는 가죽 장정을 한 책들이 가지런히 정돈되어 있었다. 퀴퀴한 냄새가 났다.

---

59) 이 당시 일 마르크는 영국 화폐 일 실링 정도의 가치가 있었다고 한다.

얼마 안 있어 음식 만들던 냄새를 풍기면서 선생 부인이 들어왔다. 땅딸막하고 당차 보이는 여자로, 머리를 바짝 빗어 붙였고 얼굴은 붉었다. 작은 눈이 염주처럼 반짝였고 감정 표현이 요란스러웠다. 부인은 필립의 두 손을 붙잡고 미스 윌킨슨의 안부를 물었다. 미스 윌킨슨과 두 번인가 몇 주일씩 같이 보낸 적이 있다는 것이었다. 그녀는 독일어와 서툰 영어를 섞어 말했다. 필립은 미스 윌킨슨을 모른다는 것을 알릴 도리가 없었다. 그때 부인의 두 딸이 나왔다. 젊어 보인다고는 할 수 없었지만 둘 다 스물다섯은 넘지 않은 것 같았다. 언니인 테클라는 어머니를 닮아 키도 작고 차분한 성격으로 보이지 않았지만 얼굴은 예쁘고 까만 머리칼이 풍성했다. 동생 안나는 키가 크고 수수한 생김새였는데 미소가 상냥하여 필립은 대번에 그녀가 더 맘에 들었다. 얼마 동안 서로 인사치레의 대화를 나눈 뒤 선생 부인은 필립에게 방을 안내해 주고 갔다. 필립의 방은 터릿[60]에 있는 방으로 '안라게(공원)'의 나무 꼭대기들이 내다보였다. 침대가 방의 움푹 들어간 곳에 놓여 있어서 책상에 앉아 보면 방은 조금도 침실 같아 보이지 않았다. 필립은 짐을 풀고 책들을 정돈했다. 마침내 이제 독립된 인간이 되었다.

한 시에 종이 울려 정찬 시간을 알렸다. 내려가 보니 선생 부인의 집에서 하숙하는 사람들이 응접실에 다 모여 있었다. 필립은 주인 남자를 소개받았다. 그는 키가 큰 중년의 남자

60) 지붕 근처에서 약간 튀어나오게 만든 작은 탑.

로 머리통이 크고 금발이 희끗희끗해져 가는 중이었으며, 푸른 눈이 온화해 보였다. 그는 필립에게 정확하지만 약간 고풍스러운 영어로 말을 건넸다. 회화를 통해 익힌 게 아니라 영문학 고전을 공부하면서 익힌 모양이었다. 셰익스피어 극에서나 만날 수 있는 어휘를 일상 대화에서 들으니 이상했다. 에를린 부인은 자신의 집을 하숙집이라 부르지 않고 가정이라고 불렀다. 하지만 그 차이를 제대로 알자면 형이상학자가 와서 일일이 따져 주어야 할 것이다. 그들이 응접실과 연결된 어둡고 긴 방으로 옮겨 와 식사를 하기 위해 자리에 앉았을 때 필립이 어색한 기분으로 살펴보니 모두 열여덟 사람이었다. 선생 부인이 한쪽 끝에 앉아 음식을 나누었다. 요란스럽게 식기 부딪히는 소리와 함께 음식이 나오기 시작했다. 음식 나르는 사람은 필립에게 문을 열어 주었던 얼뜨기 청년이었다. 부지런히 음식을 나르긴 했지만 맨 나중 사람이 음식을 다 받기도 전에 먼저 먹기 시작한 사람은 식사를 끝냈다. 선생 부인이 독일어만 쓰자고 해서 필립은 수줍음 때문이 아니라고 해도 입을 다물고 있을 수밖에 없었다. 필립은 앞으로 같이 생활할 사람들을 둘러보았다. 선생 부인 곁에 몇 명의 나이 든 여자들이 앉아 있었다. 이들에게는 별 관심이 가지 않았다. 두 명의 젊은 여자도 있었다. 둘 다 잘생겼는데 한 명은 아주 예뻤다. 사람들이 두 사람을 프로일라인 헤트비히와 프로일라인 채칠리에라고 불렀다. 프로일라인 채칠리에는 머리를 길게 땋았다. 두 사람은 나란히 앉아 이야기를 나눴는데 뭔가 웃음을 참고 있는 것 같았다. 때로 필립 쪽에 눈길을 보내면서 하나가 다른 하나에게 뭐라고 수근거렸다. 그러다가 둘이서 킥킥댔다. 필립은 자기를 보고 웃는다고 생각하고 멋쩍게 얼굴을 붉혔다. 두 아가씨 옆에는 누런 얼굴에 하나 가득 미소를 짓고 있는 중국인이 앉아 있었다. 이 사람은 대학에서 서양 정세를 연구하는 중이었다. 말이 빠르고 어투가 특이해서 옆자리 아가씨들은 제대로 알아듣지 못했는데 못 알아들을 때면 깔깔거리고 웃어 댔다. 중국인도 마음씨 좋게 따라 웃었다. 웃을 때면 오이씨 같은 눈이 거의 다 감겨 버렸다. 미국인도 두세 명 있었다. 검정 옷 차림인데 살결이 약간 누렇고 푸석푸석했다. 이들은 신학생들이었다. 필립은 이들의 서투른 독일어에 뉴잉글랜드 지방의 비음(鼻音)이 섞인 것을 알아차리고 경계의 눈길을 던졌다. 미국인이란 무지막지한 야만인이라고 배워 왔기 때문이다.

식사를 끝내고 다들 응접실의 빽빽한 초록 벨벳 의자에 잠시 앉아 쉬고 있을 때 프로일라인 안나가 필립더러 함께 산책을 나가지 않겠느냐고 물었다.

필립은 그러겠다고 했다. 제법 많은 일행이 나서게 되었다. 선생 부인의 두 딸, 두 젊은 여자, 미국 학생 가운데 하나, 그리고 필립이었다. 필립은 안나, 프로일라인 헤트비히와 함께 걸었다. 가슴이 두근거렸다. 아직 여자를 사귄 적이 없었다. 블랙스터블에는 여자라고는 농사꾼 딸과 장사꾼의 딸뿐이었다. 이름이나 얼굴은 알았지만 겁이 나서 사귀지 못했다. 자기가 불구라서 다들 비웃을 거라고 생각했다. 백부 내외는 자기네의 높은 신분과 농사꾼의 신분을 뚜렷하게 구별했는데, 필립은 이 신분의 차이를 기꺼이 받아들였다. 의사에게는 딸이 둘 있었지만 둘 다 필립보다는 나이가 훨씬 위였고 필립이 아직 어렸을 때 조수들과 결혼시켜 버린 뒤였다. 학교 다닐 때에 몇몇 학생들이 알고 있던 두세 명의 여자애들이 있었는데 얌전하다기보다 대담한 애들이었다. 남자의 상상력에서 나온 것이 틀림없겠지만 이들의 연애와 관련된 충격적인 이야기들이 쫙 퍼져 있었다. 그런 얘기를 들으면 두렵기 짝이 없었지만 필립은 늘 거만하게 경멸하는 태도를 지님으로써 그 두려움을 감추곤 했다. 상상력과 독서의 영향으로 그는 바이런적 태도[61]를 열망하게 되었다. 그래서 그는 병적인 자의식과 여자에게 남자다워야 한다는 생각 사이에서 괴로움을 겪었다. 지금 이 순간은 명랑하고 재미있게 처신해야 할 때라는 생각이 들면서도 머리는 텅 비고 무슨 말을 해야 할지 전혀 생각나지 않았다. 주인집 딸 프로일라인 안나는 의무감에서인 듯 자꾸 말을 걸려고 했지만 언니 쪽은 거의 말을 건네지 않았다. 가끔 눈을 반짝이며 그를 바라볼 뿐이었는데 어떤 때는 느닷없이 웃기도 해서 필립은 갈피를 잡지 못했다. 아무래도 자기를 아주 우스꽝스러운 사람으로 보는 것 같았다. 일행은 언덕 기슭을 따라 소나무 숲을 걸었다. 소나무의 향긋한 내음에 필립

61) 바이런(Lord Byron, 1788~1824)은 낭만주의 시대의 대표적 영국 시인. 기성 가치와 도덕에 대한 반항과 풍운아적인 여성 편력으로 유명했던 그는 미남이었으나 한쪽 발에 선천적인 장애가 있었다. 대표작으로 『차일드 해럴드의 편력(Childe Harold's Pilgrimage)』, 『돈 주안(Don Juan)』 등이 있다.

은 짜릿한 기쁨을 느꼈다. 구름 한 점 없는 푸근한 날이었다. 이윽고 높은 곳에 도달하니 햇빛에 빛나는 라인 계곡이 눈앞에 펼쳐졌다. 끝없이 뻗은 들이 금빛으로 반짝였고 저 멀리에 도시들이 보였다. 들판 한가운데로 은빛 강물이 띠처럼 구비구비 흐르고 있었다. 필립이 알고 있는 켄트 지방에는 이처럼 넓은 공간이 드물어서—수평선은 바다에서만 볼 수 있었다.—지금 눈앞의 이 아득한 거리는 뭐라 형용할 수 없는 특별한 감동을 주었다. 뭉클한 감정이 갑가기 벅차올랐다. 의식하지는 못했지만 그때가 바로 딴 감정과 섞이지 않은 순수한 심미감만을 느낀 최초의 순간이었다. 세 사람은 벤치에 앉고 다른 일행은 먼저 갔다. 두 여자가 독일어로 뭔가를 정신없이 이야기하는 동안 필립은 여자들이 가까이 있다는 것도 잊어버리고 아름다운 경치를 마음껏 즐겼다.

"아, 정말 행복하다." 그는 자기도 모르게 중얼거렸다.

23

필립은 이따금 터캔베리의 킹스 스쿨을 생각하곤 했다. 이 시간이면 그 일을 하고 있겠구나 하고 생각하면 절로 웃음이 나왔다. 때로는 자기가 아직도 거기에 있는 꿈을 꾸기도 했다. 잠이 깨어 하이델베르크의 작은 방 안에 누워 있다는 걸 알게 되면 그때의 기쁨은 더 각별했다. 침대에 누워 있노라면 파란 하늘에 거대한 뭉게구름이 피어오르는 것이 보였다. 자유가 마냥 신나기만 했다. 아무 때나 자고 아무 때나 일어나도 됐다. 이래라저래라 하는 사람은 아무도 없었다. 누구에게도 거짓말할 필요가 없게 되었다.

에를린 선생이 라틴어와 독일어를 가르쳐 주기로 했다. 프랑스어는 프랑스인 하나가 매일 가르치러 왔다. 수학 선생으로는 대학에서 문헌학 학위 과정에 있는 영국인 하나를 선생 부인이 추천해 주었다. 훠턴이라는 남자였다. 필립은 매일 아침 그의 집으로 가기로 했다. 그는 어느 꾀죄죄한 집 꼭대기층에 방 한 칸을 얻어 살고 있었다. 방은 더럽고 구질구질한 데다 온갖 고약한 냄새들이 뒤섞여 코를 찔렀다. 열 시에 가면 보통은 자고 있다가 벌떡 일어나 더러운 실내복을 걸치고 펠트 슬리퍼를 주워 신었다. 아침 요기는 가르치는 동안에 했다. 키는 작으면서 맥주를 많이 마셔 뚱뚱했다. 콧수염이 무성했고 머리칼은 길고 지저분했다. 독일에 온 지 오 년이나 되어서 그런지 벌써 독일물이 잔뜩 들어 있었다. 케임브리지에서 학위를 받았으면서도 모교를 업신여겼고, 하이델베르크에서 박사 학위를 받으면 영국으로 돌아가야 할 텐데 그때 자기를 기다리고 있을 생활과 교수직을 생각하면 끔찍하다는 듯이 말했다. 자유를 마음껏 누리고 즐거운 교우 관계를 누릴 수 있는 독일 대학 생활을 극구 찬양했다. 그는 '부르센샤프트(학우회)' 회원이었고, 필립을 언젠가 한번 '크나이페(대학생들이 가는 술집)'에 데리고 가겠다고 했다. 그는 찢어지게 가난해서 필립을 가르치느냐 안 가르치느냐 하는 문제가 고기를 먹느냐, 빵과 치즈만을 먹느냐를 결정짓는 문제라는 것을 숨기지 않았다. 가끔 과음이라도 한 다음 날이면 두통 때문에 커피도 제대로 마시지 못했고 찌뿌드드한 머리로 필립을 가르쳤다. 이런 때를 위해 침대 밑에 맥주 몇 병을 넣어 두고 있었는데 한 병 꺼내 마신 다음 파이프 담배 한 대를 피워 물면 인생의 시름쯤은 견딜 만해진다는 것이었다.

"이건 해장술이네." 거품이 많으면 기다렸다 마셔야 해서 그는 조심스럽게 맥주를 따르면서 말하곤 했다.

그런 다음 하이델베르크 대학 이야기, 학우회들 사이의 대립 이야기, 결투와 관련된 이야기, 교수들의 장단점에 대한 이야기를 해 주었다. 필립은 이 사람으로부터 수학보다 인생을 더 많이 배웠다. 훠턴은 가끔 공부를 중단하고 웃으면서 뒤로 기대앉았다.

"이봐, 오늘은 아무것도 안 가르쳤으니 수업료는 안 내도 돼."

"아니, 괜찮아요." 필립이 말했다.

새롭고 흥미로운 체험이었다. 아무리 용을 써도 알 수 없는 삼각법보다 이것이 더 중요하지 않을까 하는 생각마저 들었다. 인생을 내다보게 된 우연한 창문이랄까. 새로운 세계를 엿본 필립의 가슴은 무섭게 뛰었다.

"아냐. 구린내 나는 돈 그냥 가지고 있게나." 훠턴이 말했다.

"점심은 어떻게 하시려고요?" 선생의 재정 상태를 뻔히 알고 있는지라 필립은 웃으며 물었다.

훠턴은 이 실링씩 되는 수업료를 매달 주지 말고 매주 달라고 하기도 했다. 그 편이 계산하기에 덜 복잡하다는 것이었다.

"아, 내 점심 식사는 걱정 말게. 맥주로 끼니를 때운 것이 어디 한두 번인가? 게다가 그런 때 정신이 더 맑아지거든."

그러면서 그는 침대 밑으로 기어들어(침대보는 빨지 않아 새까맸다.) 맥주를 또 한 병 끄집어내 왔다. 필립이 마시기를 사양하자—아직 어려서 인생의 좋은 맛을 몰랐으므로—그는 혼자서 마셨다.

"여기에 얼마나 있을 건가?" 훠턴이 물었다.

두 사람 다 수학 공부 따위를 집어치워 버리자 기분이 홀가분했다.

"글쎄요. 한 일 년쯤? 집에서는 그런 다음 옥스퍼드에 가래요."

경멸스럽다는 듯, 훠턴은 어깨를 으쓱해 보였다. 옥스퍼드라는 학문의 전당에 경외심을 보이지 않는 사람이 있다는 사실도 필립으로서는 새로운 경험이었다.

"뭐 하러 그런 데를 가나? 기껏해야 우등생이나 될까. 왜 이곳 대학에 들어가지 않아? 일 년 가지곤 안 돼. 오 년은 있어야지. 알고 있나, 인생에 좋은 게 두 가지 있네. 생각의 자유와 행동의 자유가 그것이지. 프랑스에서는 행동의 자유가 가능해. 자네 하고 싶은 대로 해도 아무도 간섭하지 않아. 다만 생각은 남들처럼 해야 하지. 독일에서는 행동은 남들처럼 해야 하지만 생각은 마음대로 할 수 있네. 두 가지가 다 좋은 것들이야. 개인적으로 난 생각의 자유를 더 중시하네. 한데 영국엔 둘 다 없지. 다들 인습에 짓눌려 살아. 마음대로 생각할 수도 없고, 마음대로 행동할 수도 없어. 민주주의 나라라서 그래. 하기야 미국은 더 심하겠지."

그는 조심스럽게 뒤로 기대앉았다. 앉아 있던 의자의 다리가 삐걱거렸던 것이다. 하지만 갑자기 쿵 하고 마룻바닥으로 넘어지는 바람에 딱하게도 그의 화려한 연설은 중단되고 말았다.

"난 올해 영국으로 돌아가야 돼. 하지만 목구멍에 풀칠만 할 수 있다면 일 년은 더 있고 싶어. 그러고 나선 떠나야겠지. 이것들과 다 작별해야 된단 말이야." 그는 손을 휘저어 보이면서 더러운 다락방 안의 잡동사니들, 흐트러진 침대며 방바닥에 널브러져 있는 옷들, 벽을 따라 줄줄이 세워 놓은 빈 맥주병, 구석구석에 쌓여 있는 너덜너덜한 책들을 가리켰다. "어느 지방대학에나 가서 문헌학 교수 자리 하나 얻어 볼까 해. 그러곤 테니스도 치고 다과회에도 나가야겠지." 여기에서 말을 멈추고 그는 단정한 옷차림에 깨끗한 칼라를 달고 머리를 잘 빗어 넘긴 필립을 놀리는 표정으로 바라보았다. "그리고 말야, 참, 세수도 열심히 해야겠지."

필립은 말쑥하게 차린 자신의 모습이 못 견디게 부끄러워 얼굴을 붉혔다. 그가 맵시에 신경을 쓰기 시작한 것은 최근의 일이었다. 독일에 올 때는 멋진 타이만을 골라 가지고 왔다.

여름은 이 나라를 정복자처럼 덮쳤다. 아름답지 않은 날이 없었다. 하늘의 오만한 쪽빛은 박차(拍車)처럼 신경을 찔러 댔다. 공원의 녹음은 원시처럼 짙푸르렀고, 집들이 햇빛을 받아 눈이 아플 만큼 눈부신 흰 빛을 반사했다. 훠턴의 집에서 돌아오는 길에 필립은 때로 공원의 나무 그늘 아래 있는 벤치에 앉아 더위를 식히면서 나뭇잎 사이로 비껴든 햇빛이 땅 위에 아롱진 무늬를 그리는 것을 지켜보기도 했다. 그의 마음은 햇살처럼 즐겁게 뛰놀았다. 공부 시간을 틈탄 이 한가로운 순간의 즐거움을 그는 마음껏 누렸다. 때로는 옛 시가지를 거닐어 보기도 했다. 붉은 뺨에 칼자국이 난 학우회 학생들이[62] 색깔 모자를 쓰고 으쓱대며 걸어가면 그는 겁먹은 눈으로 바라보기도 했다. 오후에는 주인집 아가씨들과 어울려 언덕을 돌아다니기도 하고, 때로는 강을 따라 올라가 나무 그늘 아래 자리 잡은 옥외 맥주 가게에서 차를 마시기도 했다. 저녁에는 '슈타트가르텐(시내의 공원)' 주변을 하염없이 돌아다니며 악대의 연주를 듣기도 했다.

필립은 곧 집안 사람들의 다양한 관심사에 대해 알게 되었다. 교수의 맏딸 프로일라인 테클라는 독일어를 배우려고 일 년간 이 집에 머물렀던 어느 영국인과 약혼 중이었다. 결혼은 연말로 예정되어 있었다. 그런데 약혼자가 편지를 보내왔는데 부친—슬라우[63]에 살면서 인도 고무 장사를 하는—이 결혼을 허락하지 않는다는 것이었다. 그 때문에 프로일라인 테클라는 종종 눈물을 짰다. 때로 모녀가 입을 꼭 다물고 서서 줏대 없는 연인이 보낸 편지를 심각한 표정으로 읽고 있는 모

62) 당시 하이델베르크에는 술집 같은 데를 어울려 다니는 학우회 소속 학생들이 많았는데 이 학생 패거리들은 서로 검술 결투를 벌이기도 했다. 이 결투는 보호복을 입고 했지만 얼굴은 드러내 놓고 했으며, 한 사람이 상처를 입으면 끝났다. 학생들은 결투에서 얻은 얼굴의 칼자국을 자랑스럽게 여겼다.

63) 잉글랜드 버크셔 주 북동부의 공업 도시.

습이 눈에 띄기도 했다. 테클라는 수채화를 그렸다. 가끔 그녀와 필립은 말동무할 아가씨 하나를 데리고 야외에 나가 그림을 그리곤 했다. 얼굴이 예쁜 프로일라인 헤트비히에게도 가슴 아픈 사랑의 사연이 있었다. 이 아가씨는 베를린에서 장사를 하는 사람의 딸이었는데, 저돌적인 어느 경기병(輕騎兵) 청년이 이 아가씨에게 홀딱 반해 버렸던 것이다. 좋은 가문이라면 좋은 가문의 젊은이였다. 이 집안에서도 여자의 집안을 보고는 결혼을 허락하지 않았다. 그래서 여자의 집에서는 남자를 잊도록 딸을 하이델베르크로 보냈던 것이다. 하지만 죽어도 남자를 잊을 수 없었던 그녀는 남자와 계속 편지를 주고받고 있었다. 남자도 어떻게든 꽉 막힌 부친의 마음을 돌려 보려고 갖은 애를 쓰는 중이었다. 그녀는 예쁜 한숨을 내쉬고 얼굴을 살포시 붉히면서 이 이야기를 필립에게 죄다 해 주었고, 멋쟁이 중위의 사진까지 보여 주었다. 필립은 하숙집 아가씨들 가운데에서 프로일라인 헤트비히가 제일 맘에 들었다. 산책을 나갈 때면 늘 그녀와 나란히 걸어가려고 했다. 이런 노골적인 태도를 사람들이 놀리면 그는 얼굴을 붉히곤 했다. 필립은 인생의 첫 고백을 프로일라인 헤트비히에게 했는데 불행히도 그것은 자신의 의중과는 무관한 사고였다. 자초지종은 이러했다. 저녁때 산책을 나가지 않는 날이면 아가씨들은 보통 초록 벨벳이 깔린 응접실에서 노래를 불렀다. 이것저것 재간이 많은 프로일라인 안나가 열심히 반주를 했다. 프로일라인 헤트비히의 애창곡은 '이히 리베 디히.(당신을 사랑해요.)'였다. 그녀가 이 노래를 부른 어느 날 저녁이었다. 필립은 발코니에서 그녀와 별을 바라보다가 문득 그 노래에 대해 무슨 말을 하고 싶었다. 그래서 이렇게 말을 꺼냈던 것이다.

"이히 리베 디히."

독일어가 서툴러서 적당한 표현을 찾느라고 필립은 말을 멈췄다. 말을 찾는 시간이 무한히 길게 느껴졌다. 그런데 말을 잇기도 전에 프로일라인 헤트비히가 불쑥 말을 받고 나서는 것이었다.

"아, 헤어 케리, 지 뮈센 미어 니히트 '두' 자겐.(케리 씨. 제게 이인칭 단수로 말해선 안 돼요.)"[64]

온몸이 화끈 달아올랐다. 상대방을 그처럼 허물없게 부를 생각은 꿈에도 없었다. 생각이 꽉 막혀 아무 말도 떠오르지 않았다. 무슨 생각을 말하려던 것이 아니라 그저 노래 제목을 언급하려던 것뿐이었다고 털어놓는 것도 좀스럽게 여겨졌다.

"엔트슐디겐 지.(미안합니다.)"

"괜찮아요." 그녀가 속삭이듯 말했다.

상냥한 미소를 지으며 그녀는 말없이 그의 손을 꼭 쥐어 주고 나서는 응접실로 들어가 버렸다.

이튿날 필립은 너무 쑥스러운 나머지 그녀에게 말을 걸 수

---

64) '이히 리베 디히.'는 독일어로 '나는 당신을 사랑합니다.'라는 뜻인데 이때 '이인칭 단수'인 '당신'에 해당하는 'dich'는 상대방을 친밀하게 부르는 말이다. 친밀한 사이가 아닐 때는 예의를 갖춰 '지(Sie)'라고 불러야 한다. 이 장면에서 헤트비히는 필립에게 자기를 부를 때 친밀한 표현인 '디히'를 사용할 수 없고 예의를 갖추어 '지'라고 불러야 한다고 말하고 있다. '지'가 거리를 둔 표현이므로 사랑하는 사람에게 '이히 리베 지.(Ich liebe Sie.)'라고 말하는 것은 우스꽝스럽다.

가 없었다. 어색해서 여자를 피하려고 갖은 애를 썼다. 그녀가 여느 때처럼 산책을 나가지 않겠느냐고 물었을 때도 일이 있다는 핑계를 대고 사양했다. 그러자 단둘이 있게 된 틈을 타서 프로일라인 헤트비히가 말을 걸었다.

"왜 자꾸 그러시는 거죠?" 그녀는 다정하게 말했다. "어젯밤에 그런 말을 하셨다고 제가 화를 낸 건 아니잖아요. 사랑하는 마음이야 어쩔 수 없는 거 아니겠어요. 전 기분이 좋아요. 하지만 난 딴 사람을 사랑할 수 없어요. 헤르만과 정식 약혼을 한 건 아니지만 전 이미 그이의 신부라고 생각하고 있거든요."

필립은 또 얼굴이 달아올랐지만 마치 퇴짜맞은 구애자나 된 것처럼 말했다.

"행복하시기 바라요."

24

필립은 매일 에를린 선생에게 독일어를 배웠다. 에를린 선생은 『파우스트』라는 대작까지 읽히는 것을 목표로 삼고 필립이 그때까지 읽어야 할 책의 목록을 만들어 주었다. 그러면서 한편으로는 필립이 학교 다닐 때 배운 셰익스피어 작품 가운데 하나를 독일어로 번역하게 했다. 참으로 교묘한 교육 방법이었다. 그 무렵 괴테는 독일에서 최고의 성가를 누리고 있었다. 애국심을 다소 무시하는 태도를 보였음에도 괴테는 국민 시인으로 숭앙받고 있었고, 프로이센-프랑스 전쟁 뒤로는 민족 통일을 위해 가장 중요하고도 영예로운 인물의 한 사람으로 여겨지고 있었다. 괴테에 열광한 사람들은 '발푸르기스의 밤'[65]의 광적인 축제에서도 그라벨로트[66]의 포성이 들리는 것 같다고 말하기도 했다. 하지만 위대한 작가의 한 표징은 사람들에게 각각 서로 다른 영감을 줄 수 있다는 데 있을 것이다. 프로이센을 미워하는 에를린 선생이 괴테를 열렬하게 숭배하는 이유는 올림포스산처럼 끄떡없고 당당한 괴테의 작품들이야말로 온전한 정신을 가진 사람에게 오늘의 세대가 맹렬하게 퍼붓는 공격을 피할 수 있는 유일한 피난처가 되어 주기 때문이었다. 그 무렵 하이델베르크에서 많은 사람의 입에 오르내리던 극작가가 하나 있었다. 지난 겨울 그의 극 한 편이 공연된 적이 있었는데 지지자들은 열렬한 갈채를 보냈고 점잖은 사람들은 격렬한 야유를 보냈다. 하숙집 식당 테이블에서도 이 작품에 대한 토론이 벌어져 필립도 귀동냥을 할 수 있었다. 한참 토론을 하던 중에 에를린 선생은 그만 여느 때의 침착성을 잃고 말았다. 테이블을 냅다 내리치면서 그는 낭랑한 저음의 사자후(獅子吼)로 반대 의견을 모조리 격침시켜 버렸다. 엉터리야, 엉터리, 말도 안 되는 엉터리야. 간신히 자리를 지키고 앉아 극을 끝까지 보긴 봤다. 하지만 지루했다고 해야 할지 역겨웠다고 해야 할지 알 수가 없다. 극 문화가 이런 지

---

65) 『파우스트』의 한 부분. 이날 밤 마녀들이 축제를 벌인다는 전설이 있다.
66) 프랑스, 알자스 로렌 지방의 마을 이름. 1870년 프로이센-프랑스 전쟁의 싸움터였다.

경에 이르렀다면 당장 경찰이 나서서 극장을 폐쇄시켜야 하지 않느냐. 나라고 해서 점잔 빼는 도덕군자는 아니고, '팔레루아얄'[67]의 익살극처럼 재치 넘치는 외설극이라면 나도 딴 사람들처럼 얼마든지 깔깔대고 웃을 수 있다. 하지만 이 극은 온통 불결한 것밖에 없다. 선생은 과장된 몸짓으로 코를 틀어막고 이 사이로 휴우 소리를 냈다. 이건 가정의 몰락, 도덕의 실종, 독일의 파멸이라는 것이었다.

"아이, 아돌프, 진정해요." 테이블 맞은편에서 부인이 말했다.

선생은 이제 아내에게 주먹을 흔들어 댔다. 본래는 더없이 온순한 위인으로 무슨 일이든 아내와 상의하지 않고서는 아무것도 하지 못하는 사람이었다.

"아냐, 헬레네. 내 말을 들어 봐요." 하고 그는 소리 질렀다. "내 딸들이 당장 고꾸라져 죽는다 해도 그 뻔뻔한 작자의 쓰레기 같은 극을 보지 못하게 하겠소."

선생이 말하는 극은 「인형의 집」이었고, 작가는 헨리크 입센이었다.

에를린 선생은 입센을 리하르트 바그너[68]와 함께 분류했으나 바그너에 대해서는 화를 내지 않고 그저 마음 좋게 웃으면서 이야기했다. 이 사람은 돌팔이이지만 성공한 돌팔이이며, 그 점에서 희극을 아는 사람이 볼 때 제법 재미있는 구석이

---

67) 파리에 있는 극장.

68) 빌헬름 리하르트 바그너(Wilhelm Richard Wagner, 1813~1883). 독일의 작곡가. 「로엔그린(Lohengrin)」, 「탄호이저(Tannhäuser)」, 「니벨룽의 반지(Der Ring des Nibelungen)」 등의 오페라가 유명하다.

있다는 것이다.

"페어뤽터 케를(미친 작자)! 미친 작자야!" 하고 그는 말했다.

「로엔그린」을 본 적이 있다고 하면서 이것은 통과시켜 주었다. 따분했지만 더 나쁠 건 없었다. 헌데 「지크프리트」[69]는! 이 극 이야기를 꺼내면서 에를린 선생은 허리를 꺾고 웃어 댔다. 처음부터 끝까지 멜로디라곤 없었다! 바그너가 특별석에 앉아 관중들이 이 극을 심각하게 구경하고 있는 광경을 보고 요절복통하는 모습이 떠오른다는 것이었다. 19세기 최대의 사기극이야! 선생은 맥주잔을 입에 갖다 대더니 목을 뒤로 젖히고 단숨에 비워 버렸다. 그러고는 손등으로 입가를 문지르며 말했다.

"자네들 젊은이에게 말하네만, 바그너는 19세기가 가기 전에 까맣게 잊히고 말 거야. 바그너! 난 그자의 작품을 다 준다고 해도 도니체티[70]의 오페라 하나와 바꾸지 않겠어."

25

필립의 선생 가운데 제일 이상한 사람은 프랑스어 선생이었다. 무슈 뒤크로라는 제네바 시민으로 키가 큰 노인이었다.

---

69) 바그너가 북구의 지크프리트(Siegfried) 전설을 토대로 만든 오페라 「니벨룽의 반지」를 말한다.

70) 가에타노 도니체티(Gaetano Donizetti, 1797~1848). 이탈리아의 오페라 작곡가.

피부는 누르께하고 볼은 움푹 패였으며, 머리는 희끗희끗하고 길었으며 숱이 적었다. 꾀죄죄한 검은 옷을 입고 다녔는데 팔꿈치에는 구멍이 나고 바지는 다 해어졌다. 속옷은 아주 더러웠다. 필립은 이 노인이 깨끗한 칼라를 단 것을 한 번도 보지 못했다. 말수가 적은 사람이었다. 양심적으로 가르치기는 했지만 열의는 없어 시계가 땡 치면 도착해서 일 분도 안 틀리게 끝냈다. 수업료는 조금밖에 받지 않았다. 워낙 과묵한 사람이라 필립이 선생에 대해 알고 있는 것은 다 남에게 들은 것뿐이었다. 짐작건대 그는 교황에 대항하여 가리발디[71] 편에서 싸웠던 것 같다. 그런데 자유를 위해 아무리 애써도—그에게 자유란 공화국 건설을 뜻했다.—그 노력은 결국 멍에의 종류를 바꾸는 일에 지나지 않는다는 것을 깨닫고 그는 환멸을 느끼면서 이탈리아를 떠났다. 그 뒤에는 무슨 정치적인 죄를 저지르고 제네바에서 추방당하고 만다. 필립은 이 사람을 보면서 놀랍기도 하고 혼란스럽기도 했다. 혁명 사상과는 전혀 어울리지 않아 보였기 때문이다. 언제나 나지막한 목소리로 이야기했고 더할 나위 없이 정중했다. 앉으라는 권유가 없는 한 절대로 앉는 법이 없었다. 어쩌다 시내에서 필립을 만나면 깍듯이 모자를 벗었다. 소리 내어 웃는 법이 없고 미소조차 짓지 않았다. 필립보다 상상력이 더 풍부한 사람이라면 이런 짐작을 해 볼 수 있으리라. 성년이 될 무렵 1848년을 맞았

---

71) 주세페 가리발디(Giuseppe Garibaldi, 1807~1892). 이탈리아의 민족주의자. 천 명의 군사를 이끌고 시칠리아와 나폴리를 점령하고 1860년에 이탈리아를 재통일한다. 1874년에 국회의원에 선출된다.

을 테니, 그때 그도 원대한 희망을 품은 청년이었을 것이다. 이 해는 유럽의 왕들이 프랑스 왕의 운명[72]을 떠올리고 내내 목덜미가 서늘했던 해였다. 유럽을 휩쓴 자유의 열풍이 이때만큼 만인의 가슴에 뜨겁게 불을 지핀 적은 없었다. 이 열풍은 1789년 혁명에 대한 반동으로 다시 고개를 들었던 절대주의와 폭정의 요소를 일소하고 있었다. 이런 상상이 가능하다. 인간 평등과 인권 옹호 사상을 열정적으로 신봉했던 무슈 뒤크로는 토론도 하고, 논쟁도 하고, 파리의 바리케이드 뒤에서 싸우기도 하다가 오스트리아 기병이 밀라노를 공격하기 전에 탈출하며, 여기서는 투옥당하고, 저기서는 추방당하는데 그러면서도 마법과도 같은 그 말, 자유라는 말에 늘 희망을 걸고 다시 기운을 차렸다. 그러다 마침내 병과 굶주림에 몸이 망가지고, 나이가 들어 이제는 어쩌다 얻어걸리는 가난한 학생들의 개인교습밖에는 입에 풀칠할 재간이 없는 신세로 전락하여 이 아담한 소읍에서 유럽의 어떤 폭정보다 더 잔인한 생활의 폭압에 신음하고 있는 것이다. 비록 침묵 속에 숨기고는 있지만 그는 젊은 시절의 위대한 꿈, 그 꿈을 버리고 안일의 흙구덩이에서 게으르게 뒹굴고 있는 인류에 대해 한없는 경멸감을 품고 있는지도 몰랐다. 아니면 삼십 년의 혁명 운동을 통해 인간에게는 자유가 적합하지 않다는 것을 배우게 되어 결국은 찾을 가치도 없는 것을 찾는 데 인생을 허비했다고 생각

---

72) 프랑스 왕 루이 필리프는 1848년 이월 혁명 때 퇴위당하고 영국으로 망명한다.

하는 것이 아닐까. 아니면 지칠 대로 지쳐 버린 나머지 이것도 저것도 다 싫어 오직 죽음의 해방만을 기다리고 있는 것이나 아닐지.

어느 날 필립은 어린 사람답게 눈치 없이 그가 가리발디 편이었다는 것이 사실이냐고 물었다. 노인은 이 질문을 대수롭지 않게 여기는 듯했다. 여느 때의 나직한 목소리로 조용히 대답했다.

"위, 무슈.(맞아요.)"

"코뮌[73]에 참가하셨다면서요?"

"사람들이 그러든가? 자, 우리 공부나 할까요?"

선생이 책을 펼쳐 놓는 바람에 필립은 더 함부로 질문할 수 없어 예습해 온 부분을 번역하기 시작했다.

어느 날 무슈 뒤크로는 몸이 몹시 아픈 것 같았다. 필립의 방까지 계단을 간신히 올라왔던 모양이다. 방 안에 들어서자마자 풀썩 주저앉았다. 누르죽죽한 얼굴이 잔뜩 일그러지고 이마에는 구슬 같은 땀방울이 맺혀 있었다. 그러면서도 기운을 차리려고 애썼다.

"편찮아 보이시는데요." 필립이 말했다.

"별것 아니네."

하지만 역시 괴로워한다는 것을 알 수 있었다. 공부를 끝내고 필립은 선생에게 몸이 회복될 때까지 교습을 중단할 생각은 없으시냐고 물었다.

---

73) 1871년, 파리에서 한때 행정을 지배했던 혁명정부.

"아닐세. 할 수 있는 한, 계속하고 싶네." 노인은 나직하고 억양 없는 목소리로 말했다.

필립은 돈 얘기를 꺼낼 때는 극도로 예민해지는 성격이라 얼굴을 붉히며 말했다.

"선생님께는 지장이 없도록 하겠습니다. 수업료는 계속 낼게요. 괜찮으시다면 다음 주 수업료를 선불하고 싶습니다."

무슈 뒤크로는 시간당 십팔 펜스를 받았다. 필립은 주머니에서 십 마르크짜리를 꺼내 어색하게 테이블 위에 놓았다. 노인에게 적선이나 하는 것처럼 돈을 주고 싶지 않았다.

"그럼, 몸이 나을 때까지 쉬기로 하겠네." 노인은 돈을 집어 들더니 늘 하듯이 깍듯한 인사를 하고는 다른 말은 더 붙이지 않고 가 버렸다.

"봉주르, 무슈."

필립은 가벼운 실망감을 느꼈다. 아량을 베풀었으니 상대방은 무언가 감사의 표현으로 그를 감격시키리라 생각했던 것이다. 노선생이 선물을 당연한 것처럼 받아들이는 것은 뜻밖이었다. 필립은 아직 어렸기 때문에 은혜를 입는 사람보다 그것을 베푸는 사람 쪽이 은혜에 대한 의식이 훨씬 강하다는 것을 몰랐다. 무슈 뒤크로가 다시 나타난 것은 대엿새 뒤였다. 전보다 더 비틀거리고 더 허약해졌지만 위중한 상태는 넘긴 것 같았다. 말수가 적은 것은 마찬가지였다. 여전히 불가사의했고, 초연했으며, 더러웠다. 공부가 끝날 때까지 선생은 병에 대한 말을 통 꺼내지 않았다. 그런데 막 나가려고 하면서 문간에서 문을 붙든 채 멈춰 섰다. 입을 여는 것 자체가 힘이 드는 것처럼 그는 잠시 머뭇거렸다.

"자네 돈이 아니었으면 난 굶어 죽었을 걸세. 가진 게 그것뿐이었으니까."

노선생은 정중하면서도 비위를 맞추려는 듯한 절을 한 다음 돌아갔다. 필립은 목이 메는 것을 느꼈다. 노인의 삶의 투쟁이 얼마나 참담한 것인지, 자기에게 즐거운 삶도 노인에게는 얼마나 고달픈 것인지 어느 정도 알 것 같았다.

26

하이델베르크에 온 지 석 달이 지난 어느 날 아침, 에를린 부인은 헤이워드라는 영국인이 새로 하숙을 하러 온다는 말을 전했다. 그날 저녁 식사 때 새 얼굴을 볼 수 있었다. 며칠 동안 하숙집 식구들은 온통 들떠 있었다. 첫째, 무슨 수를 썼는지는 알 수 없으나—싹싹 빌었는지, 은근히 협박을 했는지 모를 일이지만—프로일라인 테클라의 약혼자 부모가 그녀를 영국에 초대했던 것이다. 테클라는 자신이 얼마나 교양 있는 여성인가를 보여 주기 위해 수채화 앨범을, 그리고 남자가 자기에게 얼마나 반했었나를 입증하기 위해 편지 꾸러미를 가지고 떠났다. 일주일쯤 지나자 이번에는 프로일라인 헤트비히가 생글생글 웃으면서 사랑하는 중위가 부모와 함께 하이델베르크에 온다는 것을 알렸다. 자식의 끈질긴 간청에 지치고, 프로일라인 헤트비히의 부친이 내겠다는 지참금의 액수에 감명을 받은 중위의 부모가 하이델베르크를 지나는 길에 자식의 애인을 만나는 데 동의했던 것이다. 면접을 만족스럽게 끝내고 흐뭇해진 프로일라인 헤트비히는 하숙집 식구들에게 공원에서 애인을 소개시켜 주기로 작정했다. 테이블의 윗자리, 에를린 부인 옆에 앉는 조용한 노숙녀들도 덩달아 설레는 듯했는데 프로일라인 헤트비히가 정식 약혼식을 올리기 위해 당장 집으로 돌아갈 예정이라고 말하자, 에를린 부인은 비용이 얼마나 들든 간에 자기가 마이볼러[74]를 내겠노라고 말했다. 에를린 선생은 이 달콤한 술을 만드는 솜씨에 자부심을 갖고 있었다. 그는 저녁 식사를 끝낸 뒤 소다를 탄 라인산 백포도주에 향긋한 풀을 띄우고, 산딸기를 넣은 술을 큰 사발에 담아 응접실의 둥근 테이블 위에 엄숙하게 올려놓았다. 프로일라인 안나는 필립에게 애인이 떠나니 서운하겠다고 놀려댔고, 필립도 어쩐지 마음이 착잡하고 울적했다. 프로일라인 헤트비히는 노래를 몇 곡 불렀다. 프로일라인 안나가 결혼행진곡을 연주했고, 선생은 「디 바흐트 암 라인(라인의 파수꾼)」[75]을 불렀다. 온통 떠들썩한 분위기에 휩싸여 필립은 새로 온 사람에게 거의 관심을 두지 않았다. 저녁 식사 때 두 사람은 서로 맞은편에 앉았지만 필립은 프로일라인 헤트비히와 얘기를 주고받느라 정신이 없었고, 독일어를 모르는 새 식구는 말없이 음식만 먹었다. 필립은 사내가 연푸른색 타이를 매고 있는

74) 백포도주에 과즙을 탄 음료.

75) 한때 독일의 국가처럼 불렸던 노래.

것을 보고 갑자기 그 사람이 싫어졌다. 나이 스물여섯의 사내로 피부가 희고 긴 머리칼이 물결 모양으로 굽이쳤다. 그는 버릇처럼 무심하게 머리칼을 자꾸만 쓸어 올렸다. 눈은 푸르고 컸다. 하지만 푸른빛이 맑지 않아 어쩐지 지쳐 버린 듯한 표정을 띠었다. 면도를 말끔하게 하고 있었다. 입술은 얄팍했으나 입 모양은 잘생겼다. 프로일라인 안나는 골상학에 관심이 있었다. 그래서 나중에 필립에게 그 사람이 두개골은 참 잘생겼지만 얼굴의 하관은 아주 빈약하다고 일러 주었다. 머리는 사색가의 머리인데 턱은 인격 부족을 나타낸다는 것이었다. 프로일라인 안나는 자신의 경우, 광대뼈가 튀어나오고 코가 크고 못생겨서 독신녀로 늙을 상이지만 인격을 중시하노라고 했다. 둘이서 그 젊은이에 관한 이야기를 하는 동안 당사자는 딴 사람들과 약간 떨어진 데 서서 이 소란한 잔치판을 웃는 낯으로, 그러나 어딘지 업신여기는 듯한 표정으로 지켜보고 있었다. 그는 키가 크고 날씬했다. 우아한 자세를 취하려고 의식적으로 애썼다. 미국인 학생 위크스가 새 손님이 혼자 있는 것을 보고 다가가서 이야기를 붙였다. 두 사람은 야릇한 대조를 이루었다. 미국인은 검은 상의와 쥐색 바지 차림으로 매우 단정했고, 가늘고 말라 보였으며 어딘가에 벌써 성직자의 열정이 밴 태도를 가지고 있는 반면, 영국인은 헐렁한 트위드 정장 차림이었고 허우대가 크고 몸짓이 느렸다.

필립은 이튿날까지도 새로 온 사람에게 말을 걸지 않았다. 그런데 어쩌다 점심 전에 응접실의 발코니에 단둘이 있게 되었다. 헤이워드가 그에게 말을 걸었다.

"영국인이지요?"

"예."

"이 집 음식이 늘 엊저녁처럼 형편없나요?"

"늘 비슷하죠."

"엉망 아녜요?"

"엉망이죠."

필립은 음식에 대해 전혀 불만이 없었다. 사실은 맛있게 잘 먹는 셈이었다. 하지만 딴 사람이 형편없다는 음식을 좋다고 생각할 만큼 감식안 없는 사람처럼 보이고 싶지 않았다.

프로일라인 테클라가 영국에 가 버렸기 때문에 동생이 집안일을 더 많이 거들지 않으면 안 되었다. 그래서 산책을 멀리 나갈 경우에는 따라 나가지 못할 때가 많았다. 금발을 길게 땋아 늘인 들창코 아가씨 프로일라인 채칠리에는 요즘 들어 어쩐 일인지 사람 사귀는 일이 내키지 않는 듯했다. 프로일라인 헤트비히는 가 버렸고, 산책길에 늘 동행했던 미국인 위크스도 남독일 여행길에 나서고 없었다. 필립은 혼자 있는 시간이 많아졌다. 헤이워드가 그에게 접근했다. 하지만 필립에게는 몹쓸 성격이 있었다. 수줍음에서인지, 동굴 생활을 하던 조상으로부터 물려받은 격세유전의 형질 때문인지는 몰라도 처음 대하는 사람을 늘 꺼렸다. 누구와든 한참 친숙해지고 나서야 첫인상에서 벗어나곤 했다. 그 때문에 그는 가까이하기 어려운 사람이었다. 필립은 헤이워드의 접근을 아주 어색하게 받아들였다. 헤이워드가 어느 날 산책 나가지 않겠느냐고 묻자 그러겠다고 대답했던 것은 순전히 결례가 안 되는 핑계가 떠오르지 않았기 때문이었다. 그는 얼굴이 붉어지는 것을 어쩌지 못하는 자신에 화가 났으나 그것을 웃음으로 넘기려고 하면서 늘 하던 대로 양해를 구했다.

"전 빨리 걷지 못해요."

"아니, 무슨 시합하나요? 천천히 걷는 게 좋죠. 『마리우스』[76]의 그 대목 기억합니까? 페이터가 가벼운 산책이야말로 대화를 하는 데는 최고라고 하지 않았습니까?"

필립은 남의 말을 잘 들었다. 그에게도 멋진 말이 떠오를 때가 있긴 했지만 대개는 그 말을 해야 할 때가 지나가고 난 뒤에야 떠올랐다. 헤이워드는 말을 잘했다. 필립보다 인생 경험이 많은 사람이라면 헤이워드가 자신의 말을 즐기고 있다는 것을 눈치챘을 것이다. 뭐든지 깔보는 듯한 그의 태도가 필립에게는 인상적이었다. 자기로서는 신성시했던 여러 가지를 어딘지 업신여기는 듯한 사람에게 필립은 감탄하지 않을 수 없었고 외경심마저 들었다. 헤이워드는 운동 숭배자를 깔아뭉개면서 이런저런 운동에 열중하는 사람들을 우승컵 사냥꾼들이라는 경멸스러운 용어로 욕했다. 필립은 헤이워드가 운동 대신 교양이라는 다른 물신(物神)을 내세우고 있을 뿐이라는 것을 그때는 알아차리지 못했다.

두 사람은 성(城)이 있는 데까지 거닐어서 시내가 내려다보이는 언덕에 앉아 쉬었다. 시가지는 기분 좋게 흐르는 네카어

76) 영국의 작가이자 평론가 월터 페이터(Walter Pater, 1839~1894)의 교양소설 『쾌락주의자 마리우스(Marius the Epicurean)』(1885)를 말한다.

강을 끼고 골짜기에 포근하고 다정하게 깃들어 있었다. 굴뚝에서 나온 연기가 푸르스름한 아지랑이처럼 드리워져 있었다. 높은 지붕과 교회의 첨탑들이 기분 좋은 중세적 분위기를 자아내고 있었다. 마음을 푸근하게 해 주는 어떤 소박함이 있었다. 헤이워드는 『리처드 페버럴』과 『보바리 부인』에 대해 이야기했고 베를렌, 단테, 매슈 아널드에 대해 이야기했다.[77] 당시에는 피츠제럴드의 오마르 하이얌[78] 번역이 소수에게만 알려져 있었는데 헤이워드는 그것에 대해서도 여러 차례 이야기해 주었다. 그는 자기가 쓴 시건 남이 쓴 시건, 시 낭송을 아주 좋아했는데, 낭송 자체는 억양이 없고 단조로웠다. 집에 돌아왔을 즈음, 헤이워드에 대한 필립의 불신은 열렬한 찬탄으로 바뀌어 있었다.

두 사람은 오후마다 함께 산책을 나가게 되었고, 필립은 곧 헤이워드의 신상에 대해 얼마간 알게 되었다. 그는 지방판사

---

77) 『리처드 페버럴(The Ordeal of Richard Feveral)』은 영국의 소설가이자 시인인 조지 메러디스(George Meredith, 1828~1909)가 쓴 소설을 말한다. 『보바리 부인(Madame Bovary)』은 프랑스 소설가 귀스타브 플로베르(Gustave Flaubert, 1821~1880)가 1857년에 발표한 소설이다. 폴 베를렌(Paul Verlaine, 1844~1896)은 프랑스 상징파 시인, 단테 알리기에리(Dante Alighieri, 1265~1321)는 『신곡(神曲, Divina Commedia)』을 쓴 이탈리아 시인이고, 매슈 아널드(Matthew Arnold, 1822~1888)는 영국의 시인, 비평가, 교육자이다.

78) Omar Khayyám(1048?~1123). 페르시아의 수학자이자 시인. 사랑과 자연을 주제로 한 『루바이야트(Rubáiyát)』라는 시집이 영국인 에드워드 피츠제럴드(Edward FitzGerald, 1809~1883)의 영역(英譯)으로 세계에 널리 알려지게 되었다.

의 아들이었는데 얼마 전 부친이 죽은 뒤 일 년에 삼백 파운드의 수입이 되는 재산을 상속받았다. 차터하우스[79]를 다니던 때의 성적이 얼마나 뛰어났던지 그가 케임브리지에 갔을 때 트리니티 대학 학장은 헤이워드가 자기 대학에 와 주어 대단히 만족스럽다는 말까지 했다고 한다. 그는 명망을 떨칠 삶을 대비해 여러 가지로 애썼다. 무엇보다 가장 지적인 사람들과 교우했다. 브라우닝[80]을 열심히 읽었으며, 테니슨[81]에 대해서는 콧방귀를 뀌었고, 셸리가 헤리엇을 어떻게 취급했는가[82]를 소상하게 알고 있었다. 미술사에도 손을 댔고 — 그의 방 사방 벽에는 G. F. 와츠, 번존스, 보티첼리의 복제화들[83]이 걸려 있었다. — 제법 개성이 있는 염세적 분위기의 시들을 쓰기도 했다. 친구들은 그가 탁월한 재능을 가진 사람이라고 칭찬했다. 그들이 그의 출세를 점치면 헤이워드는 그 말에 흐뭇하게 귀를 기울였다. 그러는 사이 그는 예술과 문학의 권위자

79) 잉글랜드 남부 서리 주에 있는 유명한 사립학교.

80) Robert Browning(1812~1889). 테니슨과 더불어 영국의 빅토리아 시대를 대표하는 시인.

81) Alfred Tennyson(1809~1892). 영국 빅토리아 시대의 대표적 시인.

82) 퍼시 비시 셸리(Percy Bysshe Shelley, 1792~1822)는 혁명적인 사상을 가졌던 영국의 낭만주의 시대 2세대 시인이다. 그는 첫 아내 헤리엇을 버리고 스승의 딸인 메리와 결혼하여 유럽으로 떠나 버린다. 절망한 헤리엇은 런던 하이드파크의 호수에 투신해 자살하고 만다.

83) 조지 프레더릭 와츠(George Frederic Watts, 1817~1904). 영국의 화가, 조각가. 에드워드 콜리 번존스(Edward Coley Burne-Jones, 1833~1898). 영국의 화가, 장식가. 산드로 보티첼리(Sandro Botticelli, 1445?~1510). 이탈리아 르네상스 시대의 화가.

가 되어 있었다. 뉴먼의 『아폴로기아』[84]의 영향을 받기도 했다. 그의 심미적 감수성은 로마 가톨릭의 아름다움에 그만 매혹당하고 말았다. 그가 '개종'을 못 한 것은 순전히 부친(평범하고 둔감한 사람으로 식견이 좁아 매콜리[85]나 읽고 있었다.)의 진노가 두려웠기 때문이었다. 그처럼 기대를 한 몸에 받고 있던 그가 우등 학위 졸업을 못 하고 보통 학위[86]로 졸업하고 말자 친구들은 깜짝 놀랐다. 하지만 그는 어깨를 으쓱해 보이면서 자기는 시험관들의 노리갯감이 아니라는 암시를 은근히 주었다. 그의 말을 듣고 보면 우등이란 꽤 속된 것이라는 생각이 들 만도 했다. 구두시험을 치렀던 경험을 그는 여유 있게 이죽거리며 설명했다. 아주 우스꽝스러운 칼라를 단 어떤 시험관이 논리학 문제를 물어봤는데 더할 나위 없이 따분하더라. 그때 우연히 시험관의 발을 보니 양쪽에 고무 천을 댄 부츠를 신고 있는 것이 아닌가. 참으로 기괴하고 웃기는 일이었다. 그래서 시험 생각은 그만두고 킹스 칼리지 교회당의 고딕 건축미를 떠올렸다는 것이었다. 하지만 헤이워드가 케임브리지에서 보낸 시절은 즐겁기도 했다. 찾아오는 사람들에게 누구보다

---

84) 존 헨리 뉴먼(John Henry Newman, 1801~1890). 영국의 종교적 지도자이자 저술가. 『아폴로기아(Apologia pro Vita Sua)』는 자신의 행위와 신앙에 대한 변호를 쓴 논쟁적인 글이다.

85) 토머스 배빙턴 매콜리(Thomas Babington Macaulay, 1800~1859). 영국의 역사가이자 정치가. 영국 역사의 낙관적인 발전을 믿었다.

86) 영국의 대학에는 등록금을 내고 삼 년 동안 일정한 강의를 수강하기만 하면 주는 '보통 학위(pass degree)'와 일정한 성적에 도달해야 주는 '우등 학위(cum laude degree)' 두 가지가 있었다.

도 훌륭한 정찬을 대접했다. 그의 방에서 나누었던 대화 가운데에는 잊을 수 없는 것들도 많았다. 헤이워드는 다음과 같은 멋진 경구를 필립에게 인용했다.

"'사람들이 이르기를, 헤라클레이토스여, 그대는 이미 죽었노라, 한다.'"[87)]

헤이워드는 시험관과 부츠에 얽힌 그 멋진 일화를 필립에게도 소개하면서 껄껄 웃었다.

"그야, 어리석은 일이었지. 하지만 어딘가 멋진 구석이 있지 않나." 그가 말했다.

필립은 알 수 없는 흥분을 느끼면서 참으로 근사한 일이라고 생각했다.

그런 다음 헤이워드는 변호사 공부를 하러 런던으로 갔다. 그는 클레멘트 학료(學寮)[88)]에 들어가 벽에 패널 장식이 되어 있는 멋진 방들을 사용했다. 방을 트리니티 홀의 자기 옛 방처럼 꾸며 놓았다. 그에게는 어렴풋이나마 정치적인 야심이 있었다. 그는 휘그파[89)]임을 자처하면서, 자유당 편이지만 신사 계급 취향의 한 클럽에 추천받았다. 먼저 변호사 개업을 한

---

87) 이튼의 교장 윌리엄 코리(William Cory, 1823~1892)가 학생들에게 그리스어 공부를 장려하기 위해 편집한 『그리스 문학 선집』 제8권의 '에피그램 80'에 나오는 말.

88) 영국에서는 법학을 공부하는 학생들의 기숙학교를 'Inn'이라고 부른다. 여기에서는 '공부도 하고 기거도 하는 곳'이라는 뜻을 살려 '학료(學寮)'라고 번역해 보았다.

89) 18세기와 19세기 초에 왕권을 견제하고 의회의 권한을 지지했던 영국의 정당. 나중에 자유당이 되었다.

다음(덜 험하다는 이유로 대법원 쪽을 택했다.) 기대했던 것들이 이루어지는 대로 맘에 맞는 지역에서 출마하여 의회에 나간다는 것이 그의 생각이었다. 한편으로는 오페라 구경도 자주 다니면서 취향이 같은 소수의 매력적인 사람들과도 사귀었다. 그는 전(全) 선(善) 미(美)를 모토로 삼고 있는 어느 만찬 클럽의 회원이 되었다. 연상의 여자와 플라토닉한 우정을 맺었는데 이 여자는 켄싱턴 스퀘어에 살았다. 거의 날마다 오후가 되면 이 여자와 갓을 씌운 촛불 옆에서 차를 마시고 조지 메러디스와 월터 페이터를 논했다. 변호사 협회 시험은 어중이 떠중이들이 다 합격한다는 소문이어서 그는 느긋한 마음으로 공부했다. 막상 최종시험에 떨어져 버리자 그는 개인적으로 모욕을 당한 것처럼 생각했다. 설상가상으로 켄싱턴 스퀘어의 숙녀가 자기 남편이 휴가를 받아 인도에서 돌아온다고 알려왔다. 그러면서 하는 말이, 남편은 어느 모로 보나 존경스러운 사람이지만 사고방식은 고지식해서 젊은 사람이 자주 집에 찾아오는 것을 이해하지 못한다는 것이었다. 헤이워드는 인생이란 온통 추한 것들뿐이구나, 생각했고 두 번 다시는 시험관들의 냉소적인 태도와도 맞서고 싶지 않았다. 발 앞에 놓인 인습의 공을 멀리 차 버리는 것도 멋진 일이 아니겠는가 싶었다. 빚도 잔뜩 지고 있던 참이었다. 일 년에 삼백 파운드 수입으로는 런던에서 신사로 살기는 무리였다. 또 한편으로는 존 러스킨이 매혹적으로 묘사한 베네치아와 피렌체를 가 보고 싶었다. 아무래도 자기는 법조계의 저속하고 번잡한 분위기에는 어울리지 않는 사람 같았다. 고객을 모으기 위해서는 문에 문

패만 내기는 것으로는 부족하다는 것을 알았기 때문이다. 또한 현대의 정치에는 고상한 데가 없어 보였다. 아무래도 자신은 시인 같았다. 그는 클레멘트 학료의 방들을 정리해 버리고 이탈리아로 내려갔다. 피렌체에서 겨울을 나고 로마에서도 한 겨울을 지냈으며, 이제 괴테를 원서로 읽기 위해 독일에서 두 번째 여름을 보내고 있는 중이었다.

헤이워드에게는 귀한 재능이 하나 있었다. 문학적 감수성이 풍부했고 자신의 열정을 감탄스러울 만큼 유창하게 전달할 수 있었다. 자기를 버리고 작가와 공감을 이룸으로써 작가의 가장 훌륭한 점을 빠뜨리지 않고 볼 줄 알았다. 그런 다음 완전한 이해를 가지고 그 작가에 대해 이야기할 줄 알았다. 필립은 독서를 많이 했지만 닥치는 대로 읽은 셈이었다. 그래서 이제 취향의 인도자를 만나게 된 것은 썩 잘된 일이었다. 그는 하이델베르크에 있는 조그만 대출도서관에서 헤이워드가 이야기해 준 책들은 모조리 빌려다 읽기 시작했다. 다 재미있는 책들은 아니었지만 참을성을 가지고 읽었다. 어서 자신을 향상시키고 싶었다. 자신이 무식하고 하찮게 느껴지기만 했다. 팔월 말경, 위크스가 남독일에서 돌아왔을 때 필립은 완전히 헤이워드의 영향 아래 있었다. 헤이워드는 위크스를 좋아하지 않았다. 이 미국인의 검은 상의와 쥐색 바지를 한심하게 생각했고, 그가 말하는 뉴잉글랜드의 양심이라는 것에 대해 경멸적으로 어깨를 으쓱하며 말했다. 위크스는 그에게 다정하게 대하려고 애썼던 사람이었지만, 필립은 헤이워드가 위크스를 욕하는 소리를 흐뭇하게 들었고 위크스가 헤이워드에 대해 좋지 않게 말하면 흥분했다.

"자네 새 친구는 아무래도 시인 같아." 위크스는 고뇌 어린 입가에 희미한 냉소를 띠고 말했다.

"시인이죠."

"자기가 그렇게 말하던가? 미국에서는 그런 사람을 할 일 없이 놀면서 밥만 축내는 사람이라고 하지."

"하지만, 여기는 미국이 아니지 않습니까." 필립이 냉담하게 말했다.

"그 사람 몇 살이지? 스물다섯? 그런데도 하는 일 없이 하숙집에 죽치고 앉아 시를 쓰나?"

"댁은 그 사람을 몰라요." 필립이 성을 내며 말했다.

"왜 몰라. 잘 알지. 그런 사람은 백마흔일곱 명이나 만났어."

위크스는 눈을 반짝였으나 미국식 유머를 이해하지 못하는 필립은 입을 꼭 다물고 성난 표정을 지었다. 필립에게는 위크스가 중년의 남자로 보였지만 실은 서른을 넘을까 말까 한 나이였다. 길쭉한 몸집에 학자들처럼 허리가 구부정했다. 머리는 크고 못생겼다. 빛 바랜 머리칼은 숱이 적었고 살갗은 흙빛이었다. 얄팍한 입, 길쭉한 코, 툭 튀어나온 앞이마는 천한 인상을 주었다. 태도는 차갑고 딱딱했으며, 혈기도 없고 정열도 없는 남자였다. 그는 성격상 주로 진지한 사람들과 어울렸는데 이상하게도 그런 사람들을 어리둥절하게 만드는 경박한 기질이 있었다. 하이델베르크에서 신학을 공부하고 있었지만 같은 미국인 신학생들은 그를 수상쩍게 보았다. 지나칠 정도로 비정통적인 데가 있어 다들 놀랐던 것이다. 게다가 괴이한 농담을 잘해 반감을 사기도 했다.

"어떻게 그런 사람을 백마흔일곱 명이나 안단 말입니까?" 필립이 정색을 하고 물었다.

"파리의 라탱 구에서 만났어. 베를린과 뮌헨의 하숙집에서도 만났지. 페루자와 아시시[90]의 여관에도 있고 말야. 피렌체의 보티첼리 그림 앞에 여남은 명이 서 있고, 로마의 시스티나 성당 벤치에는 온통 그런 사람들뿐이야. 이탈리아에서는 포도주를 약간 지나치게 마시고, 독일에서는 맥주를 지나치게 많이 마시지. 늘 올바른 것을 찬양하는데, 올바른 것이면 뭐든 상관없어. 그리고 조만간에 위대한 작품을 하나 쓸 작정이지. 생각해 보게. 백마흔일곱 명의 위대한 인물의 가슴속에 백마흔일곱 개의 위대한 작품이 들어 있어. 그런데 비극적인 것은 말이지, 백마흔일곱 개의 위대한 작품은 영원히 단 하나도 쓰여지지 않는다는 거야. 그래도 세상은 여전히 굴러가지."

위크스는 정색을 하고 말했다. 하지만 긴 연설을 끝마칠 때쯤 그의 회색 눈이 반짝였다. 미국인이 자기를 놀리고 있다는 것을 알고 필립은 얼굴을 붉혔다.

"당치도 않은 말씀이에요." 그는 화를 내며 말했다.

---

90) 페루자는 이탈리아 움브리아 주 페루자 현(縣)의 주도(主都)이고 아시시는 같은 현 안에 있는 도시이다.

27

위크스는 에를린 부인 하숙집 뒤꼍의 작은 방 두 개를 쓰고 있었는데 그 가운데 하나는 거실로 꾸며 놓아 사람들을 불러 함께 앉아 담소하기에 좋았다. 저녁 식사를 마치면 그는 종종 매사추세츠 주 케임브리지 친구들을[91] 두 손 들게 만들었던 짓궂은 장난기가 발동하는 탓인지 필립과 헤이워드에게 이야기나 하자면서 놀러 오라고 했다. 그는 깍듯한 예의를 차려 두 사람을 맞아들인 다음, 방에 두 개밖에 없는 안락의자를 그들에게 권했다. 술을 마시지 않으면서도 필립이 보기에는 아무래도 빈정기가 섞인 예의를 갖추어서 헤이워드 곁에 맥주 두어 병을 놓아 주었다. 논쟁이 한참 달아올라 있을 때도 헤이워드가 파이프를 꺼뜨리면 한사코 자기가 성냥불을 붙여 주겠다고 했다. 그들이 처음 알고 지내기 시작할 무렵만 해도 명문 대학 출신이었던 헤이워드는 하버드 졸업생인 위크스를 좀 낮춰 보는 태도를 취했었다. 그런데 어쩌다 이야기가 그리스 비극 작가 쪽으로 흘러갔다. 헤이워드로서는 이것이야말로 자기가 권위 있게 얘기할 수 있는 주제라고 여겼음인지 의견을 교환한다기보다 가르쳐 준다는 태도를 취했다. 위크스는 겸손한 미소를 지으며 헤이워드가 이야기를 다 마칠 때까지 예의 바르게 귀를 기울였다. 그러더니 한두 개의 교묘한 질

91) 매사추세츠 주 케임브리지에는 하버드 대학이 있다. 따라서 여기서는 하버드 학생들이라는 뜻.

문을 던지는 것이었다. 겉보기에는 순진한 질문이었기 때문에 헤이워드는 자기가 곤경에 빠지는 줄도 모르고 평범하게 대답해 버리고 말았다. 위크스는 예의 바르게 반대 의견을 제시한 다음, 틀린 내용을 수정해 주고 잘 알려지지 않은 라틴 주석가의 말을 인용하고 나서, 더 나아가 어떤 독일 권위자의 말까지 언급하는 것이었다. 알고 보니 전문가였다. 싱글싱글 웃음을 띠고 양해를 구해 가면서 위크스는 헤이워드가 말한 것을 모조리 산산조각 내 버렸다. 예의를 깍듯이 차려 가면서 그는 헤이워드가 자랑한 학식이 피상적인 것에 불과하다는 것을 완전히 까발리고 말았다. 비비 꼬며 헤이워드를 조롱하는데 태도만은 정중했다. 필립이 보기에도 헤이워드가 완전히 망신을 당한 꼴이었다. 그런데도 헤이워드는 분별없이 혀를 멈출 줄 몰랐다. 흥분한 나머지 자신만을 믿고 겁도 없이 논쟁을 시도했다. 헤이워드는 함부로 지껄여 댔고 위크스는 친절하게 수정해 주었다. 헤이워드는 그릇된 논리를 폈고 위크스는 상대방의 모순을 하나하나 지적해 주었다. 위크스는 하버드에서 그리스 문학을 가르친 적이 있다는 것을 털어놓았다. 헤이워드는 경멸스럽다는 듯 소리 내어 웃었다.

"그럴 줄 알았어요. 그래서 댁은 그리스 문학을 학교 선생처럼 읽겠지요. 전 시인처럼 읽습니다." 그가 말했다.

"그럼, 뜻을 잘 모를 때 더 시적이란 말입니까? 오역이 의미를 그럴듯하게 만들어 주는 건 계시종교에서만 가능하다고 생각했습니다만."

마침내 맥주가 떨어지자 헤이워드는 열 받고 구겨진 채 위크스의 방을 나왔다. 분이 안 풀리는지 그는 필립에게 말했다.

"갈 데 없는 현학자야. 미에 대한 감수성이 없어. 정확성이야 사무원의 덕목 아냐? 우린 그리스 정신을 추구하는 것이라구. 위크스는 루빈스타인을 들으러 가서 음정이 틀리다고 불평하고 있어. 음정이 틀리다고? 거룩한 연주를 하는데 음정을 문제 삼아?"

이 틀린 음정에 위안을 받는 무능한 사람들이 얼마나 되는지 알지 못하는 필립은 그 말이 아주 인상 깊었다.

헤이워드는 잃은 땅을 되찾기 위해 위크스가 제공하는 기회를 마다하지 않았다. 그래서 위크스는 아주 수월하게 그를 토론으로 끌어들일 수 있었다. 미국인의 학식에 비하면 헤이워드의 학식은 보잘것없다는 것이 분명했지만 영국인의 집요함, 상처받은 자존심(두 가지가 같은 것이겠지만) 때문에 그는 싸움을 포기하려 하지 않았다. 헤이워드는 무지와 자기 만족과 완고함을 드러내는 일이 즐거운 것만 같았다. 그가 비논리적인 말을 할 때마다 위크스는 단 몇 마디로 상대방 논거의 오류를 보여 준 다음, 잠시 멈추어 승리를 즐기다가 마치 기독교인의 자비로 정복당한 적의 목숨을 살려 준다는 듯이 서둘러 다음 화제로 옮겨 가 버리는 것이었다. 필립도 가끔 친구를 돕겠다고 끼어들어 보기도 했지만 위크스는 그를 가볍게 뭉개 버렸다. 하지만 부드럽게, 헤이워드를 대할 때와는 딴판으로 대했기 때문에 민감하기 그지없는 필립조차 그것 때문에 마음이 상하지는 않았다. 헤이워드는 자기 꼴이 점점 우스워진다고 생각하면 이따금 냉정을 잃고 상스러운 말까지 입에 올렸는데, 논쟁이 싸움으로까지 번지지 않았던 것은 오직 미국인이 시종 싱글싱글 웃으면서 예의를 지켰기 때문이었다. 이런 때 헤이워드는 위크스의 방을 나서면서 분을 못 참고 투덜거렸다.

"빌어먹을 양키 자식!"

바로 그것이었다. 답변이 곤란한 논쟁에는 그것이 완벽한 대답이 아니겠는가.

위크스의 작은 방에서 이루어진 대화는 처음에는 다양한 주제를 토론하는 일로 시작했다가 결국에는 으레 종교 문제로 귀착했다. 신학도야 당연히 종교에 전문적인 관심을 가지고 있었고, 헤이워드도 사실에 관련된 골치 아픈 주제가 아니라면 무엇이나 환영했다. 감정을 잣대로 삼을 수 있다면 논리 따위는 업신여길 수 있으며, 논리가 약할 때에는 그렇게 하는 것이 마음에 끌렸다. 헤이워드는 자신의 신앙을 필립에게 이해시키느라고 한바탕 웅변을 하지 않으면 안 되었다. 하지만 역시 그도 영국 교회의 전통에서 성장했다는 것이 분명했다. (그 점은 필립이 가지고 있던 자연 질서에 대한 생각과도 일치했다.) 헤이워드는 로마 가톨릭 신자가 되려는 생각은 이제 완전히 버리고 말았지만 성찬례에 대해서는 여전히 공감을 가지고 있었다. 그는 로마 가톨릭을 극구 찬양했고, 로마 가톨릭의 화려한 의례를 영국 교회의 간소한 예배와 비교하여 더 호의를 가지고 말했다. 그는 필립에게 뉴먼의 『아폴로기아』를 읽으라고 주었다. 필립은 내용이 따분하다고 생각했지만 그래도 끝까지 읽었다.

"문체를 읽게. 내용보다는." 헤이워드가 말했다.

기도회에서 연주하는 음악에 대해서도 열정적으로 이야기하고, 향(香)과 신앙심과의 관계에 대해서도 감동적으로 이야기했다. 위크스는 차가운 미소를 띠고 들었다.

"그러니까 당신은, 존 헨리 뉴먼이 영어를 잘 쓰고 매닝 추기경의 외모가 그럴싸하기 때문에 로마 가톨릭이 옳다고 생각한단 말입니까?"

헤이워드는 자기 역시 수많은 영혼의 괴로움을 겪은 사람이라는 투로 말했다. 한 해 동안 어둠의 바다에서 허우적거렸다는 것이었다. 그는 물결 같은 금발을 쓸어 올리며, 설령 누가 오백 파운드를 주겠다 해도 그 정신적 고뇌를 두 번 다시 겪고 싶지는 않다고 했다. 다행히 이제 고요한 바다에 이르렀으므로.

"그러면 믿으시는 것은 무엇이죠?" 애매한 말에 만족하지 못하는 필립이 물었다.

"난 진, 선, 미를 믿네."

헤이워드는 신체가 여유 있게 큼직하고 고개를 멋지게 움직이는 사람이었는데, 이 말을 할 때에는 더욱 멋져 보였다. 그는 자신 있게 말했다.

"인구조사표의 종교란에도 그렇게 쓸 건가요?" 위크스가 부드럽게 물었다.

"난 엄밀한 정의 따윈 싫어요. 너무 흉하고, 너무 분명해요. 원하시면, 난 웰링턴 공작[92]과 글래드스톤 씨의 교회를 믿는다고 말하겠습니다."

"그건 영국 교회 아녜요?" 필립이 말했다.

"이런 똑똑한 청년 봤나!" 헤이워드가 웃으면서 소리쳤다. 필립은 얼굴이 화끈 달아올랐다. 상대방이 딴 말로 돌려 표현한 것을 자기는 평범한 말로 바꿔 놓고 말았으니 유치함을 자랑하고 만 꼴이었다. "그야 난 영국 교회 쪽이야. 하지만 난, 로마의 사제가 걸치는 금빛 비단 법의를 사랑하고, 사제의 독신과 고해와 연옥의 정죄라는 것을 좋아하네. 그뿐인가, 향 내음 가득한 신비스러운 이탈리아 성당의 어둠 속에서는 진심으로 미사의 기적을 믿어. 베네치아에서 이런 걸 본 적이 있지. 어떤 고기 잡는 아낙네가 맨발로 성당에 들어서더니 생선 바구니를 옆에 내던지고 무릎을 꿇고 앉아 성모에게 기도를 드리더군. 난 저것이야말로 참다운 신앙이다, 하고 생각했네. 난 그 여자와 함께 기도하고, 그 여자가 믿는 것을 믿었네. 하지만 난, 아프로디테와 아폴론과 위대한 판 신도 역시 믿어."

목소리는 매혹적이었고, 어휘도 적절했을 뿐만 아니라 운율까지 느껴질 정도였다. 위크스가 두 번째 맥주병을 따지 않았더라면 헤이워드의 말은 끝나지 않았을지도 모른다.

"마실 걸 좀 드리겠소."

잘 못 알아듣는 사람에게 친절하게 설명해 주고 난 사람이 그러하듯 헤이워드는 필립을 돌아보면서 말했다. 어린 필립에겐 참 인상적이었다.

---

92) 아서 웰즐리 웰링턴(Arthur Wellesley Wellington, 1769~1852). 영국의 군인, 정치가. 나폴레옹을 워털루 전투에서 패배시킨 것으로 유명하다.

"이제 이해하겠나?"

필립은 약간 당황스러웠지만 그렇다고 솔직히 말했다.

"불교도 넣어 주지 않아 실망입니다." 위크스가 말했다. "난 솔직히 말해서 마호메트에게도 약간은 공감이 가지요. 그 사람을 찬밥 취급한 건 유감입니다."

헤이워드는 하하 웃었다. 그날 밤은 기분이 좋았다. 조금 전의 웅변이 아직도 귓전에 기분 좋게 울리고 있었다. 그는 맥주를 죽 들이켰다.

"이해하리라 기대하지 않았습니다. 댁네의 냉정한 미국식 지성으로는 비판적인 태도밖에는 취하지 못하죠. 에마슨이라든가 하는 것들 말입니다. 하지만 비판이란 무엇입니까? 비판이란 순전히 파괴적이죠. 누구나 파괴는 할 수 있어요. 하지만 누구나 건설할 수 있는 건 아닙니다. 댁은 말입니다, 현학자죠. 중요한 건 건설하는 것입니다. 나는 건설적이죠. 시인입니다."

위크스는 진지하면서도 싱글싱글 웃는 표정으로 상대방을 바라보았다.

"이렇게 말해도 될지 모르겠지만, 약간 취한 것 같군요."

"이까짓 거야. 아직은 얼마든지 댁의 주장을 꺾을 정도는 되니까요. 자, 이제 난 다 털어놓았어요. 이제 댁의 종교는 무엇인지 말해 주시죠." 헤이워드가 유쾌하게 말했다.

위크스는 머리를 한쪽으로 갸우뚱했는데, 그러니 꼭 나뭇가지에 앉은 참새 같았다.

"실은 그걸 찾느라고 여러 해 동안 헤맸죠. 난 유니테리언[93]

이라고 해야 할 것 같습니다."

"그건 국교 반대파 아니에요?" 필립이 말했다.

두 사람이 느닷없이 웃음보를 터뜨렸는데 필립은 이유를 짐작할 수 없었다. 헤이워드는 껄껄댔고, 위크스는 낄낄댔다.

"영국에서 국교 반대파는 신사도 아니지, 그렇지 않나?" 위크스가 물었다.

"그야, 단도직입적으로 물으신다면, 그렇죠." 필립은 약간 성이 나서 대꾸했다.

비웃음을 받는 것은 싫었다. 두 사람은 또 웃어 댔다.

"그럼 묻겠는데, 신사란 게 도대체 뭔가?" 위크스가 물었다.

"글쎄 모르겠어요. 다 알잖아요."

"자네는 신사인가?"

이에 대해서는 조금도 의심해 본 적이 없었다. 하지만 신사란 스스로를 지칭하는 말이 아니라는 것은 알았다.

"신사를 자처하는 사람이라면 신사가 아닌 건 분명해요." 필립이 대꾸했다.

"난 신사인가?"

거짓말을 못 하는 성격이라 곤란했지만, 필립은 천성이 점잖았다.

"글쎄요. 선생님은 경우가 달라요. 미국인이잖아요."

"그럼 이렇게 생각해도 되겠군. 영국인만 신사가 된다." 위크

---

93) Unitarian. 그리스도교의 정통 교의인 삼위일체론을 믿지 않는 기독교 교파. 그리스도의 신성(神性)을 부정하고 하느님의 신성만을 인정한다.

스가 정색하고 말했다.

필립은 부정하지 않았다.

"더 구체적인 요건을 몇 가지 말해 줄 수 있겠나?" 위크스가 물었다.

필립은 얼굴이 달아올랐지만, 점점 화가 치밀어 망신을 당하든 말든 아랑곳하지 않았다.

"얼마든지요." 그는 '신사가 되려면 삼 대가 걸린다.'라는 백부의 말을 떠올렸다. '오이 심은 데 콩 나랴.'라는 속담과 짝을 이루는 속담이었다. "무엇보다 집안이 신사 집안이어야 하고, 사립학교와 옥스퍼드나 케임브리지를 다녔어야 합니다."

"에딘버러는 안 되겠지, 아마?" 위크스가 물었다.

"또 영어를 신사처럼 해야 하고, 옷차림도 올발라야 하고, 딴 사람이 신사인지 아닌지도 분간할 줄 알아야 합니다."

말을 할수록 어설퍼지는 느낌이었지만 사실은 사실이었다. 그것이 자기가 생각하는 신사였고, 자기가 알고 지내는 모든 사람이 생각하는 신사였다.

"내가 신사가 아니란 건 분명하구먼. 그건 그렇다 하더라도 내가 국교 반대자라 해서 놀랄 게 뭔가?"

"전 유니테리언이 뭔지 잘 몰라요." 필립이 말했다.

위크스는 또 야릇하게 머리를 한쪽으로 갸우뚱했다. 금방이라도 참새처럼 지저귈 것 같았다.

"유니테리언은 남들이 믿는 것이면 무엇이나 진지하게 믿는 사람이지. 뭔지 잘 모르면서도 줄기차게 믿는단 말야."

"모르겠어요. 왜 자꾸 놀리려고 하시는지. 전 진심으로 알고 싶어요." 필립이 말했다.

"이보게. 자넬 놀리고 있는 게 아냐. 난 수년 동안 끔찍하게 헤맸고, 더없이 절실하고 괴롭게 연구한 끝에 그러한 결론에 도달했네."

필립과 헤이워드가 가려고 일어났을 때, 위크스는 필립에게 염가판의 조그만 책 한 권을 건네주었다.

"이제 불어를 웬만큼 읽겠지. 자네에게 재미있을지 모르겠네만."

필립은 고맙다고 하고는 책을 받아 제목을 보았다. 르낭의 『예수의 생애』[94]였다.

28

헤이워드와 위크스로서야 알 리 없었지만, 한가로운 저녁의 소일거리였던 그날의 대화를 필립은 그 뒤 마음속으로 열심히 곱씹어 보고 있었다. 종교가 토론의 대상이 될 수 있으리라고는 꿈에도 생각지 못한 일이었다. 그에게 종교란 영국의 국교회였다. 따라서 국교회의 교의를 믿지 않는다는 것은 터무니없는 아집의 표시로서 현세에서건 내세에서건 벌을 면할 수 없는 일이었다. 하기야 불신자의 징벌에 대해서는 확실하

---

94) 프랑스의 철학자이자 동양학자인 조제프 에르네스트 르낭(Joseph Ernest Renan, 1823~1892)은 이 책을 통해서 예수를 신적인 존재로서가 아니라 뛰어난 인간으로 묘사했다. 성경도 인간 상상력의 산물로 보았다.

지 않은 면이 없지 않았다. 심판이 자비롭다면 지옥불은 이슬람교도나 불교도 같은 이교도들에게만 내리고, 국교 반대자들이나 로마 가톨릭교도는 용서할지 모른다.(그들이 오류를 깨닫게 되었을 때 굴욕감이야 적지 않겠지만.) 하지만 하느님께서 진리에 접할 기회를 갖지 못한 사람들을 불쌍하게 여기시는 한편—선교회 활동이 활발해서 그런 사람들이 많지는 않겠지만 전혀 없다고 할 수는 없으므로—기회를 주었는데도 그것을 무시한 사람들에 대해서는(로마 가톨릭교도와 국교 반대자는 분명히 이런 범주에 들 터인데) 의심할 여지 없이 응분의 벌을 내리실지 모른다. 어쨌든 이단자가 위험한 처지에 있다는 것은 분명했다. 필립은 귀가 따갑게 설교를 들어 이것을 알게 된 것은 아니지만 그가 받은 분명한 인상은 영원한 행복을 진정하게 바랄 수 있는 사람들은 영국의 국교도뿐이라는 것이었다.

필립이 분명하게 들은 말은, 불신자는 사악하고 부도덕한 인간이라는 것이었다. 그런데 위크스는 필립이 믿는 것을 아무것도 믿지 않으면서도 기독교인처럼 순결하게 살고 있었다. 여태껏 친절이라는 것을 거의 받아 보지 못하고 살아온 필립은 늘 그를 도와주고 싶어하는 이 미국인의 마음에 감명을 받았다. 한번은 감기에 걸려 사흘간이나 일어나지 못했는데 위크스가 어머니처럼 극진히 간호해 주었다. 그는 부도덕하거나 사악하기는커녕 성실하고 자애롭기만 했다. 불신자이면서도 유덕할 수 있다는 것은 분명히 가능한 일이었다.

또한 필립은 사람들이 고집이나 사욕 때문에 다른 신앙에 빠진다는 것도 깨달았다. 그런 사람들도 속으로는 자기가 잘

못하고 있다는 것을 알고 있다. 하지만 남들을 속이려 한다. 필립의 경우도 얼마 전까지 독일어를 배우기 위해 일요일 아침마다 루터교 예배에 나가고 있었다. 그런데 헤이워드가 온 뒤로는 그와 함께 미사에 나가기 시작했다. 그러면서 알게 된 것은, 개신교 교회에는 신자도 거의 없고 열기도 없는 데 비해 예수회 교회에는 신자가 꽉 차고 다들 열성으로 기도한다는 사실이었다. 그들이 위선자처럼 보이지는 않았다. 이 차이에 필립은 놀랐다. 영국 국교와 신앙이 비슷한 루터교가 로마 가톨릭보다는 진리에 더 가까이 있다고 알고 있었기 때문이다. 가톨릭교도의 대부분은—대개 남자들이었는데—남독일인들이었다. 필립은 자기가 남독일에 태어났더라면 틀림없이 로마 가톨릭교도가 되었을 것이라고 생각지 않을 수 없었다. 영국이 아니라 로마 가톨릭 국가에서 태어났을 수도 있었을 것이다. 영국에서도 다행히 국교파 집안에서 태어나긴 했지만 웨슬리교파, 침례교파, 또는 감리교 집안에서 태어났을 수도 있었을 것이다. 지금까지 간신히 넘겨 온 위험을 생각하니 아찔한 기분이 들었다. 필립은 매일 두 번씩 식탁에서 만나는 작달막한 중국인과는 친하게 지내는 편이었다. 성씨가 송(宋)이었다. 이 사람은 얼굴에 늘 웃음을 띠고 있었고, 사근사근하고 정중했다. 이 사람이 중국인이라는 이유만으로 지옥불에 튀겨진다는 것은 이상한 일이었다. 신앙이 무엇이든 구원받을 수 있다면 영국 국교회의 신자라는 것이 특별히 유리할 것도 없어 보였다.

필립은 전에 없는 혼란을 느끼며 위크스의 속 생각을 알아

보았다. 비웃음을 사는 것은 견딜 수 없었기 때문에 신중하게 이야기를 꺼냈다. 이 미국인이 영국 국교를 신랄하게 조롱할 때는 갈피를 잡을 수 없었다. 위크스는 그를 더욱 혼란스럽게 할 뿐이었다. 그는 필립에게 이 점을 인정하게 만들었다. 예수회 교회에 나가는 남독일인들은 로마 가톨릭만이 참된 종교라고 확신한다. 그것은 필립이 영국 국교만이 참된 종교라고 확신하는 것이나 다름없다. 같은 논리로 그는 필립으로 하여금 이슬람 신자와 불교 신자 역시 자기네 종교의 참됨을 확신한다는 점을 받아들이게 했다. 그러고 보면 혼자서 옳다고 생각하는 것은 아무런 의미도 없었다. 모두 다 자기네가 옳다고 생각할 테니까. 위크스는 필립의 신앙을 무너뜨릴 생각이 없었다. 종교에 대한 관심이 깊었기 때문에 종교 이야기만 나오면 저도 모르게 거기에 빠져들었을 뿐이다. 그가 남들이 믿는 것은 하나도 안 믿는다고 한 말은 자신의 견해를 정확하게 표현한 말이었다. 한번은 필립이 그에게 물었다. 언젠가 사제관에서 당시 신문에 논란이 되었던 온건한 수준의 합리론을 제기한 어떤 책에 대한 이야기가 나왔을 때 백부가 했던 질문이 생각났던 것이다.

"그러면 왜 선생님 말씀이 옳고 성 안셀무스나 성 아우구스티누스 같은 사람들은 틀리다고 해야 하나요?"[95]

---

95) 성 안셀무스(Cantaberinsis Anselmus, 1033~1109). 이탈리아의 신학자이자 스콜라 철학자. 성 아우구스티누스(Aurelius Augustinus, 354~430). 초대 기독교회의 저명한 교부신학자(敎父神學者)이자 로마령 아프리카 히포의 주교. 중세 스콜라 철학의 토대를 놓았다.

"그 사람들은 똑똑하고 학식이 많은데 나의 경우는 아무래도 미심쩍다 이거겠지?" 위크스가 반문했다.

"네." 필립은 애매하게 대답했다. 그러고 보니 자기 물음이 버릇없는 질문처럼 되어 버렸다.

"성 아우구스티누스는 지구가 납작하고 태양이 지구를 돈다고 믿었네."

"무슨 뜻인지 모르겠어요."

"사람은 자기 시대가 믿는 것을 믿는다는 말이지. 자네가 말하는 성인들은 신앙의 시대에 살았어. 그 시대엔 오늘의 우리가 도저히 믿을 수 없는 것을 믿을 수밖에 없었네."

"그렇다면 우리가 믿는 게 진리라는 건 어떻게 알지요?"

"모르지."

필립은 잠시 생각한 뒤 말했다.

"성인들이 과거에 믿었던 것이 틀리다면, 지금 우리가 확신하고 있는 것도 틀리지 말란 법이 있나요?"

"동감일세."

"그렇다면 뭘 어떻게 믿을 수 있지요?"

"모르겠어."

필립은 헤이워드의 종교를 어떻게 생각하느냐고 물었다.

"사람은 늘 자신의 이미지로 신을 만들어 왔네. 그 친구가 믿는 건 멋있는 것이야."

필립은 잠시 뜸을 들이다가 말했다.

"도대체 신을 믿기는 왜 믿어야 되는지 모르겠군요."

이 말이 입에서 떨어지자마자 필립은 자신이 이미 믿고 있지 않다는 사실을 깨달았다. 그는 차가운 물속으로 뛰어든 사람처럼 움찔 놀랐다. 놀란 눈으로 위크스를 쳐다보았다. 돌연 무서운 생각이 들었다. 얼른 위크스의 방을 나오고 말았다. 홀로 있고 싶었다. 이보다 더 놀라 본 적이 없었다. 이 문제를 하나하나 곰곰이 생각해 보았다. 흥분되지 않을 수 없었다. 전 일생이 걸린 문제 같았고(이 문제에 대한 결단은 앞길에 엄청난 영향을 미치리라 생각되었다.) 잘못하면 영원히 저주받은 삶을 살 수도 있기 때문이었다. 하지만 생각하면 할수록 확신은 굳어 갔다. 다음 몇 주일 동안 그는 회의적 사고에 도움이 될 만한 책들을 열심히 읽었지만 그것은 결국 자신의 본능적인 느낌을 확인하려는 데 지나지 않았다. 따지고 보면 그가 신앙을 버린 것은 딴 이유보다 그에게 종교적인 기질이 없었기 때문이었다. 신앙이 밖에서 강요되어 왔을 뿐이었다. 그것은 환경과 본보기의 문제였다. 새로운 환경과 새로운 본보기를 통해 그는 자신을 발견할 수 있었다. 그는 어린 시절의 신앙을 간단히 벗어던져 버렸다. 마치 몸에 맞지 않게 된 외투처럼. 비록 깨닫지는 못했지만 신앙이 오랫동안 그를 지탱해 왔던지라 그것을 버리고 나자 처음에는 삶이 낯설고 외롭게 보였다. 지팡이에 의지해 오던 사람이 갑자기 지팡이 없이 걷게 된 기분이었다. 낮은 더 춥고 밤은 더 외롭게 느껴졌다. 하지만 벅찬 감격이 그를 버티게 해 주었다. 삶이 더 아슬아슬한 모험으로 여겨졌다. 이윽고 내던져 버린 지팡이, 벗어 버린 외투가 오히려 힘겨운 짐이 아니었던가 생각하게 되었다. 그에게 신앙의 핵심을 이루었던 부분은 수년 동안 강요되었던 종교 의례였다. 억지로 외워야 했던 본기도문과 서간경, 꼼짝 않고 앉아 있느라 온몸이 근질근질했던 대성당의 길고 긴 예배, 밤에 진흙탕 길로 블랙스터블 교회까지 걸어가던 일, 그 황량한 교회 건물의 냉기가 떠올랐다. 교회에 앉아 있노라면 발이 차디차게 얼고, 손가락은 곱아 얼얼해졌으며, 사방에서 역겨운 포마드 냄새가 진동했다. 정말이지 얼마나 지루했던가? 이제 그 모든 것에서 해방되었다고 생각하니 가슴이 마구 뛰었다.

필립은 너무 쉽게 믿음을 버린 자신에 놀랐다. 저 깊은 내면에 깃든 본성의 미묘한 작용 때문에 그렇게 된 것을 모르고, 그는 자신이 명석해서 그러한 확신에 도달했다고 생각했다. 터무니없이 자신이 대견스러웠다. 자기와는 다른 태도를 좀처럼 이해하지 못하는 젊은이의 특성 때문에 필립은 위크스와 헤이워드를 적잖이 업신여겼다. 두 사람 다 자기들이 신이라고 부르는 막연한 정서에 만족하여 그에게는 명백해 보이는 다음 단계로 나아가지 않는다고 생각되었다. 하루는 혼자서 산에 올랐다. 그곳에 올라 경치를 내려다보면 왠지 알 수 없는 희열이 가슴을 가득 채웠다. 이제 가을이 되었지만 구름 한 점 없이 맑은 날이 아직도 많았고, 그런 날이면 하늘이 한결 찬란하게 빛나는 듯했다. 이제 얼마 안 남은 맑은 나날에 자연이 마지막 기운을 쏟아붓는 듯싶었다. 햇빛에 떨고 있는 평원이 눈앞에 한없이 펼쳐져 있었다. 저 멀리 만하임의 지붕들이, 그리고 더 멀리 보름스 거리가 희미하게 보였다. 여기저기에서 눈부시게 반짝이는 것은 라인강이었다. 엄청나게 넓은 강줄기가 찬란한 황금빛으로 빛나고 있었다. 산 위에 선 필립은 순수한 기쁨에 가슴이 뛰는 것을 느끼며, 높은 산정에서 사탄이 예수에게 지상의 왕국을 보여 주었을 때[96]는 어땠을까 생각했다. 아름다운 경치에 취한 필립에게는 눈앞에 펼쳐진 것이 온 세상 같았다. 어서 내려가서 그 세상을 즐기고 싶었다. 이제 사람을 비굴하게 만드는 두려움에서 벗어났고, 편견에서도 벗어났다. 지옥불에 대한 끔찍한 공포감을 갖지 않고 무슨 일이든 하고 싶은 대로 할 수 있게 되었다. 불현듯 그는 삶의 행위 하나하나를 시급하고도 중요한 것으로 여겨지게 하는 책임이라는 짐도 아울러 벗어 버렸다는 사실을 깨달았다. 이제 한결 가벼워진 대기 속에서 한결 자유롭게 숨쉴 수 있었다. 자기가 한 일은 자기에게만 책임을 지면 되었다. 자유였다! 마침내 자신의 주인이 된 것이다. 굳어진 버릇 때문에 저도 모르게 필립은 신을 믿지 않게 된 것마저 신에게 감사드렸다.

필립은 자신이 명석할 뿐만 아니라 두려움을 극복했다는 것에 한없는 자부심을 느꼈다. 긍지를 가지고 그는 신중하게 새로운 삶을 시작했다. 하지만 신앙을 버렸다고 해서 행동에 큰 변화가 나타난 것은 아니었다. 기독교 교의를 버리긴 했지만 그렇다고 기독교 윤리를 비판할 생각은 조금도 없었다. 그는 기독교의 덕목을 받아들였다. 사실 그 덕목들을 실천하는 일은 보상이나 징벌을 염두에 두지 않고도 그 자체로서 좋은 일이라고 생각했다. 하숙집에서 자신의 영웅적인 삶의 결단을

96) 마태복음 4장 8~10절 참조.

보여 줄 기회는 거의 없었지만 전보다는 자기 원리에 좀더 충실하려고 애썼다. 때로 그와 이야기를 나누고 싶어하는 따분한 노숙녀들에게도 더 귀를 기울이려고 노력했다. 영어의 특징이기도 하면서 남성다움을 나타낸다고 배웠던 가벼운 욕설, 거친 형용사도 이제는 삼갔다.

모든 문제가 만족스럽게 마무리되자 필립은 더 이상 그것을 마음에 담아 두지 않으려고 했다. 하지만 실천은 말처럼 쉽지 않았다. 불쑥불쑥 찾아와 괴롭히는 후회와 불안은 마음대로 막을 수도, 억누를 수도 없었다. 아직 한참 젊은 데다 친구도 거의 없어 죽음이 없는 삶에 대해서는 큰 매력을 느끼지 못했다. 따라서 그것에 대한 믿음은 어렵지 않게 버릴 수 있었지만 한 가지 그를 참담하게 만드는 것이 있었다. 비이성적인 생각이 아니냐고 되뇌면서 그런 슬픔을 웃어넘겨 버리려고도 했다. 하지만 돌아가시고 나서 세월이 갈수록 그 사랑이 점점 소중하게 느껴지는 아름다운 어머니를 다시는 볼 수 없다는 생각이 들면 억제할 수 없이 눈물이 솟구치는 것이었다. 어떤 때는 신을 공경하고 믿음이 독실했던 선조들의 영향이 저도 모르게 작용하는 듯, 결국은 전에 믿었던 것이 다 옳은 것이 아닌가 하는 생각이 들었고, 푸른 하늘 저 너머에는 질투심 많은 신이 있어 무신론자를 영겁의 불로 징벌할지 모른다는 생각이 들었으며, 그때마다 그는 다시 끔찍한 공포감에 사로잡히는 것이었다. 그런 때에는 이성(理性)도 도움이 되지 않았다. 그는 육체가 겪게 될 영원한 고통을 상상하면서 공포에 질려 식은땀을 흘렸다. 마침내 그는 필사적으로 이렇게 중얼거리곤 했다.

"따지고 보면, 내 잘못은 아냐. 억지로 믿을 수는 없어. 결국 신이 존재하여 내가 성실하게 믿지 않았다고 벌을 준다면, 별 수 없는 거지."

29

겨울이 되었다. 위크스는 파울젠[97]의 강의를 들으러 베를린에 갔고, 헤이워드는 남유럽에 내려갈 궁리를 하고 있었다. 지방 극장이 문을 열었다. 필립과 헤이워드는 독일어를 배운다는 그럴듯한 핑계로 일주일에 두세 번씩 극장 구경을 갔다. 말을 익히는 방법으로는 설교를 듣는 것보다 극장 구경이 더 재미있다는 것을 필립은 알게 되었다. 때는 한창 드라마의 부흥기였다. 입센의 극 몇 편이 겨울 레퍼토리에 올라 있었다. 주더만의 「명예」[98]는 이때로선 신작이었다. 조용한 대학촌에서 이 작품이 공연되자 격렬한 반응이 일었다. 엄청난 찬사와 함께 모진 공격이 쏟아졌다. 현대적 경향에 따른 다른 작가의 극들도 잇달아 발표되었다. 필립은 인간의 비열함을 적나라하게 드러낸 몇 편의 작품들을 보았다. 그는 그때까지 연극 구경이라고는 한 번도 가 본 적이 없었다.(형편없는 순회극

97) 프리드리히 파울젠(Friedrich Paulsen, 1846~1908). 독일의 철학자.

98) 원제는 'Die Erhe'. 독일 소설가이자 극작가인 헤르만 주더만(Herman Suderman, 1857~1928)이 쓴 사실주의 극.

단이 가끔 블랙스터블에도 들어와 공회당에서 공연을 했지만, 사제는 직업도 직업이려니와 연극을 저속하다고 생각했기 때문에 한 번도 구경을 가지 않았다.) 필립은 순식간에 무대의 격정에 사로잡히고 말았다. 작고, 지저분하고, 침침한 극장으로 들어서는 순간부터 그는 흥분을 느꼈다. 곧 그는 소극단의 특성을 알게 되었고, 배역만 보고도 당장 극중 인물들의 성격을 알아맞힐 수 있게 되었다. 하지만 그런 것은 상관없었다. 그에게는 연극이 진짜 인생이었다. 연극은 사람들 마음에 깃든 악이 냉혹한 작가의 시선 앞에 낱낱이 드러나는, 어둡고 고통스럽고 낯선 삶이었다. 아름다운 얼굴 뒤에는 타락한 정신이 숨어 있었다. 점잖은 사람이 미덕이라는 가면을 쓰고 악을 감추었으며, 강자로 보이는 사람들도 안으로는 형편없이 허약했다. 정직한 자는 부패했고, 정숙한 여자는 음탕했다. 마치 간밤에 난장판 파티를 치르고 난 이튿날 방의 모습이라고나 할까. 아침이 되었는데도 창문은 아직 열려 있지 않다. 공기는 먹다 남은 맥주 냄새와 퀴퀴한 담배 연기와 너울거리는 가스불로 탁하기 짝이 없다. 웃음이라곤 나오지 않았다. 기껏해야 위선자나 멍청이들을 두고 킬킬대고 비웃을 수 있을 뿐. 등장 인물들은 수치와 고뇌에 시달려 가슴에서 쥐어짜 내는 잔혹한 언어로 그들의 삶을 표현하고 있었다.

필립은 더러우면서도 강렬한 극의 세계에 넋을 빼기고 말았다. 세상이 달리 보이는 것 같았다. 이 새로운 세계가 몹시 알고 싶었다. 연극이 끝난 다음, 샌드위치로 요기도 하고 맥주도 한잔할 겸 헤이워드와 술집을 찾아 밝고 훈훈한 분위기 속에 자리를 잡고 앉았다. 사방에 학생들이 모여 앉아 웃고 떠들고 있었다. 부부와 두 명의 아들 그리고 딸 하나가 어울린 가족이 여기저기 눈에 띄었다. 딸이 뭐라고 똑똑한 말을 하니 아버지가 몸을 뒤로 젖히고 껄껄 웃어 댔다. 다정하고 순박하기 짝이 없었다. 즐겁고 단란한 광경이었다. 하지만 필립에게는 그것이 눈에 들어오지 않았다. 필립의 생각은 방금 구경하고 온 연극 속을 헤매고 있었다.

"그게 바로 인생이라고 생각지 않아요?" 그는 흥분하여 말했다. "전 말이죠. 여기에 오래 있지 못할 것 같습니다. 런던에 가서 본격적으로 시작하고 싶어요. 경험을 쌓고 싶습니다. 사는 준비만 하는 데 이제 지쳤어요. 이제 진짜 인생을 살고 싶습니다."

헤이워드는 필립을 두고 혼자 고향에 다녀오는 때도 있었다. 필립이 무슨 일 때문이냐고 열심히 물어도 그는 정확하게 대답하는 법이 없었다. 재미있다는 듯, 하지만 얼뜨기처럼 웃으며, 그냥 로맨틱한 연애라는 암시만 줄 뿐이었다. 로세티[99]의 시 몇 줄을 인용하기도 했고, 한번은 트루드라는 젊은 여성을 주제로 해서 뜨거운 열정과 화려한 수사를 뒤섞고 염세와 비애를 뒤섞어 쓴 소네트 한 편을 보여 주기도 했다. 헤이워드는 자신의 지저분하고 저속한 연애 이야기를 번쩍이

99) 크리스티나 조르지아나 로세티(Christina Georgiana Rossetti, 1830~1894). 영국 시인. 사랑의 좌절을 노래한 시를 많이 썼다. 그녀의 오빠인 단테이 게이브리얼 로세티(Dante Gabriel Rossetti)도 서정적인 시를 많이 남겼다.

는 시어로 치장해 놓고 페리클레스와 페이디아스[100]의 전통을 따르고 있다고 생각했다. 사랑의 대상을 기술할 때 더 적절하고 직설적인 영어 어휘를 쓰는 대신 그리스어의 '헤타이라(hetaira)'[101]라는 말을 썼다는 이유 때문이었다. 필립은 어느 날 낮에 호기심에 이끌려 낡은 다리 근처의 작은 동네, 그러니까 깨끗한 흰 집들과 초록 덧문을 단 집들이 늘어서 있는 거리를 지난 적이 있었다. 헤이워드의 말로는 프로일라인 트루드가 그 동네에 산다고 했다. 그런데 매서운 표정에 화장을 짙게 한 여자들이 문간에 나와 큰 소리로 불러 대는 바람에 필립은 기겁했다. 자꾸 붙들려고 하는 거친 손을 뿌리치고 무서워 달아나고 말았다. 그가 무엇보다 동경했던 것은 세상 경험이었다. 그 나이가 되었으면서도 소설마다 인생에서 가장 중요한 것이라고 가르쳐 준 것을 즐겨 보지 못했기 때문에 자신이 바보같이 느껴졌던 것이다. 하지만 그에게는 세상만사를 있는 그대로 보는 불행한 재능이 있었다. 그에게 주어진 현실은 꿈꾸던 이상과는 전혀 달랐다.

필립은 인생의 나그네가 현실을 제대로 받아들이려면 그전에 메마르고 험준한 세상을 얼마나 넓게 돌아다녀야 하는지를 알지 못했다. 젊음이 행복하다는 것은 환상이며 그것은 젊음을 잃어버린 사람들의 환상이다. 하지만 젊은이들은 자기

---

100) 페리클레스(Perikles, BC 495?~BC 429). 아테네의 황금시대를 이룩한 아테네 정치가. 파르테논 신전을 세웠다. 페이디아스(Pheidias, BC 490?~BC 430). 파르테논 신전의 조상(彫像)들을 조각한 조각가.

101) 고대 아테네의 매춘부들을 가리킨다.

들이 비참하다는 것을 안다. 그들의 머리에는 끊임없이 주입되어 온 진실 없는 이상들만 가득 차 있어 현실에 접촉할 때마다 멍들고 상처받기 때문이다. 젊은이들은 어떤 공모의 희생자처럼 보인다. 선택의 필요 때문에 어쩔 수 없이 읽게 되는 이상적인 책들과 망각의 장밋빛 아지랑이를 통해 과거를 돌아보는 나이 든 사람들의 말, 이 두 가지가 공모하여 젊은이들로 하여금 비현실적인 삶을 꿈꾸게 하는 것이다. 젊은이들은 자기가 읽은 모든 것, 자기가 들은 모든 것이 거짓말투성이라는 것을 스스로 발견해야 한다. 그 사실을 발견할 때마다 그것은 인생의 십자가에 그들을 때려 박는 못이 된다. 이상한 것은 쓰라린 환멸을 경험한 사람들이 이번에는 무의식적으로 저마다 억제할 수 없는 내부의 어떤 큰 힘에 의해 그 환멸을 증가시킨다는 것이다. 헤이워드를 사귄 것은 필립에게 최악의 일이었다. 헤이워드는 자신의 눈으로는 아무것도 보지 못하고 만사를 문학적인 분위기를 통해서만 보는 사람이었다. 그는 자신이 성실하다고 착각하고 있었기 때문에 위험한 사람이었다. 자신의 관능을 낭만적 감정이라고 잘못 알았고, 우유부단을 예술적 기질로 잘못 알았으며, 게으름을 철학적인 초연함이라고 잘못 알았다. 세련을 추구하느라 통속성을 벗어나지 못했던 그의 정신은 모든 것을 감상(感傷)의 금빛 안개 속에서 실물 크기보다 약간 크게, 흐릿한 윤곽으로 보았다. 거짓말을 하면서도 거짓말을 하고 있다는 사실을 몰랐고, 누가 거짓말을 한다고 지적하면 거짓말은 아름답다고 말했다. 그는 관념주의자였다.

30

필립의 마음은 들떠 있었고 허전하기만 했다. 헤이워드의 시적인 표현은 상상을 어지럽혔고, 그의 영혼은 로맨스를 갈망했다. 적어도 그는 그렇게 생각했다.

마침 그 무렵, 성(性) 문제에 빠져 있던 필립의 마음을 더욱 자극시킨 사건이 에를린 부인 하숙집에서 일어났다. 그는 산길을 산책하다가 혼자 걷고 있는 프로일라인 채칠리에를 두어 차례 만난 적이 있었다. 인사를 하고 그냥 지나쳤으나 몇 걸음 앞을 보니 중국인이 걸어가고 있었다. 처음에는 아무렇지 않게 생각했다. 그런데 어느 날 저녁, 깜깜해져 집으로 돌아오는 길에 꼭 붙어 걸어가고 있던 두 사람을 만났다. 이쪽의 발걸음 소리를 들었는지 두 사람은 얼른 떨어졌다. 어두워 잘 보이지는 않았지만 채칠리에와 송 씨가 틀림없었다. 황급히 떨어지는 것으로 보아 팔짱을 끼고 있었던 모양이다. 필립은 어리둥절하기도 하고 놀랍기도 했다. 프로일라인 채칠리에한테는 별로 관심을 가져 본 적이 없었다. 네모난 얼굴에 인상도 무뚝뚝한 못생긴 아가씨였다. 아직 금발을 길게 땋아 늘어뜨리고 있었으니까 열여섯은 넘지 않았을 것이다. 그날 저녁, 식사 시간에 필립은 호기심 때문에 그녀를 가끔 쳐다보았다. 그런데 최근 들어 식사 시간에 별로 말이 없던 그녀가 말을 거는 것이 아닌가.

"케리 씨, 오늘 산책 어디로 가셨어요?"

"아, 네. 쾨니히스툴 쪽으로 갔습니다."

"전 못 갔어요. 머리가 아파서." 그녀는 묻지 않는 말까지 했다.

곁에 앉아 있던 중국인이 그녀를 돌아보고 물었다.

"그거 안됐군요. 지금은 괜찮아요?"

프로일라인 채칠리에는 아무래도 불안한지 필립에게 또 물었다.

"산책길에 사람들이 많던가요?"

터무니없는 거짓말을 하려니 필립은 저도 모르게 얼굴이 달아올랐다.

"아뇨. 한 사람도 못 봤어요."

소녀의 눈에 안도의 표정이 스치는 것 같았다.

하지만 얼마 안 있어, 두 사람 사이에 뭔가가 있다는 것은 의심할 여지가 없게 되었다. 하숙집의 딴 사람들도 어두운 곳에 숨어 있는 두 사람을 본 것이다. 이제 추문이 되어 버린 이 일을 식탁 윗자리에 앉는 나이 든 여자들이 거론하고 나섰다. 에를린 부인은 화도 나고 입장도 난처했다. 모르는 척하려고 애쓰고 있던 참이었다. 겨울이 코앞에 닥쳐 집 안에 하숙인을 채우는 일이 여름만큼 쉬운 일이 아니었다. 헤어 송은 좋은 고객이었다. 일층에 있는 방 두 개를 쓰고 있었고, 식사 때마다 모젤[102] 한 병씩을 마셨다. 에를린 부인은 한 병에 삼 마르크씩 계산하여 짭짤한 이익을 남기고 있었다. 그 사람 말고는 아무도 포도주를 마시지 않았고 맥주조차 안 마시는 사람도

---

102) 독일의 모젤강 유역에서 생산되는 독하지 않은 백포도주의 일종.

있었다. 그녀는 프로일라인 채칠리에도 잃고 싶지 않았다. 아가씨의 부모는 남미에서 사업을 하고 있었는데 에를린 부인이 어머니같이 보살펴 준다 하여 하숙비를 후하게 지불하고 있었다. 부인이 만약 베를린에 사는 이 아가씨의 아저씨에게 편지를 쓰게 되면 그 사람은 그날로 당장 그녀를 데리고 가 버릴 것이다. 에를린 부인은 식사하는 자리에서 두 사람에게 엄한 눈길을 보내는 것으로 만족했다. 중국인에게는 함부로 굴 수 없었지만 채칠리에한테는 쌀쌀하게 대함으로써 얼마간 속을 풀었다. 하지만 세 명의 노숙녀는 만족하지 못했다. 두 여자는 남편을 잃은 사람들이었고, 한 여자는 네덜란드인인데 남자처럼 생긴 독신녀였다. 이들은 하숙비를 제일 적게 내면서도 이것저것 시키는 일은 많았지만 영구 하숙인이었기 때문에 참아 주지 않으면 안 되었다. 그들은 에를린 부인을 만나 그냥 이대로 보고 있을 수는 없다고 했다. 망측한 일이다. 이 집에 대한 좋은 소문도 이제 끝나는 거 아니겠냐는 것이었다. 선생 부인은 고집도 부려 보고, 화도 내 보고, 눈물도 흘려 보았지만 늙은 세 숙녀를 당해 낼 수는 없었다. 에를린 부인은 돌연 도덕적인 분노를 터뜨리는 척하면서 이 모든 일에 종지부를 찍겠노라고 선언했다.

점심을 끝내고 부인은 채칠리에를 자기 침실로 불러들여 정색하고 말했다. 뜻밖에 이 아가씨는 아주 뻔뻔스럽게 나왔다. 사람 사귀는 일은 내 마음대로 하겠다, 내가 중국인과 산책하고 싶다면, 그건 내가 알아서 하는 일인데 왜 남이 나서서 참견하느냐. 에를린 부인은 그녀의 삼촌에게 편지를 쓰겠다고 협박했다.

"그럼 하인리히 삼촌이 저더러 베를린에 가서 겨울을 지내라고 하실걸요. 저로선 그게 더 좋아요. 헤어 송도 베를린으로 올 거구요."

에를린 부인은 울기 시작했다. 거칠고, 붉고, 살찐 볼 위로 주룩주룩 눈물이 흘러내렸다. 그런데도 채칠리에는 부인을 보고 웃었다.

"그러면 겨울 내내 방 세 개가 텅텅 빌걸요."

에를린 부인은 다른 꾀를 써 보았다. 이번에는 프로일라인 채칠리에의 착한 심성에 호소했다. 다정하고, 싹싹하고, 너그럽게 말을 붙였다. 이제 상대방을 아이가 아니라 어른으로 대했다. 부인은 이런 식으로 말했다. 이 일이 뭐 대수로운 일이라는 것은 아니다. 하지만 누런 피부에 코는 납작하고 조그만 눈이 돼지 눈처럼 생긴 중국인과 어떻게 어울린단 말이냐! 끔찍한 일이 아니냐. 생각만 해도 역겨운 일이 아니냐.

"비테, 비테!(제발, 제발!)" 채칠리에는 숨을 가쁘게 들이켜며 말했다. "그이 욕하는 거 그만두세요."

"하지만 심각한 문제 아녜요?" 부인이 흥분하여 말했다.

"전 그이를 사랑해요. 사랑한다구요."

"고트 임 힘멜!(아이구머니나!)"

부인은 질겁하면서 그녀를 멍하니 쳐다보았다. 어린 아가씨가 일시적으로 저지른 철없는 바보짓에 지나지 않으려니 생각했던 참이었다. 이제 그녀의 열렬한 목소리를 듣고 보니 모든 것을 알 수 있었다. 채칠리에는 이글거리는 눈으로 잠시 그녀를 노려보더니 어깨를 으쓱하고는 방에서 나가 버렸다.

채칠리에와 나누었던 자세한 이야기는 입 밖에 내지 않고 에를린 부인은 이삼 일 뒤에 식탁의 자리를 바꿨다. 부인이 헤어 송에게 자기 쪽 윗자리에 와서 앉지 않겠느냐고 하자 그는 여느 때의 그 정중한 태도로 선뜻 제의를 받아들였다. 채칠리에는 이 변화를 아무렇지 않게 받아들이는 것 같았다. 하지만 자기들 관계가 다 알려져 있음을 알고 더 낯이 두꺼워진 듯, 이제는 둘이서 산책을 나가는 것도 숨기지 않았다. 오히려 오후가 되면 아주 공공연하게 함께 언덕으로 산보를 나가는 것이었다. 남들의 말 따위에는 아랑곳하지 않는다는 것이 분명했다. 마침내 에를린 선생까지 침착성을 잃고 말았다. 선생은 아내더러 중국인에게도 한마디 해 주어야 한다고 했다. 그러자 부인은 이제 남자를 한쪽으로 불러 타일렀다. 당신 때문에 지금 아가씨에 대해 좋지 않은 소문이 돌고 있으며, 우리 하숙집도 피해를 받고 있다, 당신의 행동이 참으로 잘못되고 나쁘다는 것을 알아야 한다. 그런데 뜻밖에 상대방은 싱글싱글 웃으며 그 말을 죄다 부정하는 것이었다. 도대체 무슨 말인지 알 수가 없다. 프로일라인 채칠리에에게는 전혀 관심이 없을 뿐더러, 같이 산책을 한 적도 없다. 죄다 사실과 다르다. 한 마디도 사실이 아니라는 것이었다.

"아니, 헤어 송, 어찌 그렇게 말씀하세요? 한두 사람이 본 것도 아닌데."

"아니, 오해를 하시는 겁니다. 사실이 아니에요."

중국인은 가지런하고 작은 흰 이를 드러내고 여전히 싱글

싱글 웃으면서 부인을 바라보았다. 침착하기 짝이 없었다. 한 가지도 인정하지 않았다. 온화하면서도 뻔뻔한 얼굴로 그는 죄다 부인했다. 부인은 마침내 분통을 터뜨리면서, 아가씨가 당신을 사랑한다는 걸 실토했노라고 소리를 질렀다. 그래도 남자는 꼼짝하지 않았다. 여전히 싱글거릴 뿐이었다.

"원 당치 않은 말씀을! 다 터무니없는 말씀입니다."

부인은 중국인으로부터 아무것도 얻어 내지 못했다. 날씨가 나빠지기 시작해 눈이 내리고 서리가 내렸다. 그런 다음 산책도 흥이 나지 않는 쓸쓸한 날이 오랫동안 이어지다가 이윽고 해빙기가 되었다. 어느 날 저녁 필립이 에를린 선생과 독일어 공부를 막 끝내고 잠시 응접실에 서서 에를린 부인과 이야기를 나누고 있던 참이었다. 안나가 허둥지둥 뛰어 들어왔다.

"엄마, 채칠리에 어딨어요?"

"방에 있겠지."

"불이 꺼졌던데요."

부인이 외마디 소리를 내며 당황한 눈빛으로 딸을 보았다. 안나가 생각한 것이 퍼뜩 그녀의 머리를 스쳤던 것이다.

"벨을 울려 에밀을 불러라." 그녀가 쉰 목소리로 말했다. 에밀은 식탁 시중을 들고 집안일을 돌보는 그 얼뜨기 청년이었다. 청년이 들어왔다.

"에밀, 헤어 송의 방에 내려가서 노크하지 말고 들어가 봐요. 방에 사람이 있거든 스토브를 보러 왔다고 하고."

에밀의 천연덕스러운 얼굴에는 조금도 놀라는 기색이 없었다.

그는 느릿느릿 아래층으로 내려갔다. 에를린 부인과 안나는 문을 열어 둔 채 귀를 기울였다. 이윽고 에밀이 다시 올라오는 소리가 들렸다. 그들은 에밀을 불렀다.

"그 방에 누가 있던가?" 부인이 물었다.

"예. 헤어 송이 계셨습니다."

"혼자 계시던가?"

에밀의 입이 오므라들면서 교활한 웃음이 입가에 번졌다.

"아뇨, 프로일라인 채칠리에도 있었어요."

"어머나, 이런 망측한 일이!" 부인이 소리 질렀다.

그러자 에밀은 얼굴 가득 웃음을 지었다.

"프로일라인 채칠리에는 저녁마다 그 방에 가는데요. 한번 가면 몇 시간씩 있어요."

부인은 두 손을 쥐어짜기 시작했다.

"이런 끔찍한 일이 있나. 그런데 왜 내게 말을 안 했지?"

"제가 상관할 일이 아닌 걸요." 그는 어깨를 천천히 으쓱거리며 대답했다.

"돈푼깨나 얻어먹은 게로군. 가게나, 가 버려!"

그는 문을 향해 어정어정 걸어갔다.

"그 사람들 내보내야 돼요, 엄마." 안나가 말했다.

"그러면 누가 집세를 낸단 말이냐. 세금을 내야 할 기일도 다 되었다. 내보내야 한다는 건 맞는 말이다만, 이 사람들이 나가 버리면 세금은 어떻게 하니." 그녀는 눈물을 뚝뚝 흘리며 필립을 보고 말했다. "아, 헤어 케리. 방금 들은 것 말하지 않겠죠. 만약 프로일라인 푀르스터가……." 네덜란드인 독신녀를 말하는 것이었다. "만일 프로일라인 푀르스터가 이 일을 알면 당장 나가 버릴 거예요. 다들 나가 버리면 우린 문을 닫을 수밖에 없고요. 유지할 능력이 없어요."

"저야 입을 다물고 있겠습니다."

"나가지 않는다 해도 난 말을 안 하고 지낼 거예요." 안나가 말했다.

그날 저녁 식사 때, 프로일라인 채칠리에는 여느 때보다 붉게 상기된 채 고집스러운 표정으로 시간을 정확히 맞추어 나타나 자리에 앉았다. 하지만 헤어 송은 나타나지 않았다. 필립은 얼핏, 난처해서 나오지 않나 보다 생각했다. 마침내 웃음을 잔뜩 지으며 그가 들어왔다. 늦어서 미안하노라고 연신 사과하는 그의 눈빛이 이상하게 반짝였다. 여느 때처럼 그는 에를린 부인에게 한사코 모젤 한 잔을 권했고, 프로일라인 푀르스터에게도 한 잔을 권했다. 온종일 난로를 때면서도 창문은 좀처럼 열어 두지 않아 방은 매우 더웠다. 에밀은 어정거리는 걸음으로 돌아다녔지만 식사 시중만은 순서에 따라 재빠르게 했다. 세 명의 노숙녀는 입을 다물고 앉아 있었지만 못마땅한 기색이 역력했다. 에를린 부인은 아직도 울상이었고, 남편도 무거운 표정으로 말이 없었다. 대화가 시들해졌다. 필립은 늘 만나는 이들 모임에 뭔가 심상찮은 분위기가 감돌고 있음을 느꼈다. 천장에 매달려 있는 두 개의 램프 불빛 밑에서 이들의 모습은 여느 때와 전혀 달라 보였다. 그는 막연하게 불안했다. 어쩌다 채칠리에와 눈이 마주쳤는데 자기를 증오와 멸시의 눈으로 보는 것만 같았다. 방 안 공기가 숨 막힐 것처럼 답답했다. 한 쌍의 동물적인 열정이 집안 사람 모두를 괴롭히고 있는 듯했다. 동양적인 타락의 느낌이랄까. 동양의 신상(神像) 앞에서 피어오르는 희미한 선향(線香)의 내음, 은밀한 죄악의 신비가 이들의 호흡을 힘겹게 하고 있는 것 같았다. 필립은 이마의 핏줄이 벌떡벌떡 뛰는 것 같았다. 마음을 어지럽히고 있는 이 이상한 감정의 정체가 무엇인지 그는 알지 못했다. 한없이 매혹적인 것 같기도 하면서 한편으로는 역겹고 혐오스러웠다.

며칠 동안 같은 분위기가 계속되었다. 두 사람 주변에서 감지할 수 있는 부자연스러운 정념 때문에 공기가 메스껍기만 했다. 집안 사람들의 신경은 점점 날카로워지는 듯했다. 헤어 송만이 아무렇지 않은 그대로였다. 여전히 싱글벙글했고, 사근사근했으며 정중했다. 그 태도가 예절을 숭상하는 버릇에서 나오는 것인지, 아니면 서양을 정복한 동양의 경멸감에서 나오는 것인지 알 도리가 없었다. 채칠리에는 당당했고 냉소적이었다. 마침내는 에를린 부인마저 제 입장을 더 이상 견디지 못했다. 갑자기 그녀는 공포에 사로잡혔다. 다 알려진 이 은밀한 관계가 어떤 결과를 가져올지를 남편이 아주 노골적인 말로 이야기해 주었기 때문이다. 아직까지는 하이델베르크에서 그녀에 대한 평판이나 그녀가 운영하는 하숙집의 평판이 모두 좋았다. 그런데 이제 도저히 숨겨 둘 수 없는 추문 때문에 그 좋은 평판이 하루아침에 땅에 떨어질 판이었다. 무슨 이유에선지 — 아마 눈앞의 이익에 눈이 멀어서였겠지만 — 부인은 그러한 가능성에 대해서는 전혀 생각지 못했다. 하지만 이제 엄청난 불안 때문에 정신이 뒤죽박죽되고 말았다. 당장이라도 이 아가씨를 내보내지 않고서는 견딜 수 없었다. 부인은 베를린에 사는 그녀의 삼촌에게 채칠리에를 데리고 가 달라는 뜻의 조심스러운 편지를 써 보냈는데 그것은 순전히 안나의 분별 덕분이었다.

하숙인 두 사람쯤은 잃어도 좋다고 마음먹고 나니 부인은 오랫동안 억눌러 왔던 분노를 마음껏 터뜨려 버리고 싶은 마음을 억제할 수 없었다. 이제 채칠리에한테 하고 싶은 말을 얼마든지 할 수 있다!

"채칠리에, 삼촌에게 아가씨를 데려가라고 편지를 썼어요. 더 이상 내 집에 둘 수 없으니까."

상대의 얼굴이 하얗게 질리는 것을 보고 부인의 작고 동그란 눈이 반짝 빛났다.

"아가씨는 부끄러운 줄을 몰라. 부끄러운 줄을."

그러고는 마구 욕지거리를 퍼부어 댔다.

"하인리히 삼촌에게 뭐라고 하셨죠?" 남의 일에 상관 말라는 식의 당당한 태도가 순식간에 꺾이면서 채칠리에가 물었다.

"삼촌이 직접 말해 주겠지. 내일쯤엔 답장이 올 테니까."

다음 날, 좀 더 공개적인 망신을 주기 위해 저녁 식사 때 부인은 식탁 아래쪽에 앉은 채칠리에를 불러 말했다.

"채칠리에, 오늘 삼촌한테서 편지가 왔어요. 오늘 밤에 짐을 꾸리도록 해요. 우리가 내일 아침 기차를 태워 줄 테니까. 삼촌이 베를린 중앙역으로 직접 나오기로 되어 있어요."

"알았어요, 부인"

헤어 송은, 부인이 보기에는 미소를 짓고 있는 것 같았다.

그는 마다하는데도 굳이 그녀에게 포도주를 한 잔 따라 주었다. 에를린 부인은 맛있게 저녁을 들었다. 하지만 부인의 너무 이른 승리 선언은 현명하지 못한 것이었다. 잠자리에 들기 직전 그녀는 하인을 불렀다.

"에밀, 프로일라인 채칠리에가 짐을 다 꾸렸으면, 오늘 밤에 아래층에 내려다 놓는 게 좋겠어. 아침 식전에 짐꾼이 올 테니까."

하인은 갔다가 잠시 뒤에 돌아왔다.

"프로일라인 채칠리에가 방에 없는데요. 가방도 없구요."

부인은 외마디 비명을 지르며 뛰어나갔다. 끈으로 묶고 열쇠를 채운 짐 상자가 방바닥에 놓여 있었으나 가방은 없었고 모자도 외투도 보이지 않았다. 화장대는 텅 비어 있었다. 숨을 헐떡이면서 부인은 아래층의 중국인 방으로 뛰어 내려갔다. 지난 이십 년 동안 그처럼 빨리 몸을 움직여 본 적이 없었다. 넘어지니 조심하라고 에밀이 뒤에서 소리쳤다. 노크를 할 것도 없이 벌컥 문을 열고 뛰어 들어갔다. 방은 비어 있었다. 짐도 사라지고 없었는데, 정원으로 통하는 문이 열려 있는 것으로 보아 짐이 어디로 빠져나갔는지를 알 수 있었다. 테이블 위 봉투에 그 달치 하숙비와 기타 경비에 해당하는 액수의 돈이 들어 있었다. 갑자기 기운이 쭉 빠져 부인은 신음 소리를 내면서 소파에 털석 주저앉고 말았다. 의심할 여지가 없었다. 두 사람은 같이 달아나 버린 것이다. 에밀은 여전히 무덤덤했다.

31

헤이워드는 내일이라도 당장 남쪽으로 내려가겠다는 말을 한 달 동안 되풀이하면서도 짐 꾸리기도 귀찮고 지루한 여행이 심란하기도 해서인지 선뜻 마음을 정하지 못했다. 그런 채 일주일 또 일주일 미루고 있더니 마침내 크리스마스 직전, 축제 준비가 부산해지던 어느 날 쫓기듯 떠나 버렸다. 독일식으로 흥청거리고 떠들 축제를 생각하니 참을 수 없었던 것이다. 성탄 시즌의 거칠고 요란하고 들뜬 분위기를 생각하면 그는 소름이 돋았다. 그래서 이 뻔한 고역을 피하기 위해 크리스마스 전야에 길을 떠나기로 단안을 내렸던 것이다.

필립은 그를 떠나보내는 것이 서운하지 않았다. 그것이 솔직한 심정이었다. 자기 마음도 제대로 알지 못하는 사람을 보면 그는 화가 치밀었다. 헤이워드로부터 많은 영향을 받긴 했지만 우물쭈물하는 성격을 매력적인 감수성으로 이해해 줄 수는 없었다. 매사에 태도가 분명한 필립의 방식을 헤이워드가 어쩐지 비웃는 듯해서 그것도 싫었다. 그들은 편지를 주고받았다. 헤이워드는 감탄이 나올 만큼 편지를 잘 썼다. 그는 자신의 소질을 아는 듯 편지 쓰는 일에 매우 공을 들였다. 그의 감수성은 아름다운 영향들에는 무엇에든 민감했다. 로마에서 부친 편지에는 이탈리아의 섬세한 향기가 표현되어 있었다. 그는 로마제국의 쇠퇴기에만 볼 만한 것이 있을 뿐, 고대 로마인의 도시가 약간 비속하게 여겨진다고 썼다. 그러나 교황이 다스렸던 로마에 대해서는 공감을 느낀다고 했다. 잘 선택된 그의 절묘한 표현에는 로코코적인 아름다움마저 있었다. 그는 옛 교회 음악과 알반 언덕[103]에 대해, 그리고 분향(焚香)의 나른함, 비에 젖은 밤거리의 빛나는 아스팔트와 신비로운 가로등 불빛의 매력에 대해 썼다. 아마 그는 이 멋진 편지들을 여러 친구들에게 보냈을 것이다. 헤이워드는 이 편지들이 필립의 마음을 얼마나 어지럽히는지 알지 못했다. 그의 편지를 읽으면 필립은 자신의 삶이 단조롭기 짝이 없는 것으로 느껴졌다. 봄이 되면서 헤이워드는 점점 열광적으로 변해 가는 것 같았다. 필립더러 이탈리아로 내려오라고 했다. 하이델베르크에서 시간을 낭비하고 있다는 것이었다. 독일인들은 조야하며 하이델베르크의 생활은 평범하다. 그 정돈된 풍경 속에서 정신이 어떻게 제 구실을 하겠는가. 토스카나[104]에는 지금 봄이 온 나라에 꽃을 뿌리고 있다. 자네 나이 열아홉. 내려와서 함께 움브리아의 산마을을 돌아다니지 않겠는가. 헤이워드가 말하는 이 지명들은 필립의 마음을 마냥 설레게 했다. 채칠리에가 애인과 달아난 곳도 이탈리아였다. 그들 생각만 하면 필립은 까닭 없이 마음이 들떴다. 돈이 없어 여행을 못 하는 제 처지가 한없이 원망스러웠다. 백부는 그들이 합의한 대로 한 달에 십오 파운드 이상은 보내 주지 않을 것이 뻔했다. 필립은 그 돈도 규모 있게 쓰지 못했다. 하숙비와 교습비를 내고 나면 조금밖에 남지 않았다. 그런데 헤이워드와 돌아다니자면 적잖

---

103) 로마의 동남쪽에 있는 언덕.

104) 이탈리아 북부 지방. 주도는 피렌체. 키안티 적포도주로 유명하고 영국의 중류 계층들이 휴가 때 잘 가는 곳이다.

은 돈이 들었다. 헤이워드는 필립의 한 달 급여가 달랑달랑할 때쯤이면 꼭 여행을 가자거나, 극장에 가자거나, 포도주를 사 마시자거나 하는 때가 많았다. 하지만 아직 어린 나이인 필립은 어리석게도 그런 사치를 할 만한 형편이 못 된다고 고백하지 못했다.

다행히 헤이워드가 편지를 자주 하는 편은 아니어서 편지가 없을 때는 필립도 안정을 되찾고 열심히 공부할 수 있었다. 그는 대학에 등록하여 한두 과목의 강좌를 수강했다. 당시에 명성의 절정을 누리고 있던 쿠노 피셔[105]가 겨울학기 동안 쇼펜하우어에 대해 훌륭한 강의를 하고 있었다. 필립은 그를 통해 철학에 입문했다. 실제적인 정신을 가진 그는 추상적인 것에 대해서는 늘 불안을 느끼고 있었다. 그런데 형이상학 강좌를 들으면서 뜻밖의 매혹을 느꼈던 것이다. 이 강의는 숨을 죽이게 만들었다. 나락(奈落) 위에서 아슬아슬한 묘기를 부리는 외줄타기꾼을 구경하는 기분이면서 아주 재미있었다. 그의 젊은 마음은 쇼펜하우어의 염세주의에 끌렸다. 그래서 그는 이제 그가 들어서려고 하는 이 세상이 무자비한 저주와 어둠에 가득 찬 곳이라고 생각하게 되었다. 그렇다고 세상에 들어서고 싶은 욕망이 위축되었던 것은 아니었다. 늘 그의 후견인의 생각을 전하는 역할을 하는 케리 부인이 이제 영국으로 돌아올 때가 되지 않았느냐고 했을 때, 필립은 기꺼이 돌아가겠다

105) 에르스트 쿠노 베르톨트 피셔(Ernst Kuno Berthold Fisher, 1824~1907). 독일의 철학자, 교육자. 신칸트 사상과 미학으로 유명하다.

고 했다. 이제 장차 무슨 일을 해야 할지 마음을 정해야 했다. 칠월 말에 하이델베르크를 떠난다면 팔월에 이런저런 문제를 논의할 수 있다. 일을 정하는 시기로서는 적절했다.

떠날 날짜가 정해지자 케리 부인이 다시 편지를 보냈다. 그녀는 필립에게 하이델베르크의 에를린 부인 집을 친절히 소개해 주었던 미스 윌킨슨을 상기시키고, 그 여자가 몇 주일 동안 블랙스터블에 머무르게 되었음을 알려 왔다. 그 여자는 어느 날짜에 플리싱언[106]에서 바다를 건널 예정인데 필립도 그때쯤에 돌아올 생각이라면 그 여자를 만나 여행길을 돌봐 주면서 함께 블랙스터블로 오지 않겠느냐는 것이었다. 필립은 그런 일에는 수줍은 성격이라 곧 편지를 써서 자기는 이삼 일 더 있어야 떠날 수 있노라고 했다. 두리번거리며 미스 윌킨슨을 찾는 자신의 모습, 다가가서 미스 윌킨슨이 맞느냐고 물어야 할 때의 어색함(엉뚱한 사람에게 대뜸 말을 걸었다가 무안을 당할 수도 있다.), 기차 안에서 같이 이야기를 나누어야 할지, 아니면 무시하고 책만 읽고 있어도 되는지를 판단할 때의 골치 아픔 등이 머리에 떠올랐던 것이다.

마침내 그는 하이델베르크를 떠났다. 석 달 동안 그는 오직 미래에 대해서만 생각했다. 그러고는 미련 없이 떠났다. 그곳의 생활이 행복했다는 사실을 그는 알지 못했다. 프로일라인 안나가 그에게 『재킹엔의 나팔수』[107] 한 권을 기념으로 주었

---

106) 네덜란드의 항구. 여기에서 영국 해협을 많이 건너갔다.

107) Der Trompeter von Säckingen. 독일 시인이자 소설가인 요제프 빅토어 폰 셰펠(Joseph Victor von Scheffel, 1826~1886)이 쓴 중세풍의 운문 서

고, 그는 답례로 윌리엄 모리스[108]의 책을 한 권 선물했다. 현명하게도 두 사람 다 상대방의 선물을 끝내 읽지 않았다.

32

필립은 백부와 백모를 보고 깜짝 놀랐다. 이들이 그처럼 나이 든 노인네들인 줄은 미처 몰랐다. 사제는 무뚝뚝할 정도는 아니었지만 여느 때처럼 무덤덤하게 그를 맞았다. 몸이 더 뚱뚱해지고, 이마도 더 벗겨졌으며, 흰머리도 더 늘어나 있었다. 이제 보니 백부는 참 볼품없는 사람이었다. 연약한 얼굴에는 욕심스럽게 살아온 삶의 흔적이 배어 있었다. 루이자 백모는 두 손을 반갑게 부여잡고 필립에게 입을 맞췄다. 볼을 타고 기쁨의 눈물이 흘러내렸다. 필립은 가슴이 뭉클해지면서 어찌할 바를 몰랐다. 백모가 이처럼 끔찍하게 나를 사랑하고 있었단 말인가. 전혀 몰랐던 일이었다.

"너무 오랜만에 보게 된 것 같구나, 필립." 그녀는 울었다.

필립의 두 손을 어루만지며 그녀는 반가워 어쩔 줄 모르는 눈빛으로 얼굴을 들여다보았다.

"컸구나. 이제 어엿한 어른이 다 되었어."

코밑에는 콧수염이 거뭇거뭇 나 있었다. 면도칼을 사서 가

사시. 당시 매우 인기가 있었다.

108) William Morris(1834~1896). 영국의 시인, 디자이너, 정치 논객, 라파엘 전파 운동의 중심 인물.

끔 턱에 난 솜털을 조심스럽게 밀어 보기도 했다.

"네가 없어 참 적적했다." 그러고는 쑥스러운 듯 목소리를 조금 바꾸어 물었다. "집에 돌아오니 기쁘지?"

"그럼요."

그녀는 너무 앙상하여 뼈가 빤히 비쳐 보일 지경이었고, 필립의 목을 감싼 두 팔은 병아리 뼈처럼 연약했다. 이울어 버린 얼굴은 안쓰럽게 주름살투성이였다. 젊은 시절 그대로 아직도 동글동글 말아 올린 반백의 머리 때문에 그녀는 기이하고도 슬픈 인상을 주었다. 시들어 마른 작은 몸뚱이는 마치 가을 나뭇잎 같아, 모진 바람이 불기 시작하면 금방이라도 날아가 버릴 것만 같았다. 필립은 이들 과묵하고 조그만 두 인간이 이제 그들의 삶을 다 끝냈다는 것을 깨달았다. 지난 세대에 속한 이들은 지금 참을성 있게, 아니 미련스럽게 죽음을 기다리고 있었던 것이다. 활기와 젊음에 넘쳐 격정과 모험을 갈구하고 있는 그에게는 그 쇠락의 모습이 경악스럽기만 했다. 그들이 이루어 놓은 일은 아무것도 없었다. 따라서 떠나 버리고 나면 마치 존재하지 않았던 것처럼 되고 말 것이다. 루이자 백모가 한없이 가엽게 여겨졌다. 백모가 자기를 사랑하고 있다고 생각하니 갑자기 그녀에 대한 애정이 솟구쳤다.

그때 미스 윌킨슨이 들어왔다. 그동안 케리 부부가 조카를 맞을 시간을 갖도록 사려 깊게 자리를 피하고 있었던 것이다.

"이분이 미스 윌킨슨이다. 필립." 케리 부인이 말했다.

"탕아께서 돌아오셨군요.[109] 탕아의 옷깃에 꽂아 주려고 장미 한 송이를 가져왔어요." 그녀는 손을 내밀며 말했다.

명랑한 미소를 지으며 그녀는 필립의 웃옷에 방금 정원에서 따 온 장미를 꽂아 주었다. 필립은 얼굴이 달아오르면서 멋쩍은 기분이 되었다. 미스 윌킨슨이 사제의 딸이라는 것은 알고 있었다. 윌리엄 백부가 그녀의 부친 밑에서 마지막 보좌사제 근무를 했다고 했으니까. 필립은 다른 성직자의 딸들도 많이 알고 있었다. 성직자의 딸들은 대개 맵시 없는 옷을 입고 투박한 부츠를 신는다. 대개는 검은 옷만 입는다. 그것은 필립이 블랙스터블에서 어린 시절을 보내고 있을 무렵에는 홈스펀이 아직 이스트 앵글리아[110]까지는 들어오지 않았기 때문이기도 했고, 성직자의 부인들이 색깔 있는 옷을 꺼리기 때문이기도 했다. 성직자의 딸들은 머리 손질도 깔끔하지 못했고, 옷에 풀을 먹인 냄새를 심하게 풍겼다. 여자답게 치장하는 것이 자기들에게는 어울리지 않는다고 생각하는 모양이었다. 그 때문에 늙었거나 젊었거나 차림새가 똑같았다. 대신 그들은 오만한 태도로 종교를 내세우고 다녔다. 교회와 가까운 관계이기 때문인지 다른 사람들을 자기들 생각대로 다스리려는 태도를 취하는 것이었다.

미스 윌킨슨은 딴판이었다. 그녀는 화려한 꽃다발 무늬가 찍힌 흰 모슬린 가운을 입고, 굽이 높은 뾰족구두와 속이 비

---

109) 누가복음 15장 11절~32절에 예수가 비유로 드는 '돌아온 탕아' 이야기가 나온다. 아버지에게서 유산을 받아 가출한 아들이 방탕한 생활 끝에 가진 것을 탕진하고 집으로 돌아오는데 아버지는 그를 꾸짖지 않고 잔치를 베풀어 반겨 준다.

110) 영국의 동부 지방을 말한다.

치는 스타킹을 신고 있었다. 세상 물정을 모르는 필립에게는 멋진 옷차림으로 보였다. 이때만 해도 그는 그녀의 옷이 싸구려이며 야하다는 것을 몰랐다. 머리는 우아하게 모양을 냈는데 앞이마에 애교머리를 내렸고, 번들거리는 새까맣고 빳빳한 머릿결은 영원히 헝클어질 것 같아 보이지 않았다. 검고 커다란 눈에 약간 매부리코였다. 그래서 옆에서 보면 어딘가 매와 같은 인상을 주었지만 그래도 앞에서 보면 매력적이었다. 그녀는 계속 생글생글 웃었다. 입이 커서 웃을 때는 크고 누르께한 치아를 가리려고 애썼다. 하지만 무엇보다 당황스러웠던 것은 그녀가 짙은 화장을 했다는 점이었다. 필립은 여성의 행실에 대해서는 매우 고지식한 생각을 갖고 있어서 점잖은 집안의 여자가 화장을 한다는 것은 상상도 못 했다. 미스 윌킨슨은 점잖은 집안 출신의 여자였다. 성직자의 딸이고, 성직자는 신사 계급이기 때문이다.

필립은 이 여자를 철저히 경멸해 버리기로 마음먹었다. 그녀가 프랑스어 억양을 섞어 말하는 것도 이해할 수 없었다. 잉글랜드 한가운데서[111] 태어나 자란 사람이 왜 그런 식으로 말한단 말인가. 미소도 꾸민 미소라고 생각되었고, 내숭 떠는 쾌활한 태도에도 짜증이 났다. 이삼 일 동안 말을 삼가고 적대적

---

111) 미들랜드 지방, 특히 워릭셔, 우스터셔 지방을 말한다. 우리나라에서는 '잉글랜드'를 '영국'과 동일시하는 경향이 있는데 '잉글랜드'는 영국의 일부를 가리키는 말이다. '영국'은 잉글랜드, 웨일스, 스코틀랜드, 북아일랜드를 합쳐 부른 이름이고, 영국의 공식 명칭은 The United Kingdom of Great Britain and Northern Island이다. 줄여서 The United Kingdom.

인 태도를 취했음에도 미스 윌킨슨은 도무지 눈치를 채지 못했다. 그녀는 붙임성이 아주 좋았다. 늘상 필립에게만 말을 붙이면서 그의 건전한 판단을 구한다는 듯한 투였는데 어딘가 비위를 맞추려는 속셈으로 보였다. 웃기는 얘기도 잘했다. 필립은 그를 즐겁게 해 주는 사람들한테만은 꼼짝 못 하는 성격이었다. 자기에게도 가끔은 근사한 말을 하는 재주가 있는 데다 누구든 자기 말에 귀를 기울여 주면 기분이 좋았다. 사제나 케리 부인에게는 유머 감각이라는 것이 통 없었고 필립의 말에 웃음을 터뜨려 본 적이 한번도 없었다. 미스 윌킨슨에 길들면서 쑥스러움이 가시자 필립은 그녀가 마음에 들기 시작했다. 프랑스어식 영어가 근사하다는 것도 알게 되었다. 의사가 연 가든 파티에서는 그녀의 옷맵시가 단연 돋보인다고 생각했다. 커다란 흰 물방울 무늬가 박힌 파란 비단옷을 입었는데 필립은 그 옷이 사람들에게 불러일으킨 반향이 기분 나쁘지 않았다.

"사람들이 아무래도 당신을 점잖치 못하다고 생각하는 것 같은데요." 필립이 웃으며 말했다.

"그게 평생의 꿈인걸요. 못 말리는 바람둥이로 보이는 거 말예요." 그녀가 말했다.

어느 날 미스 윌킨슨이 아직 방에서 나오지 않았을 때 필립은 루이자 백모에게 그 여자의 나이를 물었다.

"어머나, 얘야. 숙녀의 나이를 물어선 안 된다. 하지만 이건 분명하다. 네 결혼 상대가 되기에는 나이가 너무 많아."

사제는 살찐 얼굴에 빙긋이 미소를 띠면서 말했다.

"맞아, 이제 어린애는 아니지. 우리가 링컨셔에서 살았을 때 벌써 다 자라지 않았던가. 그게 이십 년 전이었어. 그때 머리를 땋았었지."

"열 살은 넘지 않았겠군요." 필립이 말했다.

"스물에 가까웠을 게다." 사제가 말했다.

"아니에요, 여보. 많아야 열여섯이나 열일곱이었을 거예요."

"그렇다면 서른은 훨씬 넘었겠군요." 필립이 말했다.

바로 그때, 미스 윌킨슨이 뱅자맹 고다르[112]의 노래를 부르며 경쾌한 걸음으로 아래층으로 내려왔다. 필립과 산책을 나가기로 되어 있어 모자를 쓰고 있었다. 그녀는 장갑의 단추를 채워 달라고 필립에게 손을 내밀었다.[113] 필립은 어색한 동작으로 단추를 채워 주었다. 멋쩍었으나 한편으로는 남자가 된 기분이었다. 이제 두 사람은 어려움 없이 대화할 수 있었기 때문에 산보를 하면서 이것저것 여러 이야기를 나누었다. 그녀는 필립에게 베를린 이야기를 해 주었고, 필립은 그녀에게 한 해 동안 하이델베르크에서 보냈던 이야기를 해 주었다. 말을 하다 보니까 전에는 미처 중요하게 생각지 않았던 것들도 새삼 재미있게 느껴졌다. 그는 에를린 부인의 하숙집 사람들 이야기를 했다. 당시에는 굉장하게 생각되었던 헤이워드와 위크스 사이의 논쟁 이야기도 했는데, 이제 좀 각색을 해서 묘사하다 보니 우스꽝스러운 토론처럼 여겨졌다. 미스 윌킨슨이

112) Benjamin Godard(1849~1895). 프랑스의 작곡가.

113) 당시 숙녀들은 바깥 외출을 할 때 겨울이나 여름이나 꼭 장갑을 끼어야 했다.

웃어 대자 그는 기분이 우쭐해졌다.

"겁나는 사람이군요, 당신. 대단한 풍자가예요." 그녀가 말했다.

그러고서 그녀는 하이델베르크에서 무슨 로맨스는 없었느냐고 장난스럽게 물었다. 생각할 것도 없이 그는 솔직하게 그런 일은 없었노라고 대답했다. 그러자 그녀는 못 믿겠다는 것이었다.

"시치미를 떼기는. 당신 나이에 그럴 리가."

그는 얼굴을 붉히며 웃었다.

"너무 많이 알려고 하시는군요." 그가 말했다.

"아, 그럴 줄 알았어요. 저것 봐, 얼굴이 빨개졌네." 그녀는 의기양양하게 웃었다.

그녀가 자기를 난봉꾼이라고 생각하는 게 필립은 기분이 좋았다. 그래서 자기에게도 숨겨 놓은 로맨스가 하나둘이 아니라는 듯 이야기를 바꿨다. 그러면서도 그런 경험을 갖지 못한 자신에 대해 화가 났다. 그런 기회라고는 전혀 없지 않았던가.

미스 윌킨슨은 자기 신세가 불만이었다. 생활비를 벌어야 하는 처지를 한탄하면서 그녀는 어머니의 숙부뻘 되는 사람 이야기를 길게 해 주었다. 그 사람이 어머니에게 큰 재산을 물려줄 참이었는데 자기 집 요리사와 결혼을 하고는 유언장을 고쳐 써 버렸다는 것이었다. 그녀는 자기 집이 아주 부유했다는 것을 암시하면서 링컨셔 집에는 승마용 말들도 많고, 타고 다니던 마차들도 여러 대 있었다고 했다. 그런데 지금은 비천하게 남에게 의존해서 살아야 하는 처지가 되었다는 것이다. 나중에 이 말을 루이자 백모에게 하자 백모는 자기가 알고 있던 윌킨슨 씨네 집에는 망아지 한 마리와 볼품없는 마차 한 대뿐이었다고 했다. 필립은 어리둥절했다. 루이자 백모 말로는, 부자 숙부 이야기를 듣긴 했지만 그 사람이 결혼을 해서 에밀리(미스 윌킨슨)가 태어나기도 전에 이미 자식들을 두고 있었기 때문에 미스 윌킨슨이 재산을 상속받을 가망은 별로 없었다는 것이다. 미스 윌킨슨은 현재 일자리를 가지고 있는 베를린에 대해 좋게 말하지 않았다. 오히려 독일 사람들의 생활이 저속하다면서 여러 해 살아 보았다는 화려한 파리 생활과 비교하여 형편없이 깎아내렸다. 파리에서 몇 년을 살았는지는 밝히지 않았다. 유명한 어느 초상화가 집에서 가정교사를 했는데 그 화가의 아내는 돈 많은 유태인이었다. 이 화가 집에서 수많은 저명인사를 만났다는 것이었다. 그녀가 대는 이름들을 듣고 필립은 현기증이 날 지경이었다. 코메디 프랑세즈[114]의 배우들이 수시로 그 집을 들락거렸는가 하면 코클랭[115]이 식사 때 그녀 옆자리에 앉아, '당신처럼 완벽한 프랑스어를 구사하는 외국인은 처음 보았다.'고 했다는 것이었다. 알퐁스 도데[116]도 왔으며, 그는 그녀에게 자기 소설 『사포』 한 권을 주었

---

114) 파리의 국립극장.

115) 브누아 콩스탕 코클랭(Benoit Constant Coquelin, 1841~1909). 프랑스의 희극 배우.

116) Alphonse Daudet(1840~1897). 프랑스의 소설가. 우리나라에는 「별」이라는 단편으로 널리 알려져 있다.

다. 도데는 책에 그녀의 이름을 써 주기로 했는데 그녀가 깜박 잊어버리고 약속을 상기시키지 못했다는 것이었다. 하지만 그 책은 아직 간직하고 있으니 나중에 빌려주겠다고 했다. 그리고 모파상[117]도 있었다. 미스 윌킨슨은 호홋홋 하고 웃으며 의미심장한 눈빛으로 필립을 바라보았다. 참 괴짜예요, 하지만 대단한 작가죠! 헤이워드도 전에 모파상에 대해 이야기한 적이 있었고 그의 평판에 대해서는 필립도 모르는 바 아니었다.

"그 사람이 구애를 하던가요?" 그가 물었다.

이 말이 입안에 달라붙어 좀처럼 떨어질 것 같지 않더니 결국 나오고 말았다. 이제는 미스 윌킨슨이 맘에 들었고 그녀의 이야기를 듣는 것이 재미있었다. 하지만 누가 그녀와 섹스를 한다는 것은 상상할 수 없었다.

"별걸 다 묻네요. 그이는 만나는 여자마다 자는걸요. 그 버릇은 버리지 못했어요."

그러면서 가볍게 한숨을 짓는데, 가만히 지난날을 회상해 보는 것 같았다.

"매력적인 남자였어요." 그녀는 중얼거리듯 말했다.

필립보다 경험이 많은 사람이라면 그 말을 듣고 그럴싸한 만남 장면을 떠올릴 수 있었을지 모른다. 이 저명작가가 가족 모임의 점심 식사에 초대받아 왔다. 가정교사가 자기의 학생인 두 명의 키 큰 소녀와 함께 다소곳이 걸어 들어온다. 그 다

117) 기 드 모파상(Guy de Maupassant, 1850~1893). 프랑스의 작가. 「목걸이」 등의 단편소설로 유명하다. 장편소설로는 『여자의 일생(Une Vie)』이 대표작이다.

음은 인사 소개.

"노트르 미스 앵글레즈.(우리 영국인 선생입니다.)"

"마드모아젤.(아가씨, 안녕하세요.)"

그러고는 점심 내내 미스 앵글레즈는 말없이 앉아 있고 저 명작가는 주인 내외하고만 이야기를 주고받는다.

하지만 필립에게는 그녀의 표현이 훨씬 더 로맨틱한 환상을 떠올렸다.

"그 사람에 대해 다 말해 주세요." 그는 애가 타서 재촉했다.

"말할 게 없어요." 그녀는 정색했지만, 그 엄청난 사실을 다 말하려면 책이 세 권이라도 모자란다는 투였다. "그렇게 호기심이 많으면 못써요."

그녀는 파리에 대해 이야기하기 시작했다. 가로수가 늘어선 그랑 불바르와 불로뉴의 숲을 좋아했다는 것이었다. 거리들이 다 멋이 있었다. 샹젤리제의 가로수들은 어느 곳 나무들과도 달랐다. 마침 두 사람은 한길가 낮은 울타리에 걸터앉아 있었는데 이때 미스 윌킨슨은 그들 앞에 서 있는 우람한 느릅나무들을 경멸하듯 바라보았다. 그다음은 극장이었다. 연극은 훌륭했고, 연기는 비길 데 없이 뛰어났다. 그녀는 마담 푸아요—가르치던 학생들의 어머니였다.—가 새로 맞춘 옷을 찾으러 갈 때 자주 같이 따라가곤 했다.

"정말이지, 가난한 건 비참해요. 그 아름다운 옷들 말예요! 옷 입는 법을 아는 데는 파리뿐이에요. 그런데 그 옷들을 입을 수 없었으니! 푸아요 부인은 말이죠, 몸매가 전혀 없었어요. 디자이너가 내게 슬쩍 하던 말이 있었죠. 아가씨, 부인이 당신 몸매만 같았으면 좋았을 텐데, 라구요."

필립은 그제서야 미스 윌킨슨의 체격이 아주 건장하며, 그녀가 그것을 자랑스럽게 여기고 있다는 것을 알아차렸다.

"영국 남자들은 미련해요. 얼굴만 보려고 하죠. 연인들의 나라, 프랑스 사람들은 몸매를 훨씬 중시해요."

필립은 그런 것에 대해서 전혀 생각해 본 적이 없었다. 새삼 보니 미스 윌킨슨의 발목은 뭉툭하고 볼품없었다. 그는 얼른 눈길을 돌렸다.

"프랑스에 가 봐야 해요. 한 일 년 파리로 가지 그래요. 프랑스어도 배울 수 있고, 또 '데네제르(déniaiser)' 할 수도 있고."

"그게 뭔데요?" 필립이 물었다.

그녀는 수줍게 웃었다.

"사전을 찾아보지 그래요. 영국 남자는 여자를 대할 줄 몰라요. 부끄럼만 많죠. 남자가 부끄러움을 타면 우스꽝스러워요. 영국 남자는 구애하는 법도 몰라요. 여자에게 겨우, 당신 매력적이야, 라는 말 한마디 하면서도 멋쩍은 표정을 짓는다니까요."

필립은 완전히 바보가 된 느낌이었다. 미스 윌킨슨은 그가 달리 행동해 주기를 기대하고 있는 것이 분명했다. 남자답고 재치 있는 말을 할 수만 있다면야 좋았을 테지만, 필립에게는 그런 말이 도무지 떠오르지 않았다. 설사 떠올랐다 하더라도 그런 말을 자신의 입으로 한다는 건 또 얼마나 우스꽝스러운가.

"아, 파리는 정말 좋았어요." 그녀는 한숨을 지었다. "하지만 베를린으로 안 갈 수 없었죠. 푸아요 댁 애들을 가르쳤는데 애들이 결혼을 하고 나니 할 일이 없었어요. 그러다 베를린에 이 일자리가 났죠. 마담 푸아요의 친척 되는 사람들인데, 하기로 했어요. 뤼 브레다 거리의 조그만 아파트에서 살았어요. '생끼엠므'[118]에서요. 전혀 볼품이 없어요. 뤼 브레다 거리에 대해선 알고 있겠죠. '세 담므'(거리의 여자들) 말예요."

필립은 고개를 끄덕였다. 무슨 말을 하는지 전혀 몰랐지만 어렴풋이 감을 잡을 수 있었고, 상대방이 자기를 무식하게 보는 것도 싫었다.

"하지만 신경 쓰지 않았어요. 쥐 수이 리브르, 네 스 빠?(난 자유니까, 그렇잖아요?)" 그녀는 프랑스어를 사용하는 것을 아주 좋아했고, 실제로 잘하기도 했다. "한번은 거기서 아주 이상한 일을 겪었죠."

그녀는 잠시 이야기를 멈췄다. 필립이 이야기를 재촉했다.

"당신도 하이델베르크 이야기를 해 줘야죠." 그녀가 말했다.

"제 이야기는 시시한걸요."

"우리가 이런 이야기를 한 걸 케리 부인이 아시면 뭐라 하실지 모르겠네요."

"제가 얘기할까 봐서요?"

"약속할래요?"

약속을 하자, 그녀는 위층에서 방을 빌려 쓰고 있던 미술학

---

118) '다섯 번째'라는 뜻인데 여기서는 파리의 빈민 구역인 제5구역을 말한다.

도 이야기를 끄집어냈다. 하지만 다시 이야기를 끊고 물었다.

"왜 미술을 하지 않죠? 그림을 썩 잘 그리잖아요?"

"전공할 만큼은 안 돼요."

"그건 다른 사람이 판단할 문제죠. 쥬 뭐 꼬네.(난 알아요.) 당신한테는 훌륭한 화가가 될 소질이 있어요."

"제가 백부에게 느닷없이 파리 가서 미술 공부를 하겠다고 하면 어떤 얼굴을 하실 것 같아요?"

"당신 일은 당신이 결정해야 하는 것 아녜요?"

"지금 날 애태우자는 거예요? 어서 얘기나 계속해 봐요."

미스 윌킨슨은 가볍게 웃고는 이야기를 계속했다. 그 미술 학도와는 층계에서 여러 차례 마주쳤지만 별 관심을 두지 않았어요. 눈이 잘생긴 청년이었는데 지나칠 때는 늘 아주 정중하게 모자를 벗었죠. 그러던 어느 날 문 밑에 편지가 한 통 떨어져 있지 뭐예요. 청년이 보낸 거였죠. 몇 달 동안이나 날 사모하고 있었으며, 층계에서 내가 지나가기를 기다렸다는 거예요. 정말 멋진 편지였어요. 물론 답장이야 안 했지만 어떤 여자가 우쭐해지지 않겠어요? 그런데 다음 날 또 편지가 왔어요. 근사하고, 정열적이고, 감동적인 편지였어요. 다음에 층계에서 청년을 만났을 때는 어딜 봐야 할지 모르겠더라구요. 그러곤 날마다 편지가 왔는데, 이제는 자길 만나 달라고 간청하는 거예요. 저녁에, '베르 뇌베르'(아홉 시경)에 오겠다지 뭐예요. 어떻게 해야 좋을지 몰랐죠. 그야 안 되는 말이었기 때문에 벨을 아무리 눌러도 문을 열어 주지 않으려고 했죠. 하지만 온 신경을 곤두세우고 벨이 울리는 것을 기다리고 있는데,

갑자기 청년이 눈앞에 딱 서 있는 거예요. 내가 들어올 때 문 닫는 걸 까먹었지 뭐예요.

"세 떼 뛴느 파탈리떼.(운명이었죠.)"

"그러고는요?" 필립이 물었다.

"그게 얘기의 끝이에요." 그녀는 자지러지게 웃으며 대답했다.

필립은 잠시 말을 못 했다. 가슴이 벌떡벌떡 뛰었고 야릇한 감정들이 가슴 안에서 뒤엉켜 소란을 벌였다. 모든 게 눈에 선했다. 어두운 층계, 우연한 만남, 그리고 대담한 편지—아, 나라면 도저히 그리 못 했을 것이다.—그러고 나서 말 없는, 거의 신비스러운 느낌의 등장. 그야말로 로맨스의 진수였다.

"그 사람 어떻게 생겼어요?"

"아, 잘생겼죠. 샤르망 갸르송.(멋진 남자예요.)"

"아직도 알고 지내요?"

이렇게 물으면서 필립은 약간 짜증스러웠다.

"날 지긋지긋하게 대했어요. 남자는 늘 그래요. 당신네들은 다 인정이 없어요."

"글쎄요." 필립은 멋쩍은 감이 없지 않아 얼버무리고 말았다.

"집에 갑시다." 미스 윌킨슨이 말했다.

33

필립은 미스 윌킨슨의 이야기를 좀처럼 잊을 수가 없었다. 중간에 그만두고 말았지만 무슨 말을 하려는지는 분명했다.

충격적인 일이었다. 기혼 여자들에게야 그런 일이 문제 될 게 없겠고, 그도 프랑스 소설이라면 웬만큼 읽어서 프랑스에서는 흔한 일이라는 걸 알고는 있었지만 미스 윌킨슨은 영국인에 미혼자인 데다 아버지가 성직자가 아닌가. 그 미술학도가 첫 애인도 아니고 마지막 애인도 아닐지 모른다는 생각이 스쳤다. 숨이 콱 막혔다. 미스 윌킨슨이 그런 여자라고는 꿈에도 생각지 못했다. 누가 이 여자와 섹스를 한단 말인가. 아무래도 믿기지 않았다. 하지만 순진한 필립은 책에서 읽은 이야기를 의심하지 않듯 그녀의 이야기도 의심하지 않았다. 내게는 왜 그런 근사한 일들이 없었을까 하고 화가 날 뿐이었다. 미스 윌킨슨이 하이델베르크에서 연애한 이야기를 해 달라고 졸라도 해 줄 이야기가 없다. 얼마나 창피한 노릇인가. 이야기를 지어낼 재주야 있었지만 자기가 망나니 같은 짓에 빠져 있었다고 믿게 할 자신은 없었다. 책을 보면 여자는 직관이 뛰어나다고 하던데 그녀도 거짓말을 쉽게 눈치채고 말지 모른다. 혼자 킥킥거리고 웃을지도 모른다고 생각하니 얼굴이 달아올랐다.

미스 윌킨슨은 피아노도 칠 줄 알고 노래도 잘했다. 어쩐지 약간 지친 듯한 목소리였다. 마스네, 뱅자맹 고다르, 오귀스타 올메[119] 등의 노래를 불렀는데 필립으로서는 처음 듣는 노래들이었다. 둘은 피아노 앞에서 여러 시간을 함께 보냈다. 어느 날 그녀는 필립에게 목소리를 한번 들어 보겠다며 노래를 불러 보라고 했다. 들어 보더니 근사한 바리톤이라고 하면서 성

---

119) 모두 프랑스의 작곡가들이다.

악 공부를 시켜 주겠다고 한다. 처음에 필립은 늘 그러듯, 얼굴을 붉히면서 안 한다고 했지만 자꾸 우겨 대는 바람에 매일 아침 식사 후 편리한 시간에 한 시간씩 교습을 받기로 했다. 그녀는 가르치는 데 타고난 소질이 있었다. 훌륭한 가정교사임이 분명했다. 방법도 알고 있었고 과단성도 있었다. 강한 프랑스어 말투는 여전히 남아 있었지만 가르치는 데 열중할 때는 그 나긋나긋한 태도가 모조리 사라져 버렸다. 엉터리로 하는 것은 참지 못했다. 목소리가 약간 위압적이 되면서 부주의는 거의 본능적으로 용납하지 않았고, 대충 하고 넘어가려고 하면 일일이 교정해 주었다. 그녀는 어떻게 가르쳐야 하는지 잘 알고 있어서 필립에게 음계 연습을 되풀이해 시켰다.

교습이 끝나면 언제 그랬냐는 듯 다시 유혹적인 미소가 돌아오고 목소리도 다시 매력적으로 부드러워졌다. 하지만 필립은 그녀가 선생의 위치에서 벗어나듯 쉽게 학생의 위치에서 벗어나지 못했다. 그녀의 얘기가 불러일으켰던 감정과 그녀는 선생이라는 인상이 서로 충돌했다. 그는 그녀를 더 찬찬히 뜯어보았다. 아침의 모습보다 저녁 때의 모습이 훨씬 마음에 들었다. 아침에는 주름살이 눈에 거슬렸고 목의 피부도 거칠어 보였다. 그걸 감추어 주었으면 싶었지만, 그 무렵 날씨가 더워서 그녀는 목이 깊이 파인 블라우스를 입고 있었다. 흰색을 아주 좋아했는데 아침에는 흰색이 어울리지 않았다. 밤에는 퍽 매력적으로 보일 때도 있었다. 야회복이나 다름없는 가운을 입고 석류석 목걸이를 했다. 가슴 언저리와 팔꿈치께의 레이스가 아름답고 부드러운 느낌을 주었고, 사용하는 향수도 마음을 어지럽힐 만큼 이국적이었다.(블랙스터블에서는 누구든 오드콜로뉴[120]밖에는 사용하지 않았고, 그것도 일요일이나 두통이 날 때만 사용했다.) 그런 때 그녀는 정말 젊어 보였다.

필립은 그녀의 나이 문제로 속을 썩였다. 스물에 열일곱을 더하여 보았지만 만족할 만한 숫자가 나오지 않았다. 이 문제로 루이자 백모에게 물어본 것이 한두 번이 아니었다. 미스 윌킨슨의 나이를 왜 서른일곱으로 보느냐. 서른 이상으로 보이지 않는다. 외국 여자가 영국 여자보다 일찍 늙는다고 하지 않느냐. 미스 윌킨슨은 외국에서 오래 살아서 외국인이나 다름없다. 내 생각으로는 그 여자 나이를 스물여섯 이상으로 볼 수 없다.

"그보다는 더 됐다." 루이자 백모가 말했다.

필립은 백부 내외의 말을 곧이곧대로 믿을 수 없었다. 그들이 뚜렷이 기억하는 것이라고는 링컨셔에서 그녀를 마지막으로 봤을 때 머리를 올리지 않았다는 사실뿐이었다. 그렇다면 당시에 열두 살이었을 수도 있다. 벌써 오래된 일인 데다 사제는 다른 일에서도 믿기 어려운 때가 많다. 스무 해 전이라고들 하지만 사람들은 흔히 우수리 없는 수를 사용하는 경향이 있어 실은 열여덟 살이거나 열일곱 살일 가능성도 있다. 열일곱에 열둘을 더하면 스물아홉밖에 되지 않는다. 그러면 제기랄, 그건 늙은 건 아니잖나? 안토니우스가 클레오파트라 때문에

---

120) eau-de-Cologne. 독일의 쾰른산(産) 향수. 프랑스어로 '쾰른의 물'이라는 뜻을 가진다. 화장수를 통칭하는 말로 쓰인다.

세계를 버렸을 때 그녀는 마흔여덟이었다.

맑은 여름날이었다. 날씨는 날마다 뜨거웠고 하늘에는 구름 한 점 없었다. 하지만 이웃하고 있는 바다가 열기를 누그러뜨려 주었다. 대기에는 기분 좋은 희열이 가득 차 있어 사람들은 팔월의 햇빛에 압도되기보다 오히려 격앙되었다. 뜰에는 연못이 있고 분수가 물을 뿜고 있었다. 거기에 수련이 자랐고, 금붕어가 수면에서 햇볕을 즐겼다. 필립과 미스 윌킨슨은 점심을 먹은 후, 깔개와 방석을 가지고 나가 높이 자란 장미 울타리 그늘 밑 잔디밭에 눕곤 했다. 오후 내내 얘기도 하고 책도 읽었다. 담배도 피웠다. 집 안에서 담배 피우는 것은 사제가 허락하지 않았다. 사제는 흡연을 혐오스러운 습관이라 생각해서 사람이 습관의 노예가 된다는 것은 수치스러운 일이라고 틈만 나면 말했다. 자신은 오후에 차 마시는 일의 노예가 되어 있다는 것을 잊어 먹은 모양이다.

하루는 미스 윌킨슨이 필립에게 『라 비 드 보엠(보헤미안의 삶)』[121]을 갖다주었다. 사제의 서재를 뒤지다 우연히 발견했다는 것이었다. 케리 씨가 딴 책들을 살 때 같이 샀던 것임이 분명한데 십 년 동안이나 눈에 띄지 않고 있었던 것이다.

필립은 뮈르제의 형편없이 쓰여진 터무니없는 이야기, 하지만 사람을 매혹하는 걸작을 읽기 시작했는데 금방 이 책의 마

---

121) 프랑스 소설가 앙리 뮈르제(Henry Murger, 1822~1861)가 파리의 보헤미안적 삶을 그린 작품 Scénes de la vie de bohéme를 말한다. 이 소설은 연극으로 각색 공연되어 인기를 끌었고, 자코모 푸치니(Giacomo Puccini)가 이를 토대로 「라 보엠(La Bohéme)」이라는 유명한 오페라를 만들었다.

법에 홀리고 말았다. 굶주림을 낙천적으로, 불결한 것을 아름답게, 추잡한 연애를 로맨틱하게, 싸구려 감상을 감동적으로 그린 이 소설에 그의 넋은 기쁨에 겨워 뛰놀았다. 로돌프와 미미, 뮈제트와 쇼나르! 그들은 루이 필립 시대의 이상한 옷을 걸치고 라탱 구의 잿빛 거리를 방황하며 이 다락, 저 다락에서 피난처를 구하면서, 울기도 하고 웃기도 하면서 아무렇게나 무모하게 살아나간다. 누군들 이들의 삶이 부럽지 않겠는가? 나중에 좀 더 건전한 판단력을 가지고 이 책을 다시 보게 되었을 때라야 그들의 쾌락이 얼마나 천박한 것이며, 그들의 정신이 얼마나 저속한지를 알게 될 뿐이다. 예술가로서도, 인간으로서도 그들의 즐거운 행락은 아무런 가치가 없다는 것을 느끼게 되는 것이다. 그러나 필립은 완전히 매혹되고 말았다.

"런던 대신 파리에 가고 싶지 않아요?" 필립이 흠뻑 빠져 있는 것을 보고 웃으며 미스 윌킨슨이 물었다.

"이젠 너무 늦었어요."

독일에서 돌아온 뒤 보름 동안 그는 백부와 장래에 대해 많은 이야기를 나누었다. 옥스퍼드에 가는 것은 이미 단호하게 거부했던 터였고, 이제 장학금은 물 건너갔기 때문에 케리 씨조차도 옥스퍼드는 안 되겠다는 결론을 내렸다. 필립의 전재산은 이만 파운드에 지나지 않았다. 오부 이자로 저당 채권에 투자해 두긴 했지만 이자만으로는 살 수 없었다. 원금도 이제 조금 줄어들었다. 대학에 다니려면, 가령 삼 년 동안 옥스퍼드를 다니려면 줄잡아 매년 이백 파운드가 드는데 일 년에 이백 파운드를 쓴다는 것은 말이 안 되는 소리였다. 그것만 가지고는 자립해서 살 만한 능력을 갖출 수 없었다. 필립은 곧장 런던으로 가고 싶었다. 케리 부인 생각에 신사가 가질 수 있는 직업은 네 가지 전문직, 곧 육군, 해군, 법률가, 성직자뿐[122]이었다. 시동생이 의사여서 거기에 의사를 추가시킨 적이 있지만 자신이 젊었을 적에는 아무도 의사를 신사로 생각하지 않았다는 점을 잊지 않았다. 앞엣것 두 가지는 고려에서 제외되었고 필립은 성직자를 하지 않겠다는 생각이 확고했다. 남은 것은 법률 분야뿐이었다. 블랙스터블의 의사 말로는 신사들도 요즘에는 공학 쪽을 많이 택한다고 했지만 케리 부인은 당장 반대했다.

"전 필립이 장사 일 하는 거 싫어요."

"그래요. 전문직을 가져야 해." 사제도 말했다.

"부친처럼 의사를 하도록 하지 그래요."

"전 싫어요." 필립이 말했다.

케리 부인은 그 말이 서운하지는 않았다. 옥스퍼드에 안 가는 이상 법조계도 제외될 수밖에 없을 것 같았다. 케리 씨 부부는 그 분야에서 성공하려면 아직도 학위가 필수적이라는 생각을 버리지 않고 있었다. 마침내 사무변호사 밑에 도제로 보내자는 의견이 나왔다. 그들은 가족 변호사인 앨버트 닉슨 씨 — 그는 블랙스터블 관할사제와 함께 고(故) 헨리 케리의

---

122) 여기에서 케리 부인은 신사가 가질 만한 직종으로 네 가지를 열거하는데, 농업 경영 지주는 치지 않고 군인 직종을 육군, 해군으로 나누어 말하고 있다.

재산을 공동 관리하고 있었다.—에게 편지를 보내 필립을 도제로 받아들일 수 있는지를 물었다. 하루이틀 뒤에 답장이 왔는데 빈자리가 없을 뿐 아니라 계획 자체를 반대한다는 의견을 보냈다. 이 직업에는 사람들이 엄청나게 남아돌아서 밑천이나 연줄이 없으면 사무장 이상이 되기는 힘들다는 것이었다. 대신 공인회계사가 어떠냐는 의견을 냈다. 사제 내외는 그것이 뭔지 전혀 알지 못했고, 필립으로서도 공인회계사라는 것은 처음 들어 보는 직종이었다. 변호사는 두 번째 편지에서 설명해 주었다. 현대 상업의 성장과 회사의 증가로 장부를 점검한다든가 고객의 회계 업무를 말끔히 정리해 주는 일—이런 일은 종래의 방법으로는 불가능했다.—을 하는 회계 회사들이 많이 설립되었다. 몇 년 전에 국가의 면허까지 얻게 되어 이 직종은 해를 거듭할수록 품위가 오르고, 보수가 좋아지고, 더 중요한 직종이 되어 가고 있다. 마침 자기가 삼십 년이나 거래하고 있는 곳에 도제 자리가 하나 비었는데 삼백 파운드의 견습료를 내면 필립을 받을 것이다. 견습료의 반은 오년 동안의 도제 기간 동안 봉급의 형태로 돌려받게 된다. 구미가 당기는 전망은 아니었지만 뭐든 결정을 내려야 할 판이었고, 또 런던에서 살게 된다는 생각에 주춤거리던 판단이 한쪽으로 기울게 되었다. 블랙스터블 관할사제는 닉슨 씨에게 편지를 써서 그것이 신사 계급에 걸맞은 직업인가를 물었다. 닉슨 씨는 대답하기를, 국가에서 면허를 주기 시작한 뒤로는 사립학교와 대학을 나온 사람들도 이 직종으로 들어오고 있다고 했다. 게다가 일이 마음에 들지 않아 일 년 뒤에 그만두고 싶을 경우, 허버트 카터 씨—그게 회계사의 이름이었는데—가 도제 견습비의 반을 돌려준다는 것이었다. 그것으로 일이 일단락되어 필립은 구월 십오일부터 일을 시작하기로 결정되었다.

"이제 딱 한 달 남았어요." 필립이 말했다.

"그때가 되면 당신은 자유고 나는 다시 굴레 속으로 돌아가는 거죠." 미스 윌킨슨이 대답했다.

그녀의 휴가가 육 주일 동안이니 그녀는 필립이 떠나기 하루 이틀 전에 블랙스터블을 떠나야 했다.

"우리, 또 만날 수 있을까?" 그녀가 물었다.

"만나지 못할 이유가 어딨어요."

"원, 그렇게 사무적으로 말 좀 하지 마세요. 당신처럼 목석 같은 사람 처음 봤어요."

필립은 얼굴이 달아올랐다. 미스 윌킨슨이 자기를 너무 소심한 사람으로 볼 것 같았다. 따지고 보면 그녀는 젊은 여자, 어떤 때는 굉장히 예뻐 보이는 여자이고, 자신도 이젠 스물에 들어서는 나이가 아닌가. 미술과 음악 얘기밖에 하지 못한다는 건 우스꽝스러운 일이다. 섹스를 해 보아야 한다. 연애 이야기는 서로 많이 했다. 뤼 브레다 거리의 화가 지망생 얘기, 그녀가 파리에서 오랫동안 가정교사를 해 주었다는 어느 집 화가 얘기도 있었다. 그 화가가 그녀더러 모델을 서 달라고 부탁했는데, 그러고 나서는 얼마나 막무가내로 섹스를 하려고 추근대기 시작했는지 무슨 구실이든 대고 모델 서는 것을 그만두지 않을 수 없었다는 것이었다. 미스 윌킨슨이 그런 종류의 접근에 익숙하다는 것은 분명했다. 그날도 커다란 밀짚모자를 쓴 그녀의 모습은 멋있어 보였다. 푹푹 찌는 오후, 둘이 만난 이래 가장 더운 오후가 아닌가 싶었다. 땀방울이 그녀의 윗입술에 줄줄이 맺혀 있었다. 문득 프로일라인 채칠리에와 헤어 송이 떠올랐다. 채칠리에에 대해선 한 번도 연정을 느낀 일이 없었는데, 그야 워낙 못생긴 여자였으니까. 그런데 지금 생각하니 그 연애 사건이 아주 로맨틱하게 느껴지는 것이었다. 그에게도 이제 로맨스의 기회가 주어진 것이다. 미스 윌킨슨은 프랑스 사람이나 마찬가지였고 그 때문에 더 멋있는 사랑의 모험이 될 것 같았다. 밤에 잠자리에서 그 일을 생각하거나, 뜰에 나가 앉아 혼자 책을 읽을 때 그런 생각이 들라치면 가슴이 몹시 두근대는 것이었다. 그런데 막상 그녀를 보면 생생하던 그 상상이 어쩐지 싱겁게만 여겨졌다.

아무튼 그녀가 그 정도까지 말을 한 이상, 그가 섹스를 원한다 해도 별로 놀라진 않을 것이다. 반응을 보이지 않으면 오히려 그것을 이상하게 여길지 모른다는 생각도 들었다. 혼자만의 생각인지도 모르지만 요 하루 이틀 사이 그녀의 눈에 어쩐지 경멸의 빛이 담겨 있는 것 같은 느낌이 한두 차례 들기도 했다.

"뭘 그리 멍청하게 생각하고 있어요?" 그녀가 웃으며 말했다.

"말할 수 없어요."

키스를 하려면 바로 이때 여기서 해야 한다는 생각이 들었다. 상대방도 그걸 바라고 있을까. 하지만 그렇더라도 그에 앞서 뭔가 해야 할 일이 있지 않을까. 미친 녀석 다 보겠다고 하면서 따귀를 후려갈길 수도 있다. 그리고 백부에게 가서 일러바칠지도 모를 일이다. 헤어 송은 과연 프로일라인 채칠리에와 어떤 식으로 시작했을까. 백부에게 고자질하면 그야말로 큰일이었다. 백부가 어떤 사람인지는 너무도 잘 알고 있었다. 백부는 의사와 조사이아 그레이브스에게 말할 것이고, 그렇게 되면 완전한 망신거리가 된다. 루이자 백모는 아직도 미스 윌킨슨이 틀림없는 서른일곱이라고 우기고 있다. 세상 사람들 앞에 웃음거리가 되리라고 생각하니 소름이 끼쳤다. 사람들은 열이면 열, 그녀가 어머니 뻘의 나이가 아니냐고 할 것 아닌가.

"아니, 뭘 그렇게 생각해요?" 미스 윌킨슨은 웃고 있었다.

"당신 생각을 하고 있었어요." 그는 대담하게 말했다.

그것 가지고야 무슨 일이 될 턱이 없었다.

"무슨 생각을요?"

"참, 알고 싶은 것도 많네요."

"이 망나니!"

아니 또! 뭔가 일이 좀 된다 싶으면 꼭 가정교사 같은 말이 나오는 것이었다. 노래 연습시킨 것을 그가 마음에 들게 부르지 못하면 그녀는 그때마다 꼭, 이 망나니, 라 하곤 했다. 이번에는 정말 기분이 나빴다.

"어린애 취급 좀 하지 말았으면 좋겠어요."

"화났어요?"

"화나고말고요."

"그런 뜻으로 말한 게 아니에요."

그녀가 손을 내밀었고, 그는 내민 손을 잡았다. 요사이 한 두 번, 밤에 그녀와 악수할 때면 그녀가 손을 꼭 쥐는 듯한 느낌을 받았는데 이번에는 의심할 여지가 없었다.

이제 뭐라고 말해야 하나. 드디어 모험의 기회가 왔다. 이 기회를 잡지 못한다면 바보일 것이다. 한데 이건 약간 평범하다. 실은 더 멋진 것을 기대하지 않았던가. 연애에 관해서라면 많이 읽었는데 지금 그는 소설가들이 흔히 묘사하던 그 격렬한 감정의 솟구침을 전혀 느낄 수 없다. 출렁이는 격정의 물결에 휩싸여 넋을 잃어야 하지 않는가. 미스 윌킨슨이 이상적인 상대도 아니었다. 때로 그가 마음에 그렸던 것은 커다란 자줏빛 눈, 상아 같은 살결의 사랑스러운 소녀였고, 물결치듯 풍성한 소녀의 갈색 머리에 얼굴을 파묻는 자신의 모습이었다. 미스 윌킨슨의 머리에 얼굴을 파묻는다는 건 상상할 수도 없었다. 언제 보아도 그녀의 머리카락은 끈적끈적하다는 느낌을 주었던 것이다. 그렇긴 하지만 몰래 정을 통한다는 것은 역시 기막히게 기분 좋은 일이었다. 정복자가 누릴 당당한 자랑스러움을 생각하니 가슴이 떨려 왔다. 어떻게든 여자의 마음을 사로잡지 않으면 안 된다. 그는 미스 윌킨슨에게 키스를 하기로 마음먹었다. 지금은 곤란하고 밤에 하리라. 어두운 곳이면 나을 것이다. 키스만 하고 나면 그다음이야 저절로 되리라. 오늘 밤에 키스를 하겠다. 반드시 하고 말겠다고 그는 다짐했다.

그는 계획을 짰다. 저녁을 먹고 나서, 뜰에 나가 산책하지 않겠느냐고 했다. 미스 윌킨슨이 그러자고 하여, 둘은 나란히 어슬렁어슬렁 걸었다. 필립은 긴장하고 있었다. 어쩐지 이야기의 흐름이 뜻대로 되지 않았다. 계획대로 하자면 먼저 한 팔로 그녀의 허리를 안아야 한다. 그러나 여자가 내주에 있을 보트 경기 얘기를 한참 하고 있는데 느닷없이 허리에 팔을 감을 수는 없는 일이다. 일부러 뜰에서 제일 어두운 곳으로 데리고 갔지만 막상 가 보니 용기가 나지 않았다. 두 사람은 벤치에 앉았다. 이번에야말로 기회를 놓치지 않겠다고 결심하는데, 미스 윌킨슨 하는 말이 이곳엔 집게벌레가 나올 테니 자리를 옮기자는 것이었다. 둘은 다시 뜰을 한 바퀴 돌았다. 이번에는 벤치에 닿기 전에 결행하고 말리라고 다짐했다. 한데 집 앞을 지나면서 보니 문간에 케리 부인이 서 있는 게 아닌가.

"이봐 젊은이들, 이제 그만 들어가는 게 좋지 않겠어? 밤 공기가 좋지 않을 텐데."

"들어가 보는 게 좋겠네요." 필립이 말했다. "감기 걸리면 안 되잖아요."

그렇게 말하면서 그는 오히려 마음이 놓였다. 그날 밤은 더 이상 아무것도 시도해 볼 수 없었다. 하지만 나중에 방에 돌아와 혼자 가만히 생각해 보면서 그는 자기 자신에게 미칠 듯이 화가 났다. 바보도 그런 바보가 없었다. 미스 윌킨슨은 틀림없이 키스를 기다리고 있었을 것이다. 그렇지 않고서야 뜰에까지 따라나섰을 턱이 없지 않은가. 그녀가 입버릇처럼 되뇌는 말은, 여자를 다룰 줄 아는 것은 프랑스 남자뿐이라는 것이었다. 프랑스 소설이라면 필립도 좀 읽었다. 자기가 프랑스 남자라면 그녀를 껴안고 당신을 사랑하노라고 정열적으로 말했을 것이다. 그녀의 '뉘끄(목)'에 입술을 눌렀을 것이다. 프랑스 남자들은 왜 여자의 '뉘끄'에 키스를 하는 것일까. 그로서는 목덜미가 왜 그렇게 매력이 있는지 알 수 없었다. 그야 프랑스 남자에겐 이런 일이 훨씬 쉬울지도 모른다. 프랑스어라 편리할 것이다. 영어로 사랑을 속삭인다는 건 어쩐지 우스꽝스럽게 들릴 것 같다는 느낌을 지울 수 없다. 이럴 바에야 미스 윌킨슨을 애초에 어떻게 해 보겠다는 생각을 하지나 말 걸 하는 생각도 들었다. 첫 두 주일은 참 즐거웠는데 지금은 비참한 심정이었다. 하지만 그대로 주저앉진 않겠다고 그는 결심했다. 여기서 주저앉아 버리면 다시는 나 자신을 존경하지 않겠노라 다짐하면서 그는 내일 밤에야말로 반드시 키스하고 말겠다, 이 결의만은 절대 번복하지 않겠다고 결심했다.

이튿날 아침에 일어나 보니 비가 오고 있었다. 얼른 드는 생각이 오늘 밤에 뜰에 나가긴 틀렸구나 하는 것이었다. 아침을 먹으면서 그는 기분이 좋았다. 미스 윌킨슨은 메리 앤을 시켜 머리가 아파 자리에 그냥 누워 있겠노라는 말을 전해 왔다. 그녀는 간식 때가 되어서야 내려왔는데 잘 어울리는 실내복 차림에 핼쑥한 얼굴이었다. 하지만 저녁 때까진 완전히 나아서, 식사 시간은 즐거웠다. 밤 기도를 마치자 그녀는 바로 잠자리에 들겠다면서 케리 부인에게 밤 인사 키스를 했다. 그러고는 필립을 돌아보고는 "저런, 당신에게도 키스해 줄 생각이었는데," 하고 큰 소리로 말했다.

"왜 안 해 주시죠?" 그가 말했다.

그녀는 웃으며 손을 내밀었다. 이번에는 분명히 그의 손을 꼬옥 쥐었다.

이튿날은 하늘에 구름 한 점 없었고, 비 온 뒤의 뜰은 상쾌하고 깨끗했다. 필립은 해수욕을 하고 돌아와 점심을 아주 맛있게 먹었다. 오후에는 사제관에서 테니스 모임이 있을 예정이었기 때문에 미스 윌킨슨은 제일 좋은 옷을 골라 입었다. 확실히 옷을 입을 줄 아는 여자였다. 그녀는 보좌사제 부인과 의사의 결혼한 딸 옆에 서 있었는데 역시 단연 돋보였다. 허리띠에 장미꽃 두 송이를 꽂고 있었다. 빨간 양산을 들고 잔디밭 한쪽에 놓인 정원 의자에 앉아 있었는데 얼굴에 어린 양산의 빛이 잘 어울렸다. 필립은 테니스를 좋아했다. 서브는 잘 넣지만 뛰는 게 불편했기 때문에 네트 가까이에 붙어 쳤다. 다리를 절긴 했지만 동작이 빨라서 웬만한 볼은 다 막아 냈다. 모든 세트를 이겨서 그는 기분이 좋았다. 간식 시간에 그는 미스 윌킨슨의 발치에 드러누워 숨을 헐떡이며 땀을 흘렸다.

"운동복이 잘 어울리네요." 그녀가 말했다. "오늘 오후 아주 멋있어 보이는데요."

그는 기뻐서 얼굴이 달아올랐다.

"칭찬해 주셨으니 답례를 해야겠군요. 미스 윌킨슨도 아주 황홀해요."

그녀는 미소를 머금고 까만 눈으로 그를 지그시 바라보았다.

저녁을 먹고 난 뒤 필립은 그녀에게 산보나 나가자고 했다.

"오늘은 운동을 많이 했잖아요?"

"오늘 밤에 뜰에 나가면 좋을 거예요. 별이 잘 보일 겁니다."

그는 기분이 아주 좋았다.

"알고 있어요? 당신 때문에 백모님이 나를 볼 때마다 나무라시는 걸?" 두 사람이 채마밭 사이를 천천히 지나갈 때 미스 윌킨슨이 말했다. "당신하고 너무 붙어 놀지 말라는 거예요."

"아니, 그랬나요? 전 그런 생각 못 했는데."

"그냥 농담하신 거죠."

"어젯밤엔 아주 서운하던데요. 키스를 안 해 줘서."

"그런 말 했을 때 백부님이 어떤 눈으로 본지 아세요?"

"그래서 못 했단 말이에요?"

"난 아무도 안 보는 데서 하는 게 좋아요."

필립은 그녀의 허리를 안고 입을 맞추었다. 그녀는 후훗 하고 웃었을 뿐 피하려 하진 않았다. 아주 자연스럽게 이루어진 키스였다. 필립은 대견스러운 기분이 들었다. 하겠다고 맘먹은 것을 결국 하고야 만 것이다. 하고 보니 그보다 쉬운 일이 없었다. 이럴 줄 알았으면 진작 할걸, 하고 후회가 되었다. 그는 다시 한 번 입술을 갖다 댔다.

"아니, 안 돼요." 그녀가 말했다.

"왜요?"

"너무 좋아서." 하고 그녀는 웃었다.

34

이튿날, 점심을 먹은 뒤 두 사람은 깔개와 방석을 가지고 분수 있는 데로 갔다. 책도 가져갔지만 읽지는 않았다. 미스 윌킨슨은 몸을 편한 자세로 하고, 빨간 양산을 받쳐 들었다.

필립도 이제 수줍어하지 않았다. 하지만 그녀는 처음에는 키스를 허락하지 않았다.

"어젯밤엔 내가 나빴어요." 그녀가 말했다. "잠이 안 왔어요. 나쁜 짓을 한 것 같아."

"원 터무니없는 말씀을!" 그가 소리쳤다. "틀림없이 잘 잤을 거예요."

"백부님이 아시면 뭐라 하실 것 같아요?"

"아실 까닭이 있나요?"

필립은 그녀에게 몸을 기울였다. 가슴이 쿵쿵 뛰었다.

"왜 나와 키스하고 싶은 거죠?"

이런 때는 "당신을 사랑하니까."가 정답이다. 하지만 차마 그 말이 입에서 떨어지지 않았다.

"왜 그런다고 생각하세요?" 그는 대답 대신 반문했다.

그녀는 미소를 머금은 눈으로 쳐다보면서 손가락 끝으로 그의 얼굴을 만졌다.

"얼굴이 참 보드라워요." 그녀가 속삭였다.

"면도도 못 했는걸요." 그가 말했다.

로맨틱한 말을 하기가 이렇게 어려울 줄은 미처 몰랐다. 차라리 잠자코 있는 편이 낫다는 사실을 깨달았다. 표현할 수 없는 것은 표정으로 나타낼 수 있으리라. 미스 윌킨슨이 한숨을 푹 내쉬었다.

"내가 좋아요?"

"좋고말고요."

다시 입을 맞추려 하자 이번에는 막지 않았다. 그는 일부러

더 정열적으로 키스를 했고, 스스로 생각해도 흡족한 연기를 잘 해낸 기분이었다.

"당신이 무서워지기 시작하는데요." 미스 윌킨슨이 말했다.

"저녁 먹고 나올 거죠?" 그가 물었다.

"얌전히 굴겠다고 약속하지 않으면 안 나오겠어요."

"뭐든 약속할게요."

사랑에 빠진 사람 시늉을 하다 보니 자기도 모르게 그 정염의 불길에 달아오르는 것 같았다. 간식 시간에 그는 소란스러울 만큼 기분이 들떠 있었다. 미스 윌킨슨이 걱정스럽게 그를 바라보았다.

"그렇게 눈을 반짝이면서 티를 내지 마세요." 나중에 그녀가 말했다. "루이자 백모가 어떻게 생각하겠어요?"

"어떻게 생각하든 뭐 어때요."

미스 윌킨슨은 즐겁다는 듯 가볍게 소리 내어 웃었다. 저녁밥을 먹자마자 필립은 그녀에게 말했다.

"담배 좀 피우고 싶은데, 같이 나가시지 않을래요?"

"미스 윌킨슨 좀 쉬게 두지 그래." 케리 부인이 말했다. "나이가 너 같지 않다는 걸 알아야지."

"아니에요, 전 나가고 싶어요." 그녀가 약간 새쭉해서 말했다.

"점심 먹고 일 마일 산보, 저녁 먹고 한동안 휴식이라는 말이 있잖아." 사제가 말했다.

"백모님 좋은 분이시긴 한데, 가끔 내 기분을 언짢게 하신다니까요." 옆문으로 해서 문을 닫고 나오자 미스 윌킨슨이 말했다.

필립은 방금 불을 붙였던 담배를 내던지고 그녀를 와락 껴안았다. 그녀는 밀쳐 내려 했다.

"얌전하게 굴겠다고 했잖아요."

"그런 약속 지키리라고 생각진 않았겠지요."

"여기선 안 돼요, 필립. 누가 갑자기 나오면 어떻게 해요."

그는 그녀를 채마밭으로 데리고 갔다. 거기라면 아무도 오지 않으리라. 이번에는 미스 윌킨슨도 집게벌레 얘기는 하지 않았다. 그는 정열적으로 키스를 했다. 도무지 이해되지 않는 것은, 아침에는 전혀 끌리지 않던 그녀가 오후에는 좀 괜찮게 느껴지고, 밤이 되니 이처럼 슬쩍 손이 닿기만 해도 짜릿짜릿한 느낌을 주는 것이었다. 자기로서는 상상할 수 없었던 말들이 마구 쏟아져 나왔다. 대낮이라면 도저히 그런 말은 입에 담지 못했으리라. 필립은 자신이 쏟아 내는 말들이 놀랍고 대견스럽기만 했다.

"사랑 고백이 너무 근사해요." 그녀가 말했다.

그가 생각해도 그랬다.

"아니, 다 표현하지 못해 안타까울 뿐이에요. 뜨겁게 타는 내 마음을 말이에요." 그는 열정적으로 속삭였다.

너무 근사했다. 사람을 이렇게 흥분시키는 놀이는 처음이었다. 놀라운 일은 자기가 속삭인 한마디 한마디가 그대로 감정이 된다는 것이었다. 말보다는 감정이 조금 과장되어 있을 뿐이었다. 필립은 자기의 이 구애를 그녀가 어떻게 받아들이고 있는지 너무나 알고 싶어 몸이 달아오를 지경이었다. 이윽고 그녀는 간신히 마음을 다진 듯, 그만 들어가자고 했다.

"아니, 아직 안 돼요." 그는 소리쳤다.

"들어가야 돼요." 그녀는 웅얼거리듯 말했다. "무서워요."

문득 필립은 이런 때는 어떻게 해야 하는지 직감적으로 알아차렸다.

"전 이따 들어갈게요. 여기서 잠시 생각을 해야겠습니다. 얼굴이 뜨거워 밤 공기도 좀 더 쐬야 하구요. 잘 주무세요."

그가 정색한 태도로 손을 내밀었고 그녀는 말없이 그 손을 잡았다. 그녀가 울음을 참고 있는 것 같다는 느낌이 들었다. 아, 얼마나 멋진가. 어두운 채마밭에 혼자 남아 약간 지루해질 때까지 기다렸다가 들어가 보니 미스 윌킨슨은 이미 잠자리에 들고 없었다.

그 뒤로는 두 사람의 관계가 사뭇 달라졌다. 이튿날, 그리고 그다음 날도 필립은 사랑에 빠진 애인 역을 잘 해냈다. 미스 윌킨슨이 자기를 좋아하고 있다는 걸 확인하고 그는 쾌재를 불렀다. 그녀는 영어로도 그렇게 말했고 프랑스어로도 그렇게 말했다. 그뿐인가, 다른 듣기 좋은 말도 많이 했다. 눈이 아름답다든가, 입술이 육감적이라든가 하는 말은 지금까지 누구도 해 준 적이 없었다. 여태껏 외모에 큰 신경을 써 본 일이 없었지만 이제는 틈이 나면 거울을 들여다보고 흐뭇해했다. 키스를 할 때면 그녀가 온통 넋을 잃고 흥분하는 것을 느끼고 기분이 좋았다. 틈이 날 때마다 키스를 했다. 그녀가 무슨 말을 듣고 싶어하는지 본능적으로 감지했지만 그런 말을 하기보다는 키스하는 편이 더 쉬웠기 때문이다. 당신을 숭배하느니 하는 말 따위는 아무래도 낯이 간지러워 아직 할 수 없었다. 이런 일을 자랑할 사람이 있었으면 좋겠다는 생각이 들었다. 그러면 자기가 어떻게 했는가를 아주 상세히 이야기해 주고 싶었다. 그녀가 이따금 수수께끼 같은 말을 할 때도 있었는데 그런 때면 어떻게 이해해야 할지 난감했다. 이런 때 헤이워드가 곁에 있었더라면 자기 짐작이 맞나를 물어보고 다음 행동을 어떻게 하면 좋을지 상의할 수 있었을 것이다. 일을 과감하게 밀고 나가야 할 것인지, 아니면 시간을 두고 서서히 무르익게 해야 하는지 판단이 안 섰다. 이제 시간은 삼 주일밖에는 남지 않았다.

"헤어질 걸 생각하니 못 견디겠어요." 그녀가 말했다. "가슴이 찢어질 것 같아요. 헤어지면 영영 못 만나겠죠?"

"날 좋아한다면 그런 매정한 말 하지 말아요." 그가 속삭였다.

"아니, 왜 세상 순리를 그대로 받아들이지 못하는 거죠. 남자들은 다 똑같아. 만족할 줄 모른다니까."

그래도 필립이 졸라 대니까 그녀가 말했다.

"그래도 불가능하다는 건 알잖아요. 여기서 어떻게 그럴 수 있어요?"

그가 온갖 꾀를 내어 이야기해 주었지만 그녀는 아무것도 맘에 들어하지 않았다.

"그런 위험한 짓을 어떻게 해요. 당신 백모가 알아 봐요. 정말 끔찍해."

하루 이틀 뒤 필립에게 멋진 생각이 떠올랐다.

"이거 어때요. 일요일 저녁에 머리가 아프다고 교회에 가지 않고 집을 보겠다고 하세요. 백모가 교회에 나가실 거 아녜요."

케리 부인은 보통 일요일 저녁에는 메리 앤이 교회에 나갈 수 있도록 집에 남지만 저녁기도 시간에 나갈 수만 있다면 반가워할 것이다.

필립은 독일에 있을 때 이미 기독교에 대한 견해를 바꿨지만 그걸 굳이 가족들에게 밝힐 필요는 느끼지 못했다. 이야기한다 한들 이해해 줄 사람들이 아니었다. 잠자코 교회에 따라 나가는 게 덜 시끄러울 것 같았다. 하지만 아침에만 나갔다. 그것이 사회의 편견에 예의 바르게 양보하는 셈이라면, 하루에 두 번 가지 않기로 하는 것은 자기가 가진 자유 사상이 내세울 수 있는 적절한 주장이었다.

그런 제안을 하자 미스 윌킨슨은 아무 말 없이 잠시 생각하더니 고개를 저었다.

"안 돼요." 그녀가 말했다.

하지만 일요일 간식 시간에 그녀는 필립을 놀라게 했다.

"오늘 저녁에 교회에 못 나갈 것 같군요." 그녀가 불쑥 말했다. "머리가 너무 아파서."

케리 부인은 걱정이 되어 자기가 늘 먹는 물약을 먹어 보라고 권했다. 미스 윌킨슨은 고맙다고 했지만 간식을 끝내자 곧 방에 들어가 누워 있어야겠노라고 했다.

"혹시 나중에라도 필요한 거 정말 없을까?" 케리 부인이 걱정스럽게 물었다.

"없어요. 고마워요."

"필요한 거 없으면 난 교회에 나가 볼까 하는데. 저녁엔 별로 나가 보질 못해서."

"아, 그럼요. 다녀오세요."

"제가 집에 있을 거니까요." 필립이 말했다. "미스 윌킨슨이 필요한 일이 있으면 언제든 절 부르면 돼요."

"응접실 문을 열어 놓고 있는 게 좋겠다, 필립. 미스 윌킨슨이 벨을 울리면 들리게."

"그러죠." 필립이 말했다.

그래서 여섯 시가 지나자 필립은 미스 윌킨슨과 단둘이만 집에 남게 되었다. 필립은 불안하여 미칠 지경이었다. 공연히 그런 계획을 이야기했다는 생각에 후회가 막심했다. 하지만 이제 너무 늦은 일. 스스로 만든 기회를 놓칠 수는 없었다. 이 기회를 포기하면 미스 윌킨슨은 자기를 어떻게 볼 것인가. 그는 복도로 나가 귀를 기울였다. 아무 소리도 나지 않았다. 정말 아픈 게 아닐까 하는 생각이 들었다. 그가 한 말을 잊었을지도 모른다. 그의 가슴은 고통스럽게 뛰었다. 되도록 소리를 죽여 층계를 살금살금 올라갔다. 삐걱 소리가 나면 움찔 놀라 걸음을 멈추었다. 미스 윌킨슨의 방 앞에 서서 귀를 기울였다. 방문의 손잡이를 쥐었다. 그러고는 멈추었다. 결심을 하려고 적어도 오 분은 그렇게 있었을까. 손이 떨려 왔다. 돌아서서 달아나 버릴 수도 있었지만 나중의 후회를 또 감당하지 못할 것이다. 수영장의 제일 높은 다이빙대 위에 서 있는 꼴이었다. 밑에서 보면 아무것도 아니지만 일단 올라가서 물을 내려다보면 가슴이 철렁 내려앉는다. 그 다이빙대에서 우리가 뛰어내릴 수밖에 없게 되는 것은, 올라왔던 계단을 겁을 집어먹고 다시 내려가게 될 때 받을 수모 때문이라고 할 수 있다. 필립은 용기를 쥐어짜 냈다. 손잡이를 가만히 비틀어 열고 방 안으로 들어갔다. 몸이 나뭇잎처럼 떨렸다.

미스 윌킨슨은 문을 등진 채 화장대 앞에 서 있다가 문이 열리는 소리가 나자 획 돌아섰다.

"난 또 누구라구, 웬일이죠?"

그녀는 스커트도 벗고 블라우스도 벗은 채 속치마 차림으로 서 있었다. 짧은 속치마였다. 목이 긴 구두의 끄트머리께나 올 정도의 길이랄까. 가슴 부분이 까만색의 번쩍이는 천으로 되어 있고 거기에 빨간 주름 장식이 달려 있었다. 그녀는 흰 옥양목 천으로 된 짧은 소매의 캐미솔을 입고 있었다. 괴이하게 보였다. 그녀를 바라보며 필립의 가슴은 철렁 내려앉았다. 이렇게 못생겨 보이기는 처음이었다. 하지만 이미 늦었다. 그는 등 뒤로 문을 닫고 잠갔다.

35

필립은 이튿날 아침 일찍 잠을 깼다. 간밤의 잠자리는 뒤숭숭했다. 하지만 두 다리를 쭉 뻗고 기지개를 켠 다음, 블라인드 새로 흘러든 햇살이 방바닥에 무늬를 그리는 것을 보고 있노라니 흐뭇한 한숨이 나왔다. 기분이 좋았다. 미스 윌킨슨 생각이 났다. 자기를 그냥 에밀리라고 불러 달랬지만 왠지 그렇게 안 됐다. 늘 미스 윌킨슨으로만 생각해 왔기 때문이리라. 하지만 그렇게 부른다고 나무랐기 때문에 아예 이름을 부르지 않았다. 루이자 백모의 언니 가운데 해군 장교였던 남편을 잃고 홀로된 분이 있었는데 필립은 어렸을 때 그분이 에밀리라는 이름으로 불리는 것을 종종 들은 적이 있었다. 그래서 미스 윌킨슨을 같은 이름으로 부르는 것이 거북했고, 그렇다고 더 그럴듯한 이름도 생각나지 않았다. 미스 윌킨슨으로 시작했으니 그 이름이 이제 그녀의 인상과 뗄 수 없는 것이 되어 버린 것 같다. 필립은 얼굴을 찌푸렸다. 어떻게 해서 그리된지 모르지만 그녀의 가장 추한 모습을 보고 만 것이다. 그녀가 몸을 돌렸을 때의 그 모습, 캐미솔과 짧은 속치마 차림의 모습을 보았을 때의 당황스러움이 잊히지 않았다. 거칠거칠한 피부, 목의 옆쪽에 길게 패인 주름들이 자꾸만 떠올랐다. 승리감은 곧 사라져 버렸다. 나이를 다시 따져 보니 도저히 마흔 아래로 잡을 수 없었다. 우스꽝스러운 꼴이 되어 버렸다. 상대는 못생기고 늙은 여자. 필립의 머릿속에는 퍼뜩, 신분으로 봐서는 지나치게 야하고 나이로 보아서는 지나치게 젊은 사람의 옷차림을 한 주름지고 초췌하고 화장을 짙게 한 여자의 모습이 떠올랐다. 소름이 끼쳤다. 갑자기 다시는 보고 싶지 않다는 생각이 들었다. 키스를 했다는 생각을 하니 견딜 수 없었다. 자신이 끔찍스럽게만 느껴졌다. 이게 사랑이란 말인가?

그녀를 대면하는 시간을 늦추려고 필립은 되도록 느릿느릿 옷을 입었다. 이윽고 식당방에 들어갔을 때 그는 가슴이 철렁 내려앉았다. 기도는 끝났고, 다들 식사를 하려고 자리에 앉아 있는 참이었다.

"게으름쟁이군요." 미스 윌킨슨이 쾌활하게 소리쳤다.

그녀를 보니 안도의 한숨이 나왔다. 그녀는 창을 등지고 앉아 있었다. 아주 멋있어 보였다. 이런 여자를 두고 왜 그런 생각을 했을까. 뿌듯한 만족감이 되살아났다.

필립은 그녀의 변화에 깜짝 놀랐다. 아침 식사를 끝내자마자 그녀는 정감 어린 떨리는 목소리로 그에게 사랑하노라고 말하는 것이 아닌가. 얼마 후 노래 공부를 하기 위해 두 사람은 응접실로 갔다. 피아노 의자에 앉아 한참 음계 연습을 하던 그녀가 갑자기 얼굴을 들어 올리고 말했다.

"앙브라스 므와.(안아 줘요.)"

필립이 몸을 구부리자 그녀는 덥석 목을 껴안았다. 그런 자세로 껴안으니 숨이 막힐 것 같았고 거북하기만 했다.

"아, 쥬 뗌므, 쥬 뗌므, 쥬 뗌므.(사랑해요, 사랑해요, 사랑해.)" 그녀는 유난히 강한 프랑스어로 소리쳤다.

영어로 말했으면 좋으련만, 하고 필립은 생각했다.

"정원사가 언제 이 앞으로 지나갈지 모르잖아요. 그걸 알아야지요."

"아, 쥬 망 피슈 뒤 자르데니에, 쥬 망 리피슈, 에 쥬 망 꽁트르피슈.(정원사가 봐도 상관없어요, 괜찮아요, 상관없단 말예요.)"

영낙없는 프랑스 소설 그대로라는 생각이 들었다. 하지만 어쩐지 짜증이 났다.

마침내 그가 말했다.

"슬슬 바닷가로 나가서 멱이나 좀 감을까 싶어요."

"아이, 오늘 아침엔 나랑 같이 있어야 돼요. 오늘 아침엔 말예요."

왜 그래야 하는지 딱히 이유를 알 수 없었지만, 그건 아무래도 상관없었다.

"제가 있었으면 좋겠어요?" 그는 웃었다.

"아이 참, 아니, 가요. 가세요. 당신이 저 소금 내 나는 바다의 파도를 타고 넓은 대양에서 마음껏 멱 감는 모습을 상상하고 싶어요."

필립은 모자를 집어 들고 어슬렁어슬렁 바닷가로 향했다.

'제길, 여자들 하는 소리란!' 그는 속으로 말했다.

하지만 마음은 흐뭇하고 우쭐한 기분이었다. 이 여자가 나한테 홀딱 빠진 건 분명했다. 블랙스터블의 큰길을 절룩절룩 걸어가면서 그는 은근한 우월감 같은 것마저 느끼며 지나가는 사람들을 바라보았다. 안면 있는 사람들을 여럿 만나 웃으면서 알은체를 하면서도 그는 '아, 이 사람들도 내 기분을 안다면.' 하고 생각했다. 누구에겐가 알리고 싶어 미칠 지경이었다. 헤이워드에게 편지를 쓰자는 생각이 들었다. 마음속으로 편지 내용을 구상해 보았다. 뜰과 장미꽃 밭 얘기를 하고, 그런 다음 장미꽃 밭에 피어 있는 향기롭고 심술궂은 한 송이 이국적인 꽃과 같은 귀여운 프랑스인 가정교사에 대해 얘기한다. 프랑스 여자라고 하리라. 프랑스에서 오래 살았으니 프랑스 사람이라 해도 상관없을 것이고, 게다가 하나하나 너무 사실대로 얘기한다는 것도 궁상맞은 일이다. 헤이워드에게, 아름다운 모슬린 옷을 입은 그녀를 처음 만났던 때의 일, 그녀가 꽃을 꽂아 주던 것을 얘기하리라. 그는 아름다운 목가 한 편을 지어냈다. 햇빛과 바다가 거기에 정열과 마법을 부여하고, 하늘의 별들이 시적 분위기를 더해 주었다. 낡은 사제관의 뜰은 적절하고 절묘한 배경이 되었다. 어딘가 메러디스[123]를 연상시키는 데가 있었다. 루시 페버럴[124]이라 할 수도 없고, 클라라 미들턴[125]이라고 할 수도 없었지만, 표현할 수 없는 대로 매혹적인 데가 있었다. 가슴이 격심하게 뛰었다. 공상이 얼마나 재미있던지 바다에서 헤엄쳐 돌아와 물을 뚝뚝 흘리며 떨리는 몸으로 탈의차(脫衣車)[126]에 들어서자마자 곧 다시 공상에 빠져드는 것이었다. 그는 제 애정의 대상에 대해 생각해 보았다. 그지없이 잘생긴 조그만 코, 커다란 갈색 눈—헤이워드에게 그것들을 자세히 묘사하겠다.—풍성하고 부드러운 갈색 머리, 보기만 해도 얼굴을 파묻고 싶은 그런 머리카락, 상아와 햇살 같은 살결, 그뿐인가, 붉디붉은 장미 같은 두 뺨. 나이는 몇 살이라고 할까? 열여덟쯤이 좋을 것이다. 이름은 뮈제트. 웃음소리는 졸졸거리는 시냇물 같고, 목소리는 또 얼마나 부드럽고, 얼마나 나직한가, 세상에 그처럼 감미로운 음악

---

123) 조지 메러디스(George Meredith, 1828~1909). 영국의 시인이자 소설가.

124) 메러디스의 소설 『리처드 페버럴의 시련』의 여자 주인공.

125) 메러디스의 소설 『에고이스트』의 여자 주인공.

126) bathing machine. 빅토리아 시대 때 영국의 해변에서 해수욕객들이 이용했던 기이한 장치. 사람들 앞에 벗은 몸을 노출시키는 것을 점잖치 않다고 생각하여 몸을 가릴 수 있는 바퀴 달린 상자 모양으로 생긴 이 장치에 들어가 얕은 물속으로 끌고 들어간 다음 상자에서 빠져나왔다.

은 또 없으리라.

"아니 뭘 그리 생각하고 있어요?"

필립은 우뚝 걸음을 멈췄다. 그는 집을 향해 천천히 걸어가고 있던 참이었다.

"저기서부터 얼마나 손을 흔들었는데요. 정신이 온통 딴 데 팔려 있군요."

미스 윌킨슨이 눈앞에 서서 그가 놀라는 꼴을 보고 웃고 있었다.

"당신 마중 나왔어요."

"정말 고마운데요." 그가 말했다.

"나 때문에 놀랐어요?"

"네, 조금."

아무튼 그는 헤이워드에게 편지를 썼다. 여덟 장이나 되는 편지였다.

남은 두 주일이 퍼뜩 지나가 버렸다. 밤마다 저녁을 먹고 함께 뜰에 나가면 그때마다 미스 윌킨슨은 또 하루가 지났다고 한숨을 지었지만 필립은 즐거운 기분에 들뜬 나머지 서운한 생각이 들 겨를이 없었다. 어느 날 밤 미스 윌킨슨은 베를린 일자리를 그만두고 런던에서 일자리를 얻었으면 좋겠다고 했다. 그러면 두 사람이 계속 만날 수 있지 않겠느냐는 것이었다. 필립은 그러면 좋겠다고 맞장구를 치긴 했지만 별로 흥이 나지 않았다. 그는 런던에서 보낼 멋진 생활을 고대하고 있었다. 그러나 그 생활을 방해받고 싶지는 않았다. 그가 런던에서 하고 싶은 온갖 것을 너무 서슴없이 털어놓자 미스 윌킨슨은은 필립이 벌써부터 떠나고 싶은 마음에 들떠 있음을 알아차렸다.

"어떻게 그렇게 말할 수 있어요. 날 사랑한다면 말예요." 그녀가 소리쳤다.

그는 어리벙벙하여 입을 다물었다.

"내가 정말 바보였어." 그녀가 울먹이듯 말했다.

놀랍게도 그녀는 울고 있었다. 마음 약한 필립은 남이 괴로워하는 것을 보지 못한다.

"정말 미안해요. 내가 뭘 어쨌다고 그래요? 울지 마세요."

"필립, 제발 날 버리지 말아 줘요. 당신이 내게 어떤 사람인지 당신은 모를 거야. 내 인생은 정말 비참해요. 당신을 만나 얼마나 행복했는데."

필립은 말없이 여자에게 키스를 해 주었다. 여자의 목소리가 어찌나 처량했던지 깜짝 놀랐던 것이다. 그처럼 정색하여 말할 줄은 꿈에도 몰랐다.

"정말 미안해요. 당신도 알잖아요. 내가 당신을 너무 좋아한다는 거. 나도 당신이 런던으로 왔으면 좋겠어요."

"갈 수 없다는 걸 알잖아요. 일자리 구하기도 힘들고, 영국에서 사는 것도 싫구요."

상대방의 괴로움에 마음이 움직인 나머지 그는 연극을 하고 있다는 것도 의식하지 못한 채 여자를 힘껏, 더 힘껏 껴안아 주었다. 여자의 눈물을 보고 어쩐지 우쭐한 기분이 들어 그는 이번에는 진심에서 우러나온 키스를 했다.

그러고는 하루 이틀이 지났을까, 그녀가 한바탕 소동을 벌였다. 사제관에서 테니스 모임이 있어 아가씨 둘이 왔다. 최근에 블랙스터블로 이사 온, 인도 연대[127]에서 근무했던 퇴역 소령의 딸들이었다. 예쁘게 생긴 아가씨들이었는데, 언니는 필립과 같은 나이였고, 또 동생은 두어 살 아래였다. 두 사람 다 젊은 남자들과 어울리는 데 이력이 나서(인도의 산악지방 주둔지에 관련된 이야깃거리를 잔뜩 가지고 있었고, 당시에는 러디어드 키플링[128]의 소설쯤은 읽지 않은 사람이 없었다.) 필립과 즐겁게 농지거리를 주고받기 시작했다. 필립도 이 새로운 체험에 기분이 좋아져 — 블랙스터블의 젊은 여자들은 관할사제의 조카를 대할 때면 어쩐지 늘 정색을 하는 편이었기 때문에 — 즐겁고 유쾌하게 놀았다. 마음속에 마귀가 들어 있었는지 그 마귀가 그를 꼬드겨 두 아가씨들과 함부로 노닥거리게 만들었다. 젊은 남자라고는 거기에 그밖에 없었으므로 아가씨들도 스스럼없이 죽을 맞추어 주었다. 우연히도 두 사람 다 테니스를 잘 쳤고, 필립은 미스 윌킨슨과 공 넘기기 테니스(그녀는 블랙스터블에 와서야 테니스를 배우기 시작했다.)를 하는 데 싫증이 났던 터라 차를 마시고 나서 팀을 짤 때 그는 미스 윌킨슨에게 보좌사제와 편을 짜 보좌사제 부인과 경기를 하라고 했다. 자기

---

127) 인도의 영국군 부대를 말한다. 장교는 영국인, 사병은 인도인으로 조직되었다. 인도 연대에서 근무하는 영국군 장교는 수년마다 한 번씩 본국으로 휴가를 나왔다. 재산이 많지 않은 신사 계급 남자로서는 인도 연대에서 근무하는 것이 장교가 될 수 있는 유일한 길이었다.

128) 조지프 러디어드 키플링(Joseph Rudyard Kipling, 1865~1936). 인도 태생의 영국 작가. 인도를 배경으로 한 소설과 시를 썼다. 『정글 북』으로 유명하다. 1907년에 노벨상을 수상했다.

는 나중에 새로 온 아가씨들과 치겠다고 했다. 그는 언니 쪽인 미스 오코너 옆에 앉아 낮은 목소리로 말했다.

"서툰 사람들부터 먼저 치게 하고 우린 나중에 한번 신나게 쳐 봅시다."

그 말을 미스 윌킨슨이 엿들은 게 틀림없었다. 라켓을 집어 던지면서 머리가 아프다고 들어가 버렸던 것이다. 화를 내고 있다는 것을 누구나 알 수 있었다. 그렇다고 사람들 앞에서 대놓고 표현하는 것이 필립은 불쾌했다. 그녀를 빼고 팀을 짰는데 얼마 있으니 백모가 그를 불렀다.

"필립, 너 때문에 에밀리가 마음이 상했다. 방에서 울고 있더라."

"왜요?"

"서툰 사람들 어쩌구 했다면서. 가서 나쁜 뜻이 아니라고 사과해라. 그래야 신사지."

"알았어요."

미스 윌킨슨의 방문을 두드렸으나 대답이 없어 그는 그냥 들어갔다. 그녀는 침대에 얼굴을 파묻은 채 울고 있었다. 필립은 그녀의 어깨에 손을 얹고 말했다.

"대체 왜 그래요?"

"그냥 놔둬요. 당신하곤 이제 말도 하기 싫어요."

"내가 뭘 어쨌다고 그래요? 기분을 상하게 했다면 정말 미안해요. 그럴 의도는 전혀 없었으니까. 그러니 제발 일어나요."

"정말 비참해 죽겠어. 어쩜 그렇게 잔인할 수 있어요. 누가 그런 시시한 게임 좋아서 하는 줄 알아요. 당신하고 같이 하고 싶었던 것뿐이라구요."

그녀는 일어나 화장대 쪽으로 걸어가더니 거울을 한번 힐끗 들여다보고는 의자에 털썩 주저앉았다. 그러고는 손수건을 둘둘 말아 눈자위에 대고 두드렸다.

"난 말예요. 여자에게 가장 소중한 것을 당신에게 주었어요. 생각하면 정말 바보였지! 그런데 당신은 고마운 마음이 전혀 없어요. 따뜻한 마음이라곤 전혀 없는 사람이에요. 어쩜 그렇게 잔인할 수 있어요. 그런 천한 계집애들하고 노닥거리면서 내 마음을 갈갈이 찢어 놓고 말예요. 이제 고작 일주일 남짓밖에 남지 않았어요. 그동안이라도 내게 좀 잘해 줄 수 없단 말예요?"

필립은 시무룩한 태도로 그녀를 내려다보며 서 있었다. 꼭 어린애처럼 군다고 생각되었다. 처음 만난 사람들 앞에서 그런 성깔을 부리다니, 도무지 이해가 안 되었다.

"내가 오코너 아가씨들한테 아무런 관심이 없다는 건 당신이 알잖아요. 도대체 왜 그렇게 생각하는 거예요?"

미스 윌킨슨은 손수건을 치웠다. 화장한 얼굴이 눈물로 얼룩져 있었고 머리카락도 헝클어져 있었다. 이 순간엔 흰 드레스가 별로 어울려 보이지 않았다. 그녀는 뭔가 원하는 듯한 뜨거운 눈길로 그를 바라보았다.

"당신은 스무 살이고 그 계집도 스무 살이니 그렇지." 그녀는 쉰 듯한 목소리로 말했다. "난 나이가 들었고."

필립은 얼굴을 붉히며 고개를 돌렸다. 여자의 목소리가 너무 애처롭게 들려 어찌할 바를 알 수 없었다. 어쩌다 이런 여자와 관계를 맺게 되었는지, 후회스럽기 짝이 없었다.

"당신을 슬프게 만들고 싶지 않아요." 그는 어색하게 말했다. "내려가서 친구들이랑 어울리세요. 다들 무슨 일인지 궁금하게 생각할 거예요."

"알았어요."

필립은 그녀의 곁을 떠날 수 있게 되어 안도감을 느꼈다.

싸움을 하고 곧 화해를 한 셈이긴 했지만 남은 며칠 동안 필립은 진절머리가 나는 때도 있었다. 필립이 하고 싶은 이야기는 앞날에 관한 것뿐이었는데, 앞날에 관한 얘기만 나오면 미스 윌킨슨은 눈물을 쥐어짜는 것이었다. 처음에는 우는 데 마음이 흔들려 자신이 야박한 사람처럼 느껴졌고, 그래서 열정이 아직 식지 않았노라고 더욱 열심히 우겨 대곤 했지만 이제 와서는 화만 치밀 뿐이었다. 젊은 아가씨라면 그런 대로 참을 만했겠지만 나이를 먹을 대로 먹은 여자가 그렇게 울어 대니 꼴불견이었다. 그녀는 걸핏하면 당신은 나에게 영원히 갚지 못할, 고마워해야 할 빚을 지고 있다고 했다. 그렇게 주장하는 마당에야 그 점을 순순히 인정하지 않을 수 없었다. 하지만 여자 쪽은 고마워하지 않고 왜 자기만 고마워해야 하는지 이해할 수 없었다. 그녀는 필립이 고마움을 표시하기를 기대했는데 기대하는 방식이 하나같이 귀찮은 것이었다. 필립은 홀로 있는 데 길들여져 있었고 어떤 때는 홀로 있는 게 필요하기도 했다. 하지만 미스 윌킨슨은 필립이 자기 곁에 꼭 붙어 있으면서 하라는 대로 하지 않으면 매정하다고 생각하는 것이었다. 미스 오코너 자매가 두 사람을 다과 모임에 초대한 적이 있었다. 필립은 가고 싶었지만 미스 윌킨슨은 이제 닷새밖에 남지 않았으니 자기가 그를 독점하고 싶다고 했다. 남자를 우쭐하게 하는 말이긴 했지만 역시 지겨운 일이었다. 미스 윌킨슨은 프랑스 남자들이 필립과 같은 입장이 되면 여성을 대할 때 얼마나 극진하고 세련되게 구는지 이것저것 많은 이야기를 해 주었다. 그들이 얼마나 예의 바르고, 희생 정신은 또 얼마나 강하며, 얼마나 재치 있는지 입에 침이 마르도록 칭찬하는 것이었다. 미스 윌킨슨은 아마 대단한 것을 바라는 모양이었다.

필립은 완벽한 연인이 갖추어야 할 자질에 대해 그녀가 열거하는 것들을 들었다. 듣다 보니 그녀가 베를린에 산다는 게 다행이라는 느낌이 들었다.

"편지 쓸 거죠? 날마다 써요. 당신이 무얼 하고 있나 살살이 알고 싶으니까. 아무것도 숨겨선 안 돼요, 응?"

"아주 바쁠 거예요." 그가 말했다. "되도록 자주 쓰죠."

그녀가 그의 목을 와락 껴안았다. 필립은 이런 식의 애정 표현에 더러 당황스러운 때가 있었다. 좀 더 수동적이었더라면 싶었다. 여자가 그렇게 대놓고 앞장을 서니 놀랍지 않을 수 없었다. 여성이란 다소곳하기 마련이라는 선입견과는 별로 들어맞지 않았다.

마침내 미스 윌킨슨이 떠나야 하는 날이 왔다. 아침밥을 먹으러 내려온 그녀는 핼쑥하고 풀 죽은 모습이었다. 검정색과 흰색이 섞인 간편한 체크무늬 여행복 차림이었다. 실력 있는 가정교사처럼 보였다. 필립도 입을 열지 않았다. 그런 자리에 적합한 말이 떠오르지 않았다. 삐끗 잘못 말했다가는 백부 앞에서 울음을 터뜨리고 한바탕 소동을 벌일까 두려웠다. 마지막 작별 인사는 어젯밤 뜰에서 해 두었기 때문에 필립은 이제 단둘이만 있을 일이 없다고 생각해 한시름 놓고 있었다. 층계에서 또 키스를 하겠다고 할까 봐 필립은 아침 식사를 끝내고 응접실에 남아 있었다. 이제 중년이 다 되어 입이 거칠 대로 거칠어진 메리 앤이 두 사람이 수상한 짓을 하고 있는 걸 보기라도 하면 큰일이었다. 미스 윌킨슨을 싫어하는 메리 앤은 그녀를 늙은 고양이라고 불렀다. 루이자 백모는 몸이 편치 않아서 정거장에 나가지 못했고, 사제와 필립 둘이서만 그녀를 배웅하러 나갔다. 기차가 움직이자 그녀는 몸을 밖으로 내밀고 케리 씨에게 키스했다.

"필립에게도 해야지." 그녀가 말했다.

"그래요." 필립은 얼굴을 붉히며 말했다.

필립이 승강구에 올라서자 그녀는 재빨리 입을 맞추었다. 기차가 출발하자 미스 윌킨슨은 객차의 한구석에 털썩 주저앉아 애처롭게 울기 시작했다. 사제관으로 걸어 돌아오면서 필립은 비로소 확실한 안도감을 느꼈다.

"그래, 잘 갔어요?" 두 사람이 들어가자 백모가 물었다.

"잘 갔소. 좀 울먹이는 것 같더구먼. 우리 둘에게 자꾸 키스를 하겠다고 하더라고."

"상관없어요. 그 나이면 위험할 거 없어요." 케리 부인은 필립에게 장식장을 가리켰다. "네게 편지가 왔다, 필립. 두 번째 배달에 왔더구나."

헤이워드에게서 온 편지로 내용은 아래와 같았다.

친구여 보게나.—

당장 답장을 쓰네. 나는 내 친한 친구, 그러니까 내게 그동안 소중한 도움과 이해를 베풀어 준 아름다운 여자, 그뿐만 아니라 미술과 문학에도 진정한 조예가 있는 여자 친구에게 자네의 편지를 읽어 주었네. 우리는 자네의 편지가 훌륭한 편지라는 데 의견의 일치를 보았네. 진심이 가득 어린 편지였네. 줄마다 소박한 기쁨이 배어 있다는 걸 자네 자신은 모르고 있겠지. 사랑에 빠진 연인인지라 자네는 시인처럼 쓰고 있네. 친구여, 정말 훌륭했네. 나는 자네의 불꽃 같은 정열을 느낄 수 있었고, 자네의 문장은 진실한 감정의 울림으로 마치 음악 같았네. 행복하게 보이는군. 내가 그 마법의 뜰에 숨어 자네들이 다프니스와 클로에[129]처럼 손에 손을 잡고 꽃밭을 거니는 모습을 훔쳐보고 싶네. 자네가 눈에 선하네, 나의 다프니스, 부드러우면서도 황홀경에 빠져 뜨겁게 타는 듯한 두 눈에 젊은 사랑의 빛이 가득 어린 자네가. 자네 팔에 안겨 있는 클로에, 그 젊고 상냥하고 신선한 아가씨, 마냥 싫다고 하면서도 허락하고 마는군. 장미와 제비꽃과 인동덩굴! 아, 친구여, 부럽네. 자네의 첫사랑이 한 편의 시였다니 기쁘기 짝이 없네. 그 순간을 소중히 간직하게. 불멸의 신들이 최고의 선물을 주신 것이니. 자네가 죽는 날

129) 고대 그리스의 연애 이야기. 주워다 기른 아이들인 다프니스와 클로에는 목장에서 성장하여 서로 사랑하게 되는데 많은 우여곡절과 어려움을 겪지만 결국 나중에는 태생의 비밀이 밝혀지고 행복하게 결혼한다.

까지 달콤하고도 슬픈 추억이 될 것이네. 자넨 이제 그 분별없는 황홀감을 다시는 맛볼 수 없겠지. 첫사랑처럼 아름다운 사랑은 없다네. 그녀는 아름답고 자네는 젊네. 그리고 온 세상은 자네들 것이네. 자네가 더없이 진솔하게, 그녀의 긴 머리에 얼굴을 파묻었노라고 말한 대목, 그 대목을 읽고 나는 가슴이 마냥 뛰는 것을 느꼈네. 분명히 금빛 어린 아름다운 밤갈색 머리였겠지. 이파리 무성한 나무 밑에 나란히 앉아 함께 『로미오와 줄리엣』을 읽게나. 그러고는 무릎을 꿇고 나를 대신해 그녀가 남기고 간 발자국에 입을 맞추어 주게. 그런 다음 그녀에게 전해 주게. 그것은 그녀의 찬란한 젊음과, 그녀에 대한 자네의 사랑에 바치는 한 시인의 경의라고.

자네의 벗,

G. 이설리지 헤이워드

"원, 이런 돼먹지 않은 소리!" 편지를 다 읽고 나서 필립은 중얼거렸다.

이상한 우연이지만 미스 윌킨슨도 『로미오와 줄리엣』을 함께 읽자고 했던 것이다. 하지만 필립은 단연 거절했었다. 필립은 편지를 주머니에 넣으면서 현실과 이상이 너무 동떨어진 것만 같아 어쩐지 씁쓰레한 느낌이 들었다.

36

며칠 후 필립은 런던으로 갔다. 보좌사제가 반스[130]에 방을 소개해 주어 필립은 편지를 보내 일주일에 십사 실링의 방세를 주기로 하고 방을 몇 개 빌렸다. 하숙집에 도착하니 저녁이었다. 몸이 비쩍 마르고 얼굴은 주름살투성이인, 우습게 생긴 조그만 할머니가 음식을 준비해 놓고 있었다. 식기장과 네모난 테이블이 거실 공간 대부분을 차지하고 있었다. 한쪽 벽에는 말 털로 덮인 소파가 놓여 있고, 벽난로 곁에는 그것과 짝을 맞추어 안락의자가 하나 놓여 있는데 의자에는 하얀 등받이가 씌워져 있고, 앉는 자리의 스프링이 고장 나 딱딱한 방석이 놓여 있었다.

필립은 식사를 마친 뒤 짐을 풀고 책을 정돈했다. 그런 다음, 자리에 앉아 책을 읽어 보려 했다. 그러나 마음이 울적하기만 했다. 거리가 조용하여 오히려 마음이 뒤숭숭했다. 혼자라는 느낌이 가슴에 사무쳤다.

다음 날은 일찍 일어났다. 학교 다닐 때 입었던 연미복을 입고 실크해트를 썼다. 모자가 너무 낡아 보여 사무실 가는 길에 백화점에 들러 새 것을 하나 사 쓰기로 했다. 모자를 사 쓰고도 시간이 아직 많이 남아 그는 스트랜드 거리를 걸어 올라갔다. 허버트 카터 회사 사무실은 챈서리 래인에서 약간 들어간 골목에 있어서 찾느라고 두세 번이나 물어야 했다. 사람들

---

130) 런던 남쪽의 한 구역.

이 자꾸만 쳐다보는 것 같았다. 모자에 혹시 상표 딱지가 붙어 있나 하고 모자를 벗어 보기까지 했다. 사무실을 찾아 문을 두드렸다. 대답이 없어 시계를 보니 겨우 아홉 시 반이었다. 아무래도 너무 빨리 온 모양이었다. 다시 나갔다가 십 분 뒤에 돌아오니 코가 길고 여드름투성이의 스코틀랜드 사투리를 쓰는 사환이 문을 열어 주었다. 필립은 허버트 카터 씨를 찾았다. 사환이 그분은 아직 출근하지 않았다고 했다.

"언제쯤 나오시죠?"

"열 시에서 열 시 반 사이에요."

"그럼 기다릴까요."

"무슨 일로 오셨는데요?" 사환이 물었다.

필립은 긴장된 마음을 장난스러운 말로 감춰 보려고 했다.

"글쎄, 괜찮으시다면 이곳에서 일을 좀 해 볼까 하구요."

"아, 새로 오신다는 견습사원이시군요? 들어오세요. 굿워디 씨가 곧 나오실 거예요."

필립은 걸어 들어갔다. 사환—필립 또래였는데, 자기는 하급 서기라고 했다.—이 그의 발을 쳐다보는 것을 알 수 있었다. 그는 얼굴을 붉히면서 자리에 앉아 그 발을 딴 발 뒤로 숨겼다. 방을 둘러보았다. 우중충하고 지저분한 방이었다. 자연광 말고 다른 조명은 없었다. 책상이 세 줄로 놓여 있고 책상 앞에는 등 없는 높은 의자들이 놓여 있다. 벽난로 선반에 권투시합 장면을 새긴 동판화 하나가 때가 낀 채 놓여 있었다. 이윽고 직원이 하나 들어왔고, 곧이어 또 한 사람이 들어왔다. 그들은 필립을 힐끗 쳐다보고서 사환에게(필립은 그의 이름이

맥두걸이라는 것을 알았다.) 누구냐고 나지막하게 물었다. 휘파람 소리가 들렸다. 맥두걸이 일어나면서 말했다.

"굿워디 씨가 나오셨습니다. 사무장이죠. 오셨다고 말씀드릴까요?"

"아, 네." 필립이 말했다.

사환이 나갔다가 곧 돌아왔다.

"이리로 오시겠어요?"

필립은 복도를 지나 가구가 없는 어떤 작은 방으로 안내되었는데, 거기에 작고 마른 한 사내가 벽난로를 등지고 서 있었다. 중키에 훨씬 못 미치는 사람이었다. 큼직한 머리가 몸뚱이 위에 슬쩍 얹혀 있는 듯하여 인상이 어딘가 기이하고 볼품없어 보였다. 얼굴은 넓적하고 펑퍼짐했고, 허여멀건 눈이 툭 튀어나왔다. 가느다란 머리칼은 모래빛이었다. 구레나룻이 들쭉날쭉 자라고 있었는데 정작 털이 많아야 할 자리에는 한 오라기도 나지 않았다. 피부는 풀 반죽 같고 누르께했다. 그는 필립에게 손을 내밀어 악수를 청했다. 웃을 때 까맣게 썩은 충치가 보였다. 말하면서 없는 위엄을 부리려다 보니 상사연하는 태도에도 어딘가 자신 없는 태도가 배어 있었다. 그는 필립에게 하는 일이 맘에 들기 바란다고 했다. 단조롭고 고되기는 하지만 익숙해지면 재미가 있다, 돈을 번다는 게 중요한 일 아니냐는 것이었다. 그는 우월감과 어색함이 기묘하게 뒤섞인 태도로 웃어 댔다.

"카터 씨가 곧 나오실 거네. 월요일 아침에는 약간 늦게 출근하실 때도 있지. 오시는 대로 부르겠네. 그동안 자네가 할 일을 주도록 하지. 장부 정리나 회계 같은 걸 좀 아나?"

"잘 모릅니다." 필립이 대답했다.

"그럴 줄 알았네. 학교에선 도대체 사회에서 쓸모 있는 건 가르치지 않는다니까." 그는 잠깐 생각해 보더니 말했다. "자네가 할 수 있는 일이 있겠지."

그는 옆방으로 들어가더니 잠시 후에 커다란 마분지 상자 하나를 안고 나왔다. 상자에는 제멋대로 뒤섞인 편지들이 잔뜩 들어 있었다. 그는 필립에게 편지들을 분류하여 발신인 이름 순서대로 정리하라고 했다.

"견습사원들이 일하는 방으로 데려다주겠네. 좋은 친구가 하나 있지. 왓슨이라고. 왓슨과 크래그와 톰프슨 양조장, 자네도 알지. 그 집 아들일세. 일을 배우느라 일 년 계약으로 여기에 와 있네."

굿워디 씨는 필립을 데리고 아까 들렀던 우중충한 사무실—이제 예닐곱의 직원이 일하고 있었다.—을 지나 그 뒤에 있는 조그만 방으로 갔다. 유리로 칸을 막아 만든 독립된 방이었다. 들어가 보니 왓슨이 의자에서 몸을 젖히고 앉아 《스포츠맨》 지를 읽고 있었다. 말쑥하게 차려입은 크고 건장한 젊은이였다. 굿워디 씨가 들어서자 왓슨은 앉은 채 그를 올려다보았다. 그는 사무장을 부를 때 경칭을 붙이지 않음으로써 제 신분을 과시하려고 했다. 사무장은 그렇게 허물없이 대하는 태도가 싫어 상대방에게 일부러 경칭을 붙여 힘을 주어 '미스터 왓슨'이라고 부르건만 눈치 없는 왓슨은 그것을 비꼬는 말로 듣는 것이 아니라 신사 신분에 대한 경칭으로 받아

들였다.

"이 사람들이 리골레토[131]를 빼 버렸군." 굿워디 씨가 가고 두 사람만 남자 그는 필립에게 말했다.

"그래요?" 경마에 대해서는 아무것도 모르는 필립이 말했다.

왓슨의 멋진 옷을 바라보며 그는 위압감을 느꼈다. 연미복은 몸에 꼭 맞고, 풍성한 넥타이 한가운데에는 값비싸 보이는 핀이 우아하게 꽂혀 있었다. 벽난로 선반에 벗어 놓은 종 모양의 실크해트는 맵시 있게 반들거렸다. 필립은 자신의 행색이 초라하게만 느껴졌다. 왓슨은 사냥과 수렵[132] 이야기를 꺼냈다. 하는 말이 이랬다. 이 지긋지긋하게 지겨운 사무실에서 시간을 보내고 있으려니 정말이지 지긋지긋하다, 사냥은 토요일밖에 할 수 없다, 전국 여기저기에서 멋진 초청들이 와도 죄다 거절할 수밖에 없다, 지긋지긋하게 지겨운 신세지만 오래 참고 있지는 않을 것이다, 이 지긋지긋하게 지겨운 구석에서 일 년만 보내고 사업을 시작할 것이다, 일주일에 나흘은 사냥을 할 것이고 수렵도 실컷 할 작정이라는 것이었다.

"여기에서 오 년은 있겠구먼?" 조그만 방에서 왓슨은 팔을 내저으며 말했다.

"그럴 것 같습니다." 필립이 말했다.

---

131) 경마용 말의 이름.

132) 'hunting and shooting'을 '사냥과 수렵'이라고 번역했다. 'hunting'이란 상류층 사람들이 사냥개들을 풀어놓고 말을 타고 하는 여우 사냥(fox hunting)이고, 'shooting'이란 사슴, 새 등의 짐승을 총으로 쏴서 잡는 것을 말한다.

"앞으로 서로 종종 보게 되겠군. 우리 봉급은 카터 씨가 줘요."

필립은 이 젊은 신사의 선배연하는 태도에 얼마간 주눅이 들고 말았다. 블랙스터블에서는 양조업 하는 사람을 은근히 경멸했고, 사제는 양조업자를 두고 맥주 귀족이라고 가벼운 농담을 하기도 했다. 왓슨이 굉장한 인사임을 알게 된 것은 필립으로서는 놀라운 경험이었다. 윈체스터를 나와 옥스퍼드를 다녔다고 하면서 말끝마다 그 점을 상대방에게 기억시키려고 애썼다. 그는 필립의 교육 배경을 자세히 알고 나자 더욱 잘난 척했다.

"그야, 사립학교를 가지 못하면 그다음으로는 그런 학교들이지. 그렇잖아?"

필립은 사무실의 다른 사람들에 대해 물었다.

"아, 난 그 사람들에 대해선 별 관심이 없어요. 카터는 제법 괜찮은 사람이야. 가끔 나랑 식사를 하지. 나머지는 다 형편없는 작자들이고."

이윽고 왓슨은 자기 일을 하기 시작했고, 필립도 편지를 분류하기 시작했다. 그때 굿워디 씨가 와서 카터 씨가 출근했노라고 했다. 그는 필립을 자기 방 옆의 커다란 방으로 데리고 갔다. 커다란 책상이 하나, 커다란 안락의자가 두 개 놓인 그 방에는 터키산 양탄자가 바닥에 깔려 있고, 사방 벽에는 스포츠를 주제로 한 판화들이 장식처럼 붙어 있었다. 책상에 앉아 있던 카터 씨가 필립과 악수하기 위해 일어났다. 그는 긴 프록코트를 차려입고 있었다. 마치 군인 같아 보였다. 콧수염은 기름을 발라 반질반질하게 손질했고, 반백의 머리는 짧고 단정했으며, 자세는 반듯했고, 쾌활하게 말했다. 그는 엔필드에 살았다. 그는 스포츠와 전원 생활의 이점을 열심히 강조했다. 그는 하트퍼드셔 기마 의용병 장교이자 보수 협회 회장이기도 했다. 한번은 지방의 한 고관이 카터 씨를 두고 아무리 봐도 런던에서 사업하는 사람으로 보이지 않는다고 말했다는 소리를 듣고 카터 씨는 자기가 헛살지는 않았구나 하고 생각했다. 그는 필립에게 소탈하게 말했다. 굿워디 씨가 자네를 잘 돌봐 줄 것이다. 왓슨은 괜찮은 청년이다. 나무랄 데 없는 신사이고, 스포츠를 잘한다. 자네도 사냥을 하나? 유감이다, 신사에 걸맞은 스포츠인데. 지금은 사냥할 시간이 별로 없어 아들이 대신 한다. 내 아들은 케임브리지에 다닌다. 럭비 학교를 나왔다. 럭비 학교는 훌륭한 학교이고, 학생들도 우수하다. 이 년 후면 내 아들도 견습을 받을 텐데, 자네에게도 도움이 될 것이고 마음에 들 것이다. 그 아이는 철저한 스포츠맨이다. 자네가 일을 잘하길 바라고 일이 마음에 들길 바란다. 강의에 빠져서는 안 된다. 우리가 지금 이 직업의 품위를 향상시키고 있는 사람들이다. 이 분야에 신사 출신이 많이 들어와야 한다. 그래, 그래, 여기 굿워디 씨가 있군. 물어보고 싶은 게 있으면 뭐든 굿워디 씨가 대답해 줄 것이다. 글씨는 잘 쓰나? 아, 그래, 그건 굿워디 씨가 나중에 알아보기로 하고.

필립은 끊임없는 신사 타령에 그만 질리고 말았다. 이스트 앵글리아에서는 누가 신사이고 누가 신사가 아닌지 다 안다. 하지만 신사가 신사 이야기를 하는 법은 없지 않은가.

37

처음 해 보는 일이라 시작할 때는 흥미가 있었다. 카터 씨는 그에게 편지를 받아쓰는 일을 시켰다. 회계보고서를 정서하는 일도 해야 했다.

카터 씨는 사무실을 신사다운 품위를 유지해 운영하고 싶어했다. 타자기 사용 따위는 생각지도 않았고 속기도 탐탁하게 여기지 않았다. 사환이 속기를 할 줄 알았지만 그 기술을 이용하는 사람은 굿워디 씨뿐이었다. 필립은 이따금 선배 직원들과 거래 회사의 회계 감사를 나가기도 했다. 덕분에 이제 어떤 곳이 신경을 써서 대우해야 할 회사이고, 어떤 곳이 재정이 쪼달리는 회사인가도 알게 되었다. 어떤 때는 길고 길게 나열된 숫자들을 합산하는 일을 해야 하기도 했다. 그는 첫 시험을 준비하기 위해 강의를 들었다. 굿워디 씨는 틈만 나면 그에게, 처음엔 따분하겠지만 차츰 익숙해질 거라고 말했다. 필립은 여섯 시에 퇴근하여 강을 건너 워털루 역까지 걸었다. 하숙집에 도착하면 저녁밥이 기다리고 있었고, 저녁은 책을 읽으며 보냈다. 토요일 오후에는 내셔널 갤러리에 다녔다. 헤이워드가 전에 러스킨[133]의 저서에서 필요한 것을 가려 뽑아 안내서로 만든 책을 추천한 적이 있는데 그 책을 손에 들고 방마다 돌아다녔다. 그림에 대한 러스킨의 논평을 면밀하게 읽

133) 존 러스킨(John Ruskin, 1819~1900). 영국의 예술평론가. 『현대 화가들(Modern Painters)』(1834)로 널리 알려져 있다.

은 다음, 온 정신을 집중하여 같은 그림에서 러스킨이 본 것을 보려고 애썼다. 일요일은 시간 보내기가 힘들었다. 런던에는 아는 사람이 없었기 때문에 일요일은 혼자 보낼 수밖에 없었다. 한번은 변호사 닉슨 씨가 일요일에 햄스테드의 자기 집에 초대를 해서 필립은 활기차고 발랄한 낯선 이들과 어울려 하루를 즐겁게 보냈다. 푸짐하게 먹고 마시고, 히스 풀밭을 거닐다가, 돌아올 때는 아무 때나 놀러 오라는 좀 막연한 초대도 받았다. 하지만 남에게 폐가 되는 일은 병적으로 두려워하는 성격이라 정식 초대만을 기다릴 수밖에 없었다. 당연히 정식 초대는 없었다. 닉슨 씨네는 따로 친구가 많고, 또 홀로 사는 말 없는 청년을 특별히 환대할 이유도 없었기 때문에 그를 별로 염두에 두지 않았던 것이다. 그래서 일요일에는 느지막이 일어나 강둑길을 산책하곤 했다. 반스의 강은 갯벌이 많고 거무튀튀했으며 조수의 간만(干滿)이 있다. 그래서 갑문(閘門) 위쪽의 템스강처럼 우아한 매력도 없고 배들이 벅적거리는 런던 다리 아래 하류처럼 로맨스도 없었다. 오후에는 공원을 돌아다녔는데 이곳도 우중충하고 음산하기만 했다. 시골이랄 수도 없고 시내랄 수도 없었다. 가시금작화는 자라다 말았고, 사방이 문명의 쓰레기로 어지러웠다. 토요일 밤이면 연극 구경을 했다. 비록 꼭대기층 입구에서 한 시간 혹은 그 이상을 서서 구경해야 했지만 이곳에서만은 즐거웠다. 박물관이 문을 닫고 나면 ABC 식당[134]에서 저녁 식사를 하기까지는 시간이

134) Aerated Bread Company(ABC). 영국에 있던 유명한 간이식당 체인점.

좀 남았지만 굳이 반스로 돌아갈 것까지는 없었다. 하지만 시간 보내기는 그지없이 따분했다. 본드 가를 어슬렁거리기도 하고, 벌링턴 아케이드를 돌아다니기도 하다가 지치면 공원에 들어가 주저앉거나, 날씨가 궂은 날이면 세인트 마틴 래인 거리에 있는 공립도서관에서 시간을 보냈다. 오가는 사람들을 바라보고 있노라면 친구가 있는 그들이 부러웠다. 저들은 행복한데 나는 비참하구나, 하는 생각이 들면 부러움은 증오로 변하기도 했다. 대도시에서 그처럼 고독하리라고는 꿈에도 생각지 못했다. 하기야 극장 꼭대기층 입구에 서서 구경을 하고 있노라면 옆 사람이 말을 걸어올 때도 있었다. 하지만 시골 사람 아니랄까 봐 필립은 낯선 사람이라면 당장 의심부터 되어 일부러 무뚝뚝하게 대꾸함으로써 더 이상 말을 못 붙이게 만들고 말았다. 연극이 끝나면 서로 감상을 나눌 상대도 없었기 때문에 서둘러 다리를 건너 워털루 역으로 갔다. 돈을 절약하느라고 불을 피워 놓지 않은 방에 돌아오면 불쑥 처량한 생각이 들었다. 방은 음산하기 짝이 없었다. 이제 하숙집도 지긋지긋하고, 이곳의 긴긴 외로운 밤들도 지긋지긋해지기 시작했다. 어떤 때는 외로움이 사무쳐서 책도 읽히지 않았다. 그런 때면 쓰라리고 참담한 심정으로 몇 시간이고 앉아 하염없이 벽난로의 불만 들여다보았다.

이제 런던에 온 지 석 달이 되었다. 그동안 햄스테드에서 보낸 그 일요일 하루 말고는 동료 직원 외에 누구하고도 말을 나누어 본 적이 없었다. 어느 날 저녁 왓슨이 외식이나 하자고 해서 두 사람은 함께 연예관[135]에 갔다. 필립은 어색하고 불편했다. 왓슨은 필립으로서는 별 관심도 없는 화제를 가지고 끊임없이 주절댔다. 속물이라고 생각하기는 했지만 절로 감탄이 나왔다. 왓슨은 필립의 교양 따위는 중요시하지 않는 것이 분명했다. 필립은 그 때문에 화가 났다. 그리고 무슨 일이든 남의 평가를 그대로 자신의 평가로 받아들이고 마는 버릇 때문에 그때까지 제법 중요시해 왔던 교양과 학문을 자신도 경멸하기 시작했다. 처음으로 가난의 굴욕을 느꼈다. 백부는 매달 십사 파운드를 송금해 주었는데, 그동안 옷을 여러 벌 사 입지 않으면 안 되었다. 야회복은 오 기니[136]나 들었다. 왓슨에게는 차마 그 옷을 스트랜드 가에서 샀다고 할 수 없었다. 왓슨에 따르면 양복점이란 런던에 한 군데뿐이었기 때문이다.

"자네, 춤은 못 추겠지." 하루는 왓슨이 필립의 발을 힐끗 내려다보면서 말했다.

"못 춰요."

"안됐군. 춤출 남자 몇 명을 데려오라는 부탁을 받았는데. 무도회에 말야. 재미있는 아가씨들을 소개해 줄까 했는데."

한두 번은 반스의 하숙집에 돌아가기가 싫어 오랫동안 시내를 헤매기도 했다. 밤늦게 웨스트 엔드를 어슬렁어슬렁 돌아다니다 보니 어느 집에서 파티를 하고 있었다. 허름한 옷차림의 사람들 한 무리가 안내원들 뒤에 서서 손님들이 도착하

---

135) 원어는 music hall. 직역하면 '음악당'이지만 음악만을 하는 곳이 아니고 노래, 춤, 만담, 곡예, 복화술 등을 포함한 버라이어티 쇼를 하는 연예관을 말한다.

136) 1기니는 21실링에 해당하는 금액이다.

는 것을 구경하고 있었다. 그도 그 사이에 끼어 구경하면서 창문으로 흘러나오는 음악 소리를 들었다. 추운 날씨인데도 한 쌍의 남녀가 발코니로 잠시 나와 바람을 쐬기도 했다. 연인 사이임이 분명한 이들을 보고 필립은 몸을 돌려 무거운 마음으로 다리를 절며 돌아갔다. 나는 결코 저 남자의 입장이 되지 못하리라. 내 꼴사나운 다리를 보고 혐오감을 갖지 않을 여자는 없을 테니까.

그러다 보니 미스 윌킨슨 생각이 났다. 즐거운 기억은 아니었다. 헤어지기 전에 약속하기로는 필립이 주소를 알릴 때까지 그녀가 채링 크로스 우체국으로 편지를 보낸다는 것이었다. 가 보니 세 통의 편지가 와 있었다. 푸른 편지지에 자주색 잉크를 사용하여 프랑스어로 쓰여 있었다. 왜 지각 있는 여자답게 영어로 쓰지 않는 것일까. 정열적인 표현들도 프랑스 소설을 연상시켜 별 감흥이 나지 않았다. 그녀는 필립이 편지를 쓰지 않는다고 잔뜩 책망을 늘어놓았다. 필립은 답장에다 몹시 바빴노라고 변명을 하지 않을 수 없었다. 편지의 서두를 어떻게 시작해야 할지 알 수 없었다. 애인들끼리 쓰는 '사랑하는(dearest)'이라든가 '달링(darling)'이라는 말로 시작하기도 어색했고, 그냥 에밀리라고 부르기도 싫어서 결국은 그냥 평범하게 '친애하는(dear)'이라는 말로 시작했다. 그 말만 달랑 쓰고 보니 이상해 보이고 약간 우스워 보이기도 했지만 그냥 두기로 했다. 처음 써 보는 연애 편지였다. 그런데 자기 생각에도 맥없고 미지근한 편지가 되고 말았다. 연애 편지라면 온갖 격렬한 표현을 다 동원해야 하지 않은가. 하루 내내 잠시도 그대 생각을 하지 않는 때가 없다든가, 그대의 아름다운 손에 키스를 퍼붓고 싶으며, 그대의 붉은 입술을 생각하면 얼마나 몸이 떨리는지 모른다는 말들을 써야 하지 않은가. 하지만 왠지 어색하고 쑥스러워 그런 표현을 쓸 수 없었다. 대신 하숙집과 사무실에 대해 이야기했다. 곧바로 답장이 왔다. 이번에는 잔뜩 성이 나고 속이 상해서 마구 원망하는 내용이었다. 어쩌면 그렇게 냉정할 수 있어요? 내가 당신 편지를 얼마나 애타게 기다리는지 아세요? 난 여자로서 줄 수 있는 건 다 주었는데 그 보답이 고작 이거예요? 나에게 벌써 싫증이 났나요? 며칠 동안 답장을 하지 않자 그녀로부터 연거푸 편지가 날아왔다. 당신의 매정함을 참을 수 없다. 우체부를 아무리 기다려도 당신 편지는 없더라. 밤마다 울면서 잠이 든다. 병색이 완연해서 보는 사람마다 어디 아프냐고 묻는다. 싫으면 싫다고 왜 말하지 않느냐. 그러고 덧붙이기를, 자기는 필립 없이는 살 수 없으며, 이제 남은 일은 죽는 일뿐이라는 것이었다. 그녀는 그가 냉정하고 이기적이고 고마움을 모른다고 했다. 이런 말이 다 프랑스어로 쓰여 있었다. 일종의 시위로 그런 말을 한다는 것은 뻔했지만 그래도 걱정은 되었다. 그녀를 불행하게 만들고 싶지는 않았다. 얼마 후 또 편지가 왔는데, 도저히 더 이상 헤어져 있을 수 없으니 크리스마스 때 어떻게든 런던으로 건너가겠다고 했다. 필립은 답을 써 보내기를, 그럴 수 있다면 더할 나위 없이 좋겠으나 크리스마스는 친구들과 시골에서 보내기로 미리 약속이 되어 있으며 그 약속을 어기기가 곤란하다고 했다. 그녀는 답하기를, 내 뜻을 강요하고 싶지는 않다, 당신이 나를 만나고 싶어하지 않는 것을 분명히 알겠다, 너무 마음이 아프다, 내가 바친 온갖 친절을 그처럼 잔인하게 갚을 줄 몰랐다고 했다. 가슴을 뭉클하게 하는 편지였다. 편지지에는 눈물 자국이 나 있는 것 같았다. 필립은 충동적으로 정말 너무 미안하다, 꼭 와 주었으면 좋겠다고 답장을 썼다. 다행히도 갈 수 없는 형편이라는 답장이 왔다. 그러고 난 뒤로는 이제 편지가 오면 마음이 심란해졌다. 얼른 뜯어 보기가 두려웠다. 무슨 말들이 쓰여 있을지 뻔했다. 노여움에 가득 찬 비난과 애처로운 하소연들. 그것들을 읽다 보면 자기는 영낙없이 몹쓸 짐승이었다. 하지만 내가 무얼 잘못했단 말인가, 하는 생각뿐이었다. 답장 쓰기를 차일피일 미루었다. 그러다 보면 또 한 통의 편지가 오리라. 아프고 외롭고 비참하다는 내용의.

'왜 내가 그 여자와 관계를 가졌더란 말인가.'

왓슨은 이런 일을 아주 쉽게 처리했기 때문에 필립은 그가 존경스러울 지경이었다. 이 젊은이는 어느 순회극단 여배우와 연애를 하는 중이었다. 이야기를 듣다 보면 놀랍기도 하고 부럽기도 했다. 하지만 얼마 후 왓슨은 마음이 바뀌고 말았다. 어느 날은 필립에게 여자와 결별한 이야기를 해 주었다.

"그런 일 가지고 끙끙댈 것 없다고 생각되더라구. 그래서 솔직하게 말했지. 이제 그만 만나자고 말야." 그가 말했다.

"소란을 피우지 않던가요?" 필립이 물었다.

"그야 뻔하지. 허나 내겐 그런 게 통하지 않는다고 했지."

"울던가요?"

"울긴 했지. 하지만 난 우는 여자는 질색이거든. 그래 당장 꺼지라고 했네."

세월이 흐름에 따라 필립의 유머 감각도 날카로워지고 있었다.

"그래 당장 꺼지던가요?" 그가 웃으며 물었다.

"그럼, 그러지 않고 별 수 있겠나?"

그러는 사이 크리스마스 휴일이 다가왔다. 케리 부인은 십일월 내내 건강이 좋지 않았다. 의사는 그녀가 기력을 회복할 수 있도록 내외가 함께 크리스마스경에 콘월[137]에 가서 두어 주일 쉬었다 오도록 권유했다. 그렇게 되고 보니 필립은 갈 데가 없어 크리스마스를 하숙집에서 보내야 했다. 헤이워드처럼 그는 성탄 축제들을 다 저속하고 야만적이라고 생각하기로 하고 성탄절에 대해서는 신경을 쓰지 않기로 마음먹었다. 하지만 막상 그날이 되자 주변의 흥청대는 분위기가 이상하게 마음을 어지럽혔다. 하숙집 주인 내외는 이 날을 시집간 딸과 함께 보내고 있었다. 필립은 폐를 끼치지 않으려고 외식을 하겠노라고 했다. 그는 정오 무렵 런던으로 걸어 나가 개티 가게에서 혼자 칠면조 한 조각과 크리스마스 푸딩을 사 먹었다. 그다음에는 할 일이 없었으므로 오후 예배 시간에 맞추어 웨스트민스터 교회로 갔다. 거리는 한산했고 행인들은 바쁜 표정으로 지나갔다. 그들의 걸음은 한가롭지 않았고 다들 뚜렷한 목표를 가지고 있는 듯했으며 혼자인 사람은 별로 없었다. 다들 행복해 보였다. 필립은 이때처럼 고독감을 뼈저리게 느껴 본

---

137) 영국의 바닷가 휴양지 중 한 곳.

적이 없었다. 처음 생각은 시내에서 그럭저럭 시간을 때우다가 저녁 식사를 식당에서 하려는 것이었다. 하지만 웃고 떠들고 즐거워하는 유쾌한 사람들의 모습을 더 볼 자신이 없었다. 다시 워털루 역 쪽으로 돌아가면서 웨스트민스터 브리지 로드 거리에서 햄과 민스 파이 두어 개를 사 가지고 반스의 하숙집으로 돌아왔다. 조그맣고 외로운 방에서 음식을 먹고 책과 함께 그날 저녁을 보냈다. 울적한 마음을 견딜 수 없었다.

다시 사무실에 출근하여 왓슨이 떠벌이는 짧은 휴일 이야기를 듣고 있노라니 괴롭기 짝이 없었다. 활달한 아가씨들 몇 명과 어울렸다는 것이었다. 저녁을 먹은 뒤 응접실을 치우고 춤을 췄다고 했다.

"세 시까지 잠을 못 잤지. 어떻게 잠이 들었는지 모르겠어. 정말 취하긴 취했나 봐."

마침내 필립이 절망적인 기분으로 물었다.

"런던에서는 사람을 어떻게 사귀죠?"

왓슨은 놀란 듯이 바라보았다. 재미있어하면서도 깔보는 기색이 들어 있는 표정이었다.

"아, 뭐, 오다가다 알게 되는 거 아니겠어. 춤추러 가면 같이 춤출 상대를 얼마든지 만나게 돼."

필립은 왓슨이 싫었다. 하지만 그와 처지만 바뀔 수 있다면 무슨 짓이든 했을 것이다. 학교 다닐 때의 옛 버릇이 되살아났다. 다른 사람의 입장이 되어 보는 것이었다. 그는 자기가 왓슨이라면 어떻게 살고 있을까를 상상해 보았다.

38

연말이 되자 할 일이 많아졌다. 필립은 톰프슨이라는 직원과 여러 곳을 돌아다니며 하루 종일 틀에 박힌 일을 하며 보냈다. 그가 지출 내역을 부르면 상대방이 그것을 확인하는 일이었다. 어떤 때는 여러 장에 걸친 숫자를 합산해야 할 때도 있었다. 숫자에 밝지 않아 일이 더딜 수밖에 없었다. 계산이 자꾸 틀리자 톰프슨은 짜증을 냈다. 이 동료 직원은 키가 크고 말라 빠진 마흔의 사내로 혈색이 창백하고 머리는 검었으며 콧수염이 더부룩했다. 볼이 움푹 들어가고 콧날 양쪽에는 깊은 주름이 패어 있었다. 그는 필립을 싫어했다. 견습사원이라는 이유 때문이었다. 필립은 삼백 기니를 미리 내고 오 년 동안 일을 배우기 때문에 경력을 쌓을 수 있다. 하지만 경험도 있고 능력도 있는 자기는 주불 삼십오 실링짜리 서기 이상이 될 가능성은 전혀 없었다. 많은 가족에 시달리며 사는 탓에 성격이 비뚤어져 있었다. 필립을 공연히 거만한 사람으로 보고 못마땅하게 여겼다. 필립이 자기보다 배운 것이 많았기 때문에 조롱하려 했고, 필립의 발음을 비웃었다. 필립이 런던 사투리를 쓰지 않는 것도 용서할 수 없었다. 필립에게 말을 할 때에는 비아냥거리듯이 에이치(h) 발음을 과장해서 발음했다.[138] 처음에는 그냥 무뚝뚝하고 언짢게 대하는 정도였지만 필립이 회계에 소질이 없다는 것을 안 다음부터는 핀잔 주는

---

138) 런던 사투리에서는 두음의 에이치(h)를 발음하지 않는다.

일을 즐거움으로 삼았다. 그의 공격이 워낙 유치하고 터무니없었지만 필립에게는 마음의 상처가 되었다. 필립은 방어를 위해 짐짓 마음에도 없는 우월한 태도를 취해 보기도 했다.

"오늘 아침엔 목욕했나?" 어느 날 필립이 느지막이 출근하자 톰프슨이 말했다. 일찍 출근하던 습관도 이제 그만둔 터였다.

"예, 안 하셨나요?"

"어디 내가 신사인가? 서기 나부랭이지. 난 토요일 밤에만 목욕을 한다네."

"그래서 월요일에는 평소보다 더 무뚝뚝해지시는 건가요?"

"오늘은 간단한 합산 좀 해 줄 수 있으실지 모르겠네. 라틴어도 알고 희랍어도 아시는 신사 양반이 하시기에는 힘이 꽤 들겠지만."

"그런 식으로 비꼬시는 건 별로 적절하지 않은데요."

하지만 필립은 다른 직원들이 보수도 낮고 천박하긴 하지만 자기보다는 유능하다는 사실을 인정하지 않을 수 없었다. 한두 번은 굿워디 씨도 참지 못하고 그에게 짜증을 냈다.

"이제 이보다는 더 잘해야 할 것 아닌가. 사환만큼도 못 하고 있잖아."

필립은 시무룩하게 듣고 있었다. 그는 욕먹는 것이 싫었다. 회계보고서 정서를 맡았다가 굿워디 씨가 불만스럽게 생각하여 그 일을 다른 직원에게 주어 버렸을 때는 망신을 당한 느낌이었다. 처음에는 새로운 일을 한다는 기분에 견딜 만했지만 이제는 지겹기 짝이 없었다. 이 일에 취향이 없다는 것을 깨닫고 나서부터는 일이 싫어지기 시작했다. 그래서 맡은 일을 하고 있어야 할 때에도 사무용지에 그림 같은 것들을 그리면서 시간을 보내기도 했다. 왓슨의 모습을 온갖 자세로 스케치했다. 왓슨은 그의 그림 솜씨에 깜짝 놀랐다. 한번은 그림을 집으로 가져가더니, 다음 날 돌아와서는 식구들이 다들 칭찬하더라고 전했다.

"왜 자네는 화가가 되지 않았나. 그야 돈이 벌리는 일은 아니지만." 그가 말했다.

사나흘 뒤 카터 씨가 우연히 왓슨네 집에서 식사를 하게 되었는데 식구들이 그에게 그림을 보여 주었다. 다음 날 아침 그는 필립을 불렀다. 필립은 그를 거의 만나지 않는 편이라 약간 주눅이 들어 그 앞에 가서 섰다.

"이봐, 젊은 친구, 자네가 근무 외 시간에 무얼 하든 내 알 바 아니지만, 자네가 그린 그림을 보았는데 우리 사무실 용지에 그렸더군. 굿워디 씨 말로는 자네 좀 굼뜨다는 거야. 좀 빠릿빠릿하게 보이지 않으면 공인회계사로서는 조금도 좋을 게 없어. 이건 참 좋은 직업이야. 집안 좋은 사람들도 이제 이 직종을 많이 찾고 있네. 하지만 이런 직업을 가지려면 말이야, 자넨 좀 더……."라고 하면서 그는 마무리할 말을 찾았다. 그러나 맘에 딱 맞는 말을 찾지 못했는지 그냥 어물쩍 끝내고 말았다. "자넨 좀 더 빠릿빠릿하게 보여야 돼."

일이 맘에 들지 않으면 일 년 뒤에 그만두고 계약금 가운데 반은 돌려받을 수 있다는 계약만 없었더라면 필립은 아마 이 직업에 주저앉고 말았을 것이다. 필립은 아무래도 자기가 장부 계산이나 하는 이런 일보다는 더 훌륭한 일에 어울린다는 생각이 들었다. 하찮아 보이는 일임에도 자기가 썩 잘 해내지 못하는 게 창피스러웠다. 톰프슨과 벌였던 그 천박한 소동은 생각만 해도 화가 치밀었다. 삼월이 되자 왓슨은 일 년 근무를 마쳤고, 필립은 좋아하지는 않았지만 그가 떠나는 것을 서운하게 바라보았다. 다른 직원들은 자기들보다 다소 높은 계급에 속한다는 이유로 두 사람을 똑같이 싫어했는데 그 점이 두 사람을 하나로 묶어 주었던 모양이다. 그 한심한 무리들과 사 년 이상을 보내야 한다고 생각하니 기가 막혔다. 런던에 오면 멋진 생활이 기다릴 줄 알았는데 아무것도 없었다. 이제 런던이 지겨워졌다. 아는 사람이라고는 하나도 없었고 사람을 사귀려면 어떻게 해야 하는지도 알 수 없었다. 어디든 혼자서 돌아다녀야 하는 일에 신물이 났다. 이제 이런 생활은 더 이상 견딜 수 없다는 느낌이 들기 시작했다. 밤이면 침대에 누워 그 구질구질한 사무실이며 그 안에서 일하는 사람들을 다시는 보지 않게 된다면 얼마나 좋을까, 그 따분한 하숙집을 벗어날 수만 있다면 얼마나 기쁠까 하고 생각했다.

봄이 되자 낙담할 일이 생겼다. 헤이워드가 봄을 맞아 런던에 오겠다는 뜻을 전해 와서 필립은 그를 다시 만날 날을 학수고대하고 있었다. 최근 들어 독서도 많이 했고 생각도 많이 했기 때문에 마음속에는 토론거리가 꽉 차 있었다. 주변에는 추상적인 주제에 기꺼이 관심을 보일 만한 사람이 하나도 없었다. 누군가와 마음껏 이야기를 나눌 수 있다는 생각에 기대에 부풀어 있던 참인데 헤이워드가 이탈리아의 올해 봄이 그렇게 아름다울 수 없다면서 차마 떠날 수 없노라고 편지를 보냈던 것이다. 낙심천만이었다. 헤이워드는 자네가 오는 게 어떠냐고 물었다. 온 세상이 이처럼 아름다운데 사무실에 갇혀 젊음의 나날을 썩히고 있다니, 도대체 뭐가 나오느냐는 것이었다. 편지는 계속되었다.

> 자네가 잘 견뎌 낼까. 난 지금도 플리트 스트리트와 링컨 학료를 생각하면 진저리가 나네. 인생을 살 만하게 해 주는 것은 세상에 두 가지뿐일세. 예술과 사랑이지. 난 자네가 사무실에 앉아 장부 따위나 들여다보고 있는 걸 상상할 수 없네. 실크해트를 쓰고 우산과 조그만 검정 가방을 들고 다니나? 난 말일세, 우리는 인생을 하나의 모험으로 생각해야 하며, 단단한 보석 같은 불길로 타올라야 한다,[139] 그리고 위험을 무릅써야 하며, 더 나아가 위험 앞에 나서야 한다고 생각하네. 왜 파리에 가서 미술 공부를 하지 않나? 난 늘 자네가 그쪽에 소질이 있다고 생각했네.

이 권고는 묘하게도 필립이 한동안 마음속으로 막연히 타진해 보고 있던 한 가능성과 완전히 맞아떨어지고 있었다. 처음엔 그도 놀랐지만 그 생각을 지울 수 없었다. 줄곧 이 문제

---

139) 월터 페이터의 『르네상스(The Renaissance)』의 결론부에 나오는 말을 인용하고 있다. 'To burn always with this hard, gem-like flame, to maintain this ecstasy, is success in life.' 이 말은 곧 유미주의 운동의 금언이 되었다.

를 곱씹어 봄으로써만 그는 현재의 비참한 상태를 잊을 수 있었다. 다들 그에게 재능이 있다고 했다. 하이델베르크에서도 그의 수채화를 보고 모두 감탄했다. 미스 윌킨슨도 그림이 훌륭하다고 여러 차례 말했고, 왓슨네처럼 모르는 사람들도 그림을 보고 놀라지 않았던가. 필립은 『라 비 드 보엠』을 읽고 깊은 감명을 받았었다. 그 책을 런던에 가지고 와서 울적할 때마다 읽었는데 서너 쪽만 읽어도 그의 상상은 로돌프 일행이 춤추고, 사랑하고, 노래했던 그 매혹적인 다락으로 날아가는 것이었다. 전에 런던을 꿈꾸었던 것처럼 이제는 파리를 꿈꾸기 시작했다. 하지만 또다시 환멸을 느끼리라는 두려움은 없었다. 로맨스와 아름다움과 사랑이 애타게 그리웠고 파리에 가면 그것들을 죄다 얻을 것 같았다. 그에게는 그림에 대한 열정이 있었다. 남들만큼 그리지 못하리란 법이 어디 있는가. 그는 미스 윌킨슨에게 편지를 보내 파리에서 얼마를 가지면 생활할 수 있겠느냐고 물었다. 그녀는 일 년에 팔십 파운드면 너끈히 살 수 있다면서 그의 계획을 열렬히 지지했다. 그가 사무실에서 썩기는 아깝다고 했다. 훌륭한 화가가 될 수 있는 사람이 왜 서기 나부랭이가 되어야 하죠, 하고 그녀는 연극조로 묻고는 자신감을 가지라고 간청했다. 그야말로 훌륭한 계획이라는 것이었다. 하지만 필립은 신중한 성격이었다. 헤이워드로서야 위험을 감수하라는 말을 할 수 있을 법했다. 자기야 우량 증권으로 일 년에 삼백 파운드의 수입이 있으니까. 필립이 가진 재산은 다 해야 천팔백 파운드를 넘지 않았다. 자신이 없었다.

그러던 어느 날 우연히도 굿워디 씨가 불쑥 파리에 가 보고 싶지 않느냐고 물었다. 회사가 포브르 생토노레 거리에 있는 어떤 영국인 회사 소유 호텔의 결산 업무를 맡고 있는데 굿워디 씨와 직원 한 명이 일 년에 두 차례씩 그곳에 출장을 갔다. 그런데 늘 같이 가던 직원이 공교롭게도 병이 난 데다 사무실 일이 바빠 다른 직원이 사무실을 비울 수도 없는 처지였던 것이다. 굿워디는 사무실을 비워도 될 사람으로 필립을 생각했다. 계약에 따르더라도 그는 이 즐거운 출장 사무를 담당할 수 있는 권리가 있었다. 필립은 반가웠다.

"하루 종일 일해야 하네." 굿워디 씨가 말했다. "하지만 저녁 시간은 우리 것일세. 어떻든 파리 아닌가." 그는 뭔가 잘 알고 있다는 듯 싱긋 웃었다. "호텔에서는 아주 잘해 주네. 식사도 세 끼 다 제공해 주고. 우리 돈 드는 건 한 푼도 없어. 파리는 그렇게 가야 맛이 나지. 남의 돈으로 말야."

칼레[140]에 도착해서 손짓 몸짓으로 얘기하는 무수한 짐꾼들을 보고 필립은 가슴이 뛰었다.

"그래, 바로 이거야." 하고 그는 중얼거렸다.

기차가 시골 들판을 달리는 동안 그는 이국의 풍경을 경이의 눈으로 바라보았다. 탄성을 자아내게 하는 모래 언덕들이 연이어 나타났고, 그 빛깔은 여태껏 본 어느 빛깔보다도 더 아름다워 보였다. 운하며 강을 따라 죽 늘어서 있는 포플러도

140) Calais. 프랑스 북부 해안의 항구. 영국의 도버에서 43킬로미터밖에 되지 않는다.

매혹적이었다. 북(北) 역에서 내려 덜컹거리는 마차를 타고 자갈 깔린 거리를 달릴 때는 정신없이 들이켠 신선한 대기에 흠뻑 취해 큰 소리로 고함을 지르고 싶은 충동을 억누를 수 없었다. 호텔 문간에서 지배인이 그들을 맞았다. 튼튼한 몸집의 유쾌한 사람으로 영어도 꽤 할 줄 알았다. 굿워디 씨하고는 오랜 친구라 두 사람은 아주 반갑게 인사를 나눴다. 그들은 지배인의 사실(私室)에서 그의 부인과 함께 식사를 했다. 필립은 이때 나온 '비프스테이크 오 폼므'처럼 맛있는 요리는 처음 먹어 보는 것 같았고, '뱅 오디네르'처럼 달콤한 술은 처음 마셔 보는 것 같았다.[141]

도의를 지키는 점잖은 가장(家長) 굿워디 씨에게도 프랑스의 수도는 즐거운 외설의 낙원이었다. 이튿날 아침 그는 지배인에게 뭐 '진한' 구경거리 없느냐고 물었다. 그는 파리 출장을 늘 철저히 즐겼다. 가끔씩은 이처럼 파리에 다녀야 사람이 녹이 슬지 않는다고 했다. 저녁에 일을 끝내고 식사를 마치자 그는 필립을 데리고 물랭 루주와 폴리 베르제르[142]에 갔다. 그의 작은 눈은 외설스러운 것을 찾느라 반짝였고 얼굴은 능글맞고 관능적인 웃음기를 흘렸다. 외국인을 주로 상대하

---

141) '비프스테이크 오 폼므(beefsteak aux pommes)'는 감자와 '뱅 오디네르(vin ordinaire)'를 곁들인 비프스테이크를 말한다. '뱅 오디네르'는 '보통 포도주'라는 뜻으로, '오디네르'는 보통 값싼 포도주를 분류하는 말이다.

142) '물랭 루주(Moulain Rouge)'는 파리의 몽마르트르에 있는 댄스홀로 '붉은 풍차'라는 뜻이다. 옥상에 있는 붉은 네온사인의 풍차 때문에 그런 이름이 붙었다. 프렌치 캉캉 춤의 흥행으로 인기를 끌었다. '폴리 베르제르(Folies Bergères)'는 파리에 있는 연예관이다.

는 유흥지는 빼놓지 않고 다 찾아갔다. 그러면서도 나중에는 나라가 그런 것을 허용하면 좋을 거 하나도 없다고 했다. 「레뷰」[143]라는 익살극 구경을 하면서 홀랑 벗다시피 한 여자가 나오면 필립을 쿡쿡 찌르기도 하고, 홀을 어슬렁거리는 매춘부들 가운데서 제일 풍만한 여자를 찾아내 손가락으로 가리켜 보이기도 했다. 그가 필립에게 보여 준 것은 저속한 파리였으나 필립은 환상에 멀어 버린 눈으로 그 파리를 보았다. 아침 일찍 그는 서둘러 호텔을 나와 샹젤리제로 가서 콩코르드 광장에 섰다. 때는 유월이었고 파리는 감미로운 대기에 감싸여 은빛으로 빛나고 있었다. 파리 거리를 오가는 사람들이 마냥 정답게 느껴졌다. 그렇다, 로맨스는 바로 여기에 있다, 고 필립은 생각했다.

그들은 한 주 내내 파리에서 머물다 일요일에 그곳을 떠났다. 밤늦게 반스의 우중충한 하숙집에 돌아왔을 때 필립의 마음은 이미 정해져 있었다. 계약을 파기하고 파리에 가서 미술 공부를 하자. 하지만 남들에게 실없는 사람으로 보이지 않도록 일 년의 기간을 채울 때까지는 그대로 하던 일을 하기로 했다. 팔월 후반의 이 주 동안이 휴가였으므로 휴가 기간에 허버트 카터 씨를 만나 그만두겠노라고 말할 작정이었다. 그렇게 마음을 먹고 억지로 사무실에 나가기는 했지만 없는 관심을 있는 척하기도 고역이었다. 마음은 미래의 일로 꽉 차 있

---

143) 음악, 춤, 풍자적인 촌극이 포함된 대중 오락 연예물. 20세기 초반에 유행했다.

었다. 칠월 중순에는 할 일이 많지 않았기 때문에 일차 시험 준비를 위해 강의를 들어야 한다는 핑계를 대고 사무실 근무를 많이 빼먹었다. 그런 식으로 얻은 시간을 그는 내셔널 갤러리에서 보냈다. 파리에 관한 책도 읽고 미술에 관한 책도 읽었다. 그는 러스킨에 흠뻑 빠졌다. 바사리[144]가 쓴 화가들의 전기도 닥치는 대로 읽었다. 코레조[145]의 이야기가 무엇보다 마음에 들었다. 위대한 걸작 앞에 서서 코레조처럼 '안키오 손 피토레!(나도 그릴 수 있다!)'라고 소리치는 자신의 모습을 상상해 보았다. 이제는 주저하는 마음도 사라지고 없었다. 자신에게는 훌륭한 화가가 될 소질이 충분히 있다는 확신이 섰다.

"그래, 한번 해 보는 거야." 그는 혼잣말했다. "인생의 가치란 위험을 무릅쓴다는 데 있지 않겠어?"

마침내 팔월 중순이 되었다. 카터 씨는 스코틀랜드에서 한 달간 머물고 있는 중이었고 사무실은 지배인이 책임지고 있었다. 파리를 다녀온 뒤 굿워디 씨는 필립에게 아주 사근사근하게 대해 주는 것 같았다. 필립도 어차피 곧 이곳에서 해방될 거라고 생각하니 이 작고 우스운 사람을 너그러운 마음으로 대할 수 있었다.

"케리, 내일부터 휴가지?" 퇴근 무렵 굿워디 씨가 물었다.

이 지긋지긋한 사무실에 앉아 있는 건 오늘이 마지막이다,

---

144) 조르조 바사리(Giorgio Vasari, 1511~1574). 이탈리아의 화가, 건축가, 저술가.

145) Correggio. 본명은 안토니오 알레그리(Antonio Allegri, 1489~1534). 이탈리아의 화가.

하고 필립은 하루 종일 자신에게 읊어 대고 있었다.

"네, 오늘로 꼭 일 년이 됩니다."

"근무 성적이 썩 좋은 건 아닐세. 카터 씨가 불만이 많네."

"제가 카터 씨에게 가진 불만만큼은 아니겠죠." 필립이 명랑하게 대꾸했다.

"그런 식으로 말하면 안 될 텐데, 케리."

"이제 다시 나오지 않아요. 계약에 따르면 제가 회계사 일이 맘에 들지 않을 경우, 카터 씨가 계약금 반을 돌려주기로 했고, 이제 일 년을 다 마쳤으니 집어치워야겠어요."

"그렇게 성급하게 결정을 내리면 안 돼요."

"지난 십 개월 동안 정말 모든 게 지긋지긋했어요. 일도 지긋지긋하고, 사무실도 지긋지긋하고, 런던도 지긋지긋하고요. 이런 데서 세월을 보내느니 차라리 거리 청소부를 하겠습니다."

"하긴, 내 생각에도 자네에겐 회계 업무가 맞지 않는 것 같아."

"안녕히 계십시오." 필립은 손을 내밀며 말했다. "그동안 잘해 줘서 고마워요. 제가 골치를 썩였다면 죄송하고요. 전 처음부터 이런 일이 안 맞을 줄 알았죠."

"좋아요, 정 그렇게 마음을 굳혔으면 작별을 하는 수밖에. 앞으로 무슨 일을 할지는 모르겠지만 이 근방에 오거든 아무 때나 들려요."

필립은 푸풋 하고 웃었다.

"무례하게 들릴지 모르겠지만, 여기 계신 양반들을 다시는 보고 싶지 않아요."

39

필립의 계획을 듣고 블랙스터블 관할사제는 자기로서는 알 바 없다고 했다. 사람이란 한 우물을 파야 한다는 것이 자신의 신조라는 것이었다. 심약한 사람들이 으레 그러듯, 그도 사람이 한번 마음을 먹으면 함부로 바꾸지 않아야 한다는 것을 지나치게 강조했다.

"회계사를 선택한 건 순전히 네 뜻이었지 않느냐." 그가 말했다.

"대도시에 가 볼 기회라고는 그것밖에 없었기 때문이었죠. 그런데 이제 런던도 싫고, 그 일도 싫습니다. 누가 뭐래도 다시는 돌아가지 않겠어요."

케리 씨 내외는 화가가 되겠다는 필립의 생각에 충격을 감추지 않았다. 아버지 어머니가 모두 신사 집안이셨다는 것을 잊어선 안 된다, 그림 그리는 일이 어찌 버젓한 직업이겠느냐, 세상 제멋대로 사는 사람들이나 택하는 남부끄럽고 부도덕한 직업이다, 그들은 그렇게 말했다. 게다가 파리라니!

"내가 이 문제에 관여할 수 있는 한, 널 파리에 보내지는 않겠다." 사제는 단호하게 말했다.

그곳은 악의 소굴이다. 진홍색 옷을 입은 탕녀와 바빌론의 여자가 죄악을 뽐내고 다니는 곳이며, 평원의 도시들이 그보다 더 사악할 수 없다.[146] "우린 너를 신사로, 그리고 기독교인

---

146) 악의 소굴, 진홍색 옷을 입은 탕녀, 바빌론의 여자, 평원의 도시들은

으로 길렀다. 내가 만약 너를 그런 유혹의 소굴로 보낸다면 돌아가신 네 아버지 어머니의 신뢰를 저버리는 셈이 될 것이다."

"전 이제 기독교인이 아닙니다. 신사인지 어쩐지도 잘 모르겠구요." 필립이 말했다.

말씨름은 더 격렬해졌다. 얼마 안 되는 유산이지만, 완전히 자기 것이 되려면 필립은 일 년을 더 기다려야 했다. 케리 씨는 단호했다. 그 일 년 동안 회계사 사무소에 계속 다녀야만 돈을 대 주겠다는 것이었다. 필립에게 분명했던 것은 어차피 회계사 공부를 그만둘 바에야 견습료의 반을 돌려받을 수 있을 때 그만두어야 한다는 점이었다. 사제는 말을 들으려 하지 않았다. 필립은 자제력을 잃고 할 말 못 할 말을 다 해 버리고 말았다.

"큰아버지가 제 돈을 낭비할 권한은 없어요." 그는 마침내 그렇게 말하고 말았다. "따지고 보면 그건 제 돈 아닙니까? 전 이제 어린애가 아녜요. 제가 파리로 가겠다면 절 막으실 수는 없습니다. 저를 강제로 런던으로 돌려보내실 수는 없어요."

"내 판단에 네가 바람직한 일을 하지 않는 한, 돈을 줄 수 없다."

"좋아요. 마음대로 하세요. 하지만 전 파리로 갈 겁니다. 옷도 팔고, 책도 팔고, 아버지 보석도 팔면 되지요."

루이자 백모는 아무 말 없이 앉아 있었으나 마음은 불안하

다 성경에 나오는 말이다. 진홍색 옷을 입은 여자는 '요한묵시록' 17장 6절에 나온다. 바빌론은 성경에서 영화와 사치와 죄악의 도시이고, 평원의 도시들은 '창세기'에 나오는 소돔과 고모라를 가리킨다.

고 슬펐다. 필립이 지금 제정신이 아니어서 지금으로서는 그녀가 무슨 말을 하든 화만 돋우게 될 뿐이라는 것을 알았다. 마침내 사제는 더 이상 아무 말도 듣고 싶지 않다며 위엄을 갖추고 방을 나가 버렸다. 그다음 사흘간 필립과 사제는 서로 아무 말도 하지 않았다. 필립은 파리에 관한 정보를 얻기 위해 헤이워드에게 편지를 썼고, 답장을 받는 대로 떠나기로 작정했다. 케리 부인은 이 문제를 두고 곰곰이 생각해 보았다. 필립이 남편을 미워하듯 자기도 미워하고 있는 것 같았다. 그 생각이 마음을 괴롭혔다. 그녀는 필립을 한없이 사랑하고 있었다. 마침내 그녀는 그와 이야기를 나누어 보았다. 필립이 런던에 대한 온갖 환멸감과 미래에 대한 열렬한 야심을 토로하는 동안 그녀는 주의 깊게 들었다.

"실패할 수도 있겠지요. 하지만 시도는 해 보게 해 주세요. 무슨 일을 해도 그 끔찍한 사무소 일보다는 못하지 않을 겁니다. 전 그림을 잘 그릴 수 있을 것 같아요. 그쪽에 소질이 있습니다."

그토록 강한 열망을 꺾는 것이 과연 잘하는 일인가에 대해서 그녀는 남편만큼 확신이 서지 않았다. 책을 읽어 보면, 위대한 화가가 된 사람들도 처음에는 부모의 반대에 부딪히지만 나중에는 그것이 어리석은 반대였음이 드러나곤 하지 않던가. 그리고 따지고 보면, 화가라고 해서 공인회계사처럼 하느님의 영광에 이르는 덕스러운 삶을 사는 것이 왜 불가능하겠는가.

"파리에 가겠다니 마음이 놓이질 않는구나. 런던에서 그림 공부를 한다면 그처럼 걱정은 안 되겠다만." 그녀가 슬프게 말했다.

"그림 공부를 하려면 철저히 해야 됩니다. 진짜 그림 공부는 파리라야 가능하구요."

그의 말에 따라 케리 부인은 변호사에게 편지를 썼다. 필립이 지금 런던에서 배우고 있는 일에 만족하고 있지 못하다, 방향을 바꾸려고 하는데 어떻게 생각하느냐는 내용이었다. 닉슨 씨의 답장은 다음과 같았다.

> 케리 부인께
>
> 허버트 카터 씨를 만나 봤는데, 필립 군이 기대했던 만큼 썩 잘 해내지 못했다는 것을 말씀드리지 않을 수 없군요. 본인이 그 일을 그렇게 싫어한다면 이 기회에 견습 계약을 해약하는 것이 낫지 않을까 싶습니다. 저로선 물론 대단히 유감입니다만, 말을 물가로 끌고 갈 수는 있으되 물을 억지로 먹일 수는 없는 것 아니겠습니까.
>
> 앨버트 닉슨 드림.

편지를 사제에게 보였으나 오히려 사제는 더욱 고집을 부릴 뿐이었다. 필립이 딴 직업을 택하는 것은 얼마든지 좋다, 부친의 직업이었던 의사를 해 보는 게 어떻겠느냐, 그러나 파리로 가겠다면 절대 돈을 대 줄 수 없다는 것이었다.

"그건 안락과 관능의 생활을 하고 싶어 내세우는 구실에 지나지 않아."

"큰아버지가 남의 안락을 탓하시다니 재미있는데요." 필립은 신랄하게 응수했다.

그러나 이때쯤에는 이미 헤이워드로부터 답장이 온 뒤였다. 편지에는 한 달에 삼십 프랑이면 방을 얻을 수 있는 여관 이름과 어느 미술학원 주무(主務)에게 보내는 소개장이 들어 있었다. 필립은 케리 부인에게 편지를 읽어 주고 구월 첫째 날에 출발하겠노라고 말했다.

"하지만 돈이 어디 있느냐?" 그녀가 물었다.

"오늘 오후 터캔베리에 가서 보석을 팔 생각이에요."

아버지로부터 금시계와 시곗줄 하나, 두세 개의 반지, 몇 개의 커프스 버튼, 두 개의 핀을 물려받은 게 있었다. 그 가운데 하나는 진주여서 값을 꽤 받을 수 있을 거라고 했다.

"물건이 가치 있다고 해서 다 제값을 받을 수 있는 건 아니다." 루이자 백모가 말했다.

필립은 웃었다. 백부가 늘 하던 말이었기 때문이다.

"압니다. 하지만 못해도 다 합치면 백 파운드야 받겠지요. 그거면 스물한 살 때까지는 버틸 수 있을 겁니다."

케리 부인은 아무 말 없이 이 층으로 올라가서 작고 검은 보닛을 쓰고 은행으로 갔다. 한 시간 뒤에 그녀는 돌아왔다. 그녀는 응접실에서 책을 읽고 있는 필립에게 가서 봉투를 하나 내밀었다.

"이게 뭐죠?"

"네게 주는 조그만 선물이다." 그녀는 수줍게 웃으며 말했다.

봉투를 열어 보니 오 파운드짜리 지폐 열한 장이 들어 있고, 또 작은 종이 봉지 하나에는 일 파운드 금화들이 불룩하게 담겨 있었다.

"네 아버지 보석을 팔게 할 수는 없었다. 이건 내가 은행에 넣어 두었던 돈인데, 백 파운드 정도는 될 게다."

필립은 얼굴이 화끈거리며 자기도 모르게 눈물이 솟구쳐 올랐다.

"아녜요, 받을 수 없습니다. 정말 고맙기는 하지만 받지는 못하겠어요."

케리 부인은 결혼했을 당시 삼백 파운드를 가지고 있었는데 그동안 이 돈을 아주 조심스럽게 간수해서 뜻하지 않은 경비와 급한 자선 기부금으로 지출해야 할 때, 그리고 남편과 필립에게 줄 크리스마스 선물이나 생일 선물을 사는 데 사용해 왔다. 세월이 흐르는 사이 돈의 액수는 딱할 정도로 줄어들었지만 사제는 이것을 아직도 농담거리로 삼고 있었다. 아내를 돈 많은 여자라고 부르면서 늘 그 '씨알 밑천' 이야기를 했던 것이다.

"제발 넣어 두려무나. 필립. 내가 그동안 마구 쓰다 보니 그것밖에 남지 않아 미안하구나. 하지만 네가 받아 준다면 정말 기쁘겠다."

"하지만 큰어머님도 필요하실 텐데요."

"아니, 그럴 것 같지 않다. 네 큰아버지가 나보다 먼저 돌아가실 경우를 생각해서 가지고 있었을 뿐이다. 필요할 때 금방 쓸 수 있도록 얼마간 가지고 있으면 좋겠다 싶었다만 내가 이제 별로 오래 살 것 같지도 않구나."

"아니, 그게 무슨 말씀이세요. 큰어머님은 아주 오래오래 사실 거예요. 제겐 큰어머님이 안 계시면 안 돼요."

"서운해서 하는 소리가 아니다." 목소리가 메면서 그녀는 눈을 가렸다. 그러더니 곧 눈물을 닦고 가까스로 웃음을 지었다. "처음엔 하느님께 날 먼저 데려가지 말아 달라고 빌었지. 네 큰아버지 혼자 남아 이 고생 저 고생 할 게 불쌍해서 말이다. 하지만 이제는 알게 되었다. 네 큰아버지에게는 그게 별로 큰 일이 아닌 모양이더라. 내가 생각한 만큼은 말이다. 그이는 나보다 오래 살고 싶은 마음이 강하다. 게다가 내가 그이 맘에 드는 아내도 아니었지. 내게 무슨 일이 나면, 모르긴 몰라도 그이는 재혼을 할 거다. 그래서 이젠 내가 먼저 가고 싶다. 내가 이기적이라곤 생각지 않겠지. 하지만 그이가 먼저 가면 난 견딜 수 없을 것 같다."

필립은 그녀의 말라 빠지고 주름진 볼에 입을 맞췄다. 왠지 알 수 없지만 그 엄청난 사랑의 모습을 보니 야릇하게도 부끄러운 생각이 들었다. 그처럼 무심하고, 그처럼 이기적이고, 그처럼 욕심스럽게 살아온 사내에 대해 그처럼 깊은 애정을 품고 있다니 이해할 수 없었다. 필립은 그녀가 속으로는 남편의 무관심과 이기심을 알고 있으면서도 자기를 죽여 가면서 그를 사랑하고 있음을 어렴풋이 알 수 있었다.

"돈을 받아 주겠지, 필립." 그녀는 그의 손을 어루만지며 말했다. "그 돈 없이도 네가 스스로 꾸려 나갈 수 있다는 건 나도 안다. 하지만 네가 받아 주면 난 너무 기쁘겠다. 난 널 위해서 뭔가 해 줄 수 있기를 늘 바랐다. 아다시피 난 친자식이 없어 널 내 친자식처럼 사랑해 왔지. 네가 어렸을 때 말이다. 그게 나쁜 맘인 줄은 알았지만 난 네가 병이 들었으면 하고 바라기까지 했다. 널 밤낮으로 간호해 줄 수 있게 말이다. 그런데 넌 고작 한 번밖에 아프지 않았지. 그것도 학교 다닐 때 말이다. 난 널 얼마나 돕고 싶었는지 몰라. 이게 내 마지막 기회가 아닐까 싶다. 그러니 네가 장차 훌륭한 화가가 되면 날 잊지 말아 주렴. 내가 널 공부시켰다는 것을 기억해 다오."

"정말 고맙습니다. 잊지 않을게요." 필립이 말했다.

그녀의 지친 눈에 미소가 감돌았다. 순수한 기쁨의 미소였다.

"그래, 기쁘다."

40

며칠 뒤 케리 부인은 필립이 떠나는 것을 보려고 역에 나갔다. 그녀는 객차 문간에 서서 눈물을 참고 있었다. 필립은 마음이 들뜨고 설렜다. 빨리 떠나고 싶었다.

"한 번 더 입을 맞춰 주려무나." 그녀가 말했다.

그는 창밖으로 몸을 내밀고 입을 맞추었다. 기차가 움직이기 시작했다. 그녀는 간이역의 목조 플랫폼에 서서 기차가 보이지 않을 때까지 손수건을 흔들었다. 집으로 돌아가는 그녀의 마음은 한없이 무거웠다. 몇백 야드 거리밖에 되지 않는 사제관이 너무너무 멀게 느껴졌다. 그래, 떠나고 싶은 마음이 간절한 건 당연하리라, 아직 어린 데다 미래가 손짓해 부르고 있으니, 하고 그녀는 생각했다. 하지만 난……. 그녀는 울음을 참으려고 이를 악물었다. 그러고는 마음속으로 가만히 빌었다. 하느님, 저 아이를 보살펴 주옵소서, 유혹에 들지 말게 하옵시고, 행복과 행운을 가져다주옵소서.

그러나 필립은 기차에 자리를 잡자마자 곧 그녀를 잊어버렸다. 그의 생각은 온통 미래에 대한 것뿐이었다. 헤이워드가 소개장을 써 준 학원 주무 미세스 오터와는 이미 편지를 주고받아 주머니 속에 이튿날 간식 시간에 찾아오라는 그녀의 초대장이 들어 있었다. 파리에 도착해서 그는 짐을 마차에 실었다. 마차는 흥겨운 거리를 지나고 다리를 건너, 라탱 구역[147]의 골목길을 느릿느릿 달렸다. 이미 불바르 드 몽파르나스 거리 근처의 허름한 골목에 있는 오텔 데 되제꼴 호텔에 방을 하나 잡아 둔 터였다. 앞으로 공부하게 될 아미트라노 미술학원에 다니기에는 편리한 곳이었다. 웨이터는 다섯 개나 되는 층계를 짐을 들고 올라갔다. 그는 필립을 조그만 방으로 데리고 들어갔는데 창문을 꼭꼭 닫아 두어서인지 곰팡내가 났다. 방의 대부분은 커다란 침대가 차지하고 있고, 침대 위에는 붉은 능직천 덮개가 씌워져 있었다. 창에도 우중충하고 무거운 커튼이 드리워 있다. 세면대를 겸하게 되어 있는 서랍장, 루이 필리프 시대 스타일을 연상시키는 큼직한 옷장이 있었다. 벽지는 오래되어 색이 바래어 있다. 거뭇거뭇하여 갈색 나뭇잎의 화환 무늬가 보일락 말락 했다. 하지만 필립은 이 방이 기이하면서

147) 센강의 왼쪽 강변. 몽마르트르, 몽파르나스 등이 있는 지역으로 예술과 보헤미안적인 삶으로 널리 알려진 곳이다. 흔히 '라틴 구역'이라고 옮기지만 여기서는 프랑스어 발음대로 '라탱 구역'으로 옮겼다.

도 멋지게만 여겨졌다.

늦은 시간이었지만 마음이 설레어 잠이 오지 않았다. 호텔을 빠져나와 불바르를 향해 불빛 쪽으로 걸음을 옮겼다. 가다 보니 기차역이 나왔다. 역 앞 광장은 아크등이 휘황했고, 사방으로 광장을 가로지르는 노란 전차들로 시끄러웠다. 필립은 감격하여 웃음이 터져 나왔다. 사방에 카페들이 널려 있었다. 마침 목도 마르고, 사람들을 더 가까이 보고 싶은 마음에 필립은 베르사유 카페 앞의 작은 테이블에 자리를 잡고 앉았다. 밤 날씨가 좋아 테이블마다 사람들이 넘쳤다. 호기심이 동하여 필립은 사람들을 열심히 살펴보았다. 이쪽은 작은 가족 모임인 것 같고, 저쪽에서는 이상한 모자를 쓰고 턱수염을 기른 사람들 한 떼가 손짓 몸짓을 하며 크게 떠들고 있었다. 바로 옆에는 화가로 보이는 두 명의 남자가 아무래도 법적인 아내가 아닌 듯한 여자들과 어울리고 있었다. 뒤쪽에서는 미국인들이 떠들썩하게 예술을 논하고 있다. 필립의 마음은 흥분으로 가득 찼다. 그는 늦도록 카페에서 일어나지 않았다. 몸은 지칠 대로 지쳐 있었지만 마음은 너무 행복해 일어나고 싶지 않았다. 마침내 호텔에 돌아와 잠자리에 누웠지만 정신은 마냥 말짱했다. 그는 겹겹이 들려오는 파리의 소음에 귀를 기울였다.

이튿날 간식 시간 무렵, 그는 리옹 드 벨포르[148]로 가서 라

---

148) '자유의 여신상'의 제작자 프레데리크 오귀스트 바르톨디(Frédéric Auguste Bartholdi)가 조각한 프랑스 벨포르 소재 사자상을 말하는데 이 사자상의 3분의 1 크기 복제 조각이 파리의 당페르 로슈로 광장 중앙에 세

스파이 불바르 거리를 빠져나와 신 시가지로 들어서 미세스 오터의 집을 찾았다. 그녀는 나이 서른의 촌티를 벗지 못한 볼품없는 여자였으나 짐짓 의젓하게 처신하려고 애썼다. 그녀는 자기 어머니에게 그를 소개했다. 필립은 그녀가 파리에서 삼 년째 공부해 오고 있다는 것을 알게 되었고, 나중에는 남편과 헤어진 여자라는 것도 알게 되었다. 조그만 응접실에는 그녀가 그린 한두 점의 초상화가 걸려 있었는데 잘 볼 줄 모르는 필립의 눈에는 더할 나위 없이 잘 그린 그림으로 보였다.

"저도 저만큼 잘 그릴 수 있게 될지 모르겠습니다." 필립이 그녀에게 말했다.

"그럼요, 잘 그릴 수 있을 거예요." 자못 만족스러워하면서 그녀는 대답했다. "그야, 하루아침에 다 잘할 수 있으리라 생각해서는 안 되지만요."

그녀는 퍽 친절했다. 화첩, 켄트지, 목탄 같은 것을 살 수 있는 가게가 어디 있는지를 가르쳐 주었다.

"내일 네 시경에 아미트라노에 나갈 거예요. 그 시간에 나오시면 좋은 자리를 잡아 주고 다른 일도 도와줄게요."

그녀는 필립에게 무엇을 하고 싶은지 물었다. 필립은 자기가 이 일을 막연하게 생각하고 있다는 것을 알려선 안 된다고 생각했다.

"글쎄요. 우선 데생부터 배우고 싶은데요." 그가 말했다.

"그렇다니 반갑군요. 다들 서두르기를 좋아한다니까요. 난

워져 있다. 이 사자상은 뉴욕의 '자유의 여신상' 쪽을 바라본다.

여기 와서 이 년 동안은 유화에 손도 안 댔어요. 그래서 저 정도나마 된 거죠."

그녀는 피아노 위에 걸려 있는 제 어머니의 초상화를 슬쩍 바라보았다. 끈적끈적해 보이는 유화 작품이었다.

"그리고 내가 당신이라면 말예요. 앞으로 알게 될 사람들을 아주 조심할 거예요. 외국인들하고는 어울리지 않을 거구요. 난 아주 조심합니다."

그 말에 고맙다고 하긴 했지만 어쩐지 이상했다. 하필이면 자기가 조심해야 할 까닭은 무엇인가.

"우리는 여기가 영국인 것처럼 살고 있다우." 그때까지 말을 아끼고 있던 미세스 오터의 어머니가 말했다. "이리로 이사 올 때 살림살이를 다 가져왔어요."

필립은 방을 둘러보았다. 커다란 가구 세트가 방을 꽉 채우고 있었고, 창에는 루이자 백모가 여름에 사제관에 쳤던 것과 같은 흰 레이스 커튼이 걸려 있었다. 피아노는 리버티 실크로 덮여 있었고, 벽난로도 마찬가지였다. 미세스 오터는 방을 둘러보는 그의 눈길을 좇았다.

"밤이 되어 덧문을 닫고 나면 정말 영국에 있는 기분이지요."

"먹는 것도 고향에서처럼 먹는다우. 아침엔 고기를 먹고 낮에 정찬을 먹어요." 그녀의 어머니가 덧붙였다.

필립은 미세스 오터 집을 나와 화구를 사러 갔다. 그리고 다음 날 아침, 시계가 아홉 시를 칠 때 그는 짐짓 자신 있는 태도로 학원에 나갔다. 벌써 나와 있던 미세스 오터가 다정한 웃음을 지으며 그에게 왔다. 그는 '새내기'로서 어떤 대접을 받을까 내심 걱정하고 있었다. 어떤 화실에서는 신참이 봉변을 당한다는 이야기를 많이 읽었기 때문이다. 그러나 미세스 오터가 안심시켰다.

"아, 여기선 그런 거 없어요. 보다시피, 우리 학생들은 반이 여자니까요. 그래서 역시 분위기가 달라요."

화실은 가구가 없고 널찍했으며, 회색 벽 위에는 상을 받은 습작품들이 붙어 있었다. 모델이 몸에 헐렁한 가운 같은 것을 두르고 의자 위에 앉아 있었다. 여남은 명의 남녀가 여기저기 서 있었는데, 어떤 이들은 이야기를 하고 있었고 어떤 이들은 아직 그림에 손을 대고 있었다. 모델의 첫 휴식 시간이었다.

"처음엔 너무 어렵지 않은 것으로 시작하는 게 좋아요. 이젤을 이쯤에 놓아요. 이쪽에서 보는 포즈가 제일 그리기 쉬워요." 미세스 오터가 말했다.

필립은 그녀가 말해 준 자리에 이젤을 놓았다. 미세스 오터는 옆에 앉은 젊은 여자에게 그를 소개시켰다.

"케리 씨, 미스 프라이스예요. 케리 씨는 그림 공부가 처음이니까 미스 프라이스가 처음에 좀 도와줄 수 있겠지요?" 그리고 그녀는 모델을 향해 말했다. "라 포즈."

모델은 읽고 있던 《라 프티트 리퓌블리크》 지를 치우고 시무룩한 표정으로 가운을 벗고서 모델대 위로 올라갔다. 모델은 두 손을 머리 뒤에 깍지 끼고 두 다리를 쭉 뻗은 자세로 섰다.

"망측한 포즈야. 왜 저런 포즈를 취하라는지 알 수 없어." 미스 프라이스가 말했다.

필립이 그 방에 들어갔을 때 모두들 관심 있게 그를 바라보았었다. 모델은 흘낏 무심한 눈길을 던졌다. 하지만 이제는 아무도 그에게 관심을 두지 않았다. 필립은 매끈한 켄트지를 앞에 두고 어색하게 모델을 바라보았다. 어떻게 시작해야 좋을지 몰랐다. 지금까지 한 번도 옷 벗은 여자를 본 일이 없었다. 젊은 여자는 아니었고 젖가슴도 쭈글쭈글했다. 살갗은 윤기가 없고 앞이마로 흘러내린 금발은 단정하지 못했다. 얼굴은 커다란 주근깨들로 잔뜩 덮여 있었다. 그는 미스 프라이스의 그림을 힐끗 보았다. 이 모델을 그리기 시작한 지 이틀밖에 되지 않아 애를 먹고 있는 것 같았다. 지우고 또 지우고 하느라고 그녀의 종이는 엉망이 되어 있었다. 필립이 보기에 인물의 형상이 기묘하게 일그러져 있었다.

"설마한들 저만큼은 그릴 수 있겠지." 그는 속으로 생각했다.

위쪽부터 그려 차근차근 아래로 내려가리라 마음먹고 머리부터 시작했으나, 웬일인지 상상으로 그리는 것보다 모델의 머리를 직접 보고 그리는 것이 한없이 더 어려웠다. 마음대로 되지 않았다. 미스 프라이스를 힐끗 보았다. 그녀는 사뭇 엄숙한 표정으로 작업을 하고 있었다. 얼마나 진지한지 미간이 잔뜩 찌푸려져 있고, 눈에는 안타까운 표정이 깃들어 있다. 방 안이 더워서 이마에 땀방울이 돋았다. 그녀는 스물여섯 살 먹은 여자로 옅은 금빛 머리칼의 숱이 풍성했다. 멋진 머리칼이었는데 대충 빗어 넘겨 뒤통수에서 엉성하게 묶었다. 얼굴은 크고 몸매는 펑퍼짐했으며 눈은 작았다. 밀가루 반죽 같은 살결에는 기이한 병색이 돌았고, 볼에도 혈색이 없었다. 어쩐지 몸이라고는 씻지 않는 사람처럼 여겨졌다. 옷을 입은 채로 잠을 자지 않나 싶은 생각이 들 정도였다. 그녀는 말없이 진지하게 작업했다. 다음 쉴 시간이 되자 그녀는 뒤로 물러서서 자신의 그림을 바라보았다.

"왜 이렇게 안 되는지 몰라. 그래도 고쳐 놓아야겠어." 하고는 필립을 돌아보고 물었다. "어때, 잘 돼 가요?"

"천만에요." 그는 참담한 웃음을 지으며 대답했다.

그녀는 필립이 그린 것을 보았다.

"그렇게 하면 아무것도 안 돼요. 비율을 재서 해야죠. 먼저 종이에 면을 나누어야 해요."

그녀는 그리는 요령을 빠른 속도로 가르쳐 주었다. 진지한 태도가 인상적이었다. 하지만 매력이 없어 거부감이 느껴졌다. 도움을 준 데 고마움을 표시하고 필립은 다시 그리기 시작했다. 그러는 사이 다른 사람들이 들어왔다. 대부분 남자였다. 여자들이 늘 먼저 오는 모양이었다. 이 계절치고는 (아직 철이 일렀다.) 학생들이 많은 편이었다. 얼마 후 젊은 사내가 하나 들어왔다. 머리카락이 가늘고 검었으며, 코는 엄청나게 크고, 얼굴은 말처럼 길쭉했다. 그는 필립 옆에 앉더니 건너편 미스 프라이스에게 고개를 끄덕했다.

"굉장히 늦었네요. 이제 일어났어요?" 그녀가 말했다.

"날씨가 얼마나 기막힌지, 그냥 자리에 드러누워 있을까 했지. 바깥 날씨 참 좋구나 하면서 말야."

필립은 웃음을 지었지만 미스 프라이스는 그 말을 농담으로 받아들이지 않았다.

“우습네요. 나 같으면 말예요. 날씨가 좋으니 일어나야겠다고 생각했을 거예요.”

“해학가의 길이란 쉽지가 않은 법이오.” 사내가 정색을 하고 말했다.

그는 그림 그릴 일이 내키지 않는 모양이었다. 그는 캔버스를 바라보았다. 유화를 하고 있었는데 모델의 포즈는 이미 어제 스케치해 두었다. 그가 필립에게 말을 걸었다.

“영국에서 최근에 왔나요?”

“네.”

“아미트라노엔 어떻게 오게 되었소?”

“여기밖에 몰랐거든요.”

“설마 여기에서 뭘 좀 배우겠다고 오진 않았겠죠. 그러지 않았길 바라오.”

“파리에서는 최고 아네요? 그래도 미술을 진지하게 생각하는 건 여기뿐이에요.” 미스 프라이스가 말했다.

“미술을 진지하게 생각해야 하나?” 청년이 물었다. 이에 대해 미스 프라이스가 경멸조로 어깨를 으쓱하고 말자 그가 말을 덧붙였다. “문제는 학원들이 모조리 형편없다는 거야. 죄다 학술적이야. 그건 분명해요. 하긴 이 학원은 딴 학원들보다는 덜 해로운 편이지. 가르치는 게 더 형편없으니까. 배우는 게 없으니까…….”

“그럼 왜 나오시죠?” 필립이 말참견을 했다.

“‘나은 방향을 알지만 따르지는 않는다.’ 교양 있는 미스 프라이스께서는 그 라틴어 격언을 기억하고 있을 겁니다.”

"내 얘기는 제발 빼 주면 좋겠어요. 클러튼 씨." 미스 프라이스가 퉁명스럽게 말했다.

"그림 그리기를 배우는 유일한 방법은" 하고 청년은 아무렇지도 않은 듯 말을 이었다. "작업실을 구하여, 모델을 고용하고, 스스로 해 볼 때까지 해 보는 것뿐이죠."

"간단한 것 같군요." 필립이 말했다.

"돈만 있으면 됩니다."

그는 그림을 그리기 시작했다. 필립은 그를 곁눈질해 보았다. 키가 크고 가시처럼 말랐다. 얼마나 말랐는지 굵다란 뼈다귀들이 몸에서 튀어나올 것만 같았다. 팔꿈치는 또 얼마나 뾰족한지 허름한 옷을 뚫고 밖으로 삐져나올 것만 같다. 바지는 아래쪽이 다 헐었고 두 쪽을 볼품없이 기운 부츠를 신고 있었다. 미스 프라이스가 자리에서 일어나 필립의 이젤 쪽으로 왔다.

"클러튼 씨가 잠시 입을 다물어 준다면 내가 좀 도와드릴게요." 그녀가 말했다.

"미스 프라이스는, 내가 유머가 있다고 싫어하죠." 클러튼은 생각에 잠긴 채 자신의 캔버스를 바라보며 말했다. "그리고 내게 천재성이 있다 해서 미워해요."

짐짓 엄숙한 태도로 말하긴 했지만, 흉측하게 생긴 거대한 코 때문에 그 말은 아주 기이하게 들렸다. 필립은 웃음을 참을 수 없었지만 미스 프라이스는 골이 나서 얼굴이 붉으락푸르락했다.

"자기 재능을 업신여기는 사람은 당신밖에 못 봤어요."

"사기 생각을 일고의 가치도 없다고 여기는 사람도 나밖에 없지요."

미스 프라이스는 필립의 그림을 평하기 시작했다. 해부학이니, 구성이니, 면과 선이니, 그리고 그 밖에도 알아들을 수 없는 말을 주절주절 늘어놓았다. 화실에 나오기 시작한 지 오래되어 선생들이 강조하는 요점들을 다 알고 있었다. 하지만 필립의 그림에서 잘못된 점을 지적하면서도 어떻게 고쳐야 한다는 설명을 해 주지는 못했다.

"일부러 시간을 내 주셔서 감사합니다." 필립이 말했다.

"아, 괜찮아요." 그녀는 어색하게 얼굴을 붉히며 이렇게 대답했다. "내가 처음 왔을 때도 다른 사람들이 그렇게 해 주었으니, 나도 누구에게든 그렇게 해야죠."

"무슨 말이냐 하면, 당신이 맘에 들어서가 아니라 의무감 때문에 아는 것을 가르쳐 준다는 거지요." 클러튼이 말했다.

미스 프라이스는 격분한 표정으로 그를 쳐다보더니 자기 그림 앞으로 돌아가 버렸다. 그때 시계가 열두 시를 쳤다. 모델이 휴우 하는 소리를 내며 대 위에서 내려왔다.

미스 프라이스는 화구를 챙겼다.

"점심 먹으러 그라비에 식당에 가는 사람들도 있고요." 클러튼을 힐끗 보면서 그녀는 필립에게 말했다. "난 늘 혼자 집으로 가요."

"그라비에 식당에 같이 갑시다. 가고 싶으면." 클러튼이 말했다.

필립은 고맙다고 하고 갈 준비를 했다. 나가는 길에 미세스 오터가 오늘 어땠느냐고 물었다.

"패니 프라이스가 좀 도와주던가요?" 그녀가 물었다. "당신을 일부러 그쪽에 앉혔어요. 미스 프라이스가 기분만 내키면 도와주거든요. 그 아가씨, 성질이 고약해요. 그림도 전혀 그릴 줄 모르고요. 하지만 요령은 알아요. 그래서 신입생에게는 도움이 되지요. 수고를 좀 해 준다면 말예요."

길을 걸어가면서 클러튼이 그에게 말했다.

"패니 프라이스 말이오, 당신이 맘에 든 모양이던데, 조심하는 게 좋을 거요."

필립은 웃었다. 세상에서 이 여자만큼은 제발 자신에게 관심을 가져 주지 않기를 바랐기 때문이다. 두 사람은 대여섯 명의 학생들이 식사를 하고 있는 조그만 싸구려 식당으로 들어갔다. 클러튼은 서너 명의 남자가 이미 자리를 잡고 있는 테이블로 가서 자리를 잡았다. 일 프랑에 계란 하나, 고기 한 접시, 치즈, 조그만 병에 담긴 포도주 하나를 주었다. 커피는 따로 계산했다. 그들은 노천 자리에 앉았다. 노란 전차들이 끊임없이 종을 울려 대면서 불바르를 오갔다.

"그런데, 이름이나 압시다." 자리를 잡으면서 클러튼이 말했다.

"케리입니다."

"내 오랜 친구를 소개하겠습니다. 이름은 케리." 클러튼은 엄숙하게 말했다. "플래너건 씨, 로슨 씨."

그들은 웃어 대고는 이야기를 계속했다. 별의별 이야기를 다했다. 다들 한꺼번에 떠들어 댔다. 주변을 의식하는 사람은 아무도 없었다. 여름에 어디를 갔다 왔다느니, 어떤 화실이 어떻고, 어떤 학원은 어떻다느니 하는 이야기를 했다. 모네, 마네, 르누아르, 피사로, 드가 등, 필립에게는 낯선 이름들을 들먹였다. 필립은 주의 깊게 귀를 기울였다. 얼마간 소외감이 느껴졌지만 그의 가슴은 기쁨으로 설레었다. 시간 가는 줄을 몰랐다. 클러튼이 일어나면서 말했다.

"혹 마음이 있으면 오늘 저녁에도 이리로 오쇼. 나도 올 테니까. 두고 보면 알겠지만, 가장 값싸게 소화불량에 걸리고 싶으면, 라탱 구역에서 이 집이 최고일 거요."

41

필립은 불바르 뒤 몽파르나스 거리를 걸어 내려갔다. 지난봄, 생 조르주 호텔의 회계 업무로 이곳에 왔을 때—벌써 자기 인생의 그 부분을 생각하면 몸서리가 쳐졌다.—보았던 파리와는 딴판이었고, 늘 머릿속으로 상상했던 지방 도시의 모습 그대로였다. 여유 있는 분위기, 백일몽을 자극하는 햇볕 가득한 탁 트인 공간이 있었다. 가지런히 다듬어진 나무, 새하얗게 빛나는 집, 널찍널찍한 공간, 그 모든 것들이 보는 사람을 매우 기분 좋게 만들었다. 남의 나라라는 생각은 어느덧 사라지고 더없이 편안한 느낌이 들었다. 그는 어슬렁어슬렁 걸어가면서 사람들을 눈여겨보았다. 헐렁한 바지에 두꺼운 빨간 띠를 두른 일꾼들, 짙은 색의 멋진 제복을 입은 키 작은 군인들, 어디서나 볼 수 있는 평범한 사람들인데도 이들에게는 어딘가 세련미가 있어 보였다. 이윽고 아브뉘 드 롭세르바트와르 거리에 이르렀다. 필립은 장엄하면서도 우아한 거리 모습에 절로 한숨 같은 탄성이 나왔다. 그는 뤽상부르 공원[149]으로 갔다. 어린애들이 놀고 있었고, 긴 리본을 맨 보모들이 짝을 지어 천천히 거닐고 있었으며, 겨드랑이에 가방을 끼고 서둘러 지나가는 바쁜 사람들도 있었고, 기이한 옷차림을 한 젊은이들도 있었다. 모든 풍경이 저마다의 형식과 멋을 갖추고 있었다. 자연은 잘 배열되고 잘 정돈되어 있었다. 어찌나 정교하게 질서 잡혀 있는지, 그러지 않은 자연은 미개해 보일 지경이었다. 필립은 넋을 잃고 말았다. 책을 통해 너무나 잘 알고 있던 바로 그 자리에 서니 한없이 가슴이 설레었다. 고전적인 장소랄까. 옛 스페인 기사가 미소 짓는 스파르타 평원을 처음 바라보았을 때 느꼈을 경외감과 기쁨을 그도 느낄 수 있었다.

하염없이 거닐다가 벤치에 혼자 앉아 있는 미스 프라이스를 보았다. 그는 망설였다. 그 순간에는 아무도 만나고 싶지 않았기 때문이다. 세련되지 못한 그녀의 태도는 그 장소의 행복한 분위기와 어울리지 않아 보였다. 하지만 그녀가 남의 무례에 민감한 성격 같기도 하고, 또 그쪽에서 이미 자기를 보기도 해서 아무래도 말을 거는 것이 예의라는 생각이 들었다.

"여기서 뭐하고 계세요?" 다가가자 그녀가 말했다.

---

149) 파리의 센강 좌안에 있는 공원. 뤽상부르 궁전에 딸린 공원으로 화단과 연못이 아름답고 유명 예술가들의 조각이 많이 있다.

"그냥 산책하고 있는 중입니다. 당신은요?"

"아, 난 여길 매일 와요, 네 시에서 다섯 시 사이에. 죽치고 일만 한다고 좋은 건 아니니까."

"잠깐 앉아도 될까요?" 그가 말했다.

"그러고 싶으시다면."

"별로 친절한 말씀은 아닌데요." 그는 웃었다.

"난 듣기 좋은 소릴 잘 못 해요."

필립은 약간 멋쩍어져서 잠자코 담배를 꺼내 불을 붙였다.

"클러튼이 내 그림에 대해 뭐라 안 그러던가요?" 그녀가 불쑥 물었다.

"글쎄요. 아무 말 않던데요." 필립이 말했다.

"그 사람 틀렸어요. 자기가 천재인 줄 알지만, 천만의 말씀이에요. 뭣보다 게을러 빠졌어요. 천재란 무한히 노력할 수 있는 능력, 바로 그거예요. 열심히 하는 것, 그것 말곤 없어요. 무슨 일이든, 일단 하겠다고 마음을 먹으면, 하지 않고는 못 배기는 것, 그거죠."

열정과 강인함이 엿보이는 그녀의 말은 상당히 인상적이었다. 그녀는 까만 밀짚모자를 쓰고 별로 깨끗하지 않은 흰 블라우스와 밤색 스커트를 입고 있었다. 장갑을 끼지도 않았고 손도 씻지 않은 것 같았다. 매력적인 데라고는 한 군데도 없어 필립은 공연히 알은체를 했다는 생각마저 들었다. 자기가 더 있기를 바라는지, 가 주기를 바라는지도 짐작할 수 없었다.

"내가 할 수 있는 건 뭐든지 도와드릴게요." 그녀는 밑도 끝도 없이 불쑥 말했다. "그림 그리는 일이 힘드리라는 거 나도 알아요."

"고맙습니다." 필립은 그렇게 말하고 잠시 있다 다시 말했다. "어디 가서 차라도 한잔하시지 않겠어요?"

그녀는 얼른 그를 쳐다보고는 얼굴을 붉혔다. 얼굴이 빨개지자 밀가루 반죽 같은 살갗이 묘하게도 상한 딸기크림처럼 얼룩덜룩한 모양이 되었다.

"아니, 됐어요. 왜 내가 차를 마시리라 생각하세요? 금방 점심을 먹은 참인데."

"시간이라도 보낼 수 있을까 해서요." 필립이 말했다.

"시간이 지루하게 느껴지면 내게 신경 쓸 것 없어요. 난 혼자 있어도 괜찮으니까."

바로 그때 갈색 비로드 옷에 헐렁한 큰 바지를 입고, 바스크 모자를 쓴 남자 둘이 지나갔다. 젊은이들이었지만 둘 다 턱수염을 기르고 있었다.

"저 사람들 그림 공부하는 사람들인가요? 『비 드 보엠』에서 막 걸어 나온 사람들 같네요." 필립이 말했다.

"미국 사람들이에요." 미스 프라이스가 경멸조로 말했다. "프랑스 사람은 삼십 년 전부터 저런 거 입지 않아요. 그런데 극서부 지방[150] 미국인들이 파리에 오면, 오는 날로 당장 저런 옷을 사 입고 사진을 찍는다니까요. 자기들에게는 그 정도가 예술인가 봐요. 하지만 아무러면 어떻겠어요. 다들 돈들이 많은데."

---

150) 미국의 대평원 서쪽 지방.

필립은 미국인 옷차림의 그 대담한 아름다움이 마음에 들었다. 낭만 정신을 보여 주는 것 같았다. 미스 프라이스가 시간을 물었다.

"화실에 가 봐야겠어요. 참 당신, 스케치반에 나갈 건가요?"

그것에 대해 필립은 아는 바가 없었다. 그녀에 따르면, 매일 저녁 다섯 시부터 여섯 시까지 모델이 포즈를 취해 주는데 오십 상팀만 내면 희망자는 누구나 가서 그릴 수 있다는 것이었다. 매일 다른 모델을 세우기 때문에 그림 훈련하는 데 썩 좋다고 했다.

"하긴 당신에게는 아직 무리일 테니, 좀 기다리는 게 좋겠군요."

"해 보지 못할 게 뭐 있겠습니까? 뭐 따로 할 일도 없는데요."

그들은 벤치에서 일어나 화실까지 걸어갔다. 그녀의 태도만을 봐서는 그가 같이 가 주기를 바라는지 아니면 혼자 가기를 바라는지 도무지 짐작할 수 없었다. 너무 어리벙벙하여 필립은 어떻게 헤어져야 할지 알 수 없었다. 하지만 그녀는 좀처럼 입을 열지 않았다. 묻는 말에만 무뚝뚝하게 대답할 뿐이었다.

화실 문간에 커다란 접시를 든 남자가 서 있었고, 들어가는 사람마다 거기에 반 프랑씩 놓고 들어갔다. 화실은 아침보다 훨씬 더 붐볐다. 이 반에서는 영국인과 미국인이 다수가 아니었고 여자가 많지도 않았다. 필립이 원래 기대했던 것도 바로 이런 식의 모임이었다. 날씨가 더웠기 때문에 공기가 금방 탁해졌다. 이번 모델은 흰 턱수염이 덥수룩한 노인이었는데 필립은 아침에 배운 대로 해 보려고 애썼다. 암만 해도 잘 안 되었다. 그림이 맘먹은 대로 되는 것이 아니라는 것을 새삼 깨달았다. 옆에 앉은 사람들의 스케치를 한두 개 슬쩍 보니 부럽지 않을 수 없었다. 나도 나중에는 목탄을 저처럼 자유자재로 사용할 수 있을까. 시간이 금세 지나갔다. 미스 프라이스에게 폐를 끼치고 싶지 않아 그녀와 일부러 좀 떨어진 곳에 앉아 있었는데 끝나고 나가는 길에 옆으로 지나치자 그녀가 무뚝뚝한 어조로 어땠느냐고 물었다.

"별로예요." 그는 웃음을 지어 보였다.

"자존심을 좀 죽이고 내 옆에 앉았더라면 몇 가지 가르쳐 주었을 거예요. 자기를 아주 대단한 존재라고 생각하나 보죠."

"아니, 그게 아닙니다. 귀찮게 생각하실까 봐 그런 거죠."

"귀찮을 땐 귀찮다고 솔직히 말할게요."

필립은 투박한 방식으로나마 그녀가 자기에게 도움을 주고 있다는 것을 알 수 있었다.

"그럼, 내일은 좀 방해를 하겠습니다."

"괜찮아요."

필립은 밖으로 나와 저녁까지 혼자서 무얼 할까 생각했다. 그는 뭔가 특이한 일을 하고 싶었다. 그래, 압생트[151]를 마시자! 그것은 물론 간판을 보고 떠올린 생각이었다. 그는 역 쪽으로 어슬렁어슬렁 걸어가다 어느 카페의 노천 자리에 앉아 압생트를 주문했다. 마셔 보니 메스꺼웠지만 흐뭇했다. 맛은

151) 향기로운 감초 맛이 나는 술로 예술가들에게 인기 있었다. 매우 독해서(알코올 농도 67퍼센트) 1915년에 판매 금지되었다.

역겨웠어도 기분은 최고였다. 이제야말로 완벽한 미술학도가 되었다는 느낌이 들었다. 빈 속에 술이 들어가니 기분이 금방 좋아졌다. 지나가는 사람들이 다들 형제처럼 느껴졌다. 행복했다. 그라비에 식당에 다다르니 클러튼이 앉은 자리는 만원이었다. 클러튼은 절룩거리며 오는 필립을 보자 소리쳐 불렀다. 일행이 자리를 만들어 주었다. 저녁 식사는 수프 한 접시, 고기 한 접시, 과일, 치즈, 포도주 반 병으로 아주 소박했지만 필립은 음식은 상관하지 않았다. 그는 테이블에 앉은 사람들을 유심히 보았다. 플래너건이 또 거기에 있었다. 뭉뚝한 들창코, 쾌활한 얼굴, 입에서는 늘 웃음소리가 떠나지 않는 미국인이었다. 그는 허리에 띠가 달리고 앞뒤에 주름이 있는 헐렁하고 대담한 무늬의 재킷을 입고, 목에는 푸른 스카프를 둘렀으며, 유별난 모양의 트위드 천 모자를 쓰고 있었다. 인상파가 그 당시 라탱 구역을 휩쓸고 있었지만 전통 유파에 승리를 거둔 것은 아직 얼마 되지 않은 때였다. 카롤루스 뒤랑, 부그로 등이 아직 마네, 모네, 드가와 대립하고 있었다.[152] 인상파를 이해할 수 있다면 아직은 예외적 능력 덕분이랄까. 영국인과 미국인에게는 휘슬러[153]의 영향이 강했고 통찰력 있는 사람

---

152) 카롤루스 뒤랑(Carolus-Duran, 1837~1917), 윌리엄 부그로(William Bouguereau, 1825~1905), 에두아르 마네(Edward Manet, 1832~1883), 클로드 모네(Claude Monet, 1840~1926), 에드가르 드가(Edgar Degas, 1834~1917), 모두 19세기 후반에서 20세기 초에 활약했던 프랑스 화가들이다.

153) 제임스 맥닐 휘슬러(James McNeill Whister, 1834~1903). 미국의 화가. 「어머니 초상」이라는 그림으로 유명하다.

들은 일본의 판화를 수집했다. 르네상스 거장들의 그림이 새로운 기준에 따라 재평가받았다. 라파엘로는 수세기 동안 존경을 받아 왔지만 이제 그에 대한 존경은 총명한 젊은이들 사이에 조롱거리가 되어 있었다. 그들은 라파엘로의 그림을 다 주어도 내셔널 갤러리에 걸린 벨라스케스[154]의 「필리페 4세의 초상」 하나와 바꾸지 않겠다고 생각했다. 필립이 보아하니, 여기서도 미술에 대한 토론이 격렬하게 벌어지고 있었다. 점심 때 만났던 로슨이 맞은편에 앉아 있었다. 로슨은 주근깨가 낀 얼굴에 머리칼이 붉은 말라빠진 젊은이였다. 눈동자가 싱싱한 초록색이었다. 필립이 자리에 앉자 그 초록색 눈으로 뚫어지게 보면서 느닷없이 말을 걸었다.

"라파엘로가 남의 그림을 따라 그렸을 때는 그래도 견딜 만했어요. 페루지노[155]나 핀투리키오[156]를 흉내 내어 그릴 때는 훌륭했지. 한데 라파엘로를 그리기 시작했을 때는." 그는 경멸스럽다는 듯 어깨를 으쓱하면서 말했다. "라파엘로를 넘지 못한 거예요."

너무 공격적인 말이라 필립은 놀랐지만 플래너건이 참지 못하고 끼어드는 덕분에 뭐라고 대꾸할 필요는 없었다.

"제발 예술 따위는 집어치워." 그는 소리쳤다. "술이나 마시자구."

---

154) 디에고 로드리게스 데 실바 이 벨라스케스(Diego Rodriguez de Silva y Velasques, 1599~1660). 스페인의 화가.

155) Perugino(1145~1523). 이탈리아의 화가.

156) Pinturicchio(1454~1513). 이탈리아의 화가.

"자넨 어젯밤에도 많이 마셨잖나, 플래너건." 로슨이 말했다.

"그까짓 거? 오늘 밤엔 그 정도 가지곤 안 되겠단 말야. 파리에 와서 밤낮 예술 타령만 하다니 말이 되나?" 그는 강한 서부 사투리로 말했다. "사는가 싶게 사는 게 좋은 거지." 하며 그는 자세를 바로 하는가 싶더니 갑자기 주먹으로 테이블을 꽝 내리쳤다. "예술은 집어치우란 말야."

"자네 또 그 소린가, 똑같은 소리 듣고 있자니 지겹네." 클러튼이 엄하게 꾸짖었다.

테이블에는 미국인이 또 하나 있었다. 필립이 그날 오후 뤽상부르에서 본 멋쟁이들과 옷차림이 비슷했다. 눈이 까맣고, 얼굴은 잘생겼는데 마르고 금욕적인 인상을 주었다. 해적들처럼 대담하고 멋진 옷차림을 하고 있었다. 풍성한 검은 머리카락이 자꾸만 이마 아래로 흘러내리자 그는 멋진 동작으로 머리를 번쩍 뒤로 젖혀 머리카락을 넘기느라고 바빴다. 그가 그즈음 뤽상부르에 걸려 있던 마네의 「올랭피아」 이야기를 꺼냈다.

"오늘 그 그림 앞에서 한 시간 동안 서 있었지만 결론은 좋은 그림이 아니란 거네."

로슨이 나이프와 포크를 내려놓았다. 초록빛 눈이 번쩍 불을 내는가 싶더니 그는 분노로 씩씩거렸다. 하지만 침착성만은 감탄할 만했다.

"무식한 미개인의 생각을 듣게 되어 아주 흥미롭군." 그가 말했다. "그래, 그게 왜 좋은 그림이 아닌지 이유를 좀 말해 줄 수 있겠나?"

미국인이 미처 대답하기도 전에 누군가가 사나운 기세로 끼어들었다.

"그래, 자넨 육체를 그처럼 표현한 화법을 보고도 좋지 않다고 말할 셈인가?"

"그건 아냐. 오른쪽 가슴은 잘 그린 것 같더군."

"오른쪽 가슴이라니, 빌어먹을." 로슨이 소리 질렀다. "그림 전체가 하나의 기적이란 말야."

그는 그림의 잘된 점을 시시콜콜 설명하기 시작했다. 하지만 그라비에 식당의 이 테이블에서 그처럼 장황하게 이야기하는 사람은 결국 자신의 교화(敎化)를 위해 이야기하는 셈이었다. 그의 말에 귀를 기울이는 사람은 아무도 없었다. 미국인이 벌컥 화를 내며 말을 막았다.

"설마 머리가 잘 그려졌다고 말하려는 건 아니겠지."

로슨은 흥분한 나머지 얼굴이 해쓱해진 채, 머리 부분을 옹호하기 시작했다. 그러자 그때까지 재미있다는 듯 가벼운 경멸의 표정을 띠고 묵묵히 앉아 듣고 있던 클러튼이 끼어들었다.

"머리는 줘 버리게. 우리에게 머린 필요 없으니까. 그렇다고 그림이 달라지는 건 아닐 테니."

"좋아, 머리는 주겠다." 로슨이 소리 질렀다. "머리 가지고 가서 잘 먹고 잘 살아라."

"까만 윤곽선은 어떻고." 미국인은 수프 속으로 쏟아지려는 머리칼을 휙 젖혀 넘기며 의기양양하게 소리쳤다. "자연물 어디에 까만 윤곽선이 있나?"

“아이구, 하느님, 하늘의 불을 내려 이 불경스러운 자를 태워 버리소서.” 로슨이 말했다. “도대체 자연이 그것과 무슨 상관이 있나? 자연에 무엇이 있고 없는 걸 누가 안단 말인가? 세상 사람은 화가의 눈을 통해 자연을 보는 법이야. 세상 사람들은 말일세, 수세기 동안 말이 담장을 뛰어넘을 때 네 다리를 다 펴고 넘는다고 보았네. 그래 말씀일세, 말은 네 다리를 다 폈단 말일세. 그림자도 까맣다고 보았지. 모네가 그림자에도 빛깔이 있다는 걸 발견할 때까지는 말야. 그래서 말씀일세, 그림자는 당연히 까맸던 거야. 우리가 어떤 사물의 윤곽을 까만 선으로 두르기로 하면, 사람들은 그 까만 선을 보게 되고, 자연에는 까만 선이 있게 되는 거야. 우리가 풀을 빨갛게 칠하고 암소를 파랗게 칠하면 사람들은 그것들을 빨갛게 파랗게 본단 말씀이야. 그래서 말씀이야, 그것들은 당연히 빨갛고 파란색이 되는 거란 말일세.”

“예술 따윈 집어치워.” 플래너건이 웅얼거렸다. “난 술을 마시고 싶어.”

로슨은 그런 방해를 아랑곳하지 않았다.

“자, 이봐. 「올랭피아」가 살롱에 출품되었을 때 말야. 졸라[157]가 뭐랬는지 알아? 속물들이 비웃어 대고 전통주의자, 아카데미파, 대중이 쑥덕거리는데도 졸라는 이렇게 말했어. ‘나는 마

157) 에밀 졸라(Émil Zola, 1840~1902). 프랑스의 자연주의 소설가. 1867년 마네를 옹호하는 글을 발표했다. 드레퓌스 사건 때 프랑스 정부를 비판하는 「나는 고발한다(J'accuse)」라는 글을 쓴 것으로도 유명하다.

네의 그림이 앵그르[158]의 「오달리스크」와 마주 보고 루브르에 걸릴 날을 고대한다. 두 그림을 비교해서 승리를 거두는 것은 「오달리스크」가 아닐 것이다.' 마네의 그림은 루브르에 걸리고 말아. 난 하루하루 그날이 다가온다는 걸 알 수 있네. 두고 봐. 십 년 뒤엔 「올랭피아」가 루브르에 걸릴 테니."

"천만에." 미국인은 눈앞으로 쏟아지는 머리칼이 아무래도 성가시다는 듯 갑자기 두 손으로 쓸어 올리며 소리 질렀다. "십 년 뒤면 잊히고 말걸. 지나가는 유행에 불과해. 그림이 살아남으려면 뭔가를 가져야지. 그 그림에는 전혀 없지만 말야."

"그게 뭔가?"

"위대한 예술이란 도덕적 요소 없이는 안 돼."

"맙소사." 로슨이 분통을 터뜨리며 소리쳤다. "내 그럴 줄 알았어. 자네들 들었나? 이 친구가 도덕이 필요하대." 그는 두 손을 맞잡고 애원하듯 하늘을 향해 치켜들었다. "오 콜럼버스여, 크리스토퍼 콜럼버스여, 아메리카를 발견했을 때 당신은 도대체 무슨 짓을 했소?"

"러스킨이 말하길……."

그러나 한 마디를 더 잇기도 전에 클러튼이 나이프 손잡이로 테이블을 위압적으로 쾅 두드렸다.

"여러분." 그는 엄숙한 목소리로 말했다. 흥분한 나머지 커다란 코에 굵은 주름이 잡혔다. "점잖은 자리에서는 다시는 들

158) 장 오귀스트 도미니크 앵그르(Jean Auguste Dominique Ingres, 1780~1867). 19세기 프랑스 고전주의를 대표하는 화가. 「오달리스크」, 「샘」, 「목욕하는 여자」 등의 그림이 유명하다.

을 수 없으리라고 생각했던 사람의 이름을 방금 누가 입에 담았네. 말할 수 있는 자유, 그거야 좋지. 하지만 모두가 지켜야 할 예절이라는 한계가 있어야 하지 않겠나. 하고 싶다면 부그로[159]에 대해서는 이야기할 수 있겠지. 그 이름을 입에 담을 때는 우리가 즐겁게 혐오할 수 있고, 따라서 웃을 수 있으니까. 하지만 존 러스킨이나 조지 프레더릭 와츠, 번존스 따위의 이름으로 우리의 순결한 입술을 더럽히진 마세."

"그러나저러나 러스킨이 누구지?" 플래너건이 물었다.

"위대한 빅토리아 시대 인물 가운데 하나지. 영국 스타일의 대가였네."

"러스킨 스타일이란, 너덜너덜한 넝마에 자주색 헝겊을 갖다 기운 스타일이지." 하고 로슨이 말했다. "게다가 위대한 빅토리아 인사들이라면 난 지겨워. 신문을 보다가 위대한 빅토리아 인사 하나가 죽었다는 기사가 나면, 나는 또 하나 죽었구나 하고 하늘에 감사하네. 그자들이 가진 재능이라고는 장수한다는 것뿐이야. 예술가는 사십을 넘어서까지 살아선 안 돼. 사람은 사십 이전에 최고의 작품을 내놓게 마련이고, 그 뒤에 내놓는 건 되풀이에 불과하단 말야. 키츠나 셸리, 보닝턴[160]이나 바이런이 다 젊어서 죽은 건 세상 사람들에게 더

---

159) 윌리앙 아돌프 부그로(William-Adolphe Bouguereau, 1825~1905). 프랑스의 아카데미 회화를 대표하는 화가. 신화적인 주제를 사실주의적 기법으로 다루면서 여성의 신체를 강조했던 고전적 제재를 현대적으로 해석했다.

160) 리처드 파크스 보닝턴(Richard Parkes Bonington, 1801~1828). 영국의 풍경화가. 파리에서 미술 공부를 했다.

없이 다행스러운 일이었다고 생각지 않나? 스윈번[161]도 『시와 발라드』의 제1집을 내놓고 그날로 죽었다면 우리가 그 사람을 얼마나 천재라고 생각했겠어?"

그 발상만은 흥겨웠다. 그 자리에 스물네 살이 넘은 사람은 없었기 때문이다. 다들 즐겁게 그 생각을 받아들였다. 모처럼 생각이 하나가 되었다. 거기에다 제각기 한마디씩 덧붙였다. 누군가가 아카데미 회원 사십 명의 작품을 죄다 쌓아 놓고 불을 지르고, 위대한 빅토리아인들도 사십 세 생일이 되면 그 불 속에 던져 버리자고 제안했다. 다들 박수갈채로 그 아이디어를 환영했다. 칼라일과 러스킨, 테니슨, 브라우닝, 와츠, 번존스, 디킨스, 새커리 등이 불길 속에 내동댕이쳐졌다.[162] 글래드스턴, 존 브라이트, 코브던도 마찬가지였다. 조지 메러디스에 대해서는 잠깐 논란이 있었지만 매슈 아널드와 에마슨을 버리는 데에는 아무도 아쉬워하지 않았다. 마침내 월터 페이터 차례가 되었다.

"월터 페이터는 안 돼." 필립이 머뭇거리며 말했다.

로슨은 초록 눈으로 잠시 그를 응시하더니 고개를 끄덕였다.

"자네 말이 맞아. 월터 페이터만이 「모나리자」의 옹호자니까.

---

161) 앨저넌 찰스 스윈번(Algernon Charles Swinburne, 1837~1909). 영국의 시인, 평론가.

162) 여기에 언급되는 인물들은 모두 19세기 후반 빅토리아 시대의 저명인사들이다. 칼라일, 러스킨은 문필가이자 사상가, 테니슨과 브라우닝은 시인, 와츠와 번존스는 화가, 디킨스와 새커리는 소설가이다. 그다음에 언급되는 글래드스턴, 브라이트, 코브던은 정치가, 메러디스는 시인이자 소설가, 매슈 아널드와 에마슨은 시인이자 비평가이다. 여기서 에마슨만 미국인이다.

자네 크론쇼라고 아나? 그 사람이 페이터와 알고 지냈다네."

"크론쇼가 누군데?" 필립이 물었다.

"시인이야. 여기 살지. 자 다들 릴라로 가세."

라 클로즈리 데 릴라[163]는 이들이 저녁을 먹은 뒤에 종종 찾아가는 카페였는데, 크론쇼는 밤 아홉 시부터 새벽 두 시까지는 어김없이 이곳에 있었다. 하지만 저녁의 지적인 대화는 그걸로 충분하다고 생각하고 있던 플래너건은 로슨이 그 제안을 하자 필립을 돌아보고 말했다.

"제길, 계집 있는 데나 가세. 게테 몽파르나스[164]에 가서 한번 취해 보자구."

"난 술은 사양하고 크론쇼란 사람이나 한번 만나 보고 싶은걸." 필립은 웃으며 말했다.

42

한바탕 의견이 분분했다. 결국 플래너건은 두세 명과 더 어울려 연예관에 갔고, 필립은 클러튼, 로슨과 함께 클로즈리 데

---

163) 파리의 전설적인 카페 겸 레스토랑. 유명 예술가 고객들이 많았다. 미국 소설가 헤밍웨이가 즐겨 찾았던 곳이기도 하다. 스콧 피츠제럴드가 그의 소설 『위대한 개츠비』의 원고를 헤밍웨이에게 보여 준 곳이 이 카페의 테라스였다고 한다. the Closerie des Lilas는 '라일락 농원'이라는 뜻.

164) Gaîté Montparnasse. '몽파르나스의 환락'이라는 뜻으로 게테 거리에 있는 유흥장의 이름으로 짐작된다.

릴라를 향해 천천히 걸어갔다.

"자네 게테 몽파르나스에 꼭 가 보게." 로슨이 그에게 말했다. "파리에서 가장 멋진 곳 중 하나야. 나도 언젠가 거길 한번 그려야겠어."

헤이워드의 영향을 받은 필립은 연예관을 경멸스럽게 여겼지만, 그가 파리에 왔을 무렵에는 연예관의 예술적 가능성이 새로 발견된 참이었다. 독특한 조명, 온통 칙칙한 붉은색과 빛바랜 금색의 실내 장식, 육중한 느낌의 그림자와 장식선들, 이러한 것들이 새로운 주제를 제공해 주었던 것이다. 그래서 라탱 구역 화실의 절반가량에는 이런저런 연예관을 그린 스케치들이 걸려 있었다. 화가들을 뒤좇아 문인들도 갑자기 그런 표현에서 예술적 가치를 발견했다. 코를 빨갛게 칠한 희극배우들이 뛰어난 캐릭터 감각을 가지고 있다 하여 극구 찬양을 받았다. 이십 년 동안 소리를 꽥꽥 질러 왔으나 전혀 주목받지 못하던 뚱보 여가수들이 이제는 어느 누구도 흉내 낼 수 없는 해학을 가지고 있다고 평가받았다. 개[犬]들의 공연에서 심미적인 기쁨을 발견하는 사람들도 있었다. 마술사와 자전거 곡예사의 탁월함에 찬사의 어휘를 다 바쳐 버린 사람들도 있었다. 이것은 다른 영향 때문이지만, 대중이라는 것도 이제는 공감을 가지고 이해하려는 대상이 되었다. 헤이워드처럼 필립도 인간 집단에 대해서는 경멸감을 품고 있었다. 그는 자신의 둘레에 고독의 울타리를 두르고 그 안에서 범속한 사람들의 익살스러운 짓들을 경멸의 눈으로 바라보는 태도를 취하고 있었다. 그러나 클러튼과 로슨은 열정을 가지고 군중을 이야기했다. 그들은 파리의 시장터에서 바글대는 사람들의 무리, 절반은 아세틸렌 불빛을 받고, 절반은 어둠에 가려진 얼굴들의 물결, 트럼펫의 팡파르, 날카로운 야유의 휘파람 소리, 웅얼거리는 목소리들에 대해 열심히 이야기했다. 그들의 이야기는 필립에게 새롭고 낯설었다. 그들은 크론쇼 이야기도 했다.

"그 사람 작품 읽은 적 있나?"

"아니." 필립이 말했다.

"《더 옐로 북》[165]에 발표되었는데."

흔히 화가가 문인에 대해 그러듯이, 그들은 크론쇼를 아마추어라고 깔보았고, 예술 하는 사람이라는 점에서는 관대하게 보았으며, 자기들이 잘 다루지 못하는 언어 매체를 사용한다는 점에서는 경외심을 가지고 대했다.

"유별난 사람이야. 처음엔 좀 실망스러울 걸세. 취해야 진가가 나오거든."

"곤란한 점은 말이야." 클러튼이 덧붙였다. "웬만큼 마셔서는 전혀 취하지 않는다는 거야."

카페에 도착하자 로슨은 필립에게 안으로 들어가야 한다고 했다. 가을 공기라 해도 쌀쌀한 기운은 거의 없었지만 크론쇼는 바람을 병적으로 싫어해서 푹푹 찌는 날에도 실내로 들어가 앉는다는 것이었다.

"이 사람은, 유명한 사람치고 모르고 지내는 사람이 없다네." 로슨이 설명해 주었다. "페이터나 오스카 와일드[166]도 알

---

165) 19세기 말 영국에서 나온 유미주의 문예미술 잡지.

고 지냈대. 말라르메[167] 패거리도 알고 말야."

그들이 찾는 사람은 카페의 제일 구석진 자리에 앉아 있었다. 웃옷도 입고 옷깃마저 올리고 있었다. 찬 바람을 막기 위해서인지 모자를 푹 눌러쓰고 있었다. 덩치가 큰 사람으로 탄탄해 보였지만 비대하지는 않았다. 얼굴은 둥글었으며 짧은 콧수염을 기르고 있었고 눈은 작고 약간 멍청해 보였다. 몸집에 비해 머리는 별로 커 보이지 않았다. 달걀 위에 올려놓은 콩 모양으로 불안해 보였다. 한 프랑스인과 도미노 놀이를 하고 있다가 그들이 들어가자 말 없는 미소로 인사를 건넸다. 말은 하지 않았지만 자리를 만들어 준다는 표시로 테이블 위에 수북히 쌓인 접시들을 한쪽으로 치웠다. 접시의 수만 보아도 그동안 그가 술을 얼마나 마셨는지를 알 수 있었다. 누군가가 필립을 소개하자 그는 필립을 향해 고개를 끄덕이고는 계속해서 놀이에 열중했다. 필립은 프랑스어를 조금밖에 몰랐지만 파리에서 여러 해 산 크론쇼의 프랑스어 실력이 형편없다는 것을 알 수 있었다.

마침내 크론쇼는 의기양양한 미소를 띠고 뒤로 기대앉았다.

"쥬 부 제 바튀.(내가 이겼어.)" 돼먹지 않은 발음으로 그가 말했다. "갸르송!(웨이터!)"

---

166) 오스카 와일드(Oscar Wilde, 1854~1900). 아일랜드의 시인, 소설가, 극작가, 평론가. 『도리언 그레이의 초상(The Picture of Dorian Gray)』, 『살로메(Salome)』 등의 유미주의적 작품으로 널리 알려져 있다.

167) 스테판 말라르메(Stéphane Mallarmé, 1842~1898). 프랑스의 상징파 시인. 대표작 『목신(牧神)의 오후(L'Après-midi d'un faune)』 등이 있다.

그는 웨이터를 부른 다음 필립에게 말을 걸었다.

"영국에선 최근에 왔나? 크리켓 구경한 적 있어?"

뜻밖의 질문에 필립은 어안이 벙벙했다.

"크론쇼 선생은 말야, 일류 크리켓 선수라면 지난 이십 년간의 평균 득점을 죄다 알고 계시다네." 로슨이 웃으며 말했다.

프랑스인이 다른 테이블의 친구를 찾아 자리에서 일어나가 버리자, 크론쇼는 느려 빠진 발음—이것은 그의 기벽 가운데 하나였다.—으로 켄트와 랭커셔 팀의 장단점을 비교해 가며 이야기하기 시작했다. 또 그가 본 마지막 크리켓 결승전 이야기라면서 시합의 진행을 한 회 한 회 상세히 설명해 주는 것이었다.

"아쉽게도 파리에 이것만은 없단 말야." 웨이터가 가져온 맥주를 다 비우고 나서 그가 말했다. "크리켓 구경은 할 수 없거든."

필립은 실망했다. 라탱 구역의 명사를 자랑하고 싶었던 로슨은 조바심이 났다. 옆에 쌓인 접시 더미를 보면 취할 작정을 단단히 한 모양이었지만 크론쇼는 그날 밤 유달리 말짱한 채로 시간을 오래 끌고 있었다. 클러튼은 그 광경을 재미있게 바라보았다. 크론쇼가 크리켓에 대해 시시콜콜히 늘어놓고 있는 건 짐짓 그렇게 해 보고 싶어하는 맘 때문이라고 생각되었다. 크론쇼는 상대방이 지겨워하는 화제를 꺼내 이야기함으로써 사람을 애태우기를 좋아했다. 클러튼이 불쑥 질문을 던졌다.

"최근에 말라르메 보신 적 있어요?"

크론쇼는 속으로 그 질문을 되씹어 보기라도 하는 것처럼 그를 천천히 바라보더니 대답 대신 접시 하나를 집어 대리석 테이블을 탁탁 쳤다.

"이봐, 내 위스키 병 가져오게." 하고 그는 소리쳤다. 그는 다시 필립을 보고 말했다. "위스키를 병째로 사 두고 마신다네. 쬐그만 잔에 한 잔씩 마시면서 오십 상팀씩이나 낼 형편이 못 되거든."

웨이터가 위스키 병을 가져오자 크론쇼는 술병을 불빛에 비춰 보았다.

"누가 마셨나 보군. 웨이터, 내 위스키 누가 마셨나?"

"메 페르손느.(아무도 안 마셨어요.) 무슈 크론쇼."

"어젯밤에 내가 표시를 해 둔걸. 이거 봐."

"표시를 하셨지만, 그러고도 계속 드셨습니다. 그런 식으로 하면 표시를 해 보았자 무슨 소용이 있겠습니까?"

웨이터는 유쾌한 사람으로 크론쇼와는 잘 아는 사이였다. 크론쇼는 그를 노려보았다.

"자네가 고매한 인격을 가진 사람으로서 나 이외에는 아무도 내 위스키를 마신 사람이 없다고 정직하게 말한다면 나도 자네의 언명을 받아들이겠네."

이런 뜻의 말을 조잡한 프랑스어로 직역해서 말하니 어찌나 우스꽝스러운지 카운터의 여주인도 웃음을 참지 못했다.

"일 레 텡페이야블.(못 말리는 사람이야.)" 그녀는 중얼거렸다.

그 소리를 들었는지 크론쇼는 멋쩍어하는 눈길을 그녀에게 돌리고——튼튼해 보이는 여장부 같은 중년 여자였다.——엄숙하게 제 손에 키스를 하더니 그녀에게 날려 보내는 시늉을 하는 것이었다. 그녀는 어깨를 으쓱 올렸다.

"걱정 마시오, 마담." 그는 묵직한 목소리로 말했다. "난 마흔다섯 살 여자에게 넘어갈 나이는 지났으니까."

그는 위스키에 물을 타서 천천히 들이켠 다음 손등으로 입을 닦았다.

"그 사람, 말은 잘하더군."

로슨과 클러튼은 크론쇼의 이 말이 아까 물었던 말라르메에 대한 대답이라는 것을 알았다. 말라르메는 화요일 저녁이면 문인과 화가들을 모아 놓고 이곳에서 거론되는 주제라면 어느 것에 대해서든 능란한 화술로 자신의 의견을 피력했는데 크론쇼도 그 모임에 종종 갔다. 크론쇼는 최근에 그 모임에 나갔던 게 분명하다.

"그 사람, 말은 잘하더군. 하지만 내용은 엉터리였어. 예술이 마치 세상에서 제일 중요한 것처럼 얘기하더라구."

"그렇지 않다면, 우린 여기에 뭐 하러 왔죠?" 필립이 물었다.

"자네가 여기 뭐 하러 왔는지 난 모르네. 내가 알 바도 아니고. 하지만 예술이란 일종의 사치야. 인간이 가장 중요시하는 것은 자기 보존과 종족 번식이지. 이 본능이 충족될 때라야만 인간은 작가나 화가, 시인이 제공해 주는 오락에 빠질 수 있는 거지."

크론쇼는 잠시 말을 멈추고 잔을 들이켰다. 그에게는 이십 년 동안 깊이 생각해 왔지만 풀리지 않는 문제가 있었다. 얘기를 잘 나오게 하니까 술을 좋아하는 것인지, 아니면 술 먹을 구실을 만들어 주니까 얘기를 좋아하게 되었는지 도무지 알 수 없었다.

그러고는 그가 말했다. "어제 내가 시 한 편을 썼지."

청하지도 않았는데 그는 집게손가락을 까딱거려 리듬을 맞추면서 느릿느릿 자기 시를 암송하기 시작했다. 썩 좋은 시 같았다. 바로 그때 젊은 여자가 하나 들어왔다. 입술을 새빨갛게 칠한 여자였다. 두 볼의 선명하고 야한 빛깔도 분명 본래의 살빛 때문만은 아니었다. 눈썹과 속눈썹을 까맣게 칠하고 눈꺼풀도 대담한 색상으로 눈꼬리까지 파랗게 칠해 눈꺼풀 모양이 흡사 삼각형으로 보였다. 기이하고 재미있었다. 검은 머리칼은 귀 뒤로 넘겼다. 마드모아젤 클레오 드 메로드[168]가 유행시킨 스타일이었다. 필립의 눈은 자기도 모르게 그녀 뒤를 좇았다. 크론쇼는 시 암송을 마치면서 필립을 보고 빙그레 웃었다.

"자넨 듣고 있지 않았군." 그가 말했다.

"아니, 들었습니다."

"자넬 탓하는 게 아닐세. 자넨 오히려 방금 내가 말한 것을 입증하는 적절한 실례를 제공해 주었네. 사랑 앞에서 예술이 뭐겠는가? 자네가 저 젊은 여자의 야한 매력에 빠져 훌륭한 시에 무관심했지만 나는 자네의 그 무관심을 당연히 존중하고 찬양하네."

여자가 그들이 앉아 있는 테이블 곁을 지나가자 그가 여자의 팔을 붙들었다.

---

168) Mlle Cléo de Merode(1875~1966). 벨 에포크 시대에 유명했던 프랑스 무용수. "최초의 진정한 셀러브리티 아이콘"으로 알려져 있다.

"자, 여기 내 옆에 앉아, 아기씨. 우리 신성한 사랑의 극을 연출해 봅시다."

"피쉐 므와 라 페.(놓아요.)"라고 하면서 여자는 그를 밀어 내며 그대로 어슬렁어슬렁 지나가 버렸다.

"예술이란 말일세." 그는 손을 내저으며 얘기를 계속했다. "영리한 놈들이 생각해 낸 도피구에 지나지 않아. 음식과 여자에 모자람이 없자 삶의 따분함을 잊어 보려고 생각해 낸 거야."

크론쇼는 다시 잔을 채운 다음, 또 얘기를 한없이 늘어놓기 시작했다. 그의 수사는 화려했다. 말의 선택도 신중했다. 지혜로운 말과 터무니없는 농담을 능숙하게 뒤섞으면서 짐짓 엄숙하게 듣는 이를 희롱하는가 하면, 다음 순간엔 장난스러운 어조로 건전한 충고를 던지는 것이었다. 그는 예술을, 문학을, 그리고 인생을 얘기했다. 경건한가 하면 음란하고, 쾌활한가 하면 눈물을 자아내기도 했다. 취해 버린 게 분명했다. 이윽고 시를 낭송하기 시작했는데 자작시와 밀턴[169]의 시를 외우다가 자작시와 셸리의 시를, 그리고 자작시와 키트 말로[170]의 시를 외워 대는 것이었다.

---

169) 존 밀턴(John Milton, 1608~1674). 영국의 시인, 극작가, 정치 논객. 대표작으로 『잃어버린 낙원(Paradise Lost)』, 『투사 삼손(Samson Agonistes)』 등이 있다.

170) 크리스토퍼 말로(Christopher Marlowe, 1563~1593). 셰익스피어와 같은 시대에 살았던 시인, 극작가. 『포스터스 박사(Dr. Faustus)』로 유명하다. 키트(Kit)는 그의 별명.

마침내 로슨이 지치고 말았는지 집에 가겠다고 일어섰다.

"나도 가야겠어요." 필립이 말했다.

좌중에서 제일 말이 없던 클러튼만이 남아 입가에 냉소를 흘리면서 크론쇼의 종작없는 얘기에 귀를 기울이고 있었다. 로슨은 필립을 여관까지 데려다주고 헤어졌다. 필립은 자리에 들었지만 잠을 이룰 수 없었다. 두서없이 그 앞에 던져진 그 모든 새로운 사상들이 머릿속에서 들끓었다. 흥분을 억누르기 힘들었다. 자기 안에 엄청난 힘이 있음을 느낄 수 있었다. 이처럼 강한 자신감을 느껴 보기는 처음이었다.

"틀림없이 나는 위대한 화가가 될 것이다. 나는 그걸 느낄 수 있다." 하고 그는 혼자 말했다.

그때 또 하나의 생각이 스치면서, 짜릿한 전율 같은 것이 그의 몸을 꿰뚫고 지나갔다. 그것은 차마 자신에게도 말로 표현할 수 없었다.

"내게는 분명히 천재성이 있다."

사실 그는 취해 있었다. 그러나 맥주 한 잔 이상을 마시지는 않았으므로 술 때문에 취한 것은 아니고 술보다 더 위험한 흥분제 때문에 취했다고 할 수 있었다.

43

화요일과 금요일 오전이면 선생들이 아미트라노에 와서 작품을 평해 주었다. 프랑스에서는 화가가 초상화를 그리거나 돈 많은 미국인의 후원을 받지 않으면 돈이 생기지 않는다. 그래서 이름깨나 알려진 화가들은 사방에 널린 화실 가운데 어디서든 일주일에 두세 시간쯤 그림을 봐주고 수입을 올리게 마련이다. 화요일은 미셸 롤랭 씨가 아미트라노에 오는 날이었다. 그는 턱수염이 허옇고 안색이 불그레한 나이 지긋한 남자로 정부 의뢰를 받아 공공건물에 거는 그림을 많이 그렸다. 하지만 그가 가르치는 학생들은 그 그림들을 조롱의 대상으로 삼았다. 앵그르의 제자인 그는 예술의 발전에 둔감했으며, 마네, 드가, 모네, 시슬레 등과 같은 '타 드 파르쇠르(어릿광대 무리)'들에 대해서는 화를 내며 참지 못했다. 하지만 교사로서는 훌륭해서 도움 되는 말을 많이 해 주었고, 점잖았으며, 학생들을 격려해 주는 편이었다. 한편 프와네는 금요일에 왔는데 대하기가 아주 힘든 사람이었다. 작고 쭈글쭈글한 사람으로 치아가 안 좋은 데다 성질은 까다로웠으며, 턱수염은 지저분하고 눈은 매서웠다. 목소리가 늘 높았고 어조는 신랄했다. 뤽상부르에 그림을 여러 장 팔았으며 스물다섯 살 때에는 장래가 촉망되는 화가였다. 하지만 그의 재능은 개성이 아니라 젊음에서 왔던지 그 뒤 이십 년 동안 새로운 것은 아무것도 내지 못하고 첫 성공을 가져다주었던 풍경화만을 되풀이하여 그리고 있었다. 왜 항상 같은 것만 그리느냐는 질책을 받으면 그는 늘 이렇게 대답했다.

"코로[171]는 한 가지밖에 그리지 않았어. 나는 왜 안 되나?"

---

171) 장 바티스트 카미유 코로(Jean Baptiste Camille Corot, 1796~1875).

누가 성공하면 부러워 어쩔 줄 몰랐고, 인상파에 대해서는 유달리 개인적인 증오감을 가지고 있었다. 자기가 실패한 것은 인상파가 대중이라는 '살르 베트(더러운 짐승)'의 관심을 끌어가 버렸기 때문이라고 보았던 것이다. 미셸 롤랭의 경멸은 온건한 편이어서 그가 인상파를 사기꾼들이라고 부르는 데 그쳤다면 프와네는 마구 욕지거리를 퍼부어 댔는데 그 가운데에서도 '크라퓔르(악당)', '카나이으(불한당)' 같은 말은 제일 점잖은 편이었다. 인상파 화가들의 사생활을 흠잡기 좋아했고 출생이 수상하다느니, 부부관계가 깨끗하지 못하다느니 하는 이야기를 이죽거리는 농담을 섞어 가며, 때로는 불경스럽고 음란스러운 예까지 세세히 들어 가면서 공격했다. 저속한 경멸감을 강조하느라고 동양적인 비유와 과장법을 사용하기도 했다. 학생들의 작품을 평할 때에도 경멸감을 감추지 않았다. 따라서 그는 학생들에게 증오와 공포의 대상이었다. 그는 가차 없는 혹평으로 여학생들에게 눈물 바람을 일으키는 수가 많았는데 상대가 눈물을 흘리면 그는 더 비웃어 댔다. 그의 혹평에 견디다 못해 학생들이 항의를 해 보기도 하지만, 선생으로서는 분명 그가 파리에서 최고였기 때문에 화실에서는 함부로 그를 마다할 수 없었다. 이 학원 경영자인 노(老) 모델이 가끔 그에게 충고를 해 보기도 하지만 이 화가의 거칠고 오만무례한 반박 앞에서 그의 충고는 오히려 비굴한 사과로 끝나고 마는 것이었다.

프랑스의 화가.

필립이 먼저 만난 사람은 프와네였다. 필립이 도착해 보니 그가 이미 화실에 와 있었다. 그는 이젤에서 이젤로 옮겨 다니며 평을 하고 있었고, 학원 주무 미세스 오터가 옆에 붙어 다니며 프랑스어를 모르는 학생을 위해 통역을 해 주고 있었다. 패니 프라이스는 필립의 옆에 앉아 미친 듯이 그리고 있었다. 초조감 때문에 얼굴이 파리해져 있었고, 이따금 손을 멈추고 블라우스에 손바닥을 닦았다. 걱정 때문에 땀이 나는 모양이었다. 별안간 그녀는 걱정스러운 표정으로 필립을 돌아보았다. 얼굴을 찌푸려 걱정을 감추려고 했다.

"어때, 괜찮아 보여요?" 그녀는 자기 그림을 턱으로 가리키면서 물었다.

필립은 일어나 그림을 보았다. 그러고는 깜짝 놀랐다. 그림 보는 눈이 저렇게 없을까. 도저히 그림이랄 수가 없었다.

"저는 그 반만이라도 그릴 줄 알았으면 좋겠습니다." 그가 말했다.

"욕심부리지 말아요. 금방 시작했잖아요. 나만큼 그려야겠다는 건 좀 지나친 거죠. 난 여기 나온 지 이 년이나 됐어요."

패니 프라이스는 알다가도 모를 사람이었다. 자만심이 대단했다. 필립도 이미 알고 있었지만 화실에 나오는 사람치고 그녀를 싫어하지 않는 사람은 하나도 없었다. 무리는 아니었다. 그녀는 일부러 남의 감정을 상하게 하려는 사람 같았다.

"프와네 선생한테 불만이 있다고 미세스 오터에게 말했어요." 그녀가 말했다. "지난 이 주일 동안 내 그림은 거들떠보지도 않았어요. 미세스 오터 그림 앞에서는 반 시간이나 보내면서 말이죠. 주무라 그러겠죠. 하지만 나도 남들과 똑같이 수업료를 내고 있지 않아요? 내 돈이라고 남의 돈하고 다르나요? 다른 사람 그림은 다 보면서 왜 내 그림은 보지 않느냔 말예요."

그녀는 목탄을 다시 집어 드는가 싶더니 이내 신음 소리를 내면서 내려놓고 말았다.

"더 이상 못 하겠어. 속이 타 미치겠어요."

그녀는 프와네를 보았다. 그는 미세스 오터와 이쪽을 향해 오고 있었다. 온순하고 평범하면서 자기 능력에 만족하는 미세스 오터가 오늘은 거드름을 피우고 있다. 프와네는 루스 챌리스라는 단정치 못한 작은 영국 여학생의 이젤 앞에 앉았다. 나른해 보이면서도 정열적이고 아름다운 까만 눈, 금욕적이면서도 관능적인 갸름한 얼굴, 오래된 상아와 같은 살결, 그 무렵 번존스의 영향을 받아 첼시의 젊은 귀부인들이 가지려고 애쓴 것을 고루 갖춘 여자였다. 프와네는 기분이 좋아 보였다. 말은 별로 없이 바로 목탄을 집어 들더니 빠르고 단호하게 선을 죽죽 그어 잘못된 점을 지적해 주었다. 선생이 자리에서 일어나자 미스 챌리스는 좋아서 입이 함박만 해졌다. 프와네는 클러튼 쪽으로 갔다. 이번에는 필립 역시 초조해졌다. 물론 미세스 오터가 필립에게는 곤란한 일이 없게 해 줄 테니 걱정 말라고 했었다. 프와네는 잠시 클러튼의 그림 앞에 서서 말없이 손톱을 깨물고 있더니 무심결에 방금 물어뜯은 살조각을 캔버스에 내뱉었다.

"이 선은 좋아." 이윽고 그는 엄지손가락으로 자기가 맘에 드는 곳을 가리키며 말했다. "자네도 이제 그림이 뭔지 알아가는가 보군."

클러튼은 아무런 대꾸도 하지 않고 세인의 의견에는 아랑곳하지 않는 평소의 냉소적인 태도로 선생을 쳐다보았다.

"자네에게도 재능이 좀 있기는 있는 것 같네."

클러튼을 싫어하는 미세스 오터는 입을 꼭 다물었다. 자기가 봐서는 그의 그림에 뛰어난 점이라곤 어디에도 없었기 때문이다. 프와네는 자리에 앉아 세부적인 기교에 대해 언급했다. 미세스 오터는 서 있기가 피곤했다. 클러튼은 아무 말도 하지 않았지만 가끔가다 고개를 끄덕였고, 프와네는 상대방이 자기 말을 알아듣고 있다고 생각하고 흡족해했다. 대개의 학생들은 그의 말을 듣긴 하지만 이해하지 못하는 게 분명했기 때문이다. 이윽고 프와네는 자리에서 일어나 필립 쪽으로 왔다.

"이 학생은 이틀밖에 되지 않았어요." 미세스 오터가 얼른 말했다. "막 시작한 학생이에요. 경험도 없구요."

"사 스 브와.(그래 보여.)" 선생이 말했다. "보면 알지."

그는 필립 곁을 지나갔다. 미세스 오터가 낮은 소리로 그에게 말했다.

"이 아가씨가 제가 말씀드렸던 그 학생이에요."

프와네는 마치 징그러운 짐승이라도 보듯 그녀를 바라보았다. 목소리가 더 날카로워졌다.

"자넨 내가 자네 그림을 잘 봐주지 않는다고 생각하나 보던데. 미세스 오터에게 불평을 늘어놓고 말이야. 좋아, 보이고 싶은 그림 있으면 보여 줘 보게."

패니 프라이스는 얼굴이 빨개졌다. 병약한 피부 밑의 피가 야릇한 자줏빛을 띠는 것 같았다. 말없이 그녀는 주초부터 줄곧 손대 왔던 그림을 손으로 가리켜 보였다. 프와네는 자리에 앉았다.

"그래, 자네는 내가 무슨 말을 해 주길 바라나? 훌륭한 작품이라고 말해 주길 바라나? 그런데 그렇지 않아. 잘 그렸다고 말해 주길 바라나? 못 그렸어. 장점이 있다고 말해 주길 바라나? 없어. 어디가 잘못됐는지 지적해 주길 바라나? 다 잘못되었어. 이 그림을 어떻게 하라고 말해 주길 바라나? 찢어 버려. 자 이젠 됐나?"

미스 프라이스는 얼굴이 하얗게 질렸다. 무엇보다 미세스 오터 앞에서 프와네가 그렇게 말하는 것에 그녀는 격분했다. 그녀는 프랑스에 온 지 오래되어 프랑스어를 곧잘 알아듣긴 했지만 말은 두 마디 이상을 못 했다.

"제가 왜 이런 취급을 당해야 하죠? 제 돈은 남의 돈과 다르나요? 저도 돈 내고 배우는 거예요. 이게 가르치는 거예요?"

미세스 오터가 통역하기를 망설이자 미스 프라이스가 엉터리 프랑스어로 이렇게 말했다.

"쥬 부 페이에 마프랑드르.(저는 돈 내고 배우는 겁니다.)"

프와네의 눈이 분노로 확 타올랐다. 그는 냅다 소리를 내지르며 주먹을 휘둘렀다.

"메, 농 드 드외.(절대 안 돼.) 난 자넬 가르칠 수 없어. 차라리 낙타를 가르치는 게 낫겠다." 그러고는 미세스 오터를 돌아

보고 말했다. "이 아가씨한테 물어봐요. 취미로 그리는지, 아니면 돈벌이를 하려고 그리는지."

"화가로 먹고살 거예요." 미스 프라이스가 대답했다.

"그렇다면 말해 주지 않을 수 없네. 자넨 지금 시간 낭비하고 있는 거야. 자네가 재능을 가졌느냐 안 가졌느냐 하는 건 중요하지 않아. 재능도 요즘 세상엔 별로 통하는 것 같지 않으니까 말야. 하지만 자넨 이 방면에 눈곱만치의 적성도 없어. 여기 나온 지 얼마나 됐나? 다섯 살 먹은 애도 두 시간을 배우면 자네보다 낫게 그릴 거야. 자네에게 한 가지만 말해 주겠네. 아무짝에도 가망 없는 이 짓 집어치워. 자넨 화가보다는 '본느 아 뚜 페르(가정부)'를 하는 것이 먹고사는 데 나을 거야. 보라구."

그가 목탄을 집어 들고 종이에 갖다 대자 목탄이 툭 부러졌다. 입으로 욕설을 웅얼거리며 그는 부러진 조각으로 굵은 선을 죽죽 그어 댔다. 획획 손을 놀리며 그는 독설을 내뱉었다.

"보라구. 팔의 길이가 서로 다르잖아. 무릎은 어떻고. 이렇게 괴상한 무릎이 어디 있나. 다섯 살짜리 어린애 얘기했나? 이거 봐. 이 여자가 다리로 서 있다고 할 수 있겠나? 그리고 발을 봐."

한마디 한마디 할 때마다 성난 목탄 자국을 남겨 놓는 바람에 패니 프라이스가 오랫동안 정성을 들였던 그림은 얼마 있지 않아 형체를 알아볼 수 없이 사라져 버리고 어지러운 선과 얼룩만이 가득 남았다. 마침내 그는 목탄을 집어 던지고 벌떡 일어섰다.

"내 말을 들어, 아가씨. 양재를 해 봐." 그는 시계를 보았다. "열두 시가 됐군. 아 라 스멘느 프로셴느, 무슈.(여러분 다음 주에 봅시다.)"

미스 프라이스는 천천히 짐을 챙겼다. 필립은 뭔가 위로의 말을 해 주기 위해 다른 사람들이 다 갈 때까지 남아 있었다. 이런 말밖에는 생각나지 않았다.

"안됐어요. 그 사람 정말 무지막지한 사람이더군요."

그녀는 획 돌아섰다.

"그 말 하려고 여태까지 안 간 거예요? 당신 동정이 필요할 땐 내가 말할게요. 좀 비켜 줘요."

그녀는 그의 옆을 지나 나가 버렸다. 필립은 어깨를 으쓱 치켜올렸다. 그러고는 절룩거리며 그라비에 식당으로 점심을 먹으러 갔다.

"그래도 싸." 필립이 일어났던 얘기를 해 주자 로슨이 말했다. "성질이 못 돼먹은 계집이야."

로슨은 비평에 민감했기 때문에 프와네가 오는 날에는 일부러 화실에 나가지 않았다.

"난 남들이 내 작품을 두고 왈가왈부하는 게 싫어. 내 작품은 내가 아니까." 그가 말했다.

"남이 나쁘게 말하는 건 싫다는 뜻이겠지." 클러튼이 냉소적으로 말했다.

오후에 필립은 뤽상부르에 그림 구경이나 갈까 생각했다. 공원을 지나가면서 보니 패니 프라이스가 늘 앉던 자리에 앉아 있었다. 위로해 주려고 했던 선의를 무례하게 돌려받아 불쾌했던 참이었기 때문에 그는 못 본 척하고 그냥 지나갔다. 그녀가 얼른 일어나 그에게 다가왔다.

"모른 체할 작정이에요?" 그녀가 말했다.

"천만에요. 그냥 혼자 있고 싶어하는 줄 알았죠."

"어디 가는 거예요?"

"마네 그림을 좀 보고 싶어서요. 얘길 많이 들었거든요."

"같이 가 드릴까요? 뤽상부르는 좀 알거든요. 한두 가지 좋은 걸 보여 드릴 수도 있구요."

차마 내놓고 사과할 수 없으니까 이런 식으로 제의하는 거라고 필립은 생각했다.

"고마워요. 그랬으면 좋겠군요."

"혼자 가고 싶으면 그렇다고 하세요." 그녀는 미심쩍은 듯이 말했다.

"천만에요."

그들은 미술관 쪽으로 걸어갔다. 카유보트 소장품이 최근 공개 전시되어 학생들은 처음으로 인상파 화가들의 작품들을 쉽게 구경할 수 있게 되었다. 그때까지는 인상파 화가들의 그림을 보려면 뤼 라피트 거리에 있는 뒤랑-뤼엘 화랑에 가거나 (화가에 대해 우월감을 가지고 대하는 영국 화상들과는 달리 이 화상은 아무리 초라한 학생이 와도 보고 싶어하는 그림은 무엇이나 기꺼이 보여 주었다.) 그의 사저(私邸)에 가야 했다. 화요일이면 그의 사저 입장권을 쉽게 구할 수 있었고 거기에 가면 세계적인 명화를 많이 볼 수 있었다. 미스 프라이스는 필립을 데리고 곧바로 마네의 「올랭피아」가 걸려 있는 데로 갔다. 그는 놀라 입을 열지 못하고 그림을 보았다.

"어때 맘에 들어요?" 미스 프라이스가 물었다.

"글쎄요."

"이 말은 믿어도 될 거예요. 아마 휘슬러의 「어머니 초상」을 빼놓고는 이 미술관에서는 이게 최고예요."

그녀는 필립이 그 걸작품을 감상하도록 얼마간의 시간을 준 다음, 이번에는 기차 정거장을 그린 그림 앞으로 그를 데리고 갔다.

"보세요, 이게 모네예요." 그녀가 말했다. "「생 라자르 역」이죠."

"그런데 철로가 평행이 아니군요." 필립이 말했다.

"그게 어때서요." 그녀는 거드름 빼며 말했다.

필립은 부끄러웠다. 패니 프라이스는 화실에서 주워들은 이야기만 가지고도 필립을 놀라게 하는 데 어려움이 없었다. 그녀는 계속 그림들을 설명해 주었는데 아는 척 거드름을 떨기도 했지만 안목이 전혀 없는 것은 아니었다. 화가들이 무엇을 시도했고 그는 무엇을 보아야 하는가를 말해 주었다. 이야기할 때 유난스레 엄지손가락을 움직였다. 필립으로서는 다 새로운 얘기라서 얼떨떨한 가운데에도 깊은 관심을 가지고 귀를 기울였다. 지금까지 그는 와츠와 번존스를 숭배했었다. 와츠의 아름다운 색채, 번존스의 정감 어린 그림이 그의 심미 의식을 더할 나위 없이 만족시켜 주었던 것이다. 두 화가의 어렴풋한 이상주의, 그림의 표제에 깔려 있는 철학적 관념의 분위기, 그것들이 러스킨을 탐독하면서 이해하게 된 예술의 기능과 잘 일치했던 것이다. 그런데 여기엔 전혀 다른 어떤 게 있었다. 정신에 대한 호소는 없었다. 이러한 그림들을 아무리 열심히 들여다보아도 더 순수하고 더 고결한 삶으로 나아가게 해 주는 요소가 없었다. 그는 혼란스러웠다.

마침내 그가 말했다. "이제 지쳤어요. 더 보았자 머릿속에 들어갈 것 같지 않네요. 벤치에 가서 좀 쉬죠."

"한꺼번에 너무 많이 보지 않는 게 좋아요." 미스 프라이스가 말했다.

밖으로 나왔을 때 필립은 그녀의 수고에 진심으로 고마움을 표했다.

"아, 괜찮아요." 그녀는 약간 무뚝뚝하게 말했다. "내가 좋아서 한 거예요. 원한다면 내일 루브르에 같이 가요. 그러고 나서 뒤랑-뤼엘 화랑으로 안내할게요."

"정말 친절하시군요."

"남들처럼 날 못된 사람으로 생각진 않겠죠."

"천만에요." 그는 빙그레 웃었다.

"다들 날 화실에서 쫓아내려고 해요. 하지만 마음대로는 안 될걸요. 내가 다니고 싶을 때까지 다닐 테니까. 오늘 아침 일은 죄다 루시 오터 짓이에요. 난 알아요. 늘 날 못 잡아먹어 안달이라니까요. 그러면 내가 그만둘 줄 아나 봐. 그 여자는 내가 그만두었으면 하니까요. 내가 자기에 대해 너무 많이 알고 있어 겁을 먹고 있거든요."

미스 프라이스는 길고도 복잡한 이야기를 해 주었다. 미세스 오터는 평범하고 점잖고 왜소한 여자처럼 보이지만 사실은 지저분한 연애를 하고 있다는 것이었다. 그날 아침 프와네가 칭찬했던 루스 챌리스 이야기도 했다.

"이 여자는 화실에 나오는 사람치고 관계하지 않은 사람이 없어요. 길거리 여자나 다름없지요. 게다가 더러워요. 한 달에 한 번도 목욕을 하지 않는다니까요. 내가 잘 알아요."

듣고 있자니 불편했다. 미스 챌리스에 대해 떠도는 여러 풍문은 이미 들은 바 있었다. 하지만 모친과 함께 사는 미세스 오터가 정숙하지 않다고 상상하는 것은 우스꽝스러웠다. 함께 걷고 있는 이 여자가 악의를 가지고 일부러 거짓말을 하고 있다고 생각하니 소름이 끼쳤다.

"난 남들이 뭐라든 상관 안 해요. 지금까지 하던 대로 할 거예요. 난 내게 뭔가 있다는 느낌이 있어요. 난 예술가다, 그런 느낌 말이에요. 이 길을 포기하느니 차라리 죽어 버리겠어요. 학교 다닐 때 남에게 조롱을 받던 사람이 나중에 친구들 가운데 혼자만 천재로 밝혀진 것이 어디 한두 번인가요? 내가 좋아하는 건 예술밖에 없어요. 내 인생을 기꺼이 예술에 바칠 거예요. 문제는 끈질지게 붙들고 늘어지면서 열심히 하느냐 마느냐에 달린 거죠."

그녀는 자신의 평가대로 자기를 인정해 주지 않는 사람들에게서 여러 가지 이해하기 어려운 동기를 찾아냈다. 그녀는 클러튼을 몹시 싫어했다. 그 사람에게는 알고 보면 재능이 없다고 했다. 겉만 번지르르하다는 것이었다. 자기 인생을 구원할 인물화 하나 그릴 수 없을 거라고 했다. 그리고 로슨에 대해서는 이렇게 말했다.

"못 돼먹은 자예요. 빨강머리에 주근깨투성이! 프와네가 겁나서 그림을 보여 주지도 않죠. 따지고 보면 말예요. 난 겁나지 않아요. 내가 어디 겁내던가요? 프와네가 뭐라 말하든 난 상관 안 해요. 난 진짜 화가니까."

두 사람은 그녀가 사는 거리까지 왔다. 필립은 그녀와 헤어지면서 안도의 한숨을 내쉬었다.

44

그런데도 미스 프라이스가 다음 일요일에 루브르 박물관을 안내하겠다고 했을 때 필립은 거절하지 못했다. 그녀는 「모나리자」를 보여 주었다. 막상 보니 약간 실망스러웠다. 하지만 그는 세계에서 가장 유명한 이 그림을 더욱 아름답게 만든 월터 페이터의 주옥 같은 말들을 줄줄 외울 정도로 읽지 않았던가. 그는 페이터의 말을 미스 프라이스에게 인용해 말해 주었다.

"그건 다 문학이에요. 거기에서 벗어나야죠." 그녀는 약간 깔보듯이 말했다.

그녀는 렘브란트[172)]의 그림들을 보여 주면서 이것저것 그럴싸한 논평을 해 주었다. 그녀는 「엠마오의 사도들」 앞에 섰다.

"이 그림이 아름답다고 느껴지게 되면, 그땐 그림이 뭔가를

---

172) 렘브란트 하르먼스 판 레인(Rembrandt Harmensz van Rijn, 1606~1669). 네덜란드의 화가. 17세기 유럽의 최대 화가이며 특히 미묘한 명암 사용법으로 유명하다.

알게 된 거예요."

다음에는 앵그르의 「오달리스크」와 「샘물」을 보여 주었다. 패니 프라이스의 안내는 독단적이었다. 필립이 보고 싶은 것을 보도록 하지도 않았을뿐더러 자기가 좋아하는 그림 앞에서는 무조건 감탄을 끌어내려 했다. 그녀는 미술 공부만은 필사적일 만큼 열심이었다. 어느 정도인가 하면, 대진열실의 창문 앞을 지나가다 라파엘리[173]의 그림과도 같은 햇살 가득한 유쾌하고 아름다운 튀일리 궁[174]이 내다보이자 필립이 "야, 좋군요. 여기서 잠깐 쉬죠." 하고 소리쳤는데도 그녀는 "좋아요. 하지만 우린 그림을 보러 온 거예요." 하고 무감동하게 대꾸하는 것이었다.

필립은 생기발랄한 가을 공기에 마음이 들떴다. 정오가 다 되어 루브르 궁의 넓은 정원으로 나와 서니 그는 플래너건처럼 예술 따윈 집어치워, 라고 외치고 싶은 충동이 일었다.

"어때요, 생 미셸 거리에 있는 식당에 가서 간단한 점심이나 합시다." 그가 제안했다.

미스 프라이스는 의심쩍다는 눈으로 그를 보았다.

"집에 가면 점심이 기다리고 있는데요." 그녀가 말했다.

"그건 내일 먹으면 되잖아요. 제가 사겠습니다."

"왜 그러시는지 알 수 없군요."

---

173) 장 프랑수아 라파엘리(Jean François Raffaèlli, 1850~1924). 프랑스의 화가. 파리의 거리와 도시 풍경을 많이 그렸다.

174) 센강 우안을 바라보며 루브르 궁 서쪽에 있는 궁. 1871년 파리 코뮌의 시가전 때 불타 없어져 지금은 정원만 남아 있다.

"그러고 싶어서죠." 그는 웃으면서 대답했다.

강을 건너 불바르 생 미셸 거리로 들어서니 식당이 하나 있었다.

"들어갑시다."

"거긴 안 갈래요. 너무 비싸 보여요."

그녀가 고집을 부리면서 앞서 걸어가 버리는 바람에 필립은 뒤쫓아 가지 않을 수 없었다. 몇 걸음 더 가니 아까보다는 작은 식당이 있었고, 여남은 사람이 길가 차일 아래에서 점심을 먹고 있었다. 창문에는 커다란 흰 글씨로 '점심 1프랑 25상팀. 포도주 포함'이라고 쓰여 있었다.

"이보다 싼 건 없어요. 그래도 괜찮아 보이는데요."

두 사람은 빈 테이블에 앉아 메뉴의 맨 위에 적혀 있는 오믈렛을 시키고 기다렸다. 필립은 즐거운 기분으로 오가는 사람들을 바라보았다. 다들 정답게 보였다. 피곤했지만 행복했다.

"저 작업복 입은 남자 좀 보세요. 근사하지 않아요?"

그러면서 미스 프라이스를 슬쩍 보니 놀랍게도 거리의 구경거리에는 관심 없이 접시 위로 고개를 떨군 채로 두 볼에 두 줄기 굵은 눈물을 흘리고 있는 것이 아닌가.

"아니 왜 그러십니까?" 그가 당황하여 물었다.

"더 무슨 말을 하면 당장 일어나 가 버리겠어요."

어안이 벙벙했으나 마침 그때 오믈렛이 나왔다. 반으로 나누어 같이 먹기 시작했다. 필립은 대수롭지 않은 이야기를 하려고 애썼고 미스 프라이스도 나름대로 기분을 맞추려고 애쓰는 듯했다. 하지만 점심은 성공이라고 할 수 없었다. 필립의 성격이 까다롭긴 했지만 미스 프라이스가 먹는 꼴을 보니 입맛이 달아났다. 소리를 내면서 게걸스레 먹는 품이 마치 동물원에 가둬 둔 짐승 같았다. 한 접시 한 접시 비울 때마다 고기 국물 한 방울이라도 남기지 않으려는 듯 빵 조각으로 접시가 하얗게 번쩍이도록 싹싹 닦아 먹었다. 카망베르 치즈가 나왔는데 자기 몫의 치즈를 껍데기까지 모조리 먹어 치우는 것을 보고 필립은 역겨움을 참을 수 없었다. 사흘을 굶었더라도 그처럼 게걸스럽게 먹지는 못할 것이다.

미스 프라이스는 예측 불가능한 사람이었다. 오늘은 사이좋게 헤어졌다 하더라도 다음에 언제 또 토라져서 함부로 굴지 알 수 없었다. 하지만 필립은 그녀로부터 많은 것을 배웠다. 자기는 정작 잘 그리지 못하면서도 뭘 가르쳐야 할지는 모르는 게 없었다. 그녀의 끊임없는 조언 덕분에 필립의 솜씨는 상당히 향상되었다. 미세스 오터도 도와주었고, 때로 미스 챌리스도 논평해 주었다. 로슨의 다변(多辯)과 클러튼의 본보기에서도 배운 바가 있었다. 그런데 패니 프라이스는 필립이 자기 말고 딴사람의 조언을 받는 것을 싫어해서 그가 딴사람의 말을 들은 뒤에 그녀의 도움을 청하면 매정하게 거절하는 것이었다. 그걸 보고 다른 친구들이, 그러니까 로슨, 클러튼, 플래너건 등이 그를 놀려 댔다.

"이봐, 조심해야겠어. 자넬 좋아하나 봐."

"무슨 소리를!" 하면서 그는 웃었다.

미스 프라이스가 누군가를 사랑한다, 이것은 어딘지 앞뒤가 맞지 않는 생각 같았다. 매력이라고는 한 군데도 없는 데다 지저분한 머리, 더러운 손, 때가 끼고 가장자리가 너덜너덜 해진, 한 번도 바꿔 입지 않는 밤색 옷은 생각만 해도 몸서리가 쳐졌다. 쪼들리는 게 아닌가 하는 생각이 들었지만, 쪼들리는 게 어디 그녀뿐인가, 다들 쪼들렸다. 그렇더라도 적어도 청결할 수는 있지 않은가. 바늘과 실만 있으면 치마를 말끔하게 할 수 있는 일이 아닌가 말이다.

필립은 자기가 접촉하게 된 사람들의 인상을 정리해 보았다. 그도 이제 하이델베르크 시절만큼은——그 시절도 벌써 오래전같이 여겨졌다.——순진하지 않았다. 인간에 대해 더 깊은 관심을 가지기 시작하면서 따져 보고 비판하는 성향이 되었다. 클러튼의 경우, 더 많이 알기가 힘들었다. 삼 개월 동안 매일 만났지만 맨 처음 만난 날보다 더 많이 알게 된 것이 없다. 화실 사람들이 클러튼에 대해 가진 일반적인 인상은 유능한 사람이라는 것이었다. 큰일을 할 사람이라고 생각했다. 본인도 이 일반적인 견해에는 공감했지만, 구체적으로 무슨 일을 할 수 있을 것인가에 대해서는 본인도 남들도 알지 못했다. 아미트라노 화실에 오기 전에 그는 줄리앙, 보자르, 맥퍼슨 화실 등, 몇 군데 다른 화실을 돌아다녔다고 한다. 이곳 아미트라노에서는 딴 데보다 더 오래 머무르고 있는데 그것은 딴 사람들이 별로 참견하지 않기 때문이었다. 그는 자기 그림을 보여 주는 것을 좋아하지 않았다. 대부분의 미술학도들과는 달리 남의 조언을 구하지도 않고 남에게 조언을 하지도 않았다. 사람들 말로는 그가 작업실 겸 침실로 쓰고 있는 뤼 캉파뉴 프르미에 거리의 조그만 스튜디오에는 그가 전시회를 가지겠다는 마음만 먹으면 당장 이름을 얻을 수 있는 굉장한 그림들이 쌓여 있다고 했다. 그는 모델을 살 수 없어 정물을 그렸다. 로슨은 사과가 담긴 접시 그림 이야기를 하면서 입버릇처럼 걸작이라고 단언했다. 클러튼은 취향이 매우 까다로웠다. 자기도 확실히 붙잡지 못하는 어떤 것을 목표로 삼고, 언제나 자신의 그림에 대해 불만스러워했다. 작품의 한 부분, 가령 인물의 팔뚝이라든가 다리와 발, 정물의 유리잔이라든가 컵이 마음에 들 때가 있긴 있는 모양이었다. 그럴 때는 캔버스의 그 부분만 잘라내어 갖고 나머지 부분은 찢어 버렸다. 그래서 사람들이 작품을 좀 보자고 할 때마다 그는 보여 줄 그림이 하나도 없다고 대답했는데 거짓말은 아니었다. 브르타뉴에서 한 화가를 우연히 만났다고 한다. 아무도 이름을 들어 보지 못한 사람이었다. 주식중개인을 하다 중년에 그림을 시작했다는 기인(奇人)[175]이었는데, 클러튼은 이 사람의 작품에 깊은 감명을 받았다. 그리하여 마침내 그는 인상주의에 등을 돌리고, 사물을 그리는 수법뿐만 아니라 보는 방법에서도 자기 나름의 개성적인 방식을 찾기 위해 안간힘을 쓰고 있는 중이었다. 필립은 그에게 뭔가 독창적인 것이 있음을 느꼈다.

그들이 식사를 하는 그라비에 식당에서, 그리고 베르사이유 궁이나 클로즈리 데 릴라의 저녁 시간에 클러튼은 별로 말이 없었다. 그는 비쩍 마른 얼굴에 냉소적인 표정을 띠고 묵

175) 화가 폴 고갱(Paul Gauguin, 1848~1903)을 암시하고 있다. 몸은 나중에 『달과 6펜스(The Moon and Sixpense)』에서 고갱의 생애를 그린다.

묵히 앉아 있다가 재치 있는 말을 던질 필요가 있을 때에만 입을 열었다. 그는 조롱하기를 좋아해서 조롱할 대상이 있으면 아주 즐거워했다. 그림 말고 다른 것에 대해서 이야기하는 법이 좀처럼 없었는데 그것도 더불어 이야기할 가치가 있다고 생각하는 한두 사람하고만 이야기했다. 필립은 그 사람에게 진짜 뭐가 있긴 있나 하는 생각이 들 때가 있었다. 과묵함, 말라 빠진 인상, 신랄한 유머는 개성을 암시해 줄지 모르지만, 알맹이는 없는 그럴싸한 가면에 지나지 않을 수도 있기 때문이었다.

한편 로슨과는 곧 친해졌다. 그는 관심이 다양하여 사귀기가 즐거운 사람이었다. 누구보다도 읽은 게 많았고 수입은 적었지만 책 사는 것을 좋아했다. 누가 빌려 달라면 기꺼이 빌려주기도 했다. 덕분에 필립은 플로베르와 발자크를, 베를렌과 에레디아, 드릴라당을 알게 되었다.[176] 그들은 함께 연극 구경도 가고 때로는 오페라 코미크[177]의 대중석에도 갔다. 가까운 거리에 오데옹 극장[178]이 있어서 필립은 곧 로슨처럼 루이 14세 시대의 비극 시인들과 알렉상드랭 시행[179]의 낭랑한 대사에 흠뻑 빠지게 되었다. 뤼 테부 거리에는 콩세르 루즈[180]

---

176) 조제 마리아 드 에레디아(Jose Maria de Heredia, 1842~1905). 쿠바 출신의 프랑스 시인. 빌리에 드릴라당(Villiers de L' Isle-Adam, 1838~1889). 자연주의에 반발했던 프랑스 시인, 극작가, 소설가.

177) Opéra Comique. 희가극(喜歌劇)을 공연하는 파리의 극장.

178) 파리에 있는 프랑스의 국립극장.

179) 12음절의 시행을 말한다.

180) 음악감상실 이름.

가 있었는데, 칠십오 상팀이면 여기서 훌륭한 음악을 들을 수 있었고 거기다 마실 것도 나왔다. 좌석이 불편하고, 사람들은 꽉꽉 들어찬 데다 카포랄[181] 담배 연기로 공기는 숨쉬기도 어려울 만큼 탁했지만 열정이 넘친 그들 젊은이들은 아랑곳하지 않았다. 때로 그들은 발 불리에[182]에 춤을 추러 가기도 했다. 그런 때는 플래너건이 동행했다. 그의 곧잘 흥분하는 성격과 소란스러운 열정이 그들을 웃겼다. 그는 춤을 잘 춰서 들어간 지 십 분이 채 못 되어 금방 사귄 점원 아가씨들과 무도장을 휘젓고 다녔다.

그들의 공통된 바람은 애인을 갖는 것이었다. 애인은 파리의 미술학도에게는 하나의 필수품이었다. 애인을 가지면 딴 사람들로부터 존경의 눈길을 받았다. 그건 자랑거리였다. 문제는 다들 돈이 쪼들려 먹고살기에도 쩔쩔맨다는 점이었다. 프랑스 여자는 야무져서 두 사람이 살아도 한 사람 경비 이상 들지 않는다고들 했지만, 그렇게 생각해 줄 젊은 여성을 만나기는 쉽지 않았다. 그들은 더 이름난 화가들의 보호를 받고 있는 여자들을 부러워하고 욕하는 것으로 대충 만족해야 했다. 그런 일이 파리에서 아주 어렵다는 것은 특이한 일이었다. 로슨은 곧잘 젊은 여자들과 사귀고 데이트 약속도 했다. 그런 때는 하루 스물네 시간 내내 온갖 말로 떠벌리면서 만나는 사람마다 붙들고 자기 여자 이야기를 시시콜콜히 해댔다. 하지

181) 아주 독한 프랑스 담배.

182) Bal Bullier. 파리에 있는 불리에 댄스홀.

만 여자는 약속한 시간에 나타나는 법이 없다. 그러면 밤늦게 그라비에 식당에 골이 잔뜩 난 모습으로 나타나 이렇게 소리치곤 했다.

“제기랄, 또 허탕이야. 도대체 왜 날 싫어하는지 알 수가 없어. 내가 프랑스어를 잘 못 해서 그러나, 아니면 내 빨강머리가 맘에 안 들어 그러나. 파리에서 일 년이나 보내면서 여자 하나 못 낚다니, 정말 너무 끔찍해.”

“자넨 방법이 틀렸어.” 플래너건이 말했다.

그는 길게 늘어놓을 만한 부러운 승리의 전력을 가지고 있었다. 그의 말을 죄다 믿을 수는 없지만 증거가 있었기 때문에 전혀 거짓말이라고는 할 수 없었다. 그는 한 사람과 끝까지 가려고 하지 않았다. 그가 파리에 머물 수 있는 기간은 이 년밖에 되지 않았다. 그는 가족을 설득하여 대학에 가지 않고 미술 공부를 하러 이곳에 왔는데 이 년이 지나면 시애틀에 돌아가 부친의 사업을 도와야 했다. 이 기간 동안 그는 즐길 수 있는 만큼 즐기기로 작정하고 연애를 길게 하기보다 다채롭게 하기로 했다.

“그래 자넨 여자들을 어떻게 낚았나?” 로슨이 골을 내며 말했다.

“별로 어려울 것 없어, 이 사람아.” 플래너건이 말했다. “곧바로 부딪치면 돼. 문제는 떼 내는 일이야. 그건 요령이 필요하지.”

필립으로서는 그림 배워야지, 책 읽어야지, 연극 구경해야지, 다른 사람 이야기 들어야지, 몰두할 일이 너무 많아 여성

사회에 대한 욕망에 마음 쓸 여유가 없었다. 프랑스어를 유창하게 하게 되면 그럴 시간은 충분하리라 생각했다.

미스 윌킨슨을 본 지가 이제 일 년이 넘었다. 파리에 왔던 첫 주일은 너무 바빠서 블랙스터블을 떠나기 직전에 그녀가 보내온 편지에 답장을 쓸 새가 없었다. 또 한 통이 왔을 때 틀림없이 싫은 소리로 가득 차 있다는 걸 짐작할 수 있었는데다 그때는 그런 말들을 읽을 기분이 아니어서 나중에 보려고 치워 두었었다. 그러고는 잊어버리고 있었는데 한 달이 지나서 구멍 나지 않은 양말을 찾느라고 서랍을 뒤지다가 그 편지를 발견하게 되었다. 뜯지 않은 편지를 보니 당황스러웠다. 미스 윌킨슨이 얼마나 괴로웠을까 하는 생각이 들고 자신이 너무 몰인정한 사람으로 여겨졌다. 하지만 지금쯤은 괴로움에서 벗어났으리라. 어쨌든 최악의 고비는 넘겼을 것이다. 여자들이란 때로 표현이 지나치다는 생각이 들었다. 같은 표현을 남자가 사용할 때보다 절실하지가 않다. 무슨 일이 있어도 그녀를 다시 만나지 않으리라고 다짐했다. 기왕 오랫동안 편지를 보내지 않은 터에 새삼 편지를 쓸 필요는 없으리라. 그는 그 편지를 읽지 않기로 작정했다.

"설마 또 편지 쓸 생각은 하지 않겠지. 다 끝난 일이라고 생각할 거야. 따지고 보면 나이가 어머니뻘 아닌가. 주제 파악을 했어야지." 하고 그는 혼자 생각했다.

한두 시간 동안은 좀 불안했다. 자신의 태도는 말할 것도 없이 옳지만 일을 그런 식으로 처리한다는 것이 아무래도 마음에 걸렸다. 그러나 미스 윌킨슨은 다시는 편지를 보내지 않았다. 또한 터무니없는 걱정이었지만 파리에 불쑥 나타나 친구들 앞에서 망신을 주지도 않았다. 얼마 안 되어 그는 그녀를 깨끗이 잊어버렸다.

그러는 사이 그는 과거의 신(神)들을 깡그리 버리고 말았다. 인상파의 작품을 맨 처음 보았을 때의 놀라움은 이제 감탄으로 바뀌었다. 이윽고 자신도 마네, 모네, 드가의 훌륭한 점에 대해 남들처럼 열변을 토했다. 그는 앵그르의 「오달리스크」와 마네의 「올랭피아」의 사진을 샀다. 면도하는 동안 두 작품의 아름다움을 음미할 수 있도록 세면대 위에 나란히 붙여 놓았다. 모네 이전에 풍경화가 없었다는 사실을 그는 이제 확연히 알게 되었다. 그는 이제 렘브란트의 「엠마오의 사도들」이나 벨라스케스의 「벼룩에게 코를 물린 여인」 앞에 서서 진정한 감동을 느꼈다. 「벼룩에게 코를 물린 여인」이 물론 진짜 그림 제목은 아니었다. 하지만 그라비에 식당에서는, 그림 속 앉아 있는 여자의 용모에 어딘지 보는 이를 역겹게 하는 기이함이 있긴 해도 그림 자체는 아름답다는 점을 강조하기 위해서 그런 식으로 불렀다. 러스킨, 번존스, 와츠와 함께, 파리에 올 때 썼던 중산모와 흰 점무늬가 박힌 단정한 푸른 넥타이도 치워 버렸다. 그리고 이제는 부드럽고 챙이 넓은 모자와 풍성한 검은 타이, 낭만적으로 재단한 케이프 차림을 즐겼다. 그는 마치 옛부터 알고 있는 사람처럼 불바르 뒤 몽파르나스 거리를 걸었고, 참을성 있게 노력한 덕분에 이제 압생트 주를 싫어하지 않고 마실 수 있게 되었다. 머리도 기르는 중이었다. 턱수염만은 기를 생각을 하지 못한 것은, 인정머리 없는 자연(自然)이 턱수염에 대한 청년기의 사그라들지 않는 열망에 전혀 관심을 두지 않았기 때문이었다.

45

동료들의 정신을 형성하고 있는 것은 크론쇼의 정신임을 필립은 곧 깨달았다. 로슨의 역설은 그에게서 나온 것이었다. 개성을 중요시하는 클러튼조차 자기도 모르게 이 연장(年長)의 사내로부터 얻어들은 말로 자신을 표현했다. 테이블의 열띤 논쟁거리도 알고 보면 그의 사상이었으며, 모두들 그의 권위에 기대어 판단을 내렸다. 의식하지 못한 채로 다들 그를 존경하고 있었는데 그들은 그의 약점을 비웃고, 악덕을 개탄함으로써 그 존경심을 상쇄시켰다.

"말이라구 해? 그 크론쇼 노인 틀렸어. 전혀 가망 없어." 하고 그들은 말했다.

그러면서 다들 자기 혼자만 크론쇼의 천재성을 알아본다는 데 자부심을 가지고 있었다. 청년들이라 중년의 어리석음을 깔보면서 자기들끼리는 은근히 그를 내려다보았지만 좌중에서 한 사람만을 훌륭한 사람으로 내세워야 할 때에는 그의 천재성을 알아본다는 것을 늘 자랑거리로 여겼다. 크론쇼는 그라비에 식당에 나타나지 않았다. 지난 사 년 동안 그는 그랑조귀스텡 부두의 허름하기 짝이 없는 칠 층 건물의 조그만 아파트에서 로슨만이 딱 한 번 본 적이 있는 어떤 여자와 불결하기 그지없는 살림을 하고 있었다. 그 더러움, 그 지저분함, 그 난장판에 대해 로슨은 껄껄 웃어 대며 설명했다.

"게다가 냄새는 얼마나 고약한지, 골이 빠개질 지경이더군."

"먹는 자린데 그만둬, 로슨." 일행 중의 하나가 핀잔을 준다.

하지만 로슨은 그의 코를 찔렀던 냄새를 그림처럼 묘사하는 즐거움을 포기하지 않으려 한다. 자신의 실감 나는 묘사에 짜릿한 기쁨을 느끼며 그는 자기에게 문을 열어 주었던 여자를 자세히 묘사했다. 살결이 가무잡잡하고, 몸집은 작고 통통했으며 나이는 아주 젊었다. 까만 머리칼이 금방이라도 흘러내릴 것만 같았다. 블라우스를 아무렇게나 걸치고 코르셋은 하지도 않았다. 붉은 볼, 큼직하고 육감적인 입, 음란하게 반짝이는 눈이 루브르 박물관에 걸려 있는 프란스 할스[183]의 「집시 여자」를 떠올렸다. 도도하면서도 상스러운 태도가 재미있기도 하고 소름이 끼치기도 했다. 땟물이 흐르는 영양부족의 갓난아이가 마룻바닥에서 놀고 있었다. 소문에 따르면 이 매춘부 같은 여자는 라탱 구역에서도 제일 쓰레기 같은 건달들을 이용하여 크론쇼를 속여 먹고 있다고 했다. 날카로운 지성과 미에 대한 열정을 가진 크론쇼가 어떻게 그런 인간과 인연을 맺을 수 있었는지, 카페의 테이블에서 그의 지혜를 배우고 있는 순진한 청년들에게는 알다가도 모를 일이었다. 하지만 그는 여자의 험한 말씨를 그렇게 좋아할 수가 없었고, 때로는 시궁창 냄새가 나는 그녀의 말을 남에게 소개하기도 했다.

---

183) Frans Hals(1581~1666). 17세기의 네덜란드 화가.

그는 농조로 그녀를 '라 피으 드 몽 콩시에르즈(우리 아파트 관리인의 딸)'라고 불렀다. 크론쇼는 생활이 몹시 쪼들렸다. 한두 곳의 영자신문에 전람회 평을 써 주고 받은 돈으로 근근이 먹고살았다. 약간의 번역을 하기도 했다. 한때 파리의 한 영자신문사 직원으로 일했는데 술버릇 때문에 쫓겨났다고 했다. 하지만 아직도 이 신문사에다 드루오 호텔의 그림 판매 동향이나 연예관의 풍자익살극에 대한 기사를 써 주는 등의 잡일을 했다. 파리 생활에 이골이 날 대로 나서 그것이 아무리 비참하고, 고되고, 어려워도 이제 그 생활 방식을 결코 바꾸려 하지 않았다. 그는 일 년 내내, 심지어 친구들이 다들 떠나 버리는 여름에도 파리에 죽치고 앉아 떠나지 않았고 불바르 생 미셸 거리에서 일 마일 안에 머물러 있을 때에만 마음을 놓았다. 그런데 이상한 일은 프랑스어를 웬만한 수준만큼도 배우지 못했다는 점이었다. 그는 라 벨르 자르디니에르[184]에서 산 꾀죄죄한 옷을 입고 끝내 영국인 행색을 벗어나지 못했다.

말솜씨가 사교계의 통행증 구실을 하고 술주정이 장애가 되지 않았던 한 세기 반 전이라면 그는 출세했을 인물이었다.

"난 1800년대에 살았어야 했어." 하고 스스로도 말했다. "내게 필요한 건 패트런이야. 예약을 받아 시를 쓰고 그걸 귀족에게 헌정하는 거지. 난 백작 부인의 강아지를 소재로 이행 연구(二行聯句)[185] 시를 써 보고 싶어. 내 시혼은 말이지, 하녀들

184) 파리의 이름난 양복점.

185) 각운을 밟는 시의 두 행.

의 사랑과 주교들의 대화를 갈망한단 말야."

그는 낭만주의자 롤라[186]를 인용한다.

"'쥬 쉬 브뉘 트로 타르 당 쇠 몽드 트로 비외.(난 너무 늦게 왔구나, 너무 늙어 버린 세상에.)"[187]

그는 새로 만나는 사람을 좋아했다. 필립에게도 호감을 가졌다. 필립이 대화의 문을 열 정도만 말할 뿐 그의 독백을 방해할 만큼 지나치게 말하지는 않는, 그 어려운 기교를 터득한 듯 보였기 때문인지도 몰랐다. 필립은 그에게 푹 빠지고 말았다. 그는 크론쇼의 얘기에 새로운 것이 별로 없다는 사실을 깨닫지 못했다. 그의 개성적인 이야기 방식에는 야릇한 힘이 있었다. 목소리는 멋지고 낭랑했으며 얘기하는 방식 또한 젊은이라면 반하지 않을 수 없었다. 그가 말한 것은 무엇이건 생각을 자극하는 것 같았다. 그래서 집으로 돌아가는 길에 로슨과 필립은 크론쇼가 우연히 흘린 어떤 말을 두고, 그 뜻을 토론하면서 서로 상대방의 숙소를 왔다 갔다 하기도 했다. 젊은이답게 결과를 중시하는 필립은 크론쇼의 시가 기대에 못 미치는 것이 이해가 되지 않았다. 그의 시는 시집 형태로 나온 것은 하나도 없고 대부분 잡지에 발표된 것뿐이었다. 한참이나 설득을 당한 다음에야 크론쇼는 《더 옐로 북》, 《토요평론》 등의 잡지에 실린 것들을 뜯어내어 한 묶음 가지고 나왔다. 필

---

186) 프랑스 시인 뮈세의 시에 나오는 주인공.

187) "Je suis venu trop tard dans un monde trop vieux." 프랑스의 극작가, 시인, 소설가인 알프레드 루이 샤를 드 뮈세(Alfred Louis Charles de Musset, 1810~1857)가 쓴 시 「롤라(Rolla)」의 제1권 55행에 나오는 말.

립은 대부분의 시들이 헨리[188]나 스윈번을 연상시켜 깜짝 놀랐다. 거기에서 개성을 느끼려면 크론쇼의 멋진 낭송을 들을 수밖에 없었다. 필립이 로슨에게 실망감을 토로하자 로슨은 별 생각 없이 이 말을 그대로 전한 모양이었다. 다음번에 필립이 클로즈리 데 릴라에 가니 시인은 유들유들한 미소를 지으면서 필립을 향해 말했다.

"듣자 하니 자넨 내 시를 시답잖게 생각한다더군."

필립은 당황했다. 그래서 "무슨 말인지 모르겠는데요. 아주 잘 읽었습니다."라고 대답했다.

"비위를 맞추려고 하진 말게." 크론쇼는 통통한 손을 내저으며 대꾸했다. "난 내 시 작품에 대단한 중요성을 부여하지 않네. 인생이란 쓰려고 있는 것이 아니라 살려고 있는 것이니까. 내 목표는 인생의 다양한 경험을 추구하는 것이야. 삶의 순간순간에서 그 순간의 정서를 음미하면서 말야. 난 내 글쓰기를 말이지, 존재로부터 기쁨을 흡수한다기보다 거기에 기쁨을 부여하는 아름다운 행위라고 보네. 후세의 문제는 말일세……. 후세 따윈 상관없네."

필립은 미소 지었다. 이 삶의 예술가가 써 내는 것은 형편없는 화가의 졸작 이상의 것이 되지 못한다는 것을 금방 알 수 있었기 때문이다. 크론쇼는 물끄러미 그를 바라보더니 잔을 채웠다. 그는 웨이터에게 담배 한 갑을 가져오라 했다.

188) 윌리엄 어니스트 헨리(William Ernest Henley, 1849~1903). 영국의 시인.

"내가 이런 식으로 말하니 자넨 재미있을 거네만, 아다시피 난 가난해서 조그만 다락에서 살고 있어. 미용사들하고 카페의 보이들이랑 짜고 나를 등쳐 먹는 상스러운 여자하고 말이지. 영국 독자를 위해 쓰레기 같은 책을 번역하기도 하고 욕먹을 가치도 없는, 형편없는 그림을 보고 논평을 쓰기도 하지. 하지만 자네, 인생의 의미가 도대체 뭔지 말할 수 있겠나?"

"글쎄요, 어려운 질문입니다. 선생님께서 말씀해 주시죠."

"아닐세. 자네 스스로 답을 발견하지 않으면 의미가 없어. 그런데 자넨 이 세상에서 무엇을 위해 살아야 한다고 생각하나?"

그런 생각은 한 번도 해 본 적이 없는지라 필립은 잠시 생각하고 나서 대답했다.

"글쎄, 잘 모르겠지만 자신의 의무를 다하고, 자신의 가능성을 최대로 발휘하고, 남에게 해를 입히지 않는 것이 아닐까요?"

"요컨대, 남이 너에게 해 주기를 바라는 것을 너도 남에게 하라[189]는 것인가?"

"그런 셈이죠."

"기독교로구먼."

"아녜요." 필립은 분개해서 말했다. "그건 기독교와는 전혀 관계가 없어요. 보편적인 도덕률일 뿐이죠."

"보편적인 도덕률 같은 건 없네."

"그렇다면, 이렇게 생각해 보세요. 선생님께서 술에 취해 지

---

189) 예수의 '산상 설교' 가운데 가장 유명한 가르침. 마태복음 7장 12절, 누가복음 6장 31절. '황금률(golden rule)'이라고도 불리운다.

갑을 여기에 놓고 갔는데 제가 집어 갔다고요. 제가 왜 지갑을 선생님께 돌려드려야 할까요? 이건 경찰이 무서워서가 아닙니다."

"죄를 지으면 지옥이 무섭고, 착하게 살면 천당에 갈 테니까 그렇겠지."

"전 둘 다 믿지 않아요."

"그럴 수도 있겠지. 칸트가 정언명령(定言命令)[190]을 생각해 냈을 때도 그랬어. 자넨 신앙을 버렸지만 신앙에 바탕을 둔 윤리는 버리지 않았어. 어느 모로 봐도 자넨 아직 기독교인이야. 그러니 만약에 하늘에 신이 있다면 자넨 틀림없이 상을 받을 걸세. 전능하신 분이 교회에서 생각하는 것만큼 어리석을 리 없어. 자네가 신의 법을 지킨다면, 내 생각엔 자네가 믿든 믿지 않든 신은 상관하지 않을 거네."

"하지만 제가 만약 지갑을 놓고 간다면 선생님께선 틀림없이 돌려주실 것 아닙니까?" 필립이 말했다.

"보편적인 도덕률 때문이 아니라 경찰이 무서워서겠지."

"경찰이 알아낼 가능성은 전혀 없잖아요."

"내 조상이 아주 오랫동안 문명국가에서 살았기 때문에 경찰을 무서워하는 마음이 뼈에까지 스며 있는 거야. 우리 아파트 관리인의 딸이라면 조금도 망설이지 않을 거네. 자넨 그 여자가 우범 계층 사람이니까 그렇다고 응수하겠지. 천만에, 그

---

190) 독일 철학자 이마누엘 칸트(Immauel Kant, 1724~1804)가 주창한 도덕적 명령. 행위의 목적이나 결과에 관계없이 그 자체로서 가치 있는 절대적이고 무조건적인 윤리적 명령을 말한다.

여자는 보통 사람들이 갖는 편견을 가지고 있지 않을 뿐이야."

"그러면 명예라든가, 미덕이라든가, 선, 품위 같은 모든 걸 인정하지 않는 셈이지요."

"자넨 죄를 지어 본 적 있나?"

"글쎄요. 그런 적이 있겠죠."

"자넨 비국교도 목사처럼 말하는군. 난 죄를 지은 적이 없네."

깃을 세워 올린 허름한 방한외투 차림에 모자를 푹 눌러쓰고, 붉고 살찐 얼굴에 작은 눈을 반짝이고 있는 크론쇼의 모습은 기이할 정도로 희극적이었다. 하지만 필립은 너무 진지했기 때문에 웃음이 나오지 않았다.

"후회되는 일은 한 번도 하지 않으셨단 말인가요?"

"모든 게 불가피해서 한 일인데 어떻게 후회할 수 있단 말인가?" 크론쇼가 되물었다.

"그건 숙명론이죠."

"사람은 자신의 의지가 자유롭다는 환상을 너무 철썩같이 믿고 있어. 그래서 나도 그걸 쉽게 받아들이고 마네. 나는 내가 자유로운 행위자인 것처럼 행동하지. 하지만 어떤 행위가 이루어질 때는 우주의 모든 힘들이 저 영겁에서 함께 작용하여 이루어진다는 것이 분명해. 내가 할 수 있는 어떤 행위도 그것을 막을 수는 없지. 그건 필연이니까. 선한 행위였다 해도 난 공적을 주장할 수 없고, 나쁜 행위였다 해도 난 비난받을 수 없네."

"머리가 어질어질하네요." 필립이 말했다.

"위스키를 좀 들게." 하고 크론쇼는 말을 받으며 술병을 건넸다. "머리를 맑게 하는 데는 이보다 더 좋은 게 없어. 맥주만 고집하면 머리가 둔해질 거야."

필립이 머리를 저었고, 크론쇼는 말을 이었다.

"자넨 괜찮은 친군데 술을 안 마셔. 정신이 멀쩡하면 대화가 안 되지. 헌데 내가 좋다거나 나쁘다고 말할 때는……." 이 말은 아까 이야기의 계속임을 알 수 있었다. "관습적인 뜻에서 그렇다는 거네. 좋다거나 나쁘다거나 하는 말에 난 의미를 부여하지 않아. 나는 인간 행위에 위계를 정하고 어떤 것은 가치 있고 어떤 것은 나쁘다고 규정하는 것을 거부하네. 선이라든가 악이라든가 하는 말은 내게 의미가 없어. 나는 칭찬하지도 않고 비난하지도 않아. 받아들일 뿐이야. 만물의 척도는 나 자신이니까. 세계의 중심은 나니까."

"하지만 세상에는 타인들도 존재하는 것 아닙니까?"

"난 나 자신만을 위해 말하네. 타인은 내 행위를 제약하는 존재들로서만 인식하지. 그야 세상은 그 하나하나의 타인을 중심으로 하여 돌기도 하지. 누구에게나 자기가 우주의 중심이야. 타인에 대한 나의 권리는 내 힘이 미치는 범위에 국한되네. 내가 할 수 있는 일은 내 능력이 미치는 데까지일 수밖에 없어. 인간은 군집성이라 사회를 이루어 살고, 사회는 강제력을 수단 삼아 유지되고 있지. 강제력이란 무기의 힘, 그게 경찰이지. 그리고 여론의 힘, 그게 미세스 그런디[191]일세. 그 두 가

191) 세상 평판이라는 뜻. 본래는 토머스 모턴(Thomas Morton, 1764~1838)의 극에 등장하는 인물.

지 힘을 말하네. 한편엔 사회가 있고 다른 편엔 개인이 있네. 두 가지가 다 자기보존을 추구하는 유기체지. 힘과 힘이 맞서 있어. 나는 홀로 서서 어쩔 수 없이 사회를 받아들이지만 그게 반드시 싫은 것은 아니야. 왜냐, 내가 세금을 바치는 대신 사회는 약자인 나를, 나보다 강한 자의 폭압으로부터 보호해 주거든. 하지만 내가 사회의 법에 복종하는 것은 불가피하기 때문이야. 난 법의 정의를 인정하지 않아. 난 정의를 몰라, 권력만을 알 뿐이지. 그리고 내가 나를 보호하는 경찰에게 봉급을 지불한다면, 그리고 징병제도가 시행되는 나라에 살기 때문에 내 집과 땅을 침략자로부터 지키는 군대에 복무한다면, 나와 사회는 서로 빚이 없는 거지. 그 나머지에 대해서는 난 사회의 힘에 내 꾀를 써서 대항하는 거네. 사회는 자기보존을 위해 법을 만들고, 내가 그 법을 어기면 날 가두거나 죽이지. 사회는 그럴 힘이 있기 때문에 그럴 권리가 있어. 내가 법을 어기면 국가의 보복을 받겠지만 난 그걸 벌로 간주하지 않고 내가 악행을 저질렀다고 느끼지 않을 걸세. 사회는 명예심이라든가, 재물이라든가, 사람들의 평판이라는 것들로 내가 사회에 봉사하도록 유혹하지. 하지만 난 사람들의 평판 따윈 관심도 없고, 명예를 경멸하고 재산이 없어도 아주 잘 지낼 수 있다네."

"하지만 모두가 선생님처럼 생각하면 당장 모든 게 산산조각이 날 겁니다."

"난 남의 일에는 상관하지 않네. 나 자신에게만 관심이 있지. 대다수 인간은 특정한 보상을 바라고 직접 간접으로 내게 편리한 일을 하고 있네. 나는 그 사실을 이용하지.”

“제가 보기엔 그건 만사를 아주 이기적으로 보는 방식입니다.” 하고 필립이 말했다.

“아니, 그럼, 자넨 인간이 이기적이 아닌 동기로 무슨 일을 할 수 있다고 생각한단 말인가?”

“그렇습니다.”

“그건 불가능해. 자네도 나이가 들면 알게 될 거야. 세상을 살 만한 장소로 만들기 위해 무엇보다도 우선 필요한 일은 인간의 불가피한 이기심을 인정하는 것이라는 걸 말일세. 자넨 타인에게 이기적이지 않기를 요구하는데 그건 자네의 욕망을 위해 타인더러 자신의 욕망을 희생하라는 모순된 주장이야. 타인이 왜 그래야 하나. 모든 개인이 세상에 살면서 자기 자신을 위한다는 사실을 자네가 받아들여야 자넨 다른 사람들에게 덜 요구할 수 있어. 다른 사람들에게 덜 실망할 거고, 다른 사람들을 더 자비롭게 바라볼 수 있어. 사람은 인생에서 단 한 가지를 추구하지. 그건 자기 자신의 쾌락이야.”

“아녜요. 그렇지 않아요.” 필립은 소리쳤다.

크론쇼는 낄낄 웃었다.

“놀란 망아지같이 왜 그러나. 자네 기독교가 싫어하는 말을 내가 사용해서? 자넨 가치에 등급을 두고 있어. 쾌락을 맨 아래에 두고, 의무라든가 자비, 진실 같은 말을 할 때는 짜릿한 자기만족까지 느끼지. 자넨 쾌락을 감각에 관계된다고만 생각할 거야. 하지만 자네의 도덕을 만들어 낸 그 비참한 노예들은 자기들이 누리기 힘든 만족은 죄다 경멸했지. 내가 쾌락이 아니라 행복이라는 말을 사용했다면 자넨 놀라지 않았을 거야. 그 말은 덜 충격적이니까. 그리고 자네 마음은 에피쿠로스[192]의 돼지우리에서 그의 정원으로 이동하게 되니까. 하지만 난 쾌락이란 말을 사용하겠네. 왜냐하면 바로 그게 사람의 목표거든. 사람이 행복을 추구하는지는 모르겠어. 자네가 말하는 그 착한 일들을 실천하는 이유도, 알고 보면 쾌락 때문이야. 사람이 어떤 행위를 하는 것은 그것이 자신에게 이롭기 때문이지. 그것이 남들에게도 이로우면 선한 일로 여겨지는 거야. 은혜를 베푸는 데 쾌락을 느끼는 사람은 자비를 베풀지. 사회에 봉사하는 데 쾌락을 느끼는 사람은 공공정신을 가지게 되고. 자네가 거지에게 동냥을 주면 그건 자네 자신의 쾌락을 위한 거야. 내가 위스키 소다를 또 한 잔 마시는 게 나 자신의 쾌락을 위한 것과 같아. 난 자네보다는 솔직한 편이라 나 자신의 쾌락을 위해 나 자신을 칭찬하거나 자네의 감탄을 요구하지 않네."

"하지만 하고 싶은 일보다 하기 싫은 일을 하는 사람들도 있지 않습니까?"

"없네. 자네 질문 방식이 틀렸어. 자네가 말하려는 건 당장의 쾌락보다 당장의 고통을 받아들이는 사람들이 있다는 거겠지. 질문 방식도 그렇지만 문제 제기 자체도 어리석네. 사람들이 당장의 쾌락보다 당장의 고통을 받아들인다는 건 분명

192) Epicurus. 쾌락을 지고의 선(善)으로 보고, 철학이란 삶을 행복하게 만드는 기술이라고 정의했던 그리스 철학자.

해. 하지만 그건 미래의 더 큰 쾌락을 위해서야. 때로 쾌락은 환영과 같아. 하지만 계산착오가 있다고 해서 법칙을 부정할 수야 없지 않은가. 자넨 어리벙벙한 모양인데 그건 자네가 쾌락을 감각의 산물이라고만 생각하니까 그런 거야. 하지만 젊은 친구, 조국을 위해 목숨을 바치는 사람은 그게 좋아 그렇게 한다네. 그건 양배추 절임을 먹는 사람이 그게 좋아 먹는 거나 마찬가지야. 그게 창조의 법칙이야. 사람이 혹 쾌락보다 고통을 더 좋아할 수 있다면 인류는 진작 멸망했을 거야."

"그 말이 맞다고 하더라도 말입니다." 하고 필립은 소리쳤다. "그럼 아무것도 소용이 없다는 말입니까? 의무도, 선도, 미도, 다 없애 버리면, 우린 뭣 때문에 세상에 태어났죠?"

"마침 답을 시사하는 훌륭한 동방인이 오시는군." 크론쇼는 미소를 띠었다.

그는 바로 그때 카페의 문을 열고, 바깥의 찬 바람을 몰고 들어서는 두 사람을 가리켰다. 싸구려 바닥깔개를 파는 레반트인 행상들이었다. 둘 다 겨드랑이 밑에 짐 꾸러미를 끼고 있었다. 일요일 저녁이라 카페는 만원이었다. 행상인들은 테이블 사이를 돌아다녔다. 자욱한 담배 연기와 고약한 사람 냄새로 탁한 공기에 그들은 신비스러운 대기를 몰고 온 것 같았다. 유럽인이 입는 초라한 양복에 다 해진 얇은 외투를 입었지만 머리에는 터키 모자를 쓰고 있었다. 추위로 얼굴이 해쓱했다. 한 사람은 검은 턱수염을 기른 중년이었고, 또 한 사람은 열여덟의 젊은이로 얼굴이 심하게 얽은 데다 한쪽 눈이 없었다. 그들이 크론쇼와 필립 옆으로 왔다.

"알라는 위대하시고, 마호메트는 그의 예언자이시도다." 크론쇼가 멋지게 말했다.

얻어맞고 사는 데 익숙한 잡종개처럼 비굴한 웃음을 지으면서 나이 든 사내가 다가왔다. 문 쪽을 곁눈으로 힐끔거리며 재빠르고 은밀한 동작으로 그는 춘화 한 장을 꺼내 보였다.

"당신은 알렉산드리아 상인 마스르 에드 디인이시오, 아니면 그 물건을 저 멀리 바그다드에서 가져온 것이오. 오, 이런, 저기 외눈 총각, 셰에라자드가 왕에게 한 이야기에 나오는 세 명의 왕 가운데 한 사람의 모습이 아닌가?"

크론쇼의 말을 한마디도 알아듣지 못하면서도 행상인은 더 비굴하게 웃으면서 마술사처럼 백단향 상자를 꺼냈다.

"아니요. 동방의 베틀로 짠 고귀한 천을 보여 주시오. 교훈을 가르치고 이야기를 돋보이게 하는 데 사용하고 싶으니." 크론쇼는 근엄하게 말했다.

레반트 사람은 빨갛고, 노랗고, 상스럽고, 끔찍하고, 괴이한 탁상보를 펼쳤다.

"삼십 프랑." 그가 말했다.

"오, 이런. 이 천은 사마르칸트[193]의 직조공이 짠 것이 아니고, 이 색깔은 부하라[194]의 염색통에서 염색한 것이 아니도다."

193) Samarkand. 우즈베키스탄 중동부에 있는 도시. 옛날에는 실크로드의 교역 기지였다.

194) Bokhara. '보하라', '보하로'라고도 한다. 우즈베키스탄 부하라 주의 주도(州都). 직물, 피혁, 융단 공예가 전통적으로 활발하다.

"이십오 프랑." 행상인이 알랑거리는 웃음을 지었다.

"이것이 만들어진 곳은 세계의 북단(北端), 내가 태어난 버밍엄이겠지."

"십오 프랑." 턱수염의 사나이는 비굴하게 말했다.

"그대여, 떠나시오. 나귀들이 그대의 외조모 무덤을 더럽힐지어다." 크론쇼가 말했다.

천연덕스럽게, 그러나 웃음을 지우고 레반트 사람은 물건을 다른 테이블로 가지고 갔다. 크론쇼는 필립에게 말했다.

"자네, 클루니 박물관[195]에 가 봤나? 거기 가면 페르시아 양탄자들이 있네. 색조가 절묘하기 짝이 없고 무늬가 얼마나 아름답고 정교한지 보기만 해도 절로 즐거운 감탄이 나오지. 그걸 보면 자넨 동방의 신비와 관능미가 무언지 알 수 있고, 하피즈[196]의 장미와 오마르의 술잔을 볼 수 있네. 하지만 거기에서 곧 더 많은 것을 발견하게 되지. 자넨 금방 인생의 의미가 무어냐고 묻지 않았나. 가서 페르시아의 양탄자를 보게, 그러면 조만간 답을 얻을 수 있을 걸세."

"난해하군요." 필립이 말했다.

"난 취했네." 크론쇼가 말했다.

---

195) 파리의 라탱 구에 있는 박물관. 유럽의 훌륭한 중세 미술품을 다양하게 소장한 세계적으로 권위 있는 박물관이다.

196) Hafiz(1325~1389). 14세기 페르시아의 서정 시인. 장미와 포도주와 연애 등을 노래했다.

46

파리 생활의 비용이 생각보다는 많이 들어서 이월이 돼 보니 가지고 온 돈이 얼마 남지 않았다. 자존심 때문에 백부에게 사정을 말할 수도 없었고, 루이자 백모에게 쪼들리는 형편을 알리고 싶지도 않았다. 알리면 백모는 주머니를 뒤져서라도 뭔가 보내 주려고 애쓸 것이 뻔한데 백모 또한 가진 것이 거의 없다는 것을 그도 알고 있었기 때문이다. 석 달 후면 성년이 되어 적으나마 자신의 재산을 소유하게 된다. 그는 아버지로부터 물려받은 몇 가지 장신구를 팔아서 이 어려운 고비를 넘겼다.

이 무렵 로슨이 불바르 라스파이유 거리에서 가까운 동네에 조그만 스튜디오가 하나 비어 있으니 같이 빌리자고 제안했다. 값은 쌌다. 방 하나가 딸려 있어 침실로 쓰면 되었다. 필립이 아침마다 학원에 나가니 로슨은 그 시간에 방해받지 않고 스튜디오를 사용할 수 있었다. 로슨은 이 학원 저 학원 떠돌다가 혼자 그리는 게 상책이라는 결론을 이미 내렸고, 일주일에 사나흘은 자기가 모델을 고용하겠다고 했다. 경비 때문에 필립은 처음에는 주저했지만 함께 계산을 해 보니 그 경비가 호텔 생활을 하는 것보다 별로 많이 드는 것 같지 않았다. (그들은 독립적인 작업실을 가지고 싶은 마음이 굴뚝같아 경비 계산을 아주 실질적으로 했다.) 임대료와 관리인에게 줄 청소비가 더 들었지만 아침을 직접 해 먹을 수 있기 때문에 거기에서 절약할 수 있었다. 일이 년 전이라면 필립은 자신의 불편한

다리가 신경이 쓰여 다른 사람과 방을 같이 쓰지 못했을 것이다. 그런데 그것을 병적으로 의식하던 버릇이 이제 점차 덜해갔다. 파리에서는 그것이 그다지 대수롭지 않게 여겨지는 것 같았고, 그 자신은 완전히 잊어버릴 수는 없었지만 남들이 계속해서 그것을 바라본다는 생각만은 갖지 않게 되었다.

이사해 들어간 두 사람은 침대 두 개와 세면대 한 개, 의자 몇 개를 사 들여놓고 처음으로 소유의 기쁨을 맛보았다. 너무 들뜬 나머지, 이제야말로 집이라 할 만한 곳에서 잠자리에 든 첫날 밤은 새벽 세 시까지 이야기를 하느라 잠을 자지 못했다. 이튿날 아침에 일어나 그들은 불을 피우고 커피를 끓여 파자마 바람으로 마셨는데 얼마나 즐거웠는지 열한 시가 다 되어서야 아미트라노에 나갈 수 있었다. 기분이 최고였다. 미스 프라이스에게 가벼운 인사를 건넸다.

"어떻게 지내십니까?" 그가 유쾌하게 물었다.

"그걸 왜 알고 싶으세요?" 대답이 물음으로 왔다.

필립은 웃지 않을 수 없었다.

"그렇게 화내지 마세요. 그냥 인사로 한 말이니까요."

"그렇게 인사 차릴 것 없어요."

"저하고까지 싸우려고 하나요? 말하고 지내는 사람도 별로 많지 않잖아요." 필립은 부드럽게 말했다.

"그걸 당신이 상관할 바 아니잖아요."

"그야 그렇죠."

패니 프라이스가 왜 저처럼 못되게 굴까 하고 생각하면서 필립은 작업을 시작했다. 저런 여자는 도저히 좋아할 수 없다고 이미 결론을 내리고 있던 터였다. 모두가 그녀를 싫어했다. 사람들이 그녀에게 점잖게 대한다면 그것은 오직 그녀로부터 험한 말을 들을까 두려워서였다. 그녀는 사람들이 눈앞에 있든 없든 함부로 험한 말을 해 댔기 때문이다. 하지만 오늘은 너무 기분 좋은 날이라 필립은 미스 프라이스가 자기에게 나쁜 감정을 갖지 않기를 바랐다. 그는 이전에 그녀의 기분을 돌리는 데 성공했던 수법을 써 보았다.

"저어, 제 그림 좀 봐주시지 않겠어요. 이거 어떻게 해야 될지 모르겠군요."

"고맙긴 하지만, 내게도 중요한 일이 있어서요."

필립은 놀라 그녀를 바라보았다. 조언하는 일이라면 그녀가 만사를 제쳐 두고라도 나서는 일이 아니었던가. 그녀는 이내 잔뜩 골이 난, 나지막한 목소리로 말을 이었다.

"로슨이 가고 없으니 이제 나 정도로 참아 보겠다는 거죠. 아주 고마워요. 딴 사람을 찾아 도와 달라 하시죠. 난 남의 뒤치다꺼리나 하는 사람 되고 싶지 않아요."

로슨에게는 교육자의 본능이 있었다. 어떤 것을 발견하면 그것을 남에게 알려 주지 못해 안달이었다. 또 즐거운 마음으로 가르쳐 주었기 때문에 가르치면서도 자신에게 득이 되었다. 필립은 별 생각 없이 그의 옆자리에 앉는 버릇이 생겼다. 패니 프라이스가 질투심에 사로잡혀 그가 남의 가르침을 받는 것을 지켜보면서 나날이 더 화를 끓이고 있다는 것은 전혀 짐작을 못 했다.

"아는 사람이 없을 때는 당신이 내 말을 잘 받아 주면서 좋아했었잖아요." 그녀는 신랄하게 말했다. "그런데 친구가 생기니까 날 내던져 버리더군요, 헌신짝처럼요." 그녀는 그 진부한 비유를 대견한 듯 한 번 더 되풀이했다. "헌신짝처럼요. 좋아요. 상관없어요. 하지만 난 다시는 바보 노릇 하기 싫어요."

그 말이 전혀 틀리다고는 할 수 없었다. 하지만 울컥 화가 치민 필립은 순간적으로 떠오른 말을 내뱉고 말았다.

"젠장, 그러면 좋아하는 것 같길래 조언을 부탁한 것뿐이오."

그녀는 흠칫하더니 갑자기 일그러진 표정으로 그를 노려보았다. 다음 순간 두 줄기 눈물이 볼을 타고 흘러내렸다. 추하고 괴이하게 보였다. 이 색다른 반응이 무엇을 뜻하는지 알지 못한 채 필립은 다시 그림 그리는 일로 돌아갔다. 마음이 편치 않고 꺼림칙했지만 그녀에게 가서 마음을 아프게 해서 미안하다고 사과할 맘은 나지 않았다. 그것을 꼬투리 삼아 또 그를 닦아세울까 봐 걱정이 되었기 때문이다. 이삼 주일 동안 그녀는 필립에게 말을 걸지 않았다. 그녀가 모른 체하여 불편했지만 그 불편한 마음을 극복하고 나니 오히려 골치 아픈 관계에서 벗어났다는 생각에 한결 마음이 가벼워졌다. 사실 그동안 자기를 소유물처럼 취급하던 그녀의 태도가 좀 거슬리던 터였다. 하여간 별난 여자였다. 매일 아침 여덟 시면 어김없이 화실에 나와서 모델이 포즈를 취하기만 하면 당장 그리기 시작했다. 그러고는 아무에게도 말을 걸지 않고 몇 시간이고 극복하지 못할 어려움과 씨름하면서 열심히 작업을 했다. 시계가 열두 시를 칠 때까지 그러기를 계속한다. 그녀의 그림은 구제 불능이었다. 보통 학생이면 몇 달 안에 웬만한 수준에는 도달하건만 그녀는 그 근처에도 이르지 못했던 것이다. 날이면 날마다 똑같은, 보기 흉한 밤색 옷을 입고 다녔고, 지난번 비 오는 날에 묻은 흙이 아직도 치맛자락에 말라붙은 채 있었으며, 해진 곳도 필립이 첫날 보았던 그대로 여전히 너덜너덜했다.

그러던 어느 날 그녀가 빨갛게 상기된 얼굴로 필립에게 다가와서 나중에 이야기 좀 할 수 있겠느냐고 물었다.

"그럼요, 원하신다면야. 열두 시 넘어서 남아 기다리죠." 그는 웃는 얼굴로 말했다.

그날 작업을 끝내고 필립은 그녀에게 갔다.

"걸으면서 이야기 좀 할까요?" 어색한 듯 딴 곳을 보면서 그녀는 말했다.

"그러죠."

두 사람은 처음 몇 분 동안 묵묵히 걸었다.

"당신, 지난번에 내게 뭐라고 했는지 기억해요?" 그녀가 불쑥 물었다.

"아니, 우리 싸우지 맙시다. 그게 무슨 소용입니까?"

그녀는 흡, 하고 괴로운 듯이 숨을 들이켰다.

"싸우려는 게 아니에요. 파리에서 친구라고는 당신밖에 없어요. 당신이 날 좀 좋아한다고 생각했죠. 우리 사이에 뭔가 생겼다고 느꼈어요. 난 당신에게 끌렸죠. 무슨 말이냐 하면, 당신 다리에 말예요."

필립은 얼굴을 붉히면서 본능적으로 다리를 절지 않으려고 신경을 썼다. 누구든 불구에 대해서 언급하면 싫었다. 패니 프라이스가 지금 무슨 말을 하고 있는지 알 수 있었다. 자기는 못나고 거친데 그도 불구니까 그들 사이에는 어떤 공감이 있지 않느냐는 것이었다. 화가 치밀어 올랐지만 간신히 말을 참았다.

"내 기분 맞추려고 조언을 부탁했다고 했잖아요. 내 그림이 형편없다고 생각해요?"

"아미트라노에서 그린 것만 봤을 뿐이에요. 그것만 가지고는 판단하기 힘들죠."

"다른 작품을 와서 봐줄 수 있겠어요? 지금까지 아무에게도 그런 부탁을 한 적이 없는데. 당신에게 보여 주고 싶어요."

"고마워요. 정말 보고 싶습니다."

"이 근처에 살아요. 십 분밖에 걸리지 않을 거예요." 그녀는 사과하는 투로 말했다.

"아, 좋습니다."

그들은 큰길을 걸어가고 있었다. 그녀는 샛길로 꼬부라져 들어가 다시 일 층에 구멍가게들이 늘어서 있는 더 허름한 샛길로 들어서더니 마침내 걸음을 멈추었다. 두 사람은 계단을 여러 층 올라갔다. 어느 방문 앞에 이르러 그녀는 문을 열었다. 두 사람은 경사가 진 천장 아래 조그만 창문이 달린 비좁은 다락으로 들어갔다. 창문은 닫혀 있었고 방에서는 퀴퀴한 냄새가 났다. 몹시 추운 날인데도 불이 없었고, 불을 땐 흔적도 없었다. 침대는 아침에 일어난 그대로였다. 의자 하나, 세면대 겸용 서랍장 하나, 값싼 이젤 하나가 가구의 전부였다. 어떻게 해도 더러울 수밖에 없었겠지만 그처럼 어지럽고 불결한 상태를 보자니 역겹기 짝이 없었다. 물감과 붓들이 아무렇게나 널려 있는 벽난로 선반 위에는 컵과 더러운 접시, 찻주전자가 놓여 있었다.

"거기 서 있어요. 잘 볼 수 있도록 그림을 의자 위에 올려놓을게요."

그녀는 가로 18인치 세로 12인치쯤 되는 조그만 캔버스 스무 개를 보여 주었다. 그림을 하나씩 하나씩 의자 위에 놓으면서 그녀는 필립의 얼굴을 바라보았고, 필립은 그때마다 고개를 끄덕였다.

"어때, 맘에 들죠?" 잠시 후 그녀는 조바심이 나서 물었다.

"먼저 구경부터 하고 나중에 말하죠."

그는 마음을 정리하고 있었다. 기절할 지경이었다. 뭐라고 말해야 좋을지 알 수 없었다. 우선 그림이 형편없었고 색채에 대한 안목이 전혀 없는 아마추어의 색칠 솜씨였을 뿐만 아니라 명암을 잘 처리하려는 시도도 전혀 보이지 않았고 원근법은 괴이했다. 다섯 살짜리 아이가 그린 그림 같았다고 할까. 아니, 아이라면 무슨 순박성이라도 있을 것이고 적어도 보이는 대로 그리려는 시도라도 있었을 것이다. 하지만 이 그림들은 온통 저속한 그림의 기억으로만 꽉 찬 저속한 정신에서 나온 것이랄 수밖에 없었다. 그녀는 모네와 인상파들에 대해 열심히 이야기해 주지 않았던가, 그런데 여기에는 로열 아카데미의 전통 가운데에서도 최악의 것만 남아 있었다.

"그게 전부예요." 마침내 그녀가 말했다.

필립도 남들처럼 거짓말을 할 줄 모르는 바 아니었지만 터무니없는 거짓말을 의도적으로 하는 데는 몹시 서툴렀다. 그래서 대답을 할 때는 얼굴이 새빨개졌다.

"썩 훌륭한 것 같습니다."

병약해 보이는 그녀의 두 뺨에 희미하게 생기가 돌았고, 어렴풋이 미소가 떠오르는 것 같았다.

"아니라고 생각되면 아니라고 말하세요. 난 솔직한 의견을 듣고 싶으니까요."

"아니 정말 그렇게 생각합니다."

"뭔가 지적해 줄 거 없어요? 당신 맘에 안 드는 구석이 있을 텐데요."

필립은 어찌해야 할 바를 모른 채 그림들을 둘러보았다. 마침 보기 좋게만 그리려는, 전형적인 아마추어의 티를 벗지 못한 풍경화가 하나 있었다. 낡은 다리, 담쟁이로 덮인 오두막, 나무가 우거진 둔덕 등.

"그야 제가 뭐 다 알겠습니까만," 그가 말했다. "저 그림의 명암 처리에 대해서는 확실히 모르겠군요."

그녀는 얼굴이 벌개지면서 그림을 들어 얼른 뒤집어 놓았다.

"왜 하필 저 그림을 꼬집는지 모르겠군요. 내가 그린 것 가운데는 제일 잘된 건데. 내가 보기에 색조엔 문제가 없어요. 색조는 누가 가르칠 수 있는 성질의 것이 아니에요. 아는 사람은 알고 모르는 사람은 영영 모르는 거죠."

"제가 보기엔 다 썩 좋은 것 같습니다."

그녀는 흐뭇한 표정으로 그를 바라보았다.

"나도 부끄러울 정도는 아니라고 생각해요."

필립은 시계를 들여다보았다.

"이거, 늦었군요. 제가 간단한 점심을 좀 사도 될까요?"

"난 집에 점심이 준비되어 있어요."

필립이 보기에는 그런 것 같지 않았다. 하지만 자기가 나가고 나면 관리인이 가지고 올라오는가 보다 하고 생각했다. 퀴퀴한 곰팡내가 나는 방에 있자니 골치가 아팠다.

47

삼월이 되자 살롱에 작품을 출품하느라 다들 법석이었다. 클러튼 같은 경우는 예외적으로 출품작을 준비하지 않았다. 그는 로슨이 출품한 두 장의 초상화를 아주 경멸하고 있었다. 학생의 작품임을 뻔하게 드러내는 그림으로, 모델의 얼굴을 곧이곧대로 그린 것에 지나지 않았지만 그래도 거기에는 어떤 힘이 있었다. 완벽주의자인 클러튼은 서두른 기색이 보이는 작품은 참지 못하는 성미라 어깨를 으쓱 올리며 로슨에게, 화실 밖으로 내보내서는 안 될 그림을 전시하는 것은 뻔뻔스러운 짓이라고 말했다. 로슨의 두 작품이 모두 입선했을 때도 여전히 경멸하는 태도를 버리지 않았다. 플래너건도 운을 시험해 보았지만 결과는 낙선이었다. 미세스 오터는, 잘 마무리되었지만 이류에 지나지 않는, 그러나 어디를 꼭 집어 흠잡기는 어려운 「어머니의 초상」을 출품하여 아주 좋은 자리에 걸리게 되었다.

하이델베르크를 떠나고 난 뒤 한 번도 만나지 못했던 헤이워드가 마침 파리에 와서 며칠 머물게 되어 로손과 필립이 화실에서 여는 로손의 입선 축하연에 참석할 수 있게 되었다. 필립은 헤이워드를 몹시 보고 싶어했었지만 막상 만나고 나서는 약간 실망했다. 외모부터 조금 달라져 있었다. 그 아름답던 머리카락이 많이 빠진 데다, 미인은 쉽게 이운다던가, 그는 시들어 가면서 빛깔을 잃고 있었다. 푸르던 눈동자도 희멀건해져 있었으며 전체적으로 어딘지 술에 절어 멍청해진 듯한 인상을 주었다. 그러면서도 생각만은 조금도 변한 것 같지 않았는데 열여덟 살의 필립에게 감명을 주었던 그 교양이 이제 스물한 살이 된 필립에게는 어쩐 일인지 경멸스럽게만 느껴졌다. 필립 자신이 그동안 많이 변해, 이제 전에 가졌던 예술과 인생과 책에 대한 생각을 비웃고 있었던 터라 아직도 여전히 같은 생각에 머물러 있는 사람을 보면 견딜 수 없었기 때문이다. 딱히 헤이워드 앞에서 과시하고 싶다는 마음까지는 없었지만 필립은 그를 화랑에 데리고 다니면서 자기로서도 받아들인 지 얼마 되지 않은 온갖 혁명적인 생각들을 한꺼번에 쏟아냈다. 마네의 「올랭피아」 앞에 데리고 가서 필립은 야단스러운 어조로 이렇게 말했다.

"옛 대가들 그림을 다 준다 해도 저 그림 하나와 바꾸지 않겠어요. 벨라스케스, 렘브란트, 페르메이르[197]만은 예외로 할

---

197) 요하네스 페르메이르(Johannes Vermeer, 1632~1675). 바로크 시대에 활동했던 네덜란드 화가. 〈진주 귀걸이를 한 소녀〉 그림으로 유명하다. 페르메이르가 네덜란드의 델프트 시에 살면서 작품 활동을 했기 때문에 '델프

수 있지만."

"페르메이르가 누구지?" 헤이워드가 물었다.

"아, 이거 야단났군, 페르메이르를 몰라요? 그렇다면 문명인이 아닌데. 이 사람을 모르고 어떻게 살아요. 현대인처럼 그린 유일한 옛 화가지요."

그는 헤이워드를 데리고 뤽상부르를 빠져나와 곧장 루브르로 갔다.

"여기에도 구경해야 될 그림 더 있잖아?" 뭐든 다 봐 두려는 관광객의 열성으로 헤이워드가 물었다.

"볼 만한 건 이제 없어요. 보고 싶으시거든 나중에 베데커 안내서[198]나 가지고 혼자 와서 보세요."

루브르에서 필립은 그를 대전시실로 안내했다.

"「라 조콘다」[199]를 보고 싶군." 헤이워드가 말했다.

"아니, 이보세요. 그건 문학 이야기에 지나지 않아요." 필립이 대꾸했다.

마침내 소전시실에 이르러 필립은 페르메이르 판 델프트의 「레이스 짜는 사람」 앞에 멈추어 섰다.

"이거예요. 루브르 최고의 그림이죠. 마네와 꼭 같아요."

엄지손가락을 요란하게 움직이면서, 필립은 이 매력적인 그림에 대해 상세하게 설명했다. 그는 화실에서 사용하는 전문

트의 페르메이르(Vermmer van Delft)'라고 불리기도 한다.

198) 19세기에 독일인 베데커가 출판한 유명한 여행 안내서.

199) La Gioconda. 레오나르도 다 빈치(Leonardo da Vinci, 1452~1519)의 유명한 「모나리자」를 말한다.

적인 말들을 동원하여 상대를 완전히 압도하고 있었다.

"난 도대체 뭐가 좋다는 건지 모르겠군." 헤이워드가 말했다.

"그야 이건 화가가 그린 거니까요." 필립이 말했다. "일반인에게야 제대로 보이지 않는 게 당연하죠."

"누구에게 보이지 않는다고?" 헤이워드가 말했다.

"일반인이요."

예술에 소양을 쌓으려는 사람들이 대개 그렇듯이 헤이워드도 언제나 올바른 판단을 내리려고 무척 애쓰는 사람이었다. 그는 자신의 의견을 내세우지 않는 사람들에게는 독단적이었지만 주장이 뚜렷한 사람에게는 퍽 겸손했다. 그는 필립의 확신에 압도당하고 말았다. 필립의 말 속에는 그림의 올바른 판단자는 화가 자신밖에 없다는 화가들의 오만한 주장이 결코 당찮은 주장만은 아니라는 뜻이 함축되어 있었는데 헤이워드는 그 의견을 순순히 받아들이고 말았다.

이틀 뒤 필립과 로슨은 파티를 열었다. 크론쇼로서는 예외적인 일이었지만 와서 같이 식사를 하기로 했다. 미스 챌리스도 와서 음식을 만들어 주겠다고 했다. 이 여자는 동성에 대해서는 전혀 관심이 없어 친구 삼아 다른 여자를 초대해 주겠다는 제안을 한마디로 거절했다. 클러튼, 플래너건, 포터, 그리고 다른 두 사람이 더 파티에 참석했다. 쓸 만한 식탁이나 의자 같은 게 없어서 모델 대를 테이블로 이용했고, 손님들은 트렁크를 깔고 앉거나 그게 싫으면 그냥 바닥에 앉았다. 파티 음식은 미스 챌리스가 만든 야채 고기 수프와 이웃 가게에서 따끈따끈 맛있게 구워 올 양다리 구이였다.(감자는 미스 챌리스가 미리 조리해 두었다. 화실 안은 그녀가 튀긴 당근 냄새로 구수했다. 당근 튀김은 그녀의 특기였다.) 그다음으로는 독한 브랜디를 뿌려 구운 배, '프와르 플랑베(구운 배)'가 나오는데, 이것은 크론쇼가 손수 만든 것이었다. 식사의 마지막 순서는 커다란 '프로마즈 드 브리(브리 산 치즈)'인데, 창가에 놓여 있는 이 치즈는 화실에 가득한 다른 음식들의 냄새에 향기로운 내음을 보태고 있었다. 습관의 힘이란 어쩔 수 없는지 난로를 때 넓지 않은 화실 안이 후끈했는데도 크론쇼는 외투 차림 그대로에 깃까지 세우고 있었고 중산모도 그대로 쓰고 있었다. 그는 자기 앞에 놓인 술병들을 흐뭇하게 바라보았다. 위스키 한 병이 가운데에 놓이고 양쪽에 커다란 키안티 포도주 병이 두 개씩, 모두 네 병이 나란히 놓여 있었다. 그것은 마치, 갸름한 체르케스[200] 미녀 하나를 뚱뚱한 네 명의 환관이 호위하고 있는 모양 같다고 그는 말했다. 헤이워드도 남들이 불편하게 느끼지 않도록 트위드 옷에 트리니티 홀 타이를 맨 가벼운 옷차림으로 왔다. 그런데 그 차림이 기괴하리만큼 영국식으로 보였다. 그에게는 다들 아주 정중하게 대했다. 수프를 먹으면서 날씨나 정치 돌아가는 얘기를 했다. 양다리 구이가 도착하는 동안 잠깐 틈이 생겨 미스 챌리스가 담배에 불을 붙여 물었다.

"라푼젤, 라푼젤, 머리를 풀으렴." 그녀가 갑자기 말했다.

그녀가 우아한 동작으로 리본을 풀어 버리자 머리카락이 어깨 위로 쏟아져 내렸다. 그녀는 머리를 흔들어 댔다.

---

200) 캅카스 서북부 지방의 옛 이름. 미인이 많기로 유명하다.

"머리를 이렇게 내려뜨리면 훨씬 편하거든요."

커다란 갈색 눈, 갸름한 금욕적 얼굴, 창백한 살결, 넓은 이마, 그녀의 모습은 번존스의 그림에서 막 걸어 나온 사람 같았다. 손은 길고 아름다웠는데 손가락엔 니코틴이 짙게 배어 있었다. 자주색과 초록색의 우아한 옷을 입고 있었다. 그녀에게는 어딘가 켄싱턴의 번화가에서 느낄 수 있는 낭만적인 분위기가 있었다. 그녀는 제멋대로 사는 탐미주의자였다. 하지만 다정하고 선량한, 아주 괜찮은 여자였다. 그녀가 부리는 허세도 실은 극히 표면적인 것에 지나지 않았다. 문 두드리는 소리가 났다. 일제히 환호성을 질렀다. 미스 챌리스가 일어나 문을 열었다. 그녀는 구운 양 다리를 받아 들고, 그것이 마치 쟁반에 얹은 세례 요한의 목이나 되는 것처럼 머리 위로 높이 들어 올렸다.[201] 그리고 여전히 입에 담배를 문 채 제사장처럼 엄숙한 걸음으로 앞으로 걸어왔다.

"어서 오십시오. 헤로디아의 따님!" 크론쇼가 소리쳤다.

다들 양고기를 맛있게 먹었다. 얼굴빛이 파리한 여자가 왕성한 식욕으로 음식을 먹어 치우는 모양은 보기만 해도 기분이 좋았다. 클러튼과 포터는 그녀 양쪽에 앉아 있었는데, 두 사람 다 이 여자를 수줍음이나 타는 여자로 생각하지 않는

---

201) 세례 요한과 살로메의 이야기. 살로메는 유대의 왕 헤로데스 안티파스의 왕비 헤로디아가 첫 결혼에서 낳은 딸이다. 왕의 생일 연회 때 살로메가 아름다운 춤을 추었는데 왕이 춤을 칭찬하고 상으로 무엇이든지 요구하라고 하자 그녀는 세례 요한의 목을 요구한다. 살로메는 요한의 목을 접시에 담고 춤을 추었다고 한다.

다는 건 누가 봐도 알 수 있었다. 이 여자는 대개 육 주일이면 사귀는 사람에게 싫증을 냈지만, 그런 뒤에도 자기의 발 아래에 마음을 바쳤던 신사를 어떻게 다루어야 할지 정확히 알고 있었다. 뜨거웠던 사랑이 식은 경우에도 상대방에게 결코 나쁜 마음을 품지 않았고, 허물없이 대하지는 않으나 여전히 다정하게 대했던 것이다. 이따금 그녀는 로슨에게 우울한 눈길을 던졌다. '프와르 플랑베'는 대성공작이었다. 브랜디 덕분이기도 했지만 미스 챌리스가 치즈하고 같이 먹어야 한다고 우긴 덕분이기도 했다.

"난 모르겠어요. 기막히게 맛있는 것 같기도 하고, 아니면 구역질이 나는 것 같기도 하고." 치즈를 섞은 배 구이를 남김없이 먹은 뒤 그녀가 말했다.

곧이어 커피와 코냑을 마셨기 때문에 토한다든지 하는 고약한 일은 일어나지 않았고, 다들 편안한 기분으로 둘러앉아 담배를 피웠다. 어떻게든 예술적인 행동이 아니면 하지 못하는 루스 챌리스는 우아한 자세로 크론쇼 곁에 자리를 잡고 앉아 아름다운 머리를 그의 어깨에 기대었다. 그녀는 깊은 생각에 잠긴 눈으로 어두운 시간의 심연을 들여다보는 듯했다. 그러면서 때때로 로슨을 향해 생각에 잠긴 눈길을 지그시 보내며 깊은 한숨을 내쉬는 것이었다.

그러고는 여름이 왔다. 젊은이들은 설렘을 억누르지 못했다. 푸른 하늘이 그들을 바다로 유혹하고, 길가의 플라타너스 잎들을 스치는 기분 좋은 미풍이 그들을 시골로 이끌었다. 다들 파리를 떠날 계획을 세웠다. 캔버스는 얼마만 한 크기를 가지고 가는 게 좋은가를 이야기했다. 스케치에 쓸 화판도 잔뜩 준비했다. 브르타뉴 지방의 여러 곳을 두고 이곳이 좋으니 저곳이 좋으니 논란을 벌이기도 했다. 플래너건과 포터는 콩카르노로 갔다. 미세스 오터와 그녀의 모친은 확실한 것을 좋아해서 퐁타벤으로 갔다. 필립과 로슨은 퐁텐블로 숲으로 가기로 작정했다. 미스 챌리스의 말이 모레라는 곳에 가면 그림 소재가 풍부하게 널려 있는데 그곳에 좋은 호텔을 알고 있다고 했다. 파리에서 가까운 곳이었다. 필립과 로슨은 여비에 신경을 쓰지 않을 수 없었던 터였다. 루스 챌리스도 그곳에 갈 계획이어서 로슨은 야외에서 그녀의 초상을 그려 볼 생각을 했다. 그 무렵 살롱에는, 햇볕 가득한 뜰에서 햇살 받은 나뭇잎들의 푸른 그림자가 얼굴에 어린 채 눈을 가늘게 뜨고 있는 여자의 초상화가 사방에 걸려 있었다. 그들은 클러튼에게도 같이 가자고 했으나 그는 여름을 혼자 보내고 싶다고 했다. 그는 세잔을 막 발견한 참이어서 프로방스로 가고 싶어했다. 후끈한 남빛이 땀방울처럼 뚝뚝 떨어질 것 같은 찌푸린 하늘, 먼지 이는 널찍하고 하얀 길, 태양의 뜨거운 열기에 색이 바래 버린 지붕들, 열기로 희부옇게 된 올리브 나무들을 보고 싶었던 것이다.

출발하기 전날, 필립은 공부를 끝내고 화구를 챙기면서 패니 프라이스에게 말을 걸었다.

"저 내일 떠납니다." 그는 쾌활하게 말했다.

"떠나다뇨? 어디로요?" 그녀가 얼른 물었다. "아무 데도 안 가는 거, 아네요?" 그녀의 얼굴이 어두워졌다.

"여름엔 어디든 가야죠. 어디 안 가세요?"

"아뇨, 난 파리에 있을 거예요. 당신도 파리에 남아 있을 줄 알았죠. 그래서 기다렸던 건데……."

그녀는 말을 하다 말고 어깨를 으쓱 올렸다.

"하지만 여긴 지독히 덥지 않겠어요? 건강에도 좋지 않구요."

"건강까지 생각해 주시니 고맙군요. 어디로 가는데요?"

"모레요."

"챌리스도 거기 간다던데. 같이 가는 건 아니겠죠?"

"난 로슨이랑 가요. 그런데 챌리스도 간다더군요. 동행하게 될지는 모르겠어요."

그녀는 목구멍에서 나지막한 소리를 토해 냈다. 커다란 얼굴이 검붉게 변했다.

"추잡해요. 당신은 점잖은 사람인 줄 알았어요. 당신 한 사람만 남아서 말예요. 그 여자 말예요, 클러튼하고 놀아났지, 포터하고 놀아났지, 플래너건하고도 놀아난 여자예요. 프와네 늙은이하고도 놀아났고요. 그래서 그 양반이 그렇게 잘 봐주는 거예요. 그런데 이제 당신 두 사람이네요. 구역질이 나요."

"아니, 무슨 그런 터무니없는 말을 해요. 얌전한 여자를 두고. 다들 남자처럼 대해서 그렇지."

"그만둬요. 그만둬."

"그런데 왜 당신이 흥분하죠? 내가 어디서 여름을 보내든 당신이 상관할 일이 아니잖아요."

"목을 빼고 기다리고 있었단 말이에요." 하고 그녀는 거의 혼잣말처럼 뇌까렸다. "당신에게도 여행 갈 돈이 있는 줄 몰랐어요. 그래서 다들 떠나고 나면, 같이 그림도 그리고 구경도 다니고 할 수 있을 줄 알았죠." 그러더니 또 퍼뜩 루스 챌리스 생각이 나는 모양이었다. "그 더러운 년. 말도 걸기 싫은 년이야." 하고 소리쳤다.

필립은 그녀를 바라보면서 가슴이 철렁 내려앉았다. 어떤 여자가 자기를 사랑하게 되리라고는 한 번도 생각해 본 적이 없었다. 자신의 불구를 늘 예민하게 의식하고 있었기 때문이다. 그래서 여자만 대하면 늘 거북했고 어색했다. 하지만 이 여자가 지금 분노를 터뜨리는 데에 딴 이유가 있다고 생각할 수는 없었다. 그 앞에 지금, 때에 절은 밤색 옷을 입고 머리카락을 얼굴 위로 늘어뜨린 너저분하고 구질구질한 패니 프라이스가 서 있었다. 분노의 눈물이 두 뺨에 흘러내리고 있다. 보기만 해도 역겨운 모습이었다. 필립은 흘깃 문 쪽을 보았다. 누군가가 와서 제발 이 상황을 끝장내 주었으면 하는 심정이었다.

"정말 미안해요." 필립이 말했다.

"당신도 딴 사람이나 마찬가지예요. 얻어 갈 건 다 얻어 가고, 고맙다는 말 한마디 안 해요. 당신이 아는 건 내가 다 가르쳐 준 거예요. 나 말고 누가 나서서 당신을 가르쳐 주겠어요? 프와네 선생이 한 번이라도 봐주던가요? 내 말 잘 들어 둬요. 당신이 여기서 백 년, 천 년을 공부해도 소용없어요. 당신에겐 재능이 없어요. 독창성이 하나도 없단 말예요. 이건 내 생각뿐이 아니고, 다들 그렇게 말해요. 당신은 죽어도 화가는 못 될 거예요.”

“그것도 당신이 상관할 바 아니잖아요?” 필립은 얼굴을 붉히면서 말했다.

“아니, 내가 화가 나서 하는 말인 줄 알아요? 클러튼한테 물어보세요. 로슨한테도 물어보고, 챌리스한테도 물어봐요. 안 돼요. 안 돼. 당신은 절대 안 돼요. 당신에겐 소질이 없어.”

필립은 어깨를 으쓱해 보이고 밖으로 나갔다. 그녀가 뒤에 대고 소리 질렀다.

“안 된단 말야. 안 돼. 절대 안 돼.”

모레는 그 당시 거리가 하나밖에 없는 고풍스러운 읍으로 퐁텐블로 숲 가장자리에 자리 잡고 있었다. 에큐 돌 호텔에는 아직도 앙시앵 레짐[202] 때의 퇴락한 분위기가 감돌았다. 이 호텔은 굽이도는 루앙강을 마주 보고 있었다. 미스 챌리스는 강이 내려다보이고 낡은 다리와 요새처럼 만든 다리 출입문이 한눈에 들어오는 조그만 테라스가 딸린 방에 묵고 있었다. 그들은 저녁식사를 마치고 나면 이 방에 앉아 커피도 마시고 담배도 피우고, 예술도 논했다. 멀지 않은 곳에 가느다란 운하 하나가 강으로 흘러들고 있었는데 운하 양쪽엔 포플러가 늘어서 있다. 하루 일과가 끝나면 그들은 가끔 이 운하의 둑을 따라 걷곤 했다. 낮에는 온종일 그림을 그렸다. 이들 세대

202) ancien régime. 1789년 프랑스 대혁명 이전의 ‘구체제’. 봉건적인 절대 군주 체제를 말한다.

가 대부분 그랬지만 이들도 그림처럼 아름다운 풍경을 강박적으로 꺼렸다. 읍내에 분명히 아름다운 풍경이 있었지만 그것에 일부러 등을 돌리고 경멸할 만한 아름다움이 없는 소재만을 찾아다녔다. 시슬리와 모네도 포플라가 늘어선 운하를 그린 적이 있었다. 그들도 가장 프랑스적이라 할 풍경에 손을 대 보고 싶은 욕망을 느꼈다. 하지만 그것이 가진 형식미에 놀라 의식적으로 피하려고 애썼다. 로슨은 여자의 그림이라면 무조건 깔보는 경향이 있었는데 미스 챌리스에게는 그런 로슨까지도 감탄시킬 만한 영리한 솜씨가 있었다. 그녀는 나무 꼭대기를 그리지 않음으로써 평범한 화법 넘어서기를 시도하는 그림을 시작했다. 로슨도 '쇼콜라 므니에'[203]의 커다란 청색 광고판을 화폭의 전경(前景)에 집어넣어 초콜릿 상자에 대한 자신의 혐오감을 강조한다는 기발한 착상을 하고 있었다.

필립도 막 유화를 시작한 참이었다. 처음으로 그 기분 좋은 재료를 사용해 보면서 그는 짜릿한 기쁨을 느꼈다. 아침에 조그만 상자를 들고 로슨과 함께 나가 그의 곁에 나란히 앉아 화판에다 그림을 그렸다. 너무 흐뭇한 나머지 그는 자기가 남의 그림을 그대로 본뜨고 있다는 사실을 깨닫지 못했다. 친구의 영향을 너무 많이 받아 그는 친구의 눈으로밖에 사물을 보지 못했던 것이다. 로슨은 아주 어두운 색조를 사용했다. 그래서 두 사람은 에메랄드 빛 풀을 검은 벨벳처럼 보았고, 눈부신 하늘은 그들의 손에서 은은한 군청색으로 변했다. 칠월

---

203) Chocolat Menier. 프랑스의 초콜릿 회사.

에는 맑은 날이 계속되었다. 몹시 더웠다. 필립의 심장은 더위를 먹어 온몸이 노곤해졌다. 일을 할 수가 없었다. 마음만 오만 가지 생각으로 들떠 있었다. 아침이면 종종 운하의 둑에 나가 포플러 그늘 아래서 시간을 보냈는데 책을 몇 줄 읽으면 반 시간은 공상에 빠지곤 했다. 때로는 털털거리는 헌 자전거를 빌려 타고 숲을 향해 뻗은 먼지 이는 길을 달려 숲속의 빈터에 이르면 드러누워 쉬기도 했다. 머리에는 로맨틱한 공상이 가득 차 있었다. 발랄하고 태평스러운 바토[204]의 여인들이 궁정의 멋쟁이들과 커다란 나무 밑을 산보하고 있는 듯했다. 그들은 한가로운 밀어를 속삭이고 있으나 한편으로는 무언지 알 수 없는 불안에 사로잡혀 있는 듯하다.

호텔에는 그들 말고 라블레[205]의 소설에나 나옴 직한 걸쭉하고 음탕하게 웃어 대는 중년의 뚱뚱한 프랑스 여자 하나뿐이었다. 이 여자는 하루 종일 강가에서 보냈는데 끈덕지게 낚싯대를 드리우고 있었지만 고기는 한 마리도 낚지 못했다. 필립은 때로 강가에 내려가 이 여자에게 말을 붙였다. 알고 보니 이 여자는 한때, 우리 세대의 워런 부인[206]이 가장 악명을 떨

---

204) 장 앙투안 바토(Jean Antoine Watteau, 1684~1721). 프랑스의 풍경화가.

205) 프랑수아 라블레(François Rabelais, 1490~1553). 프랑스의 소설가. 외설스러운 유머와 사회 풍자로 가득 찬 『가르강튀아(Gargantua)』, 『팡타그뤼엘(Pantagruel)』로 유명하다.

206) 조지 버나드 쇼(George Bernard Shaw, 1856~1950)의 희곡 『워런 부인의 직업(Mrs. Warren's Profession)』에 나오는 여자 주인공. 그녀의 직업은 뚜쟁이이다.

쳤던 직업을 가진 적이 있으며, 상당한 재산을 모아 이제 조용한 부르주아의 생활을 즐기고 있었다. 그녀는 필립에게 음란한 이야기를 들려주었다.

"세비야에 꼭 가 봐요." 그녀가 서툰 영어로 말했다. "세계 제일의 미녀들이 있으니까."

그녀는 눈웃음을 치면서 고개를 끄덕이는 것이었다. 나지막이 웃음을 터뜨리면 세 겹의 턱이 불룩한 배와 함께 흔들렸다.

갈수록 더위가 심해져 밤에도 잠을 잘 수 없을 지경이 되었다. 열기가 마치 물체처럼 나무 밑을 떠돌고 있는 것 같았다. 그들은 때로 별이 빛나는 밤하늘을 두고 가고 싶지 않아 루스 챌리스의 방 테라스에서 몇 시간이고 말없이 앉아 있곤 했는데, 지칠 대로 지쳐 말은 나오지 않았지만 밤의 적요함을 만끽할 수는 있었다. 그들은 강물의 속삭임에 귀를 기울였다. 교회의 시계가 한 번 그리고 두 번을 치고, 어떤 때는 세 번을 치고 나서야 그들은 간신히 몸을 끌고 잠자리에 들었다. 문득 필립은 루스 챌리스와 로슨이 연인 사이가 되어 있음을 깨달았다. 여자가 로슨을 보는 눈길에서, 그리고 무엇엔가 홀린 듯한 로슨의 태도에서 그걸 알아차릴 수 있었다. 그들과 함께 앉아 있을 때면 어떤 전기와도 같은 것이 방출되어 두 사람을 에워싸고 있는 듯한 느낌을, 그래서 공기가 어떤 이상한 기운으로 묵직해진 듯한 느낌을 받았다. 계시는 전기의 충격처럼 왔다. 그는 루스 챌리스를 좋은 사람으로 여겼고 그녀와 얘기하기를 좋아했지만 더 가까운 사이가 될 수 있으리라고는 꿈에도 생각해 본 적이 없었다. 어느 일요일, 세 사람은 음식을 싸 들고 숲으로 들어간 적이 있었다. 아름다운 숲속의 빈터에 이르렀을 때 목가적인 분위기에 취한 미스 챌리스가 신발과 스타킹을 벗겠다고 했다. 발만 좀 크지 않았더라면, 그리고 양쪽 발 세번째 발가락에 큼직한 티눈만 박혀 있지 않았더라면 아름다운 발이었을 것이다. 필립은 그것 때문에 그녀의 걸음걸이가 우스꽝스러워 보인다고 느꼈다. 그런데 이제 그녀가 딴판으로 보이는 것이었다. 커다란 눈, 올리브빛 살결에는 어딘가 여성적인 부드러움이 있었다. 그녀의 매력을 진작 발견하지 못한 자신이 바보처럼 여겨졌다. 바로 눈앞에 두고도 그녀의 진가를 알아보지 못한 그의 무딘 감각을 챌리스가 업신여기고 있다는 것, 로슨은 로슨대로 어떤 우월감을 가지고 자기를 대한다는 것을 감지할 수 있었다. 로슨이 부럽기도 하고 질투심도 났다. 그라는 사람에게 질투심이 난다기보다 그가 마음껏 사랑을 할 수 있다는 사실에 질투심이 났다. 같은 입장이 되어 같은 기분을 느껴 보고 싶었다. 필립은 마음이 괴로웠다. 사랑은 해 보지도 못하는 게 아닐까 하는 불안이 그를 사로잡았다. 격정의 포로가 되어 보고 싶었고, 격정의 거센 힘에 휩쓸려 꼼짝 못 하고 어디로든 하염없이 흘러가 보고 싶었다. 미스 챌리스와 로슨이 이제 예전처럼 보이지 않았다. 그 두 사람과는 함께 어울리려니 그는 마음이 편치 않았다. 필립은 제 처지가 마음에 들지 않았다. 삶은 그가 바라는 것을 주지 않고 있다. 시간을 허비하고 있지 않나 하는 불안한 생각이 들었다.

뚱뚱한 프랑스 여자도 두 사람 관계를 곧 알아차리고 그 화제를 필립에게 아주 노골적으로 꺼냈다.

"그래, 젊은이는." 같은 여자들의 욕정 덕분에 살찐 사람답게[207] 그녀는 대범한 미소를 띠고 물었다. "프티트 아미(여자 친구)가 없나?"

"없어요." 필립은 얼굴을 붉히며 말했다.

"아니 왜? 세 드 보트르 아쥐.(당신 나이면 되는데.)"

그는 어깨를 으쓱 올렸다. 들고 나온 베를렌의 시집을 손에 쥔 채 그는 그녀를 뒤에 두고 자리를 떴다. 시집을 읽으려 해 보았지만 마음속의 격정이 너무 강했다. 그는 플래너건이 소개해 주었던 매춘부들을 떠올렸다. 막다른 골목 안에 있던 집을 몰래 찾아갔던 일, 위트레흐트 벨벳[208]이 깔린 응접실, 돈이 필요해 아름다움을 꾸민 화장한 여자들을 떠올렸다. 소름이 끼쳤다. 그는 풀밭에 벌렁 드러누워 막 잠에서 깬 어린 짐승처럼 팔다리를 쭉 뻗어 기지개를 켰다. 잔물결을 일으키며 흐르는 강물, 산들바람에 가볍게 흔들리는 포플러, 새파란 하늘, 이 모든 것을 그는 감당할 수 없었다. 그는 사랑이라는 것을 사랑하고 있었다. 공상 속에서 그는 따뜻한 입술이 그의 입술을 지그시 누르고 부드러운 팔이 목을 감싸는 것을 느꼈다. 루스 챌리스의 팔에 안겨 있는 자신을 상상하고, 그녀의 검은 눈동자와 한없이 매끄러운 살결을 생각했다. 그런 멋진 사랑의 모험을 헛되이 놓쳐 버리다니, 미칠 것만 같았다. 로슨

---

207) '매춘부들의 돈을 뜯어먹고 부자가 된 포주답게'라는 뜻이다.

208) 네덜란드의 위트레흐트 산(産) 벨벳.

이 할 수 있다면 나라고 못 할 것이 무엇인가. 하지만 그런 생각을 하는 것은 눈앞에 그녀가 없을 때뿐, 잠 못 이루는 밤이나 운하의 둑에서 한가로이 공상을 할 때뿐이었다. 막상 그녀를 보면 기분이 전혀 달랐다. 껴안고 싶은 마음도 나지 않았고, 키스를 한다는 것은 상상할 수도 없었다. 이상한 일이었다. 곁에 없을 때는 한없이 아름답게 여겨지고, 황홀한 눈과 크림처럼 뽀얀 얼굴만 떠오른다. 그런데 마주하고 있으면 가슴이 납작하고 이가 살짝 썩은 여자만 보이는 것이다. 발가락의 티눈도 잊히지 않았다. 도무지 자신을 이해할 수 없었다. 도대체 나라는 인간은 언제나 대상이 없을 때만 사랑을 하고, 막상 기회가 주어지면 대상의 역겨운 점을 더 과장해서 바라보는 기형적 시각을 가진 인간일까? 그래서 그 때문에 결국은 대상을 향유하고 사랑하지 못하도록 되어 있는 인간일까?

긴 여름의 종지부를 찍듯 날씨가 바뀌어 세 사람은 모두 파리로 돌아올 수밖에 없었지만 필립은 조금도 아쉬운 마음이 없었다.

48

필립이 아미트라노에 돌아와 보니 패니 프라이스는 이제 그곳에 나오지 않는다고 했다. 자기 사물함 열쇠를 다른 사람에게 넘겼다는 것이었다. 미세스 오터에게 어떻게 된 일이냐고 물어보았다. 미세스 오터는 어깨를 으쓱하면서 아마 영국에 갔을 거라고 했다. 필립은 마음이 놓였다. 여자의 고약한 성미에 넌더리가 나던 참이었다. 그뿐인가. 상대방에 대한 눈치도 없이 그림에 대한 조언을 해 주겠노라 우겼고, 자기가 가르친 대로 하지 않으면 모욕을 받은 것으로 여겼다. 필립이 이제 처음의 신출내기가 아니라고 생각해도 그 점을 납득하려 하지 않았다. 그녀에 대해서 곧 깡그리 잊어버렸다. 필립은 이제 유화를 시작하여 열심히 연습하는 중이었다. 내년에 살롱에 출품할 수 있는 무게 있는 작품을 만들어 내고 싶었다. 로슨은 미스 챌리스의 초상을 그리고 있었다. 미스 챌리스는 모델로는 그만이어서, 지금까지 그녀의 매력에 빠졌던 젊은이는 다들 그녀의 초상을 남겼다. 천성적으로 게으름을 좋아하는 성격에 멋진 자세를 취하고 싶은 욕심이 더해져 그녀는 훌륭한 모델감이 되었다. 게다가 전문 지식도 제법 있어서 그럴듯한 평도 할 줄 알았다. 예술을 향한 그녀의 열정이란 무엇보다 예술가의 삶을 살고 싶은 열정이었기 때문에, 자신이 그림을 그리지는 못해도 그녀는 별로 개의하지 않았다. 그녀는 화실의 열기와 끊임없이 담배를 피울 수 있는 자유를 좋아했다. 예술에 대한 사랑, 그리고 사랑의 예술에 대해 그녀는 나직하고 듣기 좋은 목소리로 이야기했다. 그 두 가지를 그녀는 거의 구별하지 않았다.

로슨은 온 힘을 기울여 열심히 그렸다. 여러 날을 꼼짝 않고 앉아서 일어서지 못할 지경으로 일을 했다. 그런데 그렇게 그려 놓고는 그린 것을 죄다 북북 지워 버리는 것이었다. 루스 챌리스가 아니라면 누구라도 그런 짓을 참아 내지 못했을 것이다. 마침내 로슨은 헤어날 길 없는 혼란에 빠지고 만 듯했다.

"캔버스를 새 걸로 바꿔 다시 그리는 수밖에 없어. 이제야 정확히 알겠어. 내가 무얼 그리고 싶은지. 얼마 걸리지 않을 거야." 하고 그는 말했다.

그때 함께 있던 필립에게 미스 챌리스가 말했다.

"당신도 나를 그려 보지 그래요. 로슨 씨 그리는 걸 구경하면 많이 배울 수 있을 텐데."

미스 챌리스의 취미 가운데 하나는 자기 애인들을 늘 성으로 부르는 것이었다.

"로슨만 괜찮다면 정말 그러고 싶어요."

"난 상관없네." 로슨이 말했다.

필립이 초상화를 시작한 것은 그때가 처음이었다. 떨리긴 했지만 뿌듯한 기분으로 시작했다. 로슨 곁에 앉아 필립은 로슨이 그리는 것을 보면서 그렸다. 본보기가 있는 데다 로슨과 미스 챌리스가 조언을 충분히 해 주어 많은 도움이 되었다. 마침내 로슨은 그림을 끝내고 평을 듣기 위해 클러튼을 초대했다. 클러튼이 파리에 돌아온 지 얼마 되지 않은 때였다. 그는 프로방스를 거쳐 마드리드에서 벨라스케스를 보고 싶어 스페인까지 흘러갔다가 그 길로 톨레도까지 갔었다. 거기에서 삼 개월을 머물다 파리의 젊은이들에게는 낯선 이름을 하나 알아 가지고 돌아왔다. 그는 엘 그레코라는 화가를 입에 침이 마르도록 칭찬했다. 톨레도에서만 연구되는 화가 같았다.

"아, 나도 그 사람 아네." 하고 로슨이 말했다. "옛 대가인데 현대 화가들처럼 형편없이 그린 점이 특징이지."

말수가 더 줄어든 클러튼은 빈정거리는 표정으로 잠자코 로슨을 바라봤다.

"스페인에서 가져온 그림들 좀 보여 줄 건가?" 필립이 말했다.

"스페인에선 그리지 않았네, 너무 바빠서."

"무얼 했는데?"

"생각을 많이 했네. 난 이제 인상파를 벗어난 것 같아. 내 생각에 인상파는 몇 년 안 가서 아주 피상적으로 보이게 될 것 같네. 난 지금까지 배운 걸 깨끗이 버리고 새로 시작하고 싶어. 돌아와서 지금까지 그린 것을 다 찢어 버렸어. 이제 내 화실엔 이젤하고 물감하고 새 캔버스 몇 개를 빼놓고는 아무것도 없네."

"뭘 하려는데?"

"아직 모르겠어. 무엇을 해야 할 것인지, 어렴풋한 느낌이 있을 뿐이네."

희미하게 들려오는 어떤 소리를 들으려고 애쓰는 사람처럼 클러튼은 기묘한 태도로 느릿느릿 말했다. 자기 자신도 이해할 수 없지만 어떤 신비한 힘이 그의 안에 있어 어둠 속에서 출구를 찾아 나오려 애쓰고 있는 것 같았다. 그 힘이 상대방에게 감명을 주었다. 로슨은 클러튼에게 부탁을 하긴 했지만 그의 비평이 두려웠다. 전에도 클러튼의 의견이면 무엇이든 깔보는 척함으로써 그가 받게 될 비난을 깎아내리곤 했었다. 하지만 그가 클러튼의 칭찬을 무엇보다 기뻐한다는 것을 필립은 알고 있었다. 클러튼은 잠시 말없이 로슨의 초상화를 바라보더니 이젤 위에 놓여 있는 필립의 그림을 힐끗 보았다.

"저건 뭔가?" 그가 물었다.

"아, 나도 초상화를 한번 해 본 거네."

"그대로 따라 했구먼." 그가 중얼거렸다.

그는 로슨의 캔버스로 눈길을 돌렸다. 필립은 얼굴이 붉어졌지만 말을 꺼내지는 않았다.

"그래, 어떻게 생각해?" 마침내 로슨이 물었다.

"모델의 포즈는 아주 좋았어." 클러튼이 말했다. "그리고 아주 잘 그린 것 같네."

"색조가 괜찮다고 생각한단 말인가?"

"썩 좋아."

로슨은 기뻐서 미소를 지었다. 그는 마치 물에 젖은 개가 물을 털려고 몸을 흔들어 대듯 온몸을 흔들어 댔다.

"자네 맘에 든다니 기분이 좋네."

"마음에 든다는 게 아냐. 아주 보잘것없다고 생각하네."

로슨은 안색이 변하며 놀라 클러튼을 바라보았다. 무슨 말인지 종잡을 수 없었다. 클러튼은 표현력이 없었다. 무슨 말을 하려면 애를 먹었다. 말이 갈피를 잡지 못했고, 막히고, 장황했다. 하지만 필립은 그 횡설수설의 원본 구실을 하는 말들을 알고 있었다. 클러튼은 독서를 하지 않기 때문에 크론쇼로부터 들은 말밖에 몰랐다. 처음에는 별 감동 없이 받아들인 말들이 기억에 남아 있다가 나중에 일종의 계시처럼 불현듯 튀어나왔다. 훌륭한 화가란 그림을 그릴 때 두 가지 중요한 목적을 가지고 있어야 하네. 그건 인간과 영혼의 지향이야. 인상파들은 다른 문제에 정신을 팔았지. 그들은 인간은 아주 잘 그렸지만 영혼에 대해서는 18세기 영국의 초상화가들처럼 별로 고민하지 않았어.

"그걸 원한다면 문학가가 되는 것 아닌가." 로슨이 상대방의 말을 끊고 말했다. "난 마네처럼 인간을 그리고 싶네. 영혼의 지향 따윈 아무래도 상관없어."

"마네가 벌여 놓은 게임에서 마네를 이길 수 있다면 그건 좋네. 하지만 자넨 마네 근처에도 갈 수 없어. 자넨 과거에 의존해 살 순 없어. 말하자면 그건 이미 말라 버린 땅바닥이네. 돌아가야 해. 난 그레코의 작품들을 보고서야 깨달았네. 초상화에서 우리가 그동안 몰랐던 어떤 것을 얻어 낼 수 있다고 말야."

"그건 러스킨으로 돌아가는 것에 지나지 않아." 로슨이 목소리를 높여 말했다.

"아냐. 자네도 아다시피 그 사람은 도덕을 주장했지. 난 도덕 따윈 상관없네. 가르침이 있어야 된다는 게 아냐. 윤리니 뭐니 하는 것도 주장하지 않아. 하지만 열정과 감정은 필요하네. 최고의 초상화가는 인간과 영혼의 지향, 두 가지를 다 그렸네. 렘브란트와 엘 그레코가 그랬지. 인간만을 그리면 이류에 불과해. 은방울꽃은 향기가 없어도 아름답지만 향기가 있기 때문에 더욱 아름답지. 저 그림 말일세." 하고 그는 로슨의 초상을 가리켰다. "그래, 잘 그렸어, 모델의 포즈도 좋고 말야. 하지만 구태의연해. 저 아가씨가 지저분한 갈보라는 것을 알리자면 저렇게 그릴 수밖에 없고 저런 포즈를 잡을 수밖에 없겠지. 정확하게 그린다는 것, 아주 좋지. 그런데 엘 그레코는 사람들을 8피트가 되게 그렸어. 자기가 표현하고 싶은 것을 다른 방법으로는 표현할 수 없어서 말야."

"집어치워, 엘 그레코는." 로슨이 말했다. "그림 한 장 본 적이 없는 사람을 놓고 이러쿵저러쿵해 봐야 무슨 소용이야?"

클러튼은 어깨를 으쓱 추켜올리고는 잠자코 담배 연기만 내뿜다가 가 버렸다. 필립과 로슨은 서로 얼굴을 마주 보았다.

"그 친구 말에도 일리가 있네." 필립이 말했다.

로슨은 속이 상해 자기 그림을 지그시 바라보았다.

"보이는 대로 정확하게 그리지 않고 도대체 어떻게 영혼의 지향을 붙잡을 수 있단 말야?"

이 무렵 필립에게는 새 친구가 하나 생겼다. 월요일 아침에 학원으로 모델 지망자들이 모이면 그 가운데 한 명이 그 주일의 모델로 뽑히는데 하루는 분명 직업 모델이 아닌 젊은 남자 하나가 뽑혔다. 필립은 청년의 태도에 관심이 끌렸다. 모델대 위로 올라가서 그는 주먹을 꼭 쥐고 머리는 도전적으로 앞으로 내민 채 두 다리를 쭉 뻗어 단단히 버티고 섰다. 그런 자세가 멋진 몸매를 돋보이게 해 주었다. 군살은 하나도 붙지 않았고 근육은 소 힘줄처럼 튀어나왔다. 바짝 깎은 머리는 잘생겼고, 짧은 턱수염을 기르고 있었다. 눈이 커다랗고 검었으며 눈썹은 짙었다. 여러 시간 포즈를 취하고 있으면서도 피곤한 기색을 보이지 않았다. 그의 모습에는 수치와 결의 같은 것이 뒤섞여 있었다. 그의 태도에 넘치는 격렬한 에너지가 필립의 낭만적 상상력을 자극했다. 포즈가 끝나고 옷을 입은 모습을 보니 누더기를 걸친 왕 모양이었다. 말을 별로 하지 않아서 신상을 알 수 없었는데 하루 이틀 뒤 미세스 오터가 그가 스페인 사람이고 모델 경험은 처음이라고 필립에게 말해 주었다.

"형편이 아주 곤란한 모양이던데요." 필립이 말했다.

"옷 입은 거 봤어요? 깨끗하고 점잖지 않던가요?"

아미트라노에서 공부하던 미국인 포터가 마침 한두 달 이탈리아에 가게 되어서 필립에게 작업실을 빌려주었다. 필립은 기뻤다. 그 즈음 로슨의 주제넘은 충고가 짜증나기 시작해 혼자 지내고 싶었던 참이었다. 주말이 되어 그는 모델에게 가서 그림이 덜 끝났다는 핑계를 대고 한번 와서 모델 좀 서 줄 수 있겠느냐고 물었다.

"난 직업 모델이 아닙니다. 다음 주에 할 일도 있고요." 스페인 사람이 말했다.

"같이 점심이나 하면서 얘기하죠." 필립이 말했다. 상대방이 머뭇거리자 웃으면서 덧붙였다. "점심 좀 같이한다고 해될 건 없잖습니까."

어깨를 으쓱하면서 모델이 응낙했고, 두 사람은 크레므리[209] 간이식당으로 갔다. 이 스페인 청년의 프랑스어는 엉터리였다. 막힘없이 말했으나 알아듣기 힘들었다. 필립은 이 친구와 그럭저럭 잘 지낼 수 있었다. 알고 보니 그는 글 쓰는 사람이었다. 소설을 쓰려고 파리에 왔는데 무일푼이었기 때문에 먹고

---

209) 우유, 버터, 치즈 등을 파는 간이식당.

살기 위해 뭐든 닥치는 대로 했다. 스페인어 교습도 하고, 번역거리가 얻어걸리면 뭐든——회사 서류 같은 게 대부분이었지만——했는데, 마침내는 잘생긴 몸매를 이용해 돈을 벌 수밖에 없는 처지에 이르고 말았다. 모델료는 좋은 편이었고 지난주에 번 것이 넉넉하여 그 돈으로 두 주일을 더 살 수 있었다. 놀랍게도 하루에 이 프랑이면 너끈하게 살 수 있다고 했다. 다만 돈 때문에 알몸을 보여야 한다는 게 수치스럽다는 것이었고, 먹고사는 일만 아니라면 모델을 서는 일은 굴욕이라고 생각했다. 필립은 몸매 때문이 아니고 그의 두상 때문에 그가 모델이 되어 주길 원하며, 다음 살롱에 출품하기 위해 그의 초상을 그리고 싶다고 설명했다.

"왜 하필이면 납니까?" 스페인 청년이 물었다.

필립은 그의 두상에 관심이 있으며 그를 그리면 좋은 작품을 그릴 수 있을 것 같다고 대답했다.

"시간이 나질 않는데요. 일 분이라도 글 쓸 시간을 뺏기는 게 아깝습니다."

"오전에만 하면 됩니다. 아침엔 학원에서 하니까요. 법률서류 번역하는 것보다야 제 모델 서 주는 게 낫지 않아요?"

라탱 구역에서 한때 다른 나라 출신 학생들이 서로 친밀하게 어울려 살았던 적도 있었다는 전설 같은 이야기도 있었다. 하지만 그건 옛날 이야기이고 이제는 동방의 도시에서처럼 거의 따로 놀았다. 줄리앙 학원과 보자르 학원에서도 프랑스 학생이 외국인과 사귀면 동족으로부터 곱지 않은 눈길을 받았다. 영국인이 파리의 토박이와 피상적인 관계 이상으로 사귄다는 것도 어려운 일이었다. 사실 파리에서 오 년이 넘게 살고 있으면서도 가게에서 물건을 살 정도 이상의 프랑스어를 하지 못하는 학생들이 많았고, 그들은 마치 사우스 켄싱턴[210]에서 공부를 하고 있는 것처럼 영국인의 생활을 하고 있었다.

필립은 낭만적인 것을 좋아해서 스페인 사람과 접촉할 수 있는 기회를 갖게 된 것이 기뻤다. 그래서 내키지 않는다는 스페인 청년을 갖은 말로 설득했다.

"그럼 이렇게 하죠." 마침내 스페인 청년이 말했다. "모델을 하겠습니다. 하지만 돈 때문이 아니고 내가 좋아서 하는 겁니다."

필립은 그러면 안 된다고 했지만 상대방은 막무가내였다. 그러다 결국에 가서는 다음 월요일 한 시에 오기로 했다. 그는 필립에게 명함을 한 장 주었다. 이름이 미겔 아후리아였다.

미겔은 날을 정해 모델을 서 주었는데 한사코 돈을 받지 않겠다고 우겼으나 가끔 오십 프랑씩을 빌려 갔다. 통상적인 모델료보다 약간 더 나가는 금액이었다. 하지만 스페인 청년으로서는 굴욕적인 방식으로 돈을 벌지 않는다는 느낌 때문에 만족스러운 모양이었다. 그가 스페인 출신이라는 이유만으로 필립에게는 그가 로맨스를 상징하는 인물 같았다. 그래서 그에게 세비야나 그라나다와 같은 옛 도시들에 대해, 그리고 벨라스케스, 칼데론[211] 등과 같은 예술가들에 대해서 묻기도 했

---

210) 영국 런던의 한 구역.

211) 페드로 칼데론 데라바르카(Pedro Calderón de la Barca, 1600~1681). 스페인의 극작가.

다. 하지만 미겔은 스페인의 위대성이라는 말을 참지 못했다. 대부분의 스페인 사람들에게도 그랬지만 그에게도 프랑스만이 지성인의 나라였고 파리가 세계의 중심이었다.

"스페인은 죽었어요. 작가도 없고, 예술가도 없고, 아무것도 없습니다." 하고 그는 큰 소리로 말했다.

스페인 사람의 풍부한 수사법을 통해 조금씩 그의 야심이 드러났다. 그는 이름을 날리기 위해 소설을 한 편 쓰는 중이었다. 졸라의 영향을 받아 파리를 소설의 배경으로 삼았다. 그는 필립에게 소설 내용을 상세히 말해 주었다. 필립에게는 조잡하고 형편없는 내용으로 들렸다. 그는 세 라 비, 몽 셰르, 세 라 비(이게 인생입니다. 친구여, 이게 인생이에요.), 라고 소리쳤는데, 그 같은 유치한 관능은 이야기의 상투성을 두드러지게 하는 구실을 할 뿐이었다. 글을 쓰기 시작한 지 이 년째였다. 그는 그동안 상상할 수 없는 어려움을 겪으면서 그를 파리로 유혹했던 인생의 온갖 쾌락을 거부해 왔으며, 예술을 위해 굶주림과 싸웠고, 위대한 성취를 위해 어떤 장애도 넘어서리라는 결의를 가지고 일했다. 가히 영웅적인 노력이었다.

"왜 스페인 이야기를 쓰지 않지요? 그쪽이 훨씬 재미있을 텐데. 그쪽 인생을 잘 알잖아요." 필립이 답답해서 소리쳤다.

"쓸 가치가 있는 것은 파리뿐이오. 파리가 인생이니까."

하루는 그가 원고의 일부를 가져와서 형편없는 프랑스어로 번역을 하면서 몇 대목을 읽어 주었다. 얼마나 흥분해서 읽어 대는지 알아들을 수 없을 지경이었다. 한심했다. 필립은 갈피를 잡을 수 없는 마음으로 자기가 그리고 있는 그림을 바라보았다. 저 넓은 이마 속에 든 정신은 하찮기 짝이 없다. 저 번쩍이는 정열적인 눈도 삶에서 너무 뻔한 것밖에 보지 못한다. 필립은 자기 초상화가 맘에 들지 않았다. 그래서 모델의 시간이 끝나면 번번이 그린 것을 뭉개 버렸다. 영혼의 지향을 목표로 삼는 것은 좋은 일이다. 하지만 인간이 모순덩어리로 보인다면 그것을 누가 알 수 있단 말인가? 그는 미겔이 마음에 들었지만 그의 장엄한 투쟁이 헛된 것임을 깨닫고 서글퍼졌다. 그는 훌륭한 작가가 될 자질을 두루 갖추고 있었지만 재능이 없었다. 필립은 자신의 작품을 보았다. 거기에 뭔가 있기는 있는가. 아니면 공연히 시간만 낭비하고 있는가. 그것을 어떻게 알 수 있단 말인가? 성취욕이 있다는 것만으로는 소용이 없으며, 자신감은 아무런 의미가 없다는 것은 분명했다. 필립은 패니 프라이스를 생각했다. 그녀는 자신의 재능을 굳게 믿고 있었고 의지력도 대단했다.

"훌륭한 화가가 되지 못하겠다는 생각이 들면 난 그림을 포기하겠어요." 필립이 미겔에게 말했다. "이류 화가가 되어 무얼 하겠어요."

그러던 어느 날 아침, 막 외출하려는 참인데 관리인이 그를 불러 편지가 왔다고 했다. 편지를 보낼 사람이라고는 루이자 백모, 그리고 가끔 헤이워드뿐이었는데 이것은 전혀 모르는 사람의 필체였다. 편지의 내용인즉 이랬다.

> 편지 받는 대로 와 주세요. 더 이상 견딜 수가 없어요. 당신이 직접 와 주세요. 딴 사람의 손이 내 몸에 닿는다고 생각하면

끔찍스러워요. 내 물건은 당신이 다 가지길 바라요.

F. 프라이스

먹을 것이 떨어진 지 사흘이 됐어요.

필립은 순간 걷잡을 수 없는 두려움에 사로잡혔다. 급히 그녀가 사는 집으로 달려갔다. 그녀가 파리에 있다니 뜻밖의 일이었다. 몇 달 동안이나 볼 수 없어 벌써 오래전에 영국으로 돌아갔겠거니 여기고 있던 참이었다. 도착하자 관리인에게 그녀가 집에 있는지 물어보았다.

"있어요. 이틀째 바깥 출입을 않는데요."

필립은 계단을 뛰어 올라가 문을 두드렸다. 대답이 없었다. 이름을 불러 보았다. 문이 잠겨 있어 문구멍으로 들여다보니 열쇠가 안쪽에서 열쇠 구멍에 꽂혀 있었다.

"이런, 맙소사. 무슨 끔찍한 짓을 저지르지 않았어야 하는데." 그는 소리를 질렀다.

그는 달려 내려가 관리인에게 여자가 확실히 안에 있다고 했다. 편지를 받았는데 끔찍한 사고를 내지 않았을까 걱정이 된다, 문을 부수고 들어가야 되겠다고 했다. 시큰둥하게 듣고 있던 관리인이 화들짝 놀랐다. 그러면서 자기는 가택 침입에 책임을 질 수 없으니 경찰에 신고해야 한다고 했다. 두 사람은 함께 경찰서에 가서 신고한 다음, 열쇠장수를 데려왔다. 알고 보니 미스 프라이스는 지난 석 달 동안 방세도 내지 않았다. 관리인은 오랜 관행에 따라 새해 첫날 응당 받으리라 기대했던 선물도 받지 못했다고 했다. 네 사람은 계단을 올라가 다시 한번 문을 두드려 보았다. 기척이 없었다. 열쇠장수가 손을 써서 마침내 그들은 방 안으로 들어갔다. 필립은 외마디 소리를 지르면서 자기도 모르게 손으로 눈을 가렸다. 그 가련한 여자는 천장에 매달려 있었다. 전에 살던 세입자가 침대 커튼을 매달려고 천장에 박아 놓은 고리에 줄을 묶고 목을 매단 것이다. 침대를 옆으로 치워 놓고 의자 위에 올라서서 의자를 차 버렸던 것이다. 의자는 마룻바닥 한쪽에 나자빠져 있었다. 그들은 줄을 자르고 그녀를 내렸다. 몸뚱이는 싸늘했다.

49

필립이 이런저런 경로로 알게 된 이야기는 끔찍스러웠다. 화실 여학생들의 불만 가운데 하나는 식당의 화기애애한 식사 자리에 패니 프라이스가 한 번도 어울리려고 하지 않았다는 것이다. 이유는 분명했다. 그녀는 비참한 가난에 쪼들려 있었다. 필립은 파리에 처음 왔을 때 함께 점심을 먹었던 일, 너무 아귀같이 먹어 대서 흉해 보였던 것이 생각났다. 너무 배가 고팠기 때문에 그렇게 먹어 댔다는 것을 이제야 알 수 있었다. 그녀가 평소에 무엇을 먹었는지는 관리인이 말해 주었다. 매일 우유 한 병이 배달되었고, 먹을 빵은 그녀가 사 들고 왔다. 학원에 다녀오면 한낮인데 그때 빵 반 덩이와 우유 반 병을 먹었고 나머지는 저녁에 먹었다. 날이면 날마다 변함이 없었다.

그녀가 견뎌야 했을 배고픔을 생각하니 안쓰럽기 짝이 없었다. 남보다 더 가난하다는 내색을 한 번도 하지 않았지만, 돈이 다 떨어져 마침내 화실에도 나올 수 없게 되었음이 분명했다. 그녀의 다락방에는 가구라고는 거의 없었고 옷가지도 늘 입고 다니던 허름한 밤색 옷뿐이었다. 필립은 혹 연락할 만한 친구의 주소라도 없나 하여 물건들을 뒤적여 보았다. 그러던 가운데 필립의 이름이 잔뜩 적혀 있는 종이 한 장을 발견했다. 가슴이 철렁 내려앉았다. 이제 보니 그녀는 정말 자기를 사랑했던 모양이다. 천장의 못에 축 매달려 있던 밤색 옷 차림의 말라 빠진 몸뚱이가 떠올랐다. 오싹 소름이 끼쳤다. 자기를 좋아했다면 왜 도움을 청하지 않았을까? 할 수 있는 일이면 뭐든 기꺼이 했을 것이다. 그녀가 자기를 특별한 감정으로 대했다는 것을 알려고 하지 않았던 게 후회되었다. 그녀의 편지에 '딴 사람의 손이 내 몸에 닿는다고 생각하면 끔찍스러워요.'라고 쓰여 있던 말이 새삼 한없이 가슴 아프게 느껴졌다. 그녀는 굶어 죽었던 것이다.

필립은 마침내 '네 오빠, 앨버트로부터.'라고 쓰여진 편지를 하나 발견했다. 이삼 주일 전에 쓴 것으로 서비튼에 있는 어느 거리에서 부친 것으로 되어 있었는데 오 파운드만 빌려 달라는 것을 거절하는 내용이었다. 편지를 쓴 이는, 내겐 돌봐야 할 아내와 가족이 있다, 아무래도 돈을 빌려줄 입장이 못 된다고 쓰고 있었으며, 패니더러 런던으로 돌아와서 일자리를 구해 보도록 충고하고 있었다. 필립은 앨버트 프라이스에게 전보를 쳤다. 곧 답전이 왔다.

애통. 사업상 출타 곤란. 꼭 가야 하는지. 프라이스.

'꼭 와야 한다.'는 간단한 내용으로 필립은 전보를 쳤다. 그러자 다음 날 아침, 낯모를 사람 하나가 화실에 나타났다.

"프라이스라고 합니다." 필립이 문을 열자 그가 말했다.

검은 옷을 입고 테를 두른 중산모를 쓴 평범한 사내였다. 어딘가 패니처럼 무뚝뚝한 구석이 있었다. 짧은 콧수염을 기르고 런던 사투리를 썼다. 필립은 들어오라고 했다. 필립이 사고의 내용을 자세히 설명하고, 어떻게 일을 처리했나를 말하는 동안 그는 곁눈으로 화실을 흘끔흘끔 돌아보았다.

"그 애를 보지 않아도 되겠지요?" 앨버트 프라이스가 물었다. "신경이 약해서 조그만 일에도 깜짝깜짝 놀라니까요."

그는 천연덕스럽게 말을 늘어놓았다. 자기는 고무 장사를 하며 아내와 세 명의 자식이 있다. 패니는 가정교사였는데 왜 그 일을 진득이 계속하지 않고 파리로 왔는지 알 수가 없다는 것이었다.

"저와 제 아내가 말했죠. 파리는 젊은 여자가 갈 데가 아니라고요. 그리고 그림 그려 봐야 돈이 안 생긴다고. 그림 그려 돈 번 사람 있습니까?"

누이와는 사이가 좋지 않았음이 분명했다. 그는 누이가 자살을 해서 마지막까지 속을 썩인다고 원망했다. 돈이 없어서 자살했다고 생각하기는 싫은 모양이었다. 그건 집안 망신을 시키는 일이었다. 그래서 누이의 행위에는 뭔가 더 그럴듯한 이유가 있을지 모른다고 생각했다.

"혹 남자 문제가 있지 않았는지 모르겠네요. 무슨 말인지 아시겠지만, 파리라는 데가 워낙 그렇지 않습니까. 무슨 망신스러운 일을 피하기 위해 그랬을 수도 있지요."

필립은 얼굴이 붉어지는 것을 느끼면서 마음 약한 자신이 원망스러웠다. 프라이스의 작고 예리한 눈빛이 필립과 자기 누이 사이에 무슨 일이 있지 않았나 의심하는 것 같았다.

"선생님의 누이께서는 그 이상 정숙하실 수 없었습니다. 먹을 것이 없어 죽은 것입니다." 필립은 불쾌한 어조로 잘라 말했다.

"어쨌거나 가족들로서는 시련이군요, 케리 씨. 편지만 썼더라도 좋았을 텐데. 그럼 누이를 그냥 두지는 않았을 겁니다."

돈을 빌려주지 못하겠다는 그의 편지를 읽고 주소를 알았던 것이 아닌가. 하지만 어깨만 으쓱하고 말았다. 욕해 봐야 무슨 소용인가. 그는 이 작은 사내가 싫어서 되도록 빨리 일을 끝내고 싶었다. 앨버트 프라이스도 필요한 일을 빨리 해치우고 런던으로 돌아가고 싶어했다. 두 사람은 패니가 살던 조그만 셋방으로 갔다. 앨버트 프라이스는 그림들과 가구를 보았다.

"미술에 대해선 별로 아는 게 없습니다만, 이 그림들, 값 좀 받을 수 있겠지요?" 그가 말했다.

"아뇨." 필립이 말했다.

"가구는 십 실링도 받지 못하겠군요."

앨버트 프라이스는 프랑스어를 못 했기 때문에 필립이 일을 다 처리해야만 했다. 시신을 땅속에 안치하는 수속은 끝도 없는 일 같았다. 여기에서 서류를 받아 저기 가서 서명을 받아야 했고, 관리들도 만나야 했다. 사흘 동안 필립은 아무것도 못 하고 아침부터 밤까지 내내 뛰어다녔다. 마침내 그와 앨버트 프라이스는 장의마차를 따라 몽파르나스 공동묘지로 갔다.

"일을 남부끄럽지 않게 치르고 싶긴 하지만 쓸데없는 돈 낭비는 말아야죠." 앨버트 프라이스가 말했다.

싸늘한 잿빛 아침의 그 짧은 장례는 더할 수 없이 소름 끼쳤다. 화실에서 패니 프라이스와 같이 공부했던 대여섯 사람이 장례에 참석했다. 미세스 오터는 학원 주무인 데다 나오는 게 의무라고 생각해 참석했고, 루스 챌리스는 마음씨가 착해 참석했으며, 그 밖에 로슨, 클러튼, 플래너건이 참석했다. 프라이스가 살아 있었을 때는 다들 그녀를 싫어하던 사람들이었다. 묘지를 둘러보니 사방에 비석들이 빽빽했다. 어떤 것은 빈약하고 단순했고, 어떤 것은 저속하고 야단스럽고 보기 흉했다. 필립은 치를 떨었다. 소름 끼치도록 천박스러웠다.

장례를 마치고 돌아와서 앨버트 프라이스는 필립에게 점심이나 하자고 했다. 필립은 이 사내에게 정나미가 떨어지기도 했으려니와 무엇보다 피곤했다. 그동안 잠도 제대로 자지 못했다. 밤마다 너덜너덜한 밤색 옷을 입은 패니 프라이스가 천장 못에 대롱대롱 매달려 있는 꿈을 꾸었던 것이다. 그렇다고 핑곗거리도 생각나지 않았다.

"어디든 진짜 최고급 점심을 먹을 수 있는 곳으로 데려다주십시오. 제 신경으로서는 이런 일을 정말 감당하기 힘들군요."

"이 근방에서는 라브뉴 식당이 제일 나을 겁니다." 필립이 대답했다.

앨버트 프라이스는 안도의 한숨을 내쉬면서 식당의 벨벳 의자에 주저앉았다. 그는 푸짐한 점심과 포도주 한 병을 주문했다.

"다 끝나서 시원합니다."

그는 몇 가지 교묘한 질문을 던졌다. 알고 보니 파리의 화가 생활이 꽤 궁금한 모양이었다. 속으로는 한심할 거라고 생각하면서도 그는 자기 멋대로 상상하고 있던 환락의 생활을 세세히 알고 싶어했다. 능글맞은 눈짓을 하기도 하고 눈치를 보며 키득키득 웃기도 하면서, 당신이 말하는 것 말고도 훨씬 많은 것이 있다는 것쯤은 자기도 잘 안다는 시늉을 했다. 세상 물정에 밝은 사람이었고 아는 것도 꽤 많았다. 그는 필립에게 템플 바에서 런던 증권 거래소까지[212] 널리 알려져 있는 몽마르트의 명소들 가운데에서 아무 데나 가 본 적이 있느냐고 물었다. 그는 물랭 루주에 가 보았다고 말해 주고 싶었다. 점심 식사는 훌륭했고 포도주도 맛이 좋았다. 먹은 것이 기분 좋게 내려가자 앨버트 프라이스는 통이 커졌다.

"브랜디를 좀 할까요. 돈 좀 씁시다." 커피가 나오자 그가 말했다.

그는 손을 부벼 댔다.

---

212) 런던의 금융 비즈니스 센터인 '시티(the City)' 구역을 말한다. '템플 바(Temple Bar)'는 예전에 런던 지역 경계에서 출입문 역할을 했던 건물. 템플 바는 시티 구역 서쪽에, 런던 증권 거래소는 시티 구역 동쪽에 있다.

"그런데 말이죠. 오늘은 여기서 묵고 내일 돌아갈까 싶은 생각이 드는데. 어떻소, 저녁을 같이 보내는 게."

"오늘 밤에 몽마르트르 구경을 시켜 달라시는 거라면, 저로선 딱 질색인데요." 필립이 대답했다.

"별로라는 뜻이군요."

정색을 하고 대답하는 바람에 필립은 웃음이 나오려고 했다.

"게다가 신경에도 안 좋을 겁니다." 필립도 짐짓 정색을 하고 말했다.

결국 앨버트 프라이스는 네 시 기차로 런던으로 돌아가는 게 좋겠다고 결론짓고 얼마 있다가 필립에게 작별 인사를 했다.

"그럼, 잘 계시오." 하고 그가 말했다. "하지만 말이오. 내 근간에 다시 파리에 한번 오겠소. 와서 당신에게 찾아가리다. 그때 한번 멋지게 놀아 봅시다."

그날 오후, 필립은 마음이 뒤숭숭하여 도저히 일을 할 수가 없었다. 그래서 버스를 잡아타고 강을 건너 뒤랑-뤼엘 화랑에 새로 나온 그림들이 있나 보러 갔다. 그런 다음, 불바르를 어슬렁어슬렁 걸어 내려갔다. 날씨는 싸늘하고 바람이 매섭게 불었다. 외투로 몸을 감싼 사람들이 어떻게든 추위를 막아 보려는 듯 몸을 잔뜩 웅크린 채 총총걸음으로 지나갔다. 그들의 얼굴은 하나같이 지쳐 빠지고 근심에 찌들어 있었다. 하얀 비석들이 가득한 몽파르나스 묘지 땅 밑은 얼음처럼 차가웠다. 필립은 갑자기 외로움이 사무쳐 오면서 새삼 고향이 그리워졌다. 누군가가 곁에 있으면 싶었다. 그 시간이면 크론쇼는 일을 하고 있으리라. 클러튼은 손님을 반기지 않는다. 로슨은 루스

첼리스의 초상을 새로 시작했기 때문에 방해받고 싶지 않을 것이다. 결국 플래너건을 찾아가기로 마음먹었다. 가 보니 그 역시 그림을 그리고 있었지만 기꺼이 일을 팽개치고 이야기 상대를 해 주었다. 누구보다도 돈이 많은 이 미국인의 작업실은 안락하고 따뜻했다. 플래너건이 차를 끓일 준비를 했다. 필립은 그가 살롱에 출품하겠다는 두 점의 초상화를 구경했다.

"내가 뭘 출품해 보겠다니 참 뻔뻔하지." 플래너건이 말했다. "하지만 출품을 해 보긴 할 거야. 어때, 형편없지?"

"생각보다 형편없진 않은데 뭘." 필립이 말했다.

실상 그의 그림에는 놀라운 솜씨가 엿보였다. 어려운 부분들은 솜씨 좋게 피해 버렸다. 물감을 칠하는 방식이 대담했는데 그 점이 놀라웠고 매력적이기까지 했다. 아는 것도 없고 기교도 없는 플래너건은 평생 그림만 그리며 살아온 사람처럼 가벼운 붓놀림으로 그림을 그렸다.

"어느 그림이나 삼십 초 이상 감상하지 못하게 한다면, 자넨 위대한 화가가 될 거야. 플래너건." 필립은 미소를 지었다.

두 젊은이는 상대방의 비위를 맞추려고 지나친 아첨을 하지는 않았다.

"미국에선 무슨 그림이든 삼십 초 이상 볼 시간이 없다네." 상대방이 소리 내어 웃었다.

플래너건처럼 머리가 산만한 사람도 없겠지만 그는 의외로 마음이 착해 사람을 끌었다. 누가 몸이 아프면 나서서 간호인 노릇을 했다. 그의 쾌활한 성품은 어떤 약보다도 효과가 좋았다. 그는 감상(感傷)을 두려워하는 영국인과는 달리 역시 미국인답게 감정을 억제하지 않았으며 감정 표시를 우스꽝스럽게 보지 않았다. 그래서 늘 상대방의 마음에 공감할 줄 아는 풍부한 감정을 보여 주었다. 슬픔에 빠진 친구들에게는 그것이 고맙게 느껴졌다. 필립이 최근의 일로 침울해진 것을 알고 그는 진심에서 우러나온 친절로 필립의 기운을 돋워 주려고 소란을 떨면서 애썼다. 그는 미국인의 성격이 늘 영국인의 웃음을 산다는 것을 알면서도 일부러 그 성격을 과장하면서, 기이하고 흥겹고 재미있는 이야기를 숨 가쁠 지경으로 떠벌렸다. 그러다가 시간이 되어 그들은 저녁식사를 위해 밖으로 나갔다. 저녁을 한 후에는 플래너건의 단골 유흥장, 게테 몽파르나스로 갔다. 한밤이 되었을 무렵에는 기분이 아주 유쾌해졌다. 술도 적잖이 마시긴 했지만 필립이 크게 취한 것은 알코올 때문이 아니고 기분이 유쾌했기 때문이었다. 플래너건이 발 불리에에 가자고 했고, 필립도 너무 피곤해 잠이 오지 않을 것 같아 흔쾌히 찬성했다. 그들은 춤추는 모습이 잘 보이도록 가장자리 쪽, 바닥을 약간 높인 곳의 테이블에 가서 앉아 흑맥주를 마셨다. 그러던 중 친구를 발견한 플래너건은 큰 소리로 이름을 부르면서 댄스홀의 칸막이 난간을 훌쩍 뛰어 넘어갔다. 필립은 춤추는 사람들을 구경했다. 불리에는 일류 유흥장은 아니었다. 목요일 밤이라 손님들이 바글댔다. 학생들도 꽤 다양하게 와 있었지만 대부분은 회사원이나 상점 직원이었다. 다들 트위드 천 기성복이나 이상한 모양의 연미복 같은 평상복 차림에 모자를 쓰고 있었다. 모자를 들고 들어오긴 했는데 머리 위밖에는 마땅히 둘 데가 없어 그냥 쓴 채 춤을 추고 있었다. 여자들 가운데는 하녀들도 있는 것 같았고, 화장을 요란하게 한 바람난 아가씨들도 있었지만 대부분은 가게 점원 아가씨들이었다. 다들 강 건너[213]의 유행을 따른다고 따랐지만 보잘것없는 싸구려 옷을 입고 있었다. 바람둥이 아가씨들은 당시에 악명을 날리던 연예관의 가수나 댄서를 그대로 흉내 내고 있었다. 눈에는 검은 칠을 짙게 하고 볼을 유난히도 빨갛게 칠했다. 홀에 낮게 드리운 커다란 백열등 조명으로 인해 사람들의 얼굴에 어린 그림자는 유난히 어둡게 보였다. 백열등 아래 모든 선은 더 굵게 보였고 색채는 더 원색조로 보였다. 난잡한 광경이었다. 필립은 난간에 몸을 기대고 아래를 내려다보았다. 음악은 더 이상 귀에 들어오지 않았다. 사람들은 격렬하게 춤을 추어 댔다. 그들은 온통 춤에만 몰입하여 말은 거의 하지 않은 채, 천천히 방을 돌며 춤을 추었다. 실내가 더워 얼굴은 땀으로 번들거렸다. 관습을 존중하여 평소 얼굴에 쓰고 있던 가면을 벗어던져 버린 것 같았다. 이제 적나라한 모습이 드러나 있었다. 모든 것을 벗어던져 버리고 나니 하나같이 낯선 동물처럼 보였다. 어떤 자들은 여우 같았고, 어떤 자들은 늑대 같았으며, 기다랗고 미련한 양의 얼굴을 한 사람들도 있었다. 불건전한 생활과 형편없는 음식 때문에 그들의 피부는 누르께했다. 천한 관심사 때문에 그들의 얼굴은 볼품없었고, 조그만 눈은 약삭빠르고 교활했다. 몸가짐에 고상한 데라곤 없었다. 이들의 인생이란 하잘것없는 관심과 불결한 생

213) 센강의 오른쪽 강변은 부유층이 사는 지역이다.

각의 긴 연쇄에 지나지 않는 것이 아닐까. 공기는 인간이 풍기는 퀴퀴한 냄새로 답답했다. 하지만 내부의 어떤 기이한 힘이 충동질하는지 그들은 격렬하게 춤을 추었다. 필립에게는 그들이 향락의 욕망에 쫓기는 사람들처럼 여겨졌다. 그들은 필사적으로 공포의 세계로부터 달아나려 하고 있었다. 크론쇼가 말한 대로, 인간 행위의 유일한 동기인 쾌락의 욕망이 그들을 맹목적으로 몰아갔다. 그런데 그 욕망이 너무 격렬한 나머지 쾌락은 오히려 조금도 느끼지 못하는 것 같았다. 그들은 거센 바람에 무력하게 떠밀려 갈 뿐, 이유도 방향도 알지 못했다. 그들의 머리 위로 '숙명'이 거대하게 솟아 있고 발밑에는 영원한 어둠이 자리 잡고 있는데 그들은 그 어둠을 딛고 춤추고 있었다. 그들의 침묵은 어떤 무서운 일의 예고 같기도 했다. 삶의 공포에 질려 말하는 능력을 잃어버린 듯, 마음으로는 소리도 질러 보건만 그 절규는 목구멍에서 사라져 버리는 것 같았다. 그들의 눈은 퀭하고 험상스러웠다. 그들의 얼굴을 일그러뜨리고 있는 저 짐승의 욕정과 잔인성과 표정의 천박성에도 불구하고, 그리고 무엇보다 그 우둔함에도 불구하고, 무엇인가에 열중해 있는 그들의 눈에는 고뇌의 표정이 깊이 어려 있어 이들 군중은 무섭고도 슬프게만 보였다. 필립은 혐오감을 견딜 수 없었다. 하지만 한편으로는 한없이 안쓰러운 마음으로 가슴이 아팠다.

그는 옷 보관실에서 외투를 찾아 입고 차디찬 밤거리로 나와 버렸다.

50

필립은 그 불행한 사건을 좀처럼 머리에서 지울 수 없었다. 가슴 아프게 느껴진 것은 패니의 헛된 노력이었다. 그녀보다 더 열심히, 더 성실하게 노력한 사람은 아무도 없었다. 그녀는 진심으로 자신을 믿었다. 하지만 자신감이란 별 소용이 없음이 분명했다. 자신감이라면 그의 친구들이 다 갖고 있었고, 아후리아 미겔에게도 있었다. 이 스페인 청년의 경우, 노력은 영웅적임에 비해 시도하는 일은 시시하기 짝이 없었다. 그 대조에 필립은 놀라지 않을 수 없었다. 필립이 학창 시절에 겪었던 불행은 자기 분석의 힘을 길러 주었다. 이 나쁜 버릇은 마약처럼 슬며시 그를 사로잡아서 그는 이제 누구보다 날카롭게 자기 감정을 해부할 수 있는 능력을 갖게 되었다. 그는 자신이 남들과는 다른 방식으로 예술에 반응한다는 점을 깨닫지 않을 수 없었다. 로슨은 훌륭한 그림을 보면 금방 감명을 받았다. 그의 감상은 본능적이었다. 플래너건조차 필립이 겨우 머리로 생각해 내야 하는 것을 감정으로 느꼈다. 필립 자신의 감상 방식은 지적(知的)이었다. 그에게 예술적 기질이 있다면(이 말이 싫었지만 딴 말을 찾을 수도 없었다.) 남들처럼 아름다움을 감정적이고 비이성적인 방식으로 느끼리라. 그런 생각을 도저히 떨칠 수 없었다. 그러면서 슬며시 걱정이 되기 시작했다. 자기에게도 대상을 정확히 모사하는 피상적인 손재주 이상의 무엇이 있을까. 모방하는 재주는 아무것도 아니다. 그는 기교만의 능숙함을 경멸하도록 배웠다. 중요한 것은 그림을 그림으로 느끼는 것이다. 로슨은 이건 내 천성이니까, 하는 태도로 그렸다. 그야 그에게도 외부의 영향에 민감한 미술학도의 모방성이 있긴 했지만, 그것을 뚫고 나오는 개성이 있었다. 필립은 자기가 그린 루스 챌리스의 초상을 보았다. 삼 개월이 지난 이제 와서 보니 자신의 그림은 로슨의 그림을 충실히 베낀 것에 지나지 않았다. 능력이 없다는 느낌이 들었다. 그는 머리로 그림을 그렸다. 가치 있는 그림은 마음으로 그린 것뿐임을 그는 잘 알고 있었다.

가진 돈도 별로 없었다. 고작 천육백 파운드뿐이었다. 극도로 절약하지 않으면 안 될 처지였다. 앞으로 십 년 동안은 돈 벌 가망이 없다. 하기야 그림의 역사를 돌아보면 한 푼도 벌지 못한 화가들이 숱했다. 가난을 각오할 수밖에 없다. 물론 불멸의 걸작이라도 남기게 되면 가난도 가치가 있다. 하지만 필립은 자기가 이류 이상은 될 수 없을지도 모른다는 끔찍한 두려움에 몸을 떨었다. 이류가 되기 위해 젊음을, 삶의 즐거움을, 그리고 많은 가능성을 포기할 가치가 있는 것일까? 필립은 파리에 사는 외국인 화가들의 생활을 익히 보아 왔다. 그들의 삶이 몹시 편협하고 인습적임을 알 수 있었다. 명성을 쫓아 이십 년 동안이나 허덕이며 살다가 끝내 명성을 얻지 못한 채 더러운 생활과 술에 찌들어 살게 된 사람도 있었다. 패니가 자살하자 이전에 들었던 어떤 이야기가 떠오르기도 했다. 절망에서 도망쳐 보려고 끔찍한 짓을 저지른 사람들의 이야기였다. 프와네 선생이 패니에게 했던 경멸조의 충고가 떠올랐다. 충고를 받아들여 부질없는 시도를 단념했더라면 좋지 않았을까.

필립은 미겔 아후리아의 초상을 완성하고 그것을 살롱에 출품하기로 마음먹었다. 플래너건도 두 점을 출품하겠노라고 했다. 필립은 자기도 플래너건만큼은 그린다고 생각하고 있었다. 출품할 그림에 온 힘을 쏟아부었기 때문에 분명 잘된 점이 있으리라 믿었다. 그런데도 그림을 보고 있노라면 꼭 집어 말할 수는 없지만 어딘지 잘못된 데가 있다는 느낌을 떨칠 수 없었다. 하지만 보지 않을 때는 어쩐지 기분이 좋아져 불만스럽지 않았다. 그래서 그런대로 그림을 출품해 보았지만 낙선하고 말았다. 그는 별로 괘념하지 않았다. 입선할 가망이 없다고 이미 온갖 이유로 자신을 설득시킨 뒤였기 때문이다. 며칠 뒤 플래너건이 뛰어 들어오면서 자기 그림 하나가 입선되었다고 말했다. 필립은 얼빠진 얼굴로 축하의 말을 건넸다. 플래너건은 너무 기쁜 나머지 필립이 저도 모르게 비꼬아서 하는 말의 어조를 알아차리지 못했다. 눈치 빠른 로슨은 얼른 알아채고 이상하다는 듯 필립을 바라보았다. 로슨은 자기 그림이 입선되었음을 이미 이삼 일 전에 알고 있던 터라 필립의 태도가 어쩐지 못마땅했다. 그런데 플래너건이 가자마자 필립이 갑자기 뜻밖의 질문을 던져 그는 깜짝 놀랐다.

"자네가 나라면, 다 집어치워 버리겠나?"

"무슨 소리야?"

"이류 화가가 되는 게 의미가 있을까? 다른 분야에서는 말일세, 가령 의사라든가 사업가는 보통만 되어도 큰 문제가 없지. 먹고사는 건 벌 수 있고 그런대로 살 수 있단 말야. 하지만 이류 그림만 그려 내면 그게 무슨 소용인가?"

로슨은 필립을 좋아했다. 그래서 필립이 낙선하여 크게 상심하고 있다고 생각하고 곧 위로를 하려고 했다. 살롱에 낙선된 작품이 나중에 유명해진 경우가 많지 않느냐, 자네는 이번이 첫 출품이니 당연히 퇴짜 맞으리라 각오했어야 한다, 플래너건이 입선한 건 그럴 만한 이유가 있다, 그 친구 그림은 겉만 번지르르하고 깊이가 없다, 그건 우둔한 심사관들이나 좋게 볼 만한 것이다. 필립은 더 견딜 수 없었다. 창피하게도 로슨은 낙선이라는 사소한 불행에 자기가 괴로워하고 있다고 여기고 있었던 것이다. 자신의 낙심이 능력에 대한 깊은 회의 때문임을 로슨은 알아차리지 못하고 있었다.

최근 클러튼은 그라비에 식당에서 밥을 먹는 패들과는 약간 거리를 두고 주로 혼자 지내고 있었다. 플래너건 말로는 그가 연애 중이라고 했으나 클러튼의 금욕적인 표정에서 정열을 찾아볼 수는 없었다. 필립의 생각에는 오히려 그가 새로 싹트기 시작한 사상을 좀 더 명료히 하고자 친구들과 떨어져 있지 않나 여겨졌다. 그런데 바로 그날 저녁 다들 구경을 가려고 식당을 나가 버리고 필립만 혼자 앉아 있을 때였다. 클러튼이 들어와 저녁식사를 주문했다. 두 사람은 이야기를 나누었다. 클러튼은 오늘따라 더 말이 많고 덜 냉소적이었다. 필립은 그의 기분 좋은 상태를 이용해서 부탁해 보았다.

"저 말야. 와서 내 그림 좀 봐주지 않겠나? 의견 좀 듣고 싶네."

"아니, 난 그런 거 않겠네."

"왜 말인가?" 필립은 얼굴을 붉히며 물었다.

이런 부탁은 그들끼리 으레 하는 것이었고 아무도 거절하는 법이 없었다. 클러튼은 어깨를 으쓱했다.

"사람들은 비평을 부탁하면서도, 듣고 싶어하는 건 칭찬뿐이야. 그뿐 아니고, 비평이 무슨 소용이 있나? 자네 그림이 좋든 나쁘든 그게 무슨 상관인가?"

"내겐 중요하네."

"아냐, 우리가 그림을 그리는 건, 그리지 않고는 못 배기기 때문이야. 그건 마치 우리 신체의 기능과 같아. 소수만이 그 기능을 가지고 있을 뿐이지. 우리는 우리 자신을 위해 그림을 그리네. 그리지 못하면 죽을 수밖에 없으니까. 생각해 보게. 우리가 얼마나 많은 시간을 들여 캔버스에 뭔가를 담으려고 하면서 영혼의 땀을 쏟아붓는가? 그런데 결과는 뭐지? 십중팔구 살롱에 낙선하고 마네. 입선한다고 하더라도 사람들은 그저 지나치면서 고작 몇 초 동안 슬쩍 보고 말 뿐이지. 운이 좋으면 어느 바보가 그림을 사다 벽에 걸어 놓기도 하겠지. 하지만 이 작자는 별로 보지도 않네. 식당 방 식탁을 별로 보지 않듯이 말야. 비평이란 화가와 아무런 관계도 없는 걸세. 비평이란 객관적인 판단인데, 객관이란 화가와는 상관없는 일이거든."

클러튼은 눈 위에 두 손을 얹고 말하고자 하는 것에 마음을 집중하려고 했다.

"화가는 자기가 보는 대상에서 독특한 감각적 인상을 받아 그것을 표현하고 싶은 충동을 느끼네. 그런데 왠지는 몰라도 화가는 선과 색채로서만 자신의 느낌을 표현할 수 있는 거야.

음악가처럼 말이지. 음악가는 시 한두 줄을 읽으면 어떤 특정한 음들의 결합이 마음속에 떠오른단 말야. 왜 그 말이 그러한 음들을 떠오르게 하는지는 자기도 몰라. 어쨌든 그리 될 뿐이야. 그리고 말야, 비평이 왜 의미가 없는지 두 번째 이유를 말해 주겠네. 위대한 화가는 세상 사람들로 하여금 자기가 보는 방식으로 자연을 보도록 강요하네. 하지만 다음 세대에는 또 다른 화가가 세상을 다른 방식으로 보게 되지. 그런데 사람들은 그를 그 사람 자체로 평가하는 것이 아니라 전 시대 화가를 통해 평가하네. 바르비종파 화가들[214)]은 우리 아버지 세대에게 나무는 이러이러하게 보는 거라고 가르쳤어. 그런데 마네가 나타나서 다른 방식으로 그리니까 사람들이 나무가 그처럼 생긴 건 아니지 않느냐고 말하는 거야. 어떤 화가가 나무를 그런 식으로 보기로 했다는 생각은 전혀 하지 못한단 말일세. 그린다는 것은 우리의 내면을 밖으로 표출시키는 행위라고 할 수 있네. 우리가 우리의 시각을 세상 사람들에게 강제하게 되면 세상은 우리를 위대한 화가라고 부르지. 그러지 못하면 사람들은 우리를 무시해. 그러나 우리 자신은 변하지 않아. 위대하다든가 시시하다든가에 아무런 의미도 부여하지 않으니까. 우리가 그리고 난 다음에 일어나는 일은 중요하지 않아. 그리는 동안 우리는 그림을 통해 얻을 수 있는 것을 다 얻었으니까."

---

214) 19세기 중엽 파리 교외의 퐁텐블로 숲 어귀의 작은 마을 바르비종에서 숲의 풍경이나 농민의 생활을 묘사한 프랑스 화가들. 밀레, 루소, 코로, 도비니 등이 대표적이다.

그러고는 말을 멈추더니 클러튼은 왕성한 식욕으로 앞에 놓인 음식을 게걸스럽게 먹어 치웠다. 필립은 싸구려 시가를 피우면서 그를 찬찬히 뜯어보았다. 마치 조각가의 정을 거부하는 돌을 간신히 쪼아 조각해 놓은 듯한 울퉁불퉁한 머리, 더부룩한 검은 머리칼, 커다란 코, 거대한 턱뼈, 이것들이 강인한 사내의 풍모를 풍겼다. 그러나 저 가면은 이상한 연약함을 감추고 있을지도 모른다고 필립은 생각했다. 클러튼이 자기 작품을 한사코 보여 주지 않으려는 것도 순전히 헛된 자만(自慢)일지 몰랐다. 남의 비판을 견딜 수 없고, 살롱에 출품하여 낙선당하고 싶지 않기 때문이 아닐까. 그냥 잘 그리는 사람으로 대우받고 싶은 것이 아닐까. 자신에 대한 평가를 낮출 수밖에 없는, 남의 작품과의 위험한 비교는 하고 싶지 않은 것이다. 필립이 그와 알고 지낸 십팔 개월 동안 클러튼은 더 거칠어지고 더 신랄해졌다. 그는 넓은 곳에 나와서 동료들과 경쟁하려고 하지 않았고, 그러면서도 남들이 쉽게 성공하면 분을 참지 못했다. 로슨에게도 참지 못했는데 그와 로슨은 필립이 맨 처음 알았을 때처럼 친밀한 관계를 유지하고 있지 못했다.

"로슨은 그만하면 됐어." 그는 경멸조로 말했다. "영국에 돌아가 인기 초상화가가 될 거야. 일 년에 만 파운드는 벌고, 사십이 되기 전에 왕립미술원 준회원쯤 되겠지. 귀족과 신사 양반들의 초상화를 손수 그려서 말야."

필립 역시 미래를 상상해 보았다. 이십 년 후의 클러튼의 모습이 떠올랐다. 냉소적이고, 외롭고, 거칠고, 이름 없는 화가. 파리 생활이 골수에 배어 여전히 파리를 떠나지 못한 채,

험한 독설로 조그만 추종자 집단을 다스리면서 자신과 세상을 상대로 싸우고 있다. 이르지 못할 완벽을 향한 집착이 깊어 가는 나머지 그림은 별로 그려 내지 못하고, 결국에는 술에 빠지고 만다. 최근 필립의 마음을 사로잡은 생각이 하나 있었다. 사람은 한 번 살 뿐이니 성공적으로 사는 것이 중요하다는 것이었다. 물론 돈을 벌거나 명성을 얻어 성공하는 것은 중요하지 않다고 보았다. 무엇을 성공적인 삶으로 보아야 할지 분명하지는 않았지만 다양한 체험, 자기 능력을 최대한 활용하는 것이 아닐까 하는 생각이 들었다. 어쨌든 클러튼에게 운명 지어진 삶은 실패로 끝날 것임이 분명했다. 그러한 삶이 정당화되려면 불멸의 걸작을 그려 내는 수밖에 없었다. 페르시아 양탄자에 대한 크론쇼의 별난 비유가 떠올랐다. 그 비유에 대해 생각해 본 적이 종종 있었다. 하지만 크론쇼는 목신(牧神) 같은 유머로 말을 피하면서 그 뜻을 분명히 해 주려고 하지 않았다. 스스로 의미를 발견하지 않으면 아무런 뜻도 없다는 말만 되풀이할 따름이었다. 화가 수업을 계속해야 할 것인지의 문제에 대해 필립이 가지고 있던 불안의 밑바닥에 깔린 것은 바로 성공적인 삶을 살고 싶다는 이 욕망이었다. 클러튼이 다시 입을 열었다.

"내가 브르타뉴에서 만났다는 친구, 그 친구에 대해 내가 말했던 거 기억하나? 며칠 전에 여기서 봤지. 타히티로 간다네. 돈 한 푼 없는 사람이지. 전에는 '브라쇠르 다페르'였지. 우리말로는 증권 중개인쯤 될 거네. 마누라도 있고 자식도 있고, 수입도 좋았지. 그런데 다 팽개치고 화가가 되었단 말씀이야.

훌쩍 떠나서 브르타뉴에 자리 잡고 그림을 그리기 시작한 거야. 돈 한 푼 없이, 굶어 죽을지도 모를 일을 시작한 거야."[215]

"부인과 자식은 어떻게 하고?" 필립이 물었다.

"아, 버렸지. 굶어 죽든 말든 알아서 하라고 가 버린 거야."

"비열하군."

"아, 이보게, 신사가 되고 싶으면 화가를 포기할 수밖에 없네. 신사와 화가는 연관이 없어. 노모를 모시겠다고 상품화를 그리는 사람들 얘기 들어 봤을 거야. 효자는 효자지. 하지만 그렇다고 형편없는 그림을 그려도 된다는 건 아냐. 그러면 장사꾼에 불과해. 화가라면 어머니를 구빈원에 가게 할 거야. 파리에 내가 아는 작가가 하나 있는데, 아내가 애를 낳다가 죽었다고 하더군. 아내를 사랑했던 사람이라 슬퍼 미쳐 버릴 지경인 데도 침대 머리에 앉아 아내가 죽어 가는 것을 보면서 죽어 가는 아내의 모습이 어떻게 보이는가, 무어라고 말하는가, 어떤 느낌이 드는가를 마음속에 새겨 두고 있더라는 거야. 어때, 이게 신사답나?"

"자네가 안다는 그 사람은 잘 그리는 사람인가?" 필립이 물었다.

"아니, 아직은 아니지. 그 사람은 피사로[216]처럼 그려. 아직 자기 자신을 발견하지 못했지만 색채에 대한 감각과 장식에 대한 감각을 가지고 있어. 하지만 그게 문제는 아니야. 문제는

---

215) 앞에서도 말했듯이 이 화가는 나중에 『달과 6펜스』의 소재가 되는 프랑스 화가 고갱을 암시한다.

216) 카미유 피사로(Camille Pissaro, 1830~1903). 프랑스의 인상파 화가.

감정인데, 그 친구는 그걸 가지고 있어. 제 아내나 자식에게는 지금까지 정말 무지막지하게 대해 왔다더군. 지금도 무지막지하게 대하고 있고 말야. 자기를 도와준 사람, 때로는 친구 된 도리로 자기를 굶주림에서 구해 준 사람들을 어떻게 대하는 줄 아나. 정말 못 돼먹었어. 그 친구가 위대한 화가인 것은 순전히 우연이야."

가정도 돈도, 안락도 사랑도, 명예도 의무도 죄다 버리고 오직 이 세계가 주는 정서를 물감을 사용해 화폭에 표현하려는 욕망만을 가진 이 사내에 대해 필립은 곰곰이 생각해 보았다. 과연 대단한 일이었다. 자기에게는 그러한 용기가 없었다.

크론쇼를 생각하고 보니 그를 만나 보지 못한 지 일주일이나 되었음을 알 수 있었다. 그래서 클러튼이 가 버리자 그는 크론쇼가 틀림없이 앉아 있을 카페를 향해 어슬렁어슬렁 걸어갔다. 파리에 온 뒤 첫 몇 달 동안 필립은 크론쇼의 모든 말을 복음처럼 받아들였다. 하지만 필립은 실질적인 가치관을 가진 사람이라 행동이 따르지 않는 이론을 차츰 참을 수 없게 되었다. 한 줌도 안 되는 그의 시가 지저분한 생활을 정당화시켜 줄 수 있는 의미 있는 결과로 보이지 않았다. 필립은 자신의 출신 계급인 중산계급의 본능을 떨쳐 버릴 수 없었다. 가난, 그리고 겨우 입에 풀칠이나 하기 위해서 크론쇼가 하는 고된 일, 그리고 더러운 다락과 카페 테이블을 오락가락하는 단조로운 생활, 이것들은 필립이 중요시하는 품위 있는 삶과는 거리가 멀었다. 크론쇼는 필립이라는 젊은이가 자기를 인정하지 않는다는 사실을 재빨리 알아차리고 때로는 장난스럽게, 하지만 더 번번이 뼈아프게 비꼬는 말로 그의 속물성을 공격했다.

"자네는 장사치야. 인생을 콘솔 공채[217]에 투자해 놓고 안전하게 삼부 이자를 받고 싶지. 나는 낭비가라 밑천까지 다 써 버린다네. 난 내 심장 박동이 멈출 때 마지막 한 푼을 써 버릴 거야."

그 비유를 들으니 화가 치밀었다. 그렇게 말하고 있는 사람은 짐짓 로맨틱하게 살고 있다는 태도를 취하면서 상대방의 입장을 헐뜯고 있기 때문이다. 필립으로서는 당장 생각이 안 났지만 본능적인 느낌으로 자신의 입장을 더 주장할 수 있다고 생각했다.

하지만 오늘 밤은 그 문제를 접어 두고 자기 이야기를 하고 싶었다. 마침 시간도 늦었고, 테이블 위에 쌓인 접시들은—접시 한 개에 한 잔 꼴이다.—바야흐로 크론쇼가 만사에 독자적인 견해를 말할 때가 되었음을 말해 주고 있었다.

"조언을 좀 구하고 싶은데요." 필립이 불쑥 말했다.

"듣지도 않을 조언을 뭐 하러."

필립은 초조한 기분으로 어깨를 으쓱했다.

"전 화가로 별로 성공할 것 같지 않아요. 이류가 되어 봤자 무의미할 거 같구요. 그냥 집어치울까 봐요."

"못할 거 어딨나?"

---

217) 국채의 한 가지로, 상환 기한이 없이 국가가 해마다 이자만을 지불하게 되어 있는 공채.

필립은 잠시 머뭇거렸다.

"아무래도 제겐 사는 것 자체가 더 중요한가 봐요."

순간 평온하던 크론쇼의 얼굴 안색이 싹 바뀌었다. 입 가장자리가 갑자기 축 처지고 두 눈이 눈두덩 속으로 흐릿하게 꺼지면서 야릇하게 허리 굽은 늙은이가 된 것 같았다.

"이것 말인가?" 하고 그는 카페를 돌아보며 큰 소리로 말했다. 목소리가 약간 떨려 나왔다.

"여기서 빠져나갈 수만 있다면, 시간이 있을 때 그렇게 하게."

필립은 놀란 채 그를 물끄러미 바라보았다. 하지만 감정적인 사람을 보면 늘 어색해지는 성격이라 곧 눈길을 떨어뜨리고 말았다. 지금 그가 보고 있는 것은 실패한 삶의 비극임을 알 수 있었다. 침묵이 흘렀다. 필립은 크론쇼가 지금 자신의 인생을 그려 보고 있다고 생각했다. 밝은 희망에 가득 찼던 젊은 시절, 그 광채를 시들게 한 갖가지 실망스러운 일들, 비참하리만큼 단조로운 쾌락의 추구, 그리고 깜깜한 미래, 지금 그는 그런 것들을 생각하고 있는 것이리라. 필립의 눈길은 테이블 위에 쌓인 접시 더미에 멎었다. 크론쇼의 눈길도 거기에 머물러 있다는 것을 알 수 있었다.

51

두 달이 지났다.

이 문제를 곰곰이 생각하다 보니 필립은 이런 느낌이 들었다. 진정한 화가나 작가, 음악가에게는 자기의 일에 완전히 몰입하게 하는 어떤 힘이 있어 어쩔 수 없이 삶을 예술에 종속시키게 된다는 것이었다. 그래서 알지도 못하는 어떤 힘에 굴복하여, 자신을 사로잡고 있는 본능의 꼭두각시 노릇을 하는 사이에 그들의 인생은 살아 보지도 못한 채 손가락 사이로 새나가 버리는 것이 아닌가 말이다. 필립에게는 인생이란 그려야 할 대상이 아니라 살아야 할 대상이라는 느낌이 들었다. 그래서 그는 삶의 다양한 체험을 추구하고, 삶의 매 순간이 주는 모든 감동을 향유하고 싶었다. 마침내 그는 행동을 취하고 그 결과를 따르기로 마음먹었다. 그리고 이왕 마음먹은 이상 쇠뿔은 단김에 빼자고 생각했다. 마침 이튿날은 프와네가 오는 날이었다. 그는 자기가 그림 공부를 계속할 만한 가치가 있겠는지 단도직입적으로 물어보기로 했다. 프와네 선생이 패니 프라이스에게 해 주었던 무지막지한 충고를 잊을 수 없었다. 그 충고는 옳은 것이었다. 필립은 패니의 기억을 완전히 떨쳐버릴 수 없었다. 그녀가 없는 화실이 낯설게 느껴졌으며, 때로 그곳에서 그림 그리는 여학생의 손짓이라든가 어투에 깜짝깜짝 놀라면서 그녀를 떠올리기도 했다. 그녀의 존재는 살아 있을 때보다 죽은 이때 더 확연하게 느껴졌다. 밤에 그녀의 꿈을 꾸다 무서운 소리를 지르며 깨어날 때도 있었다. 그녀가 참아내야 했을 고통을 생각하면 끔찍스럽기만 했다.

필립은 프와네가 화실에 오는 날이면 뤼 드 오데사 거리의 조그만 식당에서 점심을 먹는다는 것을 알고 있었다. 그래서 서둘러 식사를 하고 그곳으로 가서 그가 나올 때까지 밖에서 기다렸다. 사람들로 북적거리는 거리를 왔다 갔다 하다가 마침내 무슈 프와네가 고개를 숙이고 이쪽으로 걸어오는 것을 보았다. 가슴이 떨렸으나 용기를 내어 그에게 다가갔다.

"죄송합니다, 선생님. 잠깐 드릴 말씀이 있는데요."

프와네는 그를 힐끗 쳐다보았다. 그를 알아보는 듯했지만 인사로나마 웃음도 짓지 않았다.

"말하게."

"제가 파리에 와서 선생님 지도를 받으며 공부를 한 지 이 년 가까이 되었습니다. 제가 공부를 계속할 만하다고 생각하시는지 선생님의 솔직한 말씀을 듣고 싶습니다."

목소리가 떨려 나왔다. 프와네는 고개를 숙인 채 계속 걸음을 옮겼다. 필립은 그의 얼굴을 살펴보았으나 전혀 표정의 변화를 읽을 수 없었다.

"무슨 말인지 모르겠네."

"전 돈이 없습니다. 재능이 없다면 차라리 딴 일을 하겠습니다."

"재능이 있는지 없는지 모른단 말인가?"

"친구들은 다들 스스로 재능이 있다고 생각합니다만, 개중에는 잘못 생각하고 있는 사람도 있다는 걸 알고 있습니다."

독설가 프와네의 입가에 희미하게 미소가 스치는 듯하더니 그는 물었다.

"자네 이 근방에 사나?"

필립은 그의 작업실이 어딘지를 말해 주었다. 프와네는 발길을 돌렸다.

"가세. 자네 그림을 보여 주게나."

"지금 말입니까?" 필립이 놀라 물었다.

"안 될 게 뭔가."

필립은 할 말을 잃고 말았다. 그는 묵묵히 스승의 옆에서 걸음을 옮겼다. 불안하여 견딜 수 없었다. 프와네가 그 자리에서 당장 그림을 보자고 할 줄은 상상도 못 한 일이었다. 마음의 준비를 할 시간을 가질 수 있도록, 언제 한번 와서 봐줄 수 있겠는가, 아니면 선생의 스튜디오로 그림을 직접 가져가도 되겠는가를 물어보려던 것뿐이었다. 걱정이 되어 몸이 떨렸다. 속으로 그는 프와네가 자기 그림을 보고 웬만해선 웃지 않는 그 얼굴에 미소를 떠올리기를, 그리고 손을 내밀어 악수하면서 "'파 말.(나쁘지 않군.)' 계속해 보게나. 자네에겐 재능이 있어. 진짜 재능 말야."라고 말해 주길 바랐다. 그렇게 생각하니 필립의 마음은 부풀어 올랐다. 얼마나 안심이 되고, 얼마나 기쁘겠는가? 이제 용기를 내어 계속할 수 있다. 결국에는 다다를 길이라면, 고생이 무슨 문제이고, 가난과 실망이 무슨 문제이겠는가? 지금까지도 열심히 노력해 왔다. 그 모든 노력이 헛되다면 너무 잔인한 일이 아니겠는가? 그때 퍼뜩 패니 프라이스도 바로 그렇게 말했던 것이 생각났다. 그들이 집에 도착했을 때 필립은 걷잡을 수 없는 두려움에 사로잡혔다. 용기만 있었더라면 프와네에게 돌아가 달라고 했을 것이다. 진실을 알기가 싫었다. 그들이 들어가자 관리인이 그에게 편지 한 통을 내밀었다. 봉투를 힐끗 보니 백부의 필체였다. 프와네는 그를 따라 층계를 올라왔다. 필립은 아무 말도 생각나지 않았다. 프와네도 입을 닫고 있었다. 침묵이 신경에 거슬릴 정도였다. 교수는 자리에 앉았고, 필립은 아무 말 없이 살롱에서 퇴짜맞은 그림을 그 앞에 내놓았다. 프와네는 고개를 끄덕였지만 입을 열지는 않았다. 그래서 필립은 루스 챌리스를 그린 두 점의 초상화와 모레의 산에서 그린 두세 점의 풍경화, 그리고 여러 점의 스케치를 그에게 보여 주었다.

"이게 전부입니다." 마침내 그는 초조하게 웃으면서 말했다.

무슈 프와네는 담배를 말아 불을 붙였다.

"가진 돈이 얼마 없다고 했나?" 그가 이윽고 입을 열었다.

"네, 아주 조금밖에는." 심장이 갑자기 싸늘해지는 느낌을 받으며 필립이 대답했다. "먹고살기에도 힘이 듭니다."

"세상에 가장 굴욕스러운 일은 말이지, 먹고사는 걱정에서 헤어나지 못하는 일이야. 난 돈을 멸시하는 사람들을 보면 경멸감밖에 들지 않네. 그런 자들은 위선자가 아니면 바보야. 돈이란 제 육감과 같아. 그게 없이는 다른 오감을 제대로 사용할 수가 없지. 적정한 수입이 없으면 인생의 가능성 가운데 절반은 막혀 버리네. 딱 한 가지 조심해야 할 것은 한 푼 벌면 한 푼 이상 쓰지 않아야 한다는 거야. 예술가에겐 가난이 제일 좋은 채찍이 된다는 말들을 하잖나. 그렇게 말하는 사람들은 가난의 쓰라림을 직접 겪어 보지 못해서 그래. 가난이 사람을 얼마나 천하게 만드는지 몰라. 사람을 끝없이 비굴하게 만드네. 사람의 날개를 꺾어 버리고, 암처럼 사람의 영혼을 좀먹어 들어가지. 부자가 되어야 한다는 건 아니야. 하지만 적어도 품위를 유지할 수 있는 정도, 방해받지 않고 일을 할 수 있고, 니그럽고 숟지할 수 있을 정도, 그리고 독립적으로 살 수 있을 정도는 되어야지. 나는 말이야, 글을 쓰건 그림을 그리건 예술 하는 사람이 먹고사는 일을 자기 예술에만 의존한다면 그런 사람을 정말 가련하게 보네."

필립은 조용히 그림들을 치웠다.

"그러니까 제겐 별 가망이 없다는 말씀이시군요."

무슈 프와네는 가볍게 어깨를 으쓱했다.

"자네에겐 손재주가 어느 정도 있네. 끈기 있게 노력하면 꼼꼼하면서도 쓸 만한 화가가 되지 말란 법은 없지. 자네보다 못한 화가들도 수백 명이 되고, 자네 정도 그리는 화가들도 수백 명은 되네. 자네가 내게 보여 준 그림들에 재능은 안 보이네. 열성과 지성은 있어. 자넨 보통 이상의 화가는 되지 못할 거야."

필립은 침착하게 대답하려고 애썼다.

"일부러 시간을 내 주셔서 감사합니다. 뭐라고 감사드려야 할지."

무슈 프와네는 일어나 가려다가 생각을 바꾼 듯, 걸음을 멈추고 필립의 어깨에 손을 얹고 말했다.

"자네가 내 충고를 바란다면 말일세, 이렇게 말하고 싶네. 용기를 내어 딴 일에 운을 걸어 보라고 말일세. 가혹하게 들릴지 모르겠네만 들려주고 싶은 말은 이거네. 내가 자네 나이 때 누가 내게 그런 충고를 해 주었다면, 그리고 내가 그 충고를 받아들였다면 정말 얼마나 좋았을까 싶네."

필립은 놀라 그를 쳐다보았다. 프와네는 억지로 입가에 웃음을 띠었지만 눈빛은 여전히 심각하고 서글퍼 보였다.

"때가 너무 늦은 뒤에 자신의 범용을 발견한다는 건 끔찍한 일이야. 그렇다고 인격 수양이 되는 것도 아니고."

말을 마치면서 가볍게 웃어 대더니 그는 빠른 걸음으로 방을 나가 버렸다.

필립은 백부로부터 온 편지를 기계적으로 집어 들었다. 백부가 직접 편지를 써 보냈다는 것이 마음을 불안스럽게 했다. 늘 편지를 써 보낸 사람은 백모였던 것이다. 백모는 지난 석 달 동안 병석에 누워 있었다. 그가 백모를 보러 영국으로 건너가겠다고 했으나 그녀는 공부에 방해가 된다며 한사코 오지 말라고 했다. 필립을 번거롭게 하고 싶지 않았던 것이다. 팔월까지 기다릴 테니 그때 와서 두세 달쯤 묵다 갔으면 좋겠다고 했다. 병세가 악화되면 꼭 알리겠다고 했다. 그를 만나 보지 않고 죽고 싶지는 않으니 말이다. 백부가 편지를 썼다면 백모가 펜을 잡을 수 없을 만큼 위중한 상태임을 뜻한다. 필립은 편지를 뜯었다. 내용은 이러했다.

필립 보아라.

가슴 아픈 기별이다만 너의 백모가 오늘 새벽에 이 세상을 하직하였다. 갑작스러웠으나 평온하게 떠났다. 병세가 순식간에 악화되었기 때문에 네게 연락을 취할 틈이 없었다. 너의 백모는 마지막 순간을 위해 마음의 준비를 하고 있어서, 은혜로운 부활을 확신하고 은혜로운 우리 주 예수 그리스도의 뜻에 모든 걸 맡기고 영면에 들어갔다. 너의 백모는 네가 장례식에 오기를 바랐을 것이니 되도록이면 빨리 와 주리라 믿는다. 당연한 일이지만, 처리해야 할 일들이 한두 가지가 아니라 심란하기 짝이 없다. 모든 일을 네가 나 대신 처리할 수 있으리라 믿는다.

큰아버지 윌리엄 케리

52

이튿날 필립은 블랙스터블에 도착했다. 어머니가 세상을 떠난 뒤로 가까운 사람을 여윈 것은 이번이 처음이었다. 백모의 죽음은 충격을 주었을 뿐 아니라 야릇한 공포감마저 불러일으켰다. 처음으로, 나도 언젠가 죽겠구나, 하는 생각이 들었다. 늘 곁에 있으면서 사십 년이나 사랑하고 돌봐 주었던 여인을 잃고 백부가 어떻게 살아갈 수 있을지도 짐작할 수 없었다. 그는 백부가 절망적인 슬픔에 빠져 있으리라 생각했다. 첫 대면을 어떻게 해야 할지 걱정이었다. 도움이 될 만한 말이 있을 리 없었다. 그래도 적당한 말을 찾아 이것저것 연습해 보았다.

그는 옆문으로 사제관에 들어가 식당으로 갔다. 윌리엄 백부는 신문을 읽고 있었다.

"기차가 늦었나 보구나." 그가 고개를 들며 말했다.

필립은 슬픔을 억누를 수 없으리라 생각하고 마음의 준비를 하고 있었다. 그런데 뜻밖에 사무적인 응대를 받고 놀라지 않을 수 없었다. 억제된 그러나 평온한 태도로 백부는 그에게 신문을 내밀었다.

“《블랙스터블 타임스》 지에 네 백모 기사가 조그맣게 났는데 아주 잘 썼다.”

필립은 기계적으로 기사를 읽었다.

“올라가서 뵙겠느냐?”

필립은 고개를 끄덕이고 백부와 함께 위층으로 올라갔다. 루이자 백모는 꽃에 싸여 커다란 침대 한가운데에 누워 있었다.

“기도라도 짤막하게 하지 않겠니?” 사제가 말했다.

사제는 무릎을 꿇었다. 그것은 따라서 하라는 뜻이었기 때문에 필립도 같이 무릎을 꿇었다. 그는 쭈글쭈글해진 백모의 작은 얼굴을 바라보았다. 오직 한 가지 느낌뿐이었다. 얼마나 부질없는 인생이었던가! 케리 씨는 곧 가벼운 기침을 하면서 자리에서 일어섰다. 그는 침대 발치의 화환을 가리키며 말했다.

“이건 지방 유지가 보낸 거다.” 그는 교회 안에서 말하듯이 나지막이 말했다. 성직자답게 차분하고 여유 있음을 느낄 수 있었다. “간식 준비가 되었을 거다.”

그들은 다시 식당방으로 내려왔다. 내려진 차양이 처량한 분위기를 자아냈다. 사제는 늘 아내가 앉아서 격식을 갖춰 차를 따랐던 테이블 끝자리에 앉았다. 필립의 느낌으로는 두 사람 다 아무것도 입에 댈 수 없어야 마땅했다. 하지만 백부의 입맛이 여전함을 보고 그도 여느 때처럼 열심히 먹고 마셨다. 두 사람은 한동안 입을 열지 않았다. 필립은 적당히 슬픈 표정을 띠고 잘 만들어진 케이크를 먹기 시작했다.

"내가 보좌사제 하던 때와는 세상이 많이 달라졌다." 사제가 마침내 입을 뗐다. "내가 젊었을 때는 조문객들에게 검은 장갑이랑 모자에 두르는 검은 비단 띠를 나눠 줬지. 루이자는 그 비단 조각을 모아 옷을 만들었어. 늘 입버릇처럼, 장례식에 열두 번만 가면 새 옷 한 벌은 짓는다고 했지."

그리고 그는 필립에게 누가 화환을 보내 주었는지 말해 주었다. 지금까지 들어온 게 스물네 개인데, 펀 교무구 관할사제의 롤링슨 부인이 별세했을 때는 서른두 개를 받았다더라. 하지만 내일이면 훨씬 많이 들어올 것이다. 장례는 사제관에서 열한 시에 시작할 예정이니까 롤링슨 부인을 넘어서기는 어렵지 않을 것이다. 루이자는 롤링슨 부인은 좋아한 적이 없었지.

"장례는 내가 직접 치를 예정이다. 남을 시켜 매장하진 않겠다고 루이자와 약속했으니까."

백부가 두 번째 케이크를 집어 들자 필립은 못마땅하게 바라보았다. 이런 상황에서는 게걸스럽다고 하지 않을 수 없었다.

"메리 앤은 정말 케이크를 잘 만든단 말야. 그런 케이크를 만들어 줄 사람은 다시 없을 것이다."

"그만두는 건 아니죠?" 필립은 놀라 소리쳤다.

메리 앤은 그가 아주 어렸을 적부터 사제관에 있었다. 그녀는 그의 생일을 한 번도 잊지 않고 늘 조그맣고 엉뚱하지만 감동적인 선물을 보내 주었다. 그는 메리 앤이 정말 좋았다.

"그만둔다." 케리 씨는 대답했다. "집안에 독신 여자를 둔다는 건 아무래도 좋지 않을 것 같아서 말이다."

"아니, 나이 사십이 넘었을 텐데요."

"그래, 아마 그럴 거다. 한데 요즘 좀 문제가 있다. 너무 제멋대로 하고 싶어한단 말야. 그만두라고 하기에는 이 기회가 좋겠다 싶었다."

"하기야 그런 기회는 다시 없겠죠." 하고 필립이 말했다.

필립이 담배를 꺼내자 백부가 말렸다.

"장례를 치를 때까지는 참아라, 필립." 그는 부드럽게 말했다.

"알겠습니다."

"루이자 백모가 위층에 있는데 집 안에서 담배를 피운다는 건 점잖치 못한 일 같다."

장례가 끝나자 교회위원이자 은행 매니저인 조사이아 그레이브스가 저녁식사를 같이 하기 위해 사제관에 왔다. 식당방의 차일이 올려져 있어서 필립은 저도 모르게 안도감이 들었다. 집 안에 시신이 있어 불안했던 것이다. 살아 있을 때 친절하고 상냥하기 그지없는 여인이었건만 위층 침실에 차갑고 뻣뻣한 시신이 되어 누워 있으니 살아 있는 사람에게 어쩐지 사악한 영향을 끼칠 것만 같았다. 그런 생각을 하니 소름이 끼쳤다.

필립은 식당방에서 교회위원과 잠시 단둘이 있게 되었다.

"자네가 당분간 백부와 같이 지내면 좋겠네만. 그 양반이 아직은 혼자 있어서는 안 될 거야." 그가 말했다.

"아직은 계획이 없습니다. 큰아버님이 원하시면 그래야죠." 필립이 말했다.

저녁을 먹는 동안 교회위원은 아내를 여읜 사람을 위로할 생각으로 얼마 전에 감리교파 예배당 일부를 태웠던 블랙스터블의 화재 이야기를 꺼냈다.

"보험에 들지 않았다더군요." 그가 빙긋이 웃으며 말했다.

"그래도 무슨 걱정이겠소." 사제가 말했다. "교회 신축 헌금을 얼마든지 걷을 텐데. 예배당 사람들은 돈을 언제나 잘 내잖소."

"홀든이 화환을 보냈더군요."

홀든은 비국교파 목사였다. 케리 씨는 길거리에서 그를 보면 그들 모두를 위해 죽으신 그리스도를 위해 목례를 보내기는 했지만 말은 붙이지 않았다.

"하여간 대단했소." 하고 사제가 말했다. "화환이 마흔한 개가 들어왔어요. 당신이 보낸 것 보기 좋습디다. 필립도 그렇고 나도 그렇고 아주 맘에 들었어요."

"원 별말씀을." 은행가가 말했다.

자기 것이 제일 크다는 것을 알고 그는 기분이 흐뭇했다. 모양도 아주 근사했다. 그들은 장례에 참석했던 사람들 이야기를 꺼냈다. 장례를 위해 가게들이 문을 닫았었다. 교회위원은 게시문 인쇄한 것을 주머니에서 꺼냈다. 거기에는 '케리 부인의 장례식으로 인하여 본 업소는 오후 한 시까지 문을 열지 않습니다.'라고 인쇄되어 있었다.

"제가 그렇게 하도록 했죠." 그가 말했다.

"고마우시게도 다들 가게 문까지 닫으시고." 사제가 말했다. "망인도 고마워할 겁니다."

필립은 저녁을 먹었다. 메리 앤이 특별히 일요일처럼 차려 식탁에는 닭고기 구이와 구스베리 타르트[218]가 올라 있었다.

"비석은 아직 생각해 보지 않으셨지요?" 교회위원이 물었다.

"아니, 생각해 두었어요. 그냥 수수한 돌 십자가로 해야겠어요. 루이자는 유난한 걸 싫어했으니까."

"십자가보다 더 좋은 거야 없죠. 비문도 생각하고 계실지 모르겠습니다만, 혹 이건 어떻습니까? '그리스도와 함께하여 더 행복하도다.'라고 하는 것 말입니다."

사제는 입을 꼬옥 다물었다. 뭐든지 제 마음대로 정하려 드는 게 꼭 비스마르크 같았다. 문구도 마음에 들지 않았다. 꼭 남편을 비방하는 말같이만 들렸다.

"그건 적당한 거 같지 않고. 난 이게 더 좋아요. '주님께서 주시고, 거두시도다.'"

"아니, 그러세요? 그건 언제나 좀 무심하다는 느낌이 들던데."

그 말에 사제는 뼈 있는 말로 대꾸했고, 그레이브스 씨는 그레이브스 씨대로 아내를 잃은 사람이 듣기에는 이 일에 너무 월권적이라고 여겨질 만한 투로 받았다. 사제는, 남편이 자기 아내의 비문을 고르지 못한다면 그건 좀 지나친 것 아니냐고 했다. 두 사람 사이에 잠시 침묵이 흘렀다. 그러다 어물쩍 교무구 이야기로 넘어갔다. 필립은 파이프를 피우기 위해 뜰로 나갔다. 벤치에 앉아 그는 갑자기 미친 듯이 웃어 대기 시작했다.

---

218) 구스베리 열매로 만든 파이를 말한다.

며칠이 지난 뒤 백부는 필립에게 블랙스터블에서 몇 주 더 머물다 갔으면 좋겠다는 뜻을 비쳤다.

"그러죠. 저에게도 좋으니까요."

"파리에는 구월에나 가면 좋겠다 싶다만."

필립은 대답하지 않았다. 프와네가 한 말을 곰곰이 생각해 보았지만 아직 결정을 내린 게 아니라서 장래에 대해 말하고 싶지 않았다. 뛰어난 화가가 될 수 없음을 확실하게 깨달은 한, 그림을 그만두는 것이 좋은 결정일 수 있었다. 하지만 안타깝게도 당사자에게만 좋은 결정으로 여겨질 뿐, 남에게는 패배를 인정하는 것으로 비칠 것이다. 패배를 고백하고 싶지는 않았다. 필립은 고집스러운 사람이었다. 그래서 어느 방면에 재능이 없다 싶으면 오히려 무리를 해서라도 그 방향에 목표를 세우려는 경향이 있었다. 그는 친구들의 비웃음을 견디지 못했다. 성격이 그러했기 때문에 그림 공부를 과감하게 그만두는 일은 불가능할지도 몰랐다. 하지만 다른 환경에 들어서자 갑자기 세상이 달라 보였다. 남들도 그랬지만 영국 해협 이쪽으로 건너오고 나니 이제까지 중요하게 여겨졌던 일들이 한없이 부질없는 일처럼 느껴졌다. 너무 매혹적이라 좀처럼 버릴 수 없을 것만 같던 생활도 이제는 다 어리석게 여겨졌다. 카페며, 형편없는 음식이 나오는 식당들이며, 화가 지망생들의 구질구질한 생활들이 이제는 역겹게만 느껴졌다. 친구들이 어떻게 생각하든 상관없다는 생각이 들었다. 말재주 번지르르한 크론쇼, 거드름 떠는 미세스 오터, 가식덩어리 루스 챌리스, 밤낮 싸우는 로슨과 클러튼, 이제 다들 지겨웠다. 그는 로슨에게 편지를 써서 제 짐들을 다 부쳐 달라고 했다. 일주일이 지나자 짐이 왔다. 캔버스 묶음을 풀면서 필립은 이제 차분한 마음으로 자신의 그림을 바라볼 수 있게 되었음을 느꼈다. 그럴 수 있다는 게 흥미로웠다. 백부가 그의 그림을 보고 싶어 했다. 필립이 파리에 가겠다고 했을 때는 펄펄 뛰던 사람이 이제는 사태를 아주 차분하게 받아들이고 있었다. 오히려 미술학도들의 생활에 관심을 보여 이것저것 줄곧 물어 댔다. 필립이 화가라는 사실이 은근히 자랑스럽기까지 한지 사람들 앞에서 필립에게 그림에 관한 말을 시키려 하기도 했다. 그는 필립이 보여 준 모델 습작들을 열심히 들여다보았다. 필립은 백부에게 미겔 아후리아의 초상을 보여 주었다.

"어째 이런 사람을 그린 거냐?" 케리 씨가 물었다.

"모델이 필요했는데 마침 이 사람의 두상이 재미있어서요."

"여기에서 할 일도 별로 없을 텐데 내 초상이나 하나 그려 주면 어떠냐?"

"지루해서 앉아 계시지 못할 거예요."

"괜찮을 것 같다."

"생각해 보죠."

필립은 백부의 허영심이 재미있었다. 아무래도 초상화를 그리게 하고 싶어 안달이 난 모양이었다. 돈 안 들이고 뭔가 얻을 수 있는 기회를 놓칠 수 없다고 생각하는지. 이삼 일 뒤, 백부는 또 은근히 재촉을 했다. 필립을 게으르다고 나무라면서 일은 언제 시작할 거냐고 물었다. 급기야는 만나는 사람마다 붙들고 필립이 자기 초상화를 그리기로 했노라고 떠드는 것이었다. 마침내 어느 비 오는 날, 백부는 아침을 먹은 뒤에 필립에게 말했다.

"자, 오늘 아침 내 초상화를 시작해 보는 게 어떠냐." 필립은 읽던 책을 내려놓고 뒤로 기대앉으면서 말했다.

"전 그림 그만뒀어요."

"아니, 왜?" 백부가 깜짝 놀라 물었다.

"이류 화가가 되어 보았자 별 뜻이 없잖아요. 전 이류 화가 이상은 될 수 없다는 결론을 내렸습니다."

"사람을 놀라게 하는구나. 파리에 가기 전만 해도 네가 천재라고 자신만만하지 않았느냐."

"잘못 생각했던 거예요." 필립이 말했다.

"일단 일을 선택했으면 긍지를 가지고 그 일에 매진해야 한다고 생각한다. 내 보기엔 넌 인내심이 부족한 것 같다."

필립은 자기가 얼마나 힘들고 훌륭한 결정을 내렸는지를 백부가 이해해 주지 못하는 게 안타까웠다.

"우물을 파더라도 한 우물을 파라고 했다." 사제는 말을 이었다. 필립은 이 속담이 제일 싫었다. 자기에게는 전혀 의미 없는 속담이었다. 전에도 백부는 필립이 회계사 일을 그만두려고 했을 때 잔뜩 설교를 늘어놓으면서 그 속담을 인용하곤 했었다. 필립의 후견인에게 그때 일이 떠오른 모양이었다.

"이제 너는 어린애가 아냐. 자리를 잡고 안정할 생각을 해야지. 처음에는 공인회계사가 되겠다고 우겼다가 곧 싫증을 내고 화가가 되고 싶다고 했다. 그런데 이제 또 멋대로 생각을 바꾸다니. 그건 말이다, 네가……."

그는 필립의 성격적 결함을 정확히 지적하는 말을 찾으려고 잠시 머뭇거렸다. 필립이 대신 말끝을 맺어 주었다.

"우유부단하고, 무능하며, 앞을 내다보지 못하고, 의지가 약하다는 거겠죠."

사제는 조카가 자기를 비웃고 있지 않나 하여 얼른 눈을 들어 필립을 바라보았다. 필립은 정색한 표정이었지만 눈에 웃음기가 있어 사제의 화를 돋우었다. 농지거리가 아니라 정말 진지한 이야기를 해야 할 자리가 아닌가. 이런 때는 좀 혼을 내는 게 옳다는 생각이 들었다.

"네 돈은 이제 나와는 상관없다. 너도 이제 독립된 인간이고. 하지만 이것만은 명심해 두어야 할 것이다. 네게 한없이 쓸 만한 돈이 있는 게 아니라는 것, 그리고 불행한 일이지만 네 신체가 불편하여 돈 벌기가 남만큼 쉽지가 않다는 것 말이다."

필립이 이제 알게 된 것은, 누구든 자기에게 화가 나면 맨 먼저 그의 불구에 대해 말하고 싶어한다는 점이었다. 누구도 그 유혹을 이겨 내지 못한다는 사실로써 필립은 인간이라는 것을 이해할 수 있었다. 하지만 필립도 수련을 쌓아 상대방의 모욕에도 상처받은 티를 내지 않을 수 있게 되었다. 어렸을 적에는 얼굴 빨개지는 일이 참으로 견디기 어려운 괴로움 가운데 하나였지만 이제는 그것도 억제할 수 있게 되었다.

"바로 말씀하셨어요. 제 돈은 이제 백부님과 상관이 없고 저는 독립된 인간입니다."

"어쨌든 너도 인정할 건 인정해야 한다. 네가 그림 공부를 하겠다고 했을 때 내가 반대를 했는데 역시 내 말이 옳았다는 것 말이다."

"그 점은 잘 모르겠어요. 하지만 이렇게 말하고 싶군요. 남의 충고에 따라 옳은 일을 하여 얻는 것보다 스스로 애쓰다 잘못한 실수를 통해 더 많은 것을 얻을 수 있다고요. 저는 제가 하고 싶은 것을 해 본 거예요. 그리고 이제 생활을 정돈해도 나쁠 것 없구요."

"어떻게 하겠다는 거냐?"

이 물음에 대해서는 필립도 대답이 마련되어 있지 않았다. 아직 확고한 결심이 서지 않았기 때문이었다. 여남은 개의 직종을 따져 보고 있던 참이었다.

"네게 제일 적합한 것은 아무래도 네 선친의 직업을 이어받아 의사가 되는 일일 게다."

"이상하네요. 저도 바로 그걸 생각하고 있었는데."

그는 여러 직업 가운데에서도 의사 일을 하면 어떨까 하고 생각하던 참이었다. 무엇보다 개인적인 자유가 많이 주어지는 직업 같았고, 사무실에서 겪은 인생 경험에 따라 앞으로 다시는 사무실 근무를 하지 않으리라는 결심이 섰기 때문이었다. 그런데 사제와 한참 말싸움을 하고 있던 터라 그러한 대답이 자기도 모르게 튀어나와 버렸던 것이다. 앞일을 이런 식으로 우연하게 결정하는 것도 재미있겠다 싶었다. 그래서 내친김에 그는 그 자리에서, 오는 가을에 아버지가 나갔던 병원에 들어가리라고 마음을 굳혀 버렸다.

"그럼 파리에서 보낸 이 년은 완전히 허송세월이라 해도 되겠구나."

"글쎄요. 이 년을 재미있게 보냈을 뿐더러, 유용한 것도 꽤 배웠으니까요."

"무얼 배웠단 말이냐?"

필립은 잠시 생각한 다음 대답했다. 백부를 얼마간 놀려 주고 싶은 생각이 없지 않았다.

"사람의 손을 보는 법을 배웠어요. 전에는 전혀 볼 줄 몰랐거든요. 그리고 집이나 나무를 볼 때 하늘을 배경으로 보는 법도 배웠고요. 또 그림자가 검정색이 아니라 색깔이 있다는 것을 배웠습니다."

"넌 스스로 네 자신이 꽤 똑똑하다고 생각하는 모양인데, 네 그 경박한 말은 알맹이라고는 전혀 없는 공허한 말에 지나지 않는다."

53

케리 씨는 신문을 집어 들고 서재로 들어가 버렸다. 필립은 백부가 앉았던 의자―그 방에서 안락한 의자라고는 그것뿐이었다.―에 옮겨 앉아 창 너머로 억수같이 쏟아지고 있는 비를 바라보았다. 울적한 날씨였지만 그런 날씨에도 지평선으로 뻗은 푸른 들에는 어떤 아늑함이 깃들어 있었다. 지금까지는 한 번도 느끼지 못했던 무언가 친밀한 매력이 그 풍경 속에 있었던 것이다. 프랑스에서 이 년을 보낸 덕분에 고향 산하의 아름다움에 눈을 뜨게 된 것일까.

그는 백부의 말을 생각하며 혼자 빙그레 웃었다. 백부가 나무란 대로 그의 심성이 경박스러워졌다면 오히려 다행이었다. 양친의 죽음이 자신의 삶에 얼마나 큰 손실이었던가를 그는 요즘에야 깨닫기 시작하고 있었다. 그것이 남들과는 다른 점이었고 그 때문에 그는 만사를 남들처럼 보지 못했던 것이다. 자식에 대한 부모의 사랑만이 진정하게 조건 없는 사랑이었다. 낯선 사람들 사이에서 살아온 사람치고는 잘 성장한 셈이었지만 사람들은 그에게 인내와 관용을 가지고 대한 적이 별로 없었다. 그는 이제 자제력을 갖추게 되어 자랑스러웠다. 동료들의 놀림이 채찍이 되었던 덕분이었다. 그래서 이제 동료들은 그를 냉소적이고 무뚝뚝한 사람이라고 했다. 그에게는 냉정한 태도와 어떤 경우에도 감정을 드러내지 않는 의연한 태도가 갖추어져 있었던 것이다. 사람들은 그더러 무감정하다고 했다. 하지만 필립은 자신이 감정의 노예임을 알고 있었다. 우연한 친절에도 쉽게 감격해 버렸고, 때로는 목소리가 떨려 나올까 봐 말을 하지 못했던 경우도 있었다. 고통스러웠던 학교 생활, 참아 내야만 했던 그 굴욕, 창피스러운 꼴을 당하지 않으려는 병적인 강박 관념을 낳게 한 학우들의 조롱이 떠올랐다. 그 뒤로 세상과 부딪혀 살면서 겪었던 외로움, 거침없는 상상력으로 세상에 기대했던 것과 실제로 겪은 현실의 격차가 주었던 환멸과 실망도 떠올랐다. 하지만 이제 그는 자신을 객관적으로 바라보고 즐겁게 미소 지을 수 있게 되었다.

"그래, 내가 경박해지기라도 하지 않았다면 자살이라도 했을 것이다." 그는 유쾌한 기분으로 중얼거렸다.

백부가 파리에서 무엇을 배웠느냐고 물었을 때 대답했던 말이 다시 떠올랐다. 그가 배운 것은 백부에게 말한 것보다 훨씬 많았다. 언젠가 크론쇼와 나누었던 대화가 좀처럼 잊히지 않았다. 평범한 말이라고도 할 수 있었지만 그의 말 한마디가 끊임없이 머릿속에서 맴돌았다.

"이보게, 보편적인 도덕률 따윈 존재하지 않아." 크론쇼는 그렇게 말했다.

기독교를 믿지 않기로 했을 때 필립은 어깨에 짊어진 무거운 짐 하나를 벗어 버린 느낌이었다. 그는 하나하나의 행위가 불멸하는 영혼의 운명을 결정짓는 데 무한히 중요하다고 배웠다. 그런데 이제 그 모든 행동을 짓누르고 있던 책임을 벗어 버리자 그는 해방의 느낌을 생생하게 체험할 수 있었다. 그러나 지금에 와서 생각해 보니 그것도 하나의 환상이었다. 자라면서 몸담아 왔던 종교를 버렸다고 생각했지만 여전히 그것의 일부인 도덕만은 소중히 간직하고 있었던 것이다. 그래서 이제 그는 모든 것을 혼자 힘으로 생각해 내기로 했다. 어떤 편견에도 휩쓸리지 않겠노라고 단단히 다짐했다. 자기 힘으로 삶의 법칙을 찾아내야겠다고 생각하면서 그는 미덕과 악덕, 기존의 선악의 법칙을 모조리 쓸어 내 버렸다. 규준이라는 것이 도대체 필요한가도 알 수 없는 일이었다. 그것도 알고 싶은 것 가운데 하나였다. 옳다고 여겨지는 것들은 대부분 어린 시절에 그렇게 배웠기 때문에 그렇게 보일 뿐이라는 게 분명했다. 책을 많이 읽었지만 하나같이 기독교 도덕에 바탕을 둔 것이라 별 도움이 되지 않았다. 기독교 도덕 따위는 믿지 않는다고 역설한 사람들의 글도 산상 수훈을 따르는 윤리학의 체계를 수립하지 않고서는 만족할 줄 몰랐다. 결국은 남들과 똑같이 행동해야 한다는 것을 배우기 위해서라면 아무리 두터운 책을 읽어 보았자 쓸모가 없다. 필립은 자신이 어떻게 행동해야 하는가를 알고 싶었다. 이제는 주변의 의견에 영향 받지 않을 자신이 있었다. 하지만 그러는 가운데에도 살아가기는 해야 했다. 그래서 행위의 이론을 수립하기까지 그는 임시적인 규준을 세웠다.

"모퉁이 저편에 경찰이 있다는 것을 명심하되, 마음이 원하는 바를 따르라."

철저한 정신의 자유, 그것이 파리 생활에서 얻은 최고의 수확이라는 생각이 들었다. 마침내 그는 완전한 자유를 얻었음을 느꼈다. 산만하게나마 지금까지 철학 책은 꽤 읽은 셈이었다. 앞으로 몇 달 동안 여유를 가지고 책을 읽을 수 있다고 생각하니 한량없이 기뻤다. 그는 닥치는 대로 책을 읽기 시작했다. 새로운 사상 체계를 접할 때마다 그는 가벼운 흥분으로 떨면서 거기에서 혹 행위의 지침을 얻을 수 있지 않을까 기대하곤 했다. 미지의 나라를 여행하는 나그네와 같은 기분이 들었다. 앞으로 나아가면서 그는 점점 모험의 매혹에 빠져들었다. 남들이 문학을 읽을 때처럼 그는 철학을 감정에 빠져 읽었다. 마음속에 어렴풋이 가지고 있던 생각을 누군가의 멋진 글귀에서 발견하면 가슴이 뛰었다. 그의 정신은 구체성을 지향했기 때문에 추상적인 영역에서는 좀처럼 감동하지 않았다. 하지만 이성적 추론을 따라잡지 못할 때도 불가해한 영역의 언저리에서 제 갈 길을 영리하게 찾아 나가는 얽히고설킨 생각들을 따라가다 보면 야릇한 기쁨이 느껴졌다. 위대한 철학자의 글에서도 도움 될 만한 말을 발견하지 못하는 때도 있었다. 하지만 어떤 사람들의 정신은 아주 편안한 공감을 주었다. 갑자기 광활한 고지에 올라선 중앙아프리카의 탐험가 같은 기분이 들 때도 있었다. 거대한 나무들이 울창하게 서 있고 평원이 사방으로 쭉 펼쳐져 있다. 그럴 때면 그는 자신이 영국의 어느 공원에 있다고 생각하고 싶었다. 토머스 홉스[219]의 견실한 상식은 기쁨을 주었고, 스피노자[220]는 외경감을 불러일으켰다. 그처럼 고결하고, 그처럼 가까이하기 어렵고 그처럼 준엄한 정신을 만나기는 처음이었다. 스피노자의 정신은 그가 경탄해 마지않았던 로댕의 조각 「청동시대」를 떠오르게 했다. 그다음은 흄[221]이었다. 이 매력적인 철학자의 회의론은 필립에게 친족의 느낌을 불러일으켰다. 복잡한 사상을 음악적이면서 균제가 이루어진 쉬운 언어로 표현해 내고 마는 투명한 문

---

219) Thomas Hobbes(1588~1679). 영국의 철학자. 인간의 삶이 '만인에 대한 만인의 투쟁 상태'에 있다면 사회계약에 입각한 국가의 관리 기능이 중요하다고 보았다. 대표작은 『리바이어던(Levithan)』.

220) 바뤼흐 스피노자(Baruch Spinoza, 1632~1677). 네덜란드의 철학자. 『에티카』가 유명하다. 『인간의 굴레에서(Of Human Bondage)』라는 이 소설의 제목은 이 책의 제4부 제목에서 따온 것이다.

221) 데이비드 흄(David Hume, 1711~1776). 영국의 철학자이자 역사가. 대표적인 회의론자였으며 경험론을 주창했다. 대표작은 『인간 오성론(An Enquiry Concerning Human Understanding)』.

체에 취해 그는 입가에 기쁨의 미소를 띠고 마치 소설책을 읽듯이 읽어 내려갔다. 하지만 그가 찾는 것은 어느 누구에게도 없었다. 어디에서 읽었던가. 모든 사람은 플라톤주의자나 아리스토텔레스주의자, 아니면 금욕주의자나 쾌락주의자로 태어난다고. 한편 조지 헨리 루이스[222]의 이야기는 (철학이 헛소리라고 말하고 있을 뿐만 아니라) 철학자의 사상이란 그 사람 자체와 불가분의 관계가 있음을 보여 주었다. 그 점을 알면 그 사람이 쓴 철학을 대개 짐작할 수 있다는 것이었다. 그러고 보면 사람이란 생각하는 대로 행동하는 것이 아니라 자기가 돼먹은 대로 생각하는 것 같기만 하다. 진리란 사상과는 아무 관계도 없다. 진리라는 것은 존재하지 않는다. 사람은 저마다 철학자이며, 과거의 위대한 인물들이 세워 놓은 정교한 사상 체계라는 것도 그것을 쓴 본인들에게만 의미가 있을 뿐이다.

중요한 것은 요컨대 자기가 어떤 사람인가를 발견하는 일이며, 그러고 나면 철학 체계는 저절로 형성되어 나왔던 것이다. 필립에게는 알아내야 할 것이 세 가지라고 여겨졌다. 사람과 그가 몸담고 사는 세계와의 관계, 사람과 그가 함께 어울려 사는 다른 사람들과의 관계, 사람과 자기 자신과의 관계가 그것이었다. 필립은 정교하게 연구 계획을 세웠다.

외국에서 사는 경험이 주는 이점은 같이 어울려 사는 사람들의 행동 방식과 관습을 접하는 동안, 국외자로서 그들을 관찰하고 당사자들이 당연하게 믿고 있는 그 행동 방식과 관습

222) George Henry Lewes(1817~1878). 영국의 철학자, 비평가.

에 실은 어떤 필연성도 없다는 것을 깨닫는 것이다. 우리에게는 자명한 믿음도 외국인에게는 우스꽝스럽게 여겨진다는 사실을 반드시 발견하게 되는 것이다. 독일에서 보냈던 한 해, 파리에서 보냈던 두 해는 필립에게는 회의적인 가르침을 받아들이기 위한 준비 기간이었던 셈이다. 회의 사상은 안도의 느낌을 가져다주었다. 그는 이제 선한 것도 악한 것도 없음을 깨달았다. 만사는 목적에 순응할 뿐이었다. 그는 『종의 기원(On the Origins of Species)』[223]을 읽었다. 이 책은 그동안 그를 괴롭혔던 많은 문제를 해결해 주는 듯했다. 이제 그는 자연 탐험가 같은 기분이 들었다. 그는 어느 곳, 어느 자리에 반드시 어떤 자연적 특성이 나타날 것이라고 추론한다. 넓은 강을 거슬러 올라가니 과연 여기에 예상했던 지류가 있고, 저기에 생물들이 많이 사는 비옥한 초원이 나타나며, 더 나아가니 산맥이 보인다. 뭔가 위대한 발견이 이루어지면 뒤에 세상 사람들은 그 발견이 왜 그때 당장 인정받지 못했을까 하고 놀라게 되는데, 실은 그 발견을 인정한 사람들이 있다 하더라도 그 발견이 그들에게 미치는 효과는 미미하다. 『종의 기원』을 맨 처음 읽은 사람들도 이성적으로는 그것을 받아들였지만, 행동의 바탕이 되는 그들의 감정은 그 책에서 아무런 영향도 받지 않았던 것이다. 필립은 이 위대한 책이 나온 지 한 세대 뒤에 태어났다. 그래서 동시대인을 경악시켰던 많은 요소들이 이미 시

223) 영국의 학자 찰스 다윈(Charles Darwin, 1809~1882)이 1859년에 출간한 저서. 자연선택을 중요한 요인으로 해서 생물의 종은 진화한다는 이론을 내세워 전통적 세계관을 뒤흔든 책.

대 감정 속으로 사라져버려 이제 그는 즐거운 마음으로 그것을 받아들일 수 있었다. 그는 생존경쟁의 장엄함에 깊은 감명을 받았다. 그것이 암시하는 윤리적 규준은 그의 성향과 잘 맞아 들어가는 것 같았다. 힘이야말로 정의이다, 라고 그는 생각했다. 한편에는 성장과 자기 보존의 고유한 법칙을 가진 유기체인 사회가 있고, 다른 한편에는 개인이 있다. 사회는 자신에 이로운 행위를 미덕이라 부르고 그렇지 않은 것은 악덕이라 부른다. 선이니 악이니 하는 것은 그 이상 아무것도 뜻하지 않는다. 죄란 자유인이 벗어나야 하는 편견이다. 사회는 개인과의 경쟁에서 세 가지 무기를 가지고 있는데, 그것은 법, 여론, 양심이다. 앞의 두 가지에 대해서는 간지(奸智)로 대항할 수 있다. 꾀는 강자에 맞선 약자의 유일한 무기인 것이다. 들키지 않으면 죄가 아니라는 세상의 말은 이 현실을 잘 말해 준다. 하지만 양심은 내부의 반역자이다. 그것은 사람의 마음속에서 사회를 편들어 싸우며 개인으로 하여금 적의 번영을 위해 자신을 바치도록 만드는데 이것은 터무니없는 희생이다. 분명한 사실은 국가와 의식화된 개인, 이 양자는 화해가 불가능하다는 것이다. 전자는 자신의 목적을 위해 개인을 이용할 뿐, 방해자는 짓밟아 버리고, 충실하게 복종하는 자에게는 훈장, 연금, 명예 등의 상을 준다. 후자는 독립적인 사람의 경우에만 강할 뿐인데, 편의상 국가 안의 삶을 요령껏 살아 나가면서 어떤 혜택을 얻기 위해서는 돈도 내고 봉사도 하지만 의무감은 전혀 갖지 않는다. 또한 상에는 관심이 없기 때문에 생활을 간섭하지 않기만을 바란다. 그는 홀로 세상을 사는 나그네와 같아, 번거로움을 피하기 위해 쿡의 티켓[224]을 이용하기는 하지만 인솔자를 따라다니는 관광단을 경멸의 눈으로 바라본다. 자유인의 행동에 그릇된 행동이란 없다. 자유인은 마음이 내키면 무엇이든 한다. 그의 힘만이 자신의 도덕에 대한 유일한 척도이다. 국가의 법을 인정하며, 필요하면 위반도 하지만 죄의식은 갖지 않는다. 벌을 받게 될 때에는 벌을 받되 원한을 품지 않는다. 사회가 힘을 쥐고 있기 때문이다.

그러나 만약 개인에게 옳고 그름에 관한 생각이 없다면 양심이 힘을 잃게 되리라고 필립은 생각했다. 그는 양심이라는 악당을 가슴에서 끄집어내어 땅바닥에 내동댕이치면서 승리의 환호성을 내질렀다. 하지만 그가 이전보다 인생의 의미에 한 걸음이라도 더 가까이 간 것은 아니었다. 세상이 왜 존재하는가, 인간은 무엇 때문에 존재하게 되었는가, 하는 것은 여전히 알 수 없는 것이었다. 까닭이 있으리라는 것은 분명했다. 그는 크론쇼의 페르시아 양탄자 비유를 생각했다. 크론쇼는 수수께끼의 해답으로 그것을 주었다. 그리고 그 해답은 본인이 스스로 찾지 않는 한, 해답이 될 수 없다는 알쏭달쏭한 말을 했다.

'무슨 뜻으로 한 말일까?' 필립은 미소를 지으며 생각했다.

그리고 구월의 마지막 날, 필립은 그동안 깨우친 이 모든 삶의 이론들을 하루빨리 실천에 옮기고 싶은 마음에서, 천육백

224) 19세기 중엽, 토머스 쿡이 창업한 여행사에서 발행한 국내, 국외 여행 티켓.

파운드와 불구의 발을 가지고, 인생의 세 번째 출발을 위해 두 번째로 런던을 향해 출발했다.

54

필립이 공인회계사 견습을 시작하기 전에 친 시험은 의학교에 입학하는 데 충분한 자격이 됐다. 그는 성 누가 병원 의학교를 택했는데 그것은 선친이 그곳을 다녔기 때문이었다. 여름학기가 끝나기 전에 하루 시간을 내어 그곳 사무관을 만나두었다. 사무관으로부터 하숙집 주소록을 얻어 어느 우중충한 집에 숙소를 구했다. 걸어서 병원까지 이 분이 안 걸린다는 이점을 고려한 것이었다.

"해부할 때 어느 부분을 할 건지 정해야 해요." 사무관이 말했다. "다리부터 하는 것이 좋을 거예요. 다들 그렇게 하니까. 그게 쉽다고 생각하나 봐요."

첫 강의는 열한 시에 있는 해부학 강의였다. 필립은 열시 반쯤 절룩거리며 길을 건넌 다음, 약간 긴장된 기분으로 의학교를 향해 걸어갔다. 문을 들어서자 게시판에 강의 시간표, 축구 경기 일정 등 여러 가지 게시물이 붙어 있었다. 되도록 여유를 가지려고 하면서 그는 천천히 게시물을 들여다보았다. 젊은이들이 잇달아 들어와 우편함에서 편지를 뒤지기도 하고 서로 얘기를 주고받기도 하다가 학생 독서실이 있는 지하층으로 내려갔다. 대여섯 명의 젊은이가 얼떨떨한 표정으로 근처를 서성거리고 있었는데 필립은 이들도 자기처럼 신입생일 거라고 짐작했다. 게시문을 다 보았을 때쯤 그는 문득 무슨 진열실 같은 곳으로 통하는 유리문을 발견했다. 아직 이십 분쯤의 여유가 있어서 그는 안으로 들어갔다. 병리학 표본 진열실이었다. 얼마 있으니까 열여덟 살쯤 되어 보이는 소년이 그에게 다가왔다.

"일 학년이세요?" 그가 물었다.

"네." 필립이 대답했다.

"강의실이 어딘지 아세요? 열한 시가 다 되어 가는데."

"같이 찾아봅시다."

그들은 표본 진열실을 나와 침침하고 긴 복도로 들어갔다. 복도의 벽은 진하고 열은 두 가지 붉은색으로 칠해져 있었다. 다른 청년들이 걸어가는 방향으로 보아 가는 길을 짐작할 수 있었다. 이윽고 해부학 교실이라는 팻말이 붙은 교실이 나왔다. 들어가 보니 사람들이 이미 많이 와 있었다. 좌석은 계단식으로 되어 있었다. 필립이 들어갔을 때 한 조수가 들어와서 교실 연단에 있는 테이블 위에 물 한 컵을 갖다 놓고, 다시 나가 골반과 좌우 양쪽 대퇴골을 가지고 들어왔다. 학생들이 계속 더 들어와 자리를 잡고 앉았다. 열한 시가 되자 강의실 안이 거의 다 찼다. 학생이 육십 명가량 되었다. 대개는 필립보다 훨씬 어린 매끈매끈한 얼굴의 열여덟 소년들이었지만 필립보다 나이가 더 들어 보이는 학생들도 몇 있었다. 키가 크고 매섭게 보이는 붉은 콧수염을 기른 사내가 하나 눈에 띄었는데 삼십은 되어 보였다. 검은 머리의 한 작은 청년은 필립보다 한

두 살 어려 보였다. 안경을 끼고 회색 턱수염을 기른 사내도 있었다.

강사가 들어왔다. 캐머런이라는 머리가 희고 이목구비가 단정하게 잘생긴 남자였다. 학생들 이름을 일일이 불러 출석을 점검했다. 그런 다음 짤막한 인사말을 했다. 듣기 좋은 목소리로 적절한 어휘를 구사하여 말했는데 말을 세심하게 안배하는 일이 자못 즐거운 모양이었다. 그는 학생들이 사야 할 책을 한두 권 소개하고 해골을 하나씩 구입하도록 권했다. 해부학에 대해 그는 열정적으로 이야기했다. 외과학 공부에는 필수적이다, 해부학 지식은 미술 이해에도 도움이 된다고 했다. 필립은 귀를 바짝 세우고 들었다. 나중에 들은 이야기이지만 캐머런 씨는 왕립 미술원 학생들에게도 강의를 한다고 했다. 한때 도쿄 대학 강사로 있으면서 일본에서도 여러 해 살았다고 한다. 그는 미에 대한 감식안이 뛰어난 것을 자랑스럽게 여겼다.

"여러분이 배워야 하는 것 가운데에는 지겨운 것도 많습니다." 그는 관대한 미소를 지으면서 말을 마무리했다. "아마 그런 것들은 최종 시험에 통과하자마자 잊어버릴 겁니다. 하지만 해부학에서는 전혀 배우지 않는 것보다는 배우고 나서 잊어버리는 게 낫습니다."[225]

---

225) 앨프리드 테니슨의 유명한 시구를 변형시킨 말. 테니슨의 시 「인 메모리엄(In Memoriam)」에 이런 구절이 있다.

Tis better to have loved and lost
Than never to have loved at all.

그는 테이블 위에 놓여 있는 대퇴골을 집어 들고 설명을 하기 시작했다. 알기 쉽고 명료한 설명이었다.

강의가 끝나자 아까 병리학 표본실에서 필립에게 말을 걸었던, 그리고 교실에서는 필립 옆자리에 앉았던 소년이 해부실에 가 보지 않겠느냐고 했다. 필립과 소년은 다시 복도를 걸어 올라갔다. 어느 조수가 방의 위치를 가르쳐 주었다. 방에 들어서자마자 필립은 복도에서 풍기던 그 독한 냄새의 정체를 알 수 있었다. 그는 파이프에 불을 붙였다. 조수가 후훗 하고 짧게 웃었다.

"이제 곧 이 냄새에 익숙해질 걸세. 난 이젠 이 냄새를 모르지."

조수는 필립의 이름을 물으면서 칠판의 명단을 보았다.

"다리로군, 4번일세."

보니 다른 사람의 이름이 자기 이름과 함께 괄호 안에 묶여 있었다.

"이건 무슨 뜻이죠?" 그가 물었다.

"요즘 시신 구하기가 힘들어서 말야. 한 부분에 두 사람씩 배당했지."

해부실은 복도처럼 두 가지 색깔을 칠한 커다란 방으로 벽 윗부분은 선명한 연어색, 아래쪽 판벽은 짙은 적갈색이었다. 방의 양쪽 긴 벽면에 일정한 간격을 두고 벽과 직각으로 고기

사랑을 전혀 해 보지 못하는 것보다
실패를 하더라도 해 보는 것이 낫다.

접시처럼 홈이 패인 철판 해부대가 놓여 있었고 그 위에 시체가 한 구씩 놓여 있었다. 대부분 남자 시체였다. 방부 처리 때문에 모두 거무튀튀했고, 피부는 거의 가죽처럼 보였다. 다들 비쩍 마른 상태였다. 조수가 필립을 데리고 한 곳의 해부대로 갔다. 청년 하나가 옆에 서 있었다.

"학생이 케리예요?"

"그래요."

"아, 그럼 우리 둘이 이 다리를 해부하겠군요. 남자라 다행이네요. 안 그래요?"

"왜 그렇죠?" 필립이 물었다.

"대체로 남자를 선호한다네." 조수가 말했다. "여자에겐 비계가 많다나."

필립은 시체를 바라보았다. 팔다리가 너무 야위어 팔다리 같지 않았고, 갈비뼈는 앙상하게 튀어나와 살가죽이 그곳을 간신히 덮고 있을 따름이었다. 숱이 적은 잿빛 턱수염을 기른 마흔다섯 살쯤 되어 보이는 사내로 머리에는 빛바랜 머리카락이 듬성듬성 나 있었다. 눈은 감긴 채였고 아래턱이 푹 꺼져 있었다. 이 시체가 한때 살아 있던 사람이었다고 믿기지 않았다. 시신이 즐비하게 누워 있는 이 방 안에는 무언가 무섭고 흉흉한 분위기가 감돌았다.

"두 시에 시작할까 했는데." 필립과 같이 해부하기로 되어 있는 젊은이가 말했다.

"좋아요. 그때 이리 오죠."

필요한 해부 기구 상자는 전날 이미 사 두었고, 사물함도

배당받았다. 해부실을 같이 찾아왔던 학생의 얼굴을 보니 하얗게 질려 있었다.

"무섭나요?" 필립이 물었다.

"죽은 사람은 처음 봐요."

복도를 따라 죽 걸어 나가 학교 입구까지 왔다. 필립은 패니 프라이스가 생각났다. 죽은 사람을 본 건 그녀가 처음이었다. 말할 수 없이 야릇했던 그때의 기분도 떠올랐다. 산 자와 죽은 자 사이에는 측량할 수 없는 거리가 존재했다. 도저히 같은 인류에 속한다고 할 수 없을 것 같았다. 얼마 전까지만 해도 그들 역시 말하고 움직이고 먹고 웃어 댔을 것을 생각하니 참으로 이상한 기분이 들었다. 죽은 자 주위엔 뭔가 무서운 것이 떠돌아 산 사람에게 사악한 영향을 끼칠 것만 같다.

"뭐 좀 먹는 게 어때요?" 새 친구가 필립에게 물었다.

그들은 지하층으로 내려갔다. 거기에 어둠침침한 방이 하나 있어 식당으로 사용되고 있었는데 학생들은 여기에서 무효모 빵 가게에서 사 먹을 수 있는 음식을 사 먹을 수 있었다. 음식을 먹는 동안 (필립은 버터 바른 핫케이크과 초콜릿 한 컵을 먹었다.) 필립은 새 동료의 이름이 던스퍼드라는 것을 알았다. 보기 좋은 푸른 눈, 곱슬거리는 까만 머리카락, 큼직한 골격에 말과 동작에 여유가 있고 얼굴에 생기가 넘치는 청년이었다. 클리프턴에서 막 올라왔다고 했다.

"통합 과정을 이수할 건가요?" 그가 필립에게 물었다.

"그래요. 되도록 빨리 자격을 따고 싶어요."

"나도 그럴 생각이에요. 하지만 나중엔 '왕립 외과의사회 시험(F. R. C. S.)'을 치를 거예요. 외과를 할 생각이거든요."

대개의 학생들은 외과 및 내과 의사회의 통합위원회가 만든 교과 과정을 이수했다. 하지만 더 야심이 있고 더 열심인 학생들은 런던 대학의 학위 과정에 진학하기 위해 더 긴 과정을 따로 공부한다. 필립이 성 누가 병원 학교에 입학했을 때는 규정이 바뀐 지 얼마 되지 않은 무렵이었다. 따라서 1892년 가을 이전 등록자는 사 년을 수학해도 되었지만 새 과정은 오 년을 해야 했다. 계획을 면밀히 잘 세워 둔 던스퍼드는 필립에게 의학도가 일반적으로 거치게 되는 과정을 설명해 주었다. '제1차 통합 과정' 시험 과목은 생물, 해부, 화학이다. 따로따로 보아도 되는데 입학 후 삼 개월이면 생물 시험을 치르는 게 보통이다. 생물은 최근에야 필수 과목에 들어갔는데 요구하는 수준은 기초 지식 정도라고 했다.

필립은 몇 분 늦게 해부실에 도착했다. 옷을 더럽히지 않기 위해 소매에 끼는 토시를 사는 것을 깜박 잊었던 것이다. 이미 많은 학생들이 실습에 들어가 있었다. 그의 파트너도 정시에 도착하여 정신없이 피부 신경조직을 해부하고 있었다. 다른 두 학생이 다른 쪽 다리를 해부하고 있었고 팔을 해부하고 있는 학생들도 있었다.

"미안하지만 먼저 시작했어요."

"괜찮아요, 계속해요." 필립이 말했다.

그는 책에서 해부도가 나와 있는 곳을 펼쳐 들고 관찰해야 할 곳을 찾아보았다.

"꽤 능숙하군요." 필립이 말했다.

"아, 해부는 전에도 많이 해 봤어요. 동물 해부지만. 예비 과정 때 말이에요."

해부를 하는 동안에도 상당한 대화가 오갔다. 공부라든가 축구 시즌에 대한 전망, 실습 교수, 강의 등이 화제였다. 필립은 자기가 다른 학생들보다는 나이가 훨씬 위라는 느낌이 들었다. 다들 애송이 학생들이었다. 하지만 나이란 살아온 햇수의 문제가 아니라 쌓아 온 지식의 문제가 아닐까. 그와 같이 해부를 하고 있는 뉴슨은 적극적인 젊은이로 자기 주제에 대해서 훤했다. 자랑하는 일에도 거리낌이 없어 필립에게 자기가 하고 있는 일을 상세하게 설명해 주었다. 필립도 지혜를 많이 쌓아 둔 사람이지만, 내색하지 않고 겸손하게 귀를 기울여 들었다. 이윽고 자기 차례가 되어 필립은 메스와 핀셋을 집어 들고 해부를 시작했고 다른 학생들은 구경을 했다.

"이 친구, 지독하게 말랐네." 뉴슨은 손을 닦으며 말했다. "틀림없이 한 달은 굶었을 거야."

"뭣 때문에 죽었을까." 필립이 혼잣말처럼 말했다.

"글쎄, 늙은이들은 대개 굶어 죽으니까. 아마 그럴 거예요. 조심해요, 동맥을 자르면 안 돼."

"'동맥을 자르지 말라.', 그 말 한번 멋진데." 딴 다리를 해부하고 있던 학생 하나가 말했다. "이 늙은이 동맥은 엉뚱한 자리에 있어."

"동맥은 언제나 엉뚱한 자리에 있는 거예요." 뉴슨이 말했다. "정상 동맥은 아무리 찾을래도 찾을 수 없어. 그래서 정상 동맥이라고 하니까."

"농담하지 말아요." 필립이 말했다. "농담 듣다 내 손 베겠어요."

"실수로 상처가 나면 말예요." 아는 것이 많은 뉴슨이 말했다. "당장 소독해야 해요. 정말 그것만은 꼭 조심해야 해. 작년에 한 친구가 말예요. 조그만 상처를 냈는데 귀찮다고 그냥 놔뒀다가 패혈증에 걸렸지 뭐야."

"나았나요?"

"천만에. 일주일 만에 죽었어요. 시체 안치실에 가서 봤어요."

간식 시간 무렵이 되니까 허리가 아팠다. 점심을 대충 먹었던 탓인지 허기가 졌다. 손에서는 온통 그날 아침 복도에서 처음 맡았던 그 독특한 냄새가 났다. 머핀 빵에서도 그 냄새가 나는 것 같았다.

"차차 익숙해질 거예요." 뉴슨이 말했다. "두고 봐요. 해부실 냄새가 나지 않으면 쓸쓸한 느낌마저 들 테니까."

"입맛 버리겠어요." 머핀에 이어 케이크 한 조각을 먹으며 필립이 말했다.

55

의학도 생활에 대한 필립의 생각은, 보통 사람들의 생각이 흔히 그렇듯 찰스 디킨스가 19세기 중엽에 묘사한 의학생 생활에 바탕을 두고 있었다. 하지만 필립은 얼마 안 있어 밥 소여[226]라는 사람이 실제 존재했다 하더라도 현재의 의학도는 그와 전혀 다르다는 것을 알게 되었다.

의학을 지망하는 사람들 가운데에는 별의별 사람들이 다 있어 개중에는 당연히 게으르고 무모한 사람들도 있게 마련이다. 이런 사람들은 의학 공부를 만만하게 보고 이 년의 기간을 여유 있게 놀면서 보내 버린다. 그러다가 돈이 떨어지든가 화가 난 부모가 돈 대 주기를 중단하게 되면 학교를 그만두고 어디론가 사라져 버린다. 시험을 너무 어려워하는 학생들도 있는데 이들은 시험에 한 번 두 번 떨어지다가 결국은 주눅이 들고 만다. 시험 공포에 사로잡힌 그들은 그 무서운 통합위원회 건물에 들어서자마자 뻔히 알고 있던 것들마저 깡그리 잊어버리고 마는 것이다. 그러면서 재수 삼수 하는 사이에 젊은 후배들의 악의 없는 경멸의 대상이 된다. 개중에는 약제사 시험에 간신히 턱걸이하는 학생들도 있다. 그냥 무자격 보조의사로 남는 학생들도 있는데 그들의 앞날은 순전히 고용자 마음에 달려 있기 때문에 불안하기 짝이 없다. 자연히 이들은 빈곤과 술에 절어 사는 신세가 되어 어떻게 끝장을 맞을지 모르게 된다. 하지만 대부분의 의학도들은 중산층 출신의 부지런한 젊은이들로서 몸에 익은 여유 있는 생활을 지속할 수 있을 만큼 넉넉한 돈을 집에서 얻어다 쓴다. 뭐니 뭐니 해도 의사 집안 아들들이 많은데 이들에게는 이미 의사다운 태도가 얼마간 배어 있다. 또한 그들의 앞길은 아주 정연하게 계획되

---

226) 찰스 디킨스의 소설 『픽윅 페이퍼즈(Pickwick Papers)』에 나오는 의학도.

어 있다. 자격을 따자마자 병원 근무 자리를 지원할 것이며 병원에서 근무 경험을 쌓고 나면 (그리고 아마 선의(船醫)로서 극동을 다녀온 다음) 부친과 함께 시골에서 개업하여 여생을 보내게 될 것이다. 이 중에도 두드러지게 뛰어난 학생이 흔히 한두 명은 있게 마련이다. 이들은 해마다 우등생에게 수여되는 온갖 상과 장학금을 휩쓸고, 병원 근무 자리도 계속 순조롭게 얻어 결국에는 정식 병원 의사가 되는데, 덕분에 할리 가[227] 같은 데에 진료실을 차리게 되고 한 분야의 전문의가 되어 수입도 많아지고 명성도 얻어 나중에는 작위도 받게 된다.

의사라는 직업은 어느 나이에 들어서도 밥벌이를 할 수 있는 유일한 직종이다. 필립과 같은 학년 가운데에도 서너 사람은 벌써 청년기의 초년 시절을 넘긴 학생들이었다. 한 명은 해군에 근무하던 사람이었는데 소문에 따르면 술을 많이 먹어 쫓겨났다고 한다. 나이 서른의 사내로 얼굴이 붉고, 태도는 무뚝뚝하고 목소리가 컸다. 또 한 명은 아이를 둘이나 둔 기혼자였는데 어느 무책임한 변호사 때문에 돈을 몽땅 날렸다고 한다. 이 사람은 세상살이가 너무 힘겨운 듯 잔뜩 주눅이 든 모습이었다. 늘 묵묵히 공부만 했는데 아무래도 자기 나이에는 무엇을 암기한다든가 하는 일이 어렵다고 여겨지는 모양이었다. 생각하는 게 항상 느렸다. 그래도 열심히 노력하려는 태도가 보기만 해도 안쓰러웠다.

---

227) Harley Street. 이름난 의사들이 밀집해서 개업하고 있는 런던의 중심가로 진료비가 비싸기로 유명하다.

필립은 세 들어 사는 조그만 집이 편했다. 책들을 가지런히 정돈해 놓고 벽에는 가지고 있는 그림들이며 스케치를 걸어 두었다. 바로 위 객실층에는 그리피스라는 오 학년생이 살고 있었다. 하지만 이 학생은 좀처럼 얼굴을 볼 수가 없었다. 병원 일을 많이 하는 탓도 있었고 옥스퍼드 출신이기 때문이기도 했다. 대학을 나온 학생들은 끼리끼리 많이 어울렸다. 젊은 이들이 으레 그러긴 하지만 이들은 다양한 방법으로 대학 못 나온 친구들을 주눅 들게 하려고 애썼다. 그래서 이들이 거드름을 떨면서 여유를 부리는 것을 다들 아니꼬워했다. 그리피스는 숱이 많은 붉은 곱슬머리에 살결은 하얗고 입술이 새빨간, 훤칠한 사내였다. 활기에 넘치고 언제나 명랑하여 누구에게서나 호감을 사는 운 좋은 친구였다. 피아노도 좀 두들길 줄 알고 우스운 노래를 재미있게 부를 줄도 알았다. 그래서 필립이 쓸쓸한 방에서 혼자 책을 읽고 있노라면 위층에서는 밤마다 그리피스와 친구들이 왁자지껄 웃고 떠드는 소리가 들려왔다. 필립은 파리의 화실에서 로슨, 플래너건, 클러튼과 함께 앉아 예술과 도덕을 논하고, 오늘의 연애와 내일의 명망을 두고 이야기했던 즐거운 밤을 떠올렸다. 생각하면 가슴이 쓰라렸다. 영웅적인 시늉을 해 보이기는 어렵지 않았지만 그 결과를 감내하기는 어렵다는 것을 알았다. 무엇보다 괴로운 것은 공부가 지루하게 느껴지는 것이었다. 실습 강사들의 질문을 받는 일도 이제 없어졌다. 강의 시간에는 자꾸만 주의가 산만해졌다. 해부학은 수많은 사실들을 무조건 암기해야만 하는 따분한 학문에 지나지 않았다. 해부도 싫증이 났다. 책의 해부도나 병리학 표본실의 표본만 보면 정확히 알 수 있는 것을 왜 그처럼 힘겹게 신경이니 동맥이니를 파헤쳐 보아야 하는지 알 수 없었다.

필립은 오다가다 사람을 사귀긴 했지만 깊이는 사귀지 않았다. 동료들과 특별하게 주고받을 이야기가 없을 것 같았다. 동료들의 관심사에 흥미를 보이려고 하면 상대방은 그가 잘난 체한다고 여기는 것 같았다. 그는 상대방이 지루해하건 말건 아랑곳없이 자기 하고 싶은 이야기만 하는 그런 유의 사람은 아니었다. 필립이 파리에서 미술 공부를 했단 소리를 들은 한 친구가 자기도 그쪽에 취향이 있다고 생각했던지 필립과 미술에 관한 이야기를 해 보려고 했다. 하지만 필립은 자기와 다른 견해를 들으면 참지 못했다. 그래서 상대의 생각이 진부하다는 것이 이내 간파될 때에는 말을 간단히 줄여 버리곤 했다. 필립은 남들의 호감을 사고는 싶었지만 비위를 맞출 줄은 몰랐다. 퇴박을 맞을지도 모른다는 두려움 때문에 붙임성 있게 굴지 못했고, 아직도 여전한 수줍음을 감추느라고 입을 꼭꼭 다물고 지냈다. 학창 시절에 겪었던 것을 또다시 겪고 있는 셈이었다. 다만 이곳에서 다행인 것은 의학도 생활이 자유로워 많은 시간을 혼자 지낼 수 있다는 점이었다.

학년 초에 알게 되었던, 얼굴에 생기가 넘치고 몸집이 큰 청년 던스퍼드와 친해진 것은 필립 쪽에서 애쓴 덕분은 아니었다. 던스퍼드 쪽에서 필립에게 친근하게 굴었던 덕분인데 그것은 성 누가 의학교에서 맨 처음 만난 사람이 필립이었기 때문인 듯했다. 던스퍼드는 런던에 친구가 없었다. 그래서 토요일 밤이면 두 사람은 버릇처럼 연예관이나 극장의 대중석을 찾았다. 던스퍼드는 좀 우둔했지만 늘 명랑했고 화를 내는 법이 없었다. 늘 뻔한 이야기만 했는데, 필립이 비웃어도 그냥 웃을 뿐이었다. 그의 미소는 사람을 참 기분 좋게 만들었다. 필립은 그를 놀림감으로 삼긴 했지만 마음에는 들었다. 솔직해서 재미있었고 호감을 주는 성격이어서 즐거웠다. 필립이 스스로는 가지지 못해 늘 예민하게 의식하고 있던 그 매력을 던스퍼드는 가지고 있었던 것이다.

두 사람은 종종 팔러먼트 가에 있는 한 찻집에 차를 마시러 갔다. 던스퍼드가 그곳의 종업원 아가씨를 좋아했던 것이다. 필립은 그 아가씨에게서 전혀 매력을 느끼지 못했다. 키가 크고 말랐으며, 엉덩이도 작고 가슴은 남자처럼 납작했다.

"파리에서는 저런 여자, 아무도 거들떠보지 않네." 필립이 깔보듯이 말했다.

"얼굴이 기차지 않나." 던스퍼드가 말했다.

"얼굴이 왜 중요한가?"

하기는 이목구비가 오밀조밀하게 균형이 잘 잡혀 있었으며, 눈이 푸르고 이마는 널찍하면서도 낮았다. 빅토리아조 화가들, 레이턴 경, 앨머 태디마[228] 등을 위시하여 많은 사람들이 자기 시대 사람들에게 그리스 미인의 전형으로 내세우고 싶어 했던 그런 타입이기는 했다. 머리숱도 풍성해 보였고 손질을

---

228) 프레더릭 레이턴(Frederick Leighton, 1830~1896)은 영국의 화가이자 조각가이고, 로런스 앨머 태디마(Sir Lawrence Alma Tadema, 1836~1912)는 네덜란드 태생의 영국 화가이다.

아주 공들여 해서 앞머리를 이른바 알렉산드라 식[229]으로 독특한 모양을 내어 내려뜨리고 있었다. 빈혈이 심한지 얄팍한 입술에 전혀 핏기가 없었고, 살결은 고왔지만 푸르스름한 기가 돌았고 볼에도 전혀 홍조가 없었다. 이는 가지런하고 아름다웠다. 일을 하는 중에도 손을 버리지 않으려고 무척 애를 쓰는 것 같았다. 그 두 손이 작고 가냘프고 희었다. 차를 나르면서도 따분해하는 표정이 역력했다.

던스퍼드는 여자 앞에서 수줍어하는 성격이라 한 번도 제대로 그녀에게 말을 붙이지 못했다. 그는 필립에게 도움을 청했다.

"일단 말만 붙여 주면 그다음은 혼자 하겠네." 그가 말했다.

필립은 던스퍼드의 기분을 맞추어 주느라고 여자에게 한두 마디 말을 건네 보았으나 여자는 무뚝뚝하게 대꾸하고는 그것으로 끝이었다. 여자는 그들의 속셈을 뻔히 알고 있었던 것이다. 어린 것들, 보나마나 학생이겠지. 학생이라면 별 볼일 없다는 것이 그녀의 생각이었다. 던스퍼드는 이 여자가 늘 반갑게 대하는 남자가 하나 있다는 걸 알고 있었다. 머리칼이 누르스름하고 콧수염이 빳빳한 독일인 같은 사내였다. 이 아가씨에게 주문을 하려면 두세 번은 불러야 간신히 왔다. 낯선 손님에게는 불손하기 짝이 없이 대했다. 동료 종업원과 이야기하는 중에는 누가 아무리 급하게 불러도 못 들은 척했다. 여자 손

---

229) 당시의 영국 왕 에드워드 7세(1841~1910)의 왕비인 알렉산드라(Queen Alexandra)의 앞머리 모양을 흉내 낸 머리 장식.

님 가운데 간단한 음식을 주문하는 사람이 있으면 건방지고 무례하게 굴어 울화가 치밀게 하면서도, 손님들이 주인에게 불평을 털어놓는 데까지는 가지 않도록 하는 교묘한 요령을 가지고 있었다. 어느 날 던스퍼드는 그녀의 이름이 밀드러드라고 말해 주었다. 어떤 종업원이 그녀의 이름을 부르는 소리를 들었던 것이다.

"못 들어 줄 이름이군." 필립이 말했다.

"왜? 난 좋은데." 던스퍼드가 말했다.

"공연히 모양만 내려는 이름 같잖나."

그날은 마침 독일인이 오지 않았기 때문에 그녀가 차를 가져오자 필립이 웃으면서 말을 건넸다.

"오늘은 친구분이 안 오셨네요."

"무슨 말씀이세요?" 여자가 쌀쌀맞게 대꾸했다.

"그 누런 콧수염 기른 양반 말입니다. 당신 두고 딴 사람에게 가 버렸나?"

"공연히 남의 일에 참견하지 마세요."

여자는 그렇게 응수하고 가 버리더니, 잠시 시중들 손님이 없어서인지 자리에 앉아 손님이 두고 간 석간지를 읽기 시작했다.

"바보같이, 화를 내게 하면 되나." 던스퍼드가 말했다.

"화를 내든 말든 난 눈곱만치도 관심 없네." 필립이 말했다.

하지만 언짢았다. 호감을 사려고 했는데 오히려 화를 내니 기분 좋을 턱이 없었다. 계산서를 달라고 하면서 한 번 더 수작을 걸어 보았다.

"이제 말도 안 하고 지낼 건가요?" 그는 웃음을 지어 보이며 말했다.

"전 손님들에게 주문 받고 시중드는 사람이에요. 손님들에게 할 말도 없고, 손님들이 말 거는 것도 싫어요."

그녀는 청구액을 적은 종이 쪽지를 놓아두고는 자기가 앉아 있던 테이블로 뚜벅뚜벅 걸어가 버렸다. 필립은 화가 치밀어 얼굴이 벌개졌다.

"자네 한 방 먹은 셈이군, 케리." 밖으로 나왔을 때 던스퍼드가 말했다.

"건방진 계집애야." 필립이 말했다. "다시는 이 집에 오지 않겠어."

필립의 영향력이 커서인지 던스퍼드도 차 마시는 집을 딴 데로 옮기고 말았다. 하지만 그는 얼마 안 있어 마음에 드는 딴 아가씨를 또 발견했다. 필립은 그 종업원한테 받았던 냉대가 두고두고 속이 상했다. 점잖게만 대했더라면 관심을 갖지 않았을 것이다. 하지만 그를 경멸하기 때문에 그렇게 대했다는 생각이 들자 자존심이 몹시 상했다. 앙갚음을 하고 싶은 마음을 억누를 수 없었다. 자신의 그런 감정이 좀스럽다는 생각이 들어 스스로도 언짢았기 때문에 사나흘 동안은 꾹 참고 그 찻집에 나가지 않았다. 하지만 자신을 휘어잡은 그 감정을 도저히 이겨 낼 수 없었다. 마침내 여자를 한번 만나 보는 것도 상관없지 않겠느냐는 식으로 생각이 바뀌었다. 만나 보고 나면 여자에 대한 생각이 사라지리라. 어느 날 오후 약속이 있다는 구실로—왜냐하면 이러한 자신의 심약함이 적잖이 부끄러웠으므로 — 그는 던스퍼드와 헤어져, 다시는 오지 않겠다고 맹세한 그 찻집을 곧장 찾아갔다. 들어가자마자 곧 그 여자가 눈에 띄었고, 그는 그녀가 담당하는 테이블에 가 앉았다. 일주일이나 오지 않았으니 그것에 대해 뭐라 한마디쯤 하리라 생각했다. 하지만 주문을 받으러 와서도 그녀는 아무 말도 하지 않았다. 딴 손님들에게는 "처음 오셨지요?"라고 말을 걸지 않던가.

그녀는 전혀 알은체를 하지 않았다. 정말 잊어버렸나 알아보려고 필립은 그녀가 차를 가져왔을 때 이렇게 물었다.

"오늘 저녁에 혹시 내 친구 안 왔던가요?"

"아뇨, 요즘 며칠간 오지 않았어요."

필립은 이를 꼬투리 삼아 대화를 터 보고 싶었지만 이상하게 긴장이 되어 무슨 말을 해야 할지 떠오르지 않았다. 여자는 기회를 주지 않고 곧 가 버렸다. 계산서를 청구할 때까지는 다시 말을 붙일 기회가 없었다.

"고약한 날씨죠?" 계산서를 가져왔을 때 그가 말했다.

이런 말까지 준비하고 있어야 한다는 게 정말 굴욕적인 일이었다. 이 여자가 왜 그렇게 자기를 골탕을 먹이는지 이해가 안 되었다.

"저야 날씨가 어떻든 상관없어요. 하루 종일 이 안에 있으니까."

정말 야릇하게 사람의 울화를 치밀게 하는 말투였다. 쏘아주고 싶은 말이 입에까지 튀어올라 왔지만 필립은 간신히 참고 입을 다물었다.

'제발 진짜 건방진 말을 한번 해 보아라. 당장 주인에게 말해서 쫓겨나게 하고 말 테니까. 넌 쫓겨나도 싸다.' 필립은 속으로 화가 부글부글 끓었다.

56

필립은 그 여자에 대한 생각에서 좀처럼 벗어날 수 없었다. 자신의 어리석음을 비웃기도 하고 화도 내 보았다. 빈혈증에 걸린 조그만 종업원의 말이 왜 그렇게 신경이 쓰이는지 어처구니없는 일이었다. 하여간 묘하게 망신을 당했다는 느낌이었다. 이 일은 던스퍼드밖에 모르고 던스퍼드도 이미 까맣게 잊었겠지만 필립으로서는 이 굴욕을 씻어 내지 않고서는 마음이 편치 않을 것 같았다. 어떻게 하면 좋을까 생각했다. 날마다 그 찻집에 나가기로 해 보았다. 그가 싫은 인상을 주었음은 분명했지만 그런 인상을 씻어 줄 방법은 있다고 생각했다. 민감한 사람은 사소한 말에도 쉽게 상처를 받기 때문에 되도록 그런 말은 피하기로 했다. 하지만 이런저런 방법을 다 써 보았지만 소용이 없었다. 들어가면서 인사말을 건네면 여자도 고작해야 같은 말로 받았다. 이쪽에서 가만 있으면 저쪽에서 먼저 인사를 건네지 않을까 하여 그렇게도 해 보았지만 그녀는 아무 말도 하지 않았다. 교양 있는 사회에서는 별로 쓰이지 않지만 그래도 여자들에게 잘 통한다는 말을 속으로 뇌까려 보기도 했다. 하지만 결국은 정색한 얼굴로 차를 주문하고 만다. 이제는 한마디도 하지 않겠다고 마음먹고 늘 하던 인사도 하지 않고 가게를 나와 버린다. 그러고는 더 이상은 가지 않겠노라고 결심한다. 하지만 이튿날 간식 시간이 되면 점점 초조해지는 것이었다. 딴 생각을 해 보려고 아무리 애써 보지만 자신의 마음을 걷잡을 수가 없다. 마침내 절망적인 기분으로 그는 이렇게 생각하고 만다.

'가고 싶으면서도 가지 못할 이유가 어디 있는가.'

자신과의 투쟁에 시간이 너무 오래 걸려서 찻집에 들어설 때는 일곱 시가 다 되어 있었다.

"안 오시는 줄 알았어요." 그가 자리에 앉자 그녀가 말했다.

필립은 별안간 가슴이 뛰면서 얼굴이 빨개지는 것을 느꼈다. "볼일이 있어 빨리 오지 못했어요."

"해부하느라고요?"

"그 정도는 아니고."

"학생이지요?" 그녀는 '학생'을 '학생'이라고 발음했다.

"맞아요."

그것으로써 여자는 호기심이 다 충족된 모양이었다. 그녀는 돌아서 가 버렸다. 늦은 시간이라 담당 테이블에 딴 손님이 없었기 때문에 그녀는 소설책을 펼치더니 정신없이 읽기 시작했다. 아직 6펜스짜리 염가판 소설책이 나오지 않던 때였다. 배우지 못한 사람들을 위해 가난한 문인들이 써 내는 싸구려 주문소설들이 일정한 만큼 보급되고 있었다. 필립은 우쭐한 기분이었다. 드디어 여자가 먼저 말을 걸었다. 이제 바야흐로 그의 차례가 다가왔음을 알 수 있었다. 기회만 잡으면 자기가 그녀를 어떻게 생각하고 있는지 솔직하게 말해 주리라. 경멸의 말을 마음껏 퍼부으면 마음이 풀릴 것이다. 그녀를 바라보았다. 옆모습이 아름다운 건 사실이었다. 이런 계층의 영국 여자들 가운데에도 이렇게 숨이 막힐 만큼 완벽한 윤곽선을 가진 사람이 있다는 건 놀라운 일이었지만, 그녀의 얼굴은 대리석처럼 싸늘했다. 푸르스름하게 보이는 고운 살결은 병약하다는 인상을 주었다. 여자 종업원들은 하나같이 무늬 없는 까만 옷을 입고 그 위에 흰 앞치마를 두르고 흰 소맷동을 달았으며 조그만 모자를 쓰고 있었다. 필립은 주머니에서 종이를 꺼내어 책을 읽고 있는 그녀의 옆모습을 스케치한 뒤 (그녀는 입으로 계속 중얼거리며 책을 읽었다.) 나갈 때 그림을 테이블 위에 놓고 왔다. 그것이 뜻밖에 기발한 생각이 되어 버렸다. 이튿날 그가 들어가자 그녀는 미소를 지으면서 이렇게 말했던 것이다.

"그림 그리시는 줄 몰랐어요."

"파리에서 이 년간 그림 공부를 했어요."

"어제 놓아두시고 간 그림을 주인 아주머니에게 보여 드렸더니 깜짝 놀라시더군요. 절 그리신 거예요?"

"그래요." 필립이 말했다.

그녀가 차를 가지러 갔을 때 딴 여종업원 하나가 그에게 왔다.

"손님이 어제 미스 로저스 그린 그림 봤어요. 똑같던데요." 그녀가 말했다.

여자의 성을 알게 된 것은 이때가 처음이었다. 계산서를 청구할 때 필립은 이 이름으로 그녀를 불렀다.

"제 이름을 어떻게 아세요?" 그녀가 와서 물었다.

"당신 친구가 그러더군요. 내가 그린 그림 이야기를 하면서."

"그 애도 한 장 그려 주었으면 하는데 그려 주지 마세요. 한 번 그려 주기 시작하면 다들 그려 달라고 할 거예요." 그러더니 잠시 말을 멈추고 대수롭지 않은 이야기를 하듯 이렇게 물었다. "함께 오시던 그 젊은 친구분, 어디 가셨나요?"

"그 친구까지 기억하고, 놀라운데요." 필립이 말했다.

"잘생긴 사람이잖아요."

그 말을 듣고 필립은 야릇한 느낌이 들었다. 알 수 없는 감정이었다. 던스퍼드는 멋진 고수머리에 얼굴은 생기발랄하고 미소가 멋진 청년이다. 그가 가진 미모가 부럽지 않을 수 없었다.

"연애 중이랍니다." 필립은 후훗 하고 웃으며 대답했다.

필립은 절룩거리며 집으로 돌아오면서 아까 주고받았던 말을 하나도 빠뜨리지 않고 다시 떠올려 보았다. 이제 그녀는 그를 아주 친근하게 대한다. 기회가 생기면 이번에는 더 잘 그려 주겠다고 하자. 틀림없이 좋아할 것이다. 얼굴이 재미있고 옆모습도 아름답다. 핏기 없는 피부빛에도 묘하게 매혹적인 데가 있다. 뭘 닮았다고 해야 할까. 처음에는 완두 수프가 떠올랐다. 천만에, 그렇다고야 할 수 없다고 하면서 곧 그 생각을 지워 버렸다. 이번에는 노란 장미 꽃잎, 활짝 피기 전에 떼어 낸 노란 장미 이파리들을 떠올렸다. 어느 사이 그녀에 대한 나쁜 감정은 사라지고 없었다.

"나쁜 여자는 아냐." 그는 중얼거렸다.

그녀의 말에 감정이 상하다니 어리석은 일이었다. 분명히 그의 잘못이었다. 그녀가 일부러 남에게 까다롭게 굴 까닭이 없지 않은가. 아무래도 내가 처음부터 남들에게 나쁜 인상을 주는 버릇이 몸에 배어 버린 것 같다. 그림이 뜻밖에 일을 잘 풀리게 해 주어 필립은 기분이 좋았다. 그의 재능을 알고 나서는 그녀도 전과 달리 관심을 보이고 있다. 이튿날도 필립은 마음이 안정되지 않았다. 점심 시간에 가 볼까도 했지만 그 시간이면 사람들로 바글거릴 게 틀림없었다. 그러면 밀드러드와도 말을 붙일 시간이 없을 것이다. 이제는 던스퍼드와 같이 간식하러 다니지 않게 되었기 때문에 그는 정확히 네 시 반에(시계를 여남은 번도 더 보았을 것이다.) 그 찻집에 들어갔다.

들어가니 밀드러드는 입구 쪽으로 등을 돌리고 앉아 있었다. 그녀는 이 주일 전까지만 해도 매일 오다가 그 뒤로 통 나타나지 않았던 독일인과 이야기하고 있었다. 남자가 무슨 말을 하는지 그녀가 까르르 소리 내어 웃어 댔다. 너무나 품위 없는 웃음 같아서 갑자기 오싹 소름이 끼쳤다. 차를 주문하려고 그녀를 불렀지만 그녀는 듣지 못하는 것 같았다. 다시 불러 보았다. 필립은 성질이 급했다. 이번에는 화가 나서 지팡이로 테이블을 요란하게 두들기며 불러 댔다. 그녀가 샐쭉한 얼굴로 다가왔다.

"안녕하셨소?" 그가 비꼬듯이 말했다.

"몹시 급하신가 보네요."

그녀는 필립이 익히 겪었던 오만한 태도로 내려다보며 말했다.

"그래, 어떻게 된 거요?" 그가 물었다.

"주문하시면 필요하신 걸 갖다 드리겠어요. 길게 이야기하는 건 싫으니까요."

"구운 빵하고 홍차, 부탁해요." 필립은 간단하게 말했다.

필립은 화가 치밀어 올랐다. 마침 《더 스타》 지를 가지고 왔기에 열심히 읽고 있노라니 그녀가 차를 날라 왔다.

"아예 계산서를 주고 가시죠. 그럼 다시 부를 일이 없을 테니까." 그가 쌀쌀하게 말했다.

그녀는 계산서를 써서 테이블 위에 놓고는 다시 독일인에게 가 버렸다. 그러더니 금세 남자와 웃고 얘기하기 시작했다. 남자는 키가 중간쯤 되고 머리통은 독일인답게 둥글었으며 얼굴빛은 누르스름했다. 콧수염은 크고 뻣뻣했다. 연미복에 회색 바지 차림이었으며 금줄 달린 큼직한 시계를 차고 있었다. 다른 여종업원들이 필립과 테이블에 앉은 두 사람을 번갈아 보며 의미 있는 눈짓을 주고받는 것 같았다. 아무래도 그를 비웃고 있는 것 같아 필립은 피가 끓어올랐다. 밀드러드에게 새삼 정나미가 떨어졌다. 이곳에 두 번 다시는 발걸음을 하지 않는 게 상책이다. 하지만 이 일에서 지고 말았다고 생각하려니 견딜 수 없었다. 그래서 필립은 자기가 그녀를 경멸하고 있다는 것을 보여 줄 방도를 생각해 냈다. 이튿날, 다른 테이블에 앉아 다른 종업원에게 차를 주문했다. 이 날도 독일인이 와서 밀드러드는 그와 이야기하고 있었다. 그녀는 필립을 거들떠보지도 않았다. 그는 일부러 그녀가 그의 앞을 지나가는 때를 맞추어 가게를 나가기로 했다. 그녀가 지나칠 때 그는 마치 처음 보는 사람처럼 그녀를 쳐다보았다. 이런 짓을 사나흘간 되풀이했다. 결국은 그녀가 먼저 말을 걸리라 믿었다. 왜 통 자기 테이블에 앉지 않느냐고 물어볼 것이다. 이에 대해서는 대답을 준비해 놓고 있었다. 마음속에 쌓여 있던 온갖 불쾌감을 모조리 쏟아내 주리라. 이 여자에게 이런 식으로 마음을 쓰고 있다는 것 자체가 어처구니없는 일이란 걸 알고는 있었지만 어찌할 수 없었다. 그녀에게 또 한 차례 당하고 만 셈이었기 때문이다. 독일인이 갑자기 발걸음을 끊고 나타나지 않았지만 필립은 여전히 다른 테이블에 앉았다. 밀드러드는 전혀 관심을 보이지 않았다. 필립은 문득, 자기가 그녀에게 너무 지나치게 무관심한 태도로 대해 왔다는 사실을 깨달았다. 이런 식으로라면 이 세상 끝날 때까지 가더라도 아무 효과가 없을 것이다.

"아직 끝나지 않았어." 그는 중얼거렸다.

다음 날은 전에 앉던 자리에 다시 앉았다. 그녀가 오자 일주일 동안 모른 체하고 지냈던 일이 전혀 없었던 것처럼 인사를 건넸다. 겉으로는 태연한 척했지만 속으로는 가슴이 미친 듯이 뛰었다. 뮤지컬이 막 인기를 얻고 있던 무렵이었다. 밀드러드도 틀림없이 그런 데를 가 보고 싶어할 것이다.

"이봐요." 필립이 갑자기 말을 걸었다. "언제 저녁 한번 하지 않을래요? 「뉴욕의 미녀」나 구경 갑시다. 일등석 두 장을 살 테니까."

마지막 말은 환심을 사려고 덧붙인 말이었다. 필립이 알기로, 여자들이 극장을 갈 때는 보통 뒷자리에 앉거나, 남자가 데리고 간다 하더라도 비싸 봐야 이 층 정면석 위의 상층석이 고작이었다. 밀드러드의 파리한 얼굴은 전혀 표정의 변화가 없었다.

"그러죠." 그녀가 말했다.

"언제가 좋을까요?"

"목요일에는 일찍 끝내요."

두 사람은 약속을 했다. 밀드러드는 헌 힐에서 숙모와 살고 있었다. 연극은 여덟 시에 시작하니 저녁은 일곱 시에 먹어야 한다. 그녀가 빅토리아 역의 이등 대합실에서 만나자고 했다. 그녀는 좋아서가 아니라 호의라도 베풀듯이 청을 받아들였다. 필립은 어쩐지 기분이 언짢았다.

57

필립은 밀드러드가 말한 시간보다 반 시간이나 빨리 빅토리아 역에 도착해서 이등 대합실에 앉아 있었다. 기다려도 그녀는 오지 않았다. 마음이 초조해져 역 구내로 들어가 교외에서 들어오는 기차들을 살펴보았다. 약속 시간이 지났는데도 그녀는 나타나지 않았다. 필립은 안달이 났다. 다른 대합실에 들어가 사람들 사이를 찾아보았다. 갑자기 가슴이 덜컥 내려앉았다.

"아니, 왜 여기 있어요. 난 안 나오는 줄 알았네."

"잔뜩 기다리게 해 놓구서 그런 소리예요. 그냥 돌아갈까 하던 참이었어요."

"아니, 이등 대합실로 오겠다고 하지 않았어요?"

"내가 언제 그랬어요. 일등 대합실에서도 기다릴 수 있는데 왜 이등 대합실에서 기다리겠어요?"

잘못 알아들은 게 아니라는 것이 분명했지만 필립은 입을 다물고 말았다. 두 사람은 마차를 탔다.

"저녁은 어디서 먹을 거예요?" 그녀가 물었다.

"아델피 식당에 갈까 했는데, 괜찮겠어요?"

"아무 데나 상관없어요."

시큰둥한 말이었다. 기다린 일에 화가 났는지 필립이 말을 붙여 보려 해도 그녀는 한두 마디로 무뚝뚝하게 대답했다. 올이 거친 검은 천으로 된 외투를 걸치고 머리에는 털실로 뜬 숄을 쓰고 있었다. 식당에 도착하여 두 사람은 자리를 잡고 앉았다. 그녀는 흡족한 듯 주위를 둘러보았다. 테이블마다 놓인 붉은 갓을 씌운 초들, 금빛으로 번쩍이는 장식들, 사방에 걸린 거울 등으로 실내는 호화로운 분위기를 자아냈다.

"이런 데는 처음이에요."

그녀는 미소를 지어 보였다. 외투를 벗고 있었는데 안에는 목을 네모나게 판 엷은 푸른색 드레스를 입고 있었다. 머리도 전보다 더 공들여 꾸몄다. 필립이 주문한 샴페인이 나오자 그녀는 눈을 반짝이며 말했다.

"크게 쓰시네요."

"이거 시켰다고 하는 말이오?" 그는 샴페인 말고는 마셔 본 적이 없다는 듯 아무렇지 않게 말했다.

"실은 극장에 가자고 해서 꽤 놀랐어요."

이야기가 잘 풀리지 않았다. 여자는 별 할 말이 없는 모양이었다. 필립도 자기가 상대방의 흥을 돋우고 있지 못하다는 걸 알고 신경이 쓰였다. 그녀는 건성으로 들으면서 딴 사람들만 쳐다볼 뿐이었다. 겉으로나마 상대방에게 관심을 두는 표시를 보이지 않았다. 필립이 한두 가지 농담을 해 보았으나 전혀 알아듣질 못했다. 같은 찻집에서 근무하는 다른 종업원들 이야기를 꺼낼 때만 겨우 활기를 보였다. 그녀는 여자 지배인이 지겨워 죽겠다면서 온갖 비행을 상세히 이야기해 주었다.

"정말 못 봐주겠어요. 그 잘난 체하는 꼴이란. 어떤 때는 한마디 해 주고 싶은 마음이 굴뚝같다니까요. 흥, 내가 모르고 있는 줄 알고."

"뭔데요?"

"이건 우연히 안 건데요, 주말에 가끔 어떤 남자랑 이스트본[230]에 다닌다고요. 우리 가게에서 같이 일하는 어떤 애 언니가 남편이랑 거기 갔다가 봤대요. 같은 하숙집에 묵었는데 결혼반지를 끼고 있었다나요. 결혼 안 한 건 내가 다 아는데."

필립은 여자의 잔에 술을 따랐다. 샴페인을 마시면 좀 더 상냥해지지 않을까 싶어서였다. 이 작은 데이트가 제발 잘되었으면 싶었다. 보니 그녀는 나이프를 마치 펜대 쥐듯이 쥐고, 술잔을 쥘 때는 새끼손가락을 폈다. 이것저것 화제를 꺼내어

230) Eastbourne. 중하류 계층 사람들이 많이 찾는 바닷가 휴양지.

보았지만 별 반응을 얻지 못했다. 독일인과 얘기할 때는 상대방이 하나를 말하면 두 가지를 말하면서 웃고 떠들더니, 하는 생각에 필립은 기분이 언짢았다. 식사를 마치고 연극을 보러 갔다. 교양을 갖춘 필립은 뮤지컬을 천박하다고 생각하고 있었다. 그가 보기에 대사는 저속하고 멜로디는 뻔했다. 이런 유의 뮤지컬은 프랑스가 훨씬 나았다. 하지만 밀드러드에게는 아주 재미있는 모양이었다. 그녀는 배꼽을 잡고 웃어 댔으며, 이따금 웃음을 참지 못하겠을 때 당신도 우습지 않느냐는 듯 필립을 힐끔 쳐다보기도 했다. 그녀는 손바닥이 떨어져 나가도록 박수를 쳐 댔다.

"저는 일곱 번째 보는 거예요." 일 막이 끝나자 그녀가 말했다. "아무리 봐도 싫증이 나지 않아요."

그녀는 주변의 일등석 자리에 앉은 여자들에게 관심이 대단했다. 화장을 하고 가발을 쓴 여자들을 가리키며 말했다.

"웨스트 엔드[231] 여자들 정말 못 봐주겠어요. 어쩜 저럴 수 있을까." 하면서 그녀는 자기 머리를 손으로 만지며 말했다. "내 머리는 다 진짜라구요."

칭찬하는 사람이라고는 하나도 없었다. 누구 이야기를 하든 흉보는 말뿐이었다. 흉보는 이야기를 듣고 있자니 필립은 속이 편하지 않았다. 내일이면 또 가게 종업원들에게 자기 흉을 보지 않을까. 필립과 어울렸는데 지겨워 죽을 뻔했다고 말

231) 런던의 잘사는 사람들의 동네. 이에 비해 '이스트 엔드'는 하류 계층이 주로 산다.

이다. 이 여자는 도무지 마음에 들지 않았다. 그런데 웬일일까, 묘하게도 같이 있고 싶으니. 집으로 돌아가는 길에 필립이 물었다.

"어때요, 재미있었어요?"

"괜찮았어요."

"언제 또 한번 구경 갑시다."

"난 상관없어요."

도대체 그 이상의 대답은 나오지 않았다. 이런 냉정함에 필립은 속이 끓어올랐다.

"가도 그만, 안 가도 그만이라는 뜻으로 들리는데요."

"그야, 당신이 안 데려가면 딴 사람이 데려갈 테니까요. 극장 구경시켜 줄 사람은 얼마든지 있어요."

필립은 입을 다물었다. 두 사람은 역에 이르렀다. 필립은 매표소로 갔다.

"제게 정기권이 있어요." 그녀가 말했다.

"시간이 늦어서 바래다주고 싶었는데, 괜찮겠어요?"

"아, 그러시고 싶으면 그러세요."

필립은 여자를 위해 일등칸 편도와 그가 쓸 일등 왕복표를 끊었다.

"아주 후하시네요. 빈말이 아니에요." 필립이 객차의 문을 열어 주자 그녀가 말했다.

다른 승객들이 들어와서 더 이상 이야기를 할 수 없게 되었을 때 필립은 그것을 고마워해야 할지 서운하게 여겨야 할지 알 수 없었다. 헌 힐에서 내려 그는 그녀가 사는 동네의 길모

통이까지 데려나주었다.

"여기서 작별해야겠군요." 그녀가 손을 내밀며 말했다. "집 앞까지 가는 건 곤란해요. 사람들 입에 오르내리는 건 싫으니까요."

작별 인사를 하고 그녀는 빠른 걸음으로 가 버렸다. 어둠 속에서 흰 숄만이 희끄무레하게 보였다. 혹 돌아보지나 않을까 했는데 역시 돌아보지 않았다. 필립은 그녀가 들어가는 집을 보고는 어떤 집인지 알고 싶어 곧 가까이 가 보았다. 단정하면서도 평범하고 작은, 그 동네의 다른 집들과 거의 구별하기 힘든 누런 벽돌집이었다. 잠시 집 앞에 서 있노라니 이윽고 위층 창문의 불이 꺼졌다. 필립은 어슬렁어슬렁 역으로 돌아왔다. 만족스럽지 못한 밤이었다. 짜증이 나고, 허전하고, 비참한 기분마저 들었다.

잠자리에 들었으나 여전히 눈앞에는 기차 객실 한구석에서 털로 짠 흰 숄을 쓴 그녀의 모습이 어른거렸다. 그녀를 다시 만날 때까지 시간을 어떻게 보내야 할지 암담하기만 했다. 졸리는 가운데에도 그녀의 마른 얼굴, 아름다운 이목구비, 푸르스름한 살결이 떠올랐다. 같이 있었을 때는 즐거웠다고 할 수 없었다. 하지만 헤어져도 이상하게 마음이 즐겁지 않다. 옆자리에 앉아 그녀를 바라보고 싶고, 만져 보고 싶고, 또…… 그런 생각이 들면서 어느 사이 정신이 말똥말똥해졌다……. 가냘프고 창백한 입술에 입을 맞추어 보고 싶다. 아, 바로 그것이 진심이었다. 그녀를 사랑하고 있는 것이다. 믿을 수 없는 일이었다.

전에도, 어떻게 사랑에 빠지게 될까 하고 생각해 본 적이 많았다. 그런데 그에게는 늘 한 가지 장면만 떠오르곤 했다. 무도회장에 들어선다. 한데 모여 이야기를 하고 있는 일단의 남녀가 눈에 띈다. 무리 가운데 한 여자가 고개를 돌린다. 그녀의 눈길이 그에게 향한다. 두 사람은 동시에 흠칫 숨이 막히는 듯한 느낌을 받는다. 그는 얼어붙은 듯 그 자리에 선 채로 있다. 여자는 키가 크고 살결이 가무잡잡하며 눈은 칠흑같이 까만 미인이다. 하얀 드레스를 입고 검은 머리에는 다이아몬드가 빛나고 있다. 주위의 시선도 아랑곳없이 두 사람은 서로를 물끄러미 바라본다. 그가 그녀를 향해 곧장 뚜벅뚜벅 걸어간다. 여자도 그를 향해 움직인다. 두 사람에게 형식적인 인사 따위는 번거롭다. 그가 여자에게 말을 건넨다.

"지금까지 당신을 찾아 헤맸습니다."

"이제야 나타나셨군요." 여자가 속삭인다.

"추실까요?"

여자는 내민 팔 안에 몸을 맡기고 두 사람은 춤을 추기 시작한다. (이럴 때마다 필립은 자기가 다리를 절지 않는다고 가정한다.) 여자의 춤 솜씨는 신비롭기만 하다.

"당신처럼 잘 추시는 분은 처음이에요." 여자가 말한다.

그녀는 예정을 다 팽개치고 그날 저녁 내내 그와 함께 춤을 춘다.

"당신을 기다렸던 게 얼마나 다행인지 모르겠군요. 결국은 만나리라 생각했습니다만." 그가 여자에게 말한다.

무도장 안의 사람들이 넋을 잃고 두 사람을 쳐다본다. 하지만 아랑곳하지 않는다. 가슴속의 열정을 숨기고 싶지 않다. 이윽고 그들은 정원으로 나간다. 외투를 벗어 여자의 어깨 위에 걸쳐 주고 기다리고 있던 마차에 여자를 태운다. 두 사람은 파리행 자정 열차를 타고 별이 빛나는 고요한 밤을 뚫고 미지의 나라로 질주한다.

전부터 해 오던 그와 같은 공상을 하게 되자 밀드러드 로저스를 사랑한다는 것은 도저히 불가능한 일이라는 생각이 들었다. 이름도 괴상하고 예쁘지도 않았다. 말라 빠진 것도 싫었다. 그날 저녁에야 알게 된 것이지만 야회복 차림으로 보니 가슴뼈가 앙상하게 드러났다. 이목구비를 하나하나 떠올려 보았다. 입이 마음에 들지 않았다. 병약해 보이는 안색도 어쩐지 불쾌감을 주었다. 품위 없는 여자였다. 어휘는 투박하고 빈곤할 뿐 아니라 늘 같은 말만 되풀이했는데 그것은 정신이 텅 비었음을 말해 준다. 뮤지컬 코미디를 보다 웃기는 대사가 나올 때마다 터뜨리던 그 천박한 웃음소리도 떠올랐다. 그리고 술잔을 입에 가져갈 때 의식적으로 새끼손가락을 뻗던 것. 말하는 것도 그렇고 하는 짓도 품위를 세우려고 하지만 오히려 거슬리기만 한다. 건방진 태도는 또 어떤가. 따귀를 때려 주고 싶은 생각이 들 때가 한두 번이 아니었다. 그런데 웬일일까, 갑자기, 때린다는 생각을 해서일까, 아니면 작고 귀여운 귀의 모습이 떠올라서일까, 그는 느닷없이 솟구치는 감정의 회오리에 빠지고 말았다. 못 견디게 그녀가 보고 싶었다. 그녀를, 그 가냘프고 연약한 몸뚱이를 껴안고 그 파리한 입술에 입을 맞추고 싶었다. 파르스름한 그녀의 뺨을 손가락으로 어루만져 보고 싶었다. 그녀를 가지고 싶었다.

한때 그는 사랑이란 사람의 넋을 빼앗아, 온 세상을 봄처럼 느끼게 해 주는 어떤 황홀한 상태라 생각하고 그런 행복한 도취를 체험할 수 있기를 고대했었다. 그런데 이것은 행복이 아니었다. 이것은 예전엔 미처 몰랐던 어떤 영혼의 허기, 고통스러운 갈망, 쓰라린 고뇌였다. 언제부터 이런 감정을 느꼈던 것일까 생각해 보았다. 알 수 없었다. 기억할 수 있는 것이라곤 그 찻집에 처음 두세 번 가고 난 다음부터는 갈 때마다 가슴 어딘가에 이상한 아픔 같은 것이 느껴지기 시작했다는 것이었다. 그녀가 말을 걸면 이상하게도 숨이 막히는 듯한 느낌이 들었던 것도 생각났다. 그 여자가 가고 말면 비참한 생각이 들었고 다시 오면 절망스러운 기분이 들었다.

그는 잠자리에 누워 짐승처럼 사지를 뻗고 기지개를 켰다. 끝없는 이 영혼의 고통을 어떻게 견뎌 낼 수 있을 것인지 그 자신도 알 수 없었다.

58

이튿날 아침 필립은 일찍 눈을 떴다. 맨 처음 떠오른 것은 밀드러드였다. 빅토리아 역에 나가 기다리다가 그녀를 만나 함께 가게까지 걸어가면 어떨까 하는 생각이 들었다. 재빨리 면도를 하고 옷을 주워 입은 다음 그는 빅토리아 역으로 가는 버스를 집어탔다. 도착하니 여덟 시 이십 분 전이었다. 그는 들어오는 기차를 지켜보았다. 이른 시각인데도 많은 사람들이 기차에서 쏟아져 나와 플랫폼을 가득 채웠다. 회사원과 종업원들이 대부분이었다. 짝을 지은 사람들도 있고, 여기저기에 떼를 지은 여자들도 눈에 띄었지만 대개는 혼자였다. 다들 바쁜 걸음으로 서두르고 있었다. 이른 아침의 햇살을 받아 얼굴이 다들 창백하고 추해 보였고 멍한 표정을 짓고 있었다. 젊은 이들은 플랫폼의 시멘트 바닥이 밟기에 즐겁기라도 한 듯 발걸음이 가벼웠다. 하지만 나이든 사람들은 무슨 기계 작동에 따라 움직이고 있는 것처럼 걷고 있었다. 무슨 불안 때문인지 그들의 얼굴은 잔뜩 찌푸려져 있었다.

마침내 밀드러드의 모습이 보였다. 필립은 허겁지겁 그녀에게 다가갔다.

"안녕, 엊저녁에 괜찮았는지 알고 싶어 나왔어요."

그녀는 밤색의 낡은 외투를 입고 밀짚모자를 쓰고 있었다. 필립을 만나 반갑지 않은 기색이 역력했다.

"아, 괜찮아요. 그런데 내가 지금 시간이 별로 없어요."

"빅토리아 가까지 함께 걷고 싶은데 어때요?"

"늦었는걸요. 빨리 가야 해요." 그녀는 필립의 발을 내려다보며 말했다.

필립은 얼굴이 빨개졌다.

"미안해요. 붙잡지는 않겠어요."

"좋으실 대로 하세요."

그녀는 가 버렸다. 필립은 낙담한 채 아침을 먹으러 다시 집으로 돌아왔다. 정이 떨어지는 여자였다. 그런 여자한테 마음을 두다니 어리석기 짝이 없었다. 필립을 눈곱만치도 배려하는 여자가 아니었다. 그의 불구를 혐오스럽게 생각하고 있음이 분명했다. 그날 오후에는 차를 마시러 가지 않겠다고 마음먹었다. 하지만 얄밉게도 발걸음은 절로 그 집을 향하는 것이었다. 그가 들어가자 그녀는 목례를 보내며 미소를 지었다.

"오늘 아침 내가 좀 쌀쌀맞았죠?" 그녀가 말했다. "실은 너무 뜻밖이라 깜짝 놀랐지 뭐예요."

"아, 괜찮아요."

가슴을 무겁게 짓누르고 있던 것이 순식간에 사라져 버리는 듯했다. 상냥한 그 한마디가 얼마나 고마운지 몰랐다.

"왜 그렇게 서 있어요? 지금은 찾는 손님도 없는데."

"괜찮아요."

그녀를 보면서도 필립은 할 말이 생각나지 않았다. 열심히 머리를 굴려 그녀를 곁에 붙들어 둘 수 있는 말을 찾았다. 당신의 존재가 나에게 얼마나 소중한지 모른다고 말할까. 하지만 정말로 사랑을 할 때도 어떻게 구애해야 할지 알지 못했다.

"그 콧수염 멋진 당신 친구 요즘 어떻게 되었어요? 요즘 통 볼 수 없던데."

"아, 버밍엄에 내려갔어요. 거기에서 사업을 한대요. 런던에는 어쩌다 한 번씩 오죠."

"그 양반, 아가씨를 좋아하나 보죠?"

"그 사람한테 물어보지 그래요?" 그녀는 후훗 웃으며 말했다. "그런다 해도 당신하고는 상관없는 일 아네요?"

면박을 주고 싶은 말이 목구멍까지 치밀어 올랐다. 하지만 이제 그도 자제력을 터득하고 있는 중이었다.

"왜 그런 식으로 말하죠?" 고작 그 정도의 말밖에 할 수 없었다.

그녀는 여느 때의 무관심한 표정으로 그를 바라보았다.

"당신은 날 대단찮게 여기는 것 같네요." 필립이 덧붙였다.

"내가 왜 당신을 대단하게 봐야 하죠?"

"무슨 이유가 있어야 하는 건 아니고요."

그는 손을 뻗어 계산서를 집었다.

"성질이 참 급하시군요." 필립이 신문을 집는 것을 보면서 그녀가 말했다. "걸핏하면 화를 내구요."

그는 미소를 지으면서 호소하는 눈으로 그녀를 바라보며 물었다.

"부탁 하나 들어줄래요?"

"그게 무엇인지에 달렸죠."

"오늘 밤 역까지 데려다주고 싶은데 그래도 될까요?"

"그러고 싶다면요."

필립은 차를 마신 뒤 하숙집으로 돌아왔지만 찻집이 문을 닫는 여덟 시에는 다시 찻집 앞에서 기다리고 서 있었다.

"겁나는 사람이군요." 그녀가 밖으로 나와 말했다. "당신을 모르겠어요."

"그렇게 어려운 일이라고 생각지 않았어야 했는데." 그가 쏘아 주듯 말했다.

"내 친구 중에 혹시 당신이 날 기다리는 걸 본 사람 있어요?"

"모르겠군요. 봤어도 상관없고요."

“사람들이 다 당신 보고 웃어요. 당신이 내게 반했대요.”

“많이 배려해 주네요.” 필립이 중얼거렸다.

“또 싸우시려는군요.”

역에 도착하여 그는 표를 사서 그녀를 집에까지 바래다주겠다고 했다.

“시간이 그렇게 남아돌지 않을 텐데요.” 그녀가 말했다.

“내 시간이니 내 맘대로 쓰는 거죠.”

그들은 언제나 싸움 일보 직전까지 가는 수가 많았다. 알고 보면 필립은 그녀를 사랑하는 자신이 싫었다. 여자는 그에게 끊임없이 모욕을 주었다. 무시당할 때마다 당장은 참을 수밖에 없었지만 필립은 마음속에 앙심이 쌓였다. 그런데 그날 저녁은 달랐다. 그녀가 어쩐지 친근하게 대했고 말도 제법 많이 했다. 자기 아버지는 돌아가셨다고 했다. 자신이 나서서 돈을 벌 필요는 없지만 재미 삼아 가게에 나가고 있다고도 했다.

“숙모님은 내가 돈 벌러 나가는 걸 좋아하지 않아요. 그냥 집에 있어도 나로선 전혀 부족한 게 없거든요. 내가 궁해서 일하러 다닌다고 생각지 마세요.”

이 여자의 말이 거짓말임을 필립은 알고 있었다. 이런 부류의 여자들은 돈 버는 일을 창피하게 생각해서 체면 때문에 흔히 그런 말을 한다.

“이래 봬도 우리 집안은 괜찮은 집안이에요.”

필립이 희미한 웃음을 짓자 그녀가 얼른 알아차리고 말했다.

“아니, 왜 웃어요? 내가 거짓말 하는 줄 알아요?”

“누가 거짓말이랬나요.”

그녀는 미심쩍은 듯 필립을 바라보더니 이내 또 자랑을 늘어놓고 싶은 마음을 참지 못하고 화려했던 어린 시절 이야기를 꺼내는 것이었다.

"아버지는 늘 이륜마차를 타고 다니셨어요. 집에는 하인이 세 명 있었구요. 요리사하고 하녀하고 임시 고용인하고요. 이쁜 장미도 길렀죠. 장미가 얼마나 이쁜지 길 가던 사람들이 대문간에 멈춰 서서 누구 집이냐고 물을 정도였다니까요. 그래서 실은 지금 가게 아가씨들하고 어울리는 게 썩 기분 좋은 건 아니에요. 지금까지 알아 온 사람들하고는 전혀 다르거든요. 그 때문에 정말 가게를 그만둬야겠다는 생각이 들 때도 있죠. 일 때문이 아니에요. 그렇게 생각진 마세요. 어울려 지내는 사람들 때문이죠."

두 사람은 기차 안에서 마주 앉아 있었다. 필립은 그녀의 말을 들으며 그럴듯하다고 느끼면서 기분이 썩 좋았다. 그녀의 소박한 생각이 재미있고 얼마간 감동적이기도 했다. 그녀의 뺨에 희미하게 홍조가 피어올라 있었다. 그녀의 턱에 키스를 하면 얼마나 기분이 좋을까 하고 생각했다.

"당신이 우리 가게에 들어섰을 때 난 이 사람은 진짜 신사구나 하고 생각했죠. 아버지 직업이 전문직이셨나요?"

"의사였죠."

"전문직 가진 사람은 금방 알아볼 수 있어요. 그런 분위기를 풍기니까. 뭔지는 모르지만 하여간 금방 알 수 있어요."

그들은 역을 나와 함께 걸었다.

"저 말예요, 언제 한번 또 연극 구경 가지 않을래요?" 그가 말했다.

"원하신다면."

"가고 싶다고 좀 적극적으로 말할 수 없어요?"

"왜요?"

"관두죠. 날짜나 정합시다. 토요일 밤 괜찮겠어요?"

"좋아요."

더 구체적인 약속을 정하고 나니 이느 사이 그녀가 사는 동네의 길모퉁이에 다다랐다. 그녀가 손을 내밀었고 그는 손을 쥐었다.

"그런데 말이죠. 당신을 밀드러드라고 부르고 싶은데 어떡하죠?"

"그러고 싶으면 그래요. 난 괜찮아요."

"그럼 당신도 날 필립이라고 불러 줄래요?"

"생각나면 그렇게 할게요. 하지만 미스터 케리라고 부르는 게 더 자연스러울 것 같아요."

필립은 그녀를 자기 쪽으로 가만히 끌어당겼다. 하지만 그녀가 몸을 빼면서 말했다.

"아니, 왜 이래요?"

"작별 키스, 해 주지 않을 거예요?"

"정말 뻔뻔스러워."

그녀는 손을 획 뿌리치고 총총걸음으로 집 쪽으로 가 버렸다.

필립은 토요일 밤의 표를 샀다. 토요일은 그녀가 빨리 마치는 날이 아니라서 집에 돌아가 옷을 갈아입을 시간이 없었다. 하지만 그녀는 아침에 드레스를 가져와서 퇴근 시간에 얼른 갈아입을 작정이었다. 여자 지배인의 기분이 좋으면 일곱 시에 내보내 줄지도 몰랐다. 필립은 일곱 시 십오 분 전부터 밖에서 기다리기로 했다. 그는 이 날이 오기를 애타게 기다렸다. 극이 끝나고 역으로 가는 길에 마차 속에서 혹시 키스를 허락할지도 몰랐다. 마차 속은 남자가 여자의 허리를 껴안기에 아주 좋게 되어 있었다.(마차가 오늘날의 택시보다 나은 점은 바로 그 점이리라.) 그 기쁨만으로도 이 날 밤 쓰는 경비는 조금도 아깝지 않았다.

그런데 토요일 오후, 약속도 재확인할 겸 차를 마시러 찻집에 들어가다가 거기서 막 나오는 멋진 콧수염의 사내와 마주쳤다. 이제 그자의 이름이 밀러임을 필립도 알고 있었다. 영국으로 귀화한 독일인으로 이름을 영국식으로 바꾸고 여러 해째 영국에서 살고 있었다. 말하는 것을 들어 보니 영어를 유창하고 자연스럽게 하긴 했지만 토박이 억양은 아니었다. 그자가 밀드러드를 유혹하고 있다는 것은 필립도 알고 있었다. 그래서 질투가 나서 못 견딜 지경이었다. 다행히 그녀가 워낙 냉정한 여자라 얼마간 위로가 되었다. 그렇지 않았다면 비참한 심정이었을 것이다. 사랑에 빠질 만한 정열이 없는 여자이기 때문에 연적인 그자도 자기 처지보다 별로 나을 게 없으리라고 생각되었다. 그런데 이자가 갑자기 나타나고 보니 가슴이 덜컥 내려앉았던 것이다. 대뜸 드는 생각은, 학수고대해 온 데이트를 밀러가 방해 놓는 것이 아닌가 하는 것이었다. 밀드러드가 와서 차 주문을 받고 갔다가 잠시 뒤 차를 가지고 다시 왔다.

"정말 미안한데요." 그녀는 정말 난처하다는 표정을 짓고 말했다. "오늘 밤 같이 갈 수 없게 됐어요."

"아니 왜요?"

"그렇게 정색하고 보지 말아요." 그녀가 웃었다. "제 탓이 아니구요. 숙모님이 어젯밤에 갑자기 병이 났어요. 일하는 하녀도 오늘은 쉬는 날이고. 제가 가서 돌봐 드려야 돼요. 혼자 계시게 둘 수 없잖아요."

"하는 수 없지. 대신 집까지 바래다줄게요."

"연극 표 샀잖아요. 버리면 아까운데."

그는 주머니에서 표를 꺼내어 일부러 찢어 버렸다.

"아니, 왜 찢어 버리는 거예요?"

"설마 내가 그 형편없는 뮤지컬을 혼자 가서 구경하고 싶어하리라 생각하는 건 아니겠죠? 전적으로 당신을 위해서 표를 산 거라고요."

"그러니까 이제 나를 집에 바래다줄 수 없다는 것이네요."

"당신이 딴 약속들 잡은 거잖아요."

"도대체 무슨 말이에요? 당신도 별 수 없이 이기적인 사람이군요. 도무지 자기만 생각하니. 숙모가 병이 난 게 내 탓이에요?"

그녀는 재빨리 청구서를 써 주고는 가 버렸다. 필립은 여자를 잘 몰랐다. 알았더라면 여자의 뻔한 거짓말도 모르는 척 받아 주어야 한다는 것쯤은 알았을 것이다. 필립은 가게 밖에서 지켜보고 있다가 밀드러드가 독일인과 같이 나가는지 안 나가는지 확인해 보기로 마음먹었다. 그에게는 뭐든 확인하지 않고는 못 배기는 나쁜 버릇이 있었다. 일곱 시에 그는 길 건너편에 자리를 잡고 기다렸다. 근방에서 밀러를 찾아보았지만 눈에 띄지 않았다. 십 분이 지나자 밀드러드가 나왔다. 전에 그가 섀프츠베리 극장에 데리고 갔을 때 입었던 외투를 입고 그때 머리에 썼던 숄을 쓰고 있었다. 집으로 가는 길이 아님이 분명했다. 그녀는 미처 몸을 숨기지 못한 필립을 발견하고 움찔 놀라더니 곧장 그에게 걸어왔다.

"여기에서 뭐 하는 거예요?"

"바람을 좀 쐬고 있어요."

"몰래 염탐하는 거죠? 비열한 사람. 신사인 줄 알았더니."

"신사가 당신 같은 여자에게 관심을 가질 것 같아요?" 그가 중얼거리듯 말했다.

마음속에 무슨 악마가 들었는지 그는 자기도 모르게 사태를 악화시키고 있었다. 상대방이 자기를 괴롭히는 만큼 자기도 상대방을 괴롭혀 주고 싶었다.

"싫으면 거절하는 건 내 맘 아니에요? 당신하고 같이 가는 게 무슨 의무인가요? 분명히 말해 두지만 나는 지금 집에 가는 길이에요. 따라오지도 말고 숨어서 지켜보지도 말아요."

"오늘 밀러 만나지 않았어요?"

"남의 일 상관 마세요. 어쨌든 만난 적 없으니 당신 짐작은 틀린 거예요."

"오늘 오후에 내가 봤는걸요. 내가 들어갈 때 막 나오던데."

"그래서 어쨌다는 거예요. 내가 좋으면 만날 수 있는 거 아네요? 도대체 무슨 말 하려는 거예요."

"그 사람이 올 시간에 안 오니 지금 기다리고 있는 거죠?"

"그래요, 당신이 날 기다리게 하느니 내가 그 사람을 기다리겠어요. 내 말 잘 새겨들어 두세요. 그리고 이제 집에 가서 당신 앞날이나 걱정하시지 그래요."

필립의 분노는 갑자기 절망으로 바뀌어 버렸다. 입을 열자 목소리가 떨려 나왔다.

"이봐요, 밀드러드. 내게 그렇게 험하게 대하지 말아요. 내가 당신을 아주 좋아한다는 걸 알잖아요. 내가 당신을 정말로 사랑하고 있나 봐요. 마음을 좀 바꿔 줄 수 없어요? 내가 오늘 밤을 얼마나 애타게 기다렸는지 알아요? 이것 봐요. 그 사람 오지도 않았잖아요. 실은 그 사람은 당신을 눈곱만치도 배려하지 않아요. 나랑 저녁 같이하지 않을래요? 극장표도 새로 살게요. 아무 데나 당신이 가고 싶은 데로 갑시다."

"싫어요. 아무리 그래도 소용없어요. 난 이미 마음을 정했어요. 마음을 정하면 난 바꾸지 않아요."

필립은 잠시 그녀를 쳐다보았다. 가슴이 괴로움으로 찢어질 것만 같았다. 거리의 사람들이 그들 곁을 바쁘게 지나갔고 이륜마차며 승합마차들이 시끄러운 소리를 내며 굴러갔다. 밀드러드의 눈길이 사방을 살피고 있음을 알 수 있었다. 사람들 틈에서 밀러를 놓치게 될까 걱정하는 눈치였다.

"이런 식으로는 더 이상 못 하겠어." 필립은 신음하듯 말했다. "너무 굴욕적이야. 나는 지금 가면 끝입니다. 오늘 밤 나와 같이 가지 않으면 두 번 다시 당신을 보지 않겠어요."

"그런다고 내가 놀랄 줄 알아요? 오히려 추근대는 꼴 보지 않아 이제 속이 시원해요. 알았어요?"

"그럼 이제 그만 봅시다."

그는 가볍게 고개를 숙이고는 절룩거리는 걸음으로 천천히 그 자리를 떠났다. 마음속으로는 그녀가 뒤에서 불러 주기를 안타깝게 바라고 있었다. 다음 가로등까지 왔을 때 그는 걸음을 멈추고 어깨 너머로 힐끗 뒤를 돌아다보았다. 그녀가 그에게 손짓을 하고 있을지도 모른다고 생각했기 때문이다. 그렇다면 모든 것을 기꺼이 다 잊으리라, 어떤 굴욕도 감수하리라, 생각했다. 하지만 그녀는 다른 곳을 보고 있었다. 필립에게는 더 이상 마음을 쓰고 있지 않은 게 분명했다. 그를 떨쳐 버린 것을 시원하게 여기고 있음을 알 수 있었다.

59

참으로 비참한 밤이었다. 외식하겠다고 해 두었기 때문에 하숙집에는 먹을 것도 없었다. 가티 식당에 가서 저녁을 사 먹을 도리밖에 없었다. 저녁을 먹고 하숙방에 돌아오니 위층의 그리피스가 파티를 열고 있는지 떠들썩한 웃음소리가 처량한 신세를 더 견딜 수 없게 만들었다. 연예관에 가 보았지만 토요일 밤이라 입석뿐이었다. 지루함을 참고 반 시간을 서 있다가 다리가 아파 그만 집으로 돌아오고 말았다. 책을 펼쳐 보았지만 집중할 수가 없었다. 하지만 공부를 소홀히 할 수는 없는 노릇이었다. 생물학 시험이 두 주일도 채 남지 않았다. 시험이 쉽다고는 하지만 최근 들어 강의를 너무 많이 빼먹었다. 스스로 생각해도 아는 것이 없었다. 다행히 구두시험뿐이라 두 주일 동안 대비를 하면 간신히 통과할 수는 있으리라는 자신은 있었다. 그는 자신의 머리를 믿었다. 책을 팽개치고 내내 마음을 떠나지 않는 문제를 곰곰이 생각해 보았다.

그날 저녁의 행동이 뼈저리게 후회되었다. 왜 그녀에게 양자택일을 하라고 했을까. 식사를 함께 하든가, 다시 보지 말든가, 라고 하지 않았던가. 물론 그녀는 거절했다. 여자의 자존심도 고려했어야 했다. 필립은 배수진을 치고 나서 자기가 당해 버린 꼴이었다. 그녀도 괴로워하고 있으려니 하는 생각이 들면 그래도 좀 나을 것이다. 하지만 그럴 리는 절대 없었다. 철저하게 무관심한 여자가 아닌가. 바보가 아니라면 그녀의 이야기를 믿는 척이라도 했을 것이다. 실망을 감출 수 있는 힘, 감정을 통제할 수 있는 능력을 가졌어야 했다. 왜 그런 여자를 사랑하는지 자신도 알 수 없었다. 사랑을 하면 대상을 이상화하게 된다던가. 그런 말을 읽은 적은 있지만 그의 경우는 그렇지도 않았다. 상대방을 있는 그대로 정확하게 보고 있었다. 그녀는 재미있지도 영리하지도 않다. 머리도 평범하다. 실속 챙기는 쪽으로만 천박한 꾀가 많아 역겨울 뿐이었다. 상냥하지도 부드럽지도 않았다. 스스로도 말하듯이 제 잇속만 챙겼다. 순진한 사람을 골탕 먹이는 장난이라면 얼른 관심을 가졌다. 누군가를 속여 먹고 나서는 언제나 기분 좋아했다.

음식을 먹을 때는 요조숙녀인 듯 온갖 점잔을 부리는데, 그런 그녀를 생각하니 필립은 무섭게 웃음이 터져 나왔다. 그녀는 거친 말을 참지 못했다. 그래서 보잘것없는 어휘로 미사여구를 사용하지 않으면 배기지 못했다. 걸핏하면 아무 말이나 품위 없는 말이라고 생각했다. '바지'라는 말은 입에 올리지도 않았고 대신 늘 '하의'라고 했다. 코를 푸는 것조차 상스럽다고 생각해서 자신이 코를 풀 때는 무슨 못할 짓이라도 하는 것처럼 풀었다. 빈혈증이 심했고 빈혈증에 따르는 소화불량에 시달리고 있었다. 가슴이 납작하고 엉덩이가 작은 것도 정이 떨어졌다. 머리 모양이 저속한 것도 싫었다. 필립은 그런 여자를 사랑하고 있는 자신이 혐오스럽고 경멸스럽기만 했다.

그래도 어쩔 도리가 없었다. 학교 다닐 때 덩치 큰 아이의 손아귀에 붙잡혀 꼼짝 못 했던 때의 느낌이었다. 처음엔 상대방의 강한 힘에 맞서 발버둥쳐 보지만 결국 힘이 다 빠져 완전히 무력해지고 만다. 감각이 마비된 듯 사지가 나른해지던 그 야릇한 느낌이 아직도 생생하다. 그러고 나면 어떻게 해 볼 도리가 없었다. 죽은 거나 다름없었다. 바로 지금 그러한 무력감이 느껴졌다. 그는 지금까지 한 번도 경험해 보지 못한 감정으로 이 여자를 사랑하고 있었다. 용모나 성격의 결함은 문제가 아니었다. 결점마저도 사랑하고 있었으니까. 어쨌든 그런 것들은 필립에게 아무런 의미가 없었다. 아무래도 문제는 자기가 아니었다. 그는 어떤 알 수 없는 힘에 사로잡혀 있는 것 같았다. 그 힘은 자신의 의지와는 상관없이, 자기의 이익에 거슬러 그를 움직였다. 자유롭고 싶은 마음이 강한 그는 자기를 얽

매고 있는 그 사슬이 싫었다. 자기를 꼼짝 못 하게 하는 열정을 얼마나 경험하고 싶었던가를 생각하니 자신이 가소롭기만 했다. 정념에 굴복하고 만 자신이 치욕스럽기만 했다. 일의 시발을 생각해 보았다. 던스퍼드와 그 찻집에 들어가지 않았더라면 아무 일도 일어나지 않았을 것이다. 다 자기 잘못이었다. 우스꽝스러운 허영심만 없었더라면 이 형편없는 여자 때문에 괴로워하지는 않았을 것이다.

어쨌든 오늘 밤의 일이 모든 것을 결말지어 준 셈이었다. 수치심이 조금이라도 남아 있다면 돌아갈 수는 없었다. 이 강박적인 사랑에서 제발 벗어나고 싶었다. 굴욕스러웠고 싫었다. 다시는 그 여자 생각을 하지 말자. 시간이 지나면 괴로움도 줄어들 것이다. 그런 생각을 하다 보니 지난 일이 떠올랐다. 에밀리 윌킨슨과 패니 프라이스도 자기 때문에 지금 그가 겪고 있는 것과 같은 고통을 겪었던 것일까. 뼈저린 회한이 엄습했다.

'사랑이 이런 것인 줄은 그땐 미처 몰랐다.' 하고 그는 생각했다.

잠은 완전히 설치고 말았다. 이튿날은 일요일이었다. 그는 생물학 공부를 했다. 눈앞에 책을 펼쳐 놓고 앉아 주의를 집중시키기 위해 입술을 움직여 소리 없이 책을 읽어 보았다. 하지만 머릿속에는 아무것도 들어오지 않았다. 한순간만 지나면 생각은 어느새 밀드러드에게 돌아가 그는 자기도 모르게 헤어질 때 주고받았던 말들을 그대로 되씹고 있었다. 그럴 때마다 억지로 다시 책에 눈길을 돌렸다. 그는 잠시 바람을 쐬러 밖으로 나갔다. 템스강 남쪽의 거리는 주중에는 더럽긴 했지만 사람들의 활동과 오가는 사람들로 너저분한 대로 생기가 넘쳤다. 하지만 일요일에는 상점이 문을 닫고 거리에 마차도 없어 조용하고 침울했다. 그래서 말할 수 없이 황량했다. 필립은 이 날이 그지없이 길게 느껴졌다. 하지만 지칠 대로 지쳐 깊은 잠에 떨어지고 말았다. 월요일이 되자 필립은 새로운 각오로 생활을 시작했다. 크리스마스가 얼마 남지 않았다. 학생들은 겨울학기 중간에 있는 짧은 방학을 맞아 대부분 시골로 내려가고 없었다. 필립은 블랙스터블에 내려오라는 백부의 권유를 받았지만 가지 않았다. 시험이 얼마 안 남았다는 핑계를 댔지만 실은 런던과 밀드러드를 떠나고 싶지 않았던 것이다. 그동안 공부를 너무 게을리하여 삼 개월의 교육 과정에서 배울 것을 이 주일 만에 하지 않으면 안 되었다. 그는 열심히 공부하기 시작했다. 밀드러드 일도 날이 갈수록 쉽게 잊을 수 있었다. 그는 자신의 인격의 힘을 축하했다. 고통도 이제 견딜 만해졌다. 뭐랄까, 말에서 떨어져 뼈가 부러지지는 않았지만 온몸이 멍들고 후들거릴 때의 느낌, 그런 정도의 아픔만이 느껴질 뿐이었다. 이제 필립은 지난 몇 주일 동안의 제 상태를 찬찬히 관찰해 볼 수 있게 되었다. 그는 흥미를 가지고 자신의 감정을 분석했다. 재미있는 사람이었다. 한 가지 깨달은 점은 그런 상황에서는 사상이라는 것이 별 소용이 없다는 것이었다. 필립은 한때 자신의 인생철학을 세워 놓고 대단히 만족했었지만, 그 철학이 이번 일에는 아무 쓸모도 없었다. 알다가도 모를 일이었다.

하지만 때로 길을 가다 밀드러드와 닮은 여자를 만나면 심장이 멎는 것 같은 느낌이 들었다. 그럴 때면 참지 못하고 허둥지둥 쫓아가 붙잡아 보지만 번번이 엉뚱한 사람이다. 시골 갔던 학생들이 다 돌아왔다. 필립은 던스퍼드와 함께 ABC 식당 분점에 차를 마시러 다녔다. 눈에 익은 여자 종업원의 유니폼이 아픈 기억을 떠올려 말하고 싶은 마음이 사라졌다. 밀드러드가 같은 회사의 다른 찻집으로 옮겼을지도 모른다는 생각이 들었다. 그렇다면 언제 어디서 그녀를 맞닥뜨릴지도 몰랐다. 그런 생각을 하니 소름이 끼쳤다. 던스퍼드가 자초지종을 눈치채지나 않을까 두렵기까지 했다. 던스퍼드에게는 할 말이 없었다. 그저 던스퍼드가 하는 말을 듣는 척할 수밖에 없었다. 듣고만 있자니 미칠 것만 같았다. 던스퍼드더러 제발 입 좀 닥치라고 소리 지르고 싶은 마음을 꾹꾹 눌러 참는 도리밖에 없었다.

이윽고 시험 날이 닥쳤다. 자기 차례가 되자 필립은 자신만만하게 시험관의 책상 앞으로 걸어갔다. 서너 개의 질문에 대답을 했다. 다음 순서에서는 여러 가지 표본이 제시되었다. 강의를 많이 빼먹었기 때문에 책에 나오지 않는 내용을 질문받으면 속수무책이었다. 무식을 감추느라 그는 안간힘을 썼고, 시험관도 굳이 캐묻지 않았다. 십 분간의 시험은 이내 끝났다. 그는 통과했으리라고 자신했다. 하지만 이튿날 시험장에 가서 문 위에 붙은 시험 결과를 보고 그는 기겁을 했다. 합격자들 가운데 그의 번호가 없었기 때문이다. 너무 놀라 그는 세 번이나 번호를 확인했다. 던스퍼드도 그 자리에 함께 있었다.

"정말 안됐네."

방금 필립의 번호를 물어 결과를 확인한 던스퍼드가 말했다. 희색이 만면한 것으로 보아 그는 합격했음을 알 수 있었다.

"아냐, 괜찮아. 자넨 합격해서 정말 잘됐네. 난 칠월에 다시 보면 되니까."

필립은 애써 아무렇지 않은 척해 보였다. 템스강 둑길을 걸어 돌아오면서도 일부러 딴 화젯거리를 찾아 이야기했다. 사람 좋은 던스퍼드는 자꾸만 필립이 실패한 까닭을 짚어 보고 싶어했다. 하지만 필립은 한사코 대수롭지 않게 받아넘겼다. 속으로는 더없는 치욕감을 느끼고 있었다. 성품이 좋다고는 하지만 미련한 친구라고 여겼던 던스퍼드가 합격했다는 사실, 그것이 자신의 낙방을 더욱 견딜 수 없는 것으로 만들었다. 머리만은 늘 자신만만하지 않았던가. 그런데 이제 자기에 대한 평가가 잘못되지 않았는지 절망적으로 자문하지 않을 수 없었다. 겨울학기 삼 개월 사이에 시월에 입학한 학생들은 이미 구분이 뚜렷해져 있었다. 뛰어난 집단, 영리하거나 열심히 하는 집단, '농땡이' 집단의 구분이 뚜렷했다. 필립은 그의 실패가 자신에게만 놀라운 일일 뿐임을 깨닫게 되었다. 마침 간식 시간이라 의학교 지하층에 가면 많은 학생들이 군것질을 하러 내려올 것이다. 시험에 합격한 친구들은 희희낙락할 것이고, 그를 싫어하던 사람들은 고소하다는 듯 그를 쳐다볼 것이다. 불합격한 친구들은 위로를 받기 위해 그를 위로하려고 할 것이다. 이 일이 다 잊힐 때까지 일주일 동안은 병원에 가지 말자는 것이 본능적인 충동이었다. 하지만 지금 이 순간 죽도록 가기 싫었기 때문에 그는 일부러 갔다. 자신에게 고통을 주고 싶었던 것이다. 한순간 그는 '모퉁이 저편에 경찰이 있다는 것을 명심하되, 마음이 원하는 바를 따르라.'는 인생의 좌우명을 잊어버렸던 것 같다. 아니면, 그 원칙에 따라 행동하고 있었는지는 모르나 그의 본성에는 이상하게 병적인 데가 있어 자기 학대에 음울한 쾌감을 느끼고 있었음이 분명하다.

하지만 스스로 가한 시련을 견뎌 낸 뒤, 끽연실의 시끌벅적한 이야기를 뒤로하고 밤거리로 나왔을 때 필립은 뼈저린 고독감에 사로잡혔다. 자신이 한없이 우스꽝스럽고 쓸모없는 사람처럼 여겨졌다. 누구로부터든 당장 위로를 받고 싶었다. 밀드러드를 만나고 싶은 마음을 견딜 수 없었다. 그러면서도 그녀로부터 위로받을 가능성은 없다고 생각하니 마음이 아팠다. 하지만 말은 걸지 않더라도 얼굴만이라도 보고 싶었다. 종업원이니까 어쨌든 시중은 들어 줄 것이다. 이 순간 그가 좋아하는 사람은 세상에 딱 한 사람, 그녀뿐이었다. 부인해 보아도 소용없는 사실이었다. 물론 아무 일도 없었던 것처럼 그 찻집을 다시 찾는다는 것은 굴욕스러운 일이었다. 하지만 이제 자존심도 별로 남아 있지 않았다. 스스로도 인정하고 싶지 않지만 그는 날이면 날마다 그녀의 편지를 기다렸다. 병원으로 편지를 쓰면 그에게 전달되리라는 것쯤은 그녀도 알고 있었다. 하지만 편지는 끝내 오지 않았다. 그녀로서는 그를 다시 보든 말든 상관없다는 것이 확실했다. 필립은 한없이 혼자 되뇌었다.

"가서 만나자. 만나야 해."

필립은 빨리 보고 싶은 마음에 쫓겨 걷는 데 걸리는 시간도 참지 못하고 마차를 집어탔다. 절약을 위해 꼭 필요한 때가 아니면 타지 않는 마차였다. 그는 찻집 밖에서 잠시 망설였다. 하지만 그녀가 그곳을 그만두어 버렸을지도 모른다는 생각이 퍼뜩 들었다. 덜컥 겁이 나서 황급히 뛰어 들어갔다. 다행히 그녀는 거기에 있었다. 자리에 앉자 그녀가 다가왔다.

"차 한 잔에 머핀을 줘요."

간신히 입이 떨어졌다. 순간 울음이 터질 것만 같았다.

"죽어 버린 줄 알았네요." 그녀가 말했다.

그녀는 웃고 있었다. 웃고 있다! 그렇다면 그가 혼자서 수백 번은 중얼거렸던, 헤어질 때의 말 따위는 깡그리 잊어버렸단 말인가.

"날 보고 싶으면 편지라도 쓸 줄 알았지."

"할 일이 많아 편지 같은 건 생각도 못 해요."

아무튼 이 여자로부터 듣기 좋은 말을 기대하기는 불가능했다. 이런 여자에게 자기를 얽매어 놓은 운명이 야속하기 짝이 없었다. 그녀는 차를 가지러 가 버렸다.

"잠깐 앉아도 될까요?" 차를 가져와서 그녀가 말했다.

"그러세요."

"그동안 어디 있었어요?"

"런던에 있었죠."

"방학이라 어디 간 줄 알았죠. 그럼 왜 오지 않았어요?"

필립은 고뇌 어린 뜨거운 눈으로 그녀를 바라보았다.

"잊었나 보네요. 내가 다시는 보지 않겠다고 한 거."

"그럼 지금 여기 온 건 뭐예요?"

아무래도 그녀는 그로 하여금 굴욕의 잔을 마시게 하고 싶어 안달하는 사람 같았다. 그러나 그녀가 생각 없이 말하는 사람이라는 것쯤은 필립도 알고 있었다. 함부로 말하여 상처를 주긴 했지만 그렇다고 의도적인 것은 아니었다. 그는 대답하지 않았다.

"그때 날 몰래 지켜본 건 정말 비열한 짓이었어요. 진짜 신사인 줄만 알았더니."

"그렇게 박정하게 굴지 마요, 밀드러드. 못 견디겠어요."

"참 우스운 분이에요. 정말 알 수 없다니까."

"아주 간단해요. 당신 같은 사람을 죽도록 좋아하니 난 구제 불능인 거죠. 당신은 내게 눈곱만치도 관심이 없는데."

"당신이 신사라면, 다음 날 와서 사과할 줄 알았죠."

인정이라고는 없는 여자였다. 그녀의 목을 바라보면서 그는 머핀 자르는 나이프로 그 목을 어떻게 찔러 버리면 좋을까 생각했다. 해부학을 배워 경동맥의 위치가 어디쯤인지는 알고 있었다. 그러면서 한편으로는 그 핏기 없고 여윈 얼굴에 한없이 키스를 퍼부어 주고 싶었다.

"어떻게 이해시킬 수 있을지 모르겠네요. 내가 당신을 얼마나 끔찍히 좋아하고 있는지."

"아직 사과도 하지 않았잖아요."

필립은 얼굴이 해쓱해졌다. 이 여자는 그 일에 자신은 전혀 잘못이 없다고 생각하고 있다. 그리고 지금은 숫제 그더러 잘못을 빌라는 투다. 그도 자존심이 강한 사람이었다. 한순간 냅다 욕지거리를 퍼부어 주고 싶은 충동을 느꼈다. 하지만 차마 그러지 못했다. 사랑이 그를 비굴하게 만들고 만다. 다시 만나지 못하는 일만 아니라면, 무슨 일이든 감수하고 싶다.

"정말 미안해요, 밀드러드. 사과할게요."

그 말을 그는 간신히 뱉어 냈다. 몹시 힘이 들었다.

"그렇게 말하니 나도 말하는 거지만, 그날 저녁 당신과 같이 갈 걸 그랬어요. 난 밀러가 신사라고 생각했는데, 이제 보니 잘못 생각했어요. 당장 상대하지 않기로 했어요."

필립은 갑자기 긴장되었다.

"그럼 밀드러드, 오늘 밤 나랑 같이 가지 않을래요? 어디 가서 저녁이나 합시다."

"아니, 안 돼요. 숙모가 기다리고 계시거든요."

"내가 전보를 쳐 줄게요. 가게 일로 늦는다고 하면 되잖아요. 모르실 텐데요 뭐. 제발 부탁이에요. 갑시다. 당신을 너무 오래 못 봤어요. 이야기하고 싶어요."

그녀는 자기 옷을 내려다보았다.

"옷 걱정은 말아요. 옷차림에 신경 쓰지 않아도 되는 곳으로 갈 테니까. 저녁 먹고 나서 연예관에 갑시다. 그러겠다고 좀 해 봐요. 그럼 내가 얼마나 좋아할까."

그녀는 잠시 망설였다. 애처롭게 호소하는 표정으로 필립은 그녀를 쳐다보았다.

"그거야 어려운 거 아니죠. 나가 본 지도 꽤 오래됐구요."

필립은 그 자리에서 당장 그녀의 손을 부여잡고 키스를 퍼부어 주고 싶은 마음을 간신히 참았다.

60

두 사람은 소호[232]에서 식사를 했다. 필립은 얼마나 기쁜지 몸이 떨릴 지경이었다. 그들이 간 곳은 손님들이 벅적거리는 싸구려 식당, 다시 말해 겉보기는 멀쩡하지만 돈 없는 사람들이 보헤미안 기분을 내면서, 또 그게 경제적이라고 확신하고 식사를 하는 그런 곳은 아니었다. 사람 좋은 루앙 출신 프랑스인이 아내와 함께 운영하는 소박한 식당으로 언젠가 필립이 우연히 발견한 집이었다. 프랑스식 진열창이 눈을 끌었던 것이다. 거기에는 늘 요리하기 전의 비프스테이크가 담긴 쟁반이 가운데에 놓여 있고 양쪽에 생야채를 담은 접시가 진열되어 있었다. 지저분하게 생긴 프랑스인 웨이터 하나가 시중을 들고 있었는데 프랑스 말밖에는 들을 수 없는 이곳에서 영어를 배우려고 한다는 것이었다. 손님들로는 밤거리 여자들 몇, 전용 냅킨을 쓰고 있는 부부가 한두 쌍, 간단한 음식을 재빨리 먹어 치우고 나가는 이상한 사내들 몇이 있었다.

밀드러드와 필립은 테이블 하나를 차지할 수 있었다. 필립은 웨이터에게 이웃 술집에서 버건디 한 병을 사 오게 하고, 식사로 '포타쥬 오제르브(야채 수프)', 진열장에서 본 비프스테이크와 감자, 그리고 '오믈렛 오 키르쉬(세리주가 든 오믈렛)'를 시켰다. 음식과 장소에 어쩐지 로맨틱한 분위기가 있었다. 밀드러드는 처음에는 "난 외국인 식당을 별로 믿지 않아요. 이

232) 런던의 중심가. 극장, 나이트클럽, 식당 등이 많은 번화가이다.

너저분한 음식에 뭐가 들었는지 알게 뭐예요."라고 하면서 칭찬에 인색하더니 어느덧 생각이 달라진 모양이었다.

"여기 마음에 드네요, 필립. 팔꿈치를 테이블에 올려놓아도 될 것 같아요, 그렇죠?" 하고 말했다.

희끗희끗한 머리에 턱수염이 더부룩하고 키가 큰 사람이 하나 들어왔다. 낡아 빠진 외투 차림에 챙이 넓은 중산모를 쓰고 있었다. 그는 안면이 있는 필립에게 고개를 끄덕여 보였다.

"저 사람 무정부주의자같이 생겼네요." 밀드러드가 말했다.

"맞아요. 유럽에서 가장 위험한 인물 가운데 하나죠. 유럽 대륙에 있는 감옥이란 감옥에는 안 가 본 데가 없는 데다 암살한 사람만도 부지기수라는데 저렇게 멀쩡하게 살아 있어요. 주머니 속에 늘 폭탄을 가지고 다니죠. 물론 그 때문에 말 상대하기가 쉽지 않아요. 수틀리면 폭탄을 꺼내 보란 듯이 테이블 위에 올려놓으니까요."

그녀는 화들짝 놀라면서 겁난 눈으로 사나이를 바라보았다. 그러고는 수상쩍다는 듯이 필립을 힐끗 보았다. 필립의 눈이 웃고 있었다. 그녀는 가볍게 눈살을 찌푸렸다.

"지금 놀리고 있는 거죠?"

필립은 가벼운 환성을 질렀다. 너무 행복했다. 하지만 밀드러드는 놀림감이 되는 것이 싫었다.

"거짓말해 놓고 뭐가 우스워요?"

"화내지 마요."

그는 테이블 위에 올려놓은 그녀의 손을 가만히 쥐었다.

"당신, 정말 예뻐. 당신이 밟고 간 땅이면 키스라도 하겠어."

푸른 기마저 도는 창백한 그녀의 살결에 그는 넋을 잃을 지경이었다. 얇고 창백한 입술은 더없이 매혹적이었다. 빈혈 때문에 약간 숨이 가쁜 듯, 입을 살며시 벌리고 있다. 그 때문에 얼굴이 더욱 매력적으로 보였다.

"당신도 날 조금은 좋아하겠지?" 그가 물었다.

"글쎄, 그렇지 않으면 내가 왜 여기 왔겠어요. 당신은 어느 모로 보나 진짜 신사니까. 그건 분명히 말할 수 있어요."

식사를 마치고 커피를 마시는 중이었다. 필립은 돈 걱정은 집어치우기로 하고 3펜스짜리 시가를 피웠다.

"당신은 모를 거야. 이렇게 마주 앉아 당신을 바라보고 있노라면 얼마나 기분이 좋은지. 보고 싶어 혼났어요. 미칠 지경이었죠. 얼굴만이라도 보고 싶어서."

밀드러드는 살포시 웃으면서 볼을 붉혔다. 음식을 먹고 나면 으레 속이 거북해졌지만 오늘은 괜찮았다. 그녀에게 필립이 이처럼 정겹게 여겨지는 것도 처음이었다. 필립은 필립대로 여느 때와 다른 그녀의 상냥한 눈빛을 보고 기뻐서 어쩔 줄 몰랐다. 그녀에게 제 마음을 온통 바치는 것이 얼마나 미친 짓인지를 그는 본능적으로 알고 있었다. 그저 보통으로 대하면서 가슴속에서 끓고 있는, 그 걷잡을 수 없는 정열을 절대 내보이지 않아야 옳았다. 그녀가 이쪽의 약점을 이용하려고 들게 뻔했다. 하지만 지금으로서는 도무지 신중해질 수가 없었다. 필립은 그녀와 헤어지고 난 뒤 겪었던 괴로움을 죄다 털어놓고 말았다. 내가 자신과 얼마나 싸웠는지, 마음속의 그 뜨거운 감정을 이겨 내려고 얼마나 애썼는지 아느냐. 한때 이겨냈다고 생각했다. 하지만 다음 순간엔 그 격정이 더 뜨거워졌음을 알았을 뿐이다. 이제 보니 나는 그 감정을 정말 벗어나려고 하지도 않았다. 당신을 사랑하는 마음 때문에 괴로움 따위는 아무래도 좋았다. 필립은 속마음을 다 까발리고 말았다. 제 약점을 죄다 자랑스럽게 보여 주고 말았던 것이다.

필립으로서는 허름하지만 아늑한 이 식당에 마냥 앉아 있는 것이 무엇보다 좋았다. 하지만 밀드러드는 연극 구경을 원한다는 것을 알고 있었다. 그녀는 늘 마음이 들떠 있어서 어딜 가든 오래 앉아 있지 못하고 딴 곳으로 가고 싶어했다. 그녀를 지루하게 할 수는 없었다.

"우리 말이죠, 연예관이나 가는 게 어때요?"

그렇게 말하면서 얼핏 스치는 생각은 상대방이 자기를 조금이라도 좋아한다면 여기에 있고 싶다고 말하리라는 것이었다.

"그렇지 않아도, 이제 일어나는 게 좋겠다고 생각하던 참이었어요." 그녀가 대답했다.

"그럼, 갑시다."

필립은 공연이 끝나기를 초조하게 기다렸다. 그다음 일은 이미 정해 두고 있었다. 마차 안에 올라앉자 그는 우연인 것처럼 그녀의 허리에 팔을 둘렀다. 다음 순간 그는 앗 하며 팔을 빼냈다. 뭔가에 찔렸던 것이다. 그녀는 소리 내어 웃었다.

"거봐요. 일 없는 데 팔이 가니 그렇지. 남자들이 허리에 손을 갖다 대면 난 귀신같이 알아요. 다 그 핀에 걸리고 마니까."

"그럼 조심해야겠군."

그는 다시 한 번 팔을 둘렀다. 그녀는 뿌리치지 않았다.

"아아, 기분 좋다." 그는 행복한 한숨을 내쉬었다.

"당신 기분 좋을 때만 그렇겠죠." 그녀가 대꾸했다.

마차가 세인트 제임스 가를 따라 내려가 하이드 파크로 들어섰을 때, 필립은 얼른 입을 맞췄다. 이 여자에게는 이상하게도 어찌나 겁이 나는지 그렇게 하기 위해 있는 용기를 다 발휘해야 했다. 그녀는 아무 말 없이 그의 입술을 받아들였다. 싫다거나 좋다거나 하는 내색이 전혀 없었다.

"이 순간을 얼마나 기다렸는지 당신은 모를 거야." 그는 속삭였다.

그러고는 또 한 차례 입을 맞추려고 하자 이번에는 고개를 돌려 버렸다.

"한 번이면 됐어요."

한 번 더 키스할 기회가 있을까 하고 그는 헌 힐까지 따라가서 그녀의 동네로 들어서는 길 입구에서 물었다.

"한 번만 더 해 주지 않을래요?"

그녀는 멀뚱하게 그를 쳐다보더니 길 쪽을 힐끗 살펴본 다음 아무도 눈에 띄지 않자 말했다.

"그러세요."

필립은 그녀를 끌어안고 미친 듯이 입을 맞췄다. 그녀가 그를 밀어 냈다.

"모자 조심해요, 바보같이. 서툴기도 하네."

61

그 뒤로는 매일 그녀를 만났다. 점심도 그 가게에서 먹기 시작했다. 그것만은 밀드러드가 말렸다. 종업원 아가씨들 사이에 말이 많다고 했다. 별 수 없이 차를 마시는 것만으로 만족해야 했다. 하지만 늘 가게 근처에서 기다리고 있다가 그녀와 함께 역까지 걸었다. 일주일에 한두 번은 같이 식사를 했다. 금팔찌라든가 장갑, 손수건 같은 크지 않은 선물을 사 주기도 했다. 지나친 지출을 하고 있었지만 딴 도리가 없었다. 그녀가 조금이라도 애정 표시를 하는 것은 선물을 줄 때뿐이었기 때문이다. 밀드러드는 모르는 물건 값이 없었다. 고마움의 표시도 선물의 값과 정확히 비례했다. 그래도 필립은 상관하지 않았다. 그녀가 먼저 키스를 해 주면 너무 기분이 좋았다. 그런 때는 자기가 무슨 수단을 써서 여자의 환심을 사고 있는지도 잊어버렸다. 그녀가 일요일을 집에서 지루하게 지낸다는 것을 알고 필립은 일요일 아침이면 헌 힐까지 내려가 동네 입구에서 그녀를 만나 함께 교회에 갔다.

"일주일에 한 번은 교회에 나가고 싶어요. 좋아 보이잖아요." 그녀가 말했다.

교회를 마치고 그녀가 점심을 먹으러 돌아가면 그는 호텔 같은 데서 간단한 식사로 끼니를 때웠다. 오후에는 둘이서 브록웰 공원으로 산책을 나갔다. 서로 할 말이 별로 없었기 때문에 필립은 이 여자가 싫증을 낼까 겁이 나서 (그녀는 쉽게 싫증을 냈다.) 이야깃거리를 찾느라 늘 머리를 쥐어짰다. 이런 산책이 두 사람 누구에게도 즐겁지 않다는 것을 알지만 그렇다고 헤어지기는 싫었다. 그래서 산책을 오래 끌기 위해 별의별 수를 다 써 보았지만 여자는 마침내 지쳐서 화를 내고 말았다. 필립은 상대방이 자기를 좋아하지 않음을 알고 있었다. 이 성적으로 생각해 보면 그녀의 본성에 사랑의 감정이 존재하지 않음을 알 수 있었지만 필립은 사랑의 감정을 억지로라도 일으켜보려고 애썼다. 하지만 역시 그녀는 냉담했다. 사실 필립에게 그럴 자격까지는 없었지만 그래도 강요하는 방법을 쓰지 않을 수 없었다. 일단 친밀해지고 나니 필립은 감정 통제가 전보다 쉽지 않았다. 걸핏하면 화를 냈고, 참지 못하고 험한 말을 내뱉기도 했다. 싸우기도 했다. 그러면 그녀는 한참 동안 말을 하지 않았다. 하지만 그런 경우, 굴복하는 사람은 언제나 그였다. 그녀 앞에서 기는 시늉까지 했다. 그는 위엄을 잃어버린 자신에게 화가 치밀었다. 가게에서 그녀가 다른 남자에게 말이라도 걸면 미친 듯이 질투가 났다. 질투심에 사로잡힐 때는 제정신이 아니었다. 일부러 그녀에게 모욕을 준 다음 가게를 박차고 나와 버릴 때도 있다. 그런 날 밤이면 잠자리에서 화를 내기도 하고 후회하기도 하면서 이리 뒤척 저리 뒤척 잠을 이루지 못한다. 그러고는 이튿날이 되면 다시 가게에 나가 용서를 비는 것이었다.

"화내지 마요. 당신이 너무 좋아서 그러는 거니까." 하고 그는 말했다.

"언젠가 큰일 내겠어요." 그녀가 대꾸했다.

그는 그녀의 집에 놀러 가고 싶었다. 그런 식으로 더 친밀해지다 보면 그녀가 근무 시간에 오다가다 사귀는 남자들보다는 더 유리해지지 않을까 하는 생각 때문이었다. 하지만 그녀는 안 된다고 했다.

"숙모가 이상하게 생각할 거예요."

숙모를 만나게 하는 것이 싫어 거절하는 것이 아닌가 하는 생각이 들었다. 밀드러드는 자기 숙모가, 지금은 죽었지만 꽤 괜찮은 직업을 가졌던 사람의 부인이라고 했었다. (물론 대단한 집안처럼 보이려는 뻔한 수작이었다.) 하지만 그 착한 숙모가 대단한 집안 사람이라 하기는 곤란했기 때문에 불안했던 것이다. 필립은 숙모라는 여자의 남편이 실제로는 대단찮은 장사치에 지나지 않았으리라고 짐작했다. 그는 밀드러드가 속물임을 알고 있었다. 하지만 그녀의 숙모가 아무리 평범한 사람이라 해도 그가 그런 것은 문제 삼지 않는다는 것을 알릴 도리가 없었다.

최악의 싸움은 어느 날 저녁식사 중에 벌어졌다. 어떤 남자가 그녀에게 연극 구경을 가자고 했다는 것이었다. 필립은 얼굴이 하얗게 질리면서 딱딱하게 굳었다.

"설마 승낙한 건 아니겠죠?"

"아니, 왜 안 돼요? 아주 점잖은 사람인데."

"내가 대신, 가고 싶은 데 다 데리고 가 줄게요."

"그거하곤 달라요. 허구한 날 당신하고만 다닐 수 없잖아요. 게다가 그 사람은 나더러 날짜를 마음대로 정하라던데요. 그러니까 당신을 안 만나는 날 아무 저녁에나 가면 된단 말예요. 당신한테는 지장이 없잖아요."

"당신에게 조금이라도 예의가 있고, 조금이라도 감사하는 마음이 있다면 그런 생각은 도저히 못 할 거요."

"감사라니, 무슨 뜻인지 모르겠네요. 혹시라도 내게 준 물건을 말하는 거라면 다 가져가세요. 난 필요 없으니까."

여자의 목소리가 앙칼지게 변했다. 말다툼할 때 종종 그렇듯이.

"당신하고만 다니는 거 재미없어요. 밤낮 '당신 날 사랑해? 당신 날 사랑해?' 하는 소리 듣는 것 이제 지긋지긋해요."

(하기야 줄곧 그런 말을 물어 대는 것은 미친 짓이었다. 하지만 필립은 묻지 않고서는 배기지 못했다. 그렇게 물으면 그녀는 "그럼요, 당신이 좋아요." 하고 말하곤 했다.

"그게 전부예요? 난 온 마음을 바쳐 당신을 사랑하는데."

"난 그런 사람 못 돼요. 과장된 말을 못 하는 사람이에요."

"말 한마디에 내가 얼마나 행복해질 수 있는지 당신이 알기만 한다면."

"글쎄, 내가 늘 말하잖아요. 보이는 그대로 나를 받아들이라구요. 싫으면 어쩔 수 없죠."

하지만 때로 더 솔직하게 표현하기도 해서, 가령 그가 아까처럼 물으면 "아니, 제발 그건 그만 좀 물으세요." 하고 대답하는 것이었다.

그러면 그는 시무룩해지고 만다. 그런 그녀가 싫었다.)

그래서 이제 필립은 이렇게 물었다.

"아, 그래, 그럼, 당신이 여기 나온 건 일종의 선심이겠군."

"내가 오자고 했나요? 딴말 못 하겠죠? 당신이 하도 우겨서 나온 것뿐예요."

자존심이 상한 나머지 필립의 입에서는 험한 말이 나오고 말았다.

"그래 난, 딴 사람이 없을 때 그저 저녁이나 사 주고 극장 구경이나 시켜 주는 사람이란 말인가? 딴 작자가 나타나면 그저 엿이나 먹으라고 하고 말이지. 고맙지만 말이죠, 난 이제 이용만 당하는 거 신물이 나요."

"난 누구한테도 그런 소릴 듣고 있을 수 없어요. 이 치사한 음식, 내가 이거 먹고 싶어 환장해서 온 줄 알아요?"

그녀는 벌떡 일어나 옷을 걸쳐 입더니 성큼성큼 식당을 나가 버렸다. 필립은 그대로 앉아 있었다. 움직이지 않으리라고 결심했다. 하지만 십 분 뒤 그는 마차를 집어타고 그녀를 따라가고 있었다. 그녀는 빅토리아 역까지 승합마차로 갈 것이므로 두 사람은 얼추 비슷한 시간에 도착할 수 있었다. 그는 플랫폼에서 그녀를 발견했지만 눈을 피해서 같은 기차를 타고 헌 힐까지 갔다. 밀드러드가 집 쪽 길로 접어들어 자기를 피할 수 없을 때 붙들고 말을 할 참이었다.

불빛이 밝고 차 소리가 시끄러운 중심가를 그녀가 막 빠져나갔을 때 필립은 그녀를 따라잡았다.

"밀드러드" 그가 불렀다.

그녀는 걸음을 멈추지 않았고 돌아보지도 대꾸하지도 않았다. 다시 한 번 불렀다. 그러자 걸음을 멈추고 뒤를 돌아다본다.

"도대체 뭘 원하는 거예요? 아깐 빅토리아 역에서 얼쩡거리더니. 왜 이렇게 졸졸 쫓아다니죠?"

"미안해요. 이제 화해하지 않을래요?"

"싫어요. 이제 당신 성질도 신물 나고 당신 질투심도 신물 나요. 난, 당신 좋아하지 않아요. 좋아해 본 적도 없고, 앞으로도 좋아하지 않을 거예요. 더 이상 관계를 맺고 싶지 않아요."

그렇게 말하고 걸음을 빨리하여 걷는다. 필립은 그녀의 걸음을 따라잡기 위해 허겁지겁 걷지 않을 수 없었다.

"당신은 내 생각은 전혀 해 주지 않네요." 그가 말했다. "남들에게 다정하고 친절하게 대하는 걸 내가 뭐라는 게 아녜요. 별 감정만 없다면 말이지. 하지만 당신이 나처럼 사랑에 빠지면, 그건 괴로워요. 나를 좀 가엾게 생각해 줄 수 없어요? 날 좋아하지 않는 건 좋아요. 그건 맘대로 되는 건 아닐 테니까. 하지만 내가 당신을 사랑하는 것까지도 안 되나요?"

그녀는 아무런 대꾸도 하지 않고 계속 걸어갔다. 그녀의 집까지 이제 몇백 야드밖에 남지 않아 필립은 애가 탔다. 체면이고 뭐고 다 벗어던지고 말았다. 말이 되든 안 되든 상관하지 않고 애정과 참회의 고백을 마구 쏟아 내놓았다.

"한번만 용서해 주면, 내 약속할게요. 앞으로는 절대 귀찮게 않을게요. 아무나 만나도 좋아요. 나는 당신이 딴 일이 없을 때 만나 주면 돼요. 난 그걸로 만족할게요."

그녀가 다시 걸음을 멈추었다. 그들이 늘 헤어졌던 길모퉁이에 다다른 것이다.

"자, 이젠 가 보세요. 집 앞까지 갈 수는 없으니까."

"용서한다고 말할 때까지 가지 않을 겁니다."

"이런 거, 이제 죄다 지긋지긋해요."

그는 잠시 머뭇거렸다. 본능적인 느낌으로, 무슨 말을 하면 그녀의 마음이 움직일지 알 수 있었다. 그 말을 하자니 진절머리가 났다.

"잔인해요. 내가 이것저것 다 참아야 하나요. 당신이야 절름발이의 심정을 모르겠지. 그래, 내가 싫을 거요. 나도 기대 안 해요."

"필립, 그건 아녜요." 그녀가 얼른 대답했다. 목소리에 갑자기 연민이 어려 있다. "그게 아니라는 건 당신도 알잖아요."

이제 필립은 연극을 하고 있는 셈이었다. 목소리는 나지막하고 쉰 소리가 났다.

"아니, 난 줄곧 그렇게 느꼈어요."

그녀가 그의 손을 붙들고 쳐다보는데 눈에는 눈물을 글썽인다.

"믿어 줘요. 그것 때문에 한 번도 달리 생각한 적 없어요. 처음 하루 이틀은 그랬지만 그 뒤로는 절대 그걸 의식한 적이 없어요."

그래도 필립은 침울하고 비장한 표정으로 침묵을 지킨다. 자기가 지금 괴로움을 이겨 내지 못하고 있는 것처럼 보이고 싶다.

"내가 당신을 좋아한다는 걸 알잖아요, 필립. 어떨 때 당신이 좀 피곤하게 굴긴 하지만. 이제 마음 풀어요."

그녀가 그에게 입술을 갖다 대고, 그는 안도의 한숨을 내쉬며 입을 맞춘다.

"어때, 이젠 기분 좋아요?" 그녀가 물었다.

"좋아 미치겠어요."

그녀는 작별 인사를 하고 총총걸음으로 가 버렸다. 이튿날, 필립은 옷에 꽂을 브로치 하나와 조그만 손목시계 하나를 선물로 가져가서 그녀의 기분을 맞추었다. 그녀가 가지고 싶어 하던 물건이었다.

하지만 사나흘 뒤, 그녀는 차를 날라다 주면서 이렇게 말했다.

"며칠 전에 말한 것 잊지 않았죠? 그 약속 지킬 거죠?"

"그럼요."

무슨 말인지 알고 있었기 때문에 다음에 나올 말을 각오하고 있었다.

"요전에 말한 그 사람하고 오늘 저녁에 만날 거거든요."

"그래, 좋아요. 재미 많이 봐요."

"괜찮은 거죠?"

그는 이제 자신을 잘 다스릴 수 있었다.

"괜찮은 건 아니죠." 하면서 그는 웃음을 지어 보였다. "하지만 괜히 미움받는 사람은 되고 싶지 않으니까."

그녀는 데이트 약속에 마음이 설렌 듯 한사코 그 이야기만 하려 했다. 이 여자가 일부러 자기를 괴롭히려고 드는 건지, 아니면 워낙 둔감해서 그러는지 필립은 갈피를 잡을 수 없었다. 우둔해서 그러겠거니 하고 늘 그녀의 잔혹성을 눈감아 버리는 게 버릇이 되어 있었다. 이 여자는 상대방에게 상처를 주고 있으면서도 그것을 알아차릴 만한 머리가 없다.

'상상력도 없고 유머 감각도 없는 여자와 사랑에 빠지다니, 참 재미도 없구나.' 그는 여자의 얘기를 들으면서 생각했다.

하지만 그런 능력들이 부족해서 그렇다면 용서할 만했다. 그 점을 고려하지 않았다면 그녀로부터 받는 고통을 결코 용서하지 않았을 것이다.

"그 사람이 티볼리 극장 좌석을 구해 놨어요." 그녀가 말했다. "나더러 마음대로 정하라고 해서 내가 정했죠. 그리고 카페 로열에 가서 저녁을 먹을 거예요. 그 사람 말로는 거기가 런던에서 제일 비싸다던데요."

"그 사람 진짜 신사인가 보지." 필립은 속으로 중얼거렸다. 하지만 이를 악물고 그 말을 하지는 않았다.

필립은 티볼리 극장에 가서 밀드러드와 동행한 사내를 보았다. 사내는 출장 나온 사업가처럼 말쑥하게 빼입은, 반질거리는 머리와 말끔한 얼굴의 젊은이였다. 그들은 일 층 정면 일등석 둘째 줄에 앉아 있었다. 밀드러드는 타조 깃털을 단 챙이 넓은 모자를 쓰고 있었는데 잘 어울렸다. 그녀는 필립도 익히 아는 그 조용한 미소를 지으면서 초대한 남자의 말에 귀를 기울이고 있었다. 표현이 활발한 여자가 아니라서 그녀를 소리내어 웃기려면 저속한 익살극이 필요했다. 지금 보아하니 그녀는 흥미 있는 표정으로 재미있어하고 있었다. 번지르르하고 쾌활한 저 사내가 그녀에게는 딱 어울린다, 하고 필립은 씁쓸하게 생각했다. 그녀는 자기 성질이 굼뜨다 보니 떠들썩한 사람들이 좋은 모양이었다. 필립은 토론을 좋아했지만 시덥잖은 화제로 수다를 떠는 재주는 없었다. 정말이지 로슨과 같은 친구들이 뛰어난 솜씨를 보여 주었던 여유 있는 익살은 경탄스러웠다. 하지만 그는 열등감 때문에 늘 수줍어하고 어색해했다. 필립이 재미있어하는 일에 밀드러드는 싫증을 냈다. 그녀는 남자라면 으레 축구나 경마 이야기를 하는 걸로 알고 있었다. 그런데 필립은 축구나 경마에 대해서는 아무것도 몰랐다. 입에 올리기만 해도 상대방을 깔깔 웃게 할 수 있는 그런 상투어들을 그는 몰랐다.

필립에게는 인쇄된 것이 언제나 숭배의 대상이었다. 이제 그는 재미있는 사람이 되기 위해 《스포팅 타임스》를 열심히 읽기 시작했다.

62

필립은 자신을 태우는 그 열병에 기꺼이 몸을 내맡긴 것은 아니었다. 인간사란 죄다 덧없는 것이며, 따라서 언젠가는 끝이 있게 마련임을 알고 있었다. 그날을 그는 애타게 기다렸다. 사랑이란 심장에 서식하는 기생충인가, 저주스럽게도 그의 생명의 피를 빨아먹고 살았다. 이 기생충이 그의 삶을 얼마나 세차게 빨아 대는지 필립은 다른 일에서 도대체 즐거움을 느낄 수 없었다. 전에는 세인트 제임스 파크[233]의 아름다움에 기쁨을 느낄 줄도 알았다. 벤치에 앉아 하늘에 실루엣을 던지

233) 런던의 버킹엄 근처에 있는 조그만 왕립 공원.

는 나뭇가지들을 바라보곤 했었다. 일본의 판화 같은 풍경이었다. 그림 같은 선창들, 거룻배들이 오가는 아름다운 템스강에서도 끊임없이 마술적인 매혹을 느꼈다. 런던 하늘의 다채로운 변화를 보노라면 그의 영혼은 유쾌한 공상으로 가득 찼다. 그런데 이제 아름다움도 무의미한 것이 되어 버렸다. 밀드러드가 곁에 있지 않으면 지루하고 초조하기만 했다. 어떤 때는 그림 구경을 하면서 슬픔을 달래 볼까도 생각한다. 하지만 막상 내셔널 갤러리에 들어가면 그저 관광객처럼 대충 보고 지나가게 될 뿐이었다. 어떤 그림도 그에게 기쁨을 불러일으키지 못했다. 전에 좋아했던 것을 다시 또 좋아하게 될 수 있을까 하는 생각마저 들었다. 전에는 독서에 빠져 있었지만, 이제는 책이 아무런 의미도 갖지 못했다. 시간이 남으면 병원 클럽의 끽연실에서 잡지 같은 것이나 하염없이 뒤적이면서 소일했다. 이런 사랑은 끔찍한 고통이었다. 꼼짝 못 하고 붙잡혀 있는 이 예속의 상태가 치가 떨리도록 싫었다. 그는 수인(囚人)이었고, 자유가 그리웠다.

때로 아침에 깨어나면 아무런 느낌이 없을 때도 있었다. 그러면 당장 날아오를 듯한 기분이 되었다. 자유를 찾았구나, 마침내 사랑에서 벗어났구나, 하고 생각되었다. 그러나 다음 순간 잠에서 완전히 깨어나면 다시 가슴에 고통이 자리 잡고, 자기는 아직 치유되지 않았음을 깨닫게 된다. 밀드러드가 미친 듯이 그리웠지만 그렇다고 경멸감이 사라진 것은 아니었다. 사랑하면서 경멸하는 것처럼 고통스러운 일이 세상에 또 있을까, 하고 그는 생각했다.

필립은 늘 하던 대로 자신의 감정 상태를 꼼꼼이 파헤쳐 보고 또 자신의 상태에 대해 자신과 끊임없이 토론해 본 다음 이런 결론을 내렸다. 이 굴욕스러운 열병을 치유하는 길은 밀드러드를 정부(情婦)로 삼는 방법밖에 없다는 것이었다. 그를 괴롭히고 있는 것은 다름 아닌 섹스에 대한 굶주림이었다. 이 욕망을 채우기만 한다면 그를 옭매고 있는 견딜 수 없는 사슬에서 벗어날 수 있을지 몰랐다. 밀드러드가 성적(性的)인 면으로 그를 좋아하지 않는다는 것을 알고 있었다. 그가 열정적으로 키스를 하면 그녀는 본능적으로 싫은 듯 몸을 뺀다. 그녀에게는 관능적인 데가 전혀 없었다. 때로 파리에서 놀았던 이야기로 질투심을 일으켜 보려고도 했지만 별 흥미를 보이지 않았다. 한두 번은 일부러 딴 테이블에 가 앉아서 담당 여자 종업원에게 수작을 거는 척도 해 보았지만 아무런 반응을 보이지 않았다. 겉으로 그러는 것만은 아니라는 것을 알 수 있었다.

"오늘 오후엔 당신 테이블 쪽에 앉지 않았는데 괜찮았어요?" 한번은 역까지 같이 걸어가면서 그렇게 물어보았다. "거기는 자리가 없는 것 같아서."

테이블이 다 찼단 것은 사실이 아니었다. 하지만 그녀는 반박하지 않았다. 필립의 배반이 설사 아무렇지 않다고 하더라도 섭섭한 척이라도 해 주었다면 필립으로서는 고마웠을 것이다. 나무라는 말을 했다면 그의 영혼에는 그것이 위안의 향유(香油)와도 같았을 것이다.

"날마다 같은 자리에 앉는 것도 우습지 않아요? 딴 아가씨들 자리에도 앉아야지.”

생각하면 생각할수록 그녀의 완전 항복만이 자유를 얻는 유일한 길이라는 확신이 굳어 갔다. 그는 마치 마법에 걸려 모습이 흉측하게 변해 버린 옛 기사(騎士)와 같았다. 그는 지금 본래의 아름다운 모습을 되찾아 줄 비약(秘藥)을 찾고 있었다. 희망은 한 가지뿐. 밀드러드는 파리에 가고 싶어 안달이었다. 대개의 영국인처럼 그녀도 파리를 즐거움과 유행의 중심지로 여겼다. 런던의 반값 정도면 최신 유행품을 살 수 있는 ‘마가쟁 뒤 루브르(루브르 백화점)’의 소문도 듣고 있었다. 파리로 신혼여행을 간 친구 하나는 온종일 이 루브르에서 보냈다고 했다. 이 신혼부부가 글쎄, 파리에 있는 동안 새벽 여섯 시 이전에는 자 본 적이 없다지 뭐예요. 물랭 루주니 뭐니 난 알지도 못하는 데를 안 가 본 데가 없다나요. 그녀가 필립의 욕망에 응해 준다면, 그것은 필립이 그녀의 소원을 들어준 대가로 마지못해 응해 주는 셈이 되겠지만 필립은 상관하지 않았다. 열정을 충족시킬 수만 있으면 무슨 짓을 마다하랴. 멜로드라마에서처럼 무슨 약을 먹여 볼까 하는 정신 나간 생각까지 한 적이 있었다. 여자를 흥분시켜 보려고 술을 자꾸 권해 보기도 했다. 하지만 그녀는 술을 좋아하지 않았다. 보기에 좋다고 필립이 샴페인을 시키는 것은 좋아했지만 반 잔 이상은 마시지 않았다. 큰 잔에 술을 가득 채워 놓고는 입도 대지 않고 그대로 두는 걸 좋아했다.

“이래야 웨이터들이 좀 어려워하죠.” 하고 그녀가 말했다.

필립은 그녀가 평소보다 다정하게 군다 싶은 기회를 이용했다. 삼월 말에 해부학 시험이 있었다. 일주일 뒤면 부활절이어서 밀드러드가 삼 일간 쉬게 된다.

"그럼 말예요, 그때 파리에 가 보지 않을래요? 아주 신날 텐데." 그가 제안했다.

"사정이 되나요? 돈이 엄청나게 들 텐데."

미리 생각해 둔 바가 있었다. 적어도 이십오 파운드는 들리라. 그로서는 적지 않은 액수였다. 하지만 그녀를 위해서라면 마지막 한 푼까지라도 기꺼이 쓸 수 있었다.

"돈이 무슨 문제예요. 가겠다고 해 줘요."

"그다음 말은 뭐죠? 궁금한데요. 난 결혼하지도 않을 남자와 어딜 갈 수는 없어요. 그런 말은 꺼내지도 마세요."

"그게 뭐가 문제인데요."

그는 뤼 드 라 페 거리가 얼마나 멋지고, 폴리 베르제르가 얼마나 화려한가를 자세히 말해 주었다. 루브르, 봉 마르셰 백화점에 대해서도 이야기해 주었다. 카바레 뒤 네앙, 아베이 수도원, 그리고 외국인들이 잘 찾는 여러 곳에 대해 말해 주었다. 자기가 경멸하고 있는 파리의 일면을 필립은 화려한 색깔로 치장하여 묘사했다. 그는 같이 가자고 채근했다.

"말로는 언제나 날 사랑한다고 하죠? 정말로 당신이 날 사랑한다면 결혼하자고 할 거예요. 하지만 그 말은 한 번도 꺼내지 않았어요."

"사정이 안 되는 걸 알잖아요. 이제 겨우 일 학년이에요. 앞으로 육 년 동안 돈은 한 푼도 못 벌어요."

"아니, 지금 당신을 나무라는 것이 아녜요. 당신이 무릎을 꿇고 빌어도 난 당신과 결혼하지는 않을 테니까."

결혼에 대해서는 한두 번 생각해 본 것이 아니었다. 하지만 막상 결혼 문제에 부딪히면 망설여졌다. 파리에 있을 때 그는 결혼이란 속물들이 고수하는 우스꽝스러운 제도라는 견해를 갖게 되었다. 밀드러드와의 영구적인 결합은 결국 그의 삶을 망치고 말리라는 것 또한 알고 있었다. 그에게는 중산계급의 본능이 자리 잡고 있어서 종업원과 결혼한다는 것은 끔찍한 일로만 여겨졌다. 평민 아내를 맞아들였다간 버젓한 의사 노릇을 하기가 힘들게 뻔했다. 더욱이, 가진 돈도 의사 자격을 딸 때까지 간신히 지탱할 정도밖에 안 된다. 어린애를 두지 않기로 한다 하더라도 아내를 먹여 살릴 여유는 없을 것이다. 매춘부 같은 천한 여자에 묶여 사는 크론쇼가 생각났다. 아찔한 생각과 함께 몸이 떨렸다. 중산층 흉내를 내면서 천박한 정신을 가진 밀드러드가 뒤에 어떤 사람이 될지는 뻔히 내다보였다. 결혼은 안 될 말이었다. 하지만 그것은 이성적인 결정일 뿐이다. 감정에 따르면 나중 일이야 어떻게 되든 이 여자를 갖고 보는 게 중요했다. 결혼을 하지 않고 그녀를 얻을 수 없다면, 결혼을 할 수밖에 없을 것이다. 나중 일이야 어떻게 되겠지. 비참한 결말에 이르게 될지 모른다. 허나 그래도 좋다. 필립은 일단 한 가지 생각이 들면 그 생각에 사로잡혀 딴 생각은 하지 못하는 사람이었다. 그에게는 하고 싶은 일이 있을 때 그 일의 합당성을 자신에게 설복시킬 수 있는 보통 이상의 능력이 있었다. 여태까지 생각해 두었던 결혼 불가에 대한 분별 있는 논거를 그는 죄다 뒤집어 버렸다. 그녀에 대한 애정은 하루가 다르게 깊어져 가고, 충족되지 못한 사랑의 마음은 분하고 원통한 마음으로 변해 갔다.

'결혼을 하게 되면 그동안 내가 받은 고통의 대가를 죄다 치르게 하고 말리라.' 하고 그는 생각했다.

마침내 더 이상 괴로움을 참을 수 없게 되었다. 어느 날 저녁, 최근 들어 두 사람이 자주 가는 소호의 조그만 식당에서 저녁을 먹은 다음, 필립은 그녀에게 물었다.

"저 말예요, 요전 날 내가 청혼해도 결혼하지 않겠다는 말 진심이에요?"

"그래요, 왜요?"

"당신 없이는 못 살겠어요. 항상 같이 있고 싶어요. 그런 생각 떨치려고 아무리 애써 보았지만 안 돼요. 앞으로도 안 될 거예요. 나와 결혼해 줘요."

소설책을 제법 읽었는지라 그녀는 그런 제안에 대응하는 법을 알고 있었다.

"그렇게 말해 줘서 정말 고마워요, 필립. 당신 청혼을 받다니 아주 우쭐해지네요."

"아니, 그런 소리 말고요. 결혼해 줄 거죠, 그렇죠?"

"결혼하면 우리가 행복하리라 생각해요?"

"그렇진 않아요. 하지만 그게 무슨 상관이에요."

말이 본의와는 반대로 튀어나왔다. 그녀는 깜짝 놀랐다.

"아니, 당신 참 우습군요. 그렇다면 왜 나와 결혼하고 싶다는 거예요? 요전 날엔 사정이 안 된다고 해 놓고."

"내게 천사백 파운드쯤 남아 있는 것 같아요. 아껴 살면 한 사람 생활비로 두 사람이 살 수 있을 거예요. 그 돈이면 내가 자격을 따서 병원 근무를 마칠 때까진 버틸 수 있을 것이고, 그다음엔 보조의사 자리는 얻을 수 있어요."

"그렇다면 육 년 동안은 한 푼도 벌 수 없다는 말 아녜요. 그때까지 일주일에 사 파운드 정도로 살아야 한단 말인가요?"

"삼 파운드 남짓밖엔 안 돼요. 등록금을 계속 내야 하니까."

"그럼 보조의사가 되면 얼마나 받나요?"

"주급 삼 파운드요."

"그래 고작 삼 파운드 받으려고 그 긴긴 시간 공부하고, 많지도 않은 재산을 다 써 버린단 말예요? 내 형편은 지금보다 별로 나아질 게 없겠네요."

그는 잠시 말없이 있었다.

"그러니 나와 결혼을 못 하겠다는 건가요? 내 이 애절한 사랑은 당신에게 아무런 가치도 없어요?"

"이런 문제에 부딪히면 누구든 자기 입장을 한번 생각해 봐야 되는 것 아녜요? 결혼 자체가 문제는 아녜요. 하지만 내 처지가 지금보다 나아질 보장이 없다면, 그런 결혼은 하고 싶지 않아요. 그런 결혼이 무슨 뜻이 있어요."

"애정만 있다면 그렇게 생각진 않겠죠."

"그야 그렇겠죠."

그는 입을 다물었다. 목이 메어 와서 포도주를 한 잔 들이켰다.

"지금 나가는 저 아가씨 좀 보세요." 하고 밀드러드가 말했다. "저 아가씨가 입고 있는 모피 코트, 그거 브릭스턴에 있는

봉 마르셰에서 산 거예요. 지난번 거기 갔을 때 쇼윈도에 진열된 걸 봤어요."

필립은 씁쓸한 미소를 지었다.

"아니, 왜 웃어요?" 그녀가 물었다. "정말이에요. 그때 내가 숙모한테도 이렇게 말했는걸요. 쇼윈도에 있던 건 사지 않을 거라고 말예요. 값이 얼만지 남들이 다 알 테니까."

"당신이란 사람 정말 모르겠어. 금방 그렇게 듣기 괴로운 이야기를 해 놓고는 금세 또 엉뚱한 이야길 꺼내고. 지금 우리가 하고 있는 이야기와는 전혀 상관도 없는 이야길 말이지."

"치사하게 굴지 말아요." 그녀가 샐쭉하여 대답했다. "어떻게 그 모피 코트를 그냥 보고 지나친단 말예요. 숙모한테 내가 이런 말까지……."

"당신 숙모한테 무슨 말을 했건 난 상관없어요." 그가 참지 못하고 말을 막았다.

"내게 말할 때 거친 말은 삼가 줬으면 좋겠어요, 필립. 내가 그런 거 싫어한다는 걸 알잖아요."

필립은 가볍게 웃었으나 눈빛은 매서웠다. 그는 잠시 침묵을 지켰다. 무뚝뚝한 표정으로 그녀를 쳐다보았다. 필립은 그녀가 싫었고, 경멸스러웠고, 그러면서 사랑스러웠다.

"내가 조금이라도 분별 있는 사람이라면, 당신을 두 번 다시 만나지 않을 겁니다." 마침내 그가 말했다. "당신은 모르겠지. 당신 같은 사람을 사랑하는 나를 내가 얼마나 경멸스러운 인간으로 생각하고 있는지."

"별로 듣기 좋은 소리는 아니네요." 그녀는 토라져서 대꾸했다.

"그야 물론" 그는 소리 내어 웃었다. "자, 파빌리온 극장에나 갑시다."

"당신은 바로 그 점이 우스워요. 웃을 때가 아닌데 웃어 댄단 말이에요. 그리고 내가 당신을 불행하게 한다면서, 왜 날 파빌리온 극장에 데려가려는 거죠? 난 집에나 갈 거예요."

"당신하고 떨어져 있는 것보다는 같이 있는 게 덜 불행하니 그렇지."

"날 정말 어떻게 생각하는지 진심을 알고 싶어요."

그는 웃음을 터뜨렸다.

"이봐요, 아가씨, 그걸 알게 되면 내게는 두 번 다시 말을 걸지 않을걸."

63

필립은 삼월 말에 치른 해부학 시험에 또 떨어지고 말았다. 그는 이 과목을 던스퍼드와 함께 필립 자신의 골격 표본을 가지고 준비했었다. 서로 질문을 주고받으며 사람의 뼈에 관한 모든 것, 곧 모든 근(筋)부착점, 모든 결절(結節)과 고랑의 기능을 모조리 암기했다. 그런데 시험장에 들어서자 공포에 사로잡히고 말았다. 그러면서 외운 것이 다 틀릴지도 모른다는 생각이 들어 옳은 답을 제대로 댈 수가 없었다. 보나마나 떨어질 것이 뻔해서 다음 날 발표장에 가서 번호도 확인하지 않았다. 두 번이나 떨어지고 나자 그는 자기 학년에서 완전히 무능하고 게으른 사람으로 낙인찍히고 말았다.

그는 그다지 괘념하지 않았다. 그것 말고도 생각해야 할 일이 많았다. 그는 이렇게 생각했다. 밀드러드에게도 보통 사람의 분별은 있을 것이다. 그 분별을 일깨워 주기만 하면 된다. 그는 여자에 대해, 특히 성질이 막돼먹은 여자에 대해 나름의 이론을 가지고 있었는데 그것은 백 번 찍어 넘어가지 않는 여자는 없다는 것이었다. 요컨대 기회를 기다리면 되는 문제였다. 되도록 성질을 죽인다. 자질구레한 관심을 베풀면서 서서히 공략한다. 육체가 지치면 자연히 마음이 열리고 상냥해지므로 그 기회를 이용한다. 상대방이 일 때문에 사소한 짜증을 부리면 그 기분을 적당히 풀어 준다는 것이었다. 필립은 파리의 친구들과 그들이 찬미하는 미녀들이 어떤 식으로 관계를 맺었던가를 그녀에게 이야기해 주었다. 그가 묘사하는 인생에는 매력과 즐거운 환락뿐, 천박한 점은 조금도 없었다. 미미와 로돌프, 뮈제트, 그리고 책에 나오는 다른 주인공들의 연애 이야기를 자신의 추억과 적당히 섞어 넣으면서 그는 밀드러드의 귀에 이것저것 많은 얘기를 쏟아부었다. 가난이 노래와 웃음을 통해 아름다운 삶이 되는 이야기, 부도덕한 사랑이 아름다움과 젊음 때문에 로맨틱해 보이는 이야기 같은 것들. 필립은 그녀의 편견을 절대 직접 공격하지는 않았다. 다만 그것이 촌스럽다는 것을 넌지시 암시함으로써 그 편견과 싸웠다. 그녀의 무관심에 불안해하지 않고, 냉정한 태도에도 짜증을 내지 않도록 애썼다. 자기가 그녀를 따분하게 만든 점도 반성했다. 스스로 붙임성 있고 재미있는 사람이 되도록 노력했다. 무슨 일에도 화를 내지 않도록 했고, 무엇을 요구하지도 않았으며, 불평하지도 나무라지도 않았다. 상대방이 약속을 해 놓고 어겼을 때도 이튿날에 웃는 얼굴로 만났다. 그녀가 변명을 하면 괜찮다고 했다. 그녀로부터 받고 있는 고통에 대해서는 전혀 내색하지 않았다. 자신의 격렬한 슬픔이 전에도 그녀를 피곤하게 만들었다는 사실을 알고 있었기 때문이다. 따라서 조금이라도 문제가 될 것 같은 감정은 조심스럽게 감추어 두었다. 그의 노력은 영웅적이라 할 만했다.

필립의 이러한 변화를 뚜렷하게 의식하지 못했기 때문에 밀드러드가 이것을 두고 뭐라고 말하지는 않았지만 그래도 효과가 있었다. 그녀는 전보다 더 많이 속을 털어놓았다. 사소한 불만거리들도 그에게 가져와 말했다. 그녀에게는 늘 가게의 여자 지배인, 동료 종업원, 숙모에 대한 불만거리가 있었다. 이제 와서는 꽤 말이 많아지기까지 했다. 죄다 시덥잖은 이야기들뿐이었지만 필립은 싫다 않고 들어 주었다.

"난 당신이 내게 섹스를 바라지 않아 좋아요."

"그건 내겐 칭찬인데." 그가 소리 내어 웃었다.

자신의 말이 상대방을 얼마나 낙담시키는지, 그리고 상대방이 얼마나 애써 명랑한 대답을 하고 있는지 그녀는 깨닫지 못했다.

"참, 가끔 키스하는 건 상관없어요. 나도 괜찮고, 당신이 좋아하니까."

이따금 그녀 편에서 저녁을 사 달라고 할 때도 있었다. 그런 부탁이 오면 그는 뛸 듯이 기뻤다.

"딴 사람에겐 그러지 않아요." 그녀가 변명하듯 말했다. "하지만 당신에겐 그럴 수 있을 것 같아요."

"내게는 그보다 더 기쁜 일이 없죠." 그는 웃음을 지었다.

사월이 다 갈 무렵의 어느 날 저녁, 그녀는 그에게 먹을 것을 좀 사 달라고 했다.

"좋아요. 저녁 먹고 나선 어디를 가고 싶어요?"

"아니, 아무 데도 가지 말아요. 그냥 앉아 얘기나 해요. 괜찮죠?"

"그야 물론이죠."

필립은 그녀가 분명히 자기를 좋아하기 시작했다고 생각했다. 삼 개월 전이라면 이야기나 하면서 저녁을 보낸다고 하면 죽도록 지겨워했을 것이다. 날씨가 좋았고, 계절도 봄이어서 필립은 한결 유쾌했다. 이제 그는 아주 작은 일에도 만족했다.

"저기, 여름이 되면 신나지 않을까요?" 버스의 이 층에 앉아 소호까지 가면서 그가 말했다. 마차를 타는 건 낭비니 타지 말자고 그녀가 직접 제안했던 것이다. "일요일마다 강변에 나와 놀 수 있잖아. 점심을 바구니에 싸 들고 말예요."

그녀는 미소를 짓는 듯했다. 그는 용기를 내어 그녀의 손을 붙잡았다. 그녀는 물리치지 않았다.

"정말 당신이 이제 날 조금 좋아하는 것 같아." 그는 싱긋 웃었다.

"바보같이, 좋아한다는 걸 알잖아요. 그렇지 않으면 왜 내가 여기 있겠어요?"

그들은 이제 소호에 있는 그 작은 식당의 단골이 되어 있었다. 그들이 들어가자 여주인이 웃음으로 맞이했다. 웨이터도 아첨을 떨었다.

"오늘은 내가 주문할게요." 밀드러드가 말했다.

필립은 오늘따라 밀드러드가 더욱 매력적으로 보인다고 생각하며 메뉴를 건네주었다. 그녀는 평소에 좋아하던 음식을 골랐다. 하기는 음식의 종류가 많지 않아서 그들은 이 식당에서 만드는 음식을 벌써 여러 차례 다 먹어 보았다. 필립은 즐겁기만 했다. 그는 여자의 눈을 지그시 들여다보기도 하고 나무랄 데 없이 아름다운 창백한 얼굴을 하염없이 바라보기도 했다. 식사를 마치자 밀드러드는 전에 없이 담배를 한 대 피워 물었다. 드문 일이었다.

"난 여자가 담배 피우는 거 좋아하지 않아요." 그녀가 말했다.

그러고는 잠시 망설이더니 말을 이었다.

"내가 오늘 저녁에 저녁 사 달라고 해서 놀라지 않았어요?"

"아니, 기쁘던걸요."

"실은 할 말이 있어요, 필립."

가슴이 철렁 내려앉는 것을 느끼며 필립은 그녀를 힐끗 보았다. 하지만 이런 일엔 이미 단련이 되어 있었다.

"뭔데요, 얘기해 봐요." 웃음을 띠고 그가 말했다.

"바보같이 굴지 않을 거죠? 실은 나 결혼하게 됐어요."

"결혼하게 됐다고요?"

달리 할 말이 생각나지 않았다. 이런 일이 있을 수 있다는 것을 가끔 생각해 보기도 했고, 또 어떻게 행동하고, 무슨 말을 해야 할 것인지도 생각해 보았었다. 예상되는 절망을 미리 상상하며 이미 그 고통을 겪었다고 할 수 있다. 죽어 버리고 싶을지도 모르고, 미칠 듯한 분노에 사로잡힐지도 모른다는 생각도 들었었다. 하지만 앞날의 감정을 미리 너무 완벽하게 예상하고 있었던 것일까. 이 순간에는 허탈감만이 느껴졌다. 중병에 걸린 사람이 기력을 너무 많이 잃으면 만사가 귀찮아져서 그저 혼자 있고 싶듯이 필립도 그런 기분이었다.

"알다시피 나이도 먹어 가고." 하고 그녀가 말했다. "나이 스물넷이니 이제 자리를 잡아야죠."

그는 묵묵히 있었다. 카운터 뒤에 앉은 여주인을 바라보았다. 식사를 하고 있는 한 여자의 모자에 꽂힌 빨간 깃털에 눈길이 한참이나 머물렀다. 밀드러드는 초조해졌다.

"축하해 줄 거죠?"

"축하해 줄 거냐고요? 난 믿기지가 않는걸요. 상상은 많이 해 봤죠. 당신이 저녁을 사 달라고 해서 내가 너무 기뻐했던 게 우스워지네. 누구랑 결혼하는데요."

"밀러요." 얼굴을 살짝 붉히며 그녀가 말했다.

"밀러라고요?" 필립은 깜짝 놀라 소리쳤다. "그 사람은 안 만난 지 몇 달 됐잖아요?"

"지난 주 어느 날엔가 와서 결혼하자고 했어요. 돈을 꽤 잘 번대요. 지금 일주일에 칠 파운드는 벌고 있고, 전망도 좋다고 했어요."

필립은 다시 입을 다물었다. 하기야 그녀는 늘 밀러를 좋아했다. 밀러는 그녀를 즐겁게 해 주었다. 게다가 외국 태생이라 자기도 모르게 끌린 이국적인 매력도 있었을 것이다.

"어쩔 수 없었겠지." 마침내 그가 말했다. "당신은 제일 높은 값을 부르는 사람에게 가게 되어 있었으니까. 결혼식은 언제 올릴 거예요?"

"다음 토요일 날. 청첩장도 보냈어요."

필립은 갑자기 가슴이 찢어질 것만 같았다.

"그렇게 빨리?"

"등기소에서 결혼할 거예요. 에밀이 그러고 싶어하니까."

필립은 더할 나위 없이 피곤했다. 이 여자로부터 떠나고 싶었다. 곧장 잠자리에 들어야겠다고 생각했다. 계산서를 가져오라고 했다.

"마차를 잡아 빅토리아 역까지 보내 줄게요. 기차 시간까지 얼마 기다리지 않아도 될 겁니다."

"데려다주지 않고요?"

"괜찮다면 그냥 갔으면 싶어요."

"좋을 대로 하세요." 그녀는 갑자기 오만한 태도로 말했다. "내일 차 마실 시간에 볼 수 있으려나?"

"아니, 이제 완전히 끝내는 게 좋겠어요. 더 이상 불행을 자청할 이유는 없으니까. 마차값은 냈어요."

그는 고개를 끄덕여 작별하면서 입가에 억지로 웃음을 지어 보이고는 버스에 뛰어올라 집으로 향했다. 잠자리에 들기 전에 파이프를 한 대 피웠건만 자꾸만 눈이 감겨 왔다. 아무런 고통도 없었다. 베개에 머리를 갖다 대기가 무섭게 깊은 잠에 떨어지고 말았다.

64

하지만 새벽 세 시에 눈을 뜬 필립은 다시 잠이 오지 않았다. 밀드러드 일이 떠올랐다. 그 생각을 떨쳐 버리려고 했지만 마음대로 되지 않았다. 같은 것을 자꾸자꾸 생각하니 머리가 빙빙 돌았다. 어차피 그녀의 결혼은 불가피했다. 먹고사는 일을 스스로 해결해야 하는 여자에게 사는 일이 힘들지 않을 수 없다. 누가 안락한 가정을 꾸려 주겠다는데 그걸 받아들이는 것이 무슨 잘못이겠는가. 필립도 인정할 수 있듯이 그녀로서는 필립과 결혼한다는 것은 정신 나간 짓이 아닐 수 없을 것이다. 사랑이라도 있다면 가난을 견딜 수 있겠지만 그녀는 그를 사랑하지 않았다. 그렇다고 그것이 그녀의 잘못은 아니다. 그것도 다른 사실들처럼 받아들이지 않으면 안 되는 하나의 사실이었다. 필립은 이성적으로 생각해 보려고 애썼다. 아무래도 그의 가슴 깊은 곳에는 모욕당한 자존심이 있었다. 그의 연정은 상처받은 자만심에서 출발했다고 할 수 있다. 그를 비참하게 만들고 있는 것은 대체로 마음속 깊은 곳에 있는 그 자만심이었다. 그녀도 경멸스러웠지만 자신도 마찬가지로 경멸스러웠다. 이제 그는 앞날을 구상해 보았다. 하지만 핏기 없는 그녀의 부드러운 볼에 입맞춤했던 추억, 그녀의 길게 빼는 말버릇이며 목소리가 자꾸만 떠올라 그의 구상은 진척되지 않고 계속해서 한군데에서 맴돌았다. 그에게는 할 일이 많았다. 여름에 화학 과목 수강도 해야 하고 낙제한 두 과목 시험도 다시 치러야 했다. 그동안 병원 친구들과 거리를 두고 지냈지만 이제 다시 어울려 지내고 싶었다. 한 가지 즐거운 일이 생겼다. 이 주일 전에 헤이워드가 편지를 보내와서 런던을 지날 일이 있으니 식사나 같이 하자고 했던 것인데 필립은 번거로운 생각이 들어 곤란하다고 했었다. 그런데 연극 시즌이 되어 다시 올 예정이어서 필립은 그에게 편지를 써야겠다고 마음먹었다.

고맙게도 시계가 여덟 시를 쳤다. 일어나도 될 시간이었다. 보니 얼굴빛도 좋지 않고 몸도 노곤했다. 하지만 목욕을 하고, 옷을 입고, 아침을 먹고 나니, 다시 넓은 세상에 합류했다는 기분이 들었다. 아픔을 견디기도 한결 수월해졌다. 아침 강의에 나가고 싶지 않아 대신 밀드러드에게 줄 결혼 선물을 사기 위해 육해군 백화점에 갔다. 한참 망설인 끝에 화장품 주머니로 정했다. 값이 이십 파운드나 되어 그의 형편으로는 무리한 금액이었지만 물건 자체는 야하고 품위가 없었다. 밀드러드는 틀림없이 물건 값을 정확히 알고 있을 것이다. 여자를 만족시키면서도 동시에 그녀에 대한 자신의 경멸감을 나타낼 선물을 고르면서 필립은 우울한 만족감을 느꼈다.

필립은 불안한 마음으로 밀드러드의 결혼식 날을 기다렸다. 그날의 고통은 견디기 힘들 것만 같았다. 그러던 터에 토요일 아침에 헤이워드로부터 편지가 와서 한결 마음이 놓였다. 바로 그날 일찍 도착하는데 필립더러 방을 구하는 일을 도와 달라는 것이었다. 딴 일에 마음을 쓰고 싶었던 참이어서 필립은 열차 시간표를 보고 헤이워드가 탔음직한 열차를 곧 알아냈다. 그는 역으로 마중을 나갔다. 두 친구는 열렬한 재회의 감격을 나누었다. 짐은 역에 맡겨 놓고 두 사람은 즐거운 마음으로 거리로 나섰다. 헤이워드는 역시 헤이워드답게 우선 한 시간가량 시간을 내어 내서널 갤러리에 가자고 했다. 한동안 그림 구경을 하지 못해 생활의 감각을 되찾으려면 잠깐이라도 그림 구경을 좀 해야 된다는 것이었다. 필립은 몇 달 동안 예술과 책에 대해 이야기를 나눌 상대를 갖지 못했다. 헤이워드는 파리에 머물러 있는 동안 현대 프랑스 시인들에 흠뻑 빠져 있었다. 프랑스에는 시인들이 너무 많았다. 그는 필립에게 새로 등장한 천재 시인들 몇 명을 소개해 주었다. 두 사람은 서로 자기가 좋아하는 그림에 대해 이야기를 나누면서 전시관을 둘러보았다. 이야기가 이야기로 꼬리를 물었다. 그들은 정신없이 이야기했다. 햇빛은 눈부시고 대기는 따스했다.

"공원에 가서 좀 쉬는 게 어때?" 헤이워드가 말했다. "방은 점심 먹고 구하지 뭐."

공원의 봄은 기분 좋았다. 살아 있다는 것만으로도 감격스러운 하루였다. 하늘을 배경으로 나뭇가지에서 움트고 있는 푸른 새싹들이 아름답기 그지없었다. 푸르른 하늘에 흰 구름들이 아롱져 있다. 아름답게 조경을 한 호수 끝자락에 근위기병연대 본부의 거대한 석회암 건물이 우뚝 서 있었다. 정연하게 정돈되어 있는 아름다운 풍경이 18세기 그림 같은 매력을 풍겼다. 이 풍경은 와토를 연상시킨다기보다——와토의 풍경화는 지나치게 목가적이어서 꿈에서나 볼 수 있는 숲속의 골짜기를 떠올릴 뿐이다.——더 산문적인 장 바티스트 파테르[234]를 떠올린다. 필립의 마음은 마냥 설렜다. 전에는 그저 책에서 읽었을 뿐이었지만 필립은 이제 예술이 고통으로부터 영혼을 해방시켜 줄 수 있다는 것을 깨달았다.(자연을 바라보는 방식에 예술이 있다 할 수 있으므로.)

두 사람은 점심을 먹기 위해 어느 이탈리아 식당을 찾아 들어가 식사와 함께 키안티 포도주 작은 병을 하나 시켰다. 느긋하게 식사를 하면서 그들은 얘기를 주고받았다. 하이델베르크에서 알았던 사람들을 서로 상기시키기도 하고, 파리의 필립 친구들에 관한 이야기도 하고, 책과 미술과 도덕과 인생에 대해서도 이야기했다. 필립은 문득 시계가 세 시를 치는 소리를 들었다. 지금쯤 밀드러드의 결혼식이 끝났으리라는 생각이 들었다. 아픔이 가슴을 저며 왔다. 잠시 동안 헤이워드의 말소리가 귀에 들어오지 않았다. 술을 잔에 가득 채웠다. 알코올에 익숙하지 않아 술기운에 벌써 머리가 어지러웠다. 하지만 어쨌든 당장은 시름을 잊을 수 있었다. 명민한 머리를 여러 달 동안 놀리고 있던 참이어서 필립은 대화에 흠뻑 취해 버렸다. 그의 관심사를 함께 재미있게 이야기해 줄 수 있는 사람이 앞에 있다는 것은 고마운 일이 아닐 수 없었다.

234) Jean-Baptiste Pater(1693~1736). 프랑스의 화가. 와토의 제자로서 로코코풍의 궁정 풍속화를 많이 그렸다.

"이 멋진 날을 방 구하는 데 허비하지 맙시다. 내가 오늘 밤 재워 줄게요. 방은 내일이나 월요일에 구할 수 있잖아요."

"그러세. 무얼 할까?" 헤이워드가 물었다.

"1페니 증기선을 타고 그리니치로 내려가 봅시다."

헤이워드도 찬성이었다. 두 사람은 마차를 집어타고 웨스트민스터 브리지로 갔다. 그들은 막 떠나려는 증기선에 올라탔다. 얼마 후 필립은 입가에 웃음을 띠며 이렇게 말했다.

"처음 파리에 갔을 때 들었던 얘기가 생각나요. 아마 클러튼이었을 텐데, 아름다움이란 화가와 시인이 사물에 부여한 것이라고 열변을 토하더군요. 화가와 시인이 아름다움을 창조한답니다. 그 자체로서는 조토[235]의 종루(鐘樓)나 공장의 굴뚝 가운데 어느 것이 더 아름답다고 할 수 없다는 거죠. 그런데 아름다운 사물은 다음 세대들에 불러일으키는 정서 때문에 점점 풍요로워집니다. 옛것이 현대적인 것보다 더 아름다운 건 그 때문이지요. 「그리스 항아리에 부치는 노래」[236]는 그것이 씌어졌을 때보다 지금 더 아름답습니다. 왜냐하면 백 년 동안 많은 연인들이 그 시를 읽어 왔고 상심한 사람들이 그 시행에서 위로를 느꼈기 때문이지요."

스쳐 지나가는 풍경 속의 무엇이 그로 하여금 그런 말을 하게 만들었는지 필립은 말하지 않고 헤이워드가 스스로 짐작

---

235) 조토 디본도네(Giotto di Bondone, 1266?~1337). 이탈리아의 화가. 르네상스의 선구자로서 종교 예술의 새로운 경지를 개척했다.

236) 영국 낭만주의 시인 존 키츠(John Keats, 1795~1821)가 쓴 시. 그리스 자기(瓷器)에 그려진 그림을 보고 그 변치 않는 아름다움에 대해 노래했다.

하노록 두었다. 말하지 않아도 헤이워드는 추측할 수 있으리라고 생각하니 기뻤다. 너무 오랫동안 빠져 있던 생활에 문득 반발해 보고 싶었던 것이다. 은은하고 영롱한 런던의 대기가 잿빛 석조 건물들에 파스텔화 같은 부드러움을 부여했다. 부두와 창고들에는 일본 판화에서 본 듯한 엄숙한 아름다움이 있었다. 그들은 하류로 더 내려갔다. 대제국의 상징이라 할 훌륭한 수로는 점점 넓어지면서 오가는 배들로 번잡했다. 이 모든 것들을 아름답게 보이도록 만든 화가들과 시인들을 생각하면서 필립의 가슴은 감사의 마음으로 가득 찼다. 이윽고 런던의 풀[237]에 이르렀다. 누가 이 장엄한 풍경을 묘사할 수 있을까? 상상력이 불현듯 활개를 치기 시작한다. 지금도 저 유명한 인물들이 이 넓은 강물 위에 몸을 싣고 있는지 어찌 알랴. 어딘가에 존슨 박사가 보스웰[238]과 함께 앉아 있고, 노(老) 핍스[239]가 군함에 오르고 있는 것이 아닐까. 영국의 역사와 로맨스와 모험의 화려한 행진이 이 강물 위를 수놓았다. 필립은 눈을 빛내며 헤이워드를 돌아보았다.

"친애하는 찰스 디킨스 씨." 자신의 감정을 못 이겨 미소를 지으며 그는 중얼거렸다.

---

237) 런던 브리지에서 라임하우스 지역까지의 템스강 수역(水域).

238) 새뮤얼 존슨(Samuel Johnson, 1709~1784)은 18세기 영국 최대의 비평가이자 시인이면서 최초의 영어사전 편찬자이기도 하다. 제임스 보스웰(James Boswell, 1740~1795)은 『존슨 전기(Life of Johnson)』를 썼다.

239) 새뮤얼 피프스(Samuel Pepys, 1633~1703). 영국의 정치가이며 문학가. 해군 대신이었다. 그가 남긴 일기는 유명하다.

"자네, 그림을 그만둔 거 서운하지 않나?" 헤이워드가 물었다.

"전혀."

"의사 일 하는 게 맘에 드는가 보군?"

"아뇨. 싫어요. 하지만 딴 게 없으니까요. 처음 이 년은 얼마나 고역이었는지 몰라요. 불행히도 전 과학에 체질이 맞지 않나 봐요."

"글쎄, 그래도 직업을 계속 바꿀 수야 없지."

"아, 그럼요. 이 직업을 버리진 않을 겁니다. 병원에 들어가게 되면 좋아질 거 같아요. 아무래도 전 딴 것보다는 인간에 관심이 있나 봐요. 그리고 제가 아는 한, 자유로운 직업은 이 직업밖에 없는 것 같구요. 지식은 머릿속에 담아 가지고 다니면 되고, 의료도구 상자 하나하고 몇 가지 약만 가지고 다니면 세상 어디서든 살 수 있으니까."

"그럼 개업을 하지 않겠단 말인가?"

"한동안은 하지 않을 셈입니다." 필립이 대답했다. "의무연한을 마치면 선의(船醫) 자리를 얻어 볼까 해요. 동쪽으로 가고 싶습니다. 말레이 군도, 시암,[240] 중국 등등을 가고 싶습니다. 가서 아무 일이나 하는 거죠 뭐. 일이야 늘 있는 법이니까. 인도의 콜레라 검역이라든가 그 비슷한 일들이 많을 거예요. 이곳 저곳을 돌아다니고 싶어요. 세상을 보고 싶습니다. 가난한 사람이 세상 구경하려면 의사가 되는 길뿐이죠."

---

240) 타이의 옛 이름.

그때 마침 그리니치에 이르렀다. 이니고 존스[241]의 웅장한 건물이 강을 향해 위용을 자랑하며 서 있었다.

"저 봐요. 바로 저기일 거예요. 불쌍한 잭[242]이 동전을 주으러 진흙탕으로 뛰어들었다는 데 말예요." 필립이 말했다.

두 사람은 공원을 거닐었다. 누더기 차림의 아이들이 놀고 있었는데 그들의 떠드는 소리로 공원은 소란스러웠다. 늙은 선원들이 여기저기서 햇볕을 쬐고 있었다. 백 년 전과 같은 분위기였다.

"자네가 파리에서 이 년을 낭비한 게 안타깝게 여겨지는군." 헤이워드가 말했다.

"낭비라고요? 저 아이의 움직임을 좀 보세요. 그리고 나무 새로 비쳐 든 햇빛이 땅바닥에 만드는 무늬를 보세요. 저 하늘을 좀 보세요. 글쎄, 제가 파리에 가지 않았더라면 저 하늘을 보지 못했을 거예요."

헤이워드는 필립이 울음을 참고 있는 것 같다는 생각이 들었다. 놀라서 그를 쳐다보았다.

"왜 그러나?"

"아무것도 아네요. 죄송해요. 감상적이 되었나 봐요. 지난 육 개월 동안 하도 아름다움에 굶주려 와서 말예요."

"자넨 아주 실제적인 사람이었잖나. 자네한테 그런 소리 듣

---

241) Inigo Jones(1573~1652). 영국의 건축가. 런던의 중요한 건축물을 다수 설계했다.

242) 영국의 해군 장교이자 작가인 프레더릭 메리엇(Frederick Marryat, 1792~1848)이 쓴 소설 『불쌍한 잭(Poor Jack)』에 나오는 소년 주인공.

다니 재미있군."

"집어치워요. 재미있는 사람 따윈 되고 싶지 않으니." 필립이 소리 내어 웃었다. "맛없는 차나 한잔하러 갑시다."

(2권에서 계속)

세계문학전집 11

인간의 굴레에서 1

1판 1쇄 펴냄 1998년 9월 30일
1판 64쇄 펴냄 2024년 10월 25일

지은이 서머싯 몸
옮긴이 송무
발행인 박근섭, 박상준
펴낸곳 (주)민음사

출판등록 1966. 5. 19. (제 16-490호)
서울특별시 강남구 도산대로1길 62(신사동) 강남출판문화센터 5층 (우편번호 06027)
대표전화 02-515-2000 팩시밀리 02-515-2007
www.minumsa.com

ISBN 978-89-374-6011-1 04800
ISBN 978-89-374-6000-5 (세트)

* 잘못 만들어진 책은 구입처에서 교환해 드립니다.

세계문학전집 목록

51·52 **내 이름은 빨강** 파묵·이난아 옮김 노벨 문학상 수상 작가
53 **오셀로** 셰익스피어·최종철 옮김 서울대 권장도서 100선
54 **조서** 르 클레지오·김윤진 옮김 노벨 문학상 수상 작가
55 **모래의 여자** 아베 코보·김난주 옮김
56·57 **부덴브로크 가의 사람들** 토마스 만·홍성광 옮김 노벨 문학상 수상 작가
58 **싯다르타** 헤세·박병덕 옮김 노벨 문학상 수상 작가
59·60 **아들과 연인** 로렌스·정상준 옮김 《뉴스위크》 선정 100대 명저
61 **설국** 가와바타 야스나리·유숙자 옮김 노벨 문학상 수상 작가 | 서울대 권장도서 100선
62 **벨킨 이야기·스페이드 여왕** 푸슈킨·최선 옮김
63·64 **넙치** 그라스·김재혁 옮김 노벨 문학상 수상 작가
65 **소망 없는 불행** 한트케·윤용호 옮김 노벨 문학상 수상 작가
66 **나르치스와 골드문트** 헤세·임홍배 옮김 노벨 문학상 수상 작가
67 **황야의 이리** 헤세·김누리 옮김 노벨 문학상 수상 작가
68 **페테르부르크 이야기** 고골·조주관 옮김
69 **밤으로의 긴 여로** 오닐·민승남 옮김 노벨 문학상 수상 작가 | 미국대학위원회 선정 SAT 추천도서
70 **체호프 단편선** 체호프·박현섭 옮김
71 **버스 정류장** 가오싱젠·오수경 옮김 노벨 문학상 수상 작가
72 **구운몽** 김만중·송성욱 옮김 서울대 권장도서 100선 | 국립중앙도서관 선정 청소년 권장도서
73 **대머리 여가수** 이오네스코·오세곤 옮김
74 **이솝 우화집** 이솝·유종호 옮김 논술 및 수능에 출제된 책(1998~2005)
75 **위대한 개츠비** 피츠제럴드·김욱동 옮김 《타임》 선정 현대 100대 영문소설
76 **푸른 꽃** 노발리스·김재혁 옮김
77 **1984** 오웰·정회성 옮김 《타임》 선정 현대 100대 영문소설 | 《뉴스위크》 선정 100대 명저
78·79 **영혼의 집** 아옌데·권미선 옮김
80 **첫사랑** 투르게네프·이항재 옮김
81 **내가 죽어 누워 있을 때** 포크너·김명주 옮김 노벨 문학상 수상 작가
82 **런던 스케치** 레싱·서숙 옮김 노벨 문학상 수상 작가
83 **팡세** 파스칼·이환 옮김
84 **질투** 로브그리예·박이문, 박희원 옮김
85·86 **채털리 부인의 연인** 로렌스·이인규 옮김
87 **그 후** 나쓰메 소세키·윤상인 옮김
88 **오만과 편견** 오스틴·윤지관, 전승희 옮김 미국대학위원회 선정 SAT 추천도서
89·90 **부활** 톨스토이·연진희 옮김 논술 및 수능에 출제된 책(1998~2005)
91 **방드르디, 태평양의 끝** 투르니에·김화영 옮김
92 **미겔 스트리트** 나이폴·이상옥 옮김 노벨 문학상 수상 작가
93 **페드로 파라모** 룰포·정창 옮김
94 **차라투스트라는 이렇게 말했다** 니체·장희창 옮김 국립중앙도서관 선정 청소년 권장도서
95·96 **적과 흑** 스탕달·이동렬 옮김 국립중앙도서관 선정 청소년 권장도서
97·98 **콜레라 시대의 사랑** 마르케스·송병선 옮김 노벨 문학상 수상 작가 | BBC 선정 꼭 읽어야 할 책
99 **맥베스** 셰익스피어·최종철 옮김 서울대 권장도서 100선 | 미국대학위원회 선정 SAT 추천도서
100 **춘향전** 작자 미상·송성욱 풀어 옮김 서울대 권장도서 100선
101 **페르디두르케** 곰브로비치·윤진 옮김
102 **포르노그라피아** 곰브로비치·임미경 옮김
103 **인간 실격** 다자이 오사무·김춘미 옮김
104 **네루다의 우편배달부** 스카르메타·우석균 옮김

105·106 이탈리아 기행 괴테 · 박찬기 외 옮김
107 나무 위의 남작 칼비노 · 이현경 옮김
108 달콤 쌉싸름한 초콜릿 에스키벨 · 권미선 옮김
109·110 제인 에어 C. 브론테 · 유종호 옮김 BBC 선정 꼭 읽어야 할 책
111 크눌프 헤세 · 이노은 옮김 노벨 문학상 수상 작가
112 시계태엽 오렌지 버지스 · 박시영 옮김 《타임》 선정 현대 100대 영문소설 | 《뉴스위크》 선정 100대 명저
113·114 파리의 노트르담 위고 · 정기수 옮김 미국대학위원회 선정 SAT 추천도서
115 새로운 인생 단테 · 박우수 옮김
116·117 로드 짐 콘래드 · 이상옥 옮김 《뉴스위크》 선정 100대 명저
118 폭풍의 언덕 E. 브론테 · 김종길 옮김 미국대학위원회 선정 SAT 추천도서
119 텔크테에서의 만남 그라스 · 안삼환 옮김 노벨 문학상 수상 작가
120 검찰관 고골 · 조주관 옮김
121 안개 우나무노 · 조민현 옮김
122 나사의 회전 제임스 · 최경도 옮김 미국대학위원회 선정 SAT 추천도서
123 피츠제럴드 단편선 1 피츠제럴드 · 김욱동 옮김
124 목화밭의 고독 속에서 콜테스 · 임수현 옮김
125 돼지꿈 황석영
126 라셀라스 존슨 · 이인규 옮김
127 리어 왕 셰익스피어 · 최종철 옮김 서울대 권장도서 100선 | 《뉴스위크》 선정 100대 명저
128·129 쿠오 바디스 시엔키에비츠 · 최성은 옮김 노벨 문학상 수상 작가
130 자기만의 방 · 3기니 울프 · 이미애 옮김
131 시르트의 바닷가 그라크 · 송진석 옮김
132 이성과 감성 오스틴 · 윤지관 옮김
133 바덴바덴에서의 여름 치프킨 · 이장욱 옮김
134 새로운 인생 파묵 · 이난아 옮김 노벨 문학상 수상 작가
135·136 무지개 로렌스 · 김정매 옮김
137 인생의 베일 서머싯 몸 · 황소연 옮김
138 보이지 않는 도시들 칼비노 · 이현경 옮김
139·140·141 연초 도매상 바스 · 이운경 옮김 《타임》 선정 현대 100대 영문소설
142·143 플로스 강의 물방앗간 엘리엇 · 한애경, 이봉지 옮김 미국대학위원회 선정 SAT 추천도서
144 연인 뒤라스 · 김인환 옮김
145·146 이름 없는 주드 하디 · 정종화 옮김
147 제49호 품목의 경매 핀천 · 김성곤 옮김 《타임》 선정 현대 100대 영문소설
148 성역 포크너 · 이진준 옮김 노벨 문학상 수상 작가 | 퓰리처상 수상 작가
149 무진기행 김승옥
150·151·152 신곡(지옥편 · 연옥편 · 천국편) 단테 · 박상진 옮김 《뉴스위크》 선정 100대 명저
153 구덩이 플라토노프 · 정보라 옮김
154·155·156 카라마조프가의 형제들 도스토옙스키 · 김연경 옮김
157 지상의 양식 지드 · 김화영 옮김 노벨 문학상 수상 작가
158 밤의 군대들 메일러 · 권택영 옮김 퓰리처상 수상 작가
159 주홍 글자 호손 · 김욱동 옮김 서울대 권장도서 100선 | 미국대학위원회 선정 SAT 추천도서
160 깊은 강 엔도 슈사쿠 · 유숙자 옮김
161 욕망이라는 이름의 전차 윌리엄스 · 김소임 옮김
162 마사 퀘스트 레싱 · 나영균 옮김 노벨 문학상 수상 작가
163·164 운명의 딸 아옌데 · 권미선 옮김

165 모렐의 발명 비오이 카사레스·송병선 옮김
166 삼국유사 일연·김원중 옮김 서울대 권장도서 100선
167 풀잎은 노래한다 레싱·이태동 옮김 노벨 문학상 수상 작가
168 파리의 우울 보들레르·윤영애 옮김
169 포스트맨은 벨을 두 번 울린다 케인·이만식 옮김
170 썩은 잎 마르케스·송병선 옮김 노벨 문학상 수상 작가
171 모든 것이 산산이 부서지다 아체베·조규형 옮김 《타임》 선정 현대 100대 영문소설
172 한여름 밤의 꿈 셰익스피어·최종철 옮김 미국대학위원회 선정 SAT 추천도서
173 로미오와 줄리엣 셰익스피어·최종철 옮김 미국대학위원회 선정 SAT 추천도서
174·175 분노의 포도 스타인벡·김승욱 옮김 노벨 문학상 수상 작가 | 《타임》 선정 현대 100대 영문소설
176·177 괴테와의 대화 에커만·장희창 옮김
178 그물을 헤치고 머독·유종호 옮김 《타임》 선정 현대 100대 영문소설
179 브람스를 좋아하세요... 사강·김남주 옮김
180 카타리나 블룸의 잃어버린 명예 하인리히 뵐·김연수 옮김 노벨 문학상 수상 작가
181·182 에덴의 동쪽 스타인벡·정회성 옮김 노벨 문학상 수상 작가
183 순수의 시대 워튼·송은주 옮김 《뉴스위크》 선정 100대 명저 | 퓰리처상 수상작
184 도둑 일기 주네·박형섭 옮김
185 나자 브르통·오생근 옮김
186·187 캐치-22 헬러·안정효 옮김 《타임》 선정 현대 100대 영문소설
188 숄로호프 단편선 숄로호프·이항재 옮김 노벨 문학상 수상 작가
189 말 사르트르·정명환 옮김
190·191 보이지 않는 인간 엘리슨·조영환 옮김 《타임》 선정 현대 100대 영문소설
192 왑샷 가문 연대기 치버·김승욱 옮김 퓰리처상 수상 작가
193 왑샷 가문 몰락기 치버·김승욱 옮김 퓰리처상 수상 작가
194 필립과 다른 사람들 노터봄·지명숙 옮김
195·196 하드리아누스 황제의 회상록 유르스나르·곽광수 옮김
197·198 소피의 선택 스타이런·한정아 옮김 퓰리처상 수상 작가
199 피츠제럴드 단편선 2 피츠제럴드·한은경 옮김
200 홍길동전 허균·김탁환 옮김
201 요술 부지깽이 쿠버·양윤희 옮김
202 북호텔 다비·원윤수 옮김
203 톰 소여의 모험 트웨인·김욱동 옮김
204 금오신화 김시습·이지하 옮김
205·206 테스 하디·정종화 옮김 미국대학위원회 선정 SAT 추천도서 | BBC 선정 꼭 읽어야 할 책
207 브루스터플레이스의 여자들 네일러·이소영 옮김
208 더 이상 평안은 없다 아체베·이소영 옮김
209 그레인지 코플랜드의 세 번째 인생 워커·김시현 옮김 퓰리처상 수상 작가
210 어느 시골 신부의 일기 베르나노스·정영란 옮김
211 타라스 불바 고골·조주관 옮김
212·213 위대한 유산 디킨스·이인규 옮김 서울대 권장도서 100선 | BBC 선정 꼭 읽어야 할 책
214 면도날 서머싯 몸·안진환 옮김
215·216 성채 크로닌·이은정 옮김
217 오이디푸스 왕 소포클레스·강대진 옮김 서울대 권장도서 100선
218 세일즈맨의 죽음 밀러·강유나 옮김
219·220·221 안나 카레니나 톨스토이·연진희 옮김 서울대 권장도서 100선

222 오스카 와일드 작품선 와일드 · 정영목 옮김

223 벨아미 모파상 · 송덕호 옮김

224 파스쿠알 두아르테 가족 호세 셀라 · 정동섭 옮김 노벨 문학상 수상 작가

225 시칠리아에서의 대화 비토리니 · 김운찬 옮김

226·227 길 위에서 케루악 · 이만식 옮김 《타임》 선정 현대 100대 영문소설 | 《뉴스위크》 선정 100대 명저

228 우리 시대의 영웅 레르몬토프 · 오정미 옮김

229 아우라 푸엔테스 · 송상기 옮김

230 클링조어의 마지막 여름 헤세 · 황승환 옮김 노벨 문학상 수상 작가

231 리스본의 겨울 무뇨스 몰리나 · 나송주 옮김

232 뻐꾸기 둥지 위로 날아간 새 키지 · 정회성 옮김 《타임》 선정 현대 100대 영문소설

233 페널티킥 앞에 선 골키퍼의 불안 한트케 · 윤용호 옮김 노벨 문학상 수상 작가

234 참을 수 없는 존재의 가벼움 쿤데라 · 이재룡 옮김

235·236 바다여, 바다여 머독 · 최옥영 옮김

237 한 줌의 먼지 에벌린 워 · 안진환 옮김 《타임》 선정 현대 100대 영문소설

238 뜨거운 양철 지붕 위의 고양이 · 유리 동물원 윌리엄스 · 김소임 옮김 퓰리처상 수상작

239 지하로부터의 수기 도스토옙스키 · 김연경 옮김

240 키메라 바스 · 이운경 옮김

241 반쪼가리 자작 칼비노 · 이현경 옮김

242 벌집 호세 셀라 · 남진희 옮김 노벨 문학상 수상 작가

243 불멸 쿤데라 · 김병욱 옮김

244·245 파우스트 박사 토마스 만 · 임홍배, 박병덕 옮김 노벨 문학상 수상 작가

246 사랑할 때와 죽을 때 레마르크 · 장희창 옮김

247 누가 버지니아 울프를 두려워하랴? 올비 · 강유나 옮김

248 인형의 집 입센 · 안미란 옮김

249 위폐범들 지드 · 원윤수 옮김 노벨 문학상 수상 작가

250 무정 이광수 · 정영훈 책임 편집 서울대 권장도서 100선

251·252 의지와 운명 푸엔테스 · 김현철 옮김

253 폭력적인 삶 파솔리니 · 이승수 옮김

254 거장과 마르가리타 불가코프 · 정보라 옮김

255·256 경이로운 도시 멘도사 · 김현철 옮김

257 야콥을 둘러싼 추측들 욘존 · 손대영 옮김

258 왕자와 거지 트웨인 · 김욱동 옮김

259 존재하지 않는 기사 칼비노 · 이현경 옮김

260·261 눈먼 암살자 애트우드 · 차은정 옮김 《타임》 선정 현대 100대 영문소설

262 베니스의 상인 셰익스피어 · 최종철 옮김

263 말리나 바흐만 · 남정애 옮김

264 사볼타 사건의 진실 멘도사 · 권미선 옮김

265 뒤렌마트 희곡선 뒤렌마트 · 김혜숙 옮김

266 이방인 카뮈 · 김화영 옮김 노벨 문학상 수상 작가 | 미국대학위원회 선정 SAT 추천도서

267 페스트 카뮈 · 김화영 옮김 노벨 문학상 수상 작가 | 국립중앙도서관 선정 청소년 권장도서

268 검은 튤립 뒤마 · 송진석 옮김

269·270 베를린 알렉산더 광장 되블린 · 김재혁 옮김

271 하얀 성 파묵 · 이난아 옮김 노벨 문학상 수상 작가

272 푸슈킨 선집 푸슈킨 · 최선 옮김

273·274 유리알 유희 헤세 · 이영임 옮김 노벨 문학상 수상 작가

335 **코스모스** 곰브로비치 · 최성은 옮김

336 **좁은 문 · 전원교향곡 · 배덕자** 지드 · 동성식 옮김 노벨 문학상 수상 작가

337·338 **암 병동** 솔제니친 · 이영의 옮김 노벨 문학상 수상 작가

339 **피의 꽃잎들** 응구기 와 시옹오 · 왕은철 옮김

340 **운명** 케르테스 · 유진일 옮김 노벨 문학상 수상 작가

341·342 **벌거벗은 자와 죽은 자** 메일러 · 이운경 옮김 퓰리처상 수상 작가

343 **시지프 신화** 카뮈 · 김화영 옮김 노벨 문학상 수상 작가

344 **뇌우** 차오위 · 오수경 옮김

345 **모옌 중단편선** 모옌 · 심규호, 유소영 옮김 노벨 문학상 수상 작가

346 **일야서** 한사오궁 · 심규호, 유소영 옮김

347 **상속자들** 골딩 · 안지현 옮김 노벨 문학상 수상 작가

348 **설득** 오스틴 · 전승희 옮김

349 **히로시마 내 사랑** 뒤라스 · 방미경 옮김

350 **오 헨리 단편선** 오 헨리 · 김희용 옮김

351·352 **올리버 트위스트** 디킨스 · 이인규 옮김

353·354·355·356 **전쟁과 평화** 톨스토이 · 연진희 옮김

357 **다시 찾은 브라이즈헤드** 에벌린 워 · 백지민 옮김

358 **아무도 대령에게 편지하지 않다** 마르케스 · 송병선 옮김

359 **사양** 다자이 오사무 · 유숙자 옮김

360 **좌절** 케르테스 · 한경민 옮김 노벨 문학상 수상 작가

361·362 **닥터 지바고** 파스테르나크 · 김연경 옮김 노벨 문학상 수상 작가

363 **노생거 사원** 오스틴 · 윤지관 옮김

364 **개구리** 모옌 · 심규호, 유소영 옮김 노벨 문학상 수상 작가

365 **마왕** 투르니에 · 이원복 옮김 공쿠르상 수상 작가

366 **맨스필드 파크** 오스틴 · 김영희 옮김

367 **이선 프롬** 이디스 워튼 · 김욱동 옮김 퓰리처상 수상 작가

368 **여름** 이디스 워튼 · 김욱동 옮김 퓰리처상 수상 작가

369·370·371 **나는 고백한다** 자우메 카브레 · 권가람 옮김

372·373·374 **태엽 감는 새 연대기** 무라카미 하루키 · 김난주 옮김

375·376 **대사들** 제임스 · 정소영 옮김

377 **족장의 가을** 마르케스 · 송병선 옮김 노벨 문학상 수상 작가

378 **핏빛 자오선** 매카시 · 김시현 옮김

379 **모두 다 예쁜 말들** 매카시 · 김시현 옮김

380 **국경을 넘어** 매카시 · 김시현 옮김

381 **평원의 도시들** 매카시 · 김시현 옮김

382 **만년** 다자이 오사무 · 유숙자 옮김

383 **반항하는 인간** 카뮈 · 김화영 옮김 노벨 문학상 수상 작가

384·385·386 **악령** 도스토옙스키 · 김연경 옮김

387 **태평양을 막는 제방** 뒤라스 · 윤진 옮김

388 **남아 있는 나날** 가즈오 이시구로 · 송은경 옮김

389 **앙리 브륄라르의 생애** 스탕달 · 원윤수 옮김

390 **찻집** 라오서 · 오수경 옮김

391 **태어나지 않은 아이를 위한 기도** 케르테스 · 이상동 옮김 노벨 문학상 수상 작가

392·393 **서머싯 몸 단편선** 서머싯 몸 · 황소연 옮김

394 **케이크와 맥주** 서머싯 몸 · 황소연 옮김

395 **월든** 소로 · 정회성 옮김
396 **모래 사나이** E. T. A. 호프만 · 신동화 옮김
397·398 **검은 책** 오르한 파묵 · 이난아 옮김 노벨 문학상 수상 작가
399 **방랑자들** 올가 토카르추크 · 최성은 옮김 노벨 문학상 수상 작가
400 **시여, 침을 뱉어라** 김수영 · 이영준 엮음
401·402 **환락의 집** 이디스 워튼 · 전승희 옮김
403 **달려라 메로스** 다자이 오사무 · 유숙자 옮김
404 **아버지와 자식** 투르게네프 · 연진희 옮김
405 **청부 살인자의 성모** 바예호 · 송병선 옮김
406 **세피아빛 초상** 아옌데 · 조영실 옮김
407·408·409·410 **사기 열전** 사마천 · 김원중 옮김 서울대 권장도서 100선
411 **이상 시 전집** 이상 · 권영민 책임 편집
412 **어둠 속의 사건** 발자크 · 이동렬 옮김
413 **태평천하** 채만식 · 권영민 책임 편집
414·415 **노스트로모** 콘래드 · 이미애 옮김
416·417 **제르미날** 졸라 · 강충권 옮김
418 **명인** 가와바타 야스나리 · 유숙자 옮김 노벨 문학상 수상 작가
419 **핀처 마틴** 골딩 · 백지민 옮김 노벨 문학상 수상 작가
420 **사라진 · 샤베르 대령** 발자크 · 선영아 옮김
421 **빅 서** 케루악 · 김재성 옮김
422 **코뿔소** 이오네스코 · 박형섭 옮김
423 **블랙박스** 오즈 · 윤성덕, 김영화 옮김
424·425 **고양이 눈** 애트우드 · 차은정 옮김
426·427 **도둑 신부** 애트우드 · 이은선 옮김
428 **슈니츨러 작품선** 슈니츨러 · 신동화 옮김
429·430 **세계의 끝과 하드보일드 원더랜드** 무라카미 하루키 · 김난주 옮김
431 **멜랑콜리아 I–II** 욘 포세 · 손화수 옮김 노벨 문학상 수상 작가
432 **도적들** 실러 · 홍성광 옮김
433 **예브게니 오네긴 · 대위의 딸** 푸시킨 · 최선 옮김
434·435 **초대받은 여자** 보부아르 · 강초롱 옮김
436·437 **미들마치** 엘리엇 · 이미애 옮김
438 **이반 일리치의 죽음** 톨스토이 · 김연경 옮김
439·440 **캔터베리 이야기** 초서 · 이동일, 이동춘 옮김
441·442 **아소무아르** 졸라 · 윤진 옮김
443 **가난한 사람들** 도스토옙스키 · 이항재 옮김
444·445 **마차오 사전** 한사오궁 · 심규호, 유소영 옮김
446 **집으로 날아가다** 랠프 엘리슨 · 왕은철 옮김
447 **집으로부터 멀리** 피터 케리 · 황가한 옮김
448 **바스커빌가의 사냥개** 코넌 도일 · 박산호 옮김
449 **사냥꾼의 수기** 투르게네프 · 연진희 옮김
450 **필경사 바틀비 · 선원 빌리 버드** 멜빌 · 이삼출 옮김
451 **8월은 악마의 달** 에드나 오브라이언 · 임슬애 옮김

세계문학전집은 계속 간행됩니다.